C. L. Polk

*Der Mitternachtspakt*

C. L. Polk

Roman

Aus dem amerikanischen
Englisch von Judith C. Vogt

PIPER

Unser Versprechen für mehr Nachhaltigkeit
Klimaneutrales Produkt
FSC®-zertifiziertes Papier
Hergestellt in Europa

FSC
www.fsc.org
MIX
Papier | Fördert gute Waldnutzung
FSC® C083411

Deutsche Erstausgabe
ISBN 978-3-492-70648-3

Titel der amerikanischen Originalausgabe:
»The Midnight Bargain«, Erewhon Books, New York 2020
Published by Arrangement with Chelsea Polk
Dieses Werk wurde vermittelt durch die
Literarische Agentur Thomas Schlück GmbH, 30161 Hannover.

Redaktion: Christiane Pöhlmann
Satz: Satz für Satz, Wangen im Allgäu
Gesetzt aus der Baskerville MT Pro
Druck und Bindung: CPI Books GmbH, Leck
Printed in the EU

*Für Alexis, Kim und Sarah.*
*Ihr wisst, wofür.*

# KAPITEL 1

Die Kutsche näherte sich der Booksellers' Row, und Beatrice Clayborn atmete voller Hoffnung ein, bevor sie ihren Zauber wob. Während die Equipage über die moosbewachsenen Pflastersteine rumpelte, hielt sie den Kopf erhoben, den Rücken gerade und die Hände in den Taschen, wo sie ihre Finger zu den geheimnisvollen Gesten formte. Sie wohnte nun seit drei Tagen in Bendleton, und obwohl es mit seinen eleganten Bauwerken und den sauberen Straßen sicherlich der hübscheste Käfig war, in den man gesperrt werden konnte, hätte Beatrice alles gegeben, um woanders zu sein – egal wo, Hauptsache nicht hier, in dieser Stadt zu Beginn der Ballsaison, diesem elenden Heiratsmarkt.

Sie atmete die Suchranken ihres Zaubers aus, tastete damit über die vorbeiziehenden Ladenfronten. Wenn ihr doch bloß ein Wunder über die Haut striche und in den Ohren kitzelte …

Aber nein. Kein Flimmern, kein Jucken – und das, obwohl sie bei der Rook-Tower-Buchhandlung vorbeifuhren, bei P. T. Williams und Söhne und am gefeierten Haus von Verdeu, das mit all seinen Bänden ein ganzes Drittel des Häuserblocks einnahm.

Beatrice seufzte. Kein Wunder, keine Freiheit, keine Hoffnung. Doch als sie von der Booksellers' Row in eine graue namenlose Gasse einbogen, erblühte Beatrice' Zauber mit einem Mal: da! Ein Grimoire! Noch wusste sie nicht, was dieses Zauberbuch enthielt, doch allein das Gefühl genügte, um ein Lächeln zum Himmel zu senden und die Glocke neben ihrem Sitz zu betätigen.

»Kutscher, anhalten!« Sie glitt aus dem Polstersitz der Equipage und wollte schon auf die Straße springen. »Clara, kannst du die Anprobe für mich erledigen?«

»Miss Beatrice, bitte nicht!« Clara hielt Beatrice' Handgelenk fest. »Es muss doch Ihnen passen!«

»Du hast genau meine Größe, deshalb wird es überhaupt keinen Unterschied machen«, sagte Beatrice. »Außerdem liegt dir das mit den Farben und Rüschen und all dem sowieso besser als mir. Ich brauche auch nur ein paar Minuten, versprochen.«

Clara schüttelte den Kopf. »Vergessen Sie die Verabredung im Kapitularhaus nicht. In der Schneiderei mag ich noch Ihren Platz einnehmen können, aber nicht dort! Schließlich sollen Sie dort Danton Maisonette treffen!«

Beatrice würde sich dieses Buch auf gar keinen Fall entgehen lassen. Deshalb tätschelte sie bloß Claras Hand und versuchte, sich aus ihrem Griff zu winden. »Ich bin pünktlich da und verspreche, nicht zu trödeln. Aber erst muss ich ein Buch kaufen.«

Clara legte den Kopf schief. »Ausgerechnet hier?«

»Dieser Buchhandlung habe ich schon vor einiger Zeit geschrieben«, log Beatrice. »Was für ein Glück, dass sie auf unserem Weg liegt. Es wird keine zehn Minuten dauern.«

Mit einem Seufzer löste Clara ihren Griff um Beatrice' Handgelenk. »Na gut.«

Der Kutscher eilte heran, um Beatrice aus dem Wagen zu helfen, doch sie sprang trotz des recht engen Schnürmieders auf die Straße und bedeutete ihm, weiterzufahren. »Danke vielmals! Fahren Sie ruhig weiter!«

Sie wirbelte auf den hohen, grazilen Absätzen herum und betrachtete die Ladenfront. Harriman's war genau die Buchhandlung, nach der Beatrice in einer neuen Stadt suchte: Sie wurde von Leuten betrieben, die es nicht ertragen konnten, irgendein Buch wegzuwerfen, solange es noch intakt genug war, um es zu stapeln oder in ein Regal zu stellen. Beatrice spähte durch das Schaufenster und genoss den leichten Schmerz und das Kribbeln in ihren Ohren, all diese Begleiterscheinungen ihres Zaubers, die ihr signalisierten, dass in den Büchertürmen ein neues Grimoire auf sie wartete. Monate waren vergangen, ohne dass sie ein neues gefunden hatte.

Die Türklingel schellte, als Beatrice in den Herrschaftsbereich derer trat, die kein Buch wegwarfen. Harriman's! O Staub und Tinte und Lederbindung, o Landkarten, Sternenbilder und Balladenbüchlein! Und irgendwo mittendrin das Grimoire! Dem Angestellten in Hemd und Weste, der an der Kasse stand, schenkte sie ein entwaffnendes Lächeln.

»Ich sehe mich nur mal um!« Sie stapfte schnurstracks an dem Mann vorbei. Mit kribbelndem Daumen strich sie über Bücherstapel und vollgestopfte Regale. Sie atmete den Geruch von altem Papier und jenen zarten Regen-auf-moosbewachsenen-Steinen-Duft ein, den ihre Magie mit sich brachte. Sie suchte weder nach seriösen Romanen noch nach sittsamer Lyrik, sondern nach jenen Werken, von denen junge Frauen in ihren Boudoirs oder Salons kaum zu flüstern wagten: nach Grimoires.

Das begehrte Buch befand sich hier irgendwo! Doch sie durfte die Suche nicht überstürzen, durfte sich von ihren Sinnen nicht zu jenem Stapel ziehen lassen, in dem sich der Band eines John Estlin Churchman, J. C. Everworth oder vielleicht auch eines E. James Curtfield befand. Diese Initialen, J. E. C., zierten alle Titel ihrer bescheidenen und gut versteckten Sammlung. Hielte sie geradenwegs auf ihr Ziel zu, würde sich der Angestellte womöglich wundern, dass sie in dem Chaos so rasch fündig geworden war. Deshalb stöberte sie in der Abteilung für schöngeistige Literatur, für Geschichte und sogar für Okkultismus. Letzteres hatte ihr schon oft missbilligende Blicke eingetragen, da es sich für eine junge Damen nicht schickte, sich ins Reich der Magie vorzuwagen.

Wenn sie nur daran dachte, wie unverschämt man sie ausschloss, platzte ihr der Kragen. Frauen durften der Magie nur als einsame Witwen und Greisinnen nachgehen, nicht aber, wenn sie ihren nobelsten Daseinszweck noch zu erfüllen imstande waren. Das Kapitularhaus war ihr letzten Endes versperrt, wohingegen sich ein Mann mit den richtigen Verbindungen und der nötigen Bildung mühelos Zutritt zum Kreis Gleichgesinnter verschaffen konnte. Alle Menschen mit der entsprechenden Gabe sahen die magische Aura, die um Beatrice' Haupt strahlte – und die sie zu einer ganz hervorragenden Kandidatin machte, die Magier der nächsten Generation auszutragen.

Oh, wie sie das hasste! An eine derart profane Aufgabe geknebelt zu sein und ihre Magie verkümmern zu lassen, bis sie dann endlich an ihrem Lebensabend den Weg verfolgen durfte, den sie schon jetzt beschreiten wollte! O nein, nicht mit ihr! Beharrlich suchte sie nach einem Werk mit den Initialen J. E. C., im Übrigen keinesfalls ein Mann, sondern wie sie eine Zauberin, noch dazu eine, die eine ganze Reihe von einschlägigen Bänden verfasst hatte, welche von der Kritik aber allesamt als unverständlich abgetan worden waren.

Und das waren sie auch für all jene, die den Code nicht kannten. Beatrice hingegen konnte ihn auswendig. Sie zog eine verstaubte Ausgabe von *Erinnerungen an die Jyische Küste von Llanandras* aus dem Regal, klappte sie auf und raunte den Spruch, der alles außer der Wahrheit, die sich in den Druckbuchstaben versteckte, verblassen ließ. Sie las:

*Wie man einen größeren Geist ruft und*
*den großen Pakt unterbreitet*

Mit einem Knall schloss sie das Buch und bezwang den freudigen Gickser, der ihrer Kehle entfahren wollte. Ganz still stand sie da und ließ ihr Herz weit werden, während sie das Buch an die Brust drückte und das Odeur von Druckerschwärze und Magie einatmete. Dies war das Grimoire, das sie nach Jahren des Suchens und geheimer Studien brauchte. Wenn sie nun den Geist anrufen und ein Bündnis eingehen würde, dann würde sie vollbracht haben, was auch die männlichen Adepten des Kapitularhauses anstrebten! Dann wäre sie eine voll initiierte Magierin.

Mehr wollte sie nicht. Kein Mann würde sich auf eine Frau wie sie einlassen. Ihr Vater würde den Vorteil erkennen, ihren größeren Geist für seine Geschäftsinteressen zu nutzen. Sie würde frei sein. Eine Magierin. Ein Wunder, das Wirklichkeit geworden wäre.

Den Sitz ihrer Familie würde sie zwar nie mehr verlassen können, aber das kümmerte sie nicht. Sie könnte der Sohn sein, den ihr Vater niemals hatte, während ihre jüngere Schwester Harriet an ihrer Stelle die Ballsaison bestreiten konnte. Harriet würde den Mann ihrer Träume heiraten, sie aber ihre Studien fortführen. Ohne das Joch der Ehe.

Mit einem Rückwärtsschritt trat sie vom Regal weg, wandte

sich dann um und prallte beinahe in eine weitere Kundin. Beide wichen mit einem überraschten Aufschrei auseinander und starrten einander konsterniert an.

Beatrice musterte die Frau, eine große, schlanke Llanandari in einem Manteau aus safrangelben Baumwollsatin und einem Kleid mit leuchtenden tropischen Blumen. Die Halbärmel ihrer Robe explodierten schier in feiner, handgeklöppelter Spitze. Wie musste diese Frau erst in einem Abendkleid aussehen? Sie war noch schöner, als es der Ruf verhieß, der den Frauen aus Llanandras vorauseilte, gesegnet mit großen braunen Augen und tiefbrauner Haut, die Wolke eng gelockter schwarzer Haare von goldenen Perlen geziert, und dazu Goldschmuck von beachtlichem Wert, der ihre Ohren und sogar einen Flügel ihrer Nase zierte. Was tat sie hier? Denn ganz sicher suchte sie ja wohl in einem reichen Küstenort fernab der Hauptstadt nicht nach einem Ehemann, so wie es Beatrice eigentlich tun sollte. Oder etwa doch?

Die Frau starrte Beatrice mit wachsender Verwirrung an. Beatrice wusste genau, was die junge Dame so in Erstaunen versetzte: Die Aura der Zaubermacht um ihren, Beatrice', Kopf schimmerte sogar noch ein wenig heller als ihr eigenes Licht. War also eine weitere Zauberin dem Ruf des Grimoires gefolgt, das Beatrice inzwischen an sich gedrückt hielt?

»Ysbeta? Was stehst du da wie vom Donner gerührt?«

Der Mann in ihrem Rücken sprach Llanandari, und Beatrice' Zunge klebte ihr mit einem Mal am Gaumen fest. Sie beherrschte Llanandari, hatte ihre Kenntnisse jedoch noch nie an einem Menschen aus Llanandras erprobt. Sicherlich hatte sie einen ganz grauenhaften Akzent und würde ihre Sätze furchtbar schwerfällig bauen! Trotzdem setzte sie ein Lächeln auf und drehte sich dem Mann zu.

Beatrice erkannte die Gesichtszüge der Frau in dem Gesicht des Mannes wieder und … Seine Augen und seine makellose Haut waren sogar noch dunkler als ihre. Als Ysbetas, wie sie ja hieß. Auch über der Krone seines Haars aus kleinen Locken strahlte die Aura des Magiekundigen. Er war ebenfalls in safrangelbes Baumwollsatin gekleidet, die Stickerei auf seiner Weste zollte dem Frühling Respekt, und er trug die gleiche verspielte Spitze am Kragen. Nun starrten diese beiden wohlhabenden, glanzvollen Llanandari sie mit dem gleichen Ausdruck der Verwirrung an, bis sich die Stirn des jungen Mannes glättete und er der Frau mit einem Lachen, das an einen plätschernden Bach denken ließ, den Rücken tätschelte.

»Entspann dich, Ysy«, sagte er. »Ihr Porträt hängt in der Debütantinnengalerie im Kapitularhaus. Miss …«

»Beatrice Clayborn. Erfreut, Ihre Bekanntschaft zu machen«, sagte Beatrice und verhaspelte sich kaum. Dieser atemberaubend schöne junge Mann hatte ihr Porträt in der Galerie des Bendleton-Kapitularhauses gesehen und es lange genug betrachtet, um sie wiederzuerkennen. Er hatte lange genug den Schwung ihrer Nase gemustert, die Form und Farbe ihrer Augen, den eigenartigen, ganzjährig herbstlichen Rotschimmer in ihrem widerspenstigen Haar, das sich in keiner Frisur bändigen ließ.

Ysbeta beäugte das Buch in Beatrice' Händen – und dieser Blick kam einem Aufschrei gleich. »Ich bin Ysbeta Lavan. Das ist mein Bruder, Ianthe. Wie ich sehe, sind auch Sie eine Bewunderin der Reiseberichte von J. E. Churchman.« Sie sprach artikuliert und langsam, was Beatrice mit ihrem daheim erlangten Llanandari-Kenntnissen sehr entgegenkam.

»Wie er von weit entfernten Orten erzählt, schlägt mich einfach in den Bann«, sagte Beatrice. »Entschuldigen Sie bitte mein schlechtes Llanandari.«

»Sie halten sich tapfer. Ich habe Heimweh nach Llanandras«, erwiderte Ysbeta. »Das ist ein seltener Churchman, in dem er von der magischen Küste erzählt, wo Ianthe und ich eine glückliche Kindheit verlebt haben. Es täte meinem Verständnis Ihrer Sprache gut, wenn ich ein paar gute Bücher darin lesen würde!«

»Sie sprechen Chasandisch?«

Ysbeta legte den Kopf auf die Seite. »Ein wenig. Sie sind sehr viel geübter in meiner Sprache als ich in Ihrer.«

Die Schmeichelei einer Frau, die genau wusste, worum es sich bei diesem Churchman handelte. Beatrice' Magen zog sich zusammen. Ysbeta und ihr Bruder verkehrten in den höchsten Kreisen des Geldes und der Macht. Wenn Ysbeta gegenüber einer Frau, die sie als ebenbürtig wahrnahm, in schlichten Worten ihre Einsamkeit und ihr Heimweh eingestand, dann war das der Eröffnungsschritt in einem behutsamen Tanz. Der nächste Schritt bestand laut Etikette darin, dass Beatrice ihr das Buch anbot, um jenen Schmerz zu lindern.

Ysbeta erwartete von Beatrice mithin nichts Geringeres, als dass diese auf ihre eigene Rettung verzichtete. Dieses Buch barg den Schlüssel zur Freiheit, zeigte ihr einen Weg, dem Geschacher der Väter zu entgehen, die sie zu Mutterschaft und häuslichem Dasein verdammen wollten. Gäbe sie das Buch weg, brächte sie sich um ihre einzige Chance auf ein selbstbestimmtes Leben. Behielte sie es aber …

Es zu behalten hieße, eine der mächtigsten Familien zu brüskieren, die die Welt der Handelsimperien vorzuweisen hatte. Sollte Beatrice' Vater das Wohlwollen der Lavans noch nicht besitzen, wäre ihm sicherlich daran gelegen, es zu gewinnen. Machte sie sich eine mächtige Tochter Llanandras zur Feindin, so würde sich das auf alle Geschäftsbeziehungen und Partnerschaften auswirken, die den Wohlstand der Clayborns sicherten. Nachhaltig. Verheerend. Hatten die Familien, auf die es ankam, erst einmal ein schiefes Bild von ihnen, würden sie sich rasch von den Clayborns abwenden.

Das konnte Beatrice ihrer Familie nicht antun. Aber das Buch! Ihre Finger pressten sich in den Umschlag. Sie atmete den Duft nach gutem Papier und altem Leim und moosbewachsenen Steinen ein. Konnte sie diesen Schatz fortgeben?

»Ihr Heimweh rührt mich. Ich habe die Küste von Jy noch nie gesehen, doch ich hörte, dass sie ein ganz wundervolles Fleckchen ist. Es muss ein großes Glück gewesen sein, dort aufzuwachsen. Ich wünschte, ich könnte mehr darüber erfahren.«

Die eigenen Begehrlichkeiten als bloße Sentimentalität zu präsentieren, stellte einen angemessenen und höflichen, dabei aber rein passiven Schritt des Widerstands in diesem Tanz dar. Sie hatte das Buch aus dem Regal genommen. Sollte Ysbeta doch versuchen, sich mit ihrem Charme darüber hinwegzusetzen. Frust blitzte in den nachtdunklen Augen ihrer Rivalin auf, doch was immer sie erwidern wollte, wurde von dem aufdringlichen Angestellten im Keim erstickt.

Er verbeugte sich vor Ysbeta und Ianthe und berührte seine Stirn, als er den Blick senkte. »Willkommen im Harriman's. Kann ich Ihnen helfen?«

Sein Llanandari war wirklich gut, vermutlich pflegte er es, indem er Romane im Original las. Ein breites Lächeln kündete von seiner Freude darüber, dass ein so bedeutsames Geschwisterpaar seinen Laden betreten hatte. Als er jedoch Beatrice einen Blick zuwarf, wurden seine Lippen dünn, während sich seine Nasenflügel blähten.

»Ja«, sagte Ysbeta. »Ich hätte gern …«

»Danke für Ihr Angebot«, unterbrach Ianthe seine Schwester und lächelte den Angestellten an. »Alle hier sind so hilfsbereit. Im Moment sehen wir uns nur um.«

Der Angestellte faltete die Hände vor dem Bauch. »Harriman's ist zu erstklassiger Dienstleistung verpflichtet, Sir. Falls Ihnen diese … Person Ungemach bereitet, werden wir die Belästigung sofort unterbinden.«

»Vielen Dank für das Angebot«, sagte Ianthe etwas bestimmter. »Es geht uns gut, und diese Dame belästigt uns nicht.«

Ysbeta warf ihm einen mürrischen Blick zu, verkniff sich aber jeden Kommentar. Der Angestellte sah Beatrice noch einmal tadelnd an, bevor er sich entfernte.

»Das tut mir leid«, sagte Ianthe, und sein Lächeln brachte ihr Herz zum Stolpern. »Offensichtlich wollt ihr beide dasselbe Buch. Ich schlage eine Lösung vor.«

»Es gibt nur ein Exemplar.« Ysbeta hob ihr zierliches Kinn. »Welche Lösung schwebt dir da vor?«

»Ganz einfach, Ihr könntet es zusammen lesen«, sagte Ianthe und schlug dabei die Hände zusammen. »Ysbeta kann Ihnen alles über die Berge und die Perlenbucht erzählen.«

Beatrice fiel ein Stein vom Herzen. Es würde sich rasch herumsprechen, dass sie mit einer mächtigen Familie auf gutem Fuße stand. Wie es wohl sein würde, mit einer anderen Zauberin befreundet zu sein, einer Frau ihresgleichen? Beatrice lächelte, dankbar für Ianthes Vorschlag. »Das wäre ganz wunderbar. Ist es wahr, dass in Jy einige der schönsten Tiere dieser Welt leben?«

»O ja. Haben Sie Chasland jemals verlassen, Miss Clayborn?«, fragte Ysbeta. »Oder träumen Sie nur vom Reisen?«

»Ich träume davon zu … ich träume vom Reisen, aber ich habe das Land noch nie verlassen«, sagte Beatrice. »Da draußen gibt es so viel Wunderbares! Wer würde sich nicht danach sehnen, sich durch die Wasserstadt Orbos treiben zu lassen oder durchs elfenbeinerne Masillia zu schlendern oder in den Gärten von An zu entspannen?«

»An ist sehr schön«, sagte Ianthe. »Wenn Sanchi auch weit von hier entfernt ist. Sie müssen sich mit meiner Schwester verabreden! Sie wurde in der Mitte des Meeres geboren, ihre Seele gehört dem Horizont. Sie beide sollten Freundinnen sein. Mit weniger gebe ich mich nicht zufrieden.«

Auf einem Schiff, meinte er sicherlich, doch die Formulierung entlockte Beatrice ein verwirrtes Blinzeln, bis sie schließlich verstand, dass er sich poetisch ausgedrückt hatte. Sie sah Ysbeta an, die nicht gerade erpicht darauf zu sein schien, Beatrice' Freundin zu werden. »Das wäre mir sehr recht.«

Ysbeta presste die Lippen zusammen, doch ihr Nicken ließ ihre Locken wippen. »Mir auch.«

»Morgen!«, rief Ianthe aus. »Wir essen gemeinsam zu Mittag, und dann ist der Nachmittag die ideale Zeit für eine fruchtbare gemeinsame Lektüre. Bringen Sie Ihr Notizbuch mit, Miss Clayborn, und wir werden uns an Ihrer Gesellschaft erfreuen.«

Zugang zum Buch! Freundschaft mit den Lavans! Alles, was sie noch tun musste, war, Ysbeta das Buch entgegenzustrecken, damit diese es an sich nahm. Danach würde sie freilich zusehen müssen, wie sich ihr Grimoire, von ihr in einem unordentlichen Haufen irrelevanter Romane, zuckersüßer Verse und überholter Schriften entdeckt, immer weiter entfernte, davongetragen in der Armbeuge einer Fremden.

Ihr Blick wanderte von Ysbetas finsterer Miene zu Ianthes fröhlichen Augen: Er meinte den Vorschlag ernst. Beatrice ging im Geiste ihre Kleider durch. Konnte sie sich damit bei diesen beiden sehen lassen?

Doch noch durfte sie sich keine Gedanken über ihre Kleidung machen! Noch musste sie Vorsicht walten lassen! Zögernd überreichte sie Ysbeta den Band. Erst, als er sich in ihren Händen befand, schenkte diese ihr ein Lächeln, das einen leicht schiefen vorderen Schneidezahn offenbarte.

»Danke«, sagte sie. »Entschuldigen Sie mich kurz.«

Die beiden ließen sie zwischen den Stapeln stehen. Ianthe trat draußen an die Kutsche heran, während Ysbeta mit ihrer Unterschrift für die Zahlung per Rechnung garantierte und dann ebenfalls den Laden verließ. Hinter ihr klingelte die Türglocke.

Ysbeta hatte nie beabsichtigt, Beatrice zu sich einzuladen.

Sie hatte Beatrice bestohlen.

In einiger Entfernung bog der türkis emaillierte Landauer um die Ecke, und als er aus Beatrice' Sichtfeld verschwand, verhallte auch das kitzelnde Locken des Zauberbuchs.

Verloren. Gestohlen! Ach, sie würde niemals wieder dem Wort eines Gentlemans vertrauen! Da hatte sie endlich die Chance gehabt, frei zu sein! Verdammte Etikette! Sie hätte sich weigern müssen, hätte Nein sagen sollen!

Zwei Frauen schnalzten missbilligend mit der Zunge, weil sie ihnen im Weg stand. Beatrice trat eilig an den Rand des Gehsteigs. Sie hatte dieses Nein nicht über die Lippen gebracht. Damit hätte sie ihre Familie womöglich ins Aus manövriert. Sie plante ja eh, den respektablen Namen der Clayborns zu beflecken, indem sie nicht heiratete. Das war schlimm genug. Mehr durfte sie ihr nicht antun, schließlich musste sie auch an Harriet denken.

Beatrice' jüngere Schwester malte Bilder von sich im grünen Gewand der Ehezeremonie. Sie las all die Romanzen über

Frauen in der Ballsaison, über eine Welt, in der Minister und Earls förmlich danach lechzten, sich in eine Kaufmannstochter zu verlieben. Und Harriet war bereit für diese Bestimmung. Beatrice durfte ihr diese Zukunft nicht vermasseln.

Aber das Buch! Wie sollte sie denn ein zweites finden?

Sie wartete an einer Straßenecke darauf, dass ein Posten den Kutschenverkehr anhielt, damit sie die Silk Row in einer Menschentraube überqueren konnte. In großen Schaufenstern trugen Puppen opulente Gewänder, auf den bemalten Holzköpfen saßen Perücken. Spektakuläre Schuhe mit schwindelerregenden Absätzen waren mit Drähten in Tanzschritten fixiert. Beatrice ging an den Auslagen vorbei und hielt bei den Modistinnen Tarden und Wallace inne.

Tarden und Wallace war das erste Atelier in ganz Bendleton, die eine der beiden Eigentümerinnen eine Llanandari. Die Entwürfe wurden gedruckt, gebunden und an junge Frauen verkauft, die über den Skizzen von Kleidern seufzten, welche die Schönheit der Trägerinnen mit Schnürmiedern, tiefen Dekolletés und luxuriösen importierten Stoffen zum Strahlen brachten. Dieser Salon war der teuerste am Ort, und doch hatte ihr Vater ohne Murren für ihre Garderobe bezahlt.

Beatrice stellte fest, dass sie gedankenverloren auf ihrer Lippe kaute. Ihr Vater hätte eine andere Modistin gewählt, wenn er sich diese beiden nicht leisten konnte. Mit Sicherheit.

Sie öffnete die Tür und trat ein.

Alle Blicke richteten sich auf sie. Auf ihr windzerzaustes Haar, den staubigen Saum des Kleids und ihre unbehandschuhten Hände. Zwei Frauen – die identischen, mit Blumen bedruckten Baumwollkleider wiesen sie als Schwestern aus – sahen einander an und bedeckten dann kichernd ihre Münder.

Beatrice wurde rot. Nun rächte sich, dass sie nicht in der Kutsche sitzen geblieben, sondern wie eine gewöhnliche Frau zu Fuß gegangen war. Als würde sie ein unsichtbares Handbuch für Manieren und Auftreten junger Damen auf dem Kopf balancieren, korrigierte sie prompt ihre Haltung und kämpfte gegen den Drang an, ihre schlichten, mit Tee gefärbten Röcke abzuklopfen.

Clara trat lächelnd aus dem Hinterzimmer, das der Anprobe diente. »Sie werden es lieben, Miss Beatrice! Das Kleid für heute Abend ist fertig, und ich habe noch vier weitere in Auftrag gegeben …«

Eine Assistentin folgte Clara auf dem Fuße. Über dem Arm trug sie ein halb fertiges grünes Kleid. Beatrice schluckte. Das war ihr Hochzeitskleid. Sie würde es im Tempel tragen, wo sie durch das Band der Ehe an einen wohlhabenden jungen Magier gefesselt würde und ihrer Magie für Jahrzehnte Lebewohl sagen müsste. Sie wandte den Blick ab und beobachtete, wie Miss Tarden höchstselbst mit einem säuerlichen Ausdruck auf den vollen Lippen auf dieses Kleid starrte.

»Miss Beatrice? Wollen Sie Ihr Kleid denn nicht anprobieren?«, fragte sie mit warmem, gut gepflegtem Llanandari-Akzent.

Beatrice musterte das Hochzeitskleid, und das Herz schlug ihr bis zum Hals. »Ich habe noch einen anderen Termin, fürchte ich.«

Clara deutete auf das Hinterzimmer. »Es wird knapp, aber die paar Minuten können wir uns noch …«

»Nein, das ist schon in Ordnung«, sagte Beatrice. »Du kannst mir auf dem Weg zum Kapitularhaus alles über die neuen Kleider erzählen.«

Die beiden Schwestern sahen einander überrascht an. Beatrice ignorierte sie.

Clara nahm die Schachtel mit einem Knicks entgegen. »Ja, wir wollen nicht zu spät kommen.«

Beatrice verließ das Geschäft als Erste. Clara stieg mit der Schachtel in die Kutsche, die ihr Vater für sie gemietet hatte. »Sie haben ja doch kein Buch gekauft!«

Beatrice betrachtete eine Gruppe Gentlemen, die auf langbeinigen, langmähnigen Pferden vorbeiritten und einander lachend etwas zuriefen. Sie trugen Reitstiefel aus feinem, mit Ornamenten geschmücktem Leder, doch ihre Köpfe umgab keine Aura. Das waren nur junge Männer, keine Magier. »Dieses Buch, das ich erwerben wollte, wurde schon von jemand anderem gekauft.«

»Ach, Miss Beatrice, das tut mir leid. Ich weiß ja, wie sehr Sie Ihre alten Bücher lieben.« Clara berührte Beatrice' Arm, eine sanfte Geste des Trosts. »Es findet sich sicher ein anderes Exemplar. Wir können alle Buchhandlungen anschreiben, wenn Sie möchten.«

Clara konnte die eigentliche Katastrophe natürlich nicht ermessen. Beatrice durfte ihr jedoch nicht die Wahrheit sagen, selbst wenn sie die ältere Frau noch so mochte. Sie durfte sich niemandem anvertrauen. Vermaledeite Ysbeta Lavan! Hätte sie nicht fünf Minuten später auftauchen können?

Sie musste dieses Buch in die Hände bekommen, sie musste einfach!

»Aber jetzt können Sie sich ja auf den Tee mit Ihrem Vater freuen«, sagte Clara versöhnlich. »Und dem ersten jungen Mann. Ich vermute, Danton Maisonette sieht sehr gut aus.«

Beatrice zuckte mit den Schultern. »Mit einem Titel und einer maßgeblichen Beteiligung an Valserres größter Firma für Kapitalanlagen braucht er nicht gut auszusehen.«

»Aber Miss Beatrice! Ich weiß ja, dass Ihnen egal ist, wie dick seine Taschen sind. Überlassen Sie die Wahl daher Ihrem

Herrn Vater. Er wird wissen, was zu tun ist. Worauf hoffen Sie denn? Vielleicht doch auf gutes Aussehen? Oder Klugheit?«

»Auf Ehrlichkeit.«

Mit nachdenklich gerunzelter Stirn dachte Clara darüber nach. »Ehrlichkeit kann ein zweischneidiges Schwert sein, Miss Beatrice. Aber da wären wir ja schon!«

Beatrice hatte versucht, zu ignorieren, dass sie sich dem Kapitularhaus näherten. Die Kutsche hielt vor dem Gebäudes an, das die gesamte Südseite des Platzes einnahm und seinen Schatten auf die Straße warf.

Das Bendleton-Kapitularhaus war das jüngste in Chasland, mit einem hoch aufragenden Glockenturm und dazu passenden Spitztürmen. In den Fenstern leuchtete Buntglas. Beatrice starrte das Gebäude an, als wäre es ihr Erzfeind.

Was sie vor sich sah, war das Herz im Leben von Magiern der ganzen Welt. Hier wurden sie ausgebildet, hier lag das Zentrum rein männlicher Macht und männlichen Einflusses, das Frauen wie ihr verschlossen blieb. Selbst, wenn sie sich im fortgeschrittenen Alter wieder der Magie würde widmen dürfen, gäbe es im Kapitularhaus keinen Platz für sie. Ihr war es nur erlaubt, die Galerie und den Teesalon zu betreten, dies obendrein ausschließlich in Begleitung eines Mannes, der Mitglied des Hauses war. Danach hieß es: keinen Schritt weiter.

Jungen zwischen zehn und achtzehn Jahren waren hier untergebracht, lernten Mathematik und Geschichte, Ritualabläufe und magische Techniken. Vollwertige Mitglieder tauschten Geschäftsgeheimnisse mit ihren Kapitularbrüdern, entschieden über Gesetze, ehe diese überhaupt ans Ministerium gingen, und brachten sich und ihresgleichen durch Zauberkräfte und bruderschaftliche Beziehungen noch weiter nach oben.

Das Kapitularhaus beherbergte Werkstätten für Handwerk und bildende Kunst, passend ausgestattete Ritualräume und sogar Gästewohnungen, in denen Kapitularbrüder willkommen waren. Im Skriptorium waren Tausende von Büchern gehortet, verfasst in Mizunh, der geheimen Sprache der Geister. Jahrhunderte der Tradition, der Restriktion und männlicher Exklusivität bildeten das steinerne Fundament dieses Gebäudes. Beatrice starrte also tatsächlich ihren Erzfeind an.

»Jetzt schmollen Sie doch nicht, Miss Beatrice! Ruinieren Sie das Treffen nicht, indem Sie zulassen, dass Ihre Gefühle Ihre Mimik beherrschen«, insistierte Clara. »Lächeln Sie!«

Beatrice verzog die Lippen, bis ihre Wangen rund wurden.

»Mit Gefühl! Denken Sie an etwas Schönes! Stellen Sie sich einfach vor, Sie würden etwas Wundervolles tun!«

Beatrice stellte sich vor, sie hätte das Recht, jeden Quadratmeter des Kapitularhauses zu betreten. Sie und ihr größerer Geist wären bekannte Mysteriengelehrte. Die Herrschaften lächelten ihr nicht zu, weil sie hübsch, sondern weil sie respektabel war. Frauen würden von einem Hörsaal zum anderen laufen und offen die hohe Kunst und Wissenschaft der Magie studieren. Beatrice dachte an die Welt, die sie sich wünschte, und straffte die Schultern.

Sie lächelte, als sei das Kapitularhaus ihr Freund.

»Viel besser!«, lobte Clara sie. »Ich bringe diese Kleider nach Hause, denn Sie kommen ja sicher mit Ihrem Vater heim. Viel Glück!«

»Danke«, sagte Beatrice und schritt auf die hohe Doppeltür zu.

Kühl und gedämpft warf die gewölbte Decke das Echo ihrer Schritte zurück. Die weitläufige Eingangshalle diente auch als Debütantinnengalerie. Vasen mit teuren Blumen standen zwischen vierzehn Gemälden, ihr Duft mischte sich mit dem sauberen, kalten Steingeruch der Halle. Beatrice ging auf das Porträt von Ysbeta Lavan zu. Eine strahlende Erscheinung, atemberaubend geradezu, in einem Kleid von sattem Türkis, die Hand nach einem topazblauen Schmetterling ausgestreckt, der auf den üppigen schweren Blüten eines Ylang-Ylang-Baums im Hintergrund saß. Ein juwelenbesetztes Diadem schnürte ihre schwerelose Wolke aus Locken. Der Glanz und die Schönheit beherrschten dieser Frau den Raum, sie hing im Zentrum, in der besten Position. Leer gähnten Rahmen links und rechts, als könne sich nichts und niemand mit ihr vergleichen.

Beatrice' eigenes Bildnis stand in einer düsteren Ecke neben einigen jungen Frauen, die nichts Außergewöhnliches an sich hatten, aber offenbar wohlhabend waren. Der Maler hatte sowohl den warmen Glanz ihres Samtkleides als auch die unmodischen Puffärmel eingefangen. Sie hielt ihre Geige im Schoß.

Sie erinnerte sich kaum noch an den Geruch des Leinöls oder an den verfluchten Staub, der sie in der Nase gekitzelt hatte. Von der unglaublichen Langeweile ganz zu schweigen. Stundenlang hatte sie still sitzen müssen, gequält von dem unbezwingbaren Wunsch, sich zu kratzen. Am stärksten war ihr das merkwürdige Gefühl in Erinnerung, gründlich vom Künstler aus Gravesford studiert zu werden, obgleich ihre wahre Natur doch verborgen blieb.

Dabei hätte es interessant werden können. Der Mann war Feuer und Flamme für die Idee gewesen, Beatrice mit einem Gewehr zu malen, nachdem er sie eines Morgens mit einer Schusswaffe angetroffen hatte, als sie von ihrem Ritt in den Wäldern zurückgekehrt war. Beatrice versuchte, ihm zu erklären, dass sie die Waffe nur mit sich führte, um sich gegen wilde Keiler oder gelegentlich einen Bären zur Wehr setzen zu können, doch der Maler war nun einmal ganz und gar verliebt in seine Vision. Ihr Vater hatte der Auseinandersetzung ein Ende bereitet, indem er angedroht hatte, ihn ohne Bezahlung heimzuschicken.

Hätte der Maler doch nur seinen Willen bekommen! Nun war die Beatrice in Öl genau das, was man erwartete. Ach, trüge sie doch nur ein Gewehr unterm Arm! Oder hätte sie eine Pistole in ihrer Hand baumeln, während sie sich leger wie ein Gentleman in den Mußestunden in einem Sessel lümmelte. Gäbe es da nur irgendetwas, das allen klarmachen würde, dass sie ein Charakter war, irgendetwas, das den Leuten beweisen würde, dass mehr in ihr steckte als das, was sie von Frauen erwarteten: Zierde und geübtes Schweigen.

»Bei den Sterngeborenen, was für eine Aura! Sie müssen Beatrice sein!«, rief eine Stimme in akzentuiertem Llanandari.

Sie wandte sich um und starrte einen jungen Mann an, bei dem es sich nur um einen handeln konnte: »Danton Maisonette. Guten Tag. Haben Sie sich das neue Kapitularhaus angesehen?«

»Hier in Chasland sind sie doch alle neu«, sagte Danton mit einem abwertenden leisen Schnauben. »Valserre ist bereits seit siebenhundert Jahren Teil der Bruderschaft. Chasland wird sich noch ruinieren, wenn es weiter versucht, mit den besseren Nationen Schritt zu halten.«

Beatrice presste die Lippen zusammen, als könnte sie dadurch seinen abfälligen Beleidigungen trotzen. »Dann entspricht es nicht Ihrem Standard?«

Er sah an der Steinwand empor, die mit aller Kunstfertigkeit der chasandischen Steinmetze gestaltet worden war, und hatte nur ein Schulterzucken dafür übrig. »Im neusten Stil. Chasländern ist Gold eben wichtiger als Geschmack.«

Beatrice suchte nach den richtigen Worten und einem Zügel für ihr Temperament. »Wie hätten Sie die Wand denn gehalten? Valserraner sind ja schließlich bekannt für ihre … Kenntnisse in allen Fragen der Schönheit.«

»Ästhetik«, korrigierte Danton sie. »Einen älteren Stil zu imitieren bedeutet, sich auf ein Vermächtnis zu beziehen, das hier, wenn ich recht darüber nachdenke, nicht existiert. Kapitularhäuser sollten jedoch Gravität verströmen. Sie sollten zeitlos sein, nicht modisch.«

Beatrice suchte nach einer Antwort, aber Danton kam ihr zuvor. »Obwohl die Akustik in den Arbeitsräumen erstaunlich gut ist.«

»Das ist sicherlich den Baumeistern zu verdanken«, sagte Beatrice. »Der Entwurf stammt von einem Hadfield, das ist eine Familie, die schon seit Jahrhunderten heilige Stätten gebaut.«

»Baut«, korrigierte Danton erneut ihr Llanandari. »Ihr singt zu Ehren eurer Gottheiten? Das muss sich in der Langen Nacht eindrucksvoll anhören. Können Sie denn singen?«

»Ich wurde darin unterwiesen«, antwortete Beatrice, »wie alle chasandischen Ladys.«

Dantons Mund verzog sich ungeduldig. »Aber sind Sie gut darin?«

Dieser unhöfliche … Laffe! Diese Arroganz! Beatrice hob das Kinn. »Ja.«

»Sie sind ganz schön selbstsicher.« Er beäugte sie einen Moment lang. »Aber ich glaube Ihnen.«

Er neigte den Kopf, verschlang Ysbeta Lavans Porträt geradezu mit Blicken und wandte sich dann wieder Beatrice zu.

Danton Maisonette war nur wenig größer als sie. Sein brauner Mantel und die sandfarbene Weste waren meisterlich geschneidert, aus dem legendären Baumwollsatin Llanandras, der mit geschmackvollen geometrischen Mustern verziert war. Er war halbwegs attraktiv, aber sein dünner kleiner Mund war so verkrampft, dass Beatrice sich nicht vorstellen konnte, daraus je ein freundliches Wort zu vernehmen. Maisonette hielt sich sehr aufrecht, die Brust vorgestreckt. Seine ganze Erscheinung erinnerte Beatrice an einen Soldaten, was durchaus Sinn ergab. Als valserranischer Erbe eines Marquessats stand ihm ein hoher Posten in der nationalen Armee zu. Unter seinen Lidern blickten wasserblaue Augen mit unverwandten, direktem Starren hervor.

Oder starrte er nur sie auf diese Weise an? Denn er nahm sie derart kritisch unter die Lupe, dass sich ihr Magen verkrampfte. Als er schließlich auch noch zu ihrem Bild hinüberblickte, um dieses mit dem Original zu vergleichen, kochte Beatrice hinter dem sittsamen Lächeln, das genau der Abbildung auf der Leinwand entsprach.

»Sie sind wirklich hübsch«, sagte er. »Zu viele Rotschöpfe sehen aus, als bestünden sie aus fleckigem Kalk.«

»Danke sehr.« Das waren absolut nicht die Worte, die sie hatte aussprechen wollen, aber sie hatte Ihrem Vater versprochen, nett zu sein. Hätte doch nur jemand Danton dasselbe Versprechen abgenommen! Ihr Wunsch nach Ehrlichkeit war ihr gewährt worden. Als sie ihn geäußert hatte, war sie jedoch nicht davon ausgegangen, wie die hübsche Figur auf einer Spieluhr behandelt zu werden, die sich weiterdrehte, auch wenn Danton Maisonette die unglaublichsten Beleidigungen gegen sie schleuderte.

»Diese Unterredung wird für Sie sehr langweilig werden. Wir werden nur über Handel und Investitionen reden. Sie haben sich doch sicher etwas Handarbeit mitgebracht, um sich die Zeit zu vertreiben?«

Hätte sie ihn doch nur mit fassungslos geweiteten Augen anstarren dürfen! Hätte sie doch nur die Kinnlade aufklappen dürfen! Stattdessen musste sie lächeln, nur immer weiter lächeln im Angesicht dieses impertinenten Rüpels. »Ich fürchte, ich habe nichts dabei.«

Er zog einen Mundwinkel herab. »Ich bin im Übrigen schon sehr gespannt auf das Gespräch unserer Väter.«

Das sicher interessanter wird, als mich zu unterhalten, weil ich keine Häkelarbeit mitgebracht habe, dachte Beatrice, behielt ihr Lächeln aber bei und fragte: »Haben Sie die ganze Kapitularhausgalerie gesehen?«

»Das Einzige, was neu ist, sind die Debütantinnen«, sagte er und schlug damit das subtile Angebot aus, gemeinsam durch die Galerie zu schlendern. »Nur vierzehn dieses Jahr. Privatverhandlungen sind zu populär geworden.«

Beatrice blinzelte und legte den Kopf schief. Das wiederum fasste Danton als willkommene Einladung auf, ihr das Leben zu erklären. »Die Leute arrangieren Ehen außerhalb der Ballsaison. Ha! Chaslands Exportprodukt Nummer eins: Kinder, im Dutzend billiger. Die Ladys von bestem Blut sind bereits vergeben. Wo kommen Sie denn her, dass Sie das nicht wissen?«

Ladys boxen nicht. Nicht einmal einen unhöflichen, unerträglichen Flegel. »Mayhurst.«

Er hob die Brauen. »Aus den Nordlanden«, sagte er mit belustigtem Schaudern. »Das ist ja praktisch Provinz. Sind Sie überhaupt schon einmal in Gravesford gewesen?«

O nein, alles – nur nicht diesen Mann! Es war ihr egal, dass er einen Marquis beerben würde. Sie würde ihn nicht heiraten, um als seine Ehefrau ins entfernte Valserre verschifft zu werden, weitab von ihrer Familie. Ja, sie würde nicht einmal eine weitere unnötige Minute in seiner Gegenwart verbringen. »Wir haben einen Zwischenstopp auf dem Weg hierher eingelegt.«

»Um Kleider zu kaufen, vermute ich.« Er musterte ihre Tagesgarderobe und zuckte mit den Schultern. »Ich vermute, wenn ihr vor Wildschweinen davonlauft, habt ihr keine Verwendung für fein gewobene Llanandras-Baumwolle.«

»Oh, wir haben dafür immerhin Gewehre.« Beatrice wurde erst zu spät klar, was sie gesagt hatte.

Er starrte sie erschüttert an. »Sie schießen?«

»Ziemlich gut sogar«, sagte Beatrice – und ihr Lächeln fühlte sich mit einem Mal höchst aufrichtig an.

»Verstehe«, sagte Danton. »Wie passend für Sie. Wir sollten jetzt Tee trinken. Gibt es auf dem Land auch Tee?«

Beatrice mischte ihr Lächeln mit Zucker und Arsen. »Wenn er sich zu uns verirrt, dann schon, angeliefert mit dem Hundeschlitten, hundert Meilen durch den Schnee.«

»Wirklich?«

Beatrice' Lächeln wurde immer breiter. »Nein. Wir haben da oben mindestens sechs Hafenstädte.«

Na, wunderbar. Jetzt mochte er sie garantiert nicht mehr.

Beatrice glitt neben ihm dahin, während er sie zum Teesalon führte. Sie lächelte dem Marquis nett zu, nahm Platz und ignorierte den eigens verpflichteten Pianisten, der sich mit einer Klaviersonate abmühte, um ihre ungeteilte Aufmerksamkeit dem Gespräch über Handel und Investitionen zu widmen, von dem Danton angenommen hatte, dass es sie schrecklich langweilen würde. Sie stellte Fragen und zerstörte ihre Fassade harmloser Neugier mit etlichen Bemerkungen. Ihr Vater trug es mit Fassung, doch seine Stirn legte sich in Falten, sobald sie den Marquis und seinen Sohn verabschiedet hatten und in den Landauer gestiegen waren, der sie zurück zur Triumph Street bringen würde.

Ihr Vater nahm auf der Bank ihr gegenüber Platz und seufzte. Beatrice sank das Herz, als er ihr einen Blick zuwarf, bei dem sich die Sorgenfalten auf seiner Stirn weiter vertieften. Er sah gut aus in brauner Baumwolle, selbst wenn Jacke und Weste nur bescheidene Stickereien aufwiesen. Der Mund stand ihm offen, als wolle er etwas sagen, doch dann wandte er den Blick ab und schüttelte den Kopf.

»Vater, es tut mir leid.«

Beatrice ahnte mehr oder weniger, was genau ihr leidtun sollte, doch ihr Vater würde sie ohnehin noch mit allen Einzelheiten darüber ins Bild setzen. Sie wartete auf die unvermeidliche Antwort, und er lieferte sie mit schmerzlichem Gesichtsausdruck. »Beatrice, ist dir klar, wie wichtig es ist, auf die jungen Männer, die du bei unserem Aufenthalt hier treffen wirst, einen guten Eindruck zu machen?«

»Vater, er war unerträglich. Versnobt und arrogant. Wenn ich diesen Mann heiraten müsste, würden wir uns von morgens bis abends nur anschreien.«

Ihr Vater fuhr sich mit der Hand durch die blonden, silberdurchwirkten Locken, und sie fielen wieder an dieselbe Stelle wie zuvor, rahmten seine feinen Züge, in die Erfahrungen, allzu viele Bürden und ihre Launen Furchen gegraben hatten. »Dieser schreckliche Mann wird dann aber ein Marquis sein.«

»Marquis de Schrecklich, von mir aus. Ich wäre keine Minute mit ihm glücklich.«

»Ich hatte wirklich gehofft, du wärst weniger kapriziös«, sagte Vater. »Dieses Treffen war ein spezielles Arrangement. Und du erzählst ihm, du könntest schießen? Was hat dich da nur geritten?«

»Es ist mir einfach herausgerutscht. Und ich habe mich entschuldigt. Aber er hat mich ausgelacht, weil wir vom Land kommen, er hielt mich für dumm, als würde uns Chasländerinnen keine Bildung zuteil.«

»Ich hätte dich vielleicht auf eine Damenschule schicken sollen«, seufzte ihr Vater. »Jetzt ist es zu spät, auch wenn Harriet natürlich noch ein Mädchenpensionat besuchen könnte.«

Ermöglicht durch eine Finanzspritze von Beatrice' zukünftigem Gatten. »Harriet würde es lieben.«

»Wenn wir hier Erfolg haben, wäre ihr das möglich. Immerhin seid ihr nur vierzehn Bewerberinnen.« Seine Miene hellte sich auf, als er über den Brautmarkt nachdachte und die Tatsache, dass sich junge Männer in Scharen zu Beatrice hingezogen fühlen würden, einfach, weil sie eine dieser wenigen Debütantinnen war. »Aber wenn du ihn dir warmgehalten hättest …«

»Wo er herkam, gibt es noch andere junge Männer«, sagte Beatrice. Und mit etwas Glück würden alle sie ausnehmend befremdlich finden. Dann bräuchte sie nur noch eine weitere winzige Portion Glück, um das Grimoire wieder in die Finger zu bekommen …

Der Gedanke hallte wie Glockengeläut in ihrem Geist nach. Sie konnte das Buch doch zurückbekommen! Sie wusste ganz genau, wie! Helle Aufregung schoss durch ihre Adern, erfüllte sie mit dem Drang, aus dem Landauer zu springen und schneller zu laufen, als die schwerfälligen schwarzen Pferde trotteten. Sie verknotete die Finger und kämpfte darum, aufmerksam zu wirken, während ihr Vater auf sie einredete.

»Es ist nicht so, dass ich mir wünsche, dass du einen Mann heiratest, den du nicht ausstehen kannst, Beatrice. Aber … versuch es wenigstens, ja? Versuch, sie nicht zu früh abzustempeln.«

Beatrice nickte, alle Gedanken bereits auf ihren Plan gerichtet. »Ja, Vater. Ich gebe mir beim nächsten Mal wirklich Mühe.«

Dann betrachtete sie die baumgesäumten Straßen von Bendleton, die bereits vom Frühlingsgrün der Knospen überzogen und von schweren, süß duftenden Blüten übersät waren, und konnte es gar nicht erwarten, nach Hause zu kommen.

# KAPITEL II

Die Luft roch immer süßer, je näher sie dem gemieteten Stadthaus in der Triumph Street kamen, einem eleganten Anwesen in einer Straße, die in sanftem Bogen um den Lord-Harsgrove-Park führte. Kirschblütenblätter gaukelten im Wind, und ihr Duft betäubte Beatrice langsam, während ihr Vater ihr schilderte, was ihr entgangen war.

»Die neuste Geschäftsidee des Marquis besteht darin, die schmutzigsten Elendsviertel von Masillia in respektable Wohngegenden zu verwandeln. Er will sogar im Kanaldistrikt bauen. Mit den Gewinnen aus einem solchen Unternehmen hätte deine Mutter bis an ihr Lebensende ausgesorgt.«

Das ernüchterte Beatrice mit einem Schlag. Ihr Vater musste die Familie unterhalten, und seine Pläne hingen davon ab, inwieweit sie von Beatrice' neuer Familie gestützt wurden. »Es tut mir leid, dass die Verhandlungen zu keinem greifbaren Ergebnis geführt haben, aber vielleicht ist das ja nur zu unserem Besten.«

»Du hast recht, meine Liebe. Es gibt schließlich nach wie vor noch öffentliche Anteile.«

»Ich meinte eigentlich etwas anderes«, sagte Beatrice und lächelte, als die Neugier ihres Vaters geweckt war. »Das Problem beim Immobilienmarkt ist, dass erst Jahre vergehen müssen, ehe eine Investition Profite abwirft.«

Die Miene ihres Vaters verzog sich gramvoll. »Beatrice …«

Doch sie redete einfach weiter. »Wenn der Marquis hier nach Investoren sucht, dann wird er sicher auch Verträge mit Rohstofflieferanten aushandeln. Er wird Holz und Metall brauchen, und wenn du dich nur ein wenig umhörst, wirst du schnell wissen, wer hier in Bendleton Forstwirtschaft oder eine Mine betreibt. Wenn du in diese Unternehmen investierst …«

»Das ist ja eine gute Idee, meine Liebe, aber zerbrich dir nicht den Kopf über die Finanzwelt. Neben dem Treffen mit dem Marquis habe ich noch weitere geplant.«

Ach, warum hörte er bloß nicht auf sie? Valserre war nicht das einzige Land, dem etwas an großen Bauvorhaben lag. Eine Investition in Holz und Metall würde sich mit Sicherheit bezahlt machen! Beatrice zwang sich zu einem Lächeln. »Da fällt mir ein Stein vom Herzen. Kommst du heute Abend mit zum Ball?«

Die Wangen ihres Vaters bebten, als er den Kopf schüttelte. »Ich bedaure zwar, dafür keine Zeit zu haben, andererseits freue ich mich, bei den Comptons eingeladen zu sein. Ich habe einen Brief von Sir Gregory Robicheaux erhalten, der mich bat, einem Treffen zu einer Handelsexpedition nach Mion beizuwohnen. Es geht sicherlich um Baumwolle, denn die Lavans haben ja das Monopol auf den dortigen Kakao.«

Beatrice versuchte, beim Gedanken an die Lavans, die ja allesamt stahlen und betrogen, nicht das Gesicht zu verziehen. »Ich hoffe, es entwickelt sich zu deiner Zufriedenheit.«

»Da bin ich mir sicher«, sagte Vater. »Sir Gregory ist ein kluger Mann, und das ist eine einmalige Gelegenheit. Wenn ich es mir doch bloß gelingt, in das Unternehmen einzusteigen! Es wird mit Sicherheit Gewinn abwerfen!«

Im Unterschied zum letzten. Beatrice zwang sich, weiterhin zu lächeln. »Das freut mich, zu hören.«

Die Orchideenexpedition der Westborne-Handelskompanie hatte auch nach einer einmaligen Gelegenheit geklungen. Ihr Vater hatte enorme Gelder in die Unternehmung gesteckt, nachdem es zunächst so ausgesehen hatte, als sei die ganze Welt verrückt nach exotischen Orchideen. Doch als die Expedition mit vormals noch exorbitant teuren Blüten zurückgekehrt war, hatte die Welt sich längst auf winzige Hunde gestürzt. Zahllose Anteilseigner, darunter ihr Vater, hatten beträchtliche Summen verloren, und nur sehr wenige Investoren hatten sich vorher gegen den Verlust versichert. Seine Nachbarn in Mayhurst, die auf seinen mitreißenden Prophezeiungen vom baldigen Geldregen hereingefallen waren, hatten ihn eine Woche lang mit Kohlköpfen beworfen. Wenn ihre Mutter damals anderen Haushalten einen Besuch abstattete, war niemand zu Hause. Sie hatten sich bei Nacht und Nebel aus Mayhurst davongestohlen und die Kutsche erst Meilen später bei einer Station Halt machen lassen, doch selbst dort kannte noch jemand die Geschichte, wie ihr Vater seine Nachbarn in den Ruin getrieben hatte.

Seine Investitionen standen nie unter einem guten Stern. Er hatte die großzügige Mitgift ihrer Mutter eingestrichen und gelernt, dass man mit Spekulation und Investition nur dann ein kleines Vermögen machen konnte, wenn man ein großes einsetzte. Hätte ihr Vater damals nicht so viel riskiert, hätten sie diese Reise nach Bendleton noch um ein Jahr verschieben können. Dann hätte Beatrice mehr Zeit gehabt, zu lernen, was sie noch wissen musste, bevor es zu spät war. Aber ihr Vater wollte seiner Familie um keinen Preis sagen, wie schlecht es um sie stand, weshalb er nicht einmal sparte, als es darum ging, Beatrice in Bendletons Gesellschaft einzuführen.

Über wie viel Geld verfügte er aber noch? War es genug, um für all die Hüte und Kleider und das Haus in der Triumph Street aufzukommen? Oder hatte er nun auch seine letzten Ersparnisse geopfert, um Beatrice als gute Partie anzupreisen?

Das wäre höchst unklug. Beatrice' Mutter kam aus der respektablen Woodcroft-Familie, doch die tendierte dazu, eher Mädchen als Jungen zur Welt zu bringen, oft sogar nur einen einzigen Erben, der die Familie dann weiterführte. Sie hatte eher um der Liebe als um des Standes willen geheiratet, waren die Clayborns doch eine unspektakuläre Mittelstandsfamilie. Beatrice war somit nicht gerade die beste Partie unter den Debütantinnen. Einige von ihnen waren von deutlich höheren Rang und brachten mit Sicherheit mehr Vermögen mit, weshalb sie sich gar nicht erst der Hoffnung hingeben sollte, dass ein Herzog oder der Sohn eines Kabinettsministers sie zur Frau haben wollte. Sie besaß ja nicht einmal die Verbindungen, die einen ausländischen Magier reizen könnten.

Allerdings wollte sie auch weder einen Herzog noch einen Ministersohn heiraten. Oder einen Magier aus dem Ausland. Sie wollte selbst Magierin werden – und die Ehe würde ihr dabei einen Strich durch die Rechnung machen. Deshalb musste sie das Grimoire zurückerlangen, das Ysbeta ihr gestohlen hatte. Es war ihre einzige Chance!

»Aber auch dir werden sich heute Abend einmalige Gelegenheiten bieten«, sagte ihr Vater gerade. »Ich muss dir wohl nicht vor Augen führen, wie wichtig dein Auftritt auf diesem gesellschaftlichen Ereignis für uns ist, oder? Im Übrigen vertraue ich darauf, dass du die Menschen, die du heute Abend kennenlernst, gut einzuschätzen vermagst. Vor allen Dingen aber genieße den Abend und schließe ein paar Freundschaften. Vergiss nicht, dass dir all das Freude bereiten soll.«

Heute Abend wurde der offizielle Startschuss für eine Saison voller Feiern, Landpartien und Theatervorführungen gegeben – Gelegenheiten, bei denen Beatrice so weit aufsteigen würde, wie es ihr Charme und ihre Fähigkeiten erlaubten. Oder eben untergehen würde, wenn sie sich blamierte. Wie konnte sie es nur anstellen, für ihre Familie einen gesellschaftlichen Erfolg, für sich selbst aber einen romantischen Misserfolg einzustreichen? »Ich werde mein Bestes geben, Vater.«

Mehr musste sie nicht sagen. Ihr Vater half ihr aus der Kutsche. »Das Glück wird dir hold sein, da bin ich mir ganz sicher.«

Mit diesen Worten lag er richtiger, als er ahnte. »Ich lasse mir aus der Küche ein paar Happen bringen und werden mich vor dem Tanz ausruhen. Vermutlich verpasse ich ja das Abendessen, weil ich mich fertigmachen muss.«

Ihr Vater entließ sie mit einem nachsichtigen Lächeln. »Du wirst mich stolz machen, mein Kind.«

Im Haus ging Beatrice sofort in den ersten Stock, wo Clara sie auszog und ins Bett steckte. Als jemand das Tablett mit dem Essen brachte, erklärte Beatrice, sie werde nur ein paar Häppchen zu sich nehmen und lesen.

Clara hatte sie aus dem modisch engen Mieder befreit, und nun lag sie mit in Stoffstreifen eingedrehten Haaren – beim Eröffnungsball sollte sie Korkenzieherlocken tragen – im Bett. Beatrice zählte bis einhundert, dann sprang sie auf. Das Ballkleid lag so, dass sie es beim Einschlummern hätte betrachten sollen, doch sie warf keinen einzigen Blick darauf, als sie an der Schnur zog, mit der die Leiter zu ihrer Dachkammer heruntergelassen wurde.

Es war eine heikle Angelegenheit, das Tablett nach oben zu tragen. Beatrice musste es immer wieder auf den Sprossen abstellen, die gerade breit genug dafür waren, dann selbst weiterklettern und es auf der nächsten platzieren. Zweimal wäre es ihr beinahe entglitten, während sie die Leiter erklomm.

Die Dunkelheit in der Dachkammer roch nach Staub und altem Papier. Nur im Unterkleid bewältigte Beatrice das letzte Stück und schloss die Luke, damit sie nicht hinunterfiel und sich den Hals brach. Sie langte nach ihrem Zündkästchen und flüsterte einen Zauberspruch, um mit einem Funken eine Kerze anzuzünden. Als sie die Flamme an die anderen Stummel hielt, wisperte sie: »Bring mir Licht und niemandem Schaden.«

Die Dochte begannen zu brennen und warfen flackernde Schatten an den gewölbten Dachstuhl. Beatrice nahm ein Buch aus ihrer kleinen Sammlung – *Geschichten von Ijanel und anderen Helden,* von E. James Curtfield – und fand den Zauberspruch verschlüsselt zwischen den Versen:

*Herbeirufung eines geringeren Glücksgeistes*

Sie legte das Buch auf ein niedriges Tischchen mit einem zu kurzen Bein.

Als sie noch einmal die Anweisungen las, fragte sie sich erneut, ob die Rufformel wirklich funktionieren würde, obwohl sie nicht auf Mizunh geschrieben war. Allerdings hatte es in Chasland auch schon Meistermagier gegeben, bevor diese die Kapitularhaus-Traditionen angenommen hatten. Es musste einfach funktionieren! Beatrice übte die Zeichen, die sie für die Herbeirufung benötigte. Sie überprüfte die Sigillensequenz mehrmals, dann malte sie sie mit Kreide in der angegebenen Abfolge, ohne dabei ein Wort zu sprechen.

Nun zögerte sie, wenn auch nur einen kurzen Moment lang. Das war die komplexeste Magie, an die sie sich je gewagt hatte. Sie musste sie meistern, wenn sie einen größeren Geist rufen wollte. Sie musste dieses Ritual vollziehen – und durfte sich keinen Fehler leisten.

Beatrice ließ die Hände über den Kreidesymbolen schweben und atmete nach dem erforderlichen Prinzip, um jedes Zeichen mit ihrem Willen aufzuladen. Sie holte auf die vorgeschriebene Weise Luft, hielt den Atem zunächst an und ließ ihn dann mit exakten, vibrierenden Stößen entweichen, um so den Kreis zu aktivieren und sich ins Reich zwischen Leib und Geist zu versetzen. Jedes Zeichen musste mit dem korrekten Atem und einer bestimmten Schwingung aufgeladen werden, musste von der Stellung ihrer Finger auf die richtige Weise geformt werden. Unterdessen veränderte sich die Luft um sie herum, presste sich an sie, während die Herbeirufung stärker wurde, Sigille um Sigille, Atemzug um Atemzug, Handzeichen um Handzeichen.

Die Energie ballte sich flackernd am Rand ihres Sichtfelds zusammen, blauer als die Kerzenflamme, durchzuckt von irisierenden Blitzen aus Gold, Rosa und Grün. Die Luft flirrte und mutete geradezu lebendig an, als Beatrice' Tun sie aus der körperlichen Welt löste und zu den Gefilden der Geister trieb.

Sie verbot es sich, die Augen aufzureißen wie ein staunendes Kind. Magie kribbelte in ihrem ganzen Körper. Sie berührte den Äther und hielt diese Macht in ihren Händen, in ihrem Atem, in ihrem Körper – es war schöner als die süßeste Musik oder die erlesenste Speise. Nichts kam diesem Gefühl wissender Macht, dieser Annäherung an die Mysterien gleich.

Beatrice atmete Magie ein, formte sie nach ihren Wünschen und schloss den Kreis. Nun war sie im *Dazwischen.* Ihr Leib fühlte sich größer an, als er war. Ihr Bewusstsein dehnte sich bis an die Haut ihrer Ätherform aus, diesem Körper, den nur Geister und Magiebegabte sehen konnten und der sanft in dem Kreis glomm, den ihr sterbliches Leben bildete. Zitternd und mit bebenden Händen verleibte sie sich noch mehr

Macht ein, bis sie voll war wie ein Wasserschlauch, vorbereitet für das Ritual.

»Nadi, Geist des Glücks, ich rufe dich«, flüsterte sie. »Ich habe dir süßen Nektar und Fleisch mitgebracht. Beides soll dein sein, wenn du mir hilfst. Nadi, Glücksgeist, ich weiß, dass du nahe bist.«

Sie streckte eine Handvoll glänzender roter Erdbeeren von sich und schob sich eine davon in den Mund. Sie biss hinein und genoss die Süße auf der Zunge.

»Nadi, Geist des Glücks«, murmelte sie mit dem Erdbeergeschmack auf den Lippen. »Du bist hungrig, und ich habe Süßes.«

Ein Licht flackerte außerhalb ihres Kreises.

:Nadi will das. Gib es mir!:

Das Geistwesen bediente sich ihrer Sprache, und Beatrice schmolz vor Erleichterung fast dahin. Sie hatte es geschafft, ohne auch nur ein Wort Mizunh zu sprechen! »Ich brauche dein Glück, Nadi. Wir werden einen Handel schließen.«

Nadi wuchs und schrumpfte, streckte sich gegen die kleine Kuppel, die dieses Wesen aussperrte, angezogen von dem, was allein es reizte: Sinnesfreuden.

Geister begehrten alles, was nur ein Körper erfahren konnte. Sie wollten essen, sie wollten Wein trinken. Sie wollten rennen und tanzen und jedes einzelne Ding berühren. Sie sehnten sich nach einem fest umrissenen Körper und dem Geschmack einer Beere. Und sie wollten all das auf ewig, weshalb Frauen die Kunst und Wissenschaft der höheren Mysterien verboten war. Nur so blieb Geistwesen verwehrt, wonach sie sich am meisten sehnten: eine Behausung im Leib eines ungeborenen Kindes.

»Es gibt da ein Buch«, begann Beatrice. »Ein ganz bestimmtes Buch. Ich hielt es bereits in Händen. Die Umstände und eine kluge Zunge haben es mir entrissen. Ich möchte, dass du mir hilfst, es zurückzubekommen.«

:Ja:, sagte Nadi. :Ich sehe es in deinen Erinnerungen. Ich fühle den Sprung, den dein Herz tat, als du es gelesen hast. Ich weiß genau, weshalb du es begehrst. Was wirst du mir geben, damit ich dem Schicksal einen Schubs gebe, auf dass dieses Buch zu dir zurückkehrt?:

Beatrice hielt ihm die Beeren hin. »Diese Früchte sollen dein sein und noch dazu Fleisch. Ich habe geräucherte Schweinebäckchen, mit Honig glasiert. Ich habe Weißen Käse, gereift in den Höhlen von Stillan. Und ich habe kandischen Wein.«

:Aber ich weiß, was du mit dem Buch zu tun beabsichtigst, wenn du es in Händen hältst:, sagte Nadi. :Du wirst einen anderen Geist rufen und mit ihm den großen Pakt eingehen. Und dann wird Nadi niemanden mehr für einen Handel haben. Dann gibt es keinen Nektar mehr und kein Fleisch. Dabei will Nadi mehr.:

»Ein anderer Magier wird dich rufen, Nadi. Jemand anders wird deine Hilfe brauchen«, beruhigte Beatrice das Geistwesen. »Nadi wird immer gebraucht.«

:Nadi will auf der Stelle mehr.:

»Ich kann dir nicht noch mehr Essen bringen, ich kann den Kreis nicht verlassen«, sagte Beatrice. »Alles, was ich dir zu geben vermag, befindet sich innerhalb des Kreises.«

Sie lauschte ihren Worten nach, nachdem sie heraus waren, und biss die Zähne zusammen. Der Glücksgeist jedoch wurde heller und größer.

:Du musst mir mehr anbieten:, sagte Nadi. :Etwas Größeres.:

O nein, nein, das konnte sie nicht tun. Das war ihre erste Herbeirufung eines geringeren Geistes! Sie hatte erwartet, dieses Wesen würde ihr Anweisungen geben, wie sie das Grimoire wiedererlangte, nicht aber, dass es gleich in ihren Körper einziehen wollte. Sie hatte nach dem Besten verlangt, was die Küche zu bieten hatte, jedoch selbst kaum etwas davon gegessen und verhindert, dass Clara es wieder mitnahm. Dieser Glücksgeist war kein besonders starkes Geschöpf, doch all ihr reichhaltiges Essen und der kandische Wein reichten ihm nicht.

Nadi verlangte danach, in ihren Körper aufgenommen zu werden.

Sie hatte noch nie einem Geistwesen erlaubt, sich in ihr einzunisten, noch nicht mal einem minderen Geist, den sie sogar ohne einen Schutzkreis herbeirufen konnte. Bisher hatte sie stets nur nach kleinen Wissensbrocken gefragt und sich dafür mit Essensgaben revanchiert. Was, wenn sie Nadi nicht kontrollieren konnte? Was, wenn dieses Geistwesen Kontrolle über ihre Gliedmaßen übernahm, wenn sie seinetwegen etwas Empörendes sagte oder Schande über sich bringen würde? Was, wenn sie vollständig die Kontrolle über ihr Tun verlor und zusehen müsste, dass der Geist in ihr bei einem einzigen falschen Wort andere verletzte? Sie riskierte also, gründlich zu scheitern. Zum Tode verurteilt zu werden. Jemanden zu verletzen, den sie liebte.

Nein! Sie wusste um ihre Stärke. Sie konnte das schaffen.

»Eine Stunde«, sagte Beatrice.

:Einen Tag:, feilschte Nadi.

»Unmöglich! Bis zum Sonnenuntergang.«

:Bis zum Morgengrauen.:

»Nein. Bis Mitternacht«, entschied Beatrice. »Ich besuche den Eröffnungsball. Dort gibt es Musik …«

:Musik?: Der Geist hellte sich auf und wiegte sich hin und her. Er stöhnte glücklich. :Tanz?:

»Ja.«

:Kuchen?:

»Ja.«

:Sternenlicht?:

»Wenn es eine klare Nacht ist.«

:Es wird eine klare Nacht werden:, versprach Nadi. :Und noch einen Kuss!:

Beatrice schnaubte. »Nein.«

:Ich kann es einrichten:, sagte Nadi. :Du kannst dir aussuchen, wen. Danach wird das Buch dein sein. Aber ich will einen Kuss. Such dir den schönsten Mann aus, den, den du begehrst.:

»Das wäre bereits ein weiterer Handel!«, polterte Beatrice.

:Nur einen Kuss, Beatrice Amara Clayborn! Deinen ersten Kuss. Um Mitternacht. Ich will ihn.:

Beatrice biss sich auf die Lippe. Wenn sie beim Eröffnungsball zweimal mit demselben jungen Mann tanzte, erteilte sie ihm damit die Erlaubnis, ihr den Hof zu machen. Doch einen Gentleman zu küssen bedeutete mehr als das. Das durfte sie nicht tun. Allerdings würde sie dafür das Buch erhalten. Und mit dem Buch in Händen könnte sie einen größeren Geist für sich gewinnen, und dann hätte sie ohnehin, was sie wollte. War das nicht einen simplen Kuss wert?

»Nadi, du wirst ein wunderschönes Kleid tragen. Du wirst tanzen, Kuchen essen und Sternenlicht sehen. Und du wirst deinen Kuss um Mitternacht haben. Aber dann ist Schluss.«

:So sei es:, sagte Nadi. :Das Glück wird dir hold sein. Lass mich ein!:

Beatrice streckte die Hand aus und berührte die Scheide zur Geisterwelt. Diese widerstand der Berührung in einer Weise, als wollte Beatrice zwei Magnete mit dem gleichen Pol aneinanderdrücken.

Beatrice nahm alle Kraft zusammen und dachte an das Buch. Sie stemmte sich gegen die Grenzwand, die sie schützte.

Das Geistwesen packte ihre Finger. Als kalter Strom sickerte Nadi in ihr Fleisch, glitt unter ihre Haut und füllte alle Hohlräume.

:Ja:, sagte Nadi. :Beherberge mich bis Mitternacht, Magierin!:

Ihre Hände hoben sich ohne ihr Zutun. Sie berührte ihr Gesicht, ihren Hals, atmete tief ein und langte nach den Erdbeeren, die sie sich eine nach der anderen in den Mund stopfte. Nadi verzehrte noch den letzten Krümel vom Tablett, stürzte noch den letzten Tropfen aus dem Weinglas hinunter und schmatzte laut, begierig nach mehr.

»Nadi!«, sagte Beatrice. »Du kannst dich nicht so benehmen. Das gehört sich nicht!«

:Das ist alles so gut:, erwiderte Nadi. :Köstlich. Köstlich! Davon will ich noch viel mehr!:

»Man wird uns erwischen«, sagte Beatrice, »und wenn das geschieht, gibt es keine Musik. Und keinen Kuchen, geschweige denn Sternenlicht. Und dann wirst du deinen Kuss nicht bekommen. Benimm dich also gefälligst!«

:Lass uns rausgehen:, sagte Nadi. :Ich will das Sonnenlicht spüren. Ich will den Wind spüren. Ich will rausgehen.:

»Mein Zimmer hat eine Terrasse«, sagte Beatrice. »Wir können hinausgehen, aber du musst lieb sein.«

:Lieb:, sagte Nadi. :Ich kann sehr lieb sein. Los, los!:

Der Geist in ihrem Körper zappelte, während sie den Kreis Schutzkreis auflöste und die Energie wieder in sich aufnahm. Sie wischte die Kreidespuren vom Boden, löschte alle Kerzen und kletterte vorsichtig zurück in ihr Schlafzimmer, wo ihr laut Uhr nur noch eine Viertelstunde blieb, bevor Clara sie für den Tanz vorbereiten würde.

Der Eröffnungsball in der Versammlungshalle von Bendleton war so gut besucht, wie Clara es vorhergesagt hatte. Die Musik ging im Gelächter und in den Unterhaltungen der Anwesenden beinahe unter. All die jungen Leute in Kleidern und Anzügen, die ihre besten Qualitäten zum Vorschein bringen sollten. Sie lehnten an den modisch vergoldeten und meerschaumgrün gehaltenen Wänden. Kleine Gruppen elegant gekleideter Freundinnen maßen Beatrice mit ihren Blicken, indem sie wie beiläufig ihr Gesicht, ihr Haar und ihre Erscheinung zur Kenntnis nahmen, das Ganze beurteilten und dann abtaten.

Clara hatte jedes Detail der Kleidung ausgewählt, das Beatrice trug, hatte ihr in ein Seidenkleid geholfen, das exakt die Farbe des Frühlingshimmels zeigte und über und über mit Veilchen bestickt war, hatte ihr jede Locke zu dem Turm aufgesteckt, der gerade in Mode war, ihr das Mieder so eng geschnürt, dass es ihr in die Taille schnitt, und sich strikt geweigert, den alarmierend tiefen Ausschnitt mit einem Schultertuch zu kaschieren. Irgendwann hatte Beatrice es aufgegeben, den Stecker hochzuziehen. Jetzt atmete sie gegen die fischbeinernen Stäbe ihres Mieders an und versuchte zu verhindern, dass ihr Busen zu stark schwoll.

Ein junger Mann in elfenbeinfarbener Seide beobachtete sie. Beatrice ließ den Fächer mit einem Knall aufschnappen und verbarg sich dahinter vor seinen Blicken.

:Küss ihn:, sagte Nadi. :Er mag dich.:

:Er mag mich nicht:, antwortete Beatrice in Gedanken. :Er ist ungeeignet.:

:Hmpf.: Nadi zwang Beatrice, den Kopf zu heben und den Blick über die Menge schweifen zu lassen. Danton Maisonette stand mit den anderen jungen Gecken zusammen. Er schaute zu ihr herüber und wies einen Gentleman ohne magische Aura mit einem Nicken des Kinns auf sie hin. Dieser sah Danton überrascht an, bevor er Beatrice unverwandt anstarrte. Er gab einen Kommentar ab, über den Danton und seine Gesellschaft lauthals lachten.

Beatrice' Magen verkrampfte sich. Sie lachten über sie! Danton hatte ihre Begegnung vermutlich völlig verdreht geschildert und sie als Xanthippe und Aufsteigerin dargestellt. Nun würde die Geschichte während des Balls die Runde machen.

:Warum denkst du, dass sie über dich reden?:, fragte Nadi, und Beatrice antwortete ihm mit ihren Erinnerungen an den Vorfall. :Oh. Der ist aber gemein.:

Sie hatte damit gerade eine weitere Möglichkeit gefunden, mit Nadi zu sprechen. :Denk dir nichts dabei, Nadi. Du hast gesagt, du willst Kuchen?:

:Kuchen, ja. Ich will Kuchen. Gib mir welchen!:

:Da müssen wir uns anstellen:, entgegnete Beatrice. Sie ging zur Schlange, die sich am Büfett gebildet hatte, und seufzte innerlich über ihren Fehler. Lauter junge Männer brannten darauf, ihrer Angebeteten ein Getränk zu holen.

:Männer!: sagte Nadi. :Küss den da! Den in Pfirsichfarben!:

:Das werde ich nicht tun.:

Beatrice reihte sich hinten ein. Kuchen. Sternenlicht. Ein Tanz und dann ein unmöglicher, dreister Kuss. Nichts davon stellte ein Problem dar – bis auf den letzten Punkt. Wenn sie weiterhin eine Lady bleiben wollte, sollte sie den Kuss unterlassen.

»Entschuldigen Sie, Miss. Bitte gehen Sie vor.« Der junge Mann am Ende der Schlange verbeugte sich und bot ihr den Platz vor sich an.

Beatrice musste kurz nachdenken, um die korrekte Höflichkeitsform für einen Fremden auf Llanandari zu finden, obwohl dieser Gentleman sehr sicher aus der Gegend kam. »Seien Sie bedankt, aber ich bin hier zufrieden.«

»Ich muss darauf bestehen. Bitte nehmen Sie meinen Platz ein.«

»Bitte …?«, fragte der Mann vor ihm verständnislos. »Oh, eine Dame! Gestatten Sie mir, Ihnen meinen Platz anzubieten.«

»Danke, aber das ist wirklich nicht nötig«, protestierte Beatrice. »Es geht ja ohnehin recht schnell …«

Tatsächlich bewegte sich die ganze Schlange, als ein Mann nach dem anderen herausbekam, was hinter ihm los war, und höflich beiseitetrat, um Beatrice vorzulassen – sodass sie schließlich ganz nach vorn rückte. Wer es im Saal mitbekam, lächelte amüsiert. Beatrice nahm eine Serviette mit einem quadratischen sahnegelben Kuchenstück entgegen und trat mit flammenden Wangen den Rückzug an.

:Ich will es essen:, sagte Nadi. :Es riecht so gut. So gut.:

:Eine Minute noch:, entgegnete Beatrice. :Wir gehen nach draußen und sehen uns die Sterne an. Erinnerst du dich? Sternenlicht?:

:Sternenlicht:, sagte Nadi. :Ja. Beeil dich.:

Doch das konnte sie nicht. Sie musste den gemessenen Schritt einer Dame beibehalten, die kein besonderes Ziel ansteuerte, sondern müßig zu den offenen Türen zum Garten schlenderte. Dort würde sie ein Plätzchen finden, das ein wenig abseits lag, würde in die Sterne blicken und Nadi Kuchen futtern lassen wie ein kleines Kind. Dann würde sie eine junge Frau suchen, die freundlich und verständnisvoll aussah, ein wenig mit ihr plaudern, und wenn der Abend vorbei war, würde sie ihre Gesprächspartnerin auf die Wange küssen.

:Nein:, sagte Nadi. :Ein richtiger Kuss. Ein richtiger Kuss! Du kriegst dein Buch nicht ohne einen richtigen Kuss.:

Vermaledeit sei dieser rastlose Geist in ihrem Innern! Nadi erwartete allen Ernstes strickten Gehorsam von ihr. Ausflüchte brauchte sie sich gar nicht erst einfallen zu lassen.

Nadi zuckte zusammen und schien hinter ihrem klopfenden Herzen Schutz zu suchen.

:Nein, nicht schon wieder dieser Krach!: Nadi erzitterte unter ihrer Haut. :So grässlich. Grässlich. Mach, dass es aufhört!:

:Warte, Nadi!: Sie drehte sich im Kreis und versuchte, herauszuhören, was genau Nadi förmlich Schmerzen zu verursachen schien.

Zwei Frauen – eine junge, eine ältere – betraten den Ballsaal. Das Licht einer Lampe verwandelte ihr sorgsam frisiertes Haar in flammendes Kupfer. Beatrice unterdrückte ein Stöhnen, als die jüngere der beiden die Hand zu einem aufgeregten Winken hob.

»Beatrice!«, rief Harriet aus.

Beatrice schloss die Augen und bat innerlich um Stärke. »Hallo, Harriet.«

Harriet Clayborn war die Schönheit in ihrer Familie. Ihre fünfzehnjährige Schwester schlug ganz nach dem Vater und war mit einem perfekten, herzförmigen Gesicht gesegnet, dazu die väterliche gerade Nase und eine Mimik, als wollte sie gleich einen Witz erzählen. Ihr Haar, das hell wie Fuchsfell war, türmte sich in wunderbarer Weise auf ihrem Kopf auf und glänzte mit den blauen Kristallperlen jener Nadeln um die Wette, die ihre Locken bändigten. Harriet war eigentlich noch nicht alt genug für den Ball, doch sie hatte ihre Mutter zu einem Besuch überredet, damit sie all die jungen Damen und Herren in ihren besten Kleidern bestaunen konnte. Sie zerrte ihre Mutter weiter, streckte das Kinn vor und bedachte Beatrice mit einem tadelnden Blick.

»Warum tanzt du nicht?«, fragte sie.

Beatrice brauchte einen Moment, um sich zu sammeln. »Nicht du auch noch!«

»Du musst doch dein Llanandari üben«, sagte Harriet. »Du solltest tanzen. Mutter, Beatrice sieht aus, als wollte sie losheulen. Du kannst jetzt nicht weinen, Beatrice. Du ruinierst noch deine Schminke.«

»Ich weine nicht«, sagte Beatrice und fügte sich wohl oder übel in das Verhör ihrer Schwester. »Ich wollte nur gerade Kuchen essen.«

»Wer hat ihn dir geholt?«, fragte Harriet.

»Niemand«, sagte Beatrice. »Das habe ich selbst erledigt.«

Harriet rang schockiert nach Luft. »Nein! Mutter! Sie hat sich ihren Kuchen allein geholt!«

Ihre Mutter tätschelte Harriets Schulter. Ihre Züge entsprachen eher denen ihrer älteren Tochter – im Grunde dieselbe Frau, wenn auch durch Jahre getrennt. Dieselbe runde hohe Stirn, dieselben weit auseinanderstehenden Augen, dasselbe sanfte Grübchen im Kinn.

»Harriet, meine Liebe«, sagte sie. »Sei nicht so schrill. Du bist schließlich eine junge Frau.«

»Aber Mutter, sie macht das ganz falsch!«

»Ich wollte bloß ein Stück Kuchen.«

Harriet reckte ungläubig die Hände in die Höhe. Beatrice konnte sich ein Lächeln nicht verkneifen. »Was hätte ich denn sonst tun sollen? Ich kenne ja niemanden, und niemand sonst ist allein. Wie soll ich denn bitte jemanden kennenlernen?«

»Sprich die Matronen an«, antwortete Harriet. »Die stellen dir ein paar Fragen, und dann werden sie einen Tanz für dich arrangieren oder dich ihrer Tochter oder Nichte vorstellen. Von da an solltest du mehr fragen als antworten und damit deinem Gegenüber das Wort überlassen.«

Die Matronen waren die Frauen, die der Tanzgesellschaft vorstanden, die Anmeldungen ausgaben und die Bälle organisierten. Sie hatten zugestimmt, die Clayborns in ihren erlesenen Kreis aufzunehmen. Natürlich wären sie da in der Lage, sie angemessen in die Gesellschaft einzuführen. Harriet mochte sich von der Begeisterung, nun endlich auf dem Ball zu sein, von dem sie in so vielen Romanen gelesen hatte, mitreißen lassen, doch sie wusste tatsächlich einiges darüber.

»Dann spreche ich mit den Matronen. Danke, Harriet.«

Ihre Mutter hob den Kopf und lächelte Beatrice zu. Der mit Sigillen geprägte Silberreif um ihren Hals glitzerte im Licht des Ballsaals. Beatrice atmete gegen den Schrecken an, der stets in ihrem Innersten erwachte, wenn ihr Blick auf den Reif fiel.

»Runzle doch nicht so die Stirn, meine Kind. Dieser Abend wird ein Erfolg für dich werden, da bin ich mir ganz sicher.«

Der Reif war um den Hals ihrer Mutter geschlossen worden, als diese geheiratet hatte, und sie würde erst davon befreit werden, wenn ihre Zyklen ein ganzes Jahr lang ausgeblieben waren. Konnte es sein …?

:Nadi, liegt es an meiner Mutter? Macht sie diesen Krach?:

:Ja, sie ist es. Was ist das?:, zischte Nadi. :Ich mag das nicht. Ich mag das nicht!:

:Das kommt von dem Schutzreif.:

:Der sticht:, sagte Nadi. :Ich hasse das Ding. Es macht Krach. Ich hasse das.:

:Ich hasse den Reif auch, Nadi.:

Das also war der Erfolg, den Beatrice' Familie ihr wünschte. Wie würde es sich anfühlen, wenn man ihr die Magie nahm? Wie ertrug ihre Mutter das? Beatrice konnte sie nicht danach fragen. Durfte es nicht. Wenn ihre Familie sie der Rebellion verdächtigte, würde es ihr das Herz brechen. Und am Ende würden ihre Eltern sie trotzdem verheiraten. Deshalb durfte niemand etwas von ihrem Plan wissen, bis sie triumphiert hatte.

Aus diesem Grund erwiderte Beatrice das Lächeln. »Danke, Mutter. Ich bin so nervös.«

»Das musst du nicht«, sagte ihre Mutter. »Du siehst hübsch aus. Es gibt so viele junge Männer, die auf eine junge Frau wie dich warten.«

Was sollte sie darauf erwidern? »Ich sollte jetzt meinen Kuchen essen.«

»Und wir sollten uns wieder zurückziehen«, sagte ihre Mutter.

»Aber ich will doch sehen, wie sie tanzen«, beklagte sich Harriet. »Außerdem sind wir gerade erst angekommen.«

»Du begleitest mich jetzt, Harriet.« Sie nahm die Hand ihrer Tochter und zog sie hinter sich her. Beatrice wartete, bis die beiden außer Sicht waren.

:Nadi will jetzt Kuchen.:

:Na gut.: Beatrice suchte sich ein schattiges Eckchen, in dem sie schwer auszumachen sein würde. :Kleine Bissen. Lass dir Ze…:

Aber ihre Hand hatte sich längst gehoben, ihr Mund sich weit geöffnet – und Nadi das Kuchenstück bereits zur Hälfte verschlungen. Es folgte ein genussvoller Seufzer. :Köstlich. Köstlich.:

:Nadi! Nun sieh doch nur, was du angerichtet hast! Dabei habe ich gesagt, kleine Bissen!:

:Es ist so gut:, sagte Nadi. :Hol dir noch ein Stück.:

:Nein.: Beatrice kaute. Hatte sie Glasur an der Nase? Sie versuchte, zu schlucken, und sah sich um. Sie stöhnte, als sie sah, wie Danton Maisonette mit einer jungen Frau anmutig aus dem Ballsaal glitt. Beide trugen die gleichen Farben, ganz nach dem letzten Schrei für Geschwister. Die Kleidung war elegant, in einem Stil, den Chasland sofort imitieren würde, sobald die ausländischen Modemagazine bei den Schneidereien und Ausstattern ankamen. Beatrice trat einen Schritt zurück, damit die Schatten sie vollends schluckten.

»Er war besonders beflissen, oder nicht?« Die junge Frau ließ ihren Fächer aufklappen und wedelte sich mit sanften Zitterbewegungen die nach Meer duftende Luft zu. Beatrice lauschte angestrengt, um das rasche Valserranisch der Frau zu verstehen. »Er hat wunderbar getanzt und sich zum Abschluss tief verbeugt. Ich denke, ich habe sein Interesse geweckt.«

»In solchen Sachen vertraue ich deinem Urteil«, sagte Danton. Er zog ein Emaillekästchen hervor und öffnete es. Mit einer wirbelnden Bewegung entzündete er einen parfümierten Zigarrenstumpen, sog daran und atmete eine Illusionswolke aus, einen Bogenschützen mit allen Einzelheiten, der auf den Mond zielte.

Beatrice betrachtete den Bogenschützen aus Rauch, bis ihn der Wind zerfaserte. Es war ein hübsches Werk, doch Illusionsmagier waren zu mehr als zu Unterhaltung imstande. Sie konnten gefährlich werden. Es war allgemein bekannt, wie durchtrieben sie in einer Schlacht agierten, sodass am Ende kein Kommandant mehr wusste, ob die Streitmacht, die auf ihn zustürmte, nicht bloß ein Phantasma war oder ob das verlassene Schlachtfeld nicht vielleicht doch voller Kanoniere stand, die nur darauf warteten, ihre Kugeln gegen ihn zu schicken.

Danton produzierte eine weitere Rauchillusion von einem Mann im Anzug, doch statt der üblichen Locken vorn und dem Zopf hinten umgab den Kopf dieses Mannes eine Lockenpracht, wie Beatrice sie bei Ianthe Lavan gesehen hatte. »Wenn ich mich nicht getäuscht habe, hat er nach deiner Karte gefragt.«

»Das hat er!« Als sie in die Hände klatschte, verschwand ihr Stecker hinter den voluminös gerüschten Ärmeln. An ihrem Schlüsselblumenkleid gab es einfach von allem zu viel: zu viele Rüschen, zu viele Schleifchen, Rosetten, Spitze und Stickerei. Clara hätte ein paar Takte zu sagen gehabt, hätte Beatrice so viel Zierrat für ein einziges Kleid verlangt. »Danton, stell dir das doch nur einmal vor! Ianthe Lavan könnte mich schon morgen besuchen!«

Die Lavans waren hier! Beatrice hob den Kopf und räusperte sich, bevor sie aus den Schatten trat. Danton sah ihr finster entgegen, und das Gesicht der jungen Frau nahm einen hochnäsigen Ausdruck an. Beatrice kannte diesen Blick von all jenen, die im Ausland lebten und nur nach Chasland kamen, um sich eine Braut zu suchen.

»Ein schöner Abend, oder?«, fragte sie. »Drinnen ist es so warm, dabei ist die Frühlingsluft so rein. Ich bin Beatrice Clayborn.«

»Dieser Akzent. Als würde jemand mit Schlamm im Mund Llanandari sprechen.« Die junge Frau beäugte erst Beatrice' ausgestreckte Hand, dann ihr Gesicht. »Ist das diese Frau vom Land, mit der du Tee trinken musstest?«

»Ja«, erwiderte Danton.

Seine Schwester hob die Hand und wedelte damit vor ihrem Mund herum. »Sie hat da Zuckerguss an der Lippe.«

Hitze schoss in Beatrice' Hals und Wangen. Zuckerguss am Mund, wie ein kleines Kind! Am liebsten wäre sie im Erdboden versunken. Obendrein brachte sie vor Scham keinen Ton über die Lippen.

Ihr Gegenüber lachte. »Ich dachte, du hättest übertrieben, Danton! Entschuldige!«

Die Hitze, die durch Beatrice wogte, ließ sie die Fäuste ballen. Damen schlugen sich natürlich nicht – doch ihre Rechte war so steinhart, als könnte sie damit auf der Stelle zuschlagen und Satisfaktion verlangen.

Nadi zog sich in ihr zusammen. :Dir werd ich's zeigen!:

Eine plötzliche Windböe fegte eine stattliche Vase auf der Terrasse um, und Schnittblumen und Wasser ergossen sich über das Kleid der Frau, bevor das steinerne Ungetüm auf dem Zeh des Gentlemans landete. Die beiden Geschwister kreischten und stießen, derangiert, wie sie waren, auch noch gegeneinander.

»Oh! Haben Sie sich verletzt?« Beatrice schlug die Hände vor den Mund, um Schreck vorzutäuschen. :Sag mir, dass du das nicht warst. Oh, du warst es!: Sie durfte nicht grinsen. Geschweige denn lauthals lachen.

Aber Nadi lachte. :Geschieht ihnen recht. Ich will mehr Kuchen.:

Beatrice trat umsichtig einen Schritt von dem Desaster aus Schnittblumen und sich ausbreitender Wasserlache zurück. Ihr Zorn war verflogen, doch Furcht flatterte nun in ihrem Magen. Sie hatte ihre eigene Hand zurückgehalten und stattdessen Nadi zuschlagen lassen. :Musstest du das tun? Du hast ihr Kleid ruiniert.:

:Sie hat uns ausgelacht. Ihr Kleid ist mir also ganz egal.:

Sie durfte weitere Ausbrüche nicht zulassen. Geister waren generell wie kleine Kinder, und auch ihr Geistwesen würde erst Ruhe geben, wenn es seinen Willen bekam. Deshalb musste sie Nadi mit der gebotenen Sachlichkeit erklären, dass sie nicht wie ein wildes Tier herumrennen, Kuchen verschlingen und Fremde küssen konnte. Beatrice steckte die krümelige Serviette in die Tasche und stolzierte an dem durchtränkten Geschwisterpaar vorbei, ohne einen Blick zurückzuwerfen.

Die Südterrasse war gnädigerweise verlassen, einer kühlen, Gänsehaut verursachenden Brise sei Dank. Beatrice spazierte über die Terrasse und sah zum Nachthimmel auf.

:So viele:, sagte Nadi. :So weit weg. Wie weit sind die Sterne weg, Beatrice?:

:Die Stellaristen behaupten, es seien viele Millionen Meilen.: Beatrice reckte den Hals und hielt nach jenem Stern Ausschau, dessen Position sich nie veränderte, dem Herzheim. :Nun gut, jetzt hattest du dein Sternenlicht, deine Musik, deinen Kuchen …:

:Dann noch der Kuss:, sagte Nadi. :Dein erster Kuss, um Mitternacht.:

Wie viel Zeit blieb ihr noch? Wie sollte sie Nadi bei Laune halten, ihren Teil des Handels einhalten und das Buch erlangen? :Was, wenn ich nicht weiß, wie, Nadi? Was, wenn es einfach nicht geht?:

:Du musst:, sagte Nadi. :Küss einfach einen. Küss diesen da.:

:Wen?:

Beatrice ließ den Blick schweifen und erspähte eine Gestalt, die aus dem Ballsaal auf die Terrasse trat. Ein stattlicher Mann, in schimmernde wolkengraue Seide und einen Wasserfall aus Spitze gewandet. Perlenpuder betonte seine eleganten Wangenknochen. Ianthe Lavan aus der Buchhandlung sah in ihrer unmittelbarer Nähe zum Nachthimmel hinauf.

:Oh. Ja. Ihn. Küss ihn:, verlangte Nadi. :Wie dein Herz bei seinem Anblick klopft, Beatrice. Küss ihn!:

:Nein.: Sie schüttelte den Kopf in dem Moment, da Ianthe sich umwandte und sie im Schatten bemerkte.

»Miss Clayborn?« Er trat einen Schritt näher.

»Mr Lavan«, sagte Beatrice. »Welch Überraschung!«

Ianthe lächelte, und es war einfach nicht gerecht, dass dieser Mann auch noch dieses Lächeln besaß. Es war nicht gerecht, dass es sie zum Beben brachte – denn er hatte ihr Buch gestohlen! Hatte zumindest dabei geholfen … Ah.

So wollte Nadi also seinen Teil des Handels erfüllen. Beatrice knickste. »Ich habe nicht erwartet, Sie wiederzusehen.«

»Ich habe Sie gesucht. Ysbeta hat vergessen, Ihnen ihre Karte zu geben, und sie bedauert dieses Versäumnis. Sie sucht ebenfalls nach Ihnen.« Ianthe sprach ihre Sprache, sein Akzent bewies, dass die Person, die ihn unterwiesen hatte, aus Chasland stammte. Er kam näher. »Genießen Sie den Tanz?«

»Sie sprechen ja Chasandisch.«

»Sie übertreiben.« Ianthe hielt am Terrassengeländer inne. »Ich fürchte, mein Chasandisch ist etwas eingerostet.«

»Nein, gar nicht! Sie sprechen es vorzüglich. Und um Ihrer Frage zuvorzukommen: Ich habe mir selbst Kuchen geholt.«

Er lächelte. »Das habe ich gesehen.«

Oh, jetzt wünschte sie, er würde tot umfallen. »Und ich habe noch nicht getanzt.«

:Küss ihn. Küss ihn. Küss ihn!:

:Nein!:

:Du willst es doch:, sagte Nadi. :Er ist schön. Er sieht gut aus. Oh, und er riecht so gut.:

Beatrice verlagerte ihr Gewicht, sodass sie Ianthe ein klein wenig näherkam. Nadi seufzte beim fesselnden Duft von Kakaobutter und Rosen, von Pfeffer und auch von etwas noch Wärmerem. Warm und süß und …

Sie trat zurück, und Nadi wirkte beleidigt.

»Wollen Sie das denn? Nachdem Sie ein bisschen Luft geschnappt haben. Ich bin selbst gerade erst hergekommen, um die Sterne zu begrüßen.«

»Dann will ich Sie nicht stören.«

»O nein, bitte, stören Sie mich unbedingt. Es ist Sitte, den Anblick der Sterne zu teilen.«

Nadi regte sich wieder. :Sieh mit ihm hoch zu den Sternen!:

»Denken Sie, dass es alles Welten wie die unsere sind, wie die Stellaristen sagen?«

»So wird es angenommen«, erwiderte Ianthe. »Wollen wir sie uns gemeinsam ansehen?«

Beatrice blickte an seiner Seite hoch zum Firmament und sah zu viele Sterne, als dass sie sie zu zählen vermocht hätte. Ein Streifen Licht zog sich über den Himmel, und Beatrice hielt den Atem an.

:Schön:, sagte Nadi.

»Ein Botenstern«, murmelte Ianthe. »In Llanandras glauben wir, dass sie Glück bringen.«

»Hier auch«, sagte Beatrice. »Es heißt, dass sie gute Neuigkeiten überbringen. Ich könnte welche gebrauchen.«

»Oh, hat Sie ein Unheil ereilt?«, fragte Ianthe.

»Nein, es ist nichts«, erwiderte Beatrice. »Nur unachtsame Worte grausamer Leute.«

»Sie verwunden mitunter ebenso wie ein Pfeil. Wie kann ich Ihnen helfen?«

Beatrice lächelte ihn an. »Ihre Freundlichkeit ist Hilfe genug. Ich hätte nicht davon sprechen sollen.«

»Dann müssen wir wohl das Thema wechseln. Der Ort unseres ersten Zusammentreffens lässt mich vermuten, dass Sie Bücher mögen«, bemerkte Ianthe. »Welchen der neusten Romane würden Sie mir empfehlen?«

»Ich bin nicht ganz auf dem neusten Stand.«

»Ist ihr Stand neu genug für *Rodale Park?*«

Beatrice lächelte. »Oh, so neu ist er schon. Für die Romane, die das Haus von Verdeu herausbringt, nimmt man sich schließlich selbst dann die Zeit, wenn sie schockierend sind.«

»Ich komme immer noch nicht über Odeles Verrat hinweg«, sagte Ianthe. »William hat sie geliebt.«

»Aber Odele liebte die Musik mehr. Sie war dieser Liebe treu, denke ich«, entgegnete Beatrice. »Ihre Gabe war zu kostbar, als dass sie diese hätte wegwerfen können, nur weil sie als Frau geboren worden ist.«

»Das ist eine gewagte Meinung«, sagte Ianthe, aber dabei lächelte er in einer Weise, als wären gewagte Meinungen seine Lieblingsmeinungen. »Denken Sie, dass es Damen gestattet sein sollte, Geld zu verdienen, indem sie ihre Träume verfolgen?«

»Arme Frauen arbeiten schließlich auch«, konterte Beatrice.

»Aber Damen nicht«, erwiderte Ianthe.

Sie sollte jetzt klein beigeben. Da aber in Ianthes Blick weder Überlegenheit noch Belustigung lagen, wurde sie waghalsig. »Ich denke, es ist unser gutes Recht.«

Ianthe erwiderte ihr Lächeln, und es war einfach ungerecht, wie attraktiv er war. Vollkommen ungerecht. »Ich bin zwar noch nicht lange hier, habe aber noch keine Chasländerin getroffen, die an ihre eigenen Rechte glaubt.«

»Das haben Sie sicherlich«, widersprach Beatrice. »Wir posaunen es nur meist nicht heraus.«

»Darüber habe ich noch nicht nachgedacht«, gestand Ianthe, und dass er das zugab, erstaunte Beatrice. »Kann ich Ihnen ein Geheimnis anvertrauen?«

»Man erzählt Geheimnisse nur unter Freunden.«

»Und ich würde mir wünschen, das Privileg zu haben, Sie Freundin nennen zu dürfen.«

Er meinte seine Worte aufrichtig. Sein ernsthafter Gesichtsausdruck und die Verbundenheit, die sie umgab, machten das deutlich. Sie standen zwar so, dass alle, die aus dem Ballsaal auf die Terrasse blickten, sie sehen konnten, gleichzeitig waren sie jedoch allein, einzig von den Sternen belauscht.

»Ich werde die Ehre Ihres Vertrauens mit meinem Schweigen entgelten«, sagte Beatrice. »Worum geht es?«

Ianthe trat näher, und der faszinierende Geruch seines teuren Parfüms kitzelte ihr in der Nase. »Ich fürchte um das Glück meiner Schwester.«

»Wieso das?«

»Sie soll sich verloben«, fuhr Ianthe fort. »Unsere Mutter hat uns hierher nach Chasland gebracht, weil sie eine Verbindung zwischen unserer Familie und der eines meiner Freunde anstrebt.«

»Ah«, stieß Beatrice aus. »Ein Freund von Ihnen also …«

»Sein Vater kam vor Jahren mit ihm nach Llanandras, um die Erweiterung eines Handelsabkommens zu regeln, und hat seinen Sohn mitgebracht. Bard und ich waren im selben Kapitularhaus«, erklärte Ianthe. »Mutter glaubt, dass wir durch ihn Zugang zu der neuen chasandischen Industrie hätten und wir sichere Investitionen tätigen könnten. Aber ich wünschte, Ysbeta dürfte einen anderen Mann wählen.«

»Einen, den sie liebt?«

»Soweit ich weiß, gibt es niemanden, dem diese Art Aufmerksamkeit von ihr zuteilwird. Ich meine damit einfach, dass es ihr erlaubt sein sollte, jemanden zu wählen, der nicht von hier ist.« Er zuckte mit den Schultern und lächelte entschuldigend. »Es tut mir leid, aber es gibt chasandische Gebräuche, die ich nicht vorbehaltlos billige.«

Er hatte sie also tatsächlich nicht ausgelacht, wie es jeder Chasländer getan hätte, als sie gesagt hatte, dass auch Frauen Geld verdienen sollten. Seine eigene Mutter schien ja die treibende Kraft im Familiengeschäft zu sein. Insgeheim stimmte er ihren radikalen Gedanken zu. Welche anderen Grundsätze mochten ihn wohl dazu bewegen?

»Die meisten Gebräuche sind auch mir nicht lieb«, sagte Beatrice. »Was wollen Sie nun unternehmen? Wegen Ihrer Schwester?«

Ianthe zuckte mit den Schultern. »Was kann ich schon tun? Es ist die Pflicht einer Tochter, ihrer Mutter Folge zu leisten. Ich kann mich nicht wirklich einmischen, auch wenn ich es hasse, wie sie wie Tand in einem Handelsabkommen getauscht wird.«

Beatrice dachte einen halben Moment lang über Ianthes Geständnis nach, bevor sie antwortete.

»Sehen Sie sich in dieser Frage wirklich nicht in der Pflicht, Mr Lavan?«

»Wie meinen Sie das?«

»Ganz einfach«, sagte Beatrice. »Wenn Ihre Schwester die Erwartungen Ihrer Familie enttäuschen würde, weil sie nicht zulässt, dass ihr Wesenskern genau wie bei Odele erstickt wird, würden Sie ihr dann zur Seite stehen oder nicht?«

Seine Augenbrauen hoben sich, dann glättete sich seine Stirn wieder, während er über die Frage nachsann. »Sie stellen eine sehr präzise Frage. Eine, die ich nicht beantworten kann, ohne länger darüber nachzudenken.«

»Die Probleme anderer Leute sind einfacher zu erfassen als die eigenen.« Beatrice lachte leise. »Ich bin noch nie in den Genuss dieser besonderen Form von Ironie gekommen.«

Ianthe warf ihr einen scharfsinnigen ernsten Blick zu. »Gibt es etwas, das Sie besorgt?«

In der Tat, das gab es. Dennoch schüttelte Beatrice den Kopf. »Meine Sorgen muss ich mit mir selbst ausmachen.«

»Aber ich will Ihnen helfen. Sofern es in meiner Macht liegt …«

»Es ist nichts, wonach ich Sie fragen könnte.«

:Frag ihn. Frag ihn!:

:Nein!:

»Dann schicken Sie Ihren Wunsch einem Stern«, sagte Ianthe. »Schicken Sie ihn Jiret, dem Herzheim. Sagen Sie mir nicht, was es ist, schicken Sie es ihm.«

Er nahm ihre Hand und hielt sie fest, und ein Gefühl wie ein schmerzfreies Prickeln von Nesseln kletterte ihren Arm hinauf und unter ihre Haut: erst heiß, dann kalt, dann weich wie Pelz …

Magie. Er wirkte Magie, um ihren Wunsch in den Himmel zu schicken.

Unverwandt drückte er ihre Hand. »Wünschen Sie es sich!«

Ihre Gedanken waren wie leer gefegt. »Ich weiß nicht, was ich mir wünschen soll.«

»Haben Sie mehr als einen Wunsch?«

»Und den einen auszuwählen, schließt dem anderen die Tür.«

»Dann wünschen Sie sich doch, dass der Weg klar vor Ihnen liegt«, schlug Ianthe vor.

Beatrice sah zum Himmel auf und fand dort den hellsten Stern. Sie sammelte ihre eigene Kraft, wob sie um Ianthes und sandte ihren Wunsch empor: Himmelsgeborene, sagt mir, wie ich mit der schrecklichen Wahl, vor die ihr mich stellt, das Glück finden kann? Wen soll ich retten: meine Familie oder mich?

Vor einer Stunde noch war die Magie alles gewesen, wonach sie sich sehnte. Vor einer Stunde noch hatte sie nicht gewusst, wie es war, einen Mann anzusehen, der ihr Herz zum Schlagen brachte. Sie hatte nie davon geträumt, die Aufmerksamkeit eines hochgestellten Gentlemans zu erringen.

Nie geahnt, wie seine Anwesenheit, seine Zuvorkommenheit und sein Respekt sie berühren würden.

»Was haben Sie sich gewünscht?«, fragte Ianthe.

»Das ist geheim.«

Er lächelte. »So sei es. Kann ich Ihnen denn etwas anderes gewähren, das dazu beitrüge, Ihren Wunsch Wirklichkeit werden zu lassen?«

:Er wird es tun.:

:Ich weiß.:

»Das kann ich nicht verlangen«, sagte Beatrice. »Das wäre unanständig.«

Er trat noch dichter an sie heran. »Gewähren Sie mir die Ehre, Ihr Geheimnis zu hüten. Ich muss Ihnen helfen. Das ist mein einziger Wunsch. Bitte seien Sie unanständig, Miss Clayborn. Meine Lippen sind versiegelt.«

:Küss ihn!:

Junge Damen küssen junge Herren nicht. Niemals. Junge Damen bitten junge Herren nicht darum, sie zu küssen. Sie laden nicht zu solchen Intimitäten ein … Aber jetzt hing alles davon ab.

»Es ist ein Kuss«, sagte sie.

»Ein Kuss?«, fragte Ianthe. »Das ist die Antwort auf Ihre Nöte?«

»Eine lange Geschichte …«

»Dann sollte es ein guter Kuss sein. Darf ich?«

Er meinte es ernst. Beatrice stockte der Atem. Nadi drängte sie, und sie nickte und überließ sich Ianthes offenen Armen.

Ianthe schlang einen Arm um ihre Taille und zog sie an sich. Sein Kuss ließ ihr die Sinne schwinden. Anis lag auf seiner Zunge und vermengte sich mit dem Zucker, der Butter und der Vanille auf ihrer eigenen. Wie ein sanftes Licht sickerte der Kuss durch ihren Körper.

Nadi badete darin und sang vor Freude. Die Welt drehte sich um Beatrice, fiel auseinander, bis da nichts mehr war außer Ianthe, der sie festhielt, sie küsste und mit ihren Sinnen genauso verschmolz wie sie mit seinen. Dieser Kuss raubte ihr alles.

Sie konnte an nichts mehr denken außer an ihn. Sie konnte nicht atmen, ohne ihn zu trinken. Sie presste sich an ihn, vergaß das Sternenlicht, das Tanzen und den Geschmack des Kuchens auf den Lippen. Sie rang nach Luft, als er seine Lippen von den ihren löste, halb betäubt, ihr Körper wie ertränkt in Gefühlen.

:Jetzt ist das Glück dein:, sagte Nadi. :Hier ist sie.:

Und wer bitte? Beatrice hörte Schritte: Ysbeta Lavan bog um die Ecke. Sie hielt den Kopf erhoben und blickte Beatrice hochnäsig an.

»Sie beide haben sich offenbar schon gefunden.«

»Ähm. Ja.« Beatrice befreite sich aus Ianthes Armen und bekämpfte den Drang, ihr Haar zu richten.

Ysbeta lächelte kurz. »Ich bin froh, dass er Sie entdeckt hat. Wir hatten es ja so eilig, wir haben beide nicht daran gedacht, Ihnen unsere Karten zu geben.«

Das war eine Lüge, aber Beatrice lächelte nachsichtig. »Es ist in der Tat ein großes Glück, dass wir einander begegnet sind.«

»Wohl wahr. Ich würde gern morgen mit Ihnen sprechen. Falls ich Ihnen einen Besuch abstatten dürfte?«

Ysbeta wollte mit ihr sprechen? »Ja, sehr gern.«

Beatrice griff in ihre Tasche und zog das Kartenmäppchen hervor. Sie nahm eine der gedruckten Karten heraus, auf der ihr Name stand und die als Einladung galt, sie zu Hause aufzusuchen.

»Ich hätte auch gern eine solche Karte«, sagte Ianthe. »Falls Sie meinen Besuch wünschen …«

Beatrice sah ihm überrascht in die Augen. »Ich …«

»Aber nicht morgen«, entschied Ysbeta. »Da ist sie schon für mich reserviert.«

»Ich könnte dich begleiten.«

Ysbeta starrte ihn finster an. »Das wäre mir überhaupt nicht recht.«

Ianthe zuckte mit den Achseln, lächelte aber immer noch. »Dann werde ich eben dem Kapitularhaus meinen Besuch abstatten und mich dort angeregt unterhalten, bis alles erledigt hast. In die Stadt darf ich dich doch begleiten?«

»Das darfst du«, sagte Ysbeta. »Und jetzt lass uns verschwinden, bevor mich noch ein weiterer Gentleman zum Tanzen auffordert.«

Ianthe nahm Beatrice' Karte mit einer Verbeugung entgegen, dann gingen die Geschwister. Ysbetas Worte flatterten noch an Beatrice' Ohr. »Du solltest keine chasandischen Frauen küssen, Ianthe. Die nehmen das viel zu ernst.«

Ianthes Antwort konnte sie allerdings nicht mehr hören. Beatrice zählte bis hundert und ging dann, um ihre Mutter zu suchen. Sie wollte hellwach sein, wenn Ysbeta ihr das Buch zurückbrachte.

»Aber warum gehen wir denn schon?« Harriet stampfte schmollend mit den Absätzen gegen die Kutschenbank. »Du kannst doch nicht mehr als einmal getanzt haben. Wir hatten Mutters alte Freundinnen noch gar nicht durch. Wir müssen bleiben!«

Nadi wimmerte und zog sich zu einem dichten kleinen Ball in Beatrice' Magen zusammen. Sie legte eine Hand an den Stecker und versuchte, Nadi zu trösten, doch vergeblich.

»Kein Llanandari mehr, bitte. Ich fühle mich wirklich elend«, sagte Beatrice. »Und so früh ist es gar nicht. Schließlich habe ich eine ganze Weile gebraucht, um euch zu finden.«

»Es ist noch nicht mal Mitternacht!«

»Aber fast«, bemerkte ihre Mutter. »Wenn Beatrice sich auf dem Ball übergeben würde, dann würde sie gewiss keinen guten Eindruck hinterlassen.«

»Haargenau«, versicherte Beatrice. »Möchtest du etwa, dass ich mein letztes Mahl einem Gentleman auf die Schuhe speie?«

Harriet warf ihr einen zornigen Blick zu. »Das ist die wichtigste Nacht der Ballsaison. Die wichtigste! Hast du mit den Matronen gesprochen?«

:Du hättest noch bleiben und tanzen sollen:, sagte Nadi.

»Das war mir leider nicht vergönnt. Ich hab mich so seltsam gefühlt und brauchte dringend frische Luft.« Beatrice rieb sich über die Oberarme und versuchte, das Kribbeln zu vertreiben, das durch ihre Glieder rieselte. »Ich habe es keine Minute länger ausgehalten.«

Sie konnte noch Anis auf ihrer Zunge schmecken und diesen betörenden Duft nach Kakao und Rosen riechen. Kurz berührte sie ihre Lippen, denen man Ianthes Kuss sicher ansah, ließ die Hand aber rasch wieder sinken, bevor ihre Mutter oder – schlimmer noch – Harriet es bemerkte.

»Harriet, meine Liebe.« Ihre Mutter berührte die Knie ihrer jüngeren Tochter mit dem Fächer. »Beatrice fühlt sich unwohl. Hast du das nicht gehört? In zwei Wochen findet ein weiterer Ball statt.«

»Das ist zu spät!«, jammerte Harriet. »All deine Aussichten hängen davon ab, wen du beim ersten Frühlingsball triffst. Das ist der Saisonauftakt, die Chance, alle Gäste der Stadt zu treffen, und du gehst nach Hause, ohne irgendwen kennenzulernen.«

:Wir hätten noch weiter tanzen sollen:, seufzte Nadi. :Ein Tanz. Noch einen Kuss vom wunderschönen Ianthe.:

»Es war alles zu viel«, beharrte Beatrice matt. »Es war so heiß im Ballsaal. Außerdem roch es dort wie in einem Parfümgeschäft, in dem durchgeschwitzte Seide lagert. Und der Holunderpunsch hat mich irgendwie völlig betäubt.«

»Deshalb ist dir schlecht! Da war Gin drin!«, sagte Harriet, als wäre sie die drei Jahre ältere Schwester, nicht Beatrice. »Du solltest davon natürlich bloß ein Glas trinken, damit du etwas lustiger wirst. Hast du dir am Ende mehr als einen Punsch gegönnt?«

»Ja.«

Harriet seufzte dramatisch. »Weißt du denn gar nichts über die Ballsaison? Die ist enorm wichtig. Ich lasse nicht zu, dass du sie verpatzt. Wir können uns keine zweite Saison leisten, wenn du scheiterst!«

»Harriet«, entrüstete sich ihre Mutter, »es ziemt sich nicht, von Geld zu reden.«

Harriet erwiderte nichts, aber sie sah Beatrice bedeutungsschwer an.

Diese heftete den Blick auf die Vorhänge der Kutsche und hüllte sich in Schweigen. Die Sorge ihrer Schwester war nicht von der Hand zu weisen. Aber da sie Nadis Wünsche erfüllt hatte, würde sie das Grimoire ja rechtzeitig zurückerhalten.

Die Kutsche neigte sich auf die Seite, als der Kutscher sie um eine Ecke lenkte. In der Ferne schlug die Glocke des Kapitularhauses Mitternacht.

Nadi entschwand aus ihrem Bewusstsein, schlüpfte unter ihrer Haut hervor und kehrte ins Ätherreich zurück. Danach fühlte sich Beatrice seltsam leer und tastete nach Nadis Gegenwart wie nach einem frisch gezogenen Zahn.

Sogar Harriet neben ihr erschauderte.

»Wie auch immer«, sagte Beatrice. »Es war Zeit, nach Hause zu fahren.«

»Wie viele Karten hast du vergeben?« Harriet fuhr mit ihrer Hand in die Tasche von Beatrice' Kleid. »Hast du etwa eine Kuchenserviette gestohlen?«

»Ich wusste nicht, wohin mit ihr.«

Harriet zog das Kartenmäppchen heraus und beäugte den kleinen Stapel. »Beatrice! Hast du wenigstens eine einzige Karte vergeben?«

»Das habe ich«, sagte Beatrice. »Sogar zwei.«

»Zwei?«

»Harriet, jetzt schrei bitte nicht so!«, verlangte ihre Mutter. »Wem hast du denn Karten gegeben, Beatrice?«

»Ianthe Lavan und seiner Schwester.«

Das verschlug sowohl ihrer Mutter als auch Harriet die Worte. Die Kutschräder knirschten und ratterten, doch die Aufregung der beiden Frauen brachte das Vehikel stärker zum Schaukeln als die Rumpelei während der Fahrt. Harriet gab ein ersticktes Quieken von sich und schlug die Hände auf die Wangen.

»Ianthe Lavan?«, fragte ihre Mutter nach. »Ihm steht eine große Zukunft bevor.«

»Ianthe Lavan? Er ist perfekt. Beatrice! Was hast du dir nur dabei gedacht?« Mit einem raschen Bewegung aus dem Handgelenks heraus schlug Harriet den geschlossenen Fächer auf Beatrice' Knie. »Du kannst doch den Frühlingsball nicht verlassen, nachdem du nur einem einzigen Mann eine Karte gegeben hast! Das verrät deine Absichten doch sofort! Du brauchst weitere Verehrer, die um deine Aufmerksamkeit buhlen, damit du Ianthe Lavan für dich gewinnst. Du kannst ihm nicht einfach dein Herz zu Füßen legen und hoffen, dass er anbeißt.«

Beatrice riss Harriet den Fächer aus der Hand. »Jetzt reicht's! Erspare uns die Geschichten aus deinen weichgespülten Romanen, die nicht das Geringste mit der Realität der Ballsaison zu tun haben. Ich bin kein Pokal, um den sich Gentlemen reißen, und ich werde niemanden dazu verleiten, sich um meine Hand zu bemühen.«

»Aber das ist genau das, was du tun musst«, stieß Harriet hervor. »Und solltest du zu allem Überfluss auch noch annehmen, dass er nur deine Karte mit nach Hause genommen hat, dann mach dich auf ein böses Erwachen gefasst.«

Beatrice zuckte zusammen. Diese Worte hatten wehgetan. »Das habe ich nicht eine Sekunde lang vermutet. Mehr noch, ich weiß sogar, dass dem nicht so ist.«

»Ianthe Lavan erbt ein derart großes Handelsunternehmen, dass wir nicht einmal wissen, wie groß genau es ist. Er trägt das Rosenschwert des ersten Kapitularmysteriums. Er ist ein exzellenter Reiter, ein großartiger Tänzer, ein fähiger Fechter, der Inbegriff modischer Eleganz … Er steht Meilen über einer einfachen Bankiersfamilie.« Harriets Augenbrauen zogen besorgte Furchen in ihre Stirn. Sie hielt Beatrice' Arm gepackt und schwenkte ihn hin und her, als könnte sie ihren Worten dadurch größeres Gewicht verleihen. »Seine Familie hat mehr Verbindungen als ein Spinnennetz Fäden. Ihre Wünsche werden Gesetz. Er nennt Herzöge und Prinzen seine Freunde, er spricht vier Sprachen … Mutter! Sie wird nie bei ihm landen, wenn wir das nicht richtig angehen, oder?«

»Jetzt lass Beatrice endlich in Ruhe«, bat ihre Mutter. »Ich bin mir sicher, dass sie ihre Sache gut machen, auch ohne deine profunden Ratschläge. Deine Schwester ruht ganz in sich selbst, deshalb werden die Gentlemen sie für sich gewinnen wollen, auch wenn sie nicht mit mehreren Verehrern spielt wie die Katz mit der Maus.«

»Aber dieser Weg wäre am sichersten!«, beharrte Harriet. »Mehrere Verehrer zugleich erhören ihren Wert. Jetzt sieht es so aus, als hätte sie ihre Latte zu hoch gehängt, und das trägt ihr nur Verachtung ein. Die Menschen lieben es, eine Frau für vermeintlichen Hochmut zu strafen!«

»Harriet«, sagte ihre Mutter, und selbst ihre Stimme ließ nun die Geduld missen. »Ich habe dich nicht dazu erzogen, dich bei der kleinesten Ankündigung von Schwierigkeiten in theatralischer Verzweiflung zu ergehen. Oder siehst du das anders?«

»Nein, Mutter. Aber nun hatte auch ich keine Chance, Freundschaften zu schließen. Durch Beatrice' überstürzten Aufbruch stehen also nicht bloß ihre Chancen schlechter. Ich muss schließlich in meiner Altersklasse auch Anschluss finden. Wir sollten also unbedingt noch einmal zum Ball zurück!«

»Das geht nicht«, hielt Beatrice dagegen. »Ich hab dir doch schon gesagt, dass ich mich unwohl fühle!«

Tief in ihrem Innern wünschte sie sich allerdings auf diese Terrasse zurück. Sie wollte Ianthe noch einmal küssen – wollte es so sehr, dass es ihr Angst machte. Nein, nein! Sollte er doch Dantons schrecklicher Schwester die Aufwartung machen, der mit dem auffälligen Kleid. Sie selbst würde Distanz wahren.

»Außerdem sind wir schon zu Hause«, sagte ihre Mutter, und tatsächlich kam die Kutsche in diesem Moment vor ihrer Tür zum Stehen.

Harriet sah Beatrice an, die Sorgen standen ihr so klar auf die Stirn geschrieben, dass Beatrice sie trösten wollte. In ihrem Alter sollte sie nicht so betrübt sein. Als große Schwester würde sie deshalb dafür sorgen, dass ihr Tun Harriet nicht um das Debüt brachte, das sie sich wünschte. Wenn ihr Vater erst einmal einsah, dass es nur zum Besten seines Geschäfts wäre, wenn Beatrice über die Fähigkeiten und das Wissen eines größeren Geists gebot, würde er mit ihr zusammenarbeiten und sie als Jungfer alt werden lassen.

Ledige Zauberinnen waren selten und wurden als tragische Einzelfälle betrachtet, aber wenn sie sich für ihren Vater unersetzlich machte, würde er sie vor der Ehe bewahren.

Vorerst musste sie jedoch den Plan weiterverfolgen, auf dem gesellschaftlichen Parkett erfolgreich zu sein, während sie gleichzeitig auf dem romantischen scheiterte.

Beatrice wandte sich Harriet zu und berührte sie am Arm. »Das nächste große Ereignis ist der Kirschblütenausritt. Vielleicht wird jemand meinen Picknickkorb kaufen. Du darfst sogar mein Reitkleid aussuchen, ich werde ganz deinen Ratschlägen folgen. Es ist noch nicht zu spät, das schwöre ich dir.«

»Das violette«, sagte Harriet. »Das ist dein bestes. Aber wenn wir vorher niemanden mehr kennenlernen, versucht auch niemand beim Wohltätigkeitspicknick, deinen Korb zu ersteigern.«

»Das ist so gut wie erledigt«, erwiderte Beatrice. »Wir werden genug Leute kennenlernen, das verspreche ich dir.«

Beatrice stieg aus der Kutsche. Tief atmete sie die salzige Seeluft ein und hielt inne, als sie dunkle Flecken auf den breiten Steinstufen bemerkte. Blau-violette Lenzküsschen, dunkel im Laternenlicht schimmernd und noch duftend. Beatrice stockte das Herz – dann rang sie nach Luft, als Harriet mit einem Kreischen neben ihr aus der Kutsche auf den Gehweg sprang. Sie packte Beatrice um die Hüfte und sprang vor Freude vor ihr auf und ab.

»Er war hier! Er war es! Er muss ja geflogen sein, um das rechtzeitig zu schaffen! Was für ein Verehrer!«

»Hör auf, mich anzurempeln«, sagte Beatrice, doch Harriet las bereits jeden einzelnen Stiel auf und sammelte die Stängel in ihrer Linken zu einem Strauß zusammen. »Vielleicht war es gar nicht Ianthe.«

»Du hast nur einem Gentleman eine Karte gegeben. Wer sonst sollte also Lenzküsschen vor deiner Tür verteilt haben?«

Beatrice' Gesicht kribbelte. »Niemand, denke ich.«

»Ich hätte es nicht für möglich gehalten, aber du warst erfolgreich! Die Blumen werden einen Ehrenplatz erhalten. Oh, das ist so aufregend! Du musst morgen dein bestes Kleid anziehen und dich in Kammermusik üben und …«

Ianthe. Er musste es in der Tat gewesen sein. Er musste vom Ballsaal hergeeilt sein, um hastig die Blumen auf ihrer Vortreppe zu verteilen, eine Geste, die ganz besonderes Interesse signalisierte. Was hatte Ysbeta wohl zu diesem Umweg gesagt? Beatrice berührte ihre Lippen, und die Erinnerung an den Kuss lebte wieder auf, so stark wie die Magie, die sie im Geheimen gewirkt hatte.

Sie wandte sich ihrer Mutter zu, die sie mit stolzem Lächeln ansah. Der Schutzreif glitzerte im Laternenlicht. Beatrice versuchte, zurückzulächeln, doch sie konnte den Blick nicht von dem Reif abwenden.

# KAPITEL III

Beatrice erwachte mit dröhnenden Kopfschmerzen. Clara legte die Kleidung für den Tag bereit, den sie vor allen Dingen im Haus zubringen würde, in Erwartung von Besuch: ein gemustertes Baumwolloberteil, verziert mit geklöppelter Spitze, dazu ein Rock, der in weichen Falten fiel und daher ohne Reifrock getragen werden konnte.

Clara hielt mitten in der Bewegung inne und lächelte. »Guten Morgen, Beatrice. Sind Sie bereit für Ihren Besuch?«

Es war höchste Zeit, aufzustehen, höchste Zeit, zu lächeln, ohne Unterlass freundlich zu sein und herauszufinden, warum Ysbeta Lavan ihre Bekanntschaft machen wollte, obwohl sie in der Buchhandlung doch mehr als deutlich zum Ausdruck gebracht hatte, dass sie ebendiese nicht wünschte. »Guten Morgen, Clara. Dieses Oberteil wird es tun.«

»Nicht doch besser das pfirsichfarbene mit der Blütenverzierung?«

»Heute besucht mich Ysbeta Lavan, nicht Ianthe. Sie bestand darauf, die Erste zu sein.«

»Hm. Dafür könnte es viele Gründe geben.« Clara legte das Kleid aufs Bettende und trat an die Seite, wo sie einen

Waschlappen in ein Becken tunkte und damit über Beatrice' Gesicht strich. »Sie runzeln ja die Stirn.«

»Kopfschmerzen.«

»Sie haben zu viel Holunderpunsch getrunken.« Clara wischte ihr über den Hals. »Ich werde die Köchin bitten, Ihnen ein Gegenmittel zu mischen. Das bringe ich Ihnen ins Bad. Und jetzt auf mit Ihnen und raus aus dem Bett.«

Clara schob Beatrice förmlich ins Badezimmer und knöpfte ihr das Nachthemd auf. Ins Wasser durfte sie immerhin selbst steigen, bekam dann aber einen kühlen Lappen über die Augen gelegt.

Es blieben ihr nur wenige Momente für sich, dann würde sie beim Frühstück erwartet werden. Danach würde Clara sie in ein Kleid einfassen wie einen Edelstein, auf dass sie kunstvoll die Botschaft aussandte, sie habe in Erwartung eines ruhigen Tages daheim ein höchst schlichtes Gewand angelegt – das sie jedoch vom Ausschnitt bis zum Saum in jugendlichem Glanz erstrahlen ließ. Sie sollte wirken, als sei sie im kreativen Müßiggang unterbrochen worden und damit sowohl ihre Bildung als auch ihre Talente zum Ausdruck bringen.

Sie sollte sowohl einen Sinn für Schönheit ausstrahlen als auch den Beweis erbringen, selbst etwas Schönes erzeugen zu können. Wie viele Frauen spielte sie Geige – doch nur wenige taten es öffentlich. Sie verstand sich auf Pastellzeichnungen und Ölgemälde – doch nur wenige Werke von Frauen hingen in den chasandischen Galerien. Sie konnte stricken, klöppeln, sticken – Fähigkeiten, um später die Kleider ihrer Kinder zu verzieren. Beatrice' Kopf hämmerte, und sie wendete den Waschlappen und versuchte, sich seiner kühlenden Wirkung zu überlassen.

Gnädig öffnete sich die Tür, und Clara trat ein. Beatrice hob den Lappen von ihren Augen, nahm das Fläschchen Medizin entgegen und führte es an die Lippen. Der Koch hatte es gesüßt, aber das machte die Sache nur noch schlimmer.

»Himmelsgeborene, ist das ekelhaft!«, stöhnte Beatrice. »Danke, Clara. Gibt es Wasser?«

»Das erledige ich.« Harriet war gerade eingetreten, nahm Clara den Krug ab und schenkte Beatrice einen Becher ein. »Oh, ich werde sterben, ich werde einfach sterben«, flüsterte Harriet. »Ianthe Lavan kommt dich besuchen. Er ist noch viel besser als ein valserranischer Marquis. Er ist noch besser als ein Minister! Beatrice. Das ist wie in *Über die Quill Street,* wo die junge Laura Cooper die Aufmerksamkeit des Markgrafen von Went gewinnt, und dann …«

O nein! Harriet hatte ja keine Ahnung. »Harriet! Es ist nicht, wie du denkst.«

»Aber er hilft ihrem Vater, ein Huhn zu fangen!«, beharrte Harriet.

Ein was? »Wir haben gar keine Hühner.«

»Sie doch auch nicht«, konterte Harriet. »Es war vom Markt!«

Beatrice wollte all die verzwickten Wendungen eigentlich gar nicht erfahren. »Was du nicht sagst …«

»Harriet«, rief ihre Mutter da. »Komm bitte her.«

Harriet stieß den Atem aus, ließ Beatrice aber in Frieden.

Nach dem Bad schlüpfte Beatrice in einen Morgenrock und ging die Treppe hinunter zum Frühstück. Die Morgenzeitungen lagen neben dem leerem Platz ihres Vaters. Beatrice griff nach einer und blätterte vor zu Handel- und Finanzenseiten. Harriet beugte sich vor und gab ihr einen Klaps auf die Finger.

»Deine Finger sind gleich voller Druckerschwärze!«

»Die kann man abwaschen.« Beatrice lehnte sich zurück und vergrößerte den Abstand zu ihrer Schwester, um in Ruhe zu lesen. »Robicheaux Automaten präsentiert die neusten Erfindungen aus Vicny. Diese automatischen Wunderwerke werden das Publikum in Staunen versetzen und uns alle in ein neues Zeitalter der Produktion und der Annehmlichkeiten befördern.«

»Hier in Bendleton?«, fragte ihre Mutter.

»In Meryton. Die würde ich schon gern sehen. Ich habe gehört, sie können in einer erstaunlichen Geschwindigkeit Fäden spinnen. Es könnte sich lohnen, in Baumwollmanufakturen zu investieren, allerdings müssen wir rasch …«

»Beatrice!«, sagte ihr Vater. Er trat in den Frühstücksraum und nahm ihr die Zeitung aus der Hand. »Was hab ich dir gesagt zu Ladys, die beim Frühstück Zeitung lesen?«

»Dass sie schlechte Augen und Falten kriegen. Aber, Vater, hast du einmal drüber nachgedacht, was ich dir gestern zu Holz und Metall gesagt habe?«

Er warf ihr einen ebenso geduldigen wie enttäuschten Blick zu. »Du sollst dich doch nicht mit solchen Gedanken quälen, und Geschichten vom Ball gestern Abend, von all den jungen Herren dort, sollten nur so aus dir heraussprudeln. Wie viele hast du kennengelernt?«

Ihr Vater setzte sich an die Stirnseite des Tischs, und die Dienerschaft servierte die vorgewärmten Teller mit dem Frühstück.

»Wir haben den Ball schon vor Mitternacht verlassen, Vater!«, sagte Harriet. »Da kann Beatrice kaum viele Herren getroffen haben.«

Ihr Vater faltete die Zeitung so, dass er darüber hinwegblicken konnte. »Ich dachte, der Ball sei wichtig.«

»Genau!«, rief Harriet aus. »Und trotzdem hat sich Beatrice einfach selbst Kuchen geholt und kein einziges Mal getanzt.«

»Beatrice«, sagte ihr Vater. »Ich wünschte, du würdest deine Pflichten ernster nehmen. Und auch einmal an Harriet denken. Sie musste auf dem Ball ebenfalls Bekanntschaften machen. So früh zu gehen hat auch sie ihrer Möglichkeiten beraubt!«

»Das tut mir leid, Vater.«

»Sie hat sich unwohl gefühlt«, verteidigte Harriet sie nun doch. »Aber immerhin hat sie trotzdem einen Verehrer, und er besucht sie heute.«

»Das tut er nicht.«

»Welcher Verehrer?«, fragte ihr Vater.

»Ianthe Lavan.«

Das nachsichtige Lächeln ihres Vaters wanderte von Harriet zu Beatrice und wich aufrichtigem Erstaunen. »Du hast mit Ianthe Lavan gesprochen? Worüber?«

»Über Treue«, sagte Beatrice. »Wie wir unsere Familien ehren. Und über die Sterne.«

»Wie romantisch«, stieß ihre Mutter aus.

»Wie intellektuell«, hielt Harriet mit gerümpfter Nase dagegen.

Beatrice senkte den Blick auf ihren Teller. »Wir haben nur geredet«, log sie. Niemand musste den Rest wissen. Außerdem nahmen Chasländerinnen Küsse zu ernst. Doch ihr Kuss hatte rein gar nichts bedeutet. Jedenfalls ihm nicht.

»Ich hoffe, du warst nicht zu freizügig mit deinem Wissen«, bemerkte ihr Vater. »Ein Mann will eine Frau in allen Dingen führen. Eine Frau macht sich unattraktiv, wenn sie ihre Klugheit zur Schau stellt.«

»Mutter ist klug.«

Diese lächelte und hob ihre Teetasse. »Dein Vater hat recht, meine Liebe.«

»Wir erkennen die Klugheit von Frauen an«, räumte er

ein. »Du hast eine unübliche Bildung genossen verglichen mit einer Frau von höherer Geburt. Ich stehe immer noch hinter der Entscheidung, dich in Buchführung und Buchhaltung unterwiesen zu haben, auch wenn dein Mann mit Sicherheit einen Sekretär haben wird. Du weißt mehr, als du zur Haushaltsführung brauchst, von daher wirst du auch stets wissen, wenn die Lieferanten dich betrügen. In diesen Fragen kann Klugheit einer Frau zum Vorteil gereichen.«

Sie wusste sogar noch einiges mehr. Und sie hasste es, ihr Licht unter den Scheffel stellen zu müssen, nur um einen Mann nicht zu verunsichern, sie hasste es, sich verstellen und verbiegen zu müssen. Ianthe hatte ihr zugehört. Er hatte ihr dafür gedankt, dass sie ihm ihre Meinung anvertraut hatte. Er war der freundlichste Mann, dem sie je begegnet war.

Aber reichte das?

»Und heute kommt er her!«, rief Harriet aus. »Heute!«

»Das tut er nicht«, sagte Beatrice, doch ihr Vater ließ die Zeitung sinken und stellte die Tasse ab.

»Was sitzt du dann noch hier herum? Mach dich fertig!«

»Aber er kommt heute nicht.«

Ihr Vater lachte. »Es ist nobel von dir, dich nicht zu hochtrabenden Hoffnungen verleiten zu lassen, aber du musst auf seinen Besuch vorbereitet sein. Hoch mit dir! Achte darauf, dass Clara an jede Kleinigkeit denkt.«

»Aber ich weiß, dass er nicht kommt.«

»Geh!«

Beatrice erhob sich von ihrem Platz.

Clara wartete in Beatrice' Zimmer, um sie für den Tag zurechtzumachen. Beatrice blieb tapfer, als Clara das Mieder eng wie für eine Adlige schnürte. Sie legte den Kopf zurück und ließ die akribische Schminkprozedur geduldig über sich ergehen. Sogar als Clara ihr mit der heißen Zange Locken formte, hielt sie ganz still und versuchte, nicht zurückzuzucken. Nach einem Tee auf der Terrasse zog Beatrice sich in den Salon zurück, wo Harriet sich mit einem Skizzenblock zu ihr gesellte, um den Strauß aus Lenzküsschen zu zeichnen, den sie von den Stufen aufgesammelt hatte.

Das Fenster stand offen, und durch anmutig gebauschten Vorhänge wehte süßer Kirschblütenduft herein. Harriet unterdrückte ein freudiges Jauchzen, als Beatrice ihren Geigenkasten aufnahm. Sie zog die sechs Saiten nach, um sie zu stimmen, und spannte den Bogen, dann spielte sie eine Reihe Arpeggios und stimmte beim Spielen nach.

Unten klingelte es an der Tür.

»Er ist da!«, sagte Harriet. »Spiel etwas, spiel irgendetwas!«

Beatrice spielte eine rasche, behände Melodie und hieß damit Ysbeta willkommen. Harriet verschränkte vorfreudig die Hände und starrte zur Tür. Sie lehnte sich sogar ein wenig vor, als könnte sie Beatrice' Verehrer damit antreiben – doch nur die runde Krempe eines Damenhuts kam in Sicht.

Ysbeta Lavan stand in der Tür zum Salon, jede Plisseefalte und jeder Saum perfekt am Platz. Ihr safrangelbes Kleid aus Baumwollsatin glänzte, sie hielt die cremefarbenen Lederhandschuhe in einer Hand, ihr wagenradgroßer Hut saß genau so, dass ein Auge im Schatten lag. Das andere war auf Beatrice geheftet, die Braue fragend in die Höhe gezogen. Unter ihrem Arm klemmte ein leinengebundenes Buch.

Beatrice' Herz fiel in eine schnellere Gangart. Harriet dagegen schrumpfte in sich zusammen, als wäre alle Luft aus ihr gewichen.

»Guten Tag«, sagte Ysbeta Lavan auf Llanandari.

Beatrice hielt den Bogen behutsam zwischen zwei Fingern, als sie den Kopf zur Begrüßung neigte. »Miss Lavan. Das ist meine kleine Schwester Harriet.«

»Harriet. Was für ein wunderbares Kleid.«

»Danke«, sagte Harriet, der Llanandari leicht über die Lippen ging. »Ich mag Ihres auch sehr. Kümmert sich Ihr Bruder noch um die Pferde?«

»Ianthe hat heute andere Verpflichtungen«, erwiderte Ysbeta. »Er ist im Kapitularhaus.«

Harriet warf Beatrice einen beredten Blick zu. »Dann vielleicht ein andermal.«

»Dem kann ich nur zustimmen«, sagte Ysbeta. »Ich würde liebend gern mit Ihnen reden, Miss Clayborn. Wären Sie an einem Gespräch interessiert?«

Nun würde sie endlich erfahren, was Ysbeta wollte. Sie hielt einen erleichterten Seufzer zurück. »Unbedingt, Miss Lavan.«

Ysbeta ließ den Blick zu Harriet schweifen, die auf der Stuhlkante saß. »Allein.«

»Harriet, geh.«

Harriet verkniff sich jeden Protest und knickste sogar mit ernstem Gesichtsausdruck, bevor sie ihre Sachen einsammelte, den Salon verließ und die Tür hinter sich zuzog.

Ysbeta blickte zur geschlossenen Tür. »Ihr Zuhause ist sehr schön.«

»Wir haben es nur für die Ballsaison gemietet«, gestand Beatrice. »Ist es richtig, dass Sie außerhalb der Stadt leben? Richtung Gravesford oder in der Straße rauf nach Meryton?«

»Letzteres«, sagte Ysbeta. »Das Haus ist erst im vergangenen Herbst fertiggestellt worden.«

Ein neues, modernes Haus in der Meryton Landstraße … Bei den Einheimischen hieß sie die Meryton Geldstraße, wegen all der luxuriösen Villen, die sich zwischen Bendleton an der See und jener Hafenstadt dahinzogen, in der ein Drittel des chasandischen Handels umgeschlagen wurde. Die Villa war sicherlich so groß wie vier Häuser auf der Triumph Street, von weiten Ländereien umgeben und mit Luxusgegenständen angefüllt. Sie war sicherlich eindrucksvoller als Riverstone Cottage, das Haus der Clayborns im Norden.

Ysbeta nickte zu den Lenzküsschen hinüber, die in einer schlanken Elfenbeinvase steckten. »Wie ich sehe, haben Sie die Blumen behalten.«

»Ja. Es hat mich sehr gerührt, sie vorzufinden.«

»Mein Bruder ist ganz verzaubert von Ihnen. Er hat sogar versucht, sich mir anzuschließen, aber ich habe darauf bestanden, Sie allein aufzusuchen.«

»Es ist mir eine Freude, Sie empfangen zu dürfen.« Beatrice legte die Geige in den Kasten. »Möchten Sie mich vielleicht auf die Terrasse begleiten, Miss Lavan?«

»Sehr gern. Ich kann mir vorstellen, dass sie einen wunderbaren Blick Richtung Meer bietet.«

»Das tut sie.«

Die Terrasse war so schmal, dass sich die Säume ihrer Kleider aneinanderdrückten, doch die Aussicht über die schmiedeeiserne Brüstung machte das wett. Weicher grauer Sand traf auf ein saphirblaues Meer, dessen schaumbekrönte Wellen vom Wind unablässig an den Strand getrieben wurden. Helle Farbtupfer sprenkelten den Himmel, weil hier und da jemand in der Meeresbrise einen Drachen steigen ließ. Überall am Strand waren oben offene Kabinen aus fester Plane aufgestellt, in denen eine Dame, gegen jeden fremden Blick gefeit, der Sonne so viel Haut darbieten konnte, wie sie wollte, um jene gesunde Bräune zu erhalten, die gerade als chic galt. Beatrice betrachtete diese Stoffkabinen mit einigem Neid, denn sie selbst konnte nie lange in der Sonne liegen, ohne dass sich ihre Haut erst rötete und dann pellte, nur um nach all der Tortur wieder so weiß zu sein wie vorher.

Beatrice zog die Terrassentür zu und trat neben Ysbeta an

die Brüstung, wo sie ebenfalls die Hände um das Metall schloss. Das Sonnenlicht fing sich in den Juwelen von Ysbetas Armband, das ein Vermögen wert sein musste.

»Meine Schwester pflegt an Türen zu lauschen«, sagte Beatrice. »Doch hier dürften wir ungestört sein.«

»Danke.« Ysbeta atmete die Seeluft ein. Die Brise spielte mit der Feder an ihrem Hut. »Mich führen geschäftliche Interessen her, müssen Sie wissen.«

Beatrice' Herz klopfte heftiger. »Verraten Sie mir mehr!«

Ysbeta schluckte. »Gestern erstand ich ein Grimoire, das sich bereits in Ihrer Hand befand«, fuhr sie fort. »Ich kenne den Spruch, der mich auf Zauberbücher aufmerksam macht, aber das Problem, das ich hatte, bevor ich in Harriman's Buchhandlung trat, besteht nach wie vor.«

Beatrice wartete mit einer Miene höflicher Neugierde. »Und ich kann dabei behilflich sein?«

»Das hoffe ich sehr. Können Sie Grimoires lesen, Miss Clayborn?«

Am fernen Strand kreischte ein Kind vor Freude.

»Das kann ich«, antwortete Beatrice. »Jenes Buch, das Sie mir abgenommen haben, ist sehr kostbar. Es …«

»Ich hätte gern, dass Sie es mir beweisen.« Ysbeta griff in ihre Tasche und holte ein Buch hervor. Beatrice' Mund war mit einem Mal wie ausgetrocknet. *Waldsäugetiere des oxanischen Flachlands*, von Edward C. Johnson. Das war nicht ihr Grimoire. Dieses Buch hatte sie überhaupt noch nie gesehen. Sie schlug es auf und rief Magie herbei, wobei sie den weichen grünen Duft der Verschlüsselung des Grimoires einatmete. Sie murmelte die korrekten Phrasen, während sie mit dem kleinen Finger über den Text strich und sich ihre Hand zur Geste der Enthüllung krümmte. Die Worte verschwammen und fügten sich neu zusammen.

Den Spruch in gesprochenen Worten wiederzugeben war durchaus schwierig, doch Ysbeta erwartete genau das von ihr.

»*Ein Verzeichnis größerer Geister und ihrer Machtbereiche*«, las Beatrice vor. »Wandinatilus, größerer Geist des Glücks. Quentinel, größerer Geist des Heilens. Hilviathras, größerer Geist des Wissens …«

Ysbetas Augen weiteten sich. »Das ist ein Schatz. Ich wusste gar nicht, dass diese Informationen außerhalb des Kapitularhauses überhaupt zu finden sind! Geht es ausschließlich um größere Geister?«

Beatrice ließ die Augen über den magisch verschlüsselten Text gleiten. »Ja. Allerdings sind nur zwanzig aufgelistet.«

»Das sollte ja wohl reichen«, stieß Ysbeta aus. »Und sie sind nicht auf Mizunh geschrieben. Also wusstet ihr in Chasland, wie man größere Geister ruft, bevor ihr um die Eröffnung eines Kapitularhauses gebeten habt?«

»Ja«, sagte Beatrice. Sie drückte sich das Buch an die Brust. Erleichterung durchströmte sie. Nadi hatte mehr vollbracht, als Ysbetas Schritte zu Beatrice zu lenken. »Dieses Buch … das ist das letzte Puzzleteil. Das, das noch gefehlt hat.«

»Was meinen Sie damit?«

»Das Buch, das ich gestern entdeckt habe, beschreibt, wie man einen größeren Geist ruft, um den großen Pakt zu besiegeln.«

Ysbeta nahm Beatrice das Grimoire ab. »Das ist genau, was ich brauche. Ich hätte es nirgends sonst auf der Welt finden können.« Sie atmete tief ein, und Beatrice vermutete, dass auch sie den Geruch nach moosbewachsenen Steinen des magischen Schlüssels wahrnahm. »Ich bin gerettet.«

Gerettet. Ysbeta wollte nicht heiraten. Sie wollte eine Meistermagierin werden. Wie Beatrice. »Wie kommt es, dass Sie den Aufspürzauber beherrschen, aber nicht den Spruch, um die Bücher zu lesen?«

»Es gab nur eine Quelle, die mich auf die geheimen Grimoires aus Chasland aufmerksam gemacht hat. Eine Frau, die einen Freund unserer Familie geheiratet hat, den Internationalen Handelsdirektor.«

»Susan de Burgh! Ich habe in der Zeitung davon gelesen!«, rief Beatrice aus. »Ganz Chasland war erstaunt, dass die beiden zueinander fanden. Im Vergleich zu Lady Wilton war sie arm.«

»Na, da habe ich ja erfolgreich versucht, ihren Namen geheim zu halten!«

»Diese Heirat war in aller Munde! Kein Wunder, bei der Konstellation.« Beatrice lächelte und zuckte mit den Schultern. »Meine kleine Schwester hat alle Artikel, die sie dazu finden konnte, ausgeschnitten. Wie geht es Susan denn in Llanandras?«

»Es tut mir leid«, brachte Ysbeta hervor, »aber sie hat ihre erste Geburt nicht überlebt.«

»Nicht? Darüber wurde gar nichts berichtet. Die Arme …«

»Sie hat mir von den Büchern erzählt, aber sie behauptete, es verlange Jahre, sie zu entschlüsseln«, fuhr Ysbeta fort. »Ich möchte, dass Sie mir das beibringen. Als Gegenleistung werde ich Ianthe ermuntern, Ihnen den Hof zu machen.«

»Oh«, sagte Beatrice. »Verstehe.«

Ysbeta lächelte und richtete ihren Blick auf den Strand. »Sie können sich wohl denken, dass er ein exzellenter Fang ist. Jemanden, der noch über ihm steht, werden Sie schwerlich für sich einnehmen. Durch die Ehe mit ihm werden Sie das Wohlergehen und den Status Ihrer Familie langfristig sichern. Ihre Schwester bräuchte sich um nichts mehr zu sorgen, wenn ihre eigene Ballsaison ansteht. Werden Sie mir den Spruch also beibringen?«

Jede andere Frau hätte alles dafür getan, einen Mann wie Ianthe Lavan zu ergattern. Ysbetas Stolz auf ihren Bruder war keine Arroganz, sondern fußte auf soliden Grundlagen. Als Tochter eines eher kleinen Bankiers musste Beatrice eine solche Chance eigentlich ergreifen.

Ianthe übertraf selbst die Träume von einem Schwiegersohn, die ihr Vater hegte, um Längen. Ianthe war mehr, als sie sich je erhofft hatte. Er war gebildet, gut aussehend, geschult in allen Künsten eines Edelmanns, und es hatte Beatrice noch kein anderer Mann so zugehört, wie er es getan hatte. Hätte sie auf ihrem Porträt statt ihrer Geige ein Gewehr in Händen, hätte ihn das sicher fasziniert.

Das Echo eines bebenden Glücksgefühls prickelte unter ihrer Haut. Sie hatte nie geahnt, dass sich ein Kuss so anfühlen würde. Sie hatte nie geahnt, dass solche Gefühle in ihr schlummerten – und dass sie nach mehr verlangen würden, wenn sie erwachten. Ianthe war der perfekte Ehemann.

Doch wenn sie ihn erwählte, würde sie nie eine Magierin werden. Sie würde niemals darauf hoffen dürfen, eine Allianz mit einem Geist einzugehen, der sie zu Unvorstellbarem ermächtigen würde. Allein was sie mit einem größeren Glücksgeist vollbringen könnte …

Sollte sie all das Ianthe zuliebe aufgeben? Oder sollte sie dieser Macht zuliebe Ianthe aufgeben?

»Nun?«, fragte Ysbeta. »Die Wahl müsste Ihnen doch leichtfallen.«

»Zunächst kann ich nur mit einem Vielleicht antworten«, sagte Beatrice mit entschuldigendem Lächeln. »Denn eines muss ich vorher noch wissen: Wonach würde es Sie verlangen, wenn Sie das Grimoire entschlüsselt haben?«

Ysbeta warf ihr einen durchdringenden Blick zu. »Den Zauber zu wirken«, gestand sie. »Einen großen Geist zu binden, sodass ich mehr Wissen sammeln kann.«

Beatrice hörte ihr mit aufmerksamem Gesichtsausdruck zu, dem sich jedoch nichts entnehmen ließ. »Ich fürchte, so einfach wird das nicht. Herbeirufungszauber sind gefährlich. Selbst wer nur einen minderen Geist herbeiruft, muss komplexe Magie beherrschen. Die größeren Geister sind da noch einmal eine Klasse für sich.«

»Ich habe keine Angst.«

Kinder rannten am Strand entlang und kreischten, als sie mit den Wellen Bekanntschaft machten. Beatrice zog die Augenbrauen zu einer steilen Falte über der Nase zusammen. »Das sollten Sie aber. Wenn Sie das Ritual überleben wollen, brauchen Sie Übung im Herbeirufen.«

Ysbeta reckte ihr spitzes Kinn in die Höhe. »Und Sie sind geschult in derlei Dingen?«

Beatrice' Stolz gewann die Oberhand. »Das bin ich.«

»Dann werden Sie mich unterweisen. Und ich werde den Pfad zu Ianthe ebnen. Wir müssen sofort damit beginnen.«

»Das ist ein großzügiges Angebot«, erwiderte Beatrice. »Dennoch glaube ich, dass es nicht einfach wird.«

»Was wollen Sie denn noch?«

Beatrice begriff, dass sie noch eine ganze Menge mehr fordern konnte. Hegte Ysbeta denn gar keine Zweifel? »Wie viele Grimoires haben Sie entdeckt, Miss Lavan?«

Ysbeta bedachte Beatrice mit einem überheblichen Blick. »Zwölf.«

Beatrice blinzelte. »So viele? Ich habe bisher nur vier entdeckt. Sind Sie schon lange hier?«

»Zwei Wochen. Ich habe alle Buchhandlungen von hier bis nach Meryton geplündert«, sagte Ysbeta. »Unsere Villa liegt auf halber Strecke zwischen beiden Orten. Mehr Bände habe ich in Meryton gefunden. Ich frage mich, warum.«

»Weiß ich auch nicht«, murmelte Beatrice. »Aber ich würde Ihnen gern einen Handel vorschlagen. Ich werde Sie die Herbeirufung lehren und auch den Spruch, einen größeren Geist zu binden – aber erst, nachdem ich die Bücher Ihrer Sammlung kopiert habe.«

Ysbeta rückte ein wenig von Beatrice ab und suchte nach einer Erwiderung. »Das wird viele Besuche nötig machen.«

»Das wird es.«

»Dann müssten wir vorgeben, Freundinnen zu sein.«

»Ich fürchte, ja.«

Ysbeta lächelte über den Witz. »Aber Sie werden keine Verwendung für das Wissen haben, wenn Sie verheiratet sind.«

»Sie doch auch nicht.«

Ysbeta wandte den Blick ab und starrte über die See. »Ich habe nicht den Wunsch, zu heiraten.«

»Miss Lavan. Ich habe mit Ihrem Bruder gesprochen, und er sagte mir, dass Ihre Familie hierherkam, um einen seiner Freunde zu treffen.«

Ysbeta seufzte. »Was meine Mutter wünscht und was ich wünsche, das sind zwei grundverschiedene Dinge.«

»Darf ich dann nach dem Zweck Ihres Aufenthalts hier in Bendleton fragen?«

Ysbeta tippte auf die Seiten des Grimoires. »Chasland ist einzigartig. Nur die Sanchi-Frauen haben Zugang zu den höheren Künsten der Magie, doch sie halten ihre Traditionen derart streng geheim, dass wir darüber nicht mehr als Geschichten kennen. Susan hat mir von den Grimoires erzählt. Was für ein verlorener Schatz! Chasland hat sich die Techniken des Kapitularhauses zu eigen gemacht. Aber die Chasländerinnen haben, so vermute ich, die alten Traditionen in diesen Büchern bewahrt. Wo werden sie eigentlich gedruckt?«

»Tut mir leid, das weiß ich auch nicht. Ich kann sie nur finden und lesen.«

Ysbeta beugte sich wieder näher zu Beatrice heran. »Ich ersuche Sie dringend, mir dabei zu helfen, das magische Wissen zu retten, das noch nicht vom Kapitularhaus vereinnahmt wurde. Lassen Sie mich alles über die Magie in diesen Grimoires wissen.«

Beatrice sollte ihr genau das nahebringen, was sie selbst ersehnte. Ysbeta verlangte es nach Magie. Nach Wissen. Nach all dem, wonach es sie selbst auch verlangte. »Ich werde Sie sehr gern bei diesem Unterfangen unterstützen, Miss Lavan. Lassen Sie uns gemeinsam auf diesem Pfad der Mysterien wandeln. Solche Allianzen sind selten und kostbar.«

»Das sind sie«, sagte Ysbeta. Sie schob die Hand in die Gewandfalten und zog eine Karte hervor. »Bitte besuchen Sie mich morgen, um das eingehend zu diskutieren. Spielen Sie Hasard?«

»Gut genug, um die Regeln zu kennen.«

Ysbeta grinste. »Das würde ich einem siebenjährigen Chasländer glauben, aber keiner erwachsenen Frau. Wir werden Hasard spielen. Das sollte uns Zeit für die Verhandlungen geben.«

»Was haben wir noch zu verhandeln?«

»Nun, mich interessiert weit mehr als ein einziger Spruch. Ich möchte die Magie erforschen, über die Sie gebieten. Ich möchte die Inhalte aller Grimoires erfahren, die Sie besitzen. Wir werden die Ballsaison als unzertrennliche Freundinnen erleben. Und bevor Sie morgen nach Hause gehen, sollte Ianthe auftauchen, sodass Sie Gelegenheit haben, ihn zu treffen.«

Die Magie, über die sie gebot. Alle Grimoires, die sie besaß, im Tausch gegen Ysbetas. Das war nur gerecht. »Alle Magie, über die ich gebiete. Sie haben mein Wort«, sagte Beatrice und streckte Ysbeta die Hand hin. Ysbeta schloss ihre Finger um das Handgelenk, genau wie ein Magier es tat, wenn er einen Bruder auf der Straße traf.

»Bereiten Sie sich auf viele Fragen vor«, sagte Ysbeta. »Ich bin sehr begierig darauf, meine Studien fortzusetzen.«

»Ich werde mein Bestes geben, um Ihnen Licht zu bringen.«

»Erleuchtung«, verbesserte Ysbeta.

»Erleuchtung. Danke.«

»Haben Sie Konversationsllanandari gelernt?«

»Vor allem habe ich gelesen. Das sollte ich wohl noch öfter tun.«

»Ich habe Romane, die ich Ihnen ausleihen kann. Ich freue mich auf Ihren Besuch«, beteuerte Ysbeta. »Einen schönen Tag noch, Miss Clayborn.«

Sie knicksten höflich voreinander, und Ysbeta Lavan durchquerte den Salon und warf Harriet, die sich im Flur herumdrückte, lediglich einen flüchtigen Blick zu. Beatrice jedoch hielt im Türrahmen inne. Hatte Harriet gelauscht? Selbst wenn, hatte sie vermutlich nichts gehört.

Beatrice lächelte und streckte ihr eine Hand hin. »Wollen wir unser Duett proben?«

Harriet starrte Beatrice' Hand finster an. »Nein. Warum ist sie gekommen und nicht Ianthe?«

Vorsicht! Nun musste sie eine möglichst plausible Erklärung für Ysbetas Besuch vorbringen. »Zunächst wollte Ysbeta meine Absichten herausfinden. Sie hat eine Einladung ausgesprochen für die nächsten Tage.«

Harriets Lippen wurden dünner. »So lief euer Gespräch nicht. Ich wollte nur wissen, ob du lügst.«

Und sie hatte gelogen. Aber das konnte Harriet nicht wissen, wenn sie nicht …

Beatrice senkte die Stimme zu einem Flüstern herab. Dass ausgerechnet Harriet so etwas tat! »Harriet, hast du etwa einen Spruch benutzt, um uns zu belauschen? Ich dachte, du meidest Magie! Wie konntest du nur!«

Harriet stieß mit einem anklagenden Finger in Beatrice' Richtung. »Spiel dich nicht so auf! Du hast gelogen! Ihr wollt mit Beschwörungen herumexperimentieren. Wenn ich das Vater erzähle …«

»Dann verliere ich meine Beziehung zum Haus Lavan«, fiel ihr Beatrice ins Wort. »Da du dank deines Zauberreims ja alles gehört hast, wirst du das wissen.«

Harriet streckte das Kinn vor, erwiderte jedoch nichts. Beatrice lehnte sich vor und ging zum Angriff über.

»Ysbetas Porträt hängt im Zentrum der Debütantinnengalerie des Kapitularhauses. Sie ist die begehrteste, einflussreichste junge Dame in ganz Bendleton. Junge Frauen aus Llanandari verbringen die Ballsaison sonst in der Regel nicht in Chasland. Oder hast du außerhalb deiner Romane schon mal von so einem Fall gehört?«

»Nein«, grummelte Harriet.

»Und noch etwas«, kam Beatrice auf das Offensichtliche zu sprechen. »Wenn ich in ihrer Nähe bin, bringt mich das auch näher an Ianthe heran. Deshalb ist die Bekanntschaft mit ihr der Preis, den sie verlangt.«

»Wirklich? Daraus erwächst bestimmt nichts Gutes! Du solltest eigentlich überhaupt nichts von Magie verstehen. Du solltest diese Bücher gar nicht haben. Das ist viel zu gefährlich.«

»Ich weiß, was ich tue.«

»Das weißt du nicht«, entgegnete Harriet. »Trotzdem werde ich dein Geheimnis hüten.«

»Danke.«

»Fürs Erste«, stellte Harriet klar.

»Die Bücher sind Teil meines Geheimnisses. Harriet, wenn du Vater irgendetwas davon erzählst …«

»Nein.« Harriet hob die Hand und ließ Beatrice' Ausbruch an ihrem offenen Handteller abprallen. »Wenn du dich zu tief verstrickst, werde ich Vater sagen, worauf du dich eingelassen hast.«

»Aber wenn er das mit den Büchern herausfindet … Harriet, bitte! Das ist mein Geheimnis.«

»Das kommt ganz auf dein Verhalten an, Beatrice. Du hast keine Ahnung, wie du hier in Bendleton auftreten musst. Wenn ich du wäre …«

»Würden die Verehrer schon Schlange stehen«, sagte Beatrice. »Na toll! Dann wirst du mir eben beibringen, was ich mit den Verbindungen anfangen soll, die mir die Freundschaft mit Ysbeta Lavan einbringt. Du wirst entscheiden, was ich anziehe, und mich beraten. In Ordnung?«

»Bestens! Ich werde alles in die Hand nehmen«, sagte Harriet. »Tu, was ich sage, und dir wird Erfolg beschieden sein. Du brauchst ein Nickerchen, Beatrice. Bitte Clara um Rosenwasser, eine Maske mit Seetangpuder für deinen Teint und eine Crememaske für deine Hände. Du musst immer frisch aussehen!«

# KAPITEL IV

Ysbeta Lavan! In unserem Haus«, sagte ihr Vater. »Meine Liebe, du hast deine Familie stolz gemacht. Solch eine Freundschaft ist etwas ganz Besonderes.«

Harriet warf ihr über das Wolfsbarschfilet hinweg finstere Blicke zu. Beatrice zerkaute eine Spargelspitze und nickte. »Ich habe großes Glück. Ysbeta Lavan ist eine einflussreiche junge Frau.«

»Die wohlhabendste und schönste Frau der diesjährigen Ballsaison. Jeder Gentleman wird um ihre Aufmerksamkeit buhlen, und wenn du an ihrer Seite stehst, wird auch dir das eine oder andere Kompliment gemacht werden.«

Beatrice sah auf ihren Teller. »Gewiss, Vater.«

Er nahm seinen Becher mit Ale. »Ich preise sie nicht, um dich kleinzumachen, meine Liebe. Doch ihr Aussehen und ihr Wohlstand werden dafür sorgen, dass sie sich einen Mann wird aussuchen können. Wohlgemerkt: einen! Darüber hinaus wird die Freundschaft mit ihr es mit sich bringen, dass du ihren Bruder kennenlernst, und er ist eine hervorragende Partie.«

Sie hatte ihn kennengelernt. Er hatte mit ihr gesprochen, sie hatten Geheimnisse ausgetauscht, er hatte die Welt mit seinem Kuss zum Stillstand gebracht. Aber da sie Letzteres niemandem anvertrauen konnte, aß sie nun weiter ihr Gemüse und nickte.

Harriet zappelte auf ihrem Stuhl herum und zerpflückte ihr Fischfilet. »Es wäre aber besser gewesen, wenn Mr Lavan uns heute besucht hätte. Nicht, dass er bei einer anderen war!«

»Beatrice wird jede andere überstrahlen«, erklärte ihr Vater und schnitt geröstete Zuckerwurz in kleine Stücke. »Sie ist ein hübsches Mädchen, und mir wurde mehr als einmal versichert, wie ausgeprägt ihre Gabe ist.«

Ob diese Verehrer auch noch ihre Zähne und ihren Widerrist inspizieren wollten? »Bisher haben Mr Lavan und ich uns nur unterhalten.«

Das war gelogen. Doch von dem Kuss, der sie selbst jetzt noch erschütterte, wenn sie nur an ihn dachte, würde sie niemandem etwas sagen. Ihr Vater würde sonst gar keine Ruhe mehr geben. Dabei bedeutete bei den liberaleren Llanandari eine solche Geste im Prinzip ja gar nichts. Beatrice begegnete dem Blick ihrer Mutter, die ihre Meinung allerdings für sich behielt.

Ihr Vater schob sich eine Gabelladung Wolfsbarsch in den Mund, sprach aber trotzdem weiter. »War es denn schön mit Miss Lavan? Seid ihr nun Freundinnen?«

Beatrice schluckte ihren Bissen Fisch hinunter und nickte. »Ich besuche sie morgen.«

Harriet warf ihr einen verschlagenen Blick zu. »Und warum musstet ihr euch unbedingt bei ihr zu Hause verabreden?«

Aha. Harriet begnügte sich offenbar nicht damit, ihr die Kleider auszuwählen. Wann immer sich die Gelegenheit böte, würde sie auf Beatrice' Geheimnis anspielen, das sie jeden Moment ausplaudern könnte. Dann würden ihren Eltern ihr

Zimmer durchsuchen, die Dachkammer und auf die Grimoires stoßen. Ihr Vater würde sich ihre Erklärungen gar nicht erst anhören. Er würde weder die Bücher noch sie jemals verstehen, geschweige denn ihre sehnlichsten Wünsche. Er würde gar nicht erst zuhören, egal, wie laut sie schrie oder wie bitterlich sie weinte.

Ihr Vater hatte Beatrice noch nie zur Strafe körperlich gezüchtigt. Regelübertretungen ahndete er, indem er die Täterin vergaß. Sie existierte dann einfach nicht mehr, war von seiner Liebe und Fürsorge ausgeschlossen, während er stumm litt – unter einem Schmerz, den sie ihm zugefügt hatte, indem sie ihn derart enttäuscht hatte. Wenn er herausfände, dass sie über weit stärkere Magie als einen schlichten Zauberreim gebot, wenn er herausfände, dass sie einer anderen Frau das Wissen aus ihren Grimoires offenzulegen gedachte … Oder schlimmer noch: Wenn ein Mann herausfände, welchen Wissensschatz diese Bücher bargen …

Harriet durfte Beatrice' Geheimnis nicht ausplaudern. Wenn sie petzte, würde ihr Vater Beatrice nie wieder auch nur ansehen. Dabei musste sie ihn nach und nach dazu bringen, dass er ihr erlaubte, ihn zukünftig in geschäftlichen Dingen zu unterstützen. Was sie dafür benötigte, war zum Greifen nahe. Sie kannte sogar schon den Namen des Geschöpfs, das ihr dabei zur Seite stehen würde: Wandinatilus, größerer Geist des Glücks. Mit seiner Hilfe würde sie für einen unverhofften Geldregen sorgen, ohne den Trends hinterherzulaufen. Dieser Geist würde sie mit dem perfekten Sinn für den richtigen Zeitpunkt ausstatten, mit einem guten Gespür für solide Anlagen und dem Instinkt, unkluge Investitionen zu vermeiden. Das würde den Clayborns den Wohlstand bringen, der es Harriet erlauben würde, sich einen Gatten zu wählen, der sie zu einer glücklichen Braut machen würde.

Von diesem Ziel trennte sie nur noch ein letzter Schritt: Sie musste Wandinatilus an sich binden und ihrem Vater beweisen, dass sie als alte Jungfer mehr für ihn tun könnte, als es ihr je als Ehefrau möglich wäre.

»Beatrice?«

Beatrice hob die Hand und bat auf diese Weise darum, zu Ende zu kauen. »Ysbeta hat mich eingeladen, Hasard mit ihr zu spielen. Ich wusste gar nicht, dass es einen Hasardplatz auf dem Weg nach Meryton gibt.«

Ihr Vater kaute nachdenklich. »Hol dir schon früh im Spiel ein paar Punkte. Beobachte, wie sie reagiert. Wenn sie die deinen Vorsprung verübelt, lass sie gewinnen.«

Beatrice griff nach ihrem Weinglas, aber der Schluck lähmte ihre Zunge nicht in der erhofften Weise. »Du meinst also, wir müssten uns den Launen der Mächtigen ebenso fügen, wie sich eine Frau dem Geltungsbedürfnis eines Mannes unterzuordnen hat.«

»Beatrice«, ermahnte ihr Vater sie streng. »Das ist nun einmal der Lauf der Welt. Manche Leute können sich über den ihnen zugewiesenen Platz erheben, wenn sie hart arbeiten und von den Himmelsgeborenen begünstigt sind. Du bist bereits ein gutes Stück aufgestiegen, denn du darfst dich an Ysbeta Lavans Seite zeigen. Wenn du sie aber beleidigst, stürzt du sofort wieder ab. Verstehst du das?«

»Du darfst das nicht kaputtmachen«, sagte Harriet. »Ysbeta Lavans Freundschaft ist wie eine Handvoll Perlen. Du darfst keine einzige davon verlieren.«

Harriet hatte zwar recht – aber das war Beatrice egal. »Ich möchte eine aufrichtige Freundschaft statt eines mühseligen Tanzes, bei dem Etikette und Unterwürfigkeit die Schritte bestimmen.«

Ihr Vater und Harriet wandten sich ihr mit der gleichen

strengen Miene zu. Ihre Mutter stellte das leere Weinglas ab und berührte sie am Arm.

»Die Gelegenheit zu solch einer Freundschaft bietet sich dir gerade. Deshalb bitten die beiden dich ja um Vorsicht. Du sollst nur in Ruhe darüber nachdenken, ob deine Worte und Handlungen eine Wirkung haben könnten, die du nicht beabsichtigst. Lass diese Verbindung langsam erblühen, denn wahre Freundschaft hegt man wie einen ausgezeichneten Rosenstrauch.«

»Du hast recht, Mutter.«

»Und so handelt auch eine kluge Ehefrau«, sagte ihr Vater. »Du wirst es schon meistern. Du kennst deine Pflicht und bist genauso umsichtig wie deine Mutter.«

Ohne Frage, denn nur mit Umsicht würde sie sich ihren Weg bahnen. Beatrice lehnte sich zurück, und ein Diener räumte den Teller ab. »Vielleicht könnten Harriet und ich morgen Vormittag zum Parcours. Es ist schon Tage her, dass wir mit Wolkenbruch und Marian draußen waren, und im Park wird es während des Kirschblütenausritts sehr voll sein.«

Harriet setzte sich etwas aufrechter hin. »Die ganze Bahn?«

»Die ganzen zwölf Meilen«, bestätigte Beatrice. »Nach dem Ausritt werde ich mich sofort umziehen, um Ysbeta Lavan zu besuchen.«

»Exzellent. Wir werden jede Menge Gentlemen treffen, wenn wir die ganze Runde abreiten.«

Harriet konnte hier nicht so einfach wie in Riverstone zu den Ställen gehen und jederzeit ihr Pferd satteln, denn die Reitpferde waren eine Meile entfernt in einem Stall untergebracht, den ihr Vater zusammen mit dem Stadthaus angemietet hatte. Sie war zu jung, um ohne Begleitung auszureiten, und daher darauf angewiesen, dass ihre Mutter oder Beatrice sie begleiteten.

»Ich hinterlasse dem Lakai eine Notiz, damit alles um neun Uhr fertig ist«, versprach Beatrice. »Und dann reiten wir die ganze Runde.«

»Gut«, sagte Harriet. »Und trägst du dabei deine blaue Reitkleidung?«

Das war nicht wirklich eine Frage. »Ich trage mein blaues Reitkleid, genau wie du, damit wir zusammenpassen. Dürfen wir, Vater?«

Er kaute auf dem Wolfsbarsch und wedelte mit der Hand. »Ihr dürft. Morgen soll es gutes Wetter für einen Ausritt geben. Das werden sicher auch etliche Gentlemen nutzen.«

Sie erwiderte das rosige Lächeln ihres Vaters und beendete das Mahl.

Harriet hatte es tatsächlich zustande gebracht, kein weiteres Wort über Ysbeta Lavan zu verlieren. Sie ging sogar früh zu Bett, um am nächsten Tag ausgeruht zu sein. Am Morgen machte sie viel Aufhebens um ihren Apfelschimmel Wolkenbruch, saß jedoch in Sekundenbruchteilen im Sattel und ordnete ihre Röcke, sobald sie den linken Fuß in den Steigbügel hatte. »Beeil dich, Beatrice.«

Beatrice tätschelte Marian, saß auf, schob das rechte Bein in die Gabel und überließ Harriet auf dem Weg zur Bahn in den Lord-Harsgrove-Park die Führung. Diese war die bessere Reiterin von ihnen beiden, sie fühlte sich im Sattel wohler und ging mehr Risiken ein. Heute jedoch ritt sie in einem gemächlichen Tempo durch die morgendlichen Straßen von Bendleton zu der weitläufigen umzäunten Grünanlage, die im Innern von blühenden Bäumen mit tief herabhängenden Ästen gesäumt wurde.

Die Bahn, eingehüllt in den Duft nach Kirschblüten, war leer, und Harriet war ganze drei Atemzüge lang still, bevor sie sich endlich zu Beatrice umwandte. »Ich denke wirklich, dass ihr beide, Ysbeta Lavan und du, euch von der Magie fernhalten solltet.«

»Das weiß ich, aber es liegt nicht in meiner Macht, Ysbeta davon abzuhalten«, sagte Beatrice. »Du hättest das Vater natürlich sagen können, aber das hast du nicht getan. Warum nicht?«

Harriet seufzte, während über ihnen rosa Blüten am Bahnrand sacht nickten. »Dir ist wirklich nicht klar, warum ich nicht gepetzt habe?«

»Weil du meine Schwester bist und mich liebst?«

»Weil ich damit alles kaputtgemacht hätte«, stellte Harriet klar. »Wenn Vater wüsste, was du vorhast, wäre die Ballsaison beendet und wir ruiniert.«

»Sofern es die Runde machen würde«, sagte Beatrice. »Verstehe.«

»Das tust du nicht«, widersprach Harriet. »Du verstehst überhaupt nichts. Hast du irgendeine Ahnung, wie viel das alles kostet?«

»O ja, die habe ich«, entgegnete Beatrice und senkte die Stimme, bis nur die Blüten mithören konnten. »Ich weiß, dass dieses Reitkleid mindestens zwanzig Kronen kostet und die Reitstiefel sechs …«

»Du besitzt vier Reitkleider«, sagte Harriet. »Du hast zwanzig Tageskleider und genauso viele Abend- und Ballkleider. Du hast zwei Dutzend Hüte, sechzehn Paar Handschuhe, die beste Kosmetik aus aller Welt, sieben Sonnenschirme, zweiunddreißig Paar Schuhe – und all das kostet Geld.«

Beatrice verlagerte ihr Gewicht im Sattel. »Natürlich, aber …«

»Wir wohnen in einer guten Gegend in Bendleton. Einer geradezu idealen«, fuhr Harriet fort. »In einem Haus mit Ausblick zum Meer und zum Park. Genau in der richtigen Straße. Wir haben Lakaien, Hausmädchen und eine Mamsell. Wir leisten uns Mitgliedschaften bei der Tanzgesellschaft, Parkrechte und ein Abonnement fürs Theater. Hast du noch nie daran gedacht, was das alles kostet? Nicht ein einziges Mal?«

»Doch!«, sagte Beatrice. »Mir ist aufgefallen, dass Vater im Winter auf die Jagd gegangen ist und dass er seinen jährlichen Ausflug nach Gravesford um zwei Wochen verkürzt hat. Aber er spart doch nur hier und da etwas, oder? Er würde sich das alles nicht leisten, wenn er es nicht bezahlen könnte. Ich weiß, dass unsere Ersparnisse durch die Orchideenexpedition zusammengeschmolzen sind, aber letzten Endes dürfte es doch nicht so schlimm gewesen sein, wie ich anfangs gedacht habe, wenn wir uns all das hier leisten …«

»Vater hat eine Hypothek auf Riverstone aufgenommen, um alles zu bezahlen«, erklärte Harriet.

Beatrice' Herz verkrampfte sich jäh. Ihr Vater konnte doch nicht so viel von seinem Kapital bei der Orchideenexpedition verloren haben! Riverstone war weit mehr als ein nettes Landhaus mit Weiden, weit mehr als ein Fluss voller Lachse oder ein Wald voller Wild – Riverstone war der Grundstein ihres Vermögens. Es war ihr Zuhause. Beatrice war dort geboren worden, Harriet ebenfalls. Wie konnte ihr Vater so etwas nur tun? »Er kann doch nicht … woher weißt du das?«

»Ich hab die Papiere gesehen. Einmal habe ich nach ihm gesucht, aber er war nicht in seinem Büro, nur die Bücher lagen auf dem Tisch. Da habe ich einen Blick reingeworfen.«

Harriets Neugierde war so unbändig wie ihre Locken. Einer solchen Versuchung hätte sie niemals widerstehen können. Vaters Buchhaltung, offen auf dem Tisch und nicht verschlossen im Schrank … Beatrice hätte an ihrer Stelle auch hineingesehen. Wenn sie doch bloß schon das Grimoire von Ysbeta zurückerlangt hätte! Sie durfte keine Zeit mehr verlieren! »Dann hätten wir gar nicht herkommen sollen. Wir sollten gar nicht hier sein!«

»Verstehst du es immer noch nicht? Du bist unsere einzige Chance, Beatrice.« Harriet starrte den Pfad entlang und achtete darauf, ob ihnen jemand entgegenkam. »Wenn du uns Schande bringst, ist all das hier sinnlos gewesen, und die Bankiers werden bei uns anklopfen.«

»Also muss ich in dieser Saison heiraten, weil sonst alles aus ist. Weil es dann keine Gelegenheit mehr gibt, uns zu retten.«

Harriet stieß den Atem aus. »Endlich verstehst auch du, wie ernst die Lage ist. Schwör dem Traum ab, dass Vater dich in seine Angelegenheiten einweiht! Heirate! Wenn jemand auch nur ahnt, dass du mit Magie herumspielst, wirst du im Nu als zu schwierig gelten. Denkst du etwa, Ianthe Lavan will eine schwierige Frau?«

»Er hat eine schwierige Schwester«, sagte Beatrice. »Was meinst du, wie sie es auffasst, wenn ich unseren Handel platzen lasse?«

Harriet seufzte. »Das kannst du nicht. Aber warum … warum konntest du es nicht einfach sein lassen?«

»Verurteile mich nicht dafür! Alles, was du kennst, sind schlichte Zauberreime«, sagte Beatrice. »Du hast nie einen Kreis der Macht gezogen. Du hast nie wahre Magie gespürt.«

»Und das werde ich auch nicht«, entgegnete Harriet. »Du hast einen furchtbaren Fehler gemacht, als du das zum ersten Mal getan hast. Magie gehört uns nicht. Sie kann uns nicht gehören.«

»Warum nicht?«, fragte Beatrice provokant. »Wenn wir

sie uns nur nehmen, werden die Geister um uns herumtanzen …«

»Du weißt genau, warum! Schreckliches geschieht, wenn Frauen sich auf Magie einlassen. Das weißt du doch! Wenn man dich beim Spiel mit höheren Mächten erwischt, wird uns das alle entehren. Man wird dir noch vor deiner Heirat den Schutzreif anlegen! Alle werden sie dich für ein Mannweib halten oder – schlimmer noch – für eine Rebellin. Die meisten Gentlemen verschwenden nicht einmal einen Gedanken an die Vorstellung, sich so eine Frau ins Hause zu holen. Und wenn du ein Geistgeborenes auf die Welt brächtest – du müsstest seiner Hinrichtung beiwohnen, Beatrice! Der Hinrichtung von deinem eigenen Baby. Und danach deiner eigenen.«

Verbrennen würde man sie und ihre Asche in die See streuen. Sie würden an der Himmelspforte abgewiesen. Ihre Familie wäre für immer stigmatisiert. »Darüber will ich nicht reden.«

»Oh, das ist mir klar.« Harriet ließ die Zügel locker und trieb Wolkenbruch an, sodass er sich an die Spitze setzte. »Das steht dir ja im Weg, also, warum solltest du?!«

»Wirfst du mir etwa vor, egoistisch zu sein?« Beatrice richtete sich im Sattel auf, und Marian beschleunigte ebenfalls den Schritt. Sie presste die Schenkel fester gegen das Tier, zügelte Marian jedoch nicht. Wohin Wolkenbruch ging, folgte Marian.

»Du bist egoistisch«, erklärte Harriet, ohne zurückzusehen. »Nur eine selbstsüchtige Frau würde ihre Familie in solche Gefahr bringen, ohne auch nur darüber nachzudenken. Nur eine selbstsüchtige Frau würde die Finger nach etwas ausstrecken, das sie nicht haben kann.«

»Was wir aber haben sollten!«, entgegnete Beatrice. »Uns sollten die Mysterien offenstehen! Sie gehören uns! Wir sollten …«

»Psst!«, zischte Harriet. »Da kommt jemand.«

Hufschläge und Gelächter hallten ihnen entgegen. Harriet straffte sich. Beatrice hob das Kinn, als drei Reiter auf schwarzen Pferden um die Wegbiegung kamen. Der Anblick der Schwestern verursachte einen kleinen Aufruhr. Der vorderste hob eine Hand, damit die anderen anhielten. Beatrice schnappte nach Luft, als sie sah, dass ihr Ianthe Lavan und zwei chasandischen Gentlemen gegenüberstanden.

»Guten Morgen«, sagte Harriet und neigte den Kopf mit dem breitkrempigen Hut zum Gruß.

»Guten Morgen«, erwiderte der Mann an der Spitze. »Die Clayborn-Damen, vermute ich?«

»Ich bin Harriet. Das ist meine Schwester Beatrice«, antwortete Harriet und deutete auf Beatrice. »Wir sind fest entschlossen, heute die ganze Runde abzureiten. Sind Sie auf dem Weg zum Sprungplatz?«

»Miss Clayborn.« Beatrice betrachtete Ianthe Lavan, der, gewandet in rosé-gesäumtes Grau, ernst und elegant aussah. Er lächelte ihr zu, und Beatrice sog die Luft ein, bevor sie zurücklächelte. Wenn sie den Mund öffnete, würden all die Schmetterlinge herausflattern, die sich gerade in ihrem Bauch sammelten.

Ianthe verbeugte sich im Sattel. »Welch Freude, Sie zu sehen, Miss Clayborn. Hatten Sie eine gute Zeit mit meiner Schwester?«

»Ich habe ihre Gesellschaft sehr genossen«, sagte Beatrice. »Ich werde sie heute besuchen, um Hasard zu spielen.«

»Stell uns doch einander vor, Lavan«, sagte einer der jungen Männer in einem rubinroten Reitanzug. »Ach, egal, ich mach es selbst. Ellis Robicheaux. Ganz zu ihren Diensten, Miss Clayborn.«

Er tat irgendetwas mit den Knien, und sein Pferd, ein glänzend schwarzer Wallach mit einem weißen Stern zwischen den Augen, neigte den Kopf und verbeugte sich wie das Ross eines königlichen Ritters. Ellis nahm den Hut ab und lächelte, während er und das Pferd wieder in die ursprüngliche Haltung zurückkehrten.

»Wie geht es Ihnen?«, fragte Beatrice. Das war *der* Sir Ellis Robicheaux, Sohn eines exklusiven Automatenhändlers aus dem Östlichen Protektorat. Es gehörten keine Magier zur Robicheaux-Familie, aber das konnte sich mit der richtigen Braut ändern. Ihr Vater würde in seinem Lehnstuhl tanzen, wenn er wüsste, dass sie auf diesen jungen Mann getroffen war.

»Mach Platz, Ellis«, verlangte der dritte Reiter, der ganz in Grün gekleidet war. Er drängte sich nach vorn und berührte seine Hutkrempe. »Bard Sheldon, Lord Powles. Ihre Gegenwart ehrt mich.«

Er wiederum war nicht nur Erbe eines Herzogtums – Lord Powles' Vater war Handelsminister, einer der fünfundzwanzig Männer, die Chasland regierten.

»Sie sind Mr Lavans Schulfreund«, sagte Beatrice.

Mr Sheldon lächelte, und das machte ihn nur noch attraktiver. »Sie sind die Lady vom Eröffnungsball. Ich habe schon so viel von Ihnen gehört.«

Ianthe hatte mit einem Herzog über sie gesprochen! Den Sheldons gehörte eine Werft im Norden und eine Flotte aus einem Dutzend Schiffen, die in der ganzen Welt Reichtümer aufnahmen. Es gab weit und breit keine bessere Partie als den Sohn dieses Ministers …

Das musste der Mann sein, den Ysbeta heiraten sollte. Jede junge Frau würde jubeln ob dieser Aussicht – aber Ysbeta wollte ihn nicht.

»Ich hoffe, nur Erfreuliches, Mylord.«

»Es waren lauter Lobgesänge. Er nannte Sie einzigartig.« Bard streckte eine steife Karte mit eingeprägter Einladung aus. Harriet, die ihm näher war, nahm sie entgegen.

»Bitte wohnen Sie unserer kleinen Zusammenkunft bei, Miss Clayborn«, sagte Lord Powles. »Ohne Sie würde ihr jeder Glanz fehlen.«

Harriet setzte an: »Wir …«

»Aber sehr gern«, versprach Beatrice, während Harriets Rücken stocksteif wurde. Sie ignorierte das und fuhr fort: »Bitte rechnen Sie mit meinem Erscheinen.«

»Wir werden alle dort sein«, verkündete Ellis. »Möge der Sieger unseres kleinen Wettkampfes die Ehre haben, bei Tisch neben Ihnen zu sitzen!«

»Ein Wettkampf?« Ianthe lachte. »Davon kann ja wohl keine Rede sein! Denn der Sieger steht schon vor euch!«

»Wir wollen ein kleines Rennen veranstalten«, sagte Ellis den beiden Frauen.

»Von wegen, der Sieger steht fest! Doch nicht bei dem Gaul! Vorwärts, mich dürstet nach dem Sieg!«, sagte Bard. »Noch einen schönen Morgen, Miss Clayborn, Miss Harriet.«

»Ihnen auch«, erwiderten Beatrice und Harriet im Chor.

Sobald die Gentlemen ihren Weg zur Rennbahn fortsetzten, wandte sich Harriet im Sattel zu Beatrice um. Ihr Gesicht war vor Wut gerötet, die Stirn gerunzelt. »Wie konntest du diese Einladung annehmen?!«

»Harriet, warum bist du denn jetzt schon wieder wütend? Ein Ministersohn hat mir eine Karte überreicht. Da müsstest du doch zufrieden sein …«

»Beatrice! Du kannst da nicht hin! Das ist ein Kartenspielabend! Warum hast du nur Ja gesagt?«

»Du hast gesagt, ich hätte den Eröffnungsball vermasselt. Du wolltest, dass sich wohlhabende Gentlemen an meine Fersen heften. Jetzt hast du, was du wolltest. Woher sollte ich denn wissen, dass es ein Kartenspielabend ist? Du hattest die Einladung doch in der Hand!«

»Du hast mir ja gar keine Möglichkeit gegeben, dich zu warnen! Ich hatte schon die perfekte Ausrede, aber du bist einfach vorgeprescht und hast die Einladung angenommen, ohne eine Sekunde nachzudenken!« Harriet sah zum Himmel auf, als flehte sie die Himmelsgeborenen an, herabzusteigen und sie zu retten. »Und nun? Vater wird dir das Geld natürlich geben, er hat ja keine Wahl, aber du darfst es nicht verlieren, Beatrice! Oh, was machen wir jetzt bloß?«

Beatrice unterdrückte den Drang, sie anzuschreien, schließlich hatte ihre Schwester die Karte angenommen, nicht sie! Wie hätte sie wissen sollen, dass es um einen Kartenabend ging? Da war sie also direkt in eine Katastrophe gestolpert … Sie konnte Karten spielen, sie kannte die Regeln, aber sie verlor gegen Harriet ebenso oft, wie sie gewann. Sie konnte sich nicht auf ihre mittelmäßigen Fertigkeiten verlassen, um zu gewinnen.

Ihr Vater würde ihr ohne Murren eine pralle Geldbörse in die Hand drücken, egal, wie teuer das für ihn würde. Er würde seine Familie nie mit seinen Problemen behelligen. Für ihn zählte jetzt nur, dass Beatrice' Jagd nach einem wohlhabenden Ehemann erfolgreich endete. Das Lavan-Vermögen war ja so groß, dass es alle schwindeln ließ. Ellis Robicheaux gebot zwar nicht über magische Kräfte, verfügte jedoch über beachtliche Gelder. Ihr Vater würde von einer etwaigen Verbindung entzückt sein.

Sie jedoch konnte keinen Kartenspielabend besuchen. Sollte sie nicht erscheinen, obwohl sie es versprochen hatte? Sie brauchte Harriet nicht, um zu wissen, dass das furchtbar unhöflich wäre. Also musste sie es ihrem Vater gestehen. Sie musste hingehen. Es musste einen Ausweg geben, eine Lösung …

Ganz plötzlich senkten sich Ruhe und Erleichterung auf sie herab, ihr Atem ging wieder gleichmäßig, und ihre verschränkten Finger entknoteten sich. Sie wusste, wie sie heil aus der Geschichte herauskam.

»Beruhige dich«, bat Beatrice. »Es wird sich alles fügen. Ich werde Vaters Geld nicht verlieren. Das verspreche ich dir, Harriet.«

»Das kannst du gar nicht versprechen«, hielt ihre Schwester dagegen.

»Doch, das kann ich«, erwiderte Beatrice. »Ich habe schon einen Plan. Lass uns zurückreiten, ich muss mich für den Besuch bei Ysbeta zurechtmachen.«

# KAPITEL V

Ysbeta hatte den vornehmen türkisfarbenen Landauer ihrer Familie geschickt, damit er Beatrice abholte. So weich war sie in ihrem ganzen Leben noch nie gereist. Die gepolsterten weißen Ledersitze umschmeichelten mit ihrer Form den Körper. Die Apfelschimmel, die das exquisit gefederte Gefährt zogen, trabten exakt im gleichen Takt zügig voran, und wer immer den türkisfarbenen Mantel des Kutschers auf dem Weg zur Meryton Landstraße erblickte, wich ihnen aus.

Beatrice hielt sich absolut gerade, ihr Wagenrad von Hut verschattete ihr Gesicht. Sie hoffte inständig, in ihrem cremefarbenen hellen Kleid aus Baumwollsatin, das ein Muster aus aufgedruckten, sich windenden Blütenranken und langschwänzigen Tropenvögeln zeigte, nicht allzu absurd auszusehen. Der Stoff hatte einen weiten Weg aus Kerada hinter sich. Ihr Unterkleid war die zurückhaltendere Schwester des extravaganten Manteaus. Es war ihr bestes Tageskleid. Danach würde sie in der Qualität etwas nachlassen müssen.

Eine kleine Schale aus in Gin eingelegten Früchten, die als Erfrischung gedacht waren, führte Beatrice in Versuchung. Der Himmel war gnadenlos blau und wolkenlos. Das Obst ruhte auf einem kleinen Berg Eis, was ein Vermögen gekostet haben musste. Beatrice bezweifelte allerdings, dass Ysbeta sich auch derart großzügig gezeigt hätte, wenn Beatrice nicht etwas besäße, das sie leidenschaftlich begehrte.

Beatrice biss in eine dicke Beere, während die Kutsche von der Straße nach Norden abbog und auf ein Tor zuhielt, vor dem Männer in türkisfarbenen Livreen Posten standen. Diese säumten keine Sekunde, das Tor zu öffnen, sodass die Kutsche zu passieren vermochte, ohne auch nur kurz innezuhalten.

Niemand konnte sehen, wie sie im Landauer saß und den spektakulären Anblick der Lavan-Villa in sich einsog. Selbst aus dieser Entfernung erstaunte sie die schiere Größe und Symmetrie des modernen Landhauses am Ende der von Buchen gesäumten Zufahrt. Rote Klinker, schwarze Dachpfannen und eine perfekte Harmonie. Türen und Fenster waren Komfort und Helligkeit geschuldet, ohne Rücksicht auf die zusätzliche Steuern, die jedes Jahr für sie anfielen. Es war der schönste Bau, den Beatrice jemals außerhalb von Buchdeckeln gesehen hatte.

Im Zentrum des runden Platzes, in den der Weg mündete, befand sich ein Brunnen, in dem Wasser aus den Krügen dreier Bronzestatuen plätscherte, die drei hochgewachsene, schlanke und fraglos llanandarische Frauen in ihren wallenden, realistisch texturierten Roben darstellten – nicht zu vergessen ihre Frisuren, die Beatrice niemals würde nachahmen können.

Sie starrte die Frauen an, bis ihr ein Lakai aus der Kutsche half und sie in die marmorverkleidete Eingangshalle führte. Diese dominierte eine weitere weibliche Bronzestatue, die ebenfalls Wasser in ein Becken goss.

Wozu dieses gedacht war, wusste Beatrice. Sie ließ sich vom

Hausmädchen die Handschuhe ausziehen, damit sie das Ritual vollziehen und sich rituell die Hände waschen konnte. Was tat sie bloß hier? Sie hatte geglaubt, eine annähernde Vorstellung von Reichtum zu haben. Doch während sie der Dienerin nun durch die Korridore mit Damasttapete in einen riesigen Salon folgte, begriff sie, dass sie nicht die geringste Ahnung vom Lebensstil der reichsten Familien dieser Welt hatte.

Das Hausmädchen brachte sie zu einer sonnendurchfluteten Terrasse, auf der Ysbeta saß und den Blick in den Garten genoss, durch den sich ein gewundener, labyrinthartiger Pfad zum Zentrum schlängelte. Sie trank süße Limonade und aß aus einer Schale die gleichen in Gin getränkten Früchte, die auch Beatrice im Landauer serviert worden waren. Farbenfrohe Holzbälle und Schläger mit langem Stiel lagen auf dem Tisch und warteten auf Spielerinnen. Ein Handfächer schwebte an unsichtbaren magischen Fäden über dem Tisch und wedelte Ysbeta Luft zu.

»Ihre Bedienstete hat das doch gesehen«, sagte Beatrice. »Sie hat gesehen, dass Sie Magie nutzen!«

»Das ist nur ein Spruch.« Ysbeta zuckte mit den Achseln. »In Llanandras ist es nicht unziemlich, wenn Frauen ihre Gaben nutzen. Was für ein schöner Tag! Ich bin froh, dass es in Chasland nie wirklich heiß wird.«

Beatrice lächelte tapfer gegen die Sonne an, die versuchte, sie mit dem steinernen Fußboden zu verschmelzen. »Danke, dass Sie mir Ihre Kutsche gesandt haben. Die Fahrt war herrlich.«

»Wunderbar. Ich werde sie Ihnen beim nächsten Mal wieder schicken, wenn Sie mich erneut besuchen kommen. Ich bin gerade noch ein wenig den gewundenen Pfad entlanggegangen, um Klarheit zu gewinnen.«

Sie wies auf das Labyrinth im Garten.

»Das ist der Weg der rechten Handlung, stimmt das?«

»Genau der«, bestätigte Ysbeta. »Er hilft mir hervorragend dabei, meinen Geist zu klären. Wenn Sie sich mit einer Entscheidung quälen, sollten Sie es auch einmal versuchen.«

Vielleicht wäre das eine gute Möglichkeit, doch es erschien ihr respektlos, sich eines Teils des Llanandari-Glaubens zu bedienen, nur weil sie sich einen Vorteil davon versprach. »Ich denke, ich sollte weiterhin durch Ruhe und Meditation zu Klarheit finden.«

»Wie Sie meinen«, sagte Ysbeta. Sie zog die Augenbrauen zusammen und starrte Beatrice an. »Sie sind die stärkste Magierin, die ich je getroffen habe. Ihre Aura ist nahezu überwältigend.«

»Danke«, entgegnete Beatrice in Ermangelung einer besseren Antwort. »Doch auch Ihre Aura leuchtet sehr stark.«

»Nicht annähernd so stark wie Ihre. Setzen Sie sich einen Moment, bitte. Ich bin noch beim Essen.«

Beatrice wies auf den wedelnden Fächer. »Wie machen Sie das?«

Ysbeta hob die Hand und spreizte alle Finger. »Wedle stärker«, verlangte sie, und der Fächer gehorchte. »Stellen Sie sich einfach vor, was sie wollen, stülpen Sie diesen Wunsch über den Fächer und sagen Sie ihm dann, was er tun soll.«

»Auf Llanandari?«

Ysbeta schüttelte den Kopf. »In Ihrer Sprache. Es ist nur ein Spruch. Er wirkt, weil Sie genau wissen, was Sie von Ihren Kräften verlangen.«

Beatrice stellte sich vor, wie der Fächer vor ihr schwebte und ihr Luft ins Gesicht fächelte. Sie schob dieses Bild gleichsam durch ihre gespreizten Finger hinein in die Streben.

»Öffne dich!«

Der Fächer schnappte ganz auf und zeigte ihr die Schwalben, mit denen die Seide bemalt war.

Beatrice leckte sich die Lippen und hob die Hand – der Fächer schwebte höher.

»Fächle mir Luft zu!«

Er flatterte, und die sanfte Brise kühlte ihr das Gesicht. »Aber es reimt sich gar nicht.«

»Reime bewirken lediglich, dass der Spruch außergewöhnlich klingt«, erklärte Ysbeta. »Sie besitzen aber nur deshalb Macht, weil wir sie ihnen zugestehen.«

»Das ergibt Sinn«, sagte Beatrice. »Trotzdem habe ich bisher geglaubt, Reime seien wichtig. Ich denke, das ging uns allen so.«

»Glaube ist wichtig«, erwiderte Ysbeta. »Ich vermute, dass dies auch für Mizunh gilt. Das Kapitularhaus nutzt diese Sprache, um mit ihrer Hilfe seine Geheimnisse zu hüten. Auch das Aufhebens, das um Mizunh gemacht wird, lässt die Sprache selbst wie etwas Magie erscheinen, obwohl diese ihr eigentlich nicht innewohnt.«

»Wie angenehm doch dieser Zauber ist!« Beatrice drehte sich um, damit der Fächer ihrem Nacken frische Luft zuwedelte. »Gebrauchen alle Llanandari mindere Magie wie diese?«

»Warum sollten sie das nicht tun?«

»Nun, nur Kinder spielen mit minderer Magie herum. Harmlose Sprüche, die sie in Spiele einbinden. Die Jungen, die nicht von Adel sind, gehen dann zur Ausbildung ins Kapitularhaus. Und Mädchen hören irgendwann ganz auf.«

Ysbeta rümpfte die Nase. »Obwohl die Sprüche auf vielerlei Weise nützlich sind? Was für eine Verschwendung. Spielen wir jetzt Hasard?«

Beatrice nahm einen Schläger und betrachtete noch einmal den Fächer, der immer noch vor ihrem Stuhl schwebte. Sie wandte sich ihm zu. »Folge mir!«

Der Fächer gehorchte, und die Brise kühlte ihr den Nacken.

Ysbeta lächelte. »Sie lernen schnell. Kommen Sie mit!«

Hinter dem streng gestalteten Garten lag eine ausgedehnte, akkurat geschnittene Rasenfläche, durch die sich eine perfekt geplante Bahn aus kleinen Toren zu einem Stück vermeintlicher Wildnis am anderen Ende zog. Die Wildnis war nicht wirklich wild – dort konnte man sich, weit südlich und fernab von Wölfen und Wildschweinen, im Schatten ergehen.

Ysbeta war eine leidenschaftliche Spielerin und wirkte daher etwas verschnupft, als Beatrice eine Gelegenheit ausließ, den Ball ihrer Gegnerin mit dem eigenen in eine ungünstige Position zu bringen. »Wenn Sie mich in diesem Spiel schlagen können, dann tun Sie das. Ich brauche eine Partnerin fürs Hasard, und sie muss absolut skrupellos sein.«

Skrupellos konnte auch sie sein. Da stand sie Ysbeta in Nichts nach. Den Rest der Partie bekämpften die beiden einander und attackierten sich derart heftig, dass sie oft kurz eine Regelverletzung riskierten.

»Viel besser«, lobte Ysbeta. »Jetzt erzählen Sie mir, was Sie können.«

»Soll ich mit dem Schwierigsten anfangen?«

»Ja.«

»Ich habe ein Bündnis mit einem geringeren Glücksgeist geschlossen.«

»Ich habe noch nie etwas miterlebt, was dem Beschwören eines geringeren Geists auch nur nahegekommen wäre, ohne dabei auf die Methoden des Kapitularhauses zurückzugreifen. Und ich habe viel gelernt und bin weit herumgekommen. Haben Sie ihn in sich getragen?«

»Einmal«, sagte Beatrice. »Es war, als müsse ich auf ein Kind aufpassen, das ständig im größten Schlamassel steckt und einen Trotzanfall kriegt, wenn es nicht nach seiner Nase geht.«

»Wie ein Kind«, murmelte Ysbeta. »Ein gefährliches, forderndes Kind. Was haben Sie von dem Geist verlangt?«

»Die Gelegenheit, Sie wiederzusehen, um mein Buch zurückzubekommen.«

»Mein Buch«, korrigierte Ysbeta sie.

»Ich werde gern alles daraus kopieren, was ich benötige.«

»Noch nicht. Erst sagen Sie mir, wie die Grimoires funktionieren.«

»Haben Sie je eine Verschlüsselung decodiert? Wie in *Worträtsel zur Erheiterung und Ablenkung* von Eliza Charlotte Jenkins?«

»Ja.« Ysbeta zuckte mit den Schultern. »Das ist ein Zeitvertreib für Kinder an einem Regentag. Lieber habe ich gezeichnet. Moment! Haben Sie gerade Eliza Charlotte Jenkins gesagt?«

»Richtig«, sagte Beatrice. »Ich habe das Entschlüsseln aus meinen Rätselbüchern gelernt. Meine Mutter hat sie mir gekauft und mich dazu gebracht, es zu lernen.«

»Sie hat Sie dazu gebracht?«

Beatrice betrachtete die Brise, die in den Bäumen spielte, bevor sie ihren Ball über die Bahn schlug. »Wenn ich alle Rätsel in einem Buch gelöst hatte, erhielt ich von ihr eine Belohnung.«

»Sie wollte also, dass Sie es lernen.«

»Ja.« Beatrice hatte nie darüber nachgedacht, warum ihre Mutter gewollt hatte, dass sie lernte, Verschlüsselungen zu knacken. Ob dahinter ein Ziel steckte – jenseits von dem, was für ein Mädchen eine angemessene Freizeitbeschäftigung war.

Aber letztlich hatte ihre Mutter sie damit auf die Grimoires vorbereitet. Absichtlich?

Ysbeta schlug den Ball routiniert. Sie spähte die Bahn entlang, ihr Ball landete am Tor. Oder ... Ach, nein! Beatrice ließ die Schultern hängen, als Ysbetas Ball gegen ihren stieß. »Wie sind Sie von Worträtseln zu Zaubersprüchen übergegangen?«

»Dazu komme ich noch. Die Bücher wurden immer schwieriger. Und sie wiesen etliche Setzfehler auf.«

Ysbeta gab ihrem Holzball mit dem Fuß Halt und donnerte ihn dann gegen Beatrice' Ball, der daraufhin in einer Grasmulde landete. »Das muss nervtötend gewesen sein.«

»Das war es – bis ich darauf kam, dass die Setzfehler einen Code innerhalb des Buchs darstellten.«

»Also einen zweiten Code?«

»Genau. Und dieser lehrte Magie jenseits der Zauberreime, die Kinder lernen. Wie den Spruch, um die geheimen Grimoires aufzuspüren, oder den Spruch, sie zu lesen, ohne sie per Hand zu decodieren.«

Beatrice zuckte zusammen, als ein Grasbüschel ihren Ball auf seiner Flugbahn begleitete.

Ysbeta nickte. »Susan hat mir den einen beigebracht, aber nicht den anderen. Ich kann mir schon denken, warum nicht.«

»Damit Sie ihr die Grimoires bringen mussten und ihre Hilfe beim Decodieren benötigten?«

»Genau. Aber jetzt habe ich ja dich.« Ysbeta ging in ihrer vertrauensvollen Begeisterung unweigerlich zum Du über. »Du kannst mir höhere Magie beibringen. Dann werde ich einen größeren Geist heraufbeschwören und mich der Prüfung stellen. Sobald ich in Sicherheit bin, gebe ich dir den Grimoire als Bezahlung.«

»Es wird zu lange dauern, Sie die Beschwörung zu lehren«,

entgegnete Beatrice etwas steif. »Sie müssen ganz am Anfang beginnen und sich durch alle Schwierigkeiten arbeiten. Sie müssen lernen, Ihre Vision, den Atem, die Absicht und Ihre Gesten zur gleichen Zeit zu kontrollieren. Ich habe mit der höheren Magie begonnen, als ich ein Kind war. Jetzt bin ich achtzehn.«

»Das ist das Prinzip der harmonischen Anrufung«, sagte Ysbeta. »Wie bringt man die Wellenform der einzelnen Spruchkomponenten in Einklang? Interagieren sie mit den geringeren Prinzipien der Kombination?«

Beatrice starrte Ysbeta an. »Ich habe keine Ahnung, was Sie da gerade gesagt haben.«

»Wie gelingen dir denn Beschwörungen, wenn du das nicht weißt?«, rief Ysbeta erstaunt aus. »Ich habe Ianthe zugehört, wie er jahrelang die Mnemoniken vor sich hingesungen hat. Er musste sie Wort für Wort rezitieren können, um die Prüfung der Rose abzulegen.«

»Man … man übt einfach«, sagte Beatrice. »Man meistert einfach alle Formen einzeln. Dann übt man sie in Paarkombinationen. Dann in Dreifachkombinationen. Dann alle vier auf einmal. Man muss die Prinzipien der harmonischen … was immer Sie gerade gesagt haben, nicht kennen.«

»Der harmonischen Anrufung«, wiederholte Ysbeta. »Ich kenne einhundert Zaubersprüche. Mehr. Ich verstehe Magie besser, als du denkst. Ich weiß definitiv mehr über die Theorie.«

Vielleicht stimmte das, aber Beatrice hob trotzdem störrisch das Kinn. »Theorie ist nicht dasselbe wie Praxis.«

»Dafür bist du das beste Beispiel. Du hast Jahre damit verbracht, diesen Grimoires hinterherzujagen. Du darfst dir alle in meiner Sammlung ansehen, solange du mir beibringst, was sich darin befindet. Und dann darfst du dir das Buch über Jy ansehen. Vorher nicht. Und jetzt sag mir, wie eine Beschwörung abläuft.«

Obwohl sie sich weit vom Haus entfernt hatten, hielt Beatrice immer wieder Ausschau nach Gartenpersonal.

»Wir sind allein«, sagte Ysbeta. »Hier ist es sicher.«

»In Ordnung. Ich fange ganz von vorn an, denn ich werde nicht riskieren, dass Ihnen etwas Wesentliches fehlt.«

»Verstehe. Wie fangen wir an?«

Ysbetas Augen glitzerten vor Begeisterung, und Beatrice ertappte sich dabei, zurückzugrinsen. Auch sie ging nun zum Du über. »Als Erstes ziehst du einen Kreis«, sagte Beatrice. »Der Kreis markiert den Teil der Welt, den du aus der Welt der Sterblichen in die ätherische Welt hinüberziehst, in der die Geister wohnen …«

»Fast richtig«, sagte Beatrice und schlug ihren ersten Ball über die letzte Bahn. »Der Kreis ist ein Schutz, aber diesen Schutz musst du durchbrechen, wenn du dich entscheidest, einen Pakt mit einem Geist einzugehen. Und wenn du ein zu mächtiges Wesen gerufen hast, kann es den Kreis durchbrechen, als wäre dieser lediglich eine Spinnwebe.«

Ysbeta hockte sich hin, um sich die beste Strategie für einen Siegestreffer zu überlegen. »Also kann ich nicht gleich mit einem größeren Geist anfangen.«

»Ich fürchte, nicht. Du musst zunächst einen minderen herbeirufen, dann einen geringeren, und erst danach kannst du dich an einen größeren wagen. Deshalb ist die Beschwörung ja so gefährlich.«

Ysbeta trat an die Markierung heran, legte den Ball an die entsprechende Position und schwang den Schläger. Der

Ball stieg in die Luft auf und landete ein gutes Stück von Beatrice' Ball entfernt – und noch dazu in einer tiefen Mulde.

»Verflixt!«

»Du liegst trotzdem noch vorn.«

»Wir sind dem alten Heiligtum ganz nah«, sagte Ysbeta. »Du könntest mir zeigen, wie man einen Geist beschwört.«

»Wir haben keine Namen von Geistern.«

»Du wirst doch sicherlich diesen einen noch wissen«, entgegnete Ysbeta. »Den Namen von dem Geist, den du schon mal gerufen hast.«

»Aber das nur ein einziges Mal.«

»Willst du etwa behaupten, du hättest seinen Namen vergessen?«

Beatrice' Blick fuhr über die gestutzten Hecken, während sie verzweifelt nach einer Ausflucht suchte. »Nein, aber …«

Ysbeta starrte über Beatrice' Schulter. »Verdammt. Wir kriegen Besuch.«

Sie unterbrachen das Spiel, um Ianthe entgegenzublicken, der sich ihnen lächelnd näherte. Seine Kleidung war aus Keradi-Baumwolle gefertigt und reich mit Lochstickerei verziert, sodass Jacke, Weste und Kniehose angenehm luftdurchlässig waren. Den gedeckten Farben zum Trotz, die man in Chasland bevorzugte, trug er strahlendes Azur, dazu eine sanftgrüne Weste und weiße, schimmernde Spitze. »Ich bin froh, dass ich euch erwische.«

»Ich nicht. Beatrice ist gerade dabei, mir beim Hasard eine Abreibung zu verpassen. Wie läuft es bei der *Pelikan?*«

»Sie wartet darauf, dass du dich mit dem Hafenmeister berätst, bevor sie wieder in See sticht«, antwortete Ianthe. »Damit habe ich meinen Teil der Abmachung erledigt.«

Ysbeta musterte ihn von Kopf bis Fuß und stemmte dann

die Fäuste in die Hüften. »Irgendetwas ist doch passiert. Hat es mit dem Schiff zu tun?«

»Nein! Aber es gibt einen Aufruhr in Meryton. Eine ganz und gar unangenehme Sache. Ich muss der Kathedrale in Bendleton die Neuigkeit überbringen. Wir brauchen Anwälte«, sagte Ianthe. »Ich würde lieber nicht darüber sprechen. Es tut mir sehr leid, Miss Clayborn, ich hatte eigentlich auf das Vergnügen gehofft, Sie nach Hause fahren zu dürfen.«

»Nimm sie doch trotzdem mit«, schlug Ysbeta vor. »Du brauchst eine mitfühlende Zuhörerin.«

»Ich würde Miss Clayborn damit nur belasten, denn die Nachricht, die ich dem Kapitularhaus überbringen muss, ist schrecklich.«

Mehr erzählte er nicht. Das bedeutete, dass er glaubte, sie würde sich ängstigen. »Ich denke, wir würden es lieber wissen. Was ist in Meryton passiert?«

Ianthe seufzte. »Na gut. Eine Dreijährige hat ihr Kindermädchen angezündet.«

»Wie furchtbar! War es ein Unfall?«

»Um der Himmelsgeborenen willen! Die Kleine hat Magie eingesetzt«, vermutete Ysbeta. »Sie ist eine Geistgeborene, stimmt's?«

Beatrice berührte ihnen Hals und konnte kaum atmen. »O nein, wie furchtbar!«

Geistgeborene Kinder waren der Grund für die Schutzreife. Ungeschützt war eine schwangere Zauberin eine große Versuchung für Geister, die ihre Ewigkeit ohne Körper, jedoch als denkendes Wesen verbrachten, gelangweilt und leblos, kein Vergleich mit der Verbindung, die ein Sterblicher zur materiellen Welt gewährt. Ein Kind, das im Mutterleib heranwuchs, das seine Finger und Zehen entwickelte, aber noch keine Seele besaß, war die perfekte Heimstatt für ein solches Geistwesen. Es schlüpfte in den heranwachsenden Körper, wurde dann in ihm geboren und stürzte sich gierig auf die Welt.

Schwangerschaften mit geistgeborenen Kindern waren schwierig, denn die Ungeborenen traten ohne Unterlass und machten ihren Müttern das Leben schwer. Die Geburten waren gefährlich, oft verloren die Frauen darüber den Verstand. Die Babys wurden von Koliken geplagt, lernten jedoch schnell krabbeln, laufen, sprechen …

Wenn sie ihren Willen nicht bekamen, flogen Dinge an die Wand, fielen flammende Scheite aus dem Herd, schlugen Türen in einem fort auf und wieder zu. Unfälle geschahen, Menschen wurden verletzt und manchmal sogar getötet, wenn sie die Geistwesen zu sehr verärgert hatten. Ein geistgeborenes Kind besaß all die Zaubermacht des Geists, aber keinerlei Moral, die zerstörerische Wut normalerweise in die Schranken wies. Und irgendeine arme Frau in Meryton war schwanger geworden, ohne dass ein Schutzreif sie gegen Gefahr gefeit hätte.

Tränen brannten in Beatrice Augen. Sie würde niemals ein Kind bekommen, wenn sie ihrer Leidenschaft weiter nachging. Das war der Preis der Magie, die sie begehrte: Auf ein Kind zu verzichten, um kein Monster zu gebären.

»Kann es ein Unfall gewesen sein? Mit einer Lampe oder einer Kerze?«

»Es gab eine Augenzeugin. Die Mutter ist verängstigt. Und Meryton hat kein Kapitularhaus.«

»Also haben sie das Kapitularhaus in Bendleton um Hilfe gebeten. Ist die Kleine in Gewahrsam?«

»Ich habe sie selbst gesehen«, bestätigte Ianthe. »Ich bin noch nie einer solchen Kreatur begegnet, und ich hoffe, dass ich das auch nie wieder tun werde. Wie konnte die Mutter nur derart unvorsichtig sein?«

»Warten Sie mal«, sagte Beatrice. »Wie alt ist sie? Die Mutter, meine ich.«

»Ich weiß es nicht«, gestand Ianthe. »Neunzehn? Zwanzig?«

»Oh! Dann war sie ja noch ein Kind«, warf Ysbeta ein.

»Das heiratsfähige Alter in Chasland liegt bei sechzehn, wenn die Eltern zustimmen.«

Ysbeta starrte Beatrice an. »Verteidigst du sie etwa?«

»Ich gebe nur zu bedenken, dass die Gefahr vielleicht niemandem bewusst war, wenn die Gabe der Mutter schwach ausgeprägt war«, antwortete Beatrice. »Was ist mit dem Vater?«

»Der leugnet, dass er der Vater ist. Die beiden waren nicht verheiratet …« Ianthe sah beiseite. »Ich sollte Ihnen das alles überhaupt nicht erzählen. Das ist kein Thema für Damen.«

»Sie meinen, es stößt uns zwar zu, aber wir sollten nichts davon wissen?«, fragte Beatrice, woraufhin Ysbeta zustimmend nickte.

»Es würde euch niemals zustoßen. Ihr seid Damen.«

»Das schützt uns vielleicht nicht ganz so gut, wie du annimmst«, entgegnete Ysbeta. »Abgesehen davon hätte es auch dieser jungen Frau niemals zustoßen sollen. Sie ist aus armen Verhältnissen?«

Ianthe nickte. »Sie hat einen namhaften Geschäftsinhaber als Vater des Kindes genannt. Er gehört dem Kapitularhaus zwar nicht an, denn er hat keine Gabe – aber er hat Anwälte, sie nicht.«

»Also wird er dem Scheiterhaufen entkommen«, hielt Beatrice fest. »Wie grässlich.«

»Ich hätte Sie mit dieser Geschichte nicht behelligen sollen«, sagte Ianthe. »Das tut mir sehr leid. Lassen Sie uns das Thema wechseln!«

Ysbeta packte ihren Hasardschläger fester. »Du wolltest mir von meinem Schiff erzählen.«

Nun stellte Beatrice die Frage, die sie über den schrecklichen Neuigkeiten vorübergehend vergessen hatte. »Da wollte ich eben schon nachhaken. Du besitzt ein Schiff?«

Ysbeta warf Ianthe einen finsteren Blick zu. »Ein einziges. Aber es gehört mir, und ich bin laut Schiffsregister seine Kapitänin.«

»Ysbeta hat die *Pelikan* zum fünfzehnten Geburtstag geschenkt bekommen, als Jungfernbesitz. Ihr gehört außerdem diese Villa hier sowie ein Teegarten und ein Strandhaus in Jy.«

»Ist das etwas wie …« Beatrice suchte nach dem richtigen Wort. »Wie sagt man Aussteuer auf Llanandari?«

Ysbeta runzelte nur die Stirn, als sie das Wort vernahm.

»Brautgabe«, sagte Ianthe. »Wir haben keine Aussteuer.«

Ysbeta sah aus, als tobe ein Gewitter in ihrem Inneren. »Das ist mein Eigentum.«

»Bis du einen Chasländer heiratest«, sagte Beatrice.

»Ich bin eine llanandarische Bürgerin. Ich habe Rechte, die mir eine Ehe nicht nehmen kann.«

»Wenn du in Chasland heiratest, trittst du alle Rechte an deinem Eigentum ab«, entgegnete Beatrice. »Und wenn dein Ehemann stirbt, bist du auch nur Treuhänderin für deinen Sohn, der dann mit achtzehn nach eigenem Gutdünken darüber entscheidet.«

»Und wenn ich keinen Sohn habe?«

»Dann geht der gesamte Besitz an den nächsten männlichen Verwandten über.«

Zorn entstellte Ysbetas Züge. »Das ist ja ekelhaft!«

»Es tut mir leid, Ysy«, warf Ianthe ein, »aber Miss Clayborn sagt die Wahrheit.«

»Ich werde nicht zulassen, dass mir mein Eigentum genommen wird. Auf gar keinen Fall. Beatrice, wie kannst du so etwas nur akzeptieren?«

»Ich bin nur *eine* Frau«, sagte Beatrice. »Ich hasse es, aber allein kann ich nichts ausrichten.«

Ysbeta stemmte mit wütender Miene die Hände in die Hüften. »Glaubst du wirklich, dass du die einzige Frau bist, der das nicht passt?«

»Nein«, antwortete Beatrice. »Aber wenn wir die Macht hätten, es zu verändern, meinst du nicht, dass wir das dann längst getan hätten?«

Ysbeta schüttelte den Kopf. »Ich kann das nicht. Ich werde nicht ohne eigenen Besitz in diesem rückständigen Land bleiben. Das werde ich Mutter klipp und klar sagen.«

Ianthe bewegte sich unruhig und sah nachdenklich zum Haus zurück. »Mutter hat vermutlich schon juristische Schritte eingeleitet, um dir mehr zu ermöglichen, aber ich weiß nicht, ob sie das in Chasland durchsetzen kann. Ich war von Anfang an gegen diese Heirat. Wenn wir beide mit ihr reden, dann sieht sie vielleicht ein, dass es den Ärger nicht wert ist.«

Ysbeta warf Ianthe einen skeptischen Blick zu. »Glaubst du etwa, du brauchst Mutter nur mit deinem Dackelblick anzuschauen, und schon verwirft sie den Plan, mich an einen unkultivierten Lümmel mit Krawatte zu verheiraten?«

»So schlecht ist Bard nicht.«

»Das ist mir völlig egal! Ich will ihn nicht heiraten! Ich will hier nicht leben!«

»Wir führen das Glück ihrer Tochter ins Feld«, schlug Ianthe vor. »Das muss ihr doch etwas bedeuten.«

»Das sollte es«, grummelte Ysbeta.

»Und jetzt muss ich euch leider verlassen«, sagte Ianthe. »Das Kapitularhaus ruft.«

»Nimmst du Beatrice nun mit?«, fragte Ysbeta. »Das wäre einfacher. Ihr könnt euch ja über etwas anderes unterhalten.«

Ein freudiger Schauer überlief Beatrice. »Wir haben unsere Partie noch gar nicht beendet. Sollten wir das nicht tun?«

»Ich habe genug von dir gesehen«, sagte Ysbeta. »Du wirst meine Partnerin im Wohltätigkeitsturnier. Niemand wird uns schlagen. Komm morgen wieder, dann üben wir.«

»Ich bringe Sie rasch nach Hause«, entschied Ianthe. »Der Zweispänner steht mit Sicherheit schon bereit.«

Ianthes Zweispänner war mit türkiser Emaille beschlagen, die Rückfront mit Segelschiffen bemalt, die gerade in See stachen. Die beiden langbeinigen kastanienbraunen Pferde waren bereits vor das große zweirädrige Gefährt gespannt. Pferdeknechte striegelten sie noch. Die Tiere kamen frisch aus dem Stall, sodass die Pferde, mit denen Ianthe hergekommen war, sich ausruhen konnten. Wie viele Pferde besaßen die Lavans eigentlich noch?

»Gefällt er Ihnen?«, fragte Ianthe in ihrer Sprache.

Beatrice wechselte dankbar ins Chasandische zurück. »Ein wunderbarer Zweispänner. Einen schöneren habe ich noch nie gesehen. Und was für prachtvolle Pferde.«

»Und schnelle dazu.« Ianthe half ihr auf den hohen Sitz. »Sind Sie bereit?«

Sie glättete ihre Röcke und nickte. »Ja.«

Ianthe erklomm den Bock und ließ die Pferde angaloppieren. Die gut gefederte Kutsche schaukelte nur sanft, als sie von der Auffahrt auf die Meryton-Landstraße abbog.

»Es tut mir leid, dass wir uns beeilen müssen«, sagte Ianthe. »Aber der Vorfall in Meryton ist höchst unerfreulich.«

Obwohl Beatrice nicht daran denken wollte, kroch ihr ein Schauer über den Rücken. Was für eine grässliche Geschichte. Diese arme Frau, nie hatte sie eine Chance gehabt … »Wie ist es dazu gekommen?«

»Wie Sie vermutet haben. Niemand wusste, dass die Frau über die magische Gabe verfügt«, sagte Ianthe. »Nicht, bis um ihr Kind herum Dinge in Flammen aufgingen. Sie erfand die Ausrede, dass ein schmutziger Kamin das Feuer in ihrem Heim verursacht habe, und hoffte, sie könne die Kleine erziehen.«

»Wie traurig«, bemerkte Beatrice. »Aber ich verstehe, warum sie versucht hat, die Wahrheit zu verheimlichen.«

Ianthe schüttelte den Kopf und zügelte die Pferde, bis sie nur noch trabten. »Wenn Sie es verstehen, erklären Sie es mir bitte.«

»Haben Sie schon viel Zeit mit Neugeborenen verbracht?«

»Nicht wirklich.«

Das hatte sie auch nicht erwartet, auch wenn Männer aus Llanandras den Ruf genossen, engagierte Ehemänner und Väter zu sein. »Selbst, wenn es nicht die eigenen Kinder sind, will man sie sofort beschützen. Es sind Babys. Sie brauchen dich für alles, für ihre Nahrung, ihre Sauberkeit und ihren Trost, und du liebst sie, du kannst nichts dagegen tun. Wie alt ist das Mädchen? Drei?«

»Fast vier«, sagte Ianthe. »Die Mutter konnte dieses Geistgeborene länger versteckt halten, als es üblicherweise der Fall ist.«

»Wenn ein Kind etwa zwei Jahre alt ist, dann ist es um die Familie geschehen, dann liebt sie es aus tiefstem Herzen.«

»Lieben? Aber Geistgeborene sind Monster!«

»Die auch einmal Säuglinge waren«, erwiderte Beatrice. »Hilflose, süße, unschuldige Babys. Die Familie hatte Zeit, eine Beziehung zu diesem Neugeborenen aufzubauen, und wenn sie dabei etwas Unheimliches bemerkt, erklärt sie es damit, dass ihr Kind einem Alter voraus ist.«

Ianthe überholte ein langsames Fuhrwerk auf der Landstraße. »Weil man es nicht genau sagen kann, bis sie alt genug sind, um zu laufen und zu reden.«

»Genau. Und die Familie ist nicht dumm. Sie weiß, was passiert. Sie weiß genau, was sie tun muss, aber sie verschließt die Augen vor der Wahrheit, weil dieses Geistgeborene ihr eigenes Kind ist. Wenn sie nur vorsichtig genug sind, liebevoll genug, so glauben die Eltern, dann können sie das Unvermeidliche doch vermeiden.«

»Das ist schrecklich.«

»Es ist grauenhaft.«

Ianthe ließ die Zügel locker, und die Pferde verfielen in einen leichten Galopp. Bendleton kam näher, die Türme des Kapitularhauses waren bereits sichtbar. Der Verkehr wurde dichter, und Ianthe umfuhr langsamere Kutschen und Wagen mit nachdenklichem Gesichtsausdruck.

»Das passiert in Llanandras nicht«, sagte er schließlich. »Alle Kinder, auch die von Nicht-Magiern, werden in der Schule auf ihr Potenzial hin getestet …«

»In Chasland gibt es keine Schulpflicht.«

»Ich könnte eine ganze Stunde über die hinterwäldlerischen Praktiken hier schimpfen und hätte immer noch genug Material für eine zweite Stunde«, polterte Ianthe. »All das führt doch bloß dazu, dass schwach magiebegabte Frauen in eine solch entsetzliche Lage geraten.«

»Es geschieht selten, denn magiebegabte Frauen sind furchtbar wertvoll.«

Ianthe reagierte nicht auf den bitteren Ton ihrer Stimme. »Aber weil niemand die arme Frau einer Prüfung unterzogen hat, werde ich jetzt einen Anwalt auftreiben, damit er sich Mutter und Tochter einmal vornimmt …«

Beatrice starrte auf ihre Hände, die sie vor dem Bauch gefaltet hatte. »Und dann müssen sie sterben.«

»Das chasandische Gesetz gibt der Mutter die Schuld, sich mit Mächten eingelassen zu haben, die sie nicht kontrollieren kann. Morgen werden sie bei lebendigem Leib verbrannt. Das ist ungeheuerlich. Ein grauenhaftes Schicksal für eine magiebegabte Frau.«

»Das Schicksal jeder magiebegabten Frau ist grauenhaft«, murmelte Beatrice.

»Bitte?«, fragte Ianthe. »Wie meinen Sie das?«

Sie wandte sich ihm mit einem Ruck zu. »Die magische Gabe ist für Frauen ein Fluch, obwohl sie doch ein Segen sein sollte.«

Sie hätte seine Nachfrage mit einer unverfänglichen Erwiderung parieren sollen, hätte ihn anlügen sollen, wie sie alle anlog. Aber es war zu spät. Sie hatte die Wahrheit ausgesprochen – und nun würde er sein Interesse an ihr verlieren. Genau das wollte sie jedoch. Sie durfte nicht heiraten. Und dennoch ließ die Furcht vor Missbilligung sie erbeben, und sie wünschte sich, die Worte zurücknehmen zu können.

»Aber Magie ist wunderbar«, sagte Ianthe. »Wie kann sie ein Fluch sein?«

»Es tut mir leid, ich habe es nicht so gemeint.«

»Doch, ich denke, das haben Sie.« Ianthe zügelte die Pferde, sodass sie in Schritt fielen, und musterte Beatrice. »Sie haben mir bereits in Sachen Geistgeborener die Augen geöffnet. Bitte verraten Sie mir, warum Sie Magie für einen Fluch halten.«

Beatrice rang nach Worten. Sie musste die richtigen finden, um es ihm zu erklären, ohne ihn zu beleidigen. »Nicht die Magie selbst ist das Problem.«

»Sondern?«

»Eine Frau zu sein und über Magie zu gebieten«, sagte Beatrice. »Stellen Sie sich nur vor, man würde Ihren Geist für schwach erachten, für unfähig, die höheren Künste der Magie zu meistern. Aber das ist nicht einmal das Schlimmste, denn Ihr einziger Wert als Zauberin bestünde in Ihrem Schoß.«

»In Llanandras handhaben wir das anders«, erwiderte Ianthe. »Chasländer und andere Völker hier im Norden schließen Frauen einfach ihre gesamte Ehe lang in diesen Halsreif ein und ignorieren die Möglichkeiten, Schwangerschaften zu planen. Llanandari-Frauen tragen den Reif nur, wenn sie tatsächlich schwanger sind.«

Sie trugen ihn nicht immer? Ysbetas beiläufiger Gebrauch des Fächerzaubers ergab nun mehr Sinn. »Das ist sehr viel kultivierter«, gab Beatrice zu.

»Ich habe versucht, es Chasländern zu erklären, aber sie wollen nichts davon wissen. Ich halte es ehrlich gesagt für Barbarei.«

Ianthe lag richtig. Chasland mit seinen Wäldern voll edler Hölzer und mit den tiefen Adern aus kostbarem Metall und Edelsteinen besaß viel Geld und wenig gesellschaftlichen Fortschritt. Dennoch wirkten Ianthes Worte allzu selbstgefällig. »Und treten Frauen in Llanandras ins Kapitularhaus ein?«

»Frauen können die höheren Künste des Kapitularhauses nicht erlernen«, erklärte Ianthe und zuckte mit den Schultern. »Dazu muss man jahrelang studieren und sehr früh anfangen. Welche Frau weiß schon mit zehn Jahren, dass sie dem natürlichsten Drang der Welt nicht wird nachgeben wollen?«

Beatrice musste sich zurückhalten. »Das kann ich nicht beantworten, da ja niemand zehnjährige Mädchen danach fragt, was sie sich wünschen. Und selbst wenn es jemand täte, so gibt es doch nur eine Antwort, die akzeptiert wird.«

»Einverstanden«, sagte Ianthe und machte einer schnellere Kutsche Platz, die im Galopp nach Bendleton fuhr. »Was wollten Sie, als Sie zehn waren?«

»Magie«, antwortete Beatrice. »Ich wollte dem Ruf der hohen Magie folgen. Ich wollte Mitglied im Kapitularhaus werden, quälende Stunden damit verbringen, Buchpassagen zu kopieren. Ich wollte mir einen Mentor suchen. Ich wollte Mizunh und die Zeichen und Sigillen erlernen, um Geister zu rufen, und ich … Ich wollte Magie, aber die ganze Welt hat mir gesagt, dass ich sie nicht haben kann.«

Ianthe leckte sich über die Lippen und wich ihrem Blick aus. »So einfach ist das nicht.«

»Ach nein? Warum nicht?«

Ianthe zog die Schultern hoch. »Ich darf eigentlich nicht darüber sprechen.«

»Natürlich, die Bruderschaftsgeheimnisse. Gibt es überhaupt einen triftigen Grund, warum Frauen die höheren Künste nicht erlernen können?«

»Gut«, lenkte Ianthe ein. »Ich beantworte Ihre Fragen, da mir an Ihrer Freundschaft gelegen ist. Aber dann muss ich auf Dinge eingehen, über die ich unter meinem Initiationseid zu schweigen geschworen habe.«

»Ich werde Sie nicht darum bitten, Ihren Eid zu brechen«, sagte Beatrice. »Ich weiß, dass Sie über vieles schweigen müssen. Aber was ist der wahre Grund, aus dem Frauen nicht zu den Prüfungen zugelassen werden?«

»In dem Moment, in dem man ihnen den Halsreif anlegt, wird die Verbindung zu ihrem größeren Geist unterbrochen.

Und es ist für eine Frau nur möglich, sich mit einem neuen zu verbinden, solange sie jünger als fünfundzwanzig ist.«

»Warum ist das so?«

»Offen gestanden, glaube ich, dass das niemand weiß«, sagte Ianthe. »Es gibt die Theorie, dass dieses Alter eine Grenze darstellt. Danach ist die körperliche Entwicklung abgeschlossen. Aber das ist nur eine Vermutung, wenn auch die bislang plausibelste.«

»Aber wenn es eine Möglichkeiten gibt, dass Frauen ihre Fruchtbarkeit kontrollieren können, dann könnten sie doch eigentlich auch die Ausbildung machen, heiraten, ein, zwei Kinder bekommen und danach den Geist an sich binden, bevor sie zu alt sind?«

»Die letzte Prüfung muss man mit einem gebundenen geringeren Geist absolvieren«, erwiderte Ianthe. »Und man braucht einen geringeren Geist, um die Waffen der Rose zu tragen. Wenn man diesen Bund aufgibt, wird einem der Rang aberkannt.«

»Ränge werden aberkannt?«

»Das ist eine ernsthafte Bestrafung«, versicherte Ianthe. »Ich habe noch nie erlebt, dass sie vollzogen wird, aber der Bestrafte muss sich dann selbst für einen Zeitraum von einem Monat bis zu einem Jahr einen Halsreif anlegen. Danach muss er sich wieder zu seinem alten Rang hocharbeiten. Das ist eine große Schande.«

Verzagtheit ergriff Beatrice, als dieser Weg, der so hell und vielversprechend erschienen war, wieder im Dunkeln versank. »Also ist das, was Frauen um der Sicherheit ihrer Kinder willen um den Hals tragen müssen, eine ernsthafte Bestrafung für Männer im Kapitularhaus. Ich könnte jetzt ziemlich viel Zeit damit verbringen, mich darüber aufzuregen, was das eigentlich impliziert.«

»Ich würde Sie nicht dafür verurteilen, und ich werde sicher keine Argumente dagegen vorbringen, denn genau darüber habe ich auch schon nachgedacht.«

»Also würde eine Frau den Rang als Adeptin der Rose verlieren, wenn sie schwanger würde. Was, wenn es ausreichen würde, den größeren Geist zu binden? Wenn ich beweisen könnte, dass ich das vermag?«

Ianthe schüttelte den Kopf. »Sie brauchen einen gebundenen Geist für das Ritual.«

»Warum?«

»Das ist ein Geheimnis. Und damit meine ich, dass auch ich es nicht kenne, weil ich dieses Ritual selbst noch nicht durchlaufen habe«, erklärte Ianthe.

Beatrice sank in den Sitz. »Es gibt also keine Möglichkeit für eine Frau, ihren Wunsch nach einer Familie zu verwirklichen und gleichzeitig nach Magie zu streben.«

»Selbst wenn, würden nur wenige Magier eine Frau als Schülerin akzeptieren«, sagte Ianthe. »Das Studium der hohen Magie ist ein Vermächtnis. Wenn ich einst ein Magier bin, wird der Erfolg und Fortschritt meiner Novizen meinen Stand und mein Ansehen im Kapitularhaus widerspiegeln. Einen Novizen anzunehmen, der nicht im angemessenen Zeitraum die Prüfung der Rose ablegt, ja, der sie vielleicht niemals …«

»Würde bedeuten, dass der Mentor an Ansehen verliert.«

»Richtig.« Ianthe trieb die Pferde mit einem Zungenschnalzen zum Trab an. »Wenn also eine Frau, die hohe Magie studiert, ihre Meinung bezüglich ihrer eigenen Wünsche ändert und im entsprechenden Alter entscheidet, dass sie ihre Jungmädchenträume an den Nagel hängt und einen Lebensweg als Frau einschlägt …«

»Jungmädchenträume«, wiederholte Beatrice.

Ianthe fuhr fort und nickte einem Kutscher zu, der ihm Platz machte. »Jeder Mentor möchte, dass seine Protegés ihr wahres Potenzial entfalten. Sie wollen sich nicht fragen, zu welch hoher Kunst ihre Schülerinnen wohl fähig gewesen wären, wenn sie all das nicht für eine Familie aufgegeben hätten – und die meisten Mädchen reifen schließlich irgendwann zur Frau heran.«

»Setzen Sie gerade Kinderkriegen mit Reife gleich?«, fragte Beatrice. »Mutmaßen Sie, dass eine Frau, die keine Kinder will, eigentlich gar nicht erwachsen ist?«

»Erwachsene, egal ob Mann oder Frau, führen das Vermächtnis ihrer Familien fort. Ein Mann, der nicht heiratet und keine Kinder zeugt, ist auch nicht erwachsen.«

Der Wind drehte und brachte Kirschblütenduft mit sich. »Aber wir nennen unverheiratete Männer nicht alte Jungfern. Wir lästern nicht darüber, wie unglücklich sie sein müssen, nie eine passende Frau gefunden zu haben …«

»Auch ein unverheirateter Mann kann die Prüfung der Rose nicht ablegen«, warf Ianthe ein.

»Warum nicht?«

»Wegen des Eides«, antwortete Ianthe. »Ich komme gerade Dingen sehr nah, über die ich schweigen sollte.«

»Der Eid befiehlt, dass Männer heiraten müssen? Gibt es dafür einen Grund, der in der Magie liegt?«

»Wenn es einen gibt, kenne ich ihn nicht.« Ianthe trieb das Gespann an, um einen langsamen Wagen zu überholen. »Aber es ist Teil des Eids. Es ist egal, wie schnell man lernt oder wie groß das Potenzial ist. Magus wird nur, wer verheiratet ist. Es gibt also auch für uns Männer gesellschaftliche Ächtung, wenn wir uns der Ehe verweigern.«

»Nun ja, in höchst geringem Maße.«

»Das stimmt«, gab Ianthe zu. »Aber, wie gesagt, kein Llanandari-Mann würde seiner Frau tagein, tagaus einen Schutzreif aufzwingen. Und er würde sie keinesfalls so oft schwängern, dass ihr ganzes Leben nur darin besteht, sich um Säuglinge zu kümmern. Llanandari-Frauen haben sehr viele Freiheiten. Wenn Sie meine Mutter kennen würden, wüssten Sie, wie viele.«

»Nichts gegen Ihre Mutter, aber denken Sie doch mal über Folgendes nach«, sagte Beatrice. »Llanandari-Ehemänner erlauben ihren Frauen, Magie zu nutzen, wobei sie aber nur Zauberreime und einfache Sprüche kennen dürfen. Es ist ihnen nicht erlaubt, ihr Potenzial auszuschöpfen.«

»Falsch, das ist ihnen erlaubt«, sagte Ianthe. »Das hab ich Ihnen doch gerade dargelegt. Llanandari-Frauen tragen keinen Halsreif, solange sie nicht schwanger sind, und die Empfängnis planen wir vorab. Frauen haben Jahre zur Verfügung, in denen sie sich mit Magie beschäftigen und lernen können. Meine Mutter hat den Halsreif ein für alle Mal abgelegt, als ich zehn war.«

»Aber da war sie bereits über fünfundzwanzig. Hat Ihre Mutter auch nur einen geringeren Geist an sich gebunden? Durfte sie im Kapitularhaus studieren, nachdem sie mit dem Kinderkriegen fertig war?«

Ianthe schwieg kurz. »Das ist doch nicht der Punkt.«

»Ich versichere Ihnen, genau das ist der Punkt«, entgegnete Beatrice. »Ehe und Vaterschaft mögen Voraussetzung sein, um die höheren Ränge im Kapitularhaus zu erreichen, aber sie stellen kein großes Hindernis für einen Mann dar.«

»Ohne sie kann man trotzdem nicht zum Magier aufsteigen.«

»Wie viele Adepten kennen Sie denn, die auf eine Heirat verzichtet haben und mit ihrer Ausbildung an dem Punkt sind, die Prüfungen abzulegen? Zehn?«

»Nicht so viele.«

»Fünf?«

Ianthe seufzte. »Zwei.«

»Erwarten Sie, dass die beiden niemals heiraten werden?«

»Nein. Sie heiraten, werden initiiert und werden ihre Frauen so gut es geht ignorieren.«

»Ich habe noch nie von einer verheirateten Frau gehört, die den Luxus hatte, ihren Mann ignorieren zu können.«

»Einverstanden, es ist ungerecht«, sagte Ianthe. »Aber wie lässt es sich ändern? Es gibt keine andere Möglichkeit als den Halsreif, um eine Zauberin davor zu bewahren, ein Geistgeborenes auszutragen. Das können Sie nicht abstreiten.«

»Aber es sucht ja auch niemand nach einer anderen Möglichkeit«, entgegnete Beatrice. »Beim bisherigen Stand der Dinge lasten die Einschränkungen, die Verantwortung und überhaupt alle Bürden auf der Zauberin. Männer müssen dagegen in keiner Weise Unannehmlichkeiten in Kauf nehmen. Sie können tun, was sie wollen. Für sie ist das System ja gar nicht kaputt, warum sollten sie also nach einer Möglichkeit suchen, es zu reparieren?«

Beatrice hielt inne, doch es war zu spät. Sie war längst zu weit gegangen, hatte zu viel gesagt. Kirschbäume nickten in der Meeresbrise, und ihre dicken rosafarbenen Blüten wussten nicht, dass sie einzig und allein dazu dienten, eine Straße farbenfroher aussehen zu lassen. Der würzige Meeresgeruch lockte bereits unmittelbar hinter den blassen Stadthäusern, welche die lang gezogenen, von dem betäubenden Nektarduft der Bäume geschwängerten Kurven säumten. Sie konnte ihre Worte nicht mehr zurücknehmen. Stille breitete sich auf dem Sitz des Zweispänners aus und drückte sie geradezu an den Rand der Bank. Ianthe schien damit beschäftigt, die Pferde zur Triumph Street zu lenken. Als er den Wagen vor der

Hausnummer siebzehn zum Stehen brachte, hatte Beatrice die Hände so heftig verknotet, dass ihre Knöchel schmerzten. Sie hatte es vermasselt. Eine der Türen, durch die sie gern gegangen wäre, fiel gerade ganz langsam ins Schloss. Beatrice berührte die Mulde zwischen ihren Schlüsselbeinen. Ihre Kehle war wie zugeschnürt.

»Miss Clayborn«, sagte Ianthe, als sie sich von der Bank erhob. »Sie haben mir viel Stoff zum Nachdenken gegeben.«

Beatrice versuchte sich an einem Lächeln. Zu viel. Ianthe würde es nie wieder nach ihrer Gesellschaft verlangen. Sie hatte Grenzen übertreten und Fäden, die zwischen ihnen gespannt gewesen waren, zerrissen. Eine Bewegung an einem Fenster im zweiten Stock ließ ihren Blick hochschnellen. Ihre Mutter beobachtete sie und Ianthe, die Finger am Reif oberhalb ihrer Kehle.

Beatrice wandte den Blick ab. Eine bessere Tochter würde flicken, was zerrissen war. Eine bessere Tochter hätte diese Freundschaft nicht bei der erstbesten Gelegenheit zerstört. »Ich entschuldige mich aufrichtig. Ich hätte das nicht sagen sollen.«

»Nicht doch. Ich werde wirklich darüber nachdenken. Es ist eine gute und vielversprechende Idee, Kinder vor der Prüfung zu bekommen. Vielleicht gibt es ja Möglichkeiten.«

Ianthes Miene hatte sich aufgehellt, er wirkte zuversichtlich und optimistisch. Beatrice rang sich erneut ein Lächeln ab. Ianthe Lavan war es gewohnt, seinen Willen zu bekommen, und auch er würde einen Sohn wollen. Und wenn Beatrice das Clayborn-Glück geerbt hatte, dann würde sie eine Tochter nach der anderen gebären. Und wenn ihr fünfundzwanzigster Geburtstag nahte, ohne dass sie einen Sohn geboren hatte, was dann? Würde er sich nur mit Töchtern zufriedengeben? Würde seine Familie das dulden?

Das Problem blieb dasselbe. Ob eine Frau sich der Magie widmete, hing von ihres Gatten Gnaden ab, sie selbst blieb unfrei. Aber für einen Tag hatte Beatrice mehr als genug gestritten. »Vielleicht wird die nächste Generation davon profitieren.«

»Vielleicht. Ich freue mich auf unseren Abend in Foxbridge Manor. Ich hoffe, Sie sind im Kartenspiel so gut wie im Erklären von Ungerechtigkeiten.« Er tippte sich zum Abschied an den Dreispitz und lächelte. »Bis dann.«

Beatrice erfasste eine neue Welle der Übelkeit. Der Kartenspielabend! Sie eilte ins Haus, raffte ihr Röcke und rannte die Treppe hinauf. Sie musste einen Plan in die Tat umsetzen, und ihr blieb kaum noch Zeit dazu.

# KAPITEL VI

Hübsch:, krähte Nadi.

Nadi hatte recht. Die Front von Lord Powles' Herrenhaus wartete genau mit der Symmetrie auf, die für elegante Häuser derzeit so wichtig war. War man einmal eingetreten, zog in einer ovalen zweistöckigen Eingangshalle der gewaltige, funkelnde Kronleuchter alle Blicke auf sich. Er warf warmes Licht auf eine Statue in der Mitte des Raums. Beatrice – und Nadi in ihr – betrachteten die aus Marmor gehauene junge Frau, die einen Arm erhoben und die Finger zu jener anmutigen Geste zusammengelegt hatte, die ein Willkommen und das Versprechen auf Gastfreundschaft ausdrückt.

:Sie ist so schön:, seufzte Nadi. :Wer hat sie versteinert?:

:Niemand:, dachte Beatrice. :Sie ist eine Skulptur.:

:Fass sie an!:

:Das darf ich nicht. Das ist unhöflich.:

:Dumme Regeln:, schmollte Nadi. :Fass sie an!:

:Das ist nicht Teil unseres Pakts.: Beatrice lächelte den Lakaien an, der sie in einen Salon führte, sodass die Marmorfigur hinter ihnen zurückblieb. Beatrice knickste höflich vor der dort versammelten Gesellschaft, größtenteils älteren Damen und Herren.

Ysbeta Lavan saß leger in tiefblauen, spitzenbesetzten Gewand an einem Tisch, die Arme bis zum Ellbogen nackt, wie es sich beim Kartenspielen gehörte. Ihre Finger umfassten eine Tasse mit hellrosafarbenem Punsch. Gerade richtete sie ihre Aufmerksamkeit von Lord Powles auf Beatrice.

»Da ist sie ja!«

»Miss Clayborn! Und so pünktlich. Es kann gleich losgehen«, sagte Lord Powles. »Wie Sie sicherlich bereits wissen, hatte Ianthe auf der Rennbahn die Nase vorn und wird daher heute Abend Ihr Partner sein.«

Ianthe verbeugte sich. Beatrice versuchte, ruhig zu atmen. Sie würde seine Partnerin im Spiel sein, und es würde erwartet, dass sie sich nett unterhielten, doch wann immer sie ihn ansah, würde ihr wieder einfallen, wie sie über seinen Stolz auf die Duldung von Zauberinnen in seiner Kultur die Nase gerümpft und diese unzureichend genannt hatte.

Der Abend würde furchtbar werden. Sie lächelte ihm zu und starb innerlich, als sie bemerkte, wie ihr die Hitze in die Wangen stieg. »Herzlichen Glückwunsch, Mr Lavan.«

»Die Ehre ist ganz meinerseits.« Ianthe stand schon beim nächsten Atemzug an ihrer Seite und roch ganz köstlich nach Süßholz und Frühlingsblumen. »Spielen Sie oft Karten?«

»Mit der Familie, an Regentagen. Um Knöpfe.«

Ianthe nickte, als hätte er nichts anderes erwartet. »Und ein Knopf steht für einen Punkt?«

»Ja.«

»Exzellent! Hier geht es nicht anders zu. Außer, dass wir nicht um Knöpfe spielen.« Ianthe lachte. »Jeder Punkt steht für zehn Kronen.«

Beatrice versuchte, nicht zu husten. Ihr Vater hatte ihr fünfzig Kronen gegeben. Die konnte sie auf einen Schlag verlieren, schon in der ersten Partie. »Oh, ich habe bloß …«

»Keine Sorge«, sagte Ianthe. »Wir legen kein Geld auf den Tisch. Das ist eine Unsitte aus Spielhöllen. Wir benutzen Coupons und zahlen am nächsten Tag. Wünschen Sie einen Punsch?«

:Ja!:, schrie Nadi. :Und danach noch zwei!:

»Danke. Ein Punsch wäre nett«, antwortete Beatrice.

Sie nippte, wie es sich für eine Dame geziemte. Im Getränk mischte sich Nektar mit dem Duft von Holunderblüten und dem Chininhauch des vorzüglich destillierten Kräutergins. Der Punsch war kühl und erfrischend, und Beatrice erwischte mit den Zähnen ein kleines Stück Eis.

:Du musst drei trinken:, beharrte Nadi. :So lautet die Abmachung. Warum hast du nicht erwähnt, dass der hübsche Ianthe hier ist? Küss ihn noch mal!:

Bevor Nadi noch hartnäckiger insistierte, wies Beatrice den Geist in seine Schranken. :Drei Tassen Punsch:, rief sie Nadi in Erinnerung. :Ein Sonnenaufgang. Nackte Füße am Strand. So lautet unsere Abmachung.:

Lord Powles bot Ysbeta seinen Arm an und führte sie alle in einen weitläufigen Saal, der beinahe so groß war wie der beim Eröffnungsball. Alt und Jung saßen getrennt voneinander. Die jungen Männer hatten die Jacketts ausgezogen und die Hemdsärmel zu den Ellbogen aufgerollt, peinlich darauf bedacht, die Hände immer auf dem Tisch zu haben, auf dem sie ihre Stiche ausspielten. Der ganze Raum summte von Unterhaltungen, bei denen jedoch penibel sämtliche Themen vermieden wurden, die während des Spiels verboten waren. Ein Tisch war noch leer, und auf dem Weg dorthin bemerkte Beatrice hohe Papierstapel, die sich neben den Punschtassen auf den Tischen stapelten. Jeder Coupon stand für mindestens zehn Kronen.

Himmel hilf!

Wie würde sie nur heil aus dieser Geschichte herauskommen?

Ianthe rückte ihr einen Stuhl zurecht. Ysbeta zu ihrer Linken lehnte sich zu ihr herüber und murmelte: »Es tut mir sehr leid …« Unterdessen nahmen Ianthe und Lord Powles Platz. »… aber ich hoffe, du bist bereit für eine Abreibung.«

Beatrice warf ihr einen Blick zu, doch Ysbeta mischte bereits die Karten, wobei die gewachsten Oberflächen eine wispernde Melodie hauchten. Sie reichte den Stapel an ihren Bruder weiter.

»Gib!«

In Beatrice bebte Nadi. Sie bekam eine Gänsehaut, als die Magie des Geistes über ihr zusammenschlug.

»Wir können es wohl kaum abwarten, was?« Ianthe teilte aus, und Beatrice nahm ihr Blatt auf und staunte über die detailreich gezeichneten Gesichter der Hofkarten in ihren Händen. Eine Rose stand blank. Was war Trumpf?

»Sheldon kommt raus«, verkündete Ianthe, während dieser sich eine duftende Zigarre anzündete. Beatrice rechnete. Stäbe waren Trumpf, und davon hatte sie Ass und Dame als Honneur sowie die Vier, mit weiteren Hofkarten, die keine Honneurs waren. Bei diesem Blatt konnte sie kurzen Prozess machen.

Sie ordnete die Karten und lächelte Ysbeta an. »Ich liebe dieses Blau. Es steht dir hervorragend.«

Powles eröffnete mit dem Rosenkönig. Ach, armer Sheldon. Sie warf ihre Sieben ab und blickte Ianthe an, der die Karte ignorierte und ihr zulächelte.

»Die Farbe ist einer geheimen Formel geschuldet«, erklärte er. »Man hat sogar schon versucht, unsere Färbereien auszuspionieren, um herauszufinden, wieso das Blau derart strahlt.«

:Es ist Magie:, sagte Nadi. :Ich kann es riechen.:

:Alchemie?:

:Ja.:

Ianthe trug ein Gewand von demselben tiefen, klaren Blau, geschmückt mit Goldstickerei und an den Knopflöchern mit goldenen Ornamenten aus dem gleichen Faden gesäumt.

»Ich denke, die Farbe würde dir auch ganz vorzüglich stehen, Beatrice«, sagte Ysbeta.

»In der Tat«, stimmte Ianthe zu, machte mit einem Ass einen Stich und legte die gewonnenen Karten mit der Rückseite nach oben vor sich. »Ich würde dich gern darin sehen.«

Mit diesem bemerkenswerten Satz spielte er den Stab-König aus.

:Er mag dich.:

Das stimmte wohl – und zwar selbst, nachdem sie ihrer Zunge freien Lauf gelassen hatte. Er hätte sie mit eisiger Höflichkeit bedenken können, doch stattdessen schenkte er ihr ein kaum verhohlenes Lächeln, das immer strahlender wurde, je öfter sich ihre Blicke trafen. Gerade jetzt taten sie das wieder, und Ianthes Augen funkelten wie Sternenlicht auf nächtlichem Wasser. Beatrice wurde ganz warm.

Sie lächelte und legte ihren niedrigsten Trumpf auf die Karte. »Ich kann mir vorstellen, wie knifflig die Technik ist, um diesen Farbton zu erzielen. Ist sie alchemistisch?«

Ysbeta lächelte und legte einen Finger an die Lippen. »Geheim.«

»Alchemie mochte ich immer«, sagte Bard. »War mein bester Kurs in der Schule. Mit der Alchemie kann man Wunder wirken, die einer Beschwörung gleichkommen. So sollte Gadaran mich aber besser nicht reden hören.«

Ysbeta beäugte die Karten und biss sich auf die Lippe. Beatrice und Ianthe strichen weitere vier Punkte auf dem Weg zum Sieg ein. Beatrice hatte nun schon zwanzig Kronen mit dem ersten Blatt gewonnen, die sie allerdings mit Ianthe teilen müsste.

»Wer ist Gadaran?«, fragte Ysbeta.

»Ein minderer Geist des Wissens und damit gerade passend für einen Ministersohn«, erwiderte Bard durch eine Rauchwolke hindurch. »Ich war ein echter Streber. Anders als dein Bruder, der seine besten Noten auf dem Hasardfeld eingefahren hat. Aber wenn sie Streiche benotet hätten, dann wäre Ianthe eine Legende.«

Ein Bouquet von Rosenkarten hieß Beatrice in der nächsten Runde willkommen. Sie arrangierte sie und wandte sich an Ianthe: »Sie haben also Streiche gespielt?«

»Er hat die ganze Klasse auf die Schippe genommen«, kam ihm Bard mit einer Antwort zuvor. »Einmal ließ Ianthe bei der Abschlussprüfung alle Füller in der Luft tanzen, und dann hat er sie so gemischt, dass niemand seinen eigenen Füller zurückerhielt.«

»Das klingt harmlos«, bemerkte Ysbeta und runzelte die Stirn, als Beatrice mit einem Schwert-Ass herauskam.

»Er war nicht so harmlos denen gegenüber, die sich ihre Spickzettel magisch in die Füller eingraviert hatten.« Ianthe begriff, was sie vorhatte, und spielte erneut Schwerter aus, um die Honneurs aus dem Spiel zu ziehen. »Jemand, den ich nicht mochte, wollte schummeln, und ich mag es nun einmal, wenn es gerecht zugeht.«

Beatrice nahm ihren Becher Punsch. »Was ist mit dem Schüler passiert?«

»Er ist durchgefallen«, sagte Ianthe. »Eine gerechte Strafe fürs Schummeln. Und für generelle Garstigkeit.«

Beatrice nickte, lächelte und spielte weiter, doch die Muskeln in Kiefer und Kehle verspannten sich.

Sie und Ianthe gewannen noch einmal zwanzig Kronen.

Danach fünfzehn, anschließend zehn, und dann brachte ein Bediensteter einen zweiten Becher Punsch, den Nadi zu schnell hinunterstürzte. Sie sprachen über Musik, über die anstehende Aufführung von *Der Graf von Immernie*, vom Blütenritt und der Korbauktion …

»Sie werden sich doch Ianthe und mir beim Picknick anschließen, oder nicht, Miss Clayborn? Wir suchen uns Plätze nebeneinander«, sagte Lord Powles.

So einfach war es also, Zugang zu den höchsten Rängen der Bendletoner Gesellschaft zu erlangen.

»Ich würde mich sehr geehrt fühlen«, erwiderte Beatrice und stach mit einer Neun. »Aber mein Korb muss schon ehrlich gewonnen werden.«

»Das müsste er in der Tat«, bestätigte Ianthe. »Und ich werde ihn gewinnen, wenn Sie das freut.«

Sie sollte ihn auf gar keinen Fall ermutigen. Und dennoch nickte sie, als sie ihre letzte Karte ausspielte. »Es wäre mir sogar eine große Freude, mit Ihnen zu picknicken.«

Sie beide gewannen auch diese Partie, wobei Beatrice versuchte, nicht allzu breit zu grinsen, als Lord Powles einen weiteren Coupon unterschreiben musste.

Ysbeta musterte sie einen Moment zu lange über ihre nächste Kartenhand hinweg und ließ den Blick dann zum Punschbecher und den Stapel gesammelter Coupons wandern. Ianthe und Beatrice hatten nur zweimal verloren, und diese hatte bei zweihundertundneunzig aufgehört, die gewonnenen Kronen zu zählen. :Nadi, es reicht für heute! Ysbeta hegt Verdacht.:

:Aber es macht Spaß:, entgegnete Nadi. :Macht es nicht unglaublichen Spaß?:

O ja, Kartenspielen war ganz wunderbar. So haushoch hatte sie noch nie gewonnen, nicht einmal, wenn es um eine ganze Kiste voller Knöpfe gegangen war. Sie konnte es gar nicht erwarten, die verblüffte Miene ihres Vaters zu sehen. Das würde eine Überraschung für ihn sein! Sie könnte jede Krone wieder hereinholen, die er für ihre Ballsaison ausgegeben hatte! Sie und Nadi konnten allen anderen das Geld aus der Tasche ziehen!

:Genau!:, sagte Nadi und rekelte sich genüsslich. :Du brauchst Nadi. Wir können gewinnen und gewinnen und gewinnen.:

Ihre Hand grapschte nach dem Punsch … :Nadi!:

:Du hast drei gesagt!:

Sie warf den Kopf in den Nacken und stürzte den letzten Schluck aus der Tasse hinunter. Der Punsch schmeckte wunderbar. Süß, nuancenreich – und er lockerte sie und versetzte sie in heitere Stimmung. Was war Holunderpunsch doch für eine Wonne! Sie nahm ihre Karten auf und stellte die Tasse akkurat auf dem Unterteller ab, womit sie den Wunsch nach einer weiteren zum Ausdruck brachte.

:Nicht so schnell:, verlangte Beatrice. :Es gibt nur noch einen, und der muss für die ganze Nacht reichen.:

»Beatrice?«, fragte Ysbeta. »Würdest du mit mir eine Runde im Garten drehen? Ich fühle mich gerade unwohl, und die Luft wird mir guttun.«

»Aber wir haben doch gerade erst …« Beatrice ließ ihre vier Könige sinken. »Ich meine, natürlich, gern. Etwas frische Luft. Die kannst du jetzt brauchen. Und ich auch. Genau!« Sie kicherte. »Luft, in der Tat! Braucht man immer, oder nicht?«

»Braucht man immer«, wiederholte Ysbeta.

Beatrice nahm ihre Coupons und stopfte sie in die Tasche. Ysbeta bot ihr den Arm und geleitete sie zu den Gartentüren. Aber hatte Ysbeta nicht gesagt, dass sie sich unwohl fühlte?

Hätte dann nicht eigentlich Beatrice ihr den Arm leihen sollen? Das war doch absurd.

Sie lachte – und ein ausgelassenes Lachen blubberte aus ihr hervor und machte alle an den Spieltischen auf sie aufmerksam. Ysbeta beschleunigte den Schritt, und dann befanden sie sich endlich draußen, ließen sich von der Meeresbrise liebkosen, die nach Tang und Schlüsselblumen roch. Beatrice atmete tief ein, und Nadi lachte freudig auf.

Ysbeta ging jedoch weiter, die breiten Steinstufen der Terrasse hinunter zu dem muschelbestreuten Gartenweg, der im Mondlicht weiß glänzte. Die gesplitterten Schalen knirschten unter ihren Satinschuhen. Sie zog Beatrice mit sich, genau wie Harriet es tun würde, um ihr etwas zeigen, doch Beatrice hielt inne und zwang damit auch Ysbeta, stehen zu bleiben.

»Jetzt zerr mich doch nicht so herum«, sagte Beatrice. »Ich mag das nicht.«

»Sag mir nicht, was du magst oder nicht magst.« Ysbetas barsches Flüstern fügte sich äußerst harmonisch zu dem Murmeln der Zweige über ihnen. »Hast du eine Ahnung, was passiert, wenn man dich beim Schummeln erwischt?«

Beatrice rang nach Luft. »Ysbeta Lavan! Wie kannst du nur …«

»Du beherbergst gerade einen Geist!«, stieß Ysbeta hervor und packte Beatrice fest am Arm. »Versuch gar nicht erst, es abzustreiten! Ich bin sehr gut in diesem Spiel. Niemand macht so viele Stiche wie du, ohne auf gezinkte Karten oder Magie zurückzugreifen. Es ist so, oder? Was hast du gegen Glück im Spiel eingetauscht?«

»Ich …«, begann Beatrice, doch nun schüttelte Ysbeta sie regelrecht, und alles drehte sich. »Nicht!«

»Warum hast du das getan?« Ysbeta ließ Beatrice' Handgelenk los und streichelte ihr stattdessen den Arm. »Du weißt doch, was passieren kann … Warum riskierst du das?«

Dieser plötzliche Sanftmut war zu viel. Beatrice erzitterte. Ein dorniges Knäuel steckte in ihrer Kehle, und Tränen stiegen ihr in die Augen. Ysbeta tröstete und beruhigte sie und streichelte ihren Arm von der Schulter bis zum Ellbogen.

Beatrice barst beinahe bei dem Versuch, die Worte zurückzuhalten. Sollte ihr das nicht gelingen, würde sie es zum Himmel schreien. Sie würde die Schlüsselblumen zerstampfen, bis sie alle tot wären. Sie würde etwas zerbrechen, zerreißen, zerschlagen.

»Du kannst es mir sagen«, flüsterte Ysbeta. »Du kennst auch mein Geheimnis. Vertrau mir deines an!«

Der Damm brach unter einem Schluchzer.

»Mein Vater hat alles für diese Ballsaison ausgegeben«, gestand Beatrice. »Alles! Er hat unser Haus mit einer Hypothek belastet. Er hat das Grundkapital angetastet. Wenn ich mit noch mehr Schulden nach Hause komme …«

»Schulden?«, vergewisserte sich Ysbeta. »Wie hoch sind die Schulden?«

Sie sollte das nicht sagen. Aber Ysbeta würde es doch niemandem verraten, oder? »Ich weiß es nicht genau. Aber es ist in den letzten Monaten schlimmer geworden.«

Ysbetas Augen verengten sich. »Hat er etwa vor einigen Monaten in die Orchideenexpedition investiert?«

Tränen traten in Beatrice' Augen. Sie ballte die Fäuste. »Er hat uns gesagt, wir bräuchten uns keine Sorgen zu machen. Er meinte, das sei ein sicheres Geschäft und dass …«

»Er hat alles verloren, weil er aufs falsche Pferd gesetzt hat.« Ysbeta umarmte sie und bettete Beatrice' Kopf auf ihre Schulter. »Und jetzt hängt alles an dir, richtig? Du brauchst jetzt einen Ehemann, der euch saniert.«

Nein, sie brauchte keinen Ehemann! Sie brauchte einen größeren Geist, um eine Allianz mit ihm einzugehen. Sie musste die Prüfung bestehen, Magierin werden, und dann würde sich am Ende alles fügen …

Aber Beatrice konnte nicht aufhören, zu weinen, und Ysbeta hörte nicht auf, ihr Haar zu streicheln.

Schritte knirschten auf dem muschelbestreuten Weg. »Ysbeta? Ysbeta, es ist alles in Ordnung. Ich weiß, um was es hier geht«, sagte Ianthe. »Miss Clayborn, es tut mir unendlich leid! Halten Sie still.«

Beatrice schluckte einen Schluchzer hinunter und sah Ianthe an, dessen Gesicht voller Sorge war. Oh, sie musste ja schrecklich aussehen! Rot und fleckig und …

Sie rang nach Luft, als er ihr die Hand direkt über die Brüste legte, die halb aus dem Mieder hervorquollen, weil Clara dieses so fest geschnürt hatte. Aber seine Berührung bohrte sich irgendwie in sie hinein, sank unter ihre Haut, unter ihr Fleisch und schloss sich um Nadi.

:Nein! Nein! Beatrice, Hilfe! Du musst Nadi helfen! Hilfe!:

Ihr ganzer Leib bebte, als Nadi schreiend versuchte, Ianthes Griff zu entwischen. »Was tun Sie …«

»Ganz ruhig!«, verlangte Ianthe, ballte die Hand zur Faust und riss sie zurück.

Nadis Schrei hallte in Beatrice wider, als Ianthe den Geist aus ihr herausriss.

»Das war's«, erklärte er. »Geht es Ihnen gut?«

Ging es ihr gut? Er hatte sie gerade beim Schummeln erwischt. Er hatte nun den Beweis, dass sie sich an anspruchsvolleren Herbeirufungen versuchte – und dennoch fasste Ianthe sie nur bei den Schultern und sah sie voller Sorge an. Wollte er sie etwa nicht sofort vor den Gastgeber und dann vor ihren Vater zerren? Warum ging ihre Welt nicht unter?

Ianthe blickte ihr fest in die Augen. »Miss Clayborn, hören Sie mir zu! Das seltsame Gefühl, das Sie überwältigt hat … Als wäre Ihre Haut zu eng, als wären Sie nicht Herrin Ihrer selbst – das war ein Geist. Sie waren besessen. Es tut mir so leid, aber jetzt ist alles wieder gut. Weiter hat Sie nichts befallen, und Sie sind nun sicher.«

Sie war was? »Was haben Sie getan?«

»Ich habe den Geist gebannt. Es tut mir so leid, Miss Clayborn. Das hätte Ihnen niemals zustoßen dürfen.«

Himmel, sie fühlte sich, als hätte er auch ihren Verstand gebannt. Sie sah Ysbeta an, die den Blick mit so aufgerissenen Augen erwiderte, dass das Weiße rund um die mitternachtsblaue Iris zu sehen war.

»Das war es also«, sagte Ysbeta und erlangte die Beherrschung über ihre Mimik zurück. »Dein Verhalten kam mir merkwürdig vor, und dass du so viel getrunken hast … aber kann das wahr sein, Ianthe? Dass jemand einen Geist in sie geschickt hat?«

Obwohl Ysbeta es besser wusste, ging sie ohne viel Federlesens auf Ianthes Erklärung ein.

»Genau das ist geschehen.« Ianthe presste die Lippen grimmig zusammen. »Jemand wollte Miss Clayborn entehren, um sie als Konkurrenz aus dem Weg zu schaffen.«

»Bitte?!«

Beatrice und Ysbeta sagten es gleichzeitig, und Ianthe zuckte zusammen.

»Ich sollte keine Gerüchte in die Welt setzen«, fuhr Ianthe fort. »Aber tatsächlich bin ich Gegenstand eines aggressiven Wettkampfs.«

»O nein!«, rief Ysbeta vollkommen arglos aus.

»O doch!«, erwiderte Ianthe. »Eliza Robicheaux und Danielle Maisonette haben jeweils erklärt, dass sie meine Gunst erringen werden.«

»Das muss ja furchtbar sein«, murmelte Ysbeta, »dass Leute dich über deinen Kopf hinweg zu einer Trophäe erklären, die sie mit nach Hause zu nehmen gedenken, ohne dich auch nur um deine Meinung zu bitten.«

»Was soll das denn … oh«, sagte Ianthe. »Ich schulde Ihnen eine Entschuldigung, Miss Clayborn! Wir haben Sie gar nicht gefragt, ob Sie möchten, dass Ihre Gesellschaft heute Abend Gegenstand eines Wettstreits wird. Ich hatte ja keine Ahnung, wie sehr das schmerzt. Es tut mir sehr leid.«

Beatrice blinzelte. »Ich … danke Ihnen für Ihre Entschuldigung und nehme sie an. Aber was hat das mit der Inbesitznahme durch einen Geist zu tun?«

»Ich verspreche Ihnen, dass ich es erkläre, sobald meine Schwester mich nicht mehr mit ihren Bemerkungen unterbricht«, beteuerte Ianthe.

»Oh, bitte, lass dich nicht von mir ablenken, liebster Bruder.« Ysbeta grinste nun, und Beatrice wandte den Blick ab. War das lustig? War sie ein Witz?

»Ich will mich kurz fassen«, sagte Ianthe. »Diese Damen sind mir in dieser Woche schon einige Male über den Weg gelaufen. Rein zufällig, wie sie behaupten.«

»Moment«, unterbrach Ysbeta. »Die Frau mit dem überkandidelten Hut? Die aus dem Café? Ist das etwa Danielle Maisonette?«

Ianthe seufzte. »Ysy.«

»Entschuldige! Weiter!«

Er wandte den Blick ab und zog die Schultern hoch, während er die Geschichte fortspann. »Miss Maisonettes Bruder ist heute hier. Ich denke, dass er abgewartet hat, bis der Alkohol Miss Clayborns Abwehr gegen Geister geschwächt hat. Wenn sich ein Geistwesen in einen Körper einnistet, ist das leicht mit den Symptomen zu verwechseln, die der Genuss von Spirituosen hervorruft. Dann musste Mr Maisonette lediglich zusehen, wie das Wesen Oberhand gewann und Miss Clayborn vor der gesamten Gesellschaft beschämt wurde. Sie wäre in ganz Bendleton Gegenstand des Tratsches geworden.«

Ein wahrhaft niederträchtiger Plan, wenn er denn wahr gewesen wäre. Beatrice wäre entehrt gewesen, ihre Aussichten für immer zerstört. Ihre Familie hätte geschlagen ins gepfändete Riverstone zurückkehren müssen, und ihr Vater hätte angesichts des Skandals womöglich weitere Kontakte eingebüßt. Ianthe war rechtschaffen wütend – und Beatrice' Halsschlagader pochte, als er seine Erklärung vortrug, als wäre sie ein unschuldiges Opfer.

Ob er einfach glaubte, dass sie zu ehrenhaft war, um einen Geist zu beschwören, der ihr half, beim Spielen zu betrügen? Ob er glaubte, sie sei zu unwissend? Beatrice zitterte. Warum hielt er es nicht für möglich, dass sie gerissen war? Hinterhältig gar?

Denn sie war gerissen. Sie war hinterhältig. Und sie würde ihre eigene Haut retten und Ianthe weiterhin in seinem treuherzigen Glauben lassen.

Beatrice riss die Augen auf. »Jemand würde so etwas tun? Wie schrecklich!«

»Aber es kann natürlich nicht Robicheaux gewesen sein«, warf Ysbeta ein. »Er ist mundan.«

»Ich kann niemanden hier beschuldigen, schon allein um Beatrice' willen nicht«, erklärte Ianthe. »Aber ich habe keinen Grund mehr, Maisonette in meiner Gesellschaft zu dulden, und werde das auch nicht mehr tun.«

»Ich auch nicht«, erwiderte Ysbeta. »Dieser Hut war zu scheußlich.«

»Es tut mir leid, dass Ihr Abend nun verdorben ist«, sagte Ianthe. »Aber es wäre mir eine Ehre, wenn ich Sie nach Hause begleiten dürfte ... Sofern es Ihnen für einen Spaziergang nicht zu weit ist.«

»So weit ist es gar nicht«, erwiderte Beatrice. »Ysbeta, was meinst du?«

»Es ist nicht einmal eine Meile«, bestätigte Ysbeta. »Und ich würde diesem Ort liebend gern entkommen. Treten wir den Rückzug an!«

Sie stahlen sich am Haus vorbei zur Straße, wo Ysbeta sich mit raschem Schritt an die Spitze setzte. Beatrice wollte gerade aufschließen, doch Ianthe nahm sie am Arm und sorgte für ein Tempo, bei dem sie sich in aller Ruhe unterhalten konnten.

»Aber ...«

»Sie gewährt uns etwas Zweisamkeit«, beteuerte Ianthe. »Manchmal kann meine Schwester recht rücksichtsvoll sein. Aber jetzt sollten wir unsere Karten auf den Tisch legen.«

Beatrice' Herz tat einen Satz. »Wie meinen Sie das?«

»Diese Geschichte, dass Danton einen Geist in Ihnen heraufbeschworen hat, ist Unsinn. Das hat er nicht getan. Sie hingegen spielen mit der hohen Kunst.«

Beatrice wurde kalt. »Und Sie werden mich melden.«

»Das müsste ich eigentlich«, gab Ianthe zu. »Wenn Sie mir Ihre Lage heute Nachmittag nicht so deutlich geschildert hätten, dann hätte ich das vermutlich längst getan, ohne mit Ihnen zu sprechen. Aber so ...«

»Nun wissen Sie nicht, was Sie tun sollen.«

»Ich weiß nicht, ob ich Sie fragen soll, wie Sie das zustande gebracht haben, oder ob ich Ihrem Vater im Sinne Ihres eigenen Wohlergehens in Kenntnis setzen soll. Was Sie tun, ist gefährlich«, warnte Ianthe sie. »Selbst in einer sicheren Umgebung wie dem Kapitularhaus und unter seiner Aufsicht ist der Beschwörungsakt ausgesprochen riskant. Und Sie tun das ganz allein. Sie dürfen die Mysterien nicht ohne Anleitung zu meistern versuchen.«

»Ach ja?«, konterte Beatrice. »Welches Kapitularhaus wird mich, eine Frau, denn aufnehmen, Mr Lavan? Welches? Ich werde dort unmittelbar vorstellig!«

»Sie wissen sehr gut, dass keines Sie aufnehmen wird«, sagte Ianthe. »Aber wenn Bard Sie an meiner Stelle erwischt hätte, würden Sie jetzt in gewaltigen Schwierigkeiten stecken.«

»Dann würde ich entehrt nach Hause geschickt«, vermutete Beatrice. »Mein Vater würde mir noch vor meiner Eheschließung einen Schutzreif anlegen. Der Skandal würde meine Aussichten merklich verringern. All das weiß ich.«

»Warum haben Sie es trotzdem getan?«

»Was wäre mir denn anderes übrig geblieben? Ein Punkt bedeutete zehn Kronen! Ich hatte fünfzig dabei. Meine Familie kann sich solche Amüsements nicht leisten!«

»Das hätten Sie mir sagen müssen«, erwiderte Ianthe. »Ich wäre für Ihre Schulden aufgekommen.«

»Und woher hätte ich wissen sollen, dass ich Ihnen die Geheimnisse der finanziellen Engpässe meiner Familie anvertrauen kann?«

Ianthe wiegte nachdenklich den Kopf. »Nach unserer Unterhaltung heute Nachmittag darf ich Ihnen sicher anbieten, mir Ihre Geheimnisse anzuvertrauen. Wenn Sie Hilfe benötigen, werde ich Ihnen helfen. Wir sind doch mittlerweile befreundet. Oder?«

»Werden Sie mir helfen, mir hohe Magie anzueignen?«, fragte Beatrice.

Ianthe zuckte zusammen. »Selbst wenn das nicht geradezu leichtsinnig und unklug wäre, wäre ich dazu nicht in der Lage. Es mangelt mir an Erfahrung, sodass ich Sie nicht angemessen beschützen könnte. Und ich glaube nicht, dass ich die Nerven hätte, zu tun, was im Falle eines katastrophalen Fehlers getan werden muss.«

Beatrice erschauderte. »Was wird denn als katastrophaler Fehler gewertet?«

»Ein Handel setzt klare Bedingungen voraus. Was haben Sie gegen Ihr Glück im Spiel eingetauscht?«

»Drei Tassen Punsch, einen Sonnenaufgang und nackte Füße am Strand.«

Ianthe sah erstaunt aus. »Das ist ein guter Handel. Ein sehr guter.«

»Und da Sie den Geist vertrieben haben, muss ich die Abmachung nicht einmal einhalten.«

»Das musste ich tun«, erklärte Ianthe. »Sie hätten jede Sekunde entlarvt werden können.«

»Ich weiß, dass Sie nur meine Sicherheit im Sinn hatten«, bemerkte Beatrice.

»Und ich weiß, dass Sie nicht aufhören werden, Magie zu wirken, nur weil ich Ihnen sage, das sei gefährlich«, entgegnete Ianthe. »Sie haben also einen minderen Geist des Glücks beschworen?«

»Einen geringeren.«

»Und erfolgreich gute Bedingungen ausgehandelt«, hielt Ianthe fest. »Ich wünschte, es gäbe eine Möglichkeit, für Ihre Sicherheit zu sorgen, denn mir ist ja klar, dass Sie weitermachen, egal, was ich sage.«

»Sie könnten mich ausliefern«, entgegnete Beatrice. »Sie müssten das alles überhaupt nicht mit mir diskutieren.«

»Ich habe kein Interesse daran, Ihre Familie zu beschämen.

Ich möchte nicht, dass Sie bis zum Ende Ihrer Tage einen Halsreif angelegt bekommen. Es wäre scheinheilig, Sie mit der Behauptung, es sei nur zu Ihrem Schutz, zu solchem Elend zu verurteilen.«

»Sie lassen mich also laufen?«

»Was soll ich denn sonst tun?«, fragte Ianthe. »Unterlassen Sie aber wenigstens alle weiteren Schritte auf dem Pfad der Mysterien. Wenn ein Adept der Rose weiter fortschreitet, ist sein Mentor nicht nur dazu da, ihn zu instruieren und zu beraten.«

»Sondern?«

»Wenn das Schlimmste eintritt«, murmelte Ianthe, »muss der Mentor den Schaden um jeden Preis begrenzen – selbst wenn es das Leben des Schülers kostet.«

Beatrice erschauderte. »Und geschieht das oft?«

»Die Übungen dienen dazu, es zu verhindern«, antwortete Ianthe. »Novizen und Adepten werden derweil beschützt und überwacht. Sie nicht.«

Offenbar fürchtete er, Nadi könnte über sie triumphieren. Ein Geist würde mit größter Freude in den Körper eines Magiers schlüpfen, um endlich frei herumzulaufen und zu tun, was immer ihm Vergnügen bereitet. »Würden Sie mir verraten, wie ich mich selbst schützen kann?«

Ianthe zog die Brauen zusammen. »Das sollte ich eigentlich nicht. Aber wenn ich es nicht tue, lasse ich Sie am Ende womöglich in Ihr Unglück laufen.«

»Wahrhaftig ein Dilemma. Ich würde natürlich Ihre Hilfe bevorzugen.«

»Lassen Sie mich einige Recherchen im Kapitularhaus anstellen. Dann kann ich Ihnen weiterhelfen, wenn Sie sich einverstanden erklären, mit mir einen Ausflug zu unternehmen. Ich wollte Ysbeta zur Pigment Street begleiten, wo sie sich mit

Utensilien für ihre Malerei eindecken wollte. Dabei wird sie uns sicher ein wenig Zweisamkeit gönnen, und wir könnten uns unterhalten.«

»Ich war noch nie in der Pigment Street.«

»Dann kommen Sie doch einfach mit. Ich hatte das für übermorgen geplant. Ist es korrekt, dass Sie beide morgen wieder Hasard spielen?«

»Ja. Wir werden als Partnerinnen am Turnier teilnehmen.«

»Wenn ich es rechtzeitig von Meryton nach Hause schaffe, würde es mir eine Ehre sein, Sie erneut nach Hause bringen zu dürfen«, sagte Ianthe. »Ich würde gern abermals von Ihren Einsichten profitieren.«

»Gibt es etwas Besonderes, über das Sie sprechen möchten? Es geht doch nicht um diese arme Frau mit dem geistgeborenen Kind, oder?«

»Es geht um Ysbeta.« Ianthe deutete mit dem Kinn auf seine Schwester, die außer Hörreichweite war. »Ich benötige anwaltliche Unterstützung. Ich suche nach einer Möglichkeit, Ysbetas Reichtum dem Zugriff ihres zukünftigen Ehemannes zu entziehen, und dazu brauchen wir einen Anwalt, der etwas von Kirchenrecht versteht, nicht nur von Handelsrecht. Bard ist mein Freund – aber er ist auch durch und durch Chasländer. Wenn wir Ysbetas Eigentum nicht schützen, wird er sich ohne Bedenken schadlos daran halten.«

»Also soll Ysbeta Lord Powles heiraten, ja?«

»Das ist es, was unsere Mutter will«, bestätigte Ianthe. »Ich habe sie bekniet, von diesem Plan abzusehen, sie gibt jedoch nicht nach.«

Beatrice nickte und hielt ihre Zunge diesmal im Zaum. Ianthe hatte sich äußert verständnisvoll gezeigt, als es um ihre Einstellung zur Magie ging, aber sie traute ihm nicht, was die

Ziele anbelangte, die sich seine Schwester gesteckt hatte. »Ich werde sehr gern versuchen, Ihnen mit meinen Einsichten weiterzuhelfen.«

»Dann darf ich Sie morgen nach Hause begleiten?«

»Es wäre mir eine Freude.«

»Und Sie kommen übermorgen mit uns zur Pigment Street?«

Beatrice' Herz hämmerte so stark, dass sie es am Mieder spürte. Er wusste Bescheid! Er wusste, dass sie Magie ausübte – und machte ihr dennoch den Hof. Sie war bei Ebbe hinausgewandert, und nun leckten die Wellen an ihr, und das Ufer war weit entfernt …

Wäre es denn so schlecht, Ianthe Lavan zum Mann zu haben? Wenn er nicht gerade damit haderte, sie zu verstehen, hatte er eine Art, ihr den Atem zu nehmen … Mit ihm könnte sie die Magie weiterhin erforschen. War das nicht besser als nichts?

In Ianthes Miene spiegelte sich mit einem Mal Betroffenheit wider, und Beatrice stockte der Atem. Es tat weh. Es tat weh, ihm wehzutun. Er blickte auf den Gehweg vor ihren Füßen. »Wenn Sie da schon eine Verabredung haben, ist …«

»Nein, habe ich nicht«, unterbrach Beatrice ihn, und die Worte sprudelten nun förmlich aus ihr heraus. »Ich mag Malerei ebenfalls.«

In seinem Lächeln ging die Sonne auf. »Danke«, sagte Ianthe. »Mich ehrt, dass Sie meine Einladung annehmen.«

Sie kamen bei den Stufen an, die zu Beatrice' Haustür hochführten, und Ianthe beugte sich über ihre Hand und drückte ihre Handfläche sacht an seine Lippen.

»Schlafen Sie gut, Miss Clayborn«, sagte er. »Wir sehen uns morgen.«

»Danke. Gute Nacht, Mr Lavan. Gute Nacht, Ysbeta. Habt einen guten Heimweg.«

Die beiden warteten noch, bis der Lakai Beatrice einließ und die Tür hinter ihr schloss.

# KAPITEL VII

Clara, wie immer in ihrer Schürze, sprang auf, als Beatrice ins Schlafzimmer schlüpfte, und stemmte die Hände in die Hüfte. »Sie sind früher zurück, als ich erwartet habe.«

»Für heute Nacht reicht es mir mit den Karten.« Beatrice schob die Hände in die Taschen, und etliche Coupons glitten durch ihre Finger, flatterten auf die Buchendielen und landeten zu ihren Füßen.

»Oh«, stieß Beatrice aus. »Ich hab wohl oft gewonnen.«

»Miss Beatrice! Ihr Make-up ist ja völlig ruiniert! Haben sie geweint?«

»Ich … Wie schlimm ist es?«

»Der Lidstrich ist verlaufen und hat eine Spur die Wangen hinuntergezogen …«

»Ianthe Lavan hat mich nach Hause gebracht.« Beatrice tastete über ihre Wangen – wobei nur noch weitere Belege zu Boden segelten. »Er hat gar nichts dazu gesagt. Ich bin ja ein Schreckgespenst!«

»Bitte geben Sie mir das.« Clara legte die Coupons auf Beatrice' Schreibtisch. Diese grub in den Taschen und holte ein weiteres Dutzend davon hervor. Clara nahm sie ihr ab und kniete sich dann hin, um den Rest aufzusammeln.

»Ich habe Hunderte von Kronen gewonnen, Clara! Vater hat mir nur fünfzig gegeben. Fünfzig! Eine profitable Investition, oder etwa nicht?«

»In der Tat, Miss Beatrice.«

Beatrice kicherte. »Auf der Valdanas-Insel gibt es Spielhäuser. Ich könnte dort ein Vermögen machen. Und auf diese Weise all unsere Probleme lösen.«

»Wenn Sie mich fragen, würden Sie dort nur Probleme bekommen, Miss Beatrice.«

»Vielleicht. Ah!« Beatrice stieß einen gewaltigen Seufzer aus, als Clara sie vom Stecker befreite und ihr aus dem Manteau half. »Die Freiheit liegt so nah!«

Clara zog die Schnur aus Beatrice' Mieder und rieb ihr Arnikasalbe auf die roten Linien, die zornig auf ihrer Haut leuchteten. Sie linderte den Schmerz der steifen Stahlrippen, die ihren Körper nach der neuesten Mode formten. »Diesmal keine blauen Flecken. Und Sie sind früh heimgekehrt, nachdem Sie ein Vermögen beim Kartenspielen gewonnen haben«, bemerkte Clara. »Ianthe hat Sie begleitet?«

»Ja«, sagte Beatrice. »Ianthe und Ysbeta Lavan waren meine Eskorte.«

»Harriet ist wirklich aufgeregt, was Ihre Bekanntschaft mit den Lavans angeht.«

»Dann wird sie morgen früh ganz aus dem Häuschen sein«, versicherte Beatrice.

Clara löste ihr das Haar, massierte ihr Gesicht mit Rosenöl, wischte die Reste der Schminke ab und zog ihr dann ein Nachthemd über. »Ich werde Sie um zehn Uhr wecken«, kündigte Clara an. »Haben Sie bereits Pläne für den Tag?«

»Ich werde mit Ysbeta Hasard üben. Aber Ianthe und Ysbeta haben mich übermorgen in die Pigment Street eingeladen«, sagte Beatrice.

»Das sind exzellente Neuigkeiten, Miss Beatrice. Und nun lasse ich sie schlafen. Gute Nacht.«

Nachdem Clara gegangen war, lauschte Beatrice auf die Schritte, mit denen sie in den fensterlosen Raum eilte, in dem sie schlief. Beatrice würde eine gute Mütze Schlaf erhalten. Alle hatten damit gerechnet, dass sie erst nach Hause käme, wenn der Nachthimmel bereits die kommende Morgenröte ankündigte oder die Sonne sogar schon aufgegangen war.

Sie hätte dort draußen sein sollen.

Beatrice wartete und lauschte weiter, bis sie Clara schnarchen hörte, dann schlich sie auf Zehenspitzen barfuß aus ihrem Zimmer, die Treppe hinunter ins Erdgeschoss, wo sie mit angehaltenem Atem die Terrassentür öffnete und auf die kühlen Fliesen trat, die den Garten des Stadthauses säumten.

Sie eilte den Pfad entlang und zuckte zusammen, wann immer sie mit bloßen Sohlen auf kleine Steinchen trat. Eilig trat sie durch eine Aussparung in der Hecke und huschte dann eine weitere Treppe hinunter. Beatrice' Füße versanken in kühlem trockenem Sand. Ein silbriger Stock lag auf dem Weg. Beatrice nahm ihn auf und rannte weiter zum Strand. Sie hielt erst inne, als der feuchte Sand unter ihren Füßen glatt und flach war.

Beatrice' Rückgrat kribbelte, als würde sie beobachtet. Sie drehte sich langsam um sich selbst und hielt nach neugierigen Blicken Ausschau, doch der Strand war menschenleer. Alle Fenster waren verschlossen, durch sie weidete sich niemand an ihrem Anblick im Mondlicht. Sie wurde nicht beobachtet.

Sie setzte den Stock im Sand auf und zog damit einen Kreis um sich herum. Während sie Sigillen ritzte, vibrierten die nötigen Töne in ihrer Kehle. Die Flut kroch näher. Sie musste sich beeilen. Dennoch durfte ihr kein Fehler unterlaufen. Die Meeresbrise frischte auf, und das Gemisch aus dem Silber und dem Blau einer Streichholzflamme züngelte in den Markierungen, die sie um die Sigillen gezogen hatte.

»Nadi, Geist des Glücks, ich rufe dich«, flüsterte Beatrice. »Wir haben einen Handel geschlossen. Ich schulde dir noch den Sand unter den Füßen, das Wellenspiel um die Fesseln und den Sonnenaufgang. Komm und nimm, was ich dir schulde, Nadi. Komm und sammle ein, was dir versprochen war.«

Das Geistwesen schwebte vor dem Kreis umher und vibrierte angespannt. :Warum sollte Nadi dir vertrauen?:

»Weil es mir leidtut. Ianthe dachte, er würde mir helfen.«

:Und nun wagst du es, erneut mit Nadi zu handeln?:

»Nein«, sagte Beatrice. »Ich halte lediglich mein Versprechen ein! Ich schulde dir doch noch den Anblick des Sonnenaufgangs. Ich wünsche mir nichts anderes, als dir Gerechtigkeit widerfahren zu lassen.«

Der Geist straffte sich wie eine gespannte Saite. :Du bittest darum, dass Nadi kommt, und willst nichts?:

»Nichts«, sagte Beatrice. »Ich möchte dir alles schenken.«

Unentschlossen waberte Nadi weiterhin vor dem Kreis herum.

Beatrice streckte die Hand aus. »Ich schulde es dir.«

:Nein:, widersprach das Wesen. :Du schenkst es mir!:

Nun kam Nadi näher, berührte Beatrice' Fingerspitzen, schlüpfte ihr unter die Haut, nistete sich in ihren Sinne ein und seufzte wohlig.

:Ich möchte rennen:, sagte Nadi. :Lass uns rennen, Beatrice.:

Beatrice packte den Saum ihres Nachthemds und schob mit dem Fuß Sand über ihren Anrufungskreis. Die Flut kroch heran, kaum dass sie über den festen, feuchten Sand rannte. Die Wellen wuschen ihren Kreis fort.

Es war zu hell. Tageslicht ergoss sich durch die Fenster, und Beatrice stöhnte, drehte sich um und vergrub den Kopf unter einem Kissen. Ihre Beine waren so steif wie in der Sonne getrocknetes Leder.

Nadi hatte gar nicht genug bekommen können vom Tanz und dem Waten durchs kalte Wasser. Sie beide hatten zugesehen, wie der Himmel seine Farbe wechselte: von Dunkelblau zu Rosa mit Strahlen aus Gold, die morgenrote Funken auf den Wellen schlugen.

:So hübsch:, hatte Nadi geseufzt und war aus ihrem Körper geschlüpft, als die Sonne aufging. Beatrice hatte sich wieder ins Haus geschlichen, ohne dass jemand sie gesehen hatte, doch nun zahlte sie den Preis der Magie, des Alkohols und der äußerst kurzen Nacht.

»Miss Beatrice, ich habe Sie den halben Vormittag schlafen lassen. Das Frühstück ist bereits serviert«, sagte Clara. »Kommen Sie, setzen Sie sich auf.«

Beatrice stöhnte. »Ich habe Kopfschmerzen.«

»Schon wieder?«, fragte Clara. »Haben Sie zu viel getrunken?«

»Ja. Kann ich noch ein paar Minuten schlafen?«

»Es tut mir leid, aber nein. Hoch mit Ihnen.«

»Beatrice!« Harriet stürmte mit der Kraft eines Wirbelsturms in den Raum. »Bist du immer noch nicht auf? Ich habe schon gefrühstückt, du Faulenzerin!«

»Heute Morgen hat sie etwas Schwierigkeiten damit, in Bewegung zu kommen.« Clara zog ihr die Leinendecke weg.

»Setzen Sie sich auf den Bettrand.« Beatrice schob die Beine über den Rand und setzte sich auf. »Schon besser.«

Harriet zeigte auf ihre Zehen. »Beatrice! Deine Füße sind ja ganz schmutzig!«

Sand klebte auf den Fußrücken und zwischen den Zehen. Beatrice warf einen Blick auf die gelben Körner, die sich auf ihrem Laken gesammelt hatten. Aber sie hatte doch ihre Füße gereinigt, als sie ins Haus zurückgekehrt war. Oder doch nicht …?

Clara straffte sich. »Mit diesen Füßen lasse ich Sie nicht ins Bad. Rühren Sie sich nicht von der Stelle!«

Sie wuselte auf der Suche nach einer Waschschüssel davon und ließ Beatrice zurück, die sich unter dem Blick ihrer Schwester wand.

»Ich konnte nicht schlafen«, behauptete Beatrice. »Da bin ich zum Strand hinuntergegangen.«

»Mitten in der Nacht?« Harriet wurde vor Schreck kreidebleich. »Im Nachthemd? Was, wenn dich jemand gesehen hat?«

»Ich brauchte frische Luft.« Das war die dümmste Ausrede überhaupt. Keine Dame rannte im Mondlicht am Strand entlang. Doch sie war es Nadi schuldig gewesen. Deshalb hatte sie es einfach tun müssen. »Beim Kartenspiel wurde geraucht, und in meiner Lunge kratzte es entsetzlich.«

»Hat dein Partner etwa geraucht?«

»Nein, dem Himmel sei Dank! Aber Lord Powles raucht.«

»Igitt.« Harriet rieb sich die Nase, als wäre es ihr Geruchssinn, der beleidigt worden war. »Du hättest trotzdem bloß auf die Terrasse gehen sollen. Moment! Du hast mit Lord Powles Karten gespielt?«

»An meinem Tisch saßen die Lavans und Lord Powles höchstpersönlich.«

Harriets Gesicht erstrahlte. »Ianthe hat also das Recht errungen, mit dir zusammen zu spielen? War er gut? Habt ihr schrecklich verloren?«

»Ich habe keineswegs verloren«, informierte Beatrice ihre Schwester.

»Und wie viel hast du gewonnen?« Harriet trat beiseite, damit Clara die Waschschüssel zur Beatrice' Füßen abstellen konnte. Das Wasser war nicht gerade warm, jedoch mit Rosenduft versetzt.

Beatrice seufzte und ließ ihre Füße einweichen. »Ich weiß es nicht.«

»Was meinst du damit, du weißt es nicht?«

»Ich habe nicht mitgezählt. Es ziemt sich nicht, am Tisch die eigenen Gewinne zu zählen.«

»Ja, hast du das denn nicht im Kopf getan? Wo sind deine Coupons?«

»Auf dem Schreibtisch«, sagte Clara.

Harriet gingen schier die Augen über, als sie den Stapel sah. Sie nahm sich einen Packen und sortierte sie nach Lord Powles' und Ysbeta Lavans Unterschrift. Sie sah vollkommen entgeistert aus. »Beatrice! Wie hast du das bloß …?«

Rückwärts und verstummt wich sie vor dem beeindruckenden Stapel zurück, drehte sich auf der Ferse um und stürmte aus dem Raum. Die Tür schlug sie hinter sich zu.

»Harriet?« Beatrice hob die Füße aus dem Wasser, doch Clara packte sie an beiden Fesseln und schob sie zurück ins Wasser.

»Sie werden noch überall Schmutz verteilen!«

»Aber Harriet …«

»Sie waren nie so leicht zu erregen wie Ihre jüngere Schwester, aber auch Sie hatten schon Stimmungsschwankungen. Harriets Monatsleiden ist in den nächsten paar Tagen fällig.

Da darf sie ruhig mal etwas launisch sein. Lassen Sie sie schmollen.«

»Aber …« Clara konnte das nicht verstehen. Harriet ahnte natürlich, wie Beatrice zu ihrem Gewinn gekommen war, und vielleicht rannte sie gerade zu ihrem Vater und berichtete ihm alles! Sie musste ihrer Schwester zuvorkommen. Sie musste sie davon überzeugen, Schweigen zu bewahren. Und Clara machte sich Sorgen um schmutzige Füße?

»Sie ist eifersüchtig, Miss Beatrice«, sagte Clara und entfernte den Sand zwischen Beatrice' Zehen. »Sie haben alles, was sie sich gerade wünscht. Sie wird auch irgendwann an der Reihe sein, doch im Moment ist es für sie nicht einfach. Sie träumt und schwärmt von ihrer Ballsaison. Und Sie stecken schon mittendrin und werden zu privaten Partys eingeladen, ganz wie in ihren Romanen. Dass Sie zum Strand hinunterschleichen und mit den Füßen voller Sand heimkehren, das passt nicht zu dem Bild in ihrem Kopf. Sie hat einfach Angst, dass Sie einen Fehler machen. Das ist alles.«

Das war nicht alles. Doch in einer Sache lag Clara richtig. »Ich sollte trotzdem mit ihr reden.«

»Natürlich«, sagte Clara. »Nach Ihrem Bad.«

Clara trocknete Beatrice' Füße ab und geleitete sie ins Badezimmer, wo Beatrice sich, kaum allein, in der quadratischen gefliesten Wanne zu entspannen versuchte. Als kühle Luft aus dem Flur über ihr Gesicht hinwegstrich, richtete sie sich auf und blickte in Harriets verbittert-wütende Miene.

»Wie konntest du nur?« Harriets Flüstern wurde von den Fliesen zurückgeworfen. »Was, wenn man dich erwischt hätte?«

»Was hätte ich denn tun sollen?«, zischte Beatrice zurück. »Vater hat mir fünfzig Kronen für den Abend gegeben. Alles, was er entbehren konnte, und der Einsatz betrug zehn Kronen pro Punkt. Wenn ich es nicht getan hätte, weißt du, wie viele Schulden ich dann gemacht hätte?«

»Du hast knapp vierhundert Kronen gewonnen, Beatrice! Vierhundert!«

»So beeindruckend ist die Summe gar nicht. Sie sind reich, Harriet. So sehr, dass ich nicht mal ermessen kann, wie reich.«

»Und es ist gewiss niemandem aufgefallen?«

Beatrice musterte den gefliesten Rand der Wanne. »Nun ja …«

Harriet hob die Stimme. »Was?«

»Bitte sprich leiser«, verlangte Beatrice. »Ianthe dachte, jemand hätte mir einen Geist auf den Hals gehetzt, um meinen Ruf zu zerstören. Ich habe ihn in dem Glauben gelassen.«

»Er hat dich erwischt«, hauchte Harriet. »Nur die Gnade des Himmels hat dich gerettet, siehst du das denn nicht? Versprich mir, dass du so etwas nicht noch einmal machst! Wenn irgendwer das herausfindet …«

»Das kann ich nicht versprechen«, erklärte Beatrice unumwunden. »Die Ballsaison hat ja gerade erst angefangen. Da kann es durchaus sein, dass ich …«

»Du musst!«, sagte Harriet. »Sonst findest du immer irgendeinen Vorwand und hältst das für eine gute Idee. Wenn ich nicht fürchten würde, dass Vater überreagiert, würde ich …«

Beatrice stemmte sich mit einem großen Platschen aus dem Wasser. »Erzähl es ihm nicht!«

»Werde ich nicht«, sagte Harriet. »Aber das ist gefährlich. Weißt du, warum ich es niemals gelernt habe?«

Das wusste Beatrice nicht. Harriet hatte nie von den höheren Künsten sprechen wollen, doch Beatrice glaubte nicht, dass Harriet geschwiegen hätte, wenn sie einen Ehrgeiz entwickelt hätte, sich diese anzueignen. »Weil niemand angeboten hat, dir die Geheimnisse beizubringen?«

»Erinnerst du dich an Familie Charles?«

Beatrice nickte. Die Familie eines Cousins ihres Vaters hatte Riverstone im letzten Sommer besucht, um die Landluft zu genießen. Sie hatten zwei Jungs, die sich die ganze Zeit nur mit ihren Reitpferden beschäftigt hatten, und ein Mädchen, das zu jung war, als dass Beatrice sich mit ihm abgeben wollte, aber nur ein wenig jünger als Harriet. Die beiden hatten die ganze Zeit über zusammengesteckt und miteinander getuschelt, wenn Beatrice vorgab, sie nicht zu sehen.

»Dorothy Charles hat mir beigebracht, einen minderen Geist zu beschwören«, sagte Harriet. »Nur einen kleinen, den wir darum bitten wollten, es am Renntag regnen zu lassen. Wir haben Obst herausgeschmuggelt als Opfergabe, und sie ließ mich Wörter sagen, damit der Geist erscheint.«

Beatrice hielt ganz still. Harriet bebte. »Das tue ich nie wieder.«

»Ist es schiefgegangen?«

»Nein. Es ist perfekt gelaufen. Und das Gefühl dieser Magie, die Art und Weise, wie du die kleinsten Geräusche hören kannst und wie jeder Geruch zum faszinierenden Duft wird und wie sich deine Sicht schärft und wie deine Haut bei der leisesten Brise kribbelt … Es war wundervoll«, flüsterte Harriet. »Ich wollte es wieder tun. Immer wieder! Und dann wäre ich jetzt genau da, wo du bist, Beatrice. Ich würde mir einen Bissen in den Mund schieben, der groß ist, dass er mir im Hals stecken bleiben muss.«

Harriet hatte recht. Es war wundervoll. Als sie mit Nadi den Strand herabgelaufen war, war sie schneller gelaufen als je zuvor in ihrem Leben. Sie war hoch in die Luft gesprungen, hatte sich ausgelassen gedreht und getanzt. Diesmal hatte sie

Nadis Impulsivität nicht zurückhalten müssen, um weiter damenhaft zu erscheinen, und so hatte sie die Grazie und den unbezwingbaren Willen des Geistes gespürt. Eine Stunde lang, bis dann die Sonne aufging und ihr Pakt nicht mehr galt, hatte ihr all das offengestanden. Dabei sollte es ihr fortwährend offenstehen. Aber niemand verstand es. Niemand sonst glaubte, dass Magie auch Frauen gehörte.

Von Ysbeta abgesehen. Ysbeta verstand es. Sie waren einen Handel eingegangen, und Beatrice würde ihren Teil erfüllen. Sie würde Ysbeta all die Magie beibringen, über die sie gebot. Im Gegenzug würde sie Ysbetas Grimoires nutzen können. Zusammen würden sie dem Schutzreif entkommen, dieser grauen Zukunft, die ihnen als einzig denkbare Lebensform aufgezwängt werden sollte.

»Ich werde nur dann Magie benutzen, wenn es keine andere Möglichkeit gibt«, beteuerte Beatrice. »Ich verspreche es.«

Harriet musterte sie und nickte bedächtig. »Ich glaube, du glaubst, was du da sagst.«

Die Tür ging auf, und Clara trat ein. »Miss Harriet!«

»Ich geh ja schon«, murmelte Harriet. Sie glitt vom Hocker und trat zur Badezimmertür. »Du musst etwas wegen dieser Coupons unternehmen, Beatrice.«

Beatrice öffnete den Mund, um etwas zu erwidern, doch Harriet war schon verschwunden.

Während Clara sie ankleidete, konnte Beatrice den Blick nicht von dem Stapel abwenden. Beim heutigen Hasardtraining würde sie ein linolbedrucktes pfirsichfarbenes Ensemble aus Baumwollsatin tragen. Gerade steckte Clara behutsam den dazu passenden wagenradgroßen Hut auf Beatrice' aufwendig frisiertem Haar fest, sodass er ihren Augen Schatten spenden würde. Sie musste ihrem Vater diese Belege geben.

Er würde damit Lord Powles' und Ysbeta Lavans Schulden eintreiben und einen Weg finden, um ein solches Treffen in eine nützliche Verbindung zu verwandeln. Oder nicht? Oh, warum nur hatte sie Nadi erlaubt, so viel zu gewinnen? Warum hatte sie nicht nachgedacht?

»Nun beißen Sie sich doch nicht so auf die Lippe, Miss Beatrice. Sie werden noch Ihr Lippenrot verschmieren«, rügte Clara.

Beatrice' vor Sorge unruhige Zähne ließen die Unterlippe los. »Entschuldigung. Bin ich so weit?«

»Sie sind das Bild einer Lady«, sagte Clara.

»Beatrice!«, schallte Harriets Ruf von unten herauf. »Hier ist eine Nachricht für dich! Ich denke, es ist eine Einladung!«

»Ich bin gleich da«, sagte Beatrice. »Einen Moment noch!«

Beatrice nahm die Coupons an sich und eilte aus dem Zimmer, bevor sie es sich anders überlegen konnte. Sie stieg die Treppe hinab und fand Harriet in der Eingangshalle vor, die einen quadratischen, handgefalteten Umschlag in der Hand hielt und die Zähne zu einem triumphalen Grinsen gebleckt hatte.

»Die ist von Ellis Robicheaux! Mach sie auf, oh, mach sie auf! Das muss die Einladung zur Party heute Abend sein, anders geht es gar nicht!«

»Woher weißt du, dass es heute Abend eine Party gibt?«, fragte Beatrice. Sie ließ den Daumennagel unter das Monogrammsiegel gleiten und brach es. Die Wachskrümel fing sie mit der Hand auf.

»Mutter und ich haben davon gehört, als wir im *Schwan* zu Mittag gegessen haben. Beeil dich!«, drängte Harriet sie.

Ohne es zu wollen, schickte Beatrice ihren Blick für einen kurzen Moment Richtung Himmel, dann entfaltete sie das

Papier, um eine geprägte Einladung vorzufinden, die an ihre ganze Familie gerichtet war und sie zu einem Tanz um zehn Uhr abends einlud, zu Ehren des fünfzehnten Geburtstags von Miss Julia Robicheaux.

»Da müssen wir hin!«, sagte Harriet. »Es ist zwar ziemlich kurzfristig, aber du musst zu diesem Ball!«

»Und wir müssen passend zueinander gekleidet sein«, erwiderte Beatrice. »Was hältst du von unseren lilafarbenen Kleidern?«

»Das sind diesbezüglich unsere besten. Sollten wir sie schon so früh tragen? Mutter!«, schrie Harriet. »Mutter, bitte komm her!«

Eine Tür im ersten Stock öffnete sich, und ihre Mutter trat auf die oberste Stufe. »Was gibt es denn?«

Als Harriet die Treppe hinaufblickte, stand ihr die Freude ins Gesicht geschrieben. »Wir sind heute Abend auf den Ball der Robicheaux eingeladen! Beatrice und ich werden unsere lilafarbenen Kleider tragen. Welches wählst du, Mutter?«

»Welches Kleid? Aber euer Vater …«

»Was im Himmel müsst ihr Damen denn so laut besprechen?« Ihr Vater erschien in der Tür zu seiner Bibliothek, wo er an den meisten Tagen in Gesellschaft von einem halben Dutzend Zeitungen und seiner Lieblingspfeife über seiner Korrespondenz brütete. Auch jetzt wogte süßer, aromatisierter Rauch heraus, und Beatrice unterdrückte ein Husten, das sie in der Kehle kitzelte.

»Vater, etwas Wundervolles ist geschehen! Beatrice hat beim Kartenspielen so einen Eindruck hinterlassen, dass sie eine Einladung zu Julia Robicheaux' Geburtstagsball heute Abend erhalten hat, und wir sind alle mit eingeladen! Julia ist in meinem Alter, und wenn ich mich mit ihr anfreunden könnte, wäre das eine exzellente …«

»Heute Abend!«, sagte Vater. »Unmöglich. Wir haben einen Gast.«

»Einen Gast?«, erwiderte Beatrice.

»Der Erfinder Udo Maasten ist heute Abend bei uns zum Abendessen eingeladen.«

Heute Abend! Was für ein grässlicher Zufall! Beatrice warf ihrer jüngeren Schwester einen Blick zu, den diese kurz erwiderte. Dann wandte sie sich mit lieblichem Lächeln ihrem Vater zu. »Aber eine Einladung von Sir Gregory Robicheaux abzulehnen, würde ihn furchtbar brüskieren! Beatrice muss zu dieser Party.«

»Ich habe Ser Maasten jedoch schon eingeladen«, hielt ihr Vater dagegen. »Beatrice muss diesem Abendessen beiwohnen. Er ist ein wenig älter als die wankelmütigen jungen Männer aus euren Kreisen, meine Lieben. Er könnte dich auf dem Boden der Tatsachen verankern.«

Etwas älter also. Was sollte das denn bedeuten? Dreißig? Vierzig? Sicherlich einer der älteren wohlhabenden Gentlemen, die mit einer prallen Börse zur Ballsaison nach Chasland kamen. Beatrice versuchte, sich eine Heirat mit einem Mann im Alter ihres Vaters vorzustellen, und musste schlucken, bevor sie ihre Worte behutsam wählte. »Die Party beginnt doch erst um zehn, ich könnte also beides einrichten.«

»Beatrice wäre sicherlich schon früher eingeladen worden, wenn sie sich beim Eröffnungsball hervorgetan hätte«, argumentierte Harriet. »Aber sie kann doch nicht ihre erste Einladung zu einem privaten Ball ausschlagen! Man würde denken, sie sei zu langweilig und schüchtern, um ihrerseits eine gute Gastgeberin an der Seite eines Ehemanns abzugeben.«

»Die Einladung zum Kartenspielen konnte sie auch schon nicht ablehnen«, sagte ihr Vater.

»Da wir gerade davon sprechen«, sagte Beatrice. »Hier sind meine Gewinne von gestern Nacht.«

Ihr Vater legte den Kopf schief, und eine tiefe Falte bildete sich zwischen seinen Augenbrauen. »Gewinne?«

Beatrice holte die Geldbörse mit ihren fünfzig Kronen Einsatz heraus und ein geknüpftes Beutelchen mit den Coupons, auf denen ihr Gewinn festgehalten war.

»Was ist das?«, fragte er, doch im gleichen Moment klingelte vor der Haustür die Glocke einer Kutsche. »Wer ist das?«

»Das ist meine Kutsche. Ich bin auf dem Weg, um Ysbeta Lavan einen Besuch abzustatten, Vater«, sagte Beatrice. »Und Ianthe wird sich uns beim Hasardspiel anschließen, wenn er von seinen Geschäften in Meryton zurückkehrt.«

»Ich habe Ianthe Lavan immer noch nicht getroffen«, hielt ihr Vater fest, während er die Coupons im Beutel beäugte. »Und bislang hat er dir nicht seine Aufwartung gemacht oder irgendeine Art von Einladung ausgesprochen, mit der er sein Interesse bekundet hätte.«

»Er hat mich gebeten, ihn und Ysbeta morgen auf einem Ausflug in die Pigment Street zu begleiten«, sagte Beatrice. Sie trat einen Schritt zurück, dann einen zweiten. »Ich muss mich beeilen. Sie warten auf mich, ich sollte …«

Der Blick ihres Vaters ließ sie geradezu versteinern. »Wie viel hast du gewonnen?«

Sie seufzte und brachte es hinter sich. »Dreihundertachtzig Kronen.«

Ihr Vater fiel der Zwicker von der Nase. »Wie viel?«

»Ein Punkt war zehn Kronen wert.«

»Aber dann musst du ja fast jedes Spiel gewonnen haben!«, stieß ihr Vater aus. »Wie hast du das denn angestellt?«

»Mit Glück.« Ihr entschlüpfte ein abgehacktes leises Kichern. Das war im Grunde die reine Wahrheit.

»Die Lavans und die Sheldons schulden mir damit die Hälfte unserer Miete für dieses Stadthaus – und das war reines Glück? Beatrice!«

»Glück hat diese Karten in meine Hände gelegt, Vater, und mehr gibt es dazu nicht zu sagen«, erwiderte Beatrice. »Jetzt muss ich aber wirklich los, sie warten …«

Ihr Vater rieb sich übers Gesicht und verschmierte sich Tinte auf der Wange. »Und du besuchst heute Ianthe Lavans Schwester?«

»Ja. Ich muss mich jetzt auf den Weg machen …«

»Aber was ist denn jetzt mit der Party?«, fragte Harriet. »Du hast uns noch gar nicht gesagt, ob wir hingehen dürfen. Es wird dort jede Menge Besucherinnen in meinem Alter geben. Ich sollte wirklich Gelegenheit haben, Bekanntschaften anzuknüpfen.«

Doch ihr Vater ließ sich von ihren Argumenten nicht beeindrucken. »Ich kann Ser Maasten nicht ausladen.«

»Ich werde die Mädchen begleiten«, entschied ihre Mutter. »Dann kannst du bei Ser Maasten bleiben. Es ist doch verständlich, dass Beatrice jetzt beliebt ist, da es schließlich in dieser Saison nur vierzehn Debütantinnen gibt.«

»Das stimmt«, pflichtete ihr Harriet bei. »Und zudem wird es sie nur noch attraktiver erscheinen lassen, wenn du Ser Maasten mitteilst, dass sie diese andere Verabredung nicht absagen konnte.«

»Und außerdem steht sie genau hier«, knurrte Beatrice.

»Du darfst heute Abend zum Ball gehen, aber erst nach dem Essen mit Ser Maasten«, seufzte Vater. Er wedelte mit dem Beutel in ihre Richtung. Seine Stirn war immer noch gerunzelt. »Darüber unterhalten wir uns später.«

Was entweder bedeutete, dass er sie später ins Kreuzverhör nehmen würde oder dass sie nie wieder davon sprechen würden. Beatrice knickste und floh durch die Eingangshalle, kaum aufgehalten davon, dass ihr der Lakai die Tür erst öffnen musste.

Ysbeta erwartete sie mit ihrem von allein wedelnden Fächer und einer flachen Schale, auf der farbenfrohe gekühlte Früchte aufgetürmt waren, in einer schattigen Ecke. Sie trug ein hellrosafarbenes Kleid, ihr Haar wurde von einem kristallbesetzten Netz gebändigt, das im Sonnenschein glitzerte. Das Buch lag auf dem Tisch, wo es jeder sehen konnte, doch es war nicht jener Band, den Beatrice am meisten begehrte. Das Hausmädchen, das Beatrice nach draußen geführt hatte, ließ sie allein, ohne Beatrice Punsch zu servieren. Als Beatrice nach der Kanne griff, um sich einzuschenken, erkundigte sich Ysbeta: »Warum ist es dir so wichtig, einen größeren Geist zu beschwören?«

Doch bevor Beatrice antwortete, goss sie sich ein. »Weil alles andere Verschwendung wäre. Du hast es ja selbst gesagt. Meine magische Kraft ist beachtlich. Warum sollte ich mich dieser Macht verschließen? Warum sollte ich sie nicht nutzen?«

»Man könnte also behaupten, dass es dir nur um ein egoistisches Vergnügen geht«, kommentierte Ysbeta. »Ich hingegen suche nach einer Möglichkeit, das magische Wissen, von dem das Kapitularhaus nichts weiß, bekannt zu machen, damit wertvolle Techniken nicht verloren gehen. Das ist eine höhere Sache, größer als ich selbst. Dergleichen kannst du für dich nicht in Anspruch nehmen.«

»Ich genieße es, meine Kräfte einzusetzen, das leugne ich gar nicht. Doch sie sind auch ein Werkzeug, das ich benutzen kann, um den Wohlstand meiner Familie zu sichern. Ich kann Harriet Möglichkeiten bieten, die ich nicht hatte. Und mein Vater würde den Komfort und die Position in der Gesellschaft bekommen, die er verdient.«

»Mit einer tragischen alten Jungfer als Tochter«, entgegnete Ysbeta. »Man wird dir niemals für deine Bemühungen Respekt zollen.«

Beatrice stellte ihr Punschglas ab. »Aber meine Bemühungen werden mir die Freiheit gewähren, die ich mir wünsche.«

»Der Gebrauch dieser Kräfte ist dir also Lohn genug. Sind die höheren Weihen der Magie wirklich so aufregend?«

»Das und noch mehr«, versicherte Beatrice. »Du wirst es selbst erleben, sobald du in der Lage bist, die vier Herbeirufungskomponenten gleichzeitig zu wirken.«

»Dann lass uns anfangen«, rief Ysbeta aus. »Bring mir etwas Echtes bei. Keine Kinderreime – sondern eine Herbeirufung.«

»Zuerst kommt der magische Kreis. Und dazu benötigen wir ein Versteck«, sagte Beatrice.

»Ich weiß auch schon, welches«, erwiderte Ysbeta. »Was brauche ich noch, abgesehen vom Buch?«

»Licht«, antwortete Beatrice. »Kreide. Essen aus der Küche. Geister lieben Süßes, aber alles andere funktioniert auch.«

»Als Opfergabe«, sagte Ysbeta. Sie stieß ein Köfferchen mit einem Zeh an. »Ich habe schon vermutet, dass wir einige Dinge brauchen. Das hier wird als Opfergabe wohl reichen.« Sie schlug eine Handvoll Früchte in ein feines Baumwolltuch ein und stand auf. »Ich habe behauptet, dass wir diesmal die Bahn rückwärts Richtung Haus spielen. Das wird uns eine Stunde Zeit verschaffen. Quintanis!«

Ihre Stimme schallte über den Rasen. Ein Mann, der gerade einen jüngeren Mann darin unterwies, einer Hecke die Form einer perfekten Kugel zu geben, sah auf. »Jawohl, Miss?«

»Miss Clayborn und ich spielen heute Nachmittag Hasard, und wir wünschen, nicht gestört zu werden. Bitte sorgen Sie dafür, dass die Dienerschaft den hinteren Teil des Gartens meidet.«

Der Mann, den das grüne Halstuch als obersten Gärtner auswies, nickte. »Wie Sie wünschen, Miss.«

»Und damit ist unsere Privatsphäre garantiert.« Ysbeta schob den Stuhl mit einem lauten metallischen Kratzen zurück und stürzte davon. »Mir nach!«

Beatrice eilte Ysbeta hinterher, vorbei an den perfekt gestutzten Hecken und den blühenden Frühlingstulpen. Am Tennisplatz mit dem frisch gemähten Rasen bauschte das Netz sanft im Wind. Schließlich erreichte sie die exzellente Hasardbahn, auf der sie gestern noch gespielt hatten.

Beatrice beschleunigte ihre Schritte noch etwas und holte Ysbeta dann ein. »Wohin gehen wir?«

»Auf dem Gelände befand sich früher ein älteres Haus«, erklärte Ysbeta. »Mein Vater hat Trenton Waterstone beauftragt, den Neubau zu gestalten, die alten Gebäude aber durfte er nicht antasten. Das hier ist ein alter Pfad zum Heiligtum.«

Der Pfad fiel sanft ab, doch Beatrice konnte bereits ein gewölbtes Dach zwischen den Bäumen erkennen. Ysbeta rannte das letzte Stück, und Beatrice keuchte, als sie versuchte, trotz des Mieders schrittzuhalten.

Dann lag das Heiligtum vor ihnen. Es war ein runder kleiner Turm, vielleicht fünfhundert Jahre alt, aus behauenem Stein von meisterlichen Handwerkern errichtet. In den Fugen gediehen Moos und Flechten, kriechende Trompetenreben rankten sich über die Turmwand. Ysbeta führte Beatrice hinein, und auch im Innern wuchs Moos zwischen den Steinfliesen des Bodens. Er wurde von Licht aus leeren Fensteröffnungen übergossen. Beatrice hielt den Atem an, als Ysbeta das Köfferchen auf den Steinplatten abstellte.

»Wir haben keine Priester und meditieren auch nicht im Dunkeln, sondern wandeln über den gewundenen Pfad, wenn wir nach spiritueller Erkenntnis suchen«, sagte Ysbeta. »Die Verehrung der Himmelsgeborenen äußert sich in Llanandras anders als hier.«

»Und dennoch habt ihr das Heiligtum so belassen, wie es ist.«

Ysbeta zuckte mit den Achseln. »Jede Verehrung der Himmelsgeborenen ist zulässig. Alle verehren sie auf unterschiedliche Weise. In Sanchi sind Frauen die Priesterinnen. Wusstest du das?«

»Nein.«

Mit einem Grunzen hob Ysbeta den Koffer noch einmal an. »Sobald sie zwölf sind, ziehen sie sich in die Berge zurück, um ein Leben in spiritueller Kontemplation zu führen. Wenn sie Jahrzehnte später aus den Bergen zurückkehren, sind sie voll ausgebildete Magierinnen, angesehene spirituelle Führerinnen – und kinderlos.«

»Das kann ich kaum glauben. Warum habe ich noch nie von ihnen gehört?«

Ysbeta zuckte nur mit den Schultern. »Was, wenn Chasländerinnen beschlössen, dass sie das auch wollen? Sich in den Bergen in Klöstern zurückziehen. Denkst du, die Gesellschaft würde es ihnen erlauben?«

»Das ist ein Argument.«

»Ich wünschte, ich könnte dorthin und mit ihnen sprechen. Man braucht ein ganzes Jahr mit einem Segelschiff, die üblichen Zwischenhalte eingerechnet. Wenn ich nur mein Schiff nehmen könnte …«

»Daran habe ich gar nicht gedacht«, sagte Beatrice. »Du hast ja hier ein Schiff. Es gehört dir. Du bist die in den Papieren eingetragene Kapitänin. Heißt das nicht auch, dass du darüber verfügen kannst?«

»Schon. Leider gehört es mir aber nur auf dem Papier«, erwiderte Ysbeta. »Ich habe noch nie einen Fuß auf die *Pelikan* gesetzt.«

»Warum nicht?«

Ysbeta legte den Kopf auf die Seite, und ihre Lippen verzogen sich zu einem bitteren Lächeln. »Weil sie mir gehört. Weil ich die in den Papieren eingetragene Kapitän bin. Nach Seerecht könnte ich also das Kommando über die *Pelikan* übernehmen, sobald ich an Bord gehe. Aber eigentlich ist nicht vorgesehen, dass ich diese Macht ausübe.«

»Du könntest deine Rechte geltend machen«, hielt Beatrice dagegen. »Dein Schiff liegt gerade in Meryton im Hafen. Warum sammelst du nicht einfach eine Crew zusammen und segelst davon?«

»Dann würde ich meine Familie niemals wiedersehen«, antwortete Ysbeta. »Meine Mutter würde mir das nie vergeben. Und mein Vater würde ihr gehorchen.«

»Er würde ihr gehorchen?«

»Sie ist die älteste von drei Geschwistern«, sagte Ysbeta. »Sie regiert wie eine Herrscherin über die beiden anderen. Niemand hat je versucht, sie auszubooten. Sie hat den Reichtum, über den sie verfügt, seit sie sechzehn ist, bereits enorm gemehrt. Von ihrem eigenen Geld hat sie damals ein Schatzschiff für die Kompanie gekauft. Mutter ist das Herz von *Lavan International*, und das weiß jeder in Llanandras.«

Beatrice starrte Ysbeta an. »Das kann ich mir nicht vorstellen.«

»Ein Geschäft zu führen?«

»Dafür den gebührenden Respekt zu erhalten«, stellte Beatrice klar. »Wenn mein Vater mich ließe, könnte ich ihm helfen. Er hat mir genug Buchführungskenntnisse vermittelt. Das wäre gar nicht das Problem.«

»Sondern?«

»Wenn mein Vater den Erfolg anderer Leute sieht, macht ihn das eifersüchtig«, sagte Beatrice. »Er weiß natürlich, dass andere bessere Ausgangsbedingungen hatten. Riverstone, das Anwesen, auf dem wir leben, das war die Mitgift meiner Mutter. Mein Vater war nur ein Buchhalter, der Sohn des Bauern von nebenan. Sie haben sich verliebt, und obwohl meine Mutter einen wohlhabenden Magier hätte ehelichen können, hat sie ihr Herz wählen lassen.«

»Hat ihre Familie protestiert?«

»Ein wenig«, gestand Beatrice. »Mittlerweile würden sie uns sicherlich helfen, aber mein Vater würde eher sterben als zugeben, dass er es nicht geschafft hat, sich ein Vermögen aufzubauen. Und meine Mutter würde es ihrer Familie niemals sagen, dazu ist sie zu loyal.«

Ysbeta presste die Lippen aufeinander, doch sie nickte, und in ihren Augen spiegelte sich warmes Mitgefühl. »Mein Vater würde meiner Mutter den Mond schenken, wenn er eine Leiter bauen könnte, die lang genug wäre, um ihn vom Himmel zu holen. Meine Mutter ist daran gewöhnt, zu führen, und mit dem Vermögen meines Vaters hat sie bereits unglaubliche Reichtümer erarbeitet. Sie hat mit ihm jedes wohlhabende Haus in Bendleton besucht, dort mit den Frauen gesprochen und meinem Vater dann geraten, was er als Nächstes tun oder wen er als Nächstes besuchen soll. Sie hat einen wahren Wandteppich aus Verbindungen, Investitionsmöglichkeiten und zukünftigen Märkten geknüpft. All das wird irgendwann Ianthe gehören … Und das wiederum hängt von mir ab.«

»Also davon, dass du Bard Sheldon heiratest.«

Ysbeta nickte. Sie hatte die Arme fest um ihre Mitte verschränkt. »Genau. Ist der erste Kettfaden gespannt, geht der Rest fast von allein.«

»Aber wenn deine Familie dich zwingt, jemanden zu heiraten, den du nicht willst, oder schlimmer noch, einen Mann aus einem Land, in dem dir in ein Schutzreif angelegt wird, bis dein Körper nach zahllosen Geburten ausgemergelt ist …«

Ysbeta gebot ihr mit einer Hand Einhalt. Beatrice verstummte. »Schluss damit! Darüber will ich noch nicht einmal nachdenken. Mir wird ganz schlecht davon.«

»Aber wenn sie dir das antun wollen«, beharrte Beatrice, »wie kannst du ihnen das vergeben? Wie kannst du Ianthe vergeben, dass er von deinem Opfer profitieren wird?«

»Ianthe besteht im Grunde nicht darauf, dass ich seinen Freund heirate, wiegelt aber ab, wenn ich meinen Standpunkt darlege. Eigentlich versteht auch er nicht, warum es so grässlich ist.« Ysbeta sah mit zusammengebissenen Zähnen durch die Tür nach draußen. »Der einzige Ausweg ist ein größerer Geist. Du musst mir beibringen, wie ich einen Pakt mit ihm eingehe.«

Und dann? Im Unterschied zu Beatrice brauchte sie die Hilfe des Geistes nicht, um den Reichtum ihrer Familie zu mehren. Würde ihre Mutter ihr vergeben, wenn sie ihre Pläne derart durchkreuzte? Diese Sorge immerhin hatten sie gemeinsam. Allerdings dürfte sich ihr Vater kaum lange wehren, wenn es um den Beistand eines Geistes bei seinen Unternehmungen ging. Er würde es Beatrice erlauben, sich still und leise vom gesellschaftlichen Leben zurückzuziehen und ihre magischen Interessen zu verfolgen, wenn nur der Reichtum der Clayborns wuchs. Wandinatilus, der größere Geist des Glücks. Sie erinnerte sich an den Namen. Sobald sie aber Ysbeta zu ihrer Unabhängigkeit verholfen hatte … »Aber was willst du mit einem Geist in deinen Diensten anfangen? Was willst du?«

»Ich möchte Bücher schreiben«, sagte Ysbeta. »Bücher über jene Formen von Magie, die Männer aus der Arbeiterschaft oder Frauen ohne Zugang zum Kapitularhaus nutzen. In jedem Land gibt es eigene Traditionen und Techniken. Sie könnten, ja, ich denke sogar, sie sollten geteilt werden. So viel ist bereits verloren gegangen, weil es den Männern des Kapitularhauses nicht sinnvoll erschien.«

»Du möchtest also die Welt bereisen, Wissen sammeln und dieses allen im gemeinen Volk zukommen lassen, die Magie wirken können.«

»Richtig. Nur wer Magie wirkt, leistet etwas. Macht Entdeckungen. Bringt den Fortschritt voran. Wenn mehr Menschen über dieses magische Wissen verfügen, wird die Welt eine bessere – und das käme uns allen zugute«, ergänzte Ysbeta.

»Wer hätte gedacht, dass du so radikal bist?«

Ysbeta zuckte mit den Achseln. »Ich habe sehr viel Zeit in unseren Fabriken und Laboratorien zugebracht. Ich weiß, woher die neusten Erfindungen kamen. Denjenigen, die sie gemacht haben, zahlen wir einen Bonus, der sie bei Laune hält, damit sie weiterhin für uns arbeiten, statt das Wagnis einzugehen, sich selbstständig zu machen.«

»Klingt doch eigentlich nach einem fairen Tausch.«

Ysbeta zuckte mit den Schultern. »Du würdest deine Meinung ändern, wenn du in unseren Büchern sehen würdest, wie viel Geld wir mit diesen Erfindungen machen.«

»Denk doch nur einmal darüber nach, wie viele Erfindungen es geben würde, wenn Frauen nicht den Schutzreif tragen müssten«, sagte Beatrice. »Oder wie viele kluge Köpfe und wie viele kreative Ideen uns verloren gehen, weil wir Frauen uns damit abgefunden haben, uns in dieser grausamen Weise knechten zu lassen.«

»Damit rennst du bei mir offene Türen ein«, versicherte Ysbeta. »Ich habe die Absicht, frei zu bleiben. Und mit einem größeren Geist an meiner Seite werde ich jene Bibliotheken finden, die dem Reich der Legende angehören. Stell dir nur vor, wie ich uralten Weisheiten und verlorenen Geheimnissen hinterherjage … Glaubst du mir, wenn ich dir sage, dass ich damit mein ganzes Leben verbringen könnte?«

Eine Geschichte wie aus einem Groschenheft. Gefährlich und aufregend. Ysbeta als Schatzjägerin und Gelehrte vergangener Geheimnisse? Beinahe wollte Beatrice ihre eigenen Pläne beiseitelegen und sich ihr anschließen. »Das kann ich mir nur zu gut vorstellen. Was für ein Abenteuer das wäre!«

»Wenn ich es nicht tue, wer dann?«, fragte Ysbeta. »Jeden Tag stirbt jemand, der einen Spruch oder einen Reim kennt, von dem niemand sonst weiß. Dann geht auch er verloren. Ich kann nicht alles bewahren, aber irgendwer muss es doch versuchen. Wenn ich nur einen größeren Geist hätte! Ich muss den großen Pakt eingehen, Beatrice. Du musst mir helfen!«

Beatrice rief sich Ianthes Warnung von gestern Nacht in Erinnerung: Im Fall einer Katastrophe musste der Mentor den Schaden begrenzen, koste es, was es wolle. Wenn das hier schiefging … Wenn Ysbeta die Kontrolle über ihren Körper verlieren würde, müsste Beatrice sie töten. Weil sie sonst eine Schneise der Verwüstung ziehen würde, die in ihrem eigenen Tod enden würde. Sollten die Lavans je dahinterkommen, was sie und Ysbeta getan hatten, würden sie ihren Vater mit Klagen überziehen.

»Wir haben nicht die Zeit, hier herumzustehen und nachzudenken«, klagte Ysbeta. »Bring mir bei, wie ich einen Kreis ziehe.«

»Wir werden einen Kreis ziehen, und dann werden wir ihn wieder auflösen. Du musst erst das Ziehen perfektionieren, bevor wir zum nächsten Schritt übergehen. Das Ziehen und Auflösen von Kreisen kannst du allein üben, aber ich werde dich die Beschwörung erst lehren, wenn du den Kreis meisterst.«

»Beatrice«, brachte Ysbeta mit sanfter, ruhiger Stimme heraus. »Ich bin kein Kind mehr. Das hier ist gefährlich. Ich kenne die Risiken. Also fang jetzt bitte an!«

»Gut.« Beatrice formte mit ihren Händen unmittelbar vor ihrem Bauch eine Schale. »Dies ist das Zeichen des Sammelns.«

Ysbeta imitierte die Gäste exakt.

»So beginnst du. Dann füllst du deinen Bauch mit Atem und deine Hände mit Licht.«

Sie atmete ein, doch das Mieder, das so eng um ihre Rippen lag, verhinderte, dass sie ausreichend Luft aufnahm. Ysbeta versuchte es und zog eine Grimasse, als sich auch ihr die Mode in den Weg stellte.

»Wir müssen die Schnur ausfädeln«, murmelte Ysbeta.

Sie brauchten einige Minuten, um die Heftnadeln aus ihrem Manteaus zu ziehen und das Mieder aufzuschnüren. Das Stück war exquisit, die fischbeinernen Versteifungen wurden von einer feinen Stickarbeit in ihrer Position gehalten. Doch ungeachtet dieser Schönheit grummelte Ysbeta die ganze Zeit. »Sogar unsere Kleidung hält unser Potenzial am Boden.«

»Ich habe Magie immer im Nachthemd gewirkt«, gestand Beatrice. »Deshalb habe ich nie über dieses Problem nachgedacht.«

Als sie das Mieder endlich los war, atmete Ysbeta voller Genuss tief in den Bauch ein. »Ich kann die Macht bereits spüren.«

»Perfekt. Das ist die Energie, die du mit deiner Absicht und mit dem Handzeichen zum Ziehen des Kreises verbindest.«

»Lehre es mich!«

»Vorher gibt es noch etwas Wichtigeres.« Beatrice bewegte die Finger ihrer rechten Hand, sodass der Zeigefinger und der kleine Finger nach außen zeigten, während der Mittelfinger und der Ringfinger von ihrem Daumen gegen die Handfläche gedrückt wurden.

»Das ist das Zeichen des Bannens«, sagte Beatrice. Sie hob ihre linke Hand, die Finger waren zusammengepresst, die Handfläche wies nach außen. »Dies ist das Zeichen der Wand aus Licht. Wiederhole sie!«

Ysbeta ahmte die beiden Gesten mit der Gewandtheit einer Expertin nach.

»Gut«, lobte Beatrice sie. »Nun nimm all die Kraft, die du gesammelt hast, und lass sie durch deine Hände nach außen fließen. Das muss dir gewissermaßen zur zweiten Natur werden. Auf diese Weise schickst du einen Geist zurück in den Äther. Vergiss das niemals! Das könnte über Leben und Tod entscheiden.«

»Wie geschieht das?«

»Indem der Geist verletzt wird«, sagte Beatrice. »Nun bist du bereit, wir können beginnen.«

Beatrice lehrte sie das Zeichen des Willkommens, das Zeichen des Schutzes und das Zeichen der Herbeirufung, bevor Ysbeta wieder mit den Händen eine Schale vor ihrem Bauch bildete und so atmete, dass ihre Rippen sich dehnten.

»In den Bauch atmen«, wies Beatrice sie an. »Stell dir einfach vor, dein Atem ist Licht, das in deinen Körper dringt, wenn du einatmest. Und dann stößt du ihn mit dem Ausatmen wie eine Kordel aus deinem Nabel aus. Atme langsam. Ruhig. Diesen Punkt kannst du nicht beschleunigen.«

Eigentlich ließ sich keiner der Punkte beschleunigen, auch wenn Ysbeta es noch so wollte, denn noch immer hatte sie kein Fitzelchen Magie zu spüren bekommen. Stattdessen musste sie alles daransetzen, ihren Geist in den nötigen Zustand zu bringen. Halb entkleidet und nur in einem hauchdünnen Unterkleid aus Gaze, das ihr aufgrund des geöffneten Ausschnitts über eine Schulter gerutscht war, erinnerte sie an eine Bluthexe aus einem alten Holzschnitt, die sich mit Geistern einließ, um Böses zu tun.

Ysbeta musste das ruhiger angehen.

»Hier.« Beatrice stellte sich hinter sie, legte einen Arm um sie und ihre Hand auf Ysbetas Bauch. »Sorg dafür, dass sich meine Hand bewegt, wenn du einatmest!« Sie hob Ysbetas rechte Hand am Handgelenk an. »Wofür steht die linke Hand?«

Ysbeta bog den kleinen Finger nach unten, wo er auf die Spitze ihres Daumens traf, die anderen drei blieben ausgestreckt. »Schutz.«

»Gut.« Beatrice sprach mit leiser Stimme, sie murmelte in Ysbetas Ohr. »Und die rechte?«

Ysbeta drehte die Hand, sodass die Handflächen nach oben zeigte. Sie krümmte ihren kleinen Finger und seinen Nachbarn, während der mittlere und der Zeigefinger ausgestreckt blieben. »Einladung.«

»Halte den Ringfinger nicht mit dem Daumen nach unten«, verlangte Beatrice. »Das wäre nämlich ein anderes Zeichen.«

Ysbeta gehorchte. »Mein Arm macht das nicht lange mit.«

»Daran gewöhnst du dich«, versicherte Beatrice. »Nun, dieses Siegel ist eine einzige ungebrochene Bewegung. Du zeichnest das Hexagramm, und zwar so!« Sie führte Ysbetas

Hand mit festem Griff an der Kontur des sechszackigen Magiesterns entlang, anschließend ließ sie diese wieder los.

»So?« Ysbeta beherrschte es perfekt, was Beatrice sehr erleichterte.

»Genau. Und nun vibrieren wir. Der Ton muss sich bis in die ätherische Sphäre erstrecken. Allerdings darf er nicht durch deinen Mund kommen, sondern muss durch den Nabel entweichen. Die erste Vibration gebührt immer Anam, dem Herrn der Magie.«

»Wenn ihr Magie wirkt, ruft ihr tatsächlich immer einen Sterngeborenen hinzu, damit er euer Tun verfolgt?«

»Richtig. Wo Magie gewirkt wird, ist Anam. Nutze deinen ganzen Atem. Schiebe die Vibration aus deinem Nabel heraus geradenwegs in meine Hand.«

Ysbeta ließen ihren Bauch kraft des Atems anschwellen und presste dadurch Beatrice' Hand fort. Sie hatte schnell heraus, wie sie die Silben in der Kehle bildete, und Beatrice fühlte ein warmes Kitzeln auf ihrer Handfläche.

»Perfekt«, lobte sie. Ysbeta konzentrierte sich und hatte die Angst, die sie veranlasst hatte, hier und jetzt Magie zu erlernen, völlig vergessen. »Die Vibration lautet Anam, Kefaa, Welaa, Hado. Jede davon vibrierst du in einem Viertel, wenn du das Hexagramm ziehst.«

Beatrice ließ Ysbeta los und sah zu, wie ihre Schülerin versuchte, richtig zu atmen, zu gestikulieren, zu schreiben und zu vibrieren. Leider atmete Ysbeta aber zuallererst tief in die Brust ein.

Daraufhin legte Beatrice ihre Hand erneut auf Ysbetas Bauch. »Noch einmal! Zusammen mit mir.«

Sie atmeten gemeinsam. Zwei rechte Hände hoben sich im Zeichen der Einladung, um das Hexagramm zu ziehen. Zwei Stimmen stießen den Namen des Herrn der Magie vibrierend durch den Nabel aus. Zwei ätherische Körper dehnten sich aus, im Einklang mit Atmung, Gesten, Sigillen und Vibration. Sie schufen den Kreis, füllten ihn mit ihrem Willen, und in der Luft waberte bereits der intensive Steingeruch, der sich ausnahm wie ein Blitz am wolkenlosen Himmel. In Beatrice' Nacken richteten sich die Härchen auf, als sie den Duft der Magie einsog und die schimmernden Zwillingssiegel in der Luft sah. Sie hatte die meiste Arbeit geleistet, doch Ysbetas Bemühungen waren nicht von der Hand zu weisen.

»Das ist es«, flüsterte Beatrice. »Du hast einen Kreis gezogen.«

»Nun beschwöre einen Geist!«, sagte Ysbeta. »Mich lässt du das ja noch nicht machen, also beschwöre einen für dich. Ich möchte es sehen.«

»Wir haben nicht mehr viel Zeit ...«

»Dann sollten wir nicht länger trödeln. Nenne seinen Namen und rufe ihn herbei!«

Nun gut, sie würde den Geist heraufbeschwören, aber keine Abmachung mit ihm treffen.

»Nadi, Geist des Glücks, ich rufe dich ...«, begann Beatrice, und das Wesen schwebte vor ihnen.

:Beatrice:, sagte Nadi. :Du brauchst mich, und ich bin hier.:

»Danke dir«, erwiderte Beatrice. »Aber heute brauche ich deine Dienste nicht. Trotzdem habe ich dir geeiste Früchte mitgebracht. Möchtest du bis zum Sonnenuntergang bei mir bleiben?«

»Ich kann den Geist nicht hören«, sagte Ysbeta. »Was sagt er denn?«

»Psst«, zischte Beatrice.

Nadi bebte aufgeregt. :Können wir die gleich essen?:

»Ja, das können wir.«

:Ich möchte Dinge sehen.:

»Du wirst mich auf der Fahrt vom Lavan-Haus zur Triumph Street begleiten«, versprach Beatrice. »Was ist, möchtest du bei mir bleiben?«

:Wer ist die Frau an deiner Seite?:

»Meine Gefährtin heißt Ysbeta Lavan.«

»Redet das Geistwesen über mich?«, fragte Ysbeta.

:Sie hat kein Glück:, sagte Nadi. :Und ich möchte bleiben. Lass mich ein!:

Beatrice streckte sich über die Grenzen ihres Kreises hinaus, und Nadi nahm ihre Hand. Es fühlte sich nun bereits ganz natürlich an, einen Geist in sich zu tragen. Sie wandte sich Ysbeta wieder zu.

»Wir haben keine Zeit mehr, wenn wir uns auch noch anziehen müssen. Sieh mir dabei zu, wie ich den Kreis aufhebe! Das bringe ich dir beim nächsten Mal bei.«

# KAPITEL VIII

Verflucht seid ihr beide, Nadi und du«, murmelte Ysbeta, als sie einem Ball nach dem anderen ins hohe Gras hinterherstapfen musste. »Du darfst beim Turnier nicht betrügen. Versprich mir das! Du bist eine sehr gute Spielerin, deshalb wäre das völlig töricht.«

Vogelgesang erfüllte die Luft, und Beatrice grinste Richtung Himmel. Sie drehte ihren Schläger, warf ihn hoch und fing ihn gewandt wie eine Jongleurin wieder auf.

:Das macht Spaß:, sagte Nadi. :Ich liebe es, zu gewinnen.:

:Es macht wirklich Spaß:, stimmte Beatrice zu, :aber alle werden wissen, dass du mir hilfst, wenn ich zu viel Glück habe.:

:Na und?:

:Schummeln mit Magie ist verboten, und man würde mich dafür bestrafen.:

:Wie denn?:

:Sie würden mir einen Schutzreif anlegen. Dann könnte ich dich nie wieder herbeirufen. Deshalb darf niemand von dir wissen.:

:Beweg dich!: Nadi riss die Kontrolle über ihre Glieder an sich und ließ sie genau in dem Moment beiseitespringen, in dem der Ball die Stelle erreichte, an der sie eben noch gestanden hatte.

»Oh, das tut mir leid«, rief Ysbeta. »Moment! Woher wusstest du das? Du hast doch gar nicht in meine Richtung gesehen!«

»Nadi hat es gesehen«, sagte Beatrice, »und mich zum Ausweichen gebracht.«

Ysbetas Augen weiteten sich überrascht. »Der Geist kontrolliert deinen Körper?«

»Daran gewöhnt man sich. Es ist erst irgendwie unbehaglich, aber dann arbeitet man zusammen.«

»Oh! Ich weiß ja nicht …«

Beatrice beließ es dabei. Sie sprang hoch in die Luft, landete auf einem Fuß und sprang erneut wirbelnd in die Höhe. »Ich könnte dir einen Radschlag zeigen, wenn ich kein Mieder tragen würde.«

»Macht das Spaß?«

»Es ist wundervoll.«

»Es gibt ja selten Gründe, zu rennen und zu springen«, sann Ysbeta.

»Es ist befreiend«, sagte Beatrice. »Jetzt, da ich mich dran gewöhnt habe, genieße ich den größeren Freiraum.«

Ysbeta streckte die Arme und probte den Schwung mit dem Schläger. »Ich sollte beim nächsten Mal einen Geist rufen.«

Beatrice dachte darüber nach. »Einen minderen vielleicht. Denk schon mal darüber nach, welchen Handel du dem Geistwesen anbietest! Kannst du allein üben, den Kreis zu ziehen und ihn wieder aufzuheben?«

»Exzellenter Schlag«, sagte Ysbeta mit lauter Stimme. »Wir werden der Schrecken aller Hasardbahnen sein.«

Beatrice starrte sie an, bis ihr ein Licht aufging. Sie wandte sich um – und tatsächlich, da kam Ianthe auf sie zu. Er strahlte geradezu in seinem safrangelben Mantel mit den beschnitzten Elfenbeinknöpfen.

»Was für ein Tag«, stieß er aus. »Seien Sie gegrüßt, Miss Clayborn.«

Beatrice knickste und nickte. »Dann war Ihr Tag nicht so schön wie das Wetter?«

Ianthe blickte in den wolkenlosen, strahlend blauen Sommerhimmel, und seine Miene verzog sich. »Ich bin gerade erst aus Meryton zurück.«

»Hast du einen Anwalt gefunden?«, fragte Ysbeta.

»Ich wünschte!«, sagte Ianthe. »Stattdessen stehe ich hier vor Ihnen beiden, bis ins Mark getroffen von den Grausamkeiten, die einer jungen Frau und dem Kind, das sie gebar, angetan wurden.«

Beatrice erschauderte, als habe sich eine Wolke vor die Sonne geschoben. »Das tut mir leid, es muss grässlich gewesen sein.«

»Sie haben alle Adepten nach Meryton einberufen«, fuhr Ianthe fort. »Sie wollten uns demonstrieren, welche Folgen Unbesonnenheit haben kann.«

»Was für eine Idee!«, giftete Ysbeta. »Es war sicher schrecklich?«

»Ich will den Damen keine Albträume bescheren, deshalb werde ich nicht ins Detail gehen. Aber wir haben den Ort des Geschehens reichlich erschüttert verlassen. Zumindest einige von uns.«

Ysbeta sah Ianthe scharf an. »Es blieben auch einige unbeeindruckt?«

»Einige von uns brachten zum Ausdruck, dass sie sich ohnehin niemals mit einer Frau aus dem niederen Volk im Schlamm wälzen würden und deshalb auch nicht betroffen seien. Bard gehörte nicht zu ihnen«, fügte er mit einem Nicken zu Ysbeta hinzu. »Aber ich fühle mich gerade nicht nach einer Runde Hasard.«

»Beatrice lässt mich eh sehr blass erscheinen«, gab Ysbeta zu. »Fühlst du dich denn noch imstande, sie nach Haus zu fahren?«

»Ich kann mir auch eine Kutsche nehmen, wenn Sie dazu nicht in der Stimmung sind«, bot Beatrice an.

»Ich würde Sie sehr gern fahren. Außerdem muss ich noch ins Kapitularhaus, bevor meine Familie mit Lord Gordon und dessen Familie speist und wir danach einer Feier bei den Robicheaux beiwohnen.«

Ysbeta stöhnte. »So viele Verpflichtungen! Wie soll ich das bloß überstehen? Vor allem, da Lord Gordon nie ein Ende findet, wenn er einmal das Wort ergreift.«

Beatrice blätterte in ihrem inneren Namensregister. »Ist das Bard Sheldons Vater?«

»Ja.« Ianthe warf Ysbeta einen Blick zu. »Bard hat mich gebeten, ihm zu verraten, woran er deinen Picknickkorb auf der Auktion beim Blütenritt erkennt.«

Ysbeta setzte eine verschlossene Miene auf. »Hast du es ihm gesagt?«

»Ich habe behauptet, ich wüsste nicht sicher, für welches Blumenensemble du dich entschieden hast«, antwortete Ianthe.

Ysbeta entspannte sich ein wenig. »Es wird sich seltsam ausnehmen, wenn du ihm keinen Hinweis gibst.«

Ianthe schien vor ihren Augen zu schrumpfen. »Ysbeta! Wenn ich wüsste, wie ich diesem Werben Einhalt gebieten kann, dann …«

»Ich weiß«, unterbrach Ysbeta ihn. »Ich weiß, dann würdest du es tun.«

»Halte ihn hin«, empfahl Beatrice.

Ianthe und Ysbeta wandten sich ihr zu. »Wie meinst du das?«

»Wie viele Verehrer stehen bei dir Schlange?«, fragte Beatrice und kramte in ihrem Gedächtnis. Was würde Harriet raten, wenn sie mit all ihrem Wissen über die Ballsaison hier wäre? »Wenn du nicht mindestens fünf hast …«

»Ich habe niemanden ermutigt«, sagte Ysbeta. »Jeden Tag kommen Karten an, und die Mädchen tragen Blumen in den Salon, aber ich habe nichts unternommen, was Verehrer veranlassen könnte, Interesse bei mir zu vermuten.«

»Das weiß ich doch«, beteuerte Beatrice. »Aber wenn sich nicht eine ganze Parade junger Männer um deine Hand bemüht, wird Bards Vater deinem Vater erklären, dass die Ballsaison reine Zeitverschwendung ist und dass die Bedingungen für die Verlobung umgehend ausgehandelt werden sollen. Heiße die Aufmerksamkeiten dieser Männer willkommen! Brich ein paar Herzen, Ysbeta! Bringe diese Verehrer wie einen Schutzschild zwischen dich und Bard Sheldon!«

Ianthe drehte den Kopf in Ysbetas Richtung. »Willst du immer noch zu Hause bleiben, statt die Feier der Robicheaux zu besuchen?«

»Wenn ich mich nicht irre, überkommt mich gerade die Energie, den Ball zu besuchen«, erklärte Ysbeta. »Bist du auch eingeladen, Beatrice?«

:Eine Feier!:, krähte Nadi. :Tanzen? Punsch? Kuchen? Ich will bleiben. Lass mich zur Feier bleiben, Beatrice!:

:Na gut.:

Tief in ihrem Inneren erschauderte Nadi vor Freude.

»Ich bin eingeladen, doch das ist auch nicht mein einziger Termin heute Abend«, sagte Beatrice. »Mein Vater hat Udo

Maasten aus dem Östlichen Protektorat von Vicny zum Essen zu uns gebeten. Der Mann ist Erfinder.«

»Udo Maasten? Den Namen habe ich noch nie gehört«, sagte Ianthe. »Ist er ein Kapitularbruder?«

»Nein«, erwiderte Beatrice. »Und er hat keinen Titel.«

Ianthe zuckte mit den Achseln. »Titel sind nicht alles.«

»Aber er ist unverheiratet.«

Ianthe straffte sich. »Er ist unverheiratet und trifft sich mit Ihrem Vater? Wie alt ist er?«

»Ich weiß es nicht. Älter, sagt mein Vater.«

Ianthes Miene war auf geziemende Weise ausdruckslos. »Und Ihr Vater wünscht, dass Sie beim Essen zugegen sind?«

Beatrice senkte den Blick hinunter zu dem dicken, kurz geschnittenen Gras zu ihren Füßen. »Ja.«

»Damit Sie diesen ledigen, wohlhabenden Mann treffen?«

»Ja.«

Ianthe lächelte, als habe sich ihm gerade erschlossen, welcher Zug in seinem Lieblingsspiel ihm den Sieg bringen würde. »Sie haben vielleicht schon von dem Fest gehört, zu dem wir an Bord der *Glänzenden Hand* laden. Ein Festmahl und ein Tanz an Deck. Danach bringen wir die Gäste über Nacht an Bord dieses Juwels unserer Flotte unter. Das ist eine ganz besondere Gelegenheit.«

Ysbeta grinste. »Du erträgst wohl keine Konkurrenz, lieber Bruder.«

»Doch, ich liebe einen guten Wettstreit«, erklärte Ianthe. »Noch lieber ist mir nur der Sieg.«

»Da hast du was angerichtet, Beatrice. Wenn du ihn bisher schon für beflissen gehalten hast, dann warte nur ab.«

Ianthe ignorierte seine Schwester. »Ich würde Ihre Familie sehr gern zu unserer Feierlichkeit einladen, Miss Clayborn.

Und ich würde Ihren Vater sehr gern kennenlernen. Ich hoffe, ihm heute Nachmittag vorgestellt zu werden.«

Oh. Er mochte Konkurrenz, und das wiederum ließ ihr Herz schlagen wie eine Glocke. Der entschlossene Blick geradewegs in ihre Augen brannte wie ein kaum gezähmtes Feuer.

»Ich bin mir sicher, er würde sich freuen, Ihre Bekanntschaft zu machen.« Ihre Stimme klang, als habe sie zu viel Luft eingeatmet, ganz dünn und klein.

»Ich werde mein Bestes tun, um ihn für mich einzunehmen«, verkündete Ianthe.

Nun wedelte Ysbeta zwischen ihnen beiden mit der Hand, um ihre Aufmerksamkeit zu erringen, und Beatrice wandte sich mit einem Ruck wieder ihrer Freundin zu, die ihr Grinsen gekonnt unterdrückte.

»Vielleicht solltet ihr zwei einander weiter auf dem Rückweg anschmachten«, sagte Ysbeta. »Ich werde meine Zofe instruieren, mir für heute Abend ein Kleid zurechtzulegen, mit dem ich ein paar Gentlemen für mich gewinne.«

Sie ging voran Richtung Haus, die Rockschöße tanzten um ihre Fußgelenke. »Lasst uns gleich mal nachsehen, wie viele junge Herren heute ihre Einladungen gesandt haben. Was meint ihr? Neun?«

So viele? Aber natürlich, Ysbeta war die begehrteste junge Frau mit magischer Gabe, die Bendleton in den letzten Jahren zu Gesicht bekommen hatte, denn Llanandari suchten normalerweise nicht in Chasland nach einem Gatten. Sie stand in der vollen Blüte ihrer Schönheit, bot unermesslichen Reichtum und überstrahlte alles mit der hellen prismatischen Aura ihrer machtvollen Gabe. Womöglich würden es sogar mehr als neun Karten sein …

»Ich wette, zehn«, sagte Beatrice. »Und ich werde verlieren, denn es werden noch mehr sein.«

»Das wird sich zeigen«, versetzte Ysbeta. »Werdet ihr beide mich denn begleiten? Ich werde nur Einladungen zu öffentlichen Orten annehmen, also kannst du mich begleiten, Beatrice. Wir vereinbaren Gesten. Berühre dein Gesicht, wenn du ihn nicht magst. Spiele mit der Spitze an deiner Kleidung, wenn du ihn magst. Hütet euch also, ihr werten Herren, denn jetzt komme ich!«

Gelächter hallte im Korridor wider, als Ysbeta ihre Schritte beschleunigte und sich dem großen Foyer näherte, in dem die sprudelnde Melodie des Springbrunnens zur gewölbten Decke aufstieg. Plötzlich hielt sie jedoch so abrupt inne, dass Beatrice sie umrunden musste, um nicht in sie hineinzulaufen.

Ysbeta straffte den Rücken und hielt den Kopf erhoben. Ihre Schultern sanken und verlängerten ihren Hals. Beatrice imitierte die veränderte Haltung sofort und unterdrückte ein erstauntes Ausatmen, als sie die Frau am Grußtisch erblickte, die die duftenden, bleichen Blumen in der Vase betrachtete.

Obwohl sie eine schlichte Schürze umgebunden hatte, konnte niemand sie mit einer Dienerin verwechseln. Schon wegen des leuchtend grünen Kleides aus Baumwollsatin nicht, das reich mit Lochstickerei verziert und in mehreren Lagen von Rüschen bedeckt war. Dazu trug sie ein passendes Tuch, mit dem sie sich die Haare in einer Weise hochgebunden hatte, dass sie gleich einige Zentimeter größer wirkte und zudem mit der Eleganz einer Königin bestach.

Die Frau ähnelte Ianthe und Ysbeta auf beinahe unheimliche Weise. Oder wohl eher andersherum: Ysbeta und Ianthe sahen aus wie sie und zeigten die gleichen ebenmäßigen, noblen Züge der Frau, die ihre Mutter sein musste.

Für Ysbetas Rennerei hatte sie nur einen tadelnden Blick übrig, der jedoch rasch einem sanften Lächeln wich, das die fröhlichen Falten um ihre Augen vertiefte. »Ysbeta, meine Liebe. Seid ihr fertig mit eurem Spiel?«

»Mutter«, erwiderte Ysbeta. »Beatrice hat mich schon wieder besiegt, aber diesmal konnte ich mir einiges von ihr abschauen. Wir werden der Schrecken des Turniers sein.«

»Das also ist deine Freundin«, sagte Mrs Lavan und neigte den Kopf zur Seite. Sie legte eine atemberaubend pinke, früh erblühte Pfingstrose hin. »Lass mich dich einmal ansehen, Kind.«

Ysbeta trat beiseite. Ianthe tätschelte ihr kurz die Schulter. Mrs Lavans aufmerksamer Blick glitt ein wenig irritiert zu ihm hinüber, doch dann kehrte das strahlende Lächeln auf ihre Lippen zurück. Beatrice näherte sich auf drei Schritte und knickste fast bis aufs Knie, sodass sich ihre Rockschöße auf dem Boden ausbreiteten.

»Mrs Lavan«, sagte Beatrice. »Es ist mir eine große Ehre, Sie endlich kennenzulernen.«

Nadi schrumpfte in ihrem Körper zusammen. :Sie kann ihre Magie nutzen.:

Richtig! Kein Reif lag um ihren Hals. Mrs Lavan bediente sich ihrer Magie dank der Llanandari-Technik, die eine Empfängnis verhinderten, lange bevor ihr Körper sich veränderte. Sie besaß Macht, den Respekt ihrer Familie und eine Stimme, die in allen großen Handelsimperien gehört wurde. Konnte Beatrice einen solchen Kompromiss nicht auch eingehen? Konnte sie sich nicht damit zufriedengeben, dass ihre späteren Jahre so aussehen würden?

Mrs Lavans Blick entging nichts, weder die losen Strähnen, die Beatrice' Frisur entkommen waren, noch das zerknitterte Kleid. »Was für eine Freude, dich kennenzulernen, mein Kind. Du hast die Freundschaft meiner beiden Kinder errungen, wie mir scheint.«

»Mutter«, begann Ianthe, »das ist Beatrice Clayborn. Wir haben sie in einer Buchhandlung kennengelernt, und seitdem genießen wir ihre Freundschaft.«

»Wie ich gesehen habe, wartet dein Zweispänner vor der Tür, mein Junge. Ich nehme an, du willst sie nach Hause fahren?«

»Jawohl, Mrs Lavan«, antwortete Beatrice an Ianthes Stelle. »Mr Lavan ist ohnehin gerade auf dem Weg nach Bendleton, so muss keine weitere Kutsche vorbereitet werden.«

»Zerbrich dir darüber nicht den Kopf, mein Kind. In unseren Ställen gibt es genug Kräfte.«

»Ich würde lieber selbst dafür Sorge tragen, dass Miss Clayborn wohlbehalten zu Hause ankommt«, sagte Ianthe. »Die Unterhaltung mit ihr lässt die Fahrt außerdem wie im Flug vergehen.«

»So wird es wohl sein.« Der Blick von Mrs Lavan wanderte zwischen Beatrice und Ianthe hin und her. »Mich würde ja schon sehr interessieren, worüber ihr so redet.«

»Wir kommen von einem Thema zum nächsten«, erwiderte Ianthe. »Eine ganz wunderbare Zerstreuung.«

»Ach ja? Wie schön! Aber wenn ihr beiden euch so gut mit ihr versteht, dann sollte ich Miss Clayborn vielleicht besser kennenlernen.« Mrs Lavan nahm eine solide aussehende Schere und wandte sich Beatrice mit einem Lächeln zu. »Bist du in großer Eile? Ich habe mir gerade die Blumen angesehen, die mir der Gärtner für das Arrangement heute bereitgelegt hat, glaube aber, ein solch schöner Tag braucht mehr Farbe. Wenn du mich begleiten würdest und etwas Leuchtendes auswählen könntest, wäre ich dir sehr dankbar.«

»Mutter«, sagte Ysbeta. »Ianthe hat es eilig. Er muss nach Bendleton zurück.«

»Ianthe kann kurz auf uns warten.«

Ihr Ton duldete keinen Widerspruch. Ysbeta warf Beatrice einen Blick zu, bevor sie den Kopf neigte. »Jawohl, Mutter.«

»Ich kann schon noch warten, bis Beatrice die Blumen ausgesucht hat«, versicherte Ianthe. »Vielleicht wollt ihr euch ja fürs Stecken des Arrangements ein zweites Mal treffen?«

»Eine wunderbare Idee!«, bemerkte Mrs Lavan. »Wie schade, dass gerade keine Zeit fürs Arrangement bleibt, aber ich bin sehr gespannt auf die Auswahl der Blumen.«

Blumen zu arrangieren galt in Llanandras als hohe Kunst, weshalb die Gebinde auch in Chasland in Mode gekommen waren. Die Fähigkeit, einen Strauß zusammenzustellen, sollte eine gute Ehefrau zudem beherrschen, da sie auf Prinzipien wie Ausgeglichenheit, Überfluss, Kontrast, Harmonie und Schönheit basierte. Dass Mrs Lavan sie bat, ihr mit Rat zur Seite zu stehen, musste folglich bedeuten, dass Beatrice einen guten Eindruck auf sie gemacht hatte. Nun musste mit einer geschmackvollen, künstlerisch überzeugenden und stimmigen Blumenauswahl überzeugen. Es war Einladung und Prüfung gleichermaßen.

Mrs Lavan wusste, dass Ianthe an ihr interessiert war. Sie war neugierig, was für eine Art Ehefrau Beatrice abgeben würde. Ihre Auswahl der Blumen würde widerspiegeln, wie das künftige Heim ihres Gatten aussehen würde – und das würde Mrs Lavan Stoff zum Nachdenken geben.

Beatrice strich sich verstohlen das Kleid glatt. Sie begutachtete die Pfingstrosen, die weißen Lilien, die cremefarbenen Rosen und das Blattgrün dazwischen. Ein üppiges Bouquet. Ein Tribut an Schönheit, Zartheit und Ausschweifung. Mit ein wenig Pink, Violett und Knallgelb. Oh, diesen Test konnte sie mühelos bestehen.

Beatrice knickste erneut. »Ich würde mich sehr freuen, mit Ihnen Blumen auszuwählen, Mrs Lavan.«

»Hervorragend«, sagte Mrs Lavan. »Dann begleite mich.«

Das Gewächshaus glich einem Schatzkästchen, gelegen an der Ostseite des Lavan-Hauses. Es berauschte Beatrice mit seinem Übermaß an Blumendüften, und die schwere, feuchte Luft kroch im Nu in ihr Kleid. Das lieblich Zwitschern von Vögeln erfüllte den Raum. Zu beiden Seiten eines mit rosafarbenen Schieferplatten ausgelegten Wegs gediehen in Hochbeeten farbenprächtige Blumen, die Beatrice nur von Gemälden kannte.

Sah es so in Jy aus? Lebten die Menschen dort in solch vielfältiger, reicher Schönheit und atmeten den trunken machenden Duft von pinkem Jasmin und von Ylang-Ylang-Bäumen ein? Wie gelang es ihnen dann, nicht alle paar Schritte bewundernd innezuhalten?

»Oh, Mrs Lavan, wie wundervoll!«

»Mein Gärtner hat es entworfen«, sagte Mrs Lavan. »Ein kleines Stück Llanandras hier in Chasland.«

»Ich bin entzückt.« Beatrice legte die Hände aneinander und drehte sich einmal um die eigene Achse. Auf sanft schwingenden Schaukeln saßen wie Diamanten schillernde Vögel, die ein fröhliches, von Glucksern und Trillern durchsetztes Zwitschern von sich gaben. »Haben Sie Dank, dass Sie mich hier herumführen. Ich würde liebend gern noch einmal mit mehr Zeit herkommen, um all diese erstaunlichen Exemplare …«

»Das sind die Blumen, aus denen du auswählen darfst«, unterbrach Mrs Lavan sie.

Aus allen? Sie durfte eine Auswahl unter all diesen Blumen treffen, von denen jede einzelne kostbar wie ein Juwel war? Wie sollte sie jener Blume mit den sonnengelben Blütenblättern um eine Kugel aus geriffelten rosigen Stempeln das Leben nehmen? Oder jener Teerose mit den gekräuselten wächsernen Blütenblättern in einem satten Lavendelton, die ganz leicht nach Zitrus roch? Wie sollte sie eine Blume in dieser ganzen Pracht bevorzugen …?

»Worüber denkst du nach?«, fragte Mrs Lavan.

»Darüber, dass sie alle so selten sind. Ich habe solche Blumen bisher auf Bildern bewundert.«

»In diesen Stillleben, die hier so beliebt sind?«

»Genau. Einige sind besser als andere. Es sind sehr schlichte Motive.«

»Du sprichst sehr gutes Llanandari«, sagte Mrs Lavan. »Hat deine Mutter dich unterrichtet?«

»Das hat sie in der Tat. Sie ist aufs Coxton's gegangen, und dort wird Llanandari unterrichtet.«

»Aber du hast nicht das Coxton's besucht«, entgegnete Mrs Lavan. Sie ging über den gepflasterten Pfad voran, und ihre weiten Röcke berührten die Gitter an beiden Seiten des Weges. Sie streckte die Hand aus, um eine rosig strahlende Kostbarkeit zu berühren, und strich mit langen lackierten Nägeln über ihre Blüten. »Der Wohlstand deiner Familie reichte nicht aus.«

Woher wusste sie das? Lag es an Beatrice' Akzent? »Meine Eltern und der örtliche Pfarrer haben sich um meine Bildung gekümmert. Mein Vater brachte mir Mathematik und Buchhaltung ebenso bei wie Wahrscheinlichkeitsrechnung.«

Mrs Lavan ging an einer breiten niedrigen Vogeltränke vorbei und blieb an einem Hochbeet in der südöstlichen Ecke stehen. Beatrice fiel auf dem Pfad in Schockstarre, und ihr Herz sackte ihr in die Knie.

Orchideen. Hunderte von Orchideen wuchsen in dieser Ecke, in allen Farben und Formen. Eine solche Pracht kannte Beatrice bisher nur aus Katalogen. Wie sie damals über den Abbildungen gebrütet hatte, wie sie die Namen auswendig gelernt und die Preise der Händler studiert hatte – und die Summen veranschlagt hatte, die eine reiche Familie für eine einzige Blume zu zahlen bereit war.

»Sie sind der ganze Stolz meiner Sammlung«, sagte Mrs Lavan und trat beiseite, sodass Beatrice die Orchideen ungehindert betrachten konnte. »Es ist doch eine Schande, dass sie aus der Mode gekommen sind, oder nicht? Es sind meine Lieblingsblumen. Welche Vielfalt! Welche gefällt dir am besten?«

»Sie sind alle wunderbar.« Beatrice hüstelte, bevor sie weitersprechen konnte. »Mir fällt die Wahl sehr schwer.«

»Dann erlaube mir, dir ein paar Vorschläge zu machen.« Mrs Lavan fasste nach dem hölzernen Stängel einer Sternorchidee, deren lange Blütenblätter gleichsam mit Nadelstreifen verziert waren, und nahm die Schere aus der Tasche ihre Leinenschürze.

»Diese hier, denke ich.«

Sie setzte die Schere an, die Schneiden schnappten mit einem Klick zusammen, die Blüte klemmte zwischen Mrs Lavans Fingern.

Beatrice erbebte.

:Beatrice?:

:Alles in Ordnung:, beruhigte Beatrice Nadi.

Mrs Lavan übergab ihr die rotbraune Blüte mit der weißen Maserung. »Miss Beatrice Clayborn.« Sie schlug nun einen offiziellen Ton an. »Vor einigen Tagen habe ich deinen Namen zum ersten Mal von meiner Tochter vernommen. Ist es korrekt, dass dies deine erste Ballsaison ist und dass du eine jüngere Schwester hast, die auf deinen Erfolg hier aufbauen wird?«

»Ja, Ma'am«, erwiderte Beatrice. Sie nahm den dezenten, sanften Duft der Orchidee wahr. Beatrice ließ sie in der Hand ruhen. Ihr Innerstes bebte, als sie Mrs Lavan dabei zusah, wie diese eine weitere Blüte auswählte.

»Die Ballsaison ist eine wichtige Zeit. Sie bietet Gelegenheiten, wie sie kein Feiertag und keine Festlichkeit auf der Welt sonst bietet. Der chasandische Brauch hüllt den nüchternen Ernst der Eheschließung in Prunk, Feierlichkeit und Frohsinn. Doch das ist nur ein Kleid, um das Entscheidende zu verhüllen.«

Mrs Lavan wählte diesmal eine charmante Knopforchidee in sattem Pink aus. Wieder klackten die Scheren, wieder fiel ihr die Blüte in die Hand. »So viel hängt von diesen sechs Wochen ab, in denen ihr jungen Leute euch austauscht und kennenlernt. Als Debütantin bist du sicherlich begehrt, nicht wahr?«

Beatrice hatte das Gefühl, ihre Zunge sei angeschwollen. »Ja, Ma'am.«

»Man steckt dich in feine Kleider und sendet dich aus, um fröhlich zu sein und Menschen zu treffen, mit denen du noch jahrelange Freundschaft pflegen sollst. Mit wem hast du dich angefreundet, abgesehen von meiner Tochter?«

Harriet wüsste jetzt genau, was sie antworten müsste. Harriet hätte längst eine ganze Menge Freundschaften geschlossen, wenn sie an ihrer Stelle wäre. Beatrice dachte daran, wie Danielle Maisonette über sie gelacht hatte, und ihre Eingeweide verkrampften sich. »Ich hatte noch keine Gelegenheit, andere junge Damen zu treffen.«

»Und du hast auch keine Einladungen von Freundinnen aus Coxton's, da du diese Einrichtung ja nicht besucht hast. Was hältst du denn für das Fundament einer guten Ehe?«

Es war unerträglich heiß hier drinnen, und die feuchte Luft legte sich auf ihre Haut. Beatrice nahm die Knopforchidee entgegen. »Respekt«, antwortete sie. »Liebe ist wie ein Papierfeuer, aber Respekt ist wie ein guter Scheit, der Hitze und Licht am Leben hält.«

Ianthes Mutter sah über die Schulter. »Ich stelle mir die Liebe eher als Blume vor. So schön und berauschend Blumen auch sein mögen, sie alle welken. Was hältst du von dieser Blüte hier?«

Sie deutete auf eine Spinnenorchidee mit blassgrünen Blütenblättern, von den das oberste gelb gesprenkelt war.

:Ich werde sie verhexen:, sagte Nadi.

:Wag es ja nicht!:

:Sie verletzt dich. Nadi spürt das.:

:Sie macht das nicht mit Absicht:, erwiderte Beatrice. :Sie weiß nicht, dass sie mich kränkt.:

Beatrice richtete ihre Aufmerksamkeit wieder auf die Orchidee zwischen Mrs Lavans Fingern. Sie räusperte sich. »Ist diese Blume nicht furchtbar selten?«

»Oh, ich vermute, das ist sie.« Mrs Lavan betrachtete die Spinnenorchidee. »Angeblich hat sie im letzten Jahr in Chasland ein kleines Vermögen gekostet.«

Diese Bemerkung war wie ein Eimer kaltes Wasser, den Mrs Lavan Beatrice in den Nacken goss. Diese fühlte sich, als hätte Ianthes Mutter ihr das Tageskleid vom Leib gerissen und darunter eine hässliche, nackte Wahrheit entblößt. Diese Frau hatte sie hierhergebracht, hatte sie der schützenden Gegenwart von Ysbeta und Ianthe beraubt, um sie nun fortzujagen wie einen Schädling aus ihrem Garten.

»In der Tat.« Beatrice' Stimme war leiser als das Vogelzwitschern.

»Moden sind ebenfalls wie Blumen. Sie blühen auf, scheinen vielversprechend … Doch dann gehen sie unvermeidlich ein.«

Sie schnitt die Spinnenorchidee ab. Was einst mehrere Hundert Kronen wert gewesen war, landete umstandslos in ihrer Hand. »Die Ehe braucht Respekt, das ist wahr. Ihn braucht sie weitaus mehr als die Papierflamme der Verliebtheit. Doch was die Ehe vor allen Dingen braucht, ist die Einsicht, dass sie sich nicht um die Liebe dreht, ja, nicht einmal um Respekt.«

Mrs Lavan schnitt eine weitere Knopforchidee ab und dann noch eine, und stets legte sie die knallpinken Blüten in Beatrice' Hand. »Und? Was sagst du dazu?«

Die Blumen schienen schwer. Beatrice' Arme waren bleiern. Aber sie würde nicht einknicken. Sie hob den Kopf und sammelte Kraft für ihre Antwort. »Gestatten Sie mir eine Frage, Ma'am. Welche Qualität ist noch wichtiger als Respekt?«

»Verantwortung. Wenn du verheiratet bist, dann bist du für die Ehe verantwortlich«, sagte Mrs Lavan. »Vorbei ist die selbstsüchtige Freude darüber, Teil einer Partnerschaft zu sein. Es geht dann nur noch darum, so zu handeln, wie es für die Familie am besten ist, nicht für dich selbst. Was immer du tust, dient einem größeren Ganzen, denn die Ehe ist weit mehr als die Summe ihrer Teile.«

»Mr Lavan und ich haben noch nie von einer Vermählung gesprochen. Wir haben nur Freundschaft geschlossen …«

»Mir ist nicht entgangen, wie mein Sohn dich anblickt. Das Wort *Vermählung* mag noch nicht gefallen sein, doch er kann sich das Lächeln nicht aus dem Gesicht wischen, wann immer er dich sieht. Sprechen wir also besser gleich offen darüber, bevor er noch zu weit geht.«

Mrs Lavan trat ein wenig nach rechts, wo sie eine weitere

Orchidee in leuchtendem Pink auswählte. »Mein Sohn muss sich noch keine Frau suchen. Er kann seine Wahl in aller Ruhe treffen. Er braucht eine Frau, die durch ihren Einfluss ein Zugewinn für die Familie und durch ihre Verbindungen und ihre Fähigkeiten ein Zugewinn für das Geschäft wäre. Eine, die dem Unternehmen zum Vorteil gereicht.«

»Zum Vorteil«, wiederholte Beatrice und nahm die Blume an. »Damit meinen Sie zu Wohlstand.«

»Missversteh mich nicht! Wenn du aus einer Familie kämest, die kürzlich durch bedachte Investitionen zu Reichtum gelangt wäre …«

Ein grün-gelber Vogel landete auf Mrs Lavans Schulter. Mit einem Finger streichelte sie ihm den Kopf. »Wenn du auf eine Damenschule gegangen wärest und dort Freundinnen gefunden hättest, wenn du mit den Eignern von Rohstoffvorkommen im Norden bekannt wärest, wenn du wenigstens schon eine einzige Feierlichkeit in dem Dorf im Norden ausgerichtet hättest …«

Woher wusste sie das nur alles? Wie konnte sie hier in Meryton davon erfahren haben, dass sie bloß dem niederen Landadel angehörte und deshalb selten zu größeren Feierlichkeiten, geschweige denn zu einem Abendessen eingeladen wurde? Woher wusste sie von der Schande ihrer Familie?

»Solche Dinge könnte ich lernen.« Die Worte waren heraus, die Verzweiflung darin unüberhörbar.

»Ungeachtet deiner raschen Auffassungsgabe würde das doch zu lange dauern.« Mrs Lavan schüttelte bedächtig den Kopf, und ihr mitleidiges Lächeln wirkte so betäubend wie der Duft von Ylang-Ylang. »Ich liebe meinen Sohn. Ich weiß, dass er sich gerade vorstellt, wie er an deiner Seite glücklich wird. Aber damit würde er einen Fehler begehen, der euch beide ins Elend stürzen würde. Liebe verdorrt, und danach bleibt nur die Verpflichtung gegenüber der Familie und dem Geschäft.«

»Und ich bin nicht gut genug.«

»Das darfst du nicht einmal denken«, bat Mrs Lavan. »Du bist genauso gut, wie du sein musst. Du bist freundlich und klug, dazu hübsch und mit einer beachtlichen magischen Kraft gesegnet. Aber du bist nicht talentiert genug, um in meine Fußstapfen zu treten.«

Ein knallorangefarbener Vogel flatterte von seiner Schaukel herab und landete am Rand der eisernen Vogeltränke. Er trällerte beim Spiel im Wasser. Ein Gefährte schloss sich ihm an und putzte sein Halsgefieder. Beatrice wandte ihren Blick wieder Mrs Lavan zu und schluckte den Klumpen in ihrer Kehle herunter.

»Ah. Und nun … kommen wir zu meinem Liebling unter all diesen Lieblingen.«

Mrs Lavan wies mit ihrer Schere auf eine Kaiserdame, eine leicht gekräuselte tiefviolette Blume, bei deren Anblick Beatrice der Atem stockte. Ihr Vater hatte ihrer Mutter eine Kaiserdame versprochen, wenn das Schiff zurückkäme. An einem Zweig blühte stets nur eine einzige spektakuläre Blume. Sie waren ebenso begehrt wie kostspielig.

Mrs Lavan schob die Blätter am unteren Ende beiseite und schnitt den Stängel ab, hob die Blüte an ihre Nase und atmete mit geschlossenen Augen ein. »Diese hier duften am besten. Süß wie alle Orchideen, jedoch abgerundet mit einem Hauch rauchiger Gewürze, was sie zur wertvollsten Parfümblume der Welt macht.«

Sie reichte die abgeschnittene Blüte an Beatrice weiter. »Ianthe braucht eine ganz besondere Sorte Frau. Ich muss bei der Wahl achtsam sein und vieles bedenken, denn er selbst versteht noch nicht, dass Liebe nicht genug ist.«

Die Orchideen bebten in Beatrice' Händen. »Und wird er Ihre Wahl akzeptieren? Wird er Sie entscheiden lassen, mit wem er sich vermählt?«

»Natürlich nicht, wenn ich es ihm geradeheraus sage«, sagte Mrs Lavan. »Dann würde er rebellieren, wie jeder Junge in seinem Alter. Du dagegen kannst das Gewicht deiner Entscheidung ermessen. Du weißt, was Verantwortung ist. Greife also nicht nach den Sternen! Geh nach Hause, mein Kind, und warte auf die Einladungen von anderen Gentlemen. Vertrau darauf, dass du mit deinem Charme einen passenden Ehemann anziehst. Vielleicht einen Mann, der selbst gar kein Zauberer ist. Du hast enorme Kraft, werfe sie geschickt in die Waagschale.«

Beatrice' Hände verkrampften sich um die Orchideenstiele.

:Ich verhexe sie. Ich werde …:

:Nein!: Aber nur ein einziger Zauber. Ein einziger glückloser Tag. Mrs Lavan, stolpernd, fallend, aufprallend – nein, nein. Beatrice fing Nadi in einem Gewebe ihrer Kraft ein und drückte den Geist in sich zurück. :Das darfst du nicht. Bleib ruhig, Nadi.:

:Warum?:

:Weil das auch für mich Glücklosigkeit bedeuten würde.:

Sie hob das Kinn und entgegnete Mrs Lavans Blick. »Haben Sie Dank für Ihren Rat.«

Mrs Lavan deutete mit einem Nicken auf das dem Tode geweihte Vermögens in ihren Armen. »Ich habe eine Kutsche bestellt, die dich nach Hause bringt. Nimm die Orchideen mit. Stell sie in gesüßtes Wasser, mit einem Tropfen Essig, dann sollten sie noch einige Tage überleben.«

Beatrice legte sich die sterbenden Blumen in die Armbeuge. Mrs Lavan musste die Kutsche bereits bestellt haben, bevor sie Beatrice auch nur begrüßt hatte. Ein Kloß saß ihr in der Kehle. Sie hatte nie ein Blumenarrangement zusammenstellen und Mrs Lavan damit beeindrucken sollen. Sie hatte nie eine Chance gehabt – und nun nicht einmal mehr die Gelegenheit, sich von Ianthe und Ysbeta zu verabschieden. »Ich werde über Ihre Worte nachdenken, Mrs Lavan.«

»Kluges Mädchen. Einen schönen Nachmittag noch.«

Auf diese Weise entlassen, wandte sich Beatrice um, stapfte aus dem Gewächshaus und unterdrückte Nadis Zorn.

Der Geruch der Orchideen marterte sie förmlich. Beatrice hätte sich beinahe die unteren Ärmel ihres Kleid eingerissen bei dem Versuch, die Kutschfenster zu öffnen, doch selbst das nutzte nichts. In einem losen Haufen lagen die Blumen neben ihr auf der gepolsterten Bank, und ihr zarter, teurer Duft war unmöglich zu ignorieren. Er stach ihr in den Augen und kroch ihr in den Hals. Doch sie schluckte, blinzelte und atmete durch den Mund.

Den Blick hielt sie auf die Felder und Wiesen gerichtet. Sie zählte die einzelnen Tiere, um ja nicht an den Kloß in ihrer Kehle zu denken. Sie durfte nicht weinen. Sie durfte diese vergoldete Kutsche, deren Türkis allen ringsum verkündete, dass dieses Gefährt den Lavans gehörte, nicht mit schwarzen Tränenspuren auf ihren sorgfältig mit Rouge und Puder geschminkten Wangen verlassen. Wenn sie sich mit ruiniertem Make-up ins Haus stahl, wäre das ein gefundenes Fressen für alle Klatschmäuler. Es war eine Sache, eine Versagerin zu sein, eine ganz andere aber, auch wie eine auszusehen.

Trotzdem wollte sie am liebsten weinen. Sie wollte sich zu einem kleinen Ball zusammenrollen, in irgendeiner Ecke, in der niemand sie sah, und dort weinen, bis ihr die Augen brannten. Mrs Lavan hatte sie jeder Fantasie, jeder Illusion, jedes Traums aus Zuckerwatte beraubt, hatte sie nackt vor einen Spiegel gestellt und sie gezwungen, der Wahrheit ins Gesicht zu sehen: Sie war bedeutungslos. Sie besaß keine Fähigkeiten und keine Beziehungen. Sie brachte nicht einmal den Ruf einer geschäftstüchtigen Familie mit in die Ehe.

Alles, was sie geben konnte, war ihre magische Veranlagung. Ihr einziger Wert bestand in den Kindern, die sie einem Mann schenken konnte. Ein wohlhabender Mann ohne magische Kraft wäre geradezu begierig nach solch einer Frau. Udo Maasten würde sie daher mit Freuden nehmen. Auf mehr durfte sie nicht hoffen.

Nur ertrug sie den Gedanken nicht, den Forderungen der Gesellschaft nachzugeben, ihre eigenen Erwartungen hintanzustellen und jemanden zu heiraten, der nicht annähernd so nachsichtig war wie Ianthe. Nicht, wenn die Lösung zum Greifen nahe war. Nicht, wenn sie Ysbeta helfen konnte. Wobei: Konnte sie das noch? Mrs Lavan hatte zwar nicht gesagt, dass sie in ihrem Zuhause nicht länger willkommen war, doch dürfte sie wohl kaum erfreut sein, Beatrice dort anzutreffen, nachdem sie diese im Grunde vor die Tür gesetzt hatte. Wie konnte sie Ysbeta noch unterrichten und ihren Teil des Handels einhalten?

Ysbeta und sie mussten einen Plan schmieden. Sie beide brauchten dieses Wissen, und Ysbeta konnte es ohne ihre Hilfe nicht erlangen. Beatrice musste also dringend den Ball der Robicheaux besuchen. Ysbeta würde dort sein und sich ein paar Verehrer sichern …

Beatrice selbst brauchte ja ebenfalls ein paar Gentlemen, die um ihre Gunst buhlten, damit ihre Familie glaubte, dass sie ihre Pflicht erfüllte – bis es an der Zeit war, mit der Wahrheit herauszurücken. Sie musste zum Ball gehen, und sie musste dort strahlen.

Sie richtete sich aus ihrer zusammengesunkenen verzweifelten Position auf und lehnte sich im Sitz zurück, als Kirschblütenduft über die Orchideen obsiegte, die sie zu verhöhnen schienen. Sie betrachtete die grauen Steinfronten der Häuser in der Triumph Street und zählte die Hausnummern bis zur Siebzehn. Sie legte sich die Orchideen in die Ellenbeuge, als ihr der Lakai beim Aussteigen aus der Kutsche eine Hand reichte. Erhobenen Hauptes betrat sie das Haus.

»Stell sie in gesüßtes Wasser mit einem Tropfen Essig«, bat sie eine Bedienstete, die die Orchideen erstaunt entgegennahm. »Ich möchte, dass sie in mein Zimmer gebracht und so aufgestellt werden, dass ich sie vom Bett aus sehen kann.«

Sie würde sie ansehen und sich daran erinnern, dass das Einzige, was sie besaß, ihre magische Gabe war. Doch diese war auch das Einzige, was sie benötigte.

»Clara!« Beatrice raffte ihre Röcke und stieg die Treppe hinauf in ihr Zimmer. »Es tut mir leid, dass ich spät dran bin. Ist das Bad bereit? Wir haben nicht mehr viel Zeit.«

# KAPITEL IX

Udo Maasten überragte alle selbst im Sitzen, als hätte ihn jemand aus Kautschuk geformt und langgezogen. Bei Tisch wandte er sein langes Gesicht mal hierhin, mal dorthin, je nachdem, wer gerade sprach, und wenn er einen Bissen geschmorten Lamms hinunterschluckte, hüpfte über der Serviette, die er sich in den Hemdkragen gesteckt hatte, der Adamsapfel seinen langen Hals entlang.

:Er ist alt.:

:Vielleicht nicht so alt, wie du denkst.: Doch Udo, ein rosigblonder Mann aus dem Protektorat von Vicny, zeigte bereits eine beginnende Glatze. Auf die hierzulande übliche Perücke verzichtete er dennoch. Das dünne Haar im Nacken hatte er zu einem Zopf zusammengebunden.

»Ich schätze mich wirklich glücklich, die Gesellschaft so vieler liebreizender junger Damen genießen zu dürfen, wirklich überaus glücklich«, erklärte er mit überraschend tiefer Stimme und lächelte Mrs Clayborn an. »Sie müssen sehr stolz auf Ihre Töchter sein. Sie sehen Ihnen so ähnlich.«

Er warf Beatrice einen verstohlenen Blick zu.

:Ich mag das nicht, wie er dich heimlich ansieht:, sagte Nadi. :Du kannst ihn nicht heiraten.:

:Ich muss ihn nicht heiraten:, versicherte Beatrice. :Heute Abend gehen wir auf den Ball. Ich bin mir sicher, Ysbeta lässt mich das Buch schon bald kopieren. Dann werde ich Udo Maasten nicht heiraten müssen.:

Ihr Vater legte die Fleischgabel ab und trank einen Schluck Ale. »Beatrice ist in der Tat eine liebenswerte junge Frau«, stimmte er zu. »Jeder Mann könnte sich glücklich schätzen, sie zu ehelichen.«

»Sie ist gebildeter als üblich, sagten Sie?« Udo leckte sich Fett von der Lippe und sah Beatrice wieder an. Diese versuchte, zu lächeln.

»Ich habe ihr beigebracht, Finanzen zu analysieren«, antwortete ihr Vater. »Sie weiß, wie man die üblichen Täuschungen von Menschen durchschaut, die einen Haushalt um sein Geld prellen wollen. Sie versteht etwas von Bestandsbuchhaltung und kann anhand der Bücher Diebstahl und Veruntreuung erkennen. Ich traue ihr zu, die Finanzen eines Hofs oder eines kleineren Geschäfts ohne jede Hilfe zu verwalten.«

Mr Maasten zog die Augenbrauen hoch. »Beachtlich!«

»Sie hat eine ganze Menge zu Geografie und Handelspolitik gelernt. Mit ihr könnten Sie über Ihre Schwierigkeiten sprechen, einen fairen Markt für Ihre Erfindungen zu finden.«

Nun sah er Beatrice mit derart unverhohlener Neugier an, als wäre sie ein langschwänziges Äffchen, dem jemand beigebracht hatte, bis zehn zu zählen. Ianthe hatte sie niemals so angesehen. Ianthe würde jedem Mann, der sie so ansähe, eine verpassen. »Miss Clayborn. Ich habe mit meinen Erfindungen ein kleines Vermögen gemacht, während meine Investoren ein großes eingestrichen haben. Wie könnte ich Ihrer Ansicht nach den Gewinn meiner nächsten Erfindung wohl maximieren?«

:Ich mag ihn nicht:, sagte Nadi. :Heirate ihn nicht!:

:Das will ich auch nicht, glaub mir. Doch so einfach ist das nicht.:

»Ich fürchte, ich weiß gar nicht, um was es sich bei Ihrer nächsten Erfindung handelt«, sagte Beatrice.

Er lächelte sie an, als befürchte er Arglist. »Ist das von Bedeutung?«

»O ja. Was also haben Sie erfunden?«

Er lehnte sich zurück und wog seine Worte ab. »Ich habe noch niemandem davon erzählt.«

Ser Maasten verkaufte Erfindungen, und jene, die sie erwarben, machten das Geld damit – Lavan International profitierte ja auch am stärksten von den Erfindungen, die ihre Angestellten tätigten. Deshalb wusste Beatrice, dass er nun ein Geheimnis preisgab. Denn eigentlich war es egal, um welche Erfindung es ging. Beatrice legte die Gabel hin und tupfte ihren Mund ab, bevor sie anhob, zu sprechen.

»Ich kann natürlich nicht erwarten, dass Sie mir das anvertrauen«, sagte Beatrice. »Generell müsste sich aber die Beziehung zu den Gesetzgebern und den Gerichten verbessern, damit Sie als Urheber von etwas Neuem nicht gezwungen sind, es jemandem zu verkaufen, der damit nur seinen eigenen Profit maximiert.«

Maasten blinzelte. »Ich kann meine Erfindungen doch nicht dem Gesetzgeber verkaufen.«

»Stimmt«, pflichtete ihm Beatrice bei. »Doch der Gesetzgeber könnte für Schutzmechanismen sorgen, die es Ihnen – oder vielmehr Ihrer Firma – erlauben, das Recht zur Vervielfältigung und zum Vertrieb selbst zu behalten.«

»Wie soll das funktionieren?«

Beatrice runzelte die Stirn beim Versuch, es ihm zu erklären. »Verkaufen Sie nicht Ihre Erfindungen, Mr Maasten! Verkaufen Sie eine Lizenz, die den Käufer berechtigt, Repliken herzustellen. Irgendwann wird jemand mit Sicherheit eine verbesserte Version ihres Originalentwurfs herausbringen, wodurch sie weniger Lizenzen verkaufen würden, doch bis dahin werden Sie selbst längst etwas anderes erfunden haben – und dann diese Lizenzen verkaufen.«

Er sah sie mit Erstaunen an. »Wenn ich das schon früher getan hätte, wäre ich heute ein reicher Mann.«

So klein konnte sein Vermögen wiederum nicht sein, sonst hätte ihr Vater ihn nicht zum Abendessen eingeladen. Sie selbst hatte sich mit ihrer Angeberei allerdings keinen Gefallen getan. Ihr Wissen beeindruckte ihn – statt ihn als völlig unweibliches Verhaltens abzustoßen. Beatrice griff nach ihrem Rotweinglas, doch Nadi gab ihrer Hand einen Stups. Das Glas fiel um, und dunkles Rot flutete über die Tischdecke und spritzte auf Mr Maastens Hemd.

»Oh, das tut mir furchtbar leid!«, rief Beatrice aus. :Nadi! Was …:

:Vertrau Nadi!:, sagte der Geist in ihr, während ihre Hand nach einer Serviette langte, aber eine Gabel erwischte, die dann ebenfalls auf dem Boden landete.

»Ich weiß gar nicht, was mit mir …« Beatrice stand zu schnell auf – und ihr Stuhl landete vor den Füßen eines Dieners, der gerade ein Tablett mit Törtchen in der Hand brachte. Zarte Pasteten prasselten auf Harriet, die kreischend aufsprang.

»Harriet!« Beatrice versuchte, ihr zu helfen, doch der umgestürzte Stuhl war im Weg. Sie schob ihn beiseite, nur um festzustellen, dass sich die Tischdecke in seinen Beinen verfangen hatte. Die ganze Festtafel neigte sich nun zur Seite. Ihr Teller polterte zu Boden, und das Weinglas ihrer Mutter tänzelte, um dann in die andere Richtung zu kippen und seinen Inhalt über Mr Maastens Jackett zu ergießen.

»Rühren Sie sich nicht vom Fleck!«, schrie Mr Maasten. »Bleiben Sie ganz still stehen! Jedes Mal, wenn Sie sich bewegen … Bleiben Sie einfach stehen!«

Vorsichtig und behutsam stand Mr Maasten, dieser weinbefleckte und zutiefst verstörte Mann, vom Tisch auf. »Ich muss nun gehen.«

Beatrice' Vater wischte sich mit der Serviette über die Lippen, er sah erschreckt aus. »Aber Mr Maasten, wir wollten doch noch weiter über die Firma sprechen, über die wir uns zu Beginn unterhalten haben.«

»Ich muss wirklich gehen«, versicherte Mr Maasten. Als er Beatrice einen letzten Blick zuwarf, stand ihm die Angst auf die Stirn geschrieben. Beatrice konnte sich denken, dass er sich gerade vorstellte, wie sie als tölpelhafte Ehefrau in einem Haushalt voller empfindlicher Erfindungen, kostbarer Notizbücher und anderer Wertsachen fuhrwerkte. »Einen schönen Abend noch, Miss Clayborn.«

»Einen schönen …«

Sie versuchte, zu knicksen, doch dabei trat sie auf ein Törtchen, rutschte aus und suchte an der Tischkante Halt, beförderte dabei auch noch Harriets Teller zu Boden.

Udo Maasten ergriff die Flucht.

Beatrice schlug die Hände vorm Gesicht zusammen und betrachtete verstohlen das ruinierte Abendessen, die Essensflecken auf ihrem Kleid, ihre schockierte, keuchende Schwester und ihren völlig fassungslosen Vater. Ihre Mutter musterte den Stuhl, auf dem Mr Maasten gesessen hatte. Sie hatte die Lippen fest zusammengepresst. Nach einem raschen Blick auf Beatrice wandte sie sich ab und bedeckte den Mund. Ihre Schultern bebten. Sie schloss die Augen, und abgehackte Atemzüge zischten durch ihre Finger.

»Aber meine Liebe«, sagte ihr Vater. »Weine doch nicht!«

Beatrice blickte nun in eine andere Richtung. Wenn sie ihre Mutter weiterhin ansah, würde sie laut loslachen, bis sie Seitenstiche bekam. Sie hatte zwei Kleider ruiniert, ein Hemd, eine Tischdecke und vielleicht sogar den Teppich – aber auch in einem Desaster konnte sich eben das Glück zeigen.

:Danke, Nadi.:

Nadi kicherte. :Das hat Spaß gemacht.:

Sie musste hier raus. Sie wandte sich um und nickte ihrem blassen, verstörten Vater zu.

»Ich denke, ich sollte mich vor der Feier noch etwas ausruhen«, sagte Beatrice. »Wenn ihr mich bitte entschuldigen würdet.«

# KAPITEL X

Merwood Hall spreizte einschüchternd seine Flügel vor den Clayborn-Frauen, die am Fuße zweier gewundener Auffahrten standen, welche rechts und links zum Eingang führten. Ihre Kutsche musste mit etlichen anderen vor dem Anwesen warten. Die schiere Anzahl der Fuhrwerke versprach bereits eine feiernde Menschenmenge. Beatrice sah zu den Statuen hoch, die den Giebel eines Spitzdachs trugen. Licht glomm aus der Glaskuppel in dessen Mitte, und Beatrice musste angesichts dieser Zurschaustellung von Reichtum schlucken.

Im Moment konnte sie keinen Fuß vor den anderen setzen. Sie stand nur da und zählte die Fenster und Türen, berechnete die Grundsteuer, die auf jedes davon anfiel, und strich dabei über jedes einzelnes Fischbeinstäbchen in ihrem Mieder. Die handgeklöppelte Spitze raschelte an ihrem Ellbogen. Ihr Kopf schmerzte vom Gewicht all der Haarnadeln, die ihre Frisur hielten. Sie war so prachtvoll gekleidet, wie es einer Frau, die nicht zum Königshaus gehörte, möglich war.

»Beatrice«, sagte Harriet. »Hast du plötzlich Angst?«

»Nein«, log Beatrice. »Aber sieh nur, wie schön das Haus ist.«

»Von innen sicherlich auch«, versicherte Harriet. »Warum bist du also besorgt?«

»Es ist nichts«, schwindelte Beatrice weiter, doch ihre Füße verweigerten ihr immer noch den Dienst.

Das Haus ragte vor ihr auf und ließ sie spüren, dass es wusste, dass es sich bei ihr nur um die Tochter eines verschuldeten Bankiers handelte. Es war, als wollten sich diese Türen nicht für sie öffnen. Weil sie zu viel wagte.

»Beatrice«, drängte Harriet.

»Ich weiß ja.«

:Geh weiter, Beatrice:, forderte auch Nadi sie auf. :Ich werde dir helfen.:

:Wie denn?:

:Das werden wir schon sehen, wenn wir erst drin sind. Nun geh schon zur Tür hoch. Du bist eingeladen worden.:

Beatrice' linker Fuß hob sich, als Nadi die Führung übernahm. Gemeinsam brachten sie die Treppe hinter sich, hielten den Kopf hoch und die Einladung in der Hand. Mit Nadis Hilfe nickte Beatrice dem Lakai zu, der ihr die Tür öffnete, und zupfte an den Fingern ihrer bestickten Handschuhe, nachdem die Einladung entgegengenommen worden war.

Ein Bediensteter trug ein Tablett mit dem rosigen Punsch, den sie schon vom Eröffnungsball und von Bard Sheldons Kartenspielabend kannte, und Nadi ließ sie einen Becher nehmen.

:Aber wir nippen nur!:

:Ich weiß:, sagte Nadi amüsiert. :Sieh nur, noch mehr Statuen.:

:Nein:, erwiderte Beatrice. :Diese können sich bewegen.:

Und das taten sie auch, ihre Blicke folgten allen, die an ihnen vorbeigingen. Ein junger Mann winkte einer der Figuren zu, und diese winkte zurück.

:Leben sie?:

:Nein:, antwortet Beatrice. :Das sind Automaten aus dem Östlichen Protektorat. Sie können sich bewegen und komplexere Dinge tun, zum Beispiel schreiben, was man diktiert.:

:Weil Magie in ihnen steckt?:

:Nein, es sind Maschinen.:

Sie und Nadi betrachteten die unheimlichen Bewegungen noch ein wenig und ließen dabei Blicke durch die achteckige Eingangshalle schweifen, in der die Gäste beieinanderstanden und plauderten, wenn sie nicht gerade eilig zu einem Saal liefen. Die Musik hatte Mühe, die von der Glaskuppel zurückgeworfenen Unterhaltungen zu übertönen. Beatrice sah zu der Kuppel hinauf, doch durch all das Licht spiegelte sich in ihr nur gebrochen die Szenerie der Eingangshalle, sodass sie die Sterne nicht zu sehen vermochte.

»Oh«, rief Harriet aus. »Da ist Julia Robicheaux.«

Beatrice machte sie in einer Schar junger Frauen in reich bestickten Kleidern aus, die mit hochgetürmten Frisuren und perfekt geschminkten Gesichtern glänzten. Gleich einer Meute schlanker Raubkatzen beäugten sie Harriet. Die möwenflügelartig geschwungenen Augenbrauen entlarvten die Frau in der Mitte als Schwester von Ellis Robicheaux. Sie nickte Harriet zu.

Diese trat ohne das geringste Zögern an sie heran. Beatrice beobachtete, wie sie einander formvollendet mit einem knappen Neigen des Kopfes grüßten und wie Harriet bei Julias Worten lachte. Nun drängten sich auch die anderen Frauen um Harriet, um ihr Fragen zu stellen. Ihre Antworten brachten sie zum Lachen, und das Rudel pirschte sogleich in einen der anderen Säle, Beatrice' Sichtfeld nun entzogen.

Harriet hatte noch nicht einmal zurückgeblickt. Beatrice sah sich nach ihrer Mutter um, doch diese unterhielt sich bereits mit einem Ehepaar. Beatrice war allein.

Sie sollte Ysbeta suchen. Ihre Freundin musste doch hier sein! Ob sie beim Tanz war? Beatrice folgte der Musik und durchquerte die Halle in Richtung Ballsaal. Man tanzte dort in einer langen Reihe und wedelte dabei zu komplizierter Beinarbeit mit kleinen Seidentüchern. Dies war der Wellenbrecher, so genannt, weil die Bewegungen der Tanzpaare an den Ozean gemahnten.

»Miss Clayborn?«

Beatrice lächelte einem Mann mit rosigen Wangen zu, dessen Aura kein Hinweis auf magische Begabung zeigte. »Das bin ich.«

»Sir Charles Cross«, stellte sich der junge Mann mit zufriedenem Lächeln vor. »Sie sind gerade erst angekommen?«

»Wir sind etwas verspätet«, entschuldigte sich Beatrice, doch Charles schüttelte den Kopf.

»Lediglich drei Tänze. Das ist verzeihlich. Tanzen Sie den Korbflechter-Chassée? Die kommt als Nächstes.«

»Die Schritte kenne ich wohl«, sagte Beatrice. »Ich suche jedoch meine Freundin. Ysbeta Lavan?«

»Sie treibt sich vermutlich mit Bard herum«, meinte Charles und bot ihr den Arm. »Nach dem Tanz helfe ich Ihnen dabei, sie zu finden.«

»Miss Clayborn!«

Beatrice schenkte einem weiteren Mann ein Lächeln, dem Danton Maisonette auf dem Fuße folgte. Danton verzog die Lippen im rechtschaffenen Versuch, zu lächeln, doch sein Begleiter schenkte Beatrice ein Strahlen, das Grübchen auf seine Wangen zauberte. »Ich habe so darauf gehofft, Sie zu treffen. Sie sind auf dem Eröffnungsball einfach verschwunden. Da wollte ich Sie bereits um einen Tanz bitten. Nun müssen Sie meine Einladung annehmen!«

Was geschah hier? »Ich habe Mr Cross' Einladung bereits angenommen, Mr …«

»Poli«, sagte der Gentleman, und Beatrice versuchte, ihn nicht allzu offensichtlich anzustarren. »Elon Poli.«

»Der Schauspieler?«

»In der Tat«, bestätigte Mr Poli. »Ich habe Ihr Porträt in der Debütantinnengalerie gesehen. Mir war sofort klar, dass ich Sie kennenlernen muss. Nach all den Tänzen werden Sie sicher erschöpft sein. Darf ich Ihnen daher einen Spaziergang im Garten anbieten?«

»Wie unverfroren«, tadelte Danton, »so etwas von einer Frau ohne Begleitung zu verlangen. Ich hingegen würde sehr gerne mit Ihnen sprechen, Miss Clayborn, allerdings in Gesellschaft meiner Schwester …«

»Miss Clayborn!«

Ein weiterer Gentleman stieß zu dem Halbkreis aus jungen Männern, die um ihre Aufmerksamkeit buhlten. Beatrice wünschte fast, eine Ohnmacht vortäuschen zu können und den Rest des Abends im Ruheraum der Damen zu verbringen. Sie lächelte dem Neuankömmling zu, dessen Krawattennadel ein Rubin zierte, mit dem sie die Hypothek ihres Vaters hätte tilgen können.

»Ich bin Peter Fowles, Lord Tiercy. Ist Ihr Vater anwesend?«

Lord Tiercys Vater war der Finanzminister. Er war, wovon der Ring an seiner Hand und der Dolch an seiner Hüfte zeugten, ein Adept der Rose. Warum wollte er mit ihrem Vater sprechen? »Er ist leider zu Hause geblieben«, antwortete Beatrice.

»Ich würde Sie beide sehr gerne zum Mittagessen in den Teesalon des Bendleton Kapitularhauses einladen …«

»Der Tanz beginnt, Gentlemen«, sagte Charles. »Nun bedrängen Sie die Lady doch nicht so.«

Sie alle traten einen Schritt zurück, und Charles führte sie aus dem Gewühl aufs Tanzparkett, wo sie sich ans Ende einer langen Reihe stellten. »Das tut mir leid. Sie müssen sich ja geradezu wie Jagdwild vorkommen.«

Was in Himmels Namen geschah hier?

Die ersten Töne erklangen, und Beatrice knickste einer Frau zu ihrer Rechten zu, erhob sich dann auf die Zehenspitzen, streckte einen Fuß hoch und trat vor, um ihren Partner zu umkreisen.

»Ich gebe zu, ich habe noch nie im Mittelpunkt von so viel Aufmerksamkeit gestanden.«

»Die Ballsaison soll doch die beste Zeit im Leben einer Frau sein«, beteuerte Charles, als sie sich unterhakten und einander anlächelten. »Schließlich reicht nichts an diese Wochen des Frohsinns und der Freundschaft heran.«

»Das ist mir auch zu Ohren gekommen«, sagte Beatrice, vollführte einige Drehungen und nickte der Dame ihr gegenüber zu. Sie lächelte – doch es war die hübsche, blonde Danielle Maisonette in ihrem affektierten Kleid. So viel zum Thema Frohsinn und Freundschaft. Beatrice trat mit anmutigen Bewegungen wieder an Charles Cross heran.

»Ich frage mich, wie es den Frauen danach ergeht«, fuhr ihr Partner fort, »zum Beispiel jenen bedauernswerten Damen, die einen Landadligen heiraten oder einen Mann, der seine Gattin vor der Öffentlichkeit versteckt. Ich hingegen kann mir an meiner Seite nur eine Frau vorstellen, die mit meinen gesellschaftlichen Verpflichtungen mithalten kann.«

Als wäre der Posten der Ehefrau eine vakante Stelle in seinem Unternehmen. »Sind Sie denn der Gastgeber vieler Feierlichkeiten, Mr Cross?«

Er sah sie mit einem amüsierten Funkeln in den Augen an. »Sie wissen gar nicht, wer ich bin.«

»Ich gestehe, dass ich Ihren Namen zwar kenne, jedoch nicht weiß, ob Sie zur musikalischen oder zur politischen Linie der Familie Cross gehören.«

»Mein Onkel ist Phillip Cross, der Außenminister«, teilte er Beatrice mit, als sie sich weiterdrehte, um eine Acht mit einer freundlichen Frau zu ihrer Rechten zu beschreiben.

Der Neffe eines Ministers – der selbst Minister werden wollte. Ein gut situierter Mann mit Beziehungen und Einfluss, der eine scharfsinnige und kluge Frau als Partnerin brauchte, um seine Ziele zu verfolgen.

»Das ist mir jetzt aber peinlich«, gab Beatrice zu, als sie sich erneut in der Mitte trafen. »Es freut mich sehr, Ihre Bekanntschaft zu machen, Mr Cross. Genießen Sie die Feier?«

Ihren Vater würde die Aussicht, internationale Beziehungen knüpfen zu können, überglücklich machen. Mr Cross wäre ein großartiger Heiratskandidat für jede Frau.

»Bisher habe ich einige vielversprechende junge Damen getroffen«, sagte Mr Cross. »Haben Sie selbst denn bereits eine Feierlichkeit organisiert?«

Dazu waren die Clayborns nicht beliebt genug. Ihr Vater zog es vor, die soziale Leiter in Gravesford zu erklimmen, wo er zweimal im Jahr weilte, verabscheute es aber, selbst auf dem Land besucht zu werden. Wusste er überhaupt, wie dringend eine junge Frau ihr Talent, Geselligkeiten zu organisieren, schulen musste? Harriet hatte endlich als Gastgeberin zu glänzen!

Für Mr Cross jedoch hatte Beatrice nur ein Lächeln übrig. »Höchstens die Geburtstage meiner Schwester.«

Unbeirrbar versuchte er es erneut. »Sprechen Sie viele Sprachen?«

»Im Grunde lediglich Llanandari. Valserranisch nur so weit, um lesen zu können.«

Es gelang ihm, sein Lächeln dennoch aufrechtzuerhalten. »Wissen Sie, warum Eliza Robicheaux so amüsiert aussieht?«

»Miss Robicheaux habe ich bislang noch gar nicht getroffen, und leider hatte ich auch noch keine Gelegenheit, der Gerüchteküche einen Besuch abzustatten.«

Sein Lächeln büßte etwas von der bisherigen Herzlichkeit ein. »Ja interessieren Sie sich denn nicht für solcherlei Dinge?«

Mrs Lavan hatte recht gehabt. Sie taugte nicht für die Rolle der Ehefrau eines mächtigen Mannes. Es fehlte ihr an Bildung, an Beziehungen und Kenntnis der gesellschaftlichen Gepflogenheiten. Sie wäre eine Enttäuschung für jeden gut situierten Mann. Mr Cross würde diesen einen Tanz mit ihr beenden und danach nie wieder ein Wort mit ihr wechseln. Sie musste sich wirklich mehr bemühen. »Es verlangt viel, in gesellschaftlicher Hinsicht so umtriebig zu sein«, sagte Beatrice. »Andererseits stelle ich es mir auch interessant vor.«

»Mit der richtigen Hilfe könnten Sie auf diesem Parkett glänzen. Ist es wahr, dass Sie lediglich eine Schwester haben?«

Beatrice wechselte nach links, wo sie eine blonde Frau mit mürrischer Miene anstarrte. Ihre dünnen Lippen waren fest zusammengepresst. Sie entfernten sich tanzend voneinander, und Beatrice nahm Mr Cross' Hände, damit sie zusammen mit einem anderen Paar eine Figur bilden konnten.

»Das stimmt. Ich habe eine Schwester. Sie ist drei Jahre jünger als ich.« Und sie hatte keine Brüder, was der eigentliche Grund seiner Frage gewesen war.

»Eine recht kleine Familie. Haben Sie denn wenigstens ausreichend Cousins und Cousinen, um das wettzumachen?«

»Ich habe sechs Tanten und drei Onkel«, zählte Beatrice auf. »Ein Onkel ist nicht viel älter als ich.«

»Die meisten davon auf mütterlicher Seite?«

Beatrice legte den Kopf auf die Seite. »Drei der Tanten und ein Onkel«, antwortete sie. »Haben Sie denn viele Cousins und Cousinen?«

»Viel zu viele«, erwiderte Mr Cross. »Welche Qualitäten würden Sie an Ihren Kindern schätzen?«

Beatrice stockte der Atem. Es war ihm offenbar egal, dass sie keine der Fähigkeiten beherrschte, die er sich für die Frau eines Politikers wünschte. Udo Maasten hatte sich immerhin für ihren Geschäftssinn interessiert. Für Mr Cross war nur wichtig, dass sie ihren Sprösslingen ihre magischen Fähigkeiten vererben würde. Erzählte sie ihm von den Schulden ihres Vaters, so würde er sie vermutlich ohne Murren begleichen.

Doch sie konnte seine Gesellschaft nicht mehr ertragen, nicht eine Minute länger. Sie rümpfte die Nase ob seiner Frage und erlaubte sich ein kleines Lachen.

»Ich habe noch keinen Gedanken darauf verwendet«, erwiderte Beatrice. »Aber welch interessante Frage!«

Sie lösten sich voneinander, als die Musik zum Ende kam, und applaudierten dem Orchester. »Es war ganz wundervoll, Sie kennenzulernen, Miss Clayborn. Ich hoffe, auch Ihrem Vater bald vorgestellt zu werden. Darf ich um Ihre Karte bitten?«

Er geleitete sie zum Rand des Saals und beugte sich über ihre Hand, bevor er die Einladungskarte annahm und sich entfernte. Sie mochte seine Kriterien für eine politisch versierte Ehegattin nicht erfüllen, blieb aber wertvoll. Sah wenigstens einer der Gentlemen, die sie umringt hatten, sie selbst? Kümmerte es sie, wer sie wirklich war? War irgendetwas an ihr in irgendeiner Weise wichtig?

Die beste Zeit im Leben einer Frau … Mr Cross war mit Sicherheit nicht bewusst, wie wahr und wie schrecklich seine

Worte waren. Sie suchte in der Menge nach Ysbeta und erschrak, als Elon Poli plötzlich vor ihr stand und sich verbeugte.

»Darf ich um diesen Tanz bitten, Miss Clayborn?«

Hinter ihm hielten weitere Gentlemen auf sie zu. Gäbe sie ihm einen Korb, würde es die anderen nicht aufhalten. Danton Maisonette setzte sich bereits unter Einsatz seiner Ellbogen an die Spitze.

Beatrice lächelte dem berühmtesten Schauspieler in ganz Chasland zu und nahm seinen Arm. »Es wäre mir eine Freude.«

Der Ballsaal roch bereits eher nach Schweiß als nach Parfüm, doch noch hatte Beatrice nicht mit Ysbeta sprechen können. Eine geschlagene Stunde hatte sie Tanz um Tanz absolviert. Immerhin hatte Danton es niemals geschafft, ihr Partner zu werden, wobei sie einmal vorgegeben hatte, ihn falsch verstanden zu haben, um noch im selben Atemzug die Aufforderung eines anderen Mannes anzunehmen. Doch jetzt reichte es. Die Füße taten ihr weh. Ihre Kehle war trocken. Es war höchste Zeit, diesen Häschern magischer Gaben zu entfliehen und sich mit Ysbeta zurückzuziehen.

Nur ein einziges Mal hatte sie ihre Freundin an diesem Abend erspäht. Ysbeta hatte mit Bard Sheldon an einem Kreistanz teilgenommen, doch als Beatrice versucht hatte, sich anzuschließen, hatte das Rudel ihrer Verehrer sie wieder in die Enge getrieben. Sie konnte sich nur an die Hälfte der Namen erinnern. Sie alle verkündeten die Absicht, ihren Vater kennenzulernen, statt sie zu fragen, ob sie Spiele oder Ausritte mit ihnen unternehmen wolle, wie es eigentlich üblich war. Warum hatten sie es so eilig, den Handel abzuschließen?

Es war doch erst die zweite Woche der Saison. Was geschah hier?

Sie vertrieb mit ihrem Fächer die zu warme Luft vor ihrem Gesicht und hielt ihn dabei wie einen Schild vor den Mund, ein Zeichen dafür, dass sie einem Gespräch gerade abgeneigt war. Sie streifte am Rand des Ballsaals entlang und steckte den Kopf ins Musikzimmer, wo Harriet eine fröhliche Melodie auf dem Piano spielte, um Julia Robicheaux an der Geige zu begleiten. Deren Bogen tanzte in präzisen, sparsamen Bewegungen über das halbe Dutzend Seiten.

Die jungen Damen unter ihrem Kommando hatten sich versammelt, um dem Stück zu lauschen und danach heftig zu applaudieren. Ihrem Beispiel schloss sich ein erstaunlicher Automat an, der sich aufrichtete und die Musik pries. Beatrice betrachtete, wie er die Hände hob, mit dem Kopf nickte und sich dann in einen gepolsterten Sessel fallen ließ, wo er die Hand erneut wie zum Horchen ans Ohr legte. Harriet lachte und überließ den Klavierhocker einer anderen junge Dame, die ein brillantes Solo begann. Julia nahm Harriets Arm, um sie von diesem Amüsement zum nächsten Vergnügen im fackelerhellten Garten zu führen.

Harriet war ganz in ihrem Element. Sie erlebte nun hautnah, wovon in ihren Schmachtfetzen berichtet wurde, sie fand ihren Platz in diesem Geschehen und ging darin auf. Harriet verdiente eine eigene Ballsaison, in der sie ihre Verehrer vermutlich in Grund und Boden tanzen würde und den ganzen Tag mit Verabredungen und Teesalonbesuchen zubringen würde. Sie hätte Dutzende von Freundinnen. Sie wäre eine exzellente Partnerin für einen Mann wie Charles Cross oder einen Handelsbaron, der eine lebhafte, quirlige Gattin suchte, die ihm einen Kalender voller Termine sorgte.

Beatrice durfte sie nicht um diese Chance bringen. Das würde sie auch nicht. Irgendwie musste sie diese Ballsaison überstehen, ohne dass ihr ein einziger Fehler unterlief, und anschließend eine Möglichkeit finden, Riverstone zu retten. Dafür brauchte sie nicht mehr als eine günstige Investitionsgelegenheit. Dazu brauchte sie unfehlbares Gespür.

Und natürlich Glück.

:Nadi:, wandte sich Beatrice an den Geist in ihrem Innern. :Wie gewinne ich dieses Spiel?:

:Wir gewinnen es zusammen:, sagte Nadi. :Sind wir fertig mit Tanzen?:

:Ja. Wir müssen Ysbeta finden.:

:Ich sehe Ianthe:, sagte Nadi. :Er wird auch gejagt.:

:Was?:

Doch da entdeckte auch sie Ianthe, der in einem leuchtenden nelkenrosafarbenen Anzug bestens mit seiner Schwester und ihrem Kleid harmonierte. Er gab sein Bestes, einem halben Dutzend junger Frauen zuzulächeln, die sich kichernd um ihn scharten. Sie gewährten ihm prächtige Einblicke in ihre Ausschnitte, sie berührten seine Arme und versuchten, seinen Blick auf sich zu lenken. Am Ende strahlte die Dame, der das gelang, glücklich und ignorierte gnadenlos die mörderischen Blicke all ihrer Konkurrentinnen.

Beatrice sah eine Weile zu. Es hätte sie nicht scheren sollen. Ihr Herz sollte nicht schmerzen. Ihr Atem sollte sich nicht so mühevoll aus ihrer Brust hervorkämpfen, während sie nur darauf wartete, dass Ianthe aufsah, sie erblickte und …

Beatrice' Hände zitterten. Dieser Traum war vorbei. Vor ihr lag nur ein Weg.

:Gehen sie dir auf die Nerven? Ich kann sie verhexen.:

:Nein. Sie reden ja nur:, wiegelte Beatrice ab. :Und jetzt ist es auch egal.:

:Du magst ihn doch immer noch. Sein Anblick lässt dich vom Scheitel bis zur Sohle erschaudern.:

:Das ist nicht wichtig.:

:Nicht?:

In der Tat, es war nicht wichtig. Sie hatte nur noch eine einzige Aufgabe. Ianthe war ein schöner Traum, doch sie musste aufwachen. :Jetzt nicht mehr. Wo ist Ysbeta?:

:Da drüben.:

Die einzige Frau in einer Gruppe Männer. Das hätte Beatrice sich ja denken können. Doch Bard Sheldon stand an ihrer Seite und hatte die anderen Gentlemen in eine Unterhaltung auf Chasandisch verwickelt, während Ysbeta, die auch noch schön war, wenn sie schmollte, still blieb.

Beatrice hatte sich so daran gewöhnt, Llanandari zu sprechen, dass sie zuweilen vergaß, dass Ysbetas Kenntnisse des Chasandischen nicht gerade ausgeprägt waren. Was fiel denen denn ein, sie derart von der Unterhaltung auszuschließen?!

»Wann, glauben Sie, wird der Automatisierungs- und Herstellungsplan von den Ministern angenommen?«, richtete ein zigarillorauchender Gentleman das Wort an Bard.

»Sobald all diese Minister ihre eigenen Geschäftspläne ausgearbeitet haben«, antwortete ein anderer. »Ein Dutzend neuer Firmen wird entstehen, bevor die Tinte auf dem Antrag überhaupt trocken ist.«

Bard lachte und beschwor eine Flamme herauf, um seine Pfeife wieder anzuzünden. »Dazu kann ich nichts sagen, Sportsfreunde. Sie wissen sehr gut, dass ich nichts darüber verlautbaren lassen darf, was im Ministerium vor sich geht. Aber es winken vielversprechende Investitionsmöglichkeiten. Vater hat mir ein interessantes Buch über Minensicherheit und Verwaltung gegeben. Es ist auf Makilani, lohnt die Mühe aber durchaus.«

Alle Gentlemen nickten, begierig nach weiteren Hinweisen.

»Entschuldigen Sie mich, Gentlemen.« Beatrice nahm Ysbeta bei der Hand und zog sie aus der Unterhaltung heraus. »Komm schon. Wenn du interessante Herren kennenlernen willst, darfst du nicht an Bards Seite kleben.«

»Ich habe es versucht. Jedes Mal hat er … Guten Abend! Sie sind doch Mr Beecham, oder?« Ysbeta lächelte dem Gentleman freudig zu, der auf sie beide zukam.

»Miss Lavan, Miss Clayborn.« Mr Beecham verbeugte sich. »Ich hoffe, Sie genießen den Ball.«

»Beatrice hat sich schon die Füße wundgetanzt«, beteuerte Ysbeta, »doch ich hatte bisher kaum die Gelegenheit zu einer Runde auf dem Tanzparkett … Mr Harlow, wie geht es Ihnen? Vielen Dank für die Nelken in der letzten Woche. Sie haben mich ungemein aufgeheitert.«

Mr Harlows Lächeln erstarb kurz, bevor er es abermals auf sein Gesicht pflasterte. »Es freut mich, zu hören, dass sie Ihnen den Tag versüßt haben, Miss Lavan.« Er lächelte erneut und wandte sich Beatrice zu. »Miss Clayborn. Es wäre ganz bezaubernd, wenn ich Sie zum Tanz auffordern dürfte.«

Beatrice lief Gefahr, dass ihr die Gesichtszüge entglitten. Der Mann hatte Ysbeta komplett übergangen und ihre Einladung zur Konversation ausgeschlagen, nur um Beatrice näherzukommen. »Ich kann auf gar keinen Fall tanzen, ohne dass Ysbeta einen Partner hat.«

Ysbeta ließ ihren Fächer zuschnappen und von ihrem Handgelenk baumeln. »Ich würde liebend gern tanzen.«

Mr Beecham nickte. »Dann erlauben Sie mir, Sie zu Lord Powles zu geleiten.«

Ysbeta lachte. »Das ist nicht nötig, Mr Beecham. Sheldon glaubt, seine Pflicht bereits erfüllt zu haben, doch so einfach gewinnt man mich nicht für sich. Und ich würde wirklich gerne tanzen.«

Von der Möglichkeit eines Wettstreits angestachelt, flammte ein Funke in Mr Beechams Augen auf. »Dann gestatten Sie mir vielleicht die Ehre?«

Ysbeta hob ihre Hand, und Mr Beecham nahm sie und führte sie aufs Parkett. Mr Harlow verneigte sich tief vor Beatrice und führte sie an der Seite ihrer Freundin ebenfalls auf die Tanzfläche.

# KAPITEL XI

Sie tanzten einen weiteren Korbflechter-Chassée, eine Quadrille und eine Sarabande. Der Saum von Ysbetas rosafarbenem Kleid breitete sich mit jeder Drehung um sie herum aus, und ihr Lachen erklang glockenhell, während sie erst mit Mr Beecham tanzte, dann mit Lord Overston und schließlich mit Ellis Robicheaux selbst. Was auch immer Ellis zu ihr sagte, als sie einander mit lockenden Schritten umkreisten, ließ Ysbeta aufblühen.

Beatrice gab ihr Bestes, um mitzuhalten, nahm einen weiteren Becher Punsch zu sich und weitere Tanzeinladung an, darunter die von Fitch Amesbury, dem Sohn von Amesbury Stahl und Schmiedearbeiten, Gilbert Arquelon, einem valserranischen Bürger, der weitaus freundlicher war als Danton Maisonette, und Neville Ordin, einem wohlhabenden Landbesitzer mit den besten ashkatanischen Pferden in ganz Chasland. Sie umgarnten sie. Sie machten ihr Komplimente. Sie deuten an, dass ihnen an einer Visitenkarte gelegen war, und wenn sie diese dann hatten, verbeugten sie sich und geleiteten Beatrice in die Ecke zurück, über die sie und Ysbeta herrschten – und in der Gentlemen um einen Tanz mit ihnen anstanden.

Doch als die beiden von der Sarabande zurückkehrten, entdeckten sie zu ihrer Überraschung Bard Sheldon mit einem nachsichtigen Lächeln mitten unter den Wartenden. »Miss Lavan«, sagte er. »Wenn Sie tanzen wollen, hätten Sie das doch freiheraus sagen können.«

»Sie waren doch so eingespannt, Mr Sheldon«, sagte Ysbeta und zeigte die Zähne in einem ansonsten lieblichen Lächeln. »Doch nun muss ich mich kurz in den Ruheraum der Damen zurückziehen.«

Sie klappte mit einem Ruck ihres Handgelenks den Fächer auf und verbarg ihren Mund dahinter, sodass sie sich unbehelligt in den Ruheraum zurückziehen konnten.

Im Ruheraum ließ Ysbeta die Schultern hängen. »Damit ist also auch dieser Spaß vorbei.«

»Bist du denn die ganze Nacht über an ihn gekettet?«

»Er lässt mich einfach nicht in Ruhe, obwohl ich nur die Hälfte von dem verstehe, was seine Freunde sagen«, seufzte Ysbeta. »Ich hatte bereits versucht, mich abzusetzen unter dem Vorwand, dem Tanz zuzusehen, doch er kam einfach mit. Als ich dann mit Ellis tief in ein Gespräch über Spinnautomaten vertieft war, täuschte ich vor, etwas frische Luft zu benötigen. Da unterbrach er sein Gespräch auf der Stelle, um mich zu begleiten. Bevor du gekommen bist, ließ er mich kaum atmen. Du bist meine Ritterin in glänzender Rüstung. Meine Retterin und Heldin, meine heilige Ijanel, hier, um mich zu erlösen.«

Beatrice lachte. »Verrat mir doch mal, wo du etwas über die heilige Ijanel aufgeschnappt hast.«

»Machst du Witze? Sie ist immerhin eine Berühmtheit! Die Jungfer, die Eroberer mit den Segnungen des Windherrn zurückschlug, der einen grässlichen Sturm schickte, sodass die Flotte sank, bevor sie das Ufer erreichte.«

Beatrice grinste und beugte sich zu Ysbeta vor, als wollte sie ihr ein Geheimnis gestehen oder mit ihr tratschen. »Weißt du, was ich glaube? Die heilige Ijanel war eine Magierin. Doch niemand will es zugeben, also haben sie ihr die Segnung eines Gottes verpasst und diesem Gott ihre Magie zugeschrieben.«

»Es ist und bleibt eine gute Geschichte, aber ich wäre nicht überrascht, wenn du recht hast«, sagte Ysbeta und plauderte weiter, bis die letzte Frau den Ruheraum verlassen hatte. Kaum waren sie allein, schmiegte sie sich so nah an Beatrice, dass sich ihre Röcke aneinanderdrückten. »Hör mir zu«, flüsterte sie. »Ianthe möchte mit dir reden, doch er kann sich der jungen Damen nicht erwehren und ist zu höflich, um sie einfach stehen zu lassen. Er hat versucht, dich in der Kutsche noch einzuholen, doch du warst schon im Bad, als er bei euch ankam.«

Das hatte er getan? Und ihr Vater hatte ihr nichts davon gesagt? »Es tut mir leid, dass ich seine Gastfreundschaft nicht angenommen habe. Eure Mutter hat mir eine Kutsche zur Verfügung gestellt, nachdem sie mir im Gewächshaus einige Blumen geschenkt hat.«

»Darüber haben sie sich schon gestritten.« Ysbeta führte sie zu den Schminktischen, wo sie sich frisch machen konnten. »Sie hat dich behandelt, als wärst du eine Aufschneiderin.«

Ysbeta stand vor dem goldgerahmten Spiegel und prüfte ihre Erscheinung. Anders, als es in Chasland Mode war, war sie nicht maskenhaft mit Farbe und Puder geschminkt. Nur eine zarte Schicht Perlenpuder schimmerte auf ihren Wangen und betonte die makellose Haut, mit der sie gesegnet war.

»In ihren Augen bin ich tatsächlich eine Aufschneiderin«, erwiderte Beatrice. »Aber ich weiß nicht, wie wir unsere Studien fortsetzen sollen, wenn ich in ihrem Haus nicht länger willkommen bin.«

»In meinem Haus«, stellte Ysbeta richtig. »Oder hast du das etwa schon vergessen? Es gehört mir. Ich bestimme über die Angestellten, ich bestimme darüber, wer willkommen ist und wer nicht.«

Sie konnte sich Ysbeta gut vorstellen, wie sie die Fäuste in die Hüften stemmte und ihren Willen gegenüber ihrer Mutter durchsetzte. Bei ihrer Mutter wäre Beatrice einen etwas vorsichtigeren, sanfteren Weg gegangen, doch Ysbeta suchte stets die offene Konfrontation. »Das wird ihr nicht gefallen.«

»Aber ihr Missfallen wird mir gelten«, wiegelte Ysbeta ab. »Sie kann nichts dagegen tun, dass ich mich mit meinen Freundinnen umgebe. Du jedoch musst mit Ianthe reden. Heute noch.«

»Sollte ich das wirklich?«

»Natürlich! Du musst ihn wissen lassen, dass du bereit bist, zu kämpfen. Wir haben heute bei Bard Sheldon zu Abend gegessen. Lord Gordon hat fast die ganze Zeit mit meiner Mutter geredet.«

Was hatte das damit zu tun, dass Beatrice um einen Platz an Ianthes Seite kämpfen sollte? Beatrice neigte den Kopf und betrachtete Ysbetas Spiegelbild. »Haben sie sich nett unterhalten?«

Ysbeta betrachtete sie einen Moment lang, biss sich dabei mit dem Eckzahn auf die Unterlippe. »Lord Gordon hat uns mit mundgeblasenen makilanischen Weingläsern zugeprostet, das ist das feinste Glas der Welt. Er will eine Partnerschaft, die Chasland mit makilanischem Glas versorgt.«

»Statt Kautschuk?«

»Zusätzlich«, sagte Ysbeta. »Er hat außerdem erwähnt, dass er seit Jahren nicht mehr in Makila war, sich aber noch genau an die wunderschöne Tochter das Handelsministers erinnert, die mittlerweile etwa achtzehn Jahre alt sein müsste.«

Die Spannung in Beatrice' Schultern löste sich. »Er ist also an einer anderen Braut für Bard interessiert?«

Traurigkeit lag schwer in Ysbetas Augen, deren Blick Beatrice im Spiegel begegnete. »Er ist an einer Braut für Ianthe interessiert. Wenn ich seinen Sohn heirate und Ianthe die Handelsprinzessin aus Makila, strömen die dortigen Reichtümer in seine Kasse. Mutter hat schon mehr oder weniger die Koffer für die Reise gepackt.«

Etwas Hartes schien sich zwischen Beatrice' Rippen zu verkanten. »Sie wird das Glück ihrer beiden Kinder also gegen größeren Wohlstand und mehr Macht eintauschen.«

»Es sei denn, du handelst jetzt. Vater hat bereits deutlich gemacht, dass wir bis zum Ende der Ballsaison in Chasland bleiben müssen. Mutter schlug jedoch vor, er solle sofort mit Ianthe sofort nach Makila aufbrechen könne. Dem hielt mein Vater entgegen, dass er unmöglich aufbrechen könne, bevor sie nicht das Fest auf der *Glänzenden Hand* ausgerichtet haben – aber danach wird sie sich vermutlich sofort mit Ianthe nach Süden begeben, damit er diese Familie kennenlernt.«

Dann wäre Ianthe fort. Für immer. Ysbeta würde in ein grünes Kleid gesteckt und umgehend verheiratet, wie es nur ging. Das alles ging viel zu schnell und drohte ihnen vollends zu entgleiten.

Sie standen allein vor den Spiegeln, die jungen Frauen in den bestickten und mit Spitze versehenen Kleidern auf der anderen Seite des Raumes konnten sie unmöglich hören, aber dennoch flüsterte Ysbeta ihren Spiegelbildern zu: »Bring mir bei, die Bücher zu lesen, und Ianthe gehört dir. Mehr kann ich dir im Gegenzug nicht anbieten. Aber …«

Doch so einfach war es nicht. »Ich brauche das Buch doch auch«, sagte Beatrice. »Du kannst mir also eine Menge anbieten.«

»Willst du etwa immer noch …?«

»Was ich will, ist egal. Du bist noch nicht bereit für eine größere Herbeirufung. Wir brauchen mehr Zeit.«

»Die haben wir nicht.«

»Dann müssen wir sie uns nehmen«, sagte Beatrice. »Wenn wir all dem entkommen wollen …«

Ysbeta zog die Augenbrauen zusammen. »Wir? Aber Ianthe …«

»Wäre sicherlich der beste Ehemann der Welt«, sagte Beatrice. »Er würde mir alles geben, was immer zu geben in seiner Macht stünde. Trotzdem müsste ich meinen Kampf aufgeben.«

»Deinen Kampf? Was meinst du damit?«

Beatrice wisperte es in Ysbetas Ohr: »Ich will Magie, Ysbeta. Ich will nicht bloß dem Schutzreif entgehen. Ich will ein Leben als alte Jungfer, die ihrem Vater heimlich bei seinen Geschäften hilft, dadurch ihre Familie rettet und ihrer Schwester die Ausbildung zur Dame ermöglicht. Und dann werde ich ihre Ballsaison finanzieren.«

»Ianthe wird dir das Ganze sehr gerne bezahlen.«

»Ich weiß, dass er das tun würde. Und dennoch will ich die Magie. Ich will sie, weil sie mir zusteht.«

Ysbeta erstarrte mit aufgerissenen Augen. »Du willst ihn nicht.«

»Doch«, sagte Beatrice. »Aber ich will auch Magie. Und ich kann nicht beides haben … Was würdest du an meiner Stelle wählen?«

Ysbetas Spiegelbild presste die Lippen zusammen. »Ich bin nicht an deiner Stelle. Ich kann mir diese Wahl nicht vorstellen. Wenn ein Mann mir so sehr den Kopf verdreht hätte wie Ianthe dir, würde mich das in ein echtes Dilemma stürzen.«

Sie musste mit Ianthe reden. Das war das Geringste. Sie schuldete ihm eine Erklärung. »Ich werde mit ihm reden. Bist du bereit, es wieder mit der Feier aufzunehmen?«

»Wollen wir wetten, dass Bard schon vor der Tür herumlungert?«, fragte Ysbeta.

»Das wäre eine närrische Wette, die ich ganz sicherlich nicht eingehe.« Beatrice fischte ein Tüchlein aus der Tasche und wischte sich Lippenrot von den Zähnen. »Ianthe ist komplett umringt. Wie sieht unsere Angriffsstrategie aus?«

»Deine Taktik war bei mir ziemlich erfolgreich. Direkter Vorstoß und Entführung«, sagte Ysbeta. »So ist es am einfachsten.«

»Beatrice?«

Eine kleine Gestalt in violettem Seidenbrokat platzte ins Puderzimmer und stürzte mit raschelnden Röcken auf sie zu. »Beatrice!«, rief Harriet aus. »O Beatrice, du warst es nicht. Ich war ja so besorgt …«

»Was ist los?«

»Es hat einen Zwischenfall gegeben«, flüsterte Harriet. »Eine der Debütantinnen ist offenbar entehrt. Sie schicken sie wohl gerade nach Hause.«

»Warum?«, fragten Beatrice und Ysbeta im Chor.

»Nicht so laut«, schalt Harriet die beiden. »Sie hat Magie gegen einen Gentleman gewirkt. Er hatte ihr zugesetzt, doch das ist nicht wichtig. Sie hat einen Geist beim Namen gerufen und den Mann in einen Wasserguss getaucht, der wie aus dem Nichts durch die Luft sprudelte. Nun ist sie in Schwierigkeiten, nicht er.«

»Das ist doch nicht gerecht!«, sagte Beatrice. Auf sie würde allerdings dieselbe gesellschaftliche Strafe warten, wenn man sie mit Nadi erwischte. Man würde ihr einen Kragen anlegen, der ihre Entehrung versinnbildlichte. Wenn irgendjemand herausbekam, dass sie sich regelmäßig mit einem Geist einließ, wäre das ihr Ende.

:Nadi hat Glück:, versicherte ihr Nadi. :Das wird nicht geschehen.:

»Was hätte sie denn tun sollen?«, fragte Ysbeta.

»Ich weiß ja, aber nun ist es zu spät«, sagte Harriet. »Inzwischen hat Wendera Heath übrigens schon zweimal mit Charles Cross getanzt. Genevra Martin hat Stephen Hadfield ihrem Vater vorgestellt. Und auch du hast dir ja die Füße wundgetanzt, Beatrice. Die Gentlemen sichern sich gerade ihre Bräute. Es gibt nur noch zwölf ungebundene Debütantinnen, und diese Zahl wird rasch kleiner werden.«

»Zwölf? Was ist denn mit den beiden anderen?«, fragte Ysbeta.

Harriet leckte sich über die Lippen. »Niemand würde sich Lord Powles in den Weg stellen. Alle wissen, dass Ihre Eltern bereits miteinander sprechen.«

Beatrice drehte sich der Magen um. Ysbeta steckte nicht im gleichen Dilemma wie sie. Was Ysbeta wollte, war, sich nicht zu vermählen, weder mit Bard noch mit sonst wem. Sie eine Braut? Niemals! Das durfte nicht sein. Deshalb musste sie Ysbeta helfen, egal, was das für sie selbst bedeutete.

»Ich bin noch nicht vom Markt.« Ysbeta wurde grau. »Nicht jetzt schon. Das kann gar nicht sein.«

Harriet sah sie mitfühlend an. »Gibt es einen anderen?«

»Ich denke, Miss Lavan darf das für sich behalten«, sagte Beatrice. »Sie muss uns nicht sagen, zu wem sie sich hingezogen fühlt.«

»Entschuldigen Sie vielmals, Miss Lavan. Ich wollte nicht vorwitzig erscheinen.«

»Da gibt es nichts zu entschuldigen«, versicherte Ysbeta. »Doch ich habe mich hierher zurückgezogen, um mich von diesem schrecklichen Kopfschmerz zu erholen. Ich fürchte, das ist mir nicht gelungen. Ich denke, ich sollte heimgehen … Am besten hole ich sofort meinen Bruder.«

»Einige Gentlemen warten vorm Ruheraum der Damen«, sagte Harriet. »Teils haben sie bereits mit Beatrice getanzt.«

»O nein«, ächzte Beatrice. »Vielleicht sollte ich mit dir das Fest verlassen, Ysbeta …«

»Das kannst du nicht«, sagte Harriet. »Verließest du das Fest mit Ianthe, so wäre das ein handfester Skandal. Du hast noch nicht einmal mit ihm getanzt. Du musst mit ihm tanzen. Es wird allen auffallen, wenn du es nicht tust.«

Ysbeta bedachte Harriet mit einem respektvollen Nicken. »Du weißt mehr über diese ganze Angelegenheit als Beatrice und ich zusammen.«

»Sie müssen Bard sagen, dass Ihnen nicht wohl ist. Hier.« Sie ließ eine Hand in eine Rockfalte gleiten und brachte ein Döschen Fenchelpastillen zum Vorschein. »Nehmen Sie einige von denen, dann werden alle erkennen, dass Ihnen übel ist. Das wird Ihren langen Aufenthalt hier drinnen entschuldigen. Ich werde Mutter holen, und gemeinsam werden wir Sie gegen Bards anmaßende Aufmerksamkeiten verteidigen.«

»Harriet.« Beatrice musterte ihre Schwester. Ihre allwissende, gewitzte, anpassungsfähige Schwester. »Du bist ein Geschenk.«

Ysbeta nahm eine Pastille. »Ich wette, Ihre eigene Ballsaison wird Ihnen unvorhergesehenen Erfolg bescheren, Miss Harriet. Beinahe wünschte ich mir, dabei zu sein, um einmal zu sehen, wie man es richtig anstellt.«

»Vielen Dank«, sagte Harriet. Ihr Lächeln vertiefte die Grübchen in ihren Wangen. »Bleiben Sie hier. Ich hole Mutter.«

Harriet hatte noch mehr getan, als nur ihre Mutter zu Beatrice' und Ysbetas Rückzugsort zu geleiten. Ianthe wartete vor der Tür und nahm sofort Ysbetas Hände. »Du fühlst dich nicht wohl?«

»Das stimmt, aber ich glaube, die Fahrt mit der Kutsche wäre zu viel für mich.« Ysbetas Fenchelatem umwehte ihr Lächeln. »Mrs Clayborn hat angeboten, bei mir zu bleiben, bis ich mich gut genug fühle für den Rückweg. Vielleicht könntet ihr beide noch einen letzten Tanz genießen?«

Ianthe straffte die Schultern und wandte sich Beatrice zu. »Wenn Sie mir die Ehre erweisen würden?«

»Sehr gern.«

Ianthe nahm ihre Hand, als wäre sie ein kostbarer Kristall. Es fühlte sich an wie Magie. Und diese Magie schien geradezu aus seiner Handfläche zu strömen, als sie ihren Platz auf dem Parkett einnahmen, sich aufstellten und darauf warteten, dass die Musik einsetzte.

Schon der erste Akkord ließ Beatrice' Herz erbeben, denn es handelte sich um einen Quanadar aus Llanandras, einen jener waghalsig intimen Tänze, bei denen die Paare nur zu zweit tanzen. Beatrice wandte sich Ianthe zu und hob ihre Hände, sodass sich ihre Handflächen und Unterarme berührten und ihre Gesichter einander so nah waren, dass sie sich hätten küssen können. Vielleicht küsste man sich dabei in Llanandras, doch hier in Chasland trennten Beatrice' Mund noch einige Fingerbreit von Ianthes Lippen. Wehrlos wurde sie tief in seinen Blick hineingezogen.

»Ich wollte den ganzen Abend schon mit Ihnen tanzen«, sagte Ianthe auf Chasandisch, worauf Beatrice sich mit schwingenden Armen von ihm fort nach außen drehte, doch er bekam ihren Arm zu fassen und wirbelte sie zu sich zurück, um sie dann festzuhalten.

»Harriet sagte, wir müssen tanzen, andernfalls erschiene es, als wäre unsere Freundschaft abgekühlt.« Ihr Leib schmiegte sich an seinen. Sie legte ihm die Hände auf die Schultern, damit er sie in der Luft herumwirbeln konnte. Ianthes Hände fassten sie in ihrer eingeschnürten Taille, und ihre Röcke bauschten auf, als sie sich drehten. »Ich bin nicht abgekühlt. Und Sie?« Er setzte sie wieder ab, und sie umkreisten einander mit aneinandergelegten Händen. »Ich muss es wissen. Hat Ysbeta Ihnen vom Abendessen mit Lord Gordon berichtet?«

»Ja.«

»Und dass Mutter sich nach Makila aufmachen will, sobald die Ballsaison vorbei ist?«

»Das hat sie mir gesagt.«

Ianthe runzelte die Stirn. Schmerz lag in seinen Augen. »Verschließt sich dein Herz beim Gedanken an eine Heirat? Hast du … haben wir noch eine Chance?«

Beatrice glitt davon, doch die Tanzschritte führten sie in einer unvermeidlichen Spirale wieder auf Ianthe zu. »Ihrer Mutter gefällt der Gedanke an eine Vermählung nicht.«

»Es schert mich nicht, was ihr gefällt«, erklärte Ianthe. »Wichtig ist mir, was dir gefällt.«

Sie musste wählen. Doch wie sollte ihr das gelingen? Noch dazu jetzt? In der kurzen Zeit eines Tanzes? »Ich dachte immer, ich könnte mich klar für die Magie entscheiden. Ich dachte, ich hätte nichts zu verlieren.«

Ianthe drückte seine Handflächen gegen ihre. »Doch nun?«

Ihre Gesichter waren einander so nah, dass Beatrice flüstern konnte. »Egal, was ich tue, es wird wehtun. Ich bin entzweigerissen. Aber ist es egoistisch? Sollte ich nicht eine gute Tochter sein und …«

»Du kennst das Mysterium der Rose.« Ianthe nahm ihre Hände, trat einen Schritt zurück und dann wieder so nah, dass sie seine Körperwärme auf ihrer Haut spürte. »Wärest du ein Mann, man würde nicht im Traum daran denken, dich vom sternenerhellten Pfad abzubringen. Und doch würde ich …« Er fing sie in seinen Armen. »Ich bin egoistisch. Ich weiß, welche Qualen du ausstehst. Und doch schlägt niemand mich so in den Bann wie du. Niemand sonst wird verstehen, was du aufgibst, deshalb kann nur ich den Schlag abmildern, den es dir versetzen muss, jetzt, so nahe am Ziel, zu scheitern. Ich bin der Egoist, Beatrice.«

Oh, so konnte er sie nicht nennen! Nicht bei ihrem Vornamen! Nicht, als hätte er das schon oft getan. Sie wollte es sofort noch einmal hören!

Er berührte ihr Gesicht und ließ die Fingerspitzen über ihre Wangen gleiten. »Ich bin der Egoist. Denn wenn du nicht findest, was du suchst, muss ich für dich da sein. Es ist, als würde ich auf dein Scheitern hoffen … Ich hasse dieses Gefühl.«

Er wollte sie. Er verstand, was sie brauchte, und es zerriss ihn ebenso wie sie. Schmetterlinge machten sich in Beatrice zu einem Flug auf. Ihr Herz brach. »Ianthe.«

Mit einer Drehung entfernen sie sich voneinander. Beatrice konnte nicht lächeln, nicht weinen. Ihr Herz bebte in dem Wissen um den Klang ihres Namens aus seinen Mund.

Ihre Handflächen trafen aufeinander – und auch ihre Blicke. »Sag es noch einmal.«

»Ianthe … Ich verstehe das.«

Ianthe schloss die Augen. Er nickte, und sein Gesicht zerfloss schier vor Erleichterung und Schuld, doch als er die Augen öffnete, wurde all das von Sehnsucht überschattet.

»Beatrice«, sagte Ianthe, und sein Duft nach Vogelorchidee

und Süßholz kitzelte sie. Beim Schlussakkord standen sie genau wie zu Beginn – aneinandergedrückt, die Lippen nur fingerbreit voneinander entfernt. Sinnlichkeit toste funkensprühend durch sie hindurch.

Beatrice' Kopf fühlte sich an, als hätte sie einen seltenen Schaumwein genossen. Sie glaubte sich wie hoch in der Luft, auf einer Schaukel und über das Gefühl in ihrem Bauch lachend, während sie wieder auf die Erde zustürzte, fallend, doch niemals aufprallend.

»Ianthe.«

Der Schlussakkord verging, und sie trennten sich, ohne die Blicke voneinander lösen zu können. Beatrice spürte der Berührung seiner Hände nach. Ihre eigenen erinnerten sich an die warme Seide seines Anzugs. Ihr Herz schlug, als sei sie drei Meilen gelaufen, ihr Atem kämpfte gegen das Mieder.

Ianthe neigte den Kopf. Er streckte eine Hand aus, damit Beatrice ihre Finger in seine Handfläche legte. Er wandte sich seitwärts und führte sie zu den Stühlen an der Wand, von wo aus Harriet, ihre Mutter und Ysbeta ihnen zugesehen hatten.

»Vielen Dank, dass sie meiner Schwester beigestanden haben, Mrs Clayborn, Miss Harriet.« Ianthe verbeugte sich vor ihnen und wandte sich dann seiner Schwester zu. »Geht es dir nun gut genug für die Fahrt?«

»Ich nehme es an«, sagt Ysbeta. »Wie anmutig du den Quanadar tanzt, Beatrice. Welch hypnotischer Anblick.«

Beatrice wurde rot, sie wandte den Blick ab, doch wo auch immer sie hinsah, wurde sie von jungen Leuten beäugt. In einer Ecke hielt Danielle Maisonette ein Tüchlein in der verkrampften Hand und kehrte ihrem Bruder den Rücken zu, völlig unbeeindruckt von seinen Aufheiterungsversuchen.

Beatrice sah Ysbeta voller Unbehagen an. »So scheint es nur.«

»Wir holen dich morgen nach dem Frühstück ab.« Ysbeta erhob sich. »Bis dann.«

Ianthe führte sie aus dem Ballsaal, blickte beim Herausgehen jedoch noch ein letztes Mal über die Schulter zurück.

# KAPITEL XII

Vater sah Beatrice mit verengten Augen zu, wie sie das Porzellan beim Frühstück ohne Zwischenfall entgegennahm. Als sie mit dem Essen fertig war und ihn bat, sie zu entschuldigen, antwortete er nicht sofort.

»Ich vermute, du hast dich von dem erholt, was dich gestern gequält hat?«

»Ich denke schon, Vater.«

»Wie ich gehört habe, warst du beim Tanz sehr beliebt«, fuhr er fort und nickte ihrer Mutter zu. »Sogar mit Sir Charles Cross hast du getanzt.«

»Das habe ich«, erwiderte Beatrice. »Er sucht eine Frau, die nicht an seinem vollen Kalender scheitert. Ich glaube jedoch nicht, dass all diese gesellschaftlichen Verpflichtungen unbedingt etwas für mich sind.«

»Denke bloß nicht, du hättest ihn nicht beeindruckt, meine Liebe«, sagte ihr Vater. »Er kommt heute zum Mittagessen.«

»Es tut mir sehr leid, dass ich nicht dabei sein kann«, brachte Beatrice hervor.

»Er bedauert es, dass du bereits eine andere Verabredung hast. Ein weiterer Ausflug mit Ysbeta und Ianthe Lavan also«, kam er zum Kern. »Bist du in dieser Hinsicht zuversichtlich?«

»Ianthe ist Beatrice sehr zugeneigt«, antwortete Harriet anstelle ihrer Schwester. »Ich habe gestern beobachtet, wie er sich ihr gegenüber verhält, und sein Interesse ist ganz offensichtlich. Jeder außer dir sieht das, Beatrice.«

Ihr Vater lehnte sich zurück. »Mr Kalman Lavan hat uns zu der Feierlichkeit an Bord der *Glänzenden Hand* eingeladen. Das ist ein ganz exklusives Fest.«

Beatrice griff nach ihrer Teetasse und nahm einen Schluck. »Hat er das?« Und das, nachdem Mrs Lavan sie mehr oder weniger vom Grundstück gejagt hatte?

Ihr Vater nickte, doch spiegelte sich Zweifel in seiner Miene. »Allerdings bezog sich Mr Lavan auf deine Freundschaft mit Ysbeta, als er die Einladung überbrachte. Es könnte also auch bedeuten, dass er dich lediglich seiner Tochter zuliebe eingeladen hat.«

»Nein, Vater.« Harriet schüttelte den Kopf. »Ianthe macht ihr den Hof, glaub mir.«

»Eine Freundschaft mit Miss Lavan ist nicht dasselbe wie ein Werben von Mr Lavan. Ich kann mir vorstellen, wie aufregend es sein muss, seine Aufmerksamkeit zu genießen, aber solange du dir bezüglich seiner Intentionen nicht sicher bist, kannst du es dir nicht leisten, Verehrer abzuweisen. Du musst als Braut aus dieser Ballsaison hervorgehen. Das ist das Einzige, was zählt.«

Ihr Vater hielt an seinen alten Gewohnheiten fest. Er hatte nun einmal alles in diese Unternehmung gesteckt. In Beatrice' Vermählung. Wenn sie scheiterte, würden ihm die Mittel fehlen, um weitere Investitionen zu tätigen. Es hätte die Clayborns ruiniert. Das konnte und würde sie nicht zulassen.

»Ganz wie du meinst, Vater.«

»Viele Gentlemen haben ihr ihre Aufmerksamkeit geschenkt«, beteuerte ihre Mutter und nippte am Tee. »Hast du kurz Zeit für mich, bevor du das Haus verlässt, Beatrice?«

»Natürlich, Mutter«, sagte Beatrice. »Vater, entschuldigst du uns?«

»Nur zu.« Ihr Vater wedelte mit der Hand. »Nun, Harriet. Wie ich hörte, warst du auch erfolgreich. Erzähl mir von deinen neuen Freundinnen!«

»Ich bin heute Nachmittag bei Georgiana Sheldon zum Tee eingeladen«, begann Harriet.

»Sheldon! Gute Beziehungen. Bard Sheldons einziger Bruder ist jedoch noch ein Kind. Wer wird denn noch da sein, meine Liebe?«

Die Tür zum Frühstücksraum fiel zu, und Beatrice konnte die Antwort nicht mehr hören.

Ihre Mutter ging rasch die Treppe hinauf und führte Beatrice in ihr persönliches Zimmer, von dem aus eine Tür ins Schlafzimmer abging, das sie mit ihrem Mann teilte. Beatrice bewunderte die mit Schleifen und Rosenmustern verzierte Tapete und die aparten Stühle mit den geschwungenen Beinen und einer Polsterung im gleichen Rosenmuster. Harmonisch fügten sich die goldenen Intarsien ein, mit denen jeder einzelne von ihnen verziert war.

»Setz dich zu mir«, bat ihre Mutter und klopfte neben sich aufs Kanapee. »Das hier ist schon vor ein paar Tagen für dich gekommen. Ich wollte es dir gern zeigen.«

Ihre Mutter griff nach einer flachen Holzschatulle und öffnete den Deckel. Silber glitzerte in einem Bett aus Satin – doch Beatrice drehte sich der Magen um, als ihre Mutter das Schmuckstück herausnahm und ihr, gehalten auf beiden Händen, präsentierte.

Es war ein runder Halsreif aus Silber, der über und über mit gravierten Heckenrosen verziert war. Ihre Mutter drehte ihn so, dass sie auf der Innenseite die Sigillen erkennen konnte, jene Schutzsymbole, die alle Magie in sich einschlossen.

Diesen Reif würde ihr Vater an Beatrice' Bräutigam übergeben, sobald sämtliche Fragen bezüglich der Ehe geklärt waren. Ihr Bräutigam würde ihr den Reif während der Zeremonie um den Hals legen, und sie würde vom Besitz ihres Vaters in seinen Besitz übergehen. Allein der Anblick machte sie krank.

»Dein Vater hat einen Aufschlag bezahlt, damit die Sigillen innen liegen.« Ihre Mutter drehte den Reif hin und her, sodass er im Sonnenlicht funkelte. »Ich vermute, er wollte, dass er hübsch aussieht.«

Er war grausig. Grauenhaft! Beatrice ertrug seinen Anblick einfach nicht. »Leg ihn zurück, Mutter. Ich muss ihn vor meiner Hochzeit nicht sehen.«

»Ich habe meine Töchter nicht dazu erzogen, im Angesicht schmerzlicher Wahrheiten den Kopf einzuziehen«, entgegnete ihre Mutter. »Ich habe meinen eigenen Schutzreif vor der Zeremonie nicht gesehen. Damals habe ich mir geschworen, dass ich meine Töchter nicht im Dunkeln tappen lassen würde, was dieses Ding anbelangt, das unsere ganze Zukunft bestimmt.«

»Mutter …«

Diese fuhr jedoch unbeirrt in dem ruhigen Tonfall fort, den Beatrice aus all den Stunden des Unterrichts kannte: »Dieser Reif ist ein magischer Gegenstand. Er besteht aus einer Legierung von Silber und Antinarum. Die Geheimnisse seiner Herstellung sind uns Frauen verschlossen, doch es ist ohnehin ein Magier notwendig, um das Metall zu formen. Die Reife sorgen seit Jahrtausenden dafür, dass unser Körper ein sicherer Ort für unsere Kinder ist.«

Sie würde ihn nur ab und zu tragen. Wenn sie schwanger wäre. Nur dann.

»Ich weiß«, murmelte Beatrice.

»Du weißt gar nichts«, widersprach ihre Mutter und hielt ihr den Reif hin. »Leg ihn einmal an.«

Beatrice starrte den Reif an, als würde er ihr gleich an die Kehle springen und sie ersticken. »Das soll man nicht«, sagte sie schließlich. »Nicht vor der Zeremonie.«

»Ich weiß«, räumte ihre Mutter ein. »So war es für mich. So ist es für alle Frauen. Sie wissen nicht, wie es ist, bis sie heiraten.«

»Es bringt Unglück.«

»Das sagt man«, entgegnete ihre Mutter. »Kinn hoch, Beatrice.«

»Aber …«

Die Berührung von kaltem Silber und etwas anderem, das ihr die Haare zu Berge stehen ließ, ließ sie beinahe würgen. Sie versuchte zurückzuweichen, doch ihre Mutter war schneller. Der Reif schloss sich.

Alles wurde dumpfer, als wären die Farben ausgewaschen und die Laute gedämpft. Sie hörte ein Zischen – jedoch nur in ihrem Kopf. Die Welt war entrückt, als hinge ein Schleier vor ihren Augen. Es hätte ihr übel werden sollen, sie hätte ihr Frühstück über ihr Tageskleid und den handgeknüpften Teppich unter ihren Füßen speien sollen, doch ihrem Magen erging es wie ihr: Er war wie betäubt. Ihr lebender Kern schien ihr entrissen worden zu sein.

»Nimm ihn ab«, bat Beatrice. »Bitte, Mutter.«

»Henry Clayborn war der bestaussehende Mann in der ganzen Provinz. Er lernte Gedichte auswendig und trug sie mir vor. Sein Anblick, seine romantischen Gesten, sie betörten mich … Ich habe mich nie gefragt, ob er Respekt für mich hätte. Es ist mir nie aufgegangen, dass gutes Aussehen vergänglich ist und dass man sich Mühe geben muss, um jemanden zu bezaubern.«

Beatrice starrte ihre Mutter an. »Hast du aufgehört, ihn zu lieben?«

»Es ist nicht so, als hätte ich aufgehört, ihn zu lieben«, erwiderte ihre Mutter. »Aber ich begann, ihm alles zu verübeln.«

Ihre Mutter nahm den Schlüssel, der sich im Kästchen befand. Sie griff um Beatrice' Hals herum in ihren Nacken und öffnete den Reif. Der Reif klappte auf und fiel ihr in den Schoß.

Farbe, Licht, Geräusche – all das kehrte nun zu ihr zurück. Beatrice presste eine Hand auf den Mund. Ihre Mutter nahm den Reif und den Schlüssel, legte beides zurück in die Schatulle und ließ sie zuschnappen.

»Nun weißt du, was ich nicht wusste«, hielt sie fest.

»Es ist grauenhaft«, gestand Beatrice. »Grauenhaft! O Mutter! Wie erträgst du das nur? Wie …«

»Indem ich mich daran erinnere, wie die Welt vorher war«, sagte ihre Mutter. »Ich hatte gehofft, Henry würde zu meinem Lebenslicht werden. Und dass ich dich und Harriet in einer sicheren Umgebung auf den Reif vorbereiten könnte. Ich selbst habe den Preis nicht gekannt, bevor es zu spät war.«

Beatrice umklammerte ihren Hals. Das Atmen fiel ihr schwer.

»Du gewöhnst dich dran«, sagte Mutter. »Und ich würde dich und Harriet gegen nichts in der Welt eintauschen. Nicht einmal gegen Magie. Als du geboren wurdest, da wurde mir klar, wofür ich es tat, und ich schloss meinen Frieden. Aber du sollst die Wahrheit wissen, bevor du dich auf eine Ehe einlässt.«

»Ich kann das nicht tun.« Sie konnte diesen Reif nicht ertragen. Wenn sie es versuchte, würde sie ihren Verstand an die Verzweiflung verlieren.

»Du bist stark, Beatrice. Stark genug, um die Wahrheit zu kennen. Stark genug, um sie auszuhalten. Ich habe dich gestern Abend beim Tanzen gesehen. Niemand spiegelt sich in deinen Augen wie Ianthe Lavan. Niemand berührt dich, wie er es tut. Und wie er dich ansieht … Falls du einen Mann heiratest, mein Kind, dann ihn, sonst erträgst du diesen Reif nicht.«

»Warum hast du ihn mir dann angelegt? Warum, Mutter?«

»Damit du auf ehrliche Weise den Preis kalkulieren kannst, den du zahlst«, antwortete sie. »Damit du den Gang in den Tempel sehenden Auges antrittst. Damit du nicht derart verloren bist, wenn dir der Schutzreif angelegt wird, wie ich es war.«

Damit sie den Preis kannte, bevor sie ihn zahlen musste. Doch ihre Mutter hatte gesagt, *falls* du einen Mann heiratest. Wusste sie es? Wusste ihre Mutter von ihren Plänen?

»Mutter.« Beatrice nahm die Hand ihrer Mutter. »Möchtest du, dass ich mich vermähle?«

»Ich möchte, dass du glücklich bist«, antwortete sie. »Ich möchte, dass du Glück für dich wählst.«

»Ich weiß nicht, was das ist«, flüsterte Beatrice. »Mutter, aus den Büchern, die du mir gegeben hast, habe ich gelernt, Grimoires zu entschlüsseln. Magie ist so etwas Wundervolles. Wie soll ich sie aufgeben?«

»Nun kennst du immerhin den Preis«, sagte Mutter.

»Der Reif ist grauenhaft. Grauenhaft. Wie erträgst du ihn nur? Warum nimmst du nicht Vaters Schlüssel, befreist dich und läufst davon, ohne dich noch einmal umzusehen?«

»Dann verlöre ich dich und Harriet. Und das ertrüge ich nicht.«

»Aber hasst du dieses Leben denn nicht?«

Ihre Mutter berührte den silbernen Reif um ihren Hals. »Ich hasse ihn. Ich hasse die Tatsache, dass er nötig ist. Aber dieser Reif hat mir meine Töchter geschenkt. Ich kann die Kutsche hören«, sagte sie. »Beeil dich besser.«

Ihre Mutter nahm die Holzschatulle und ging ins Schlafzimmer. Beatrice rannte die Treppe hinab, als wäre sie auf der Flucht.

Ianthe Lavan wartete in einem sonnengelben Mantel und einer Hose von gleicher Farbe an der Vortreppe. Die Weste und der Mantel waren noch mit safrangelber Seide bestickt. Sein Lächeln ließ sein ganzes Gesicht erstrahlen, als er zu dem eleganten, elfenbeinfarbenen Landauer mit den Goldlackornamenten geleitete. »Es tut mir leid, dass wir so spät sind.«

»Wurdet ihr aufgehalten?«, fragte Beatrice.

Ysbeta wartete in dem Gefährt, den Blick nach vorn gerichtet, einen Ellbogen auf dem Rand der Kutsche aufgestützt, die Füße ausgestreckt und die Fesseln in einer Wolke aus Unterröcken gekreuzt. Ein Inbild der Entspannung. Safrangelbe Schleifen am Stecker ihres orangefarbenen Kleides lenkten alle Aufmerksamkeit auf ihren Busen, der von einem äußerst schmalen Schultertuch gerade so verdeckt wurde.

Und neben ihr lag ein ledergebundenes Buch, in dessen Deckel die Initialen C. J. E. geprägt waren.

Japsend wandte Beatrice den Blick von dem Buch ab. »Deine Handschuhe und dein Hut! Wie raffiniert!«

Die elfenbeinfarbenen Handschuhe und der Hut waren aufs Exquisiteste mit Rankenblüten verziert. »Das ist in Llandras Mode«, erklärte Ysbeta. »Passend zu den Schuhen. Siehst du?«

Sie hob einen Fuß an, um Beatrice das mit den gleichen Ornamenten geschmückte cremefarbene Leder zu zeigen. Beatrice setzte sich neben sie, sodass Ianthe die Bank mit dem Rücken zum Kutscher für sich allein hatte.

»Ysbeta hat uns noch in einer Buchhandlung anhalten lassen«, sagte Ianthe. »Sie hat es sehr nachdrücklich verlangt. Und das alles für diesen Folianten, der … Was war es doch gleich, Ysy?«

»*Ein wissenschaftlicher Garten* von Conrad Jacob Edwards«, antwortete Ysbeta. »Es legt dar, wie man die Bepflanzung so plant, dass man verschiedene Sorten nicht getrennt in Reihen, sondern zusammen in einem Beet setzt.«

»Du überraschst mich immer wieder«, gestand Ianthe. »Ich hätte ja verstanden, wenn es sich um die neueste Romanze aus *Die Liga der Rose* gehandelt hätte, denn ich für meinen Teil warte schon ungeduldig darauf.«

»Wissenschaftliches Gärtnern klingt interessant«, sagte Beatrice. »Darf ich mal hineinschauen?«

Ysbeta reichte ihr das Buch. »Ich bin gespannt, was es dir sagt.«

Beatrice schlug es auf der ersten Seite auf und sog wie stets zunächst seinen Geruch ein.

Ysbeta trat sachte gegen Ianthes Fuß. »Weshalb lächelst du so?«

»Ein großartiger Tag zum Segeln«, sagte Ianthe. Die Sonne ließ die Locken um seinen Kopf förmlich erstrahlen. »Hätte ich Ysy doch nur überreden können, unsere Pläne zu ändern. Wir beide können nämlich im Grunde überall einen Einmaster für einen Ausflug organisieren.«

Beatrice fand den ersten Fehler im zweiten Absatz und einen weiteren in der nächsten Zeile. Sie konnte das Buch nicht vor Ianthes Augen entschlüsseln, doch als sie aufsah, bemerkte sie, dass Ysbeta sie musterte. Beatrice nickte, und Ysbeta ließ lächelnd den Fächer aufschnappen und wedelte sich kühlere Luft ins Gesicht.

»Einen Einmaster kann ich ganz allein segeln.« Sie fiel gegen Beatrice, als hätte das Rumpeln des Landauers sie umgeworfen. »Welche Farbe wirst du zur Feier auf der *Glänzenden Hand* anziehen? Etwas Blasses, vermute ich?«

»Mauve«, verriet Beatrice. »Mein Vater hat mir jedoch noch gar nicht gesagt, ob er die Einladung annimmt.«

»Das tut er«, erklärte Ianthe. »Das hat unser Vater mir gesagt.«

»Ich freue mich sehr, dass er an uns gedacht hat.«

»Ich habe ihn darum gebeten, euch eine Einladung zukommen zu lassen«, gestand Ianthe. »Meine Mutter ist sich im Übrigen sicher, dass du nicht teilnehmen willst.«

»Heißt das … heißt das, unser Erscheinen wird sie überraschen?«

Doch Beatrice stellte sich schon vor, wie sie an Bord des Schiffes ging, den Kopf erhoben, den Rücken stolz durchgedrückt, die Manieren tadellos. So würde sie Mrs Lavan in die Augen sehen.

»Im Gegenteil, ihr werdet an diesem Abend unsere Gäste sein. Ich weiß nicht, ob ihr schnell seekrank werdet. Auf dem Schiff dürfte es kein Problem sein, aber vielleicht auf dem Weg dorthin.«

Seekrankheit! Darüber hatte sie noch nie nachgedacht. »Um die Wahrheit zu sagen, ich habe keine Ahnung«, sagte Beatrice.

»Wir haben Ärzte an Bord«, beruhigte Ysbeta sie. »Ihr werdet alle eine gute Zeit haben. Und nun zu etwas anderem! Ich will unbedingt in Erfahrung bringen, ob die Malerin noch hier ist. Erinnerst du dich an sie?«

»Diese Aufwieglerin«, sagte Ianthe. »Aber gut, sehen wir einmal nach, ob Miss Storkley noch hier weilt.«

Er hieß den Kutscher anhalten, und Ysbeta stieg ohne Hilfe aus dem Landauer und ordnete auf dem Gehweg ihre Röcke.

Die Ateliers in der Pigment Street befanden sich über den kleinen Geschäften und Cafés, in denen die Maler und Malerinneren ihre Werke verkauften und sich selbst die Mägen füllten. Ysbeta ging voraus und schien genau zu wissen, wohin sie wollte, während Beatrice an Ianthes Seite blieb und versuchte, den Knoten in ihrer Zunge zu lösen. Der Kutscher stach in seiner blaugrünen Livree geradezu hervor, als er ihnen im Landauer langsam folgte.

»Warum nennst du sie Aufwieglerin?«, fragte Beatrice.

»Miss Storkley? Weil sie politisch ist.« Beatrice bewunderte den eleganten Schwung seiner Nase und das energische Kinn im Profil und musste den Blick abwenden, um sich nicht darin zu verlieren. »Wir haben sie entdeckt, als sie in Masillia weilte und plante, hierherzuziehen. Ihre Porträts sind unglaublich. Jede Arbeit bringt ihr Tausende von Kronen ein. Mit diesem Geld schafft sie dann die anderen Werke, in denen sie auf gnadenlose Weise die Übel dieser Gesellschaft festhält.«

»Und dennoch ist sie beliebt?«

»O ja«, beteuerte Ianthe. »Um das zu verstehen, musst du ihre Bilder sehen. Nicht viele Frauen wissen mit Farben und Pinsel umzugehen, doch wenn es irgendeine Gerechtigkeit in dieser Welt gibt, dann wird diese Frau in die Geschichte eingehen.«

Die Menschen in der Straße überließen ihnen stets den Vortritt und berührten respektvoll die Stirn, ein Zeichen guter Wünsche. Es war Ianthe, den sie alle bewunderten, sein modisches Auftreten in einem reich bestickten Gewand mit handgeklöppelter Spitze. Schon sein teures Parfüm kündete davon, wie wohlhabend und einflussreich er war. Beatrice dagegen trug ein tadelloses, jedoch wenig opulentes Tageskleid, sodass der Standesunterschied zwischen ihnen sofort ins Auge sprang. Wer immer sie sah, wusste, wofür sie beide standen.

»Klingt, als würdest du sie bewundern.«

»Sie ist sehr mutig«, antwortete Ianthe. »Nur wenige Malerinnen erlangen diese Bekanntheit. Es wäre traurig, wenn sie ihre himmelsgegebenen Talente nicht auf eine Weise nutzen könnte, die diese Begabung ehrt.«

»In dem Fall«, entgegnete Beatrice, »wüsstest du gar nicht, dass die Welt ohne sie eine ärmere wäre.«

»Du meinst, uns ist die Dunkelheit der Welt in Wahrheit gar nicht bewusst?«, sagte Ianthe.

»Genau«, sagte Beatrice. »Auf jede Miss Storkley, die sich über die Begrenzungen ihres Geschlechts hinwegsetzt, kommen hundert andere, deren Talent und Genialität von jenen unterdrückt werden, die Frauen vehement in ihre Schranken verweisen.«

Ianthe musterte sie. »Miss Clayborn! Sind Sie denn auch eine Aufwieglerin?«

»War das zu politisch?«, fragte Beatrice zurück. »Verzeih, welch Fauxpas.«

Die unverhohlene Bewunderung blieb jedoch in Ianthes Zügen. »Ich will doch sehr hoffen, dass dir bald ein weiterer Fauxpas unterläuft.«

Oh, das konnte er doch nicht tun. Er konnte sie nicht so ansehen, als existierten nur sie beide in dieser Straße, als wäre sie die Einzige, die er sehen wollte. Wie konnte er es wagen, in aller Öffentlichkeit derart von ihr hingerissen zu sein? Wärme breitete sich in ihrer Mitte aus. Ließ ihre Knie zittern, ließ sie seinen Blick erwidern – bis etwas ihr die Kehle abschnürte und sie den Drang bekämpfen musste, nach einem Reif zu tasten, der nicht um ihren Hals lag. Er, Ianthe, war das Hindernis auf ihrem Pfad – ein Mann, ein Magier, der sich vermählen und Vater werden wollte.

»Du siehst traurig aus«, sagte er. »Kann ich etwas für dich tun?«

»Es geht mir gut«, beteuerte Beatrice. »Wirklich. Aber danke, dass du fragst. Ysbeta ist uns sicherlich schon eine Meile voraus, wir sollten also …«

»Sie ist lediglich schon in den ersten Stock hoch«, fiel Ianthe ihr ins Wort und wies mit dem Kinn auf ein schmiedeeisernes Tor, das offen stand und den Weg freigab zu einer Metalltreppe, die an der Seite des Gebäudes nach oben führte. »Wollen wir ihr nach?«

Die Stufen klirrten unter ihren Füßen und gaben ihr Kommen allen in dem von Tageslicht durchfluteten Atelier preis. Hohe Fenster durchbrachen die Wand und liefen als Teil des Dachs oben spitz zu. Es roch nach Leinöl und frisch gehacktem Holz. Ysbeta hockte auf einem hohen Holzstuhl und sah gebannt zu, wie die Künstlerin Leinwand auf einen großen Rahmen zog.

Miss Storkley war eine breitschultrige Frau mit der goldbraunen Haut eines Kindes mehrerer Kulturen. Ihr Haar hatte sie hochgesteckt und darum ein Tuch geschlungen, wie es bei makilanischen Handwerkerinnen üblich war, und auch ihre schmalen, klaren Gesichtszüge deuteten darauf hin, dass sie teils Makilani war. Sie warf Beatrice und Ianthe einen Blick zu, fuhr dann aber mit einem brüsken Grunzen mit ihrer Arbeit fort.

Beatrice streckte ob dieser unhöflichen Begrüßung das Kinn vor, Ianthe hingegen schien es nicht das Geringste auszumachen. Ysbeta drehte sich jedoch kaum zu ihnen zurück, so gebannt war sie davon, wie Miss Storkley die Leinwand über die Ecken zog.

»Und Sie sind sicher, dass ich Ihnen nicht helfen soll?«, fragte Ysbeta.

»Sie bleiben genau da sitzen, damit keine Farbe auf Ihr Kleid kommt«, sagte die Künstlerin, und Beatrice war erstaunt, welchen Ton diese Frau mit einer wohlhabenden potenziellen Kundin anschlug. Ihr Blick schnellte zu Ianthe, der diesen lächelnd erwiderte.

Nun wandte sich Ysbeta ihnen doch zu. »Miss Storkley hat gerade ihr neuestes Werk vollendet. Es steht direkt da vorne. Sie wollte mich aber nicht in die Nähe lassen und hat mich auf diesem Stuhl platziert, bis ihr auftaucht.«

»Es ist noch feucht«, sagte Miss Storkley. Sie hielt in ihrer Tätigkeit inne und trat an sie heran. Ihr zugeknöpfter Leinenkittel war mit Farbe bespritzt. Auch ihre schweren schwarzen Schnallenschuhe – ihre Männerschuhe – und die Kniehose waren über und über mit Farbtupfern gesprenkelt. »Genauer gesagt, sollte sich dem Bild eine Woche lang niemand nähern.«

»Ach bitte, Miss Storkley«, insistierte Ysbeta. »Ich verspreche, vorsichtig zu sein. Wer hat es gekauft?«

»Niemand«, erwiderte Miss Storkley. »Auf dieser Staffelei steht echte Kunst. Keines Mannes Münze wiegt sie auf.«

Ysbeta wurde auf ihrem Stuhl immer unruhiger. »Das ist grausam! Ich möchte es so gern sehen!«

Miss Storkley musterte sie düster, doch dann zwinkerte sie. »Lassen Sie stets eine Hand an der Wand. Und treten Sie nicht zu nahe an das Bild ran.«

»Danke schön!«, rief Ysbeta aus und sprang vom Stuhl auf. »Kommt schon, ihr beiden! Eine Hand an der Wand, wie Miss Storkley gesagt hat!«

Ianthe kicherte und trat zur Wand. Eine Hand legte er auf die Holzpaneele und folgte Ysbeta, die das Gemälde anstarrte. Voller …

… voller Ungemach anstarrte. Ihre Augen waren schreckgeweitet. Auch Beatrice berührte die Wand und trat hinter Ianthe heran, der das Gemälde mit nachdenklicher Miene und zusammengepressten Lippen betrachtete. Beatrice schob sich neben ihn und rang nach Atem. Dieses Keuchen war der einzige Laut im Raum.

Das Gemälde zeigte ein Paar, das in Hochzeitskleidung aus der Dunkelheit eines Tempels trat. Das grüne Kleid der Frau glänzte wie Seide, der Mantel des Mannes im gleichen Farbton war mit Goldstickerei verziert. Beatrice erkannte in den Ornamenten raffinierte phallische Symbole, die ihm Virilität verleihen sollten. Seine Aufmerksamkeit galt den Menschen, die ihm, dem frisch Vermählten, gratulierten. Er lächelte all den Bewunderinnen und Freunden zu.

Die Braut an seiner Seite umklammerte den reich verzierten silbernen Reif und stolperte ins Sonnenlicht. Es war, als spiegelte sich in ihrer Miene die Ysbetas wider. Sie hatte die Augen nicht auf die Feiernden gerichtet, sondern auf die schreckliche Vision ihrer eigenen Zukunft. Eine Träne glitzerte auf ihrer Wange, der jedoch niemand Beachtung schenkte.

Beatrice wollte tief durchatmen, ihr Inneres schien indes völlig starr zu sein, fest von dem engen Band um ihre Brust zusammengeschnürt. Dieses Gemälde war grauenhaft! Grauenhaft! Sie konnte seinen Anblick nicht ertragen, seine satten Farben – die keine Frau mit dem Schutzreif um den Hals mehr wahrzunehmen vermochte. Beatrice fühlte sich ins Zimmer ihrer Mutter versetzt, durchlebte erneut jene schrecklichen fünf Sekunden, in denen sie erfahren hatte, was genau ihr der Reif nehmen würde.

Neben ihr rührte sich Ianthe und löste sich vom Anblick des Gemäldes. »Wie grässlich.«

Beatrice wandte sich ihm zu. »Findest du?«

»Absolut. Einfach unfassbar tragisch«, sagte er. »Eine Heirat aus Kalkül, nicht aus Liebe. Wie unglücklich sie ist! Und der Bräutigam schert sich überhaupt nicht um sie. Allein, wenn ich mir das ansehe, packt mich Wut.«

Ysbeta erstickte ein Schluchzen. Sie fuhr herum und floh vor dem Gemälde aus dem Atelier. Weinend stürmte sie die Treppe hinunter.

»Ysbeta!«, rief Beatrice. »Ich muss ihr nach.«

Sie rannte an der Wand entlang, bis sie genügend Abstand zum Bild gewonnen hatte, dann raffte sie ihre Röcke, um die Stufen hinabzuhasten. Ysbeta stand vor dem Eisentor und erbrach ihr Frühstück.

Beatrice nahm die Phiole mit kandierten Fenchelsamen aus ihrer Tasche. Ysbeta straffte sich, würgte jedoch noch sichtlich.

»Hier«, sagte Beatrice. »Das wird deinen Magen beruhigen.«

»Das wird mir nicht widerfahren«, stieß Ysbeta aus, und ihr Atem roch nach Galle. »Bei allen Himmelsgeborenen, das wird mir nicht widerfahren.«

»Das wird es nicht«, sagte Beatrice. »Aber dafür muss deine Ausbildung zügiger vorangehen. Je eher du die höheren Beschwörungen lernst, umso besser.«

Ysbeta griff mit aufgerissenen Augen nach Beatrice' Arm. »Du hast recht! Bring mir alles bei! Bevor es zu spät ist!«

»Das werde ich«, versprach Beatrice. »Ich schwöre es bei den Himmelsgeborenen. Ich lehre dich alles, was du brauchst.«

# KAPITEL XIII

Ysbeta stieß ihr das Buch in die Hände, sobald sie in den Landauer eingestiegen waren. »Nach Hause, Cornelius«, befahl sie. »Ianthe kommt allein nach Haus.«

»Aber Miss …«

»Los!«

Der Kutscher zuckte mit den Schultern und lenkte die Pferde auf die Straße. Er manövrierte durch dichten Verkehr, bis er die Silk Row erreichte und in die Landstraße Richtung Meryton einbiegen konnte.

Beatrice sah sich noch einmal um, doch die Pigment Street lag schon weit hinter ihnen. »Du hast ihn einfach zurückgelassen.«

»Er kann sich eine Mietdroschke nehmen.« Ysbeta flegele sich sehr undamenhaft auf ihrem Sitz. »Wenn er mich die ganze Fahrt über fragen würde, was los sei, würde ich ihn sowieso aus der Kutsche schmeißen. Bei voller Fahrt.« Sie fuhr mit ihrer Hand eine unsichtbare Linie um ihren Hals nach. »Worum geht es in diesem Buch?«

Beatrice warf dem Kutscher einen Blick zu, doch dessen Aufmerksamkeit galt einzig den Pferden, die er im Trab durch die Straßen von Bendleton lenkte. Daraufhin wirkte sie den

Zauber. Nach einem kurzen Blinzeln konnte sie den Titel lesen:

*Hasel und Kastanie:*
*Der verborgene Pfad der Frauen*

»Was ist das?«, murmelte Beatrice und las weiter.

»Was ist was?«, fragte Ysbeta.

»Einen Moment noch«, bat Beatrice und überflog die Zeilen mit wachsender Aufregung. »Ich hatte recht. Natürlich hatte ich recht! Das ist der Beweis!«

»Womit hattest du recht?«

»Es gibt ein geheimes Netzwerk von Frauen, die Magie praktizieren. Vermutlich stellen sie auch die Grimoires her«, erklärte Beatrice. »Sie geben einander mit Hasel und Kastanie Zeichen, die beide für Weisheit und Warnung ...«

»Ich weiß«, sagte Ysbeta. »Und das sind Zeichen von Frauen, die insgeheim Magie praktizieren?«

»Ganz genau«, bestätigte Beatrice. »Nun können wir andere Zauberinnen finden. Vielleicht sogar eine Zauberin, die vom großen Pakt weiß. Eine, die uns helfen kann.«

»Keinen Augenblick zu früh«, bemerkte Ysbeta. »Und wie finden wir sie?«

»Sie markieren sich selbst damit. Sie sticken die Zeichen auf ein Taschentuch oder auf den Rand eines Schultertuchs. Wir brauchen also nur die Augen offenzuhalten.«

Beatrice linste erneut über die Schulter zurück. Ysbeta stieß spöttisch die Luft aus. »Hältst du immer noch nach Ianthe Ausschau? Dafür sind wir schon viel zu weit weg vom Atelier.«

»Ich weiß, aber ...« Beatrice seufzte. »Wird ihn eine Mietdroschke denn bis zu eurem Haus bringen?«

»Mach dir keine Sorgen um ihn«, sagte Ysbeta, »sondern lieber um mich.«

»Wieso das?«, erkundigte sich Beatrice.

»Bard Sheldon hatte heute Morgen eine Unterredung mit meinem Vater«, sagte Ysbeta. »Sie hat fünfundzwanzig Minuten gedauert. Meine Mutter strahlte regelrecht. Die Falle schnappt langsam zu.« Ysbeta schluckte. »Es war ein schrecklicher Fehler, nicht schon früher nach weiteren Verehrern zu suchen, Beatrice. Du musst mir helfen.«

»Ich verstehe, dass du Bard nicht heiraten willst …«

»Weder ihn noch sonst irgendjemand«, verkündete Ysbeta. »Ich will niemals heiraten! Niemals.«

»Deine Einstellung werfe ich dir bestimmt nicht vor. Aber was, wenn du jemanden kennenlernst, dem sich dein Herz öffnet?«

»Das wird nicht geschehen«, beharrte Ysbeta. »Mir hat noch nie ein Mann oder eine Frau den Kopf verdreht. Ich erkenne Schönheit, wenn ich sie sehe, doch mein Herz hat sich noch nie nach jemandem verzehrt.«

»Niemals?«

»Nur Magie betört meine Sinne«, versicherte Ysbeta. »Bücher zu schreiben, von einem Hafen zum anderen zu fahren oder auch nur die schlichtesten Zaubersprüche zu lernen, bereitet mir Freude. Das ist es, was mein Leben in Zukunft erfüllen soll. Ich muss die Magie ergründen, ich muss dieses Wissen bewahren und an jene weitergeben, die danach dürsten. In dem Moment, in dem sich der Schutzreif um meinen Hals schließt, ist mein Leben vorbei.«

Beatrice erschauderte. »Hoffentlich wirst du niemals erfahren, wie sich das anfühlt.«

»Weißt du das denn etwa schon?«

»Meine Mutter hat mich heute Morgen beiseitegenommen, um mir meinen eigenen Reif kurz um den Hals zu legen.«

Ysbeta riss die Hand vor den Mund, um ihr Keuchen zu ersticken. »Heißt es nicht in Chasland, dass das Unglück bringt?«

»Unglück!«, knurrte Beatrice. »Ich frage mich, wie viele Bräute ihnen weggelaufen sind, bevor sie dieses Märchen in Umlauf gebracht haben.«

»Aber warum hat deine Mutter das getan?«

»Weil sie möchte, dass ich ganz genau weiß, was Zauberinnen opfern. Sie hat es erst erfahren, als es schon zu spät war.«

»Möchte sie nicht, dass du heiratest?«, fragte Ysbeta. »Mag sie Ianthe nicht?«

»Das war nicht der Grund.« Beatrice sah zum Straßenrand hinüber, wo einige Kühe grasten. »Sie wollte nicht, dass ich eine Wahl treffe, die ich später bereue.«

»Würdest du es bereuen, dich mit meinem Bruder zu vermählen?«

Beatrice presste die Lippen zusammen und verlangsamte ihre Atemzüge. Sie roch die staubige Straße, die grünen Weiden und sogar schon ganz leicht die See im Süden. Sie musterte die magische Aura um Ysbetas Kopf. Ihnen drohte dasselbe Schicksal. Beatrice schüttelte den Kopf.

»Etwas werde ich bereuen, egal, wie ich mich entscheide. Aber wenn ein Mann den Schutzreif wert ist, dann dein Bruder.«

»Trotzdem weißt du nicht, wie du dich entscheiden sollst«, vermutete Ysbeta. »Ich verstehe das, Beatrice. Meine Wahl steht jedoch fest. Die Magie. Zeige mir, wie ich mich selbst retten kann.«

Erst nach einer Ewigkeit kamen sie beim Lavan-Haus an. Beatrice folgte Ysbeta nach drinnen, und sie rauschten durch die marmorne Eingangshalle, als könne deren Schönheit sie nicht mehr berühren. In Ysbetas Schlepptau gelangte Beatrice in ein freundliches grünes Zimmer, von dem aus Glastüren in den Garten führten.

»Ich bin sofort zurück«, versprach sie. »Warte hier.«

Der Raum überwältigte sie mit seiner prachtvollen Ausstattung. Beatrice wanderte umher, als befände sie sich in einem Museum. Sie betrachtete die Formen und Stoffe der Möbel, den gewaltigen handgeknüpften Teppich mit seinem aparten Muster aus Ranken, Blättern und Früchten sowie bei einem Blick aus dem Fenster die perfekte Symmetrie der Gartenanlage. Sie ließ sich an einem Klavier aus Rosenholz vorbeitreiben und blieb vor einer Serpentinstatue stehen, die im fluiden realistischen Stil der Sanchi gehalten war.

Die Statue stellte eine große, schlanke Sanchi-Frau in ihrer eleganten Robe und mit ihren Juwelen dar. Lange Ohrringe baumelten von ihren Ohrläppchen, und der Schleier ihres Haars wurde von einem diamantbesetzten Diadem gehalten. Ihre Nase zierte ein. Doch es war ihr eleganter und vollkommen nackter Hals, der Beatrice in den Bann schlug.

Beatrice studierte die Züge der Frau. Die jugendliche Weichheit war längst aus ihrem Gesicht verschwunden. Die Frau hatte hohe Wangenknochen, und ihre Lippen deuteten ein Lächeln an. Ihr Körper war der einer Frau in reiferen Jahren: Sie hatte volle Brüste, runde Hüften und kräftige Beine. Ihre Hände waren halb erhoben und zu den Handzeichen von Schutz und Einladung gekrümmt.

Zeichen der Herbeirufung. Beatrice benutzte sie selbst. Diese aus Serpentin gehauene Frau war eine Zauberin, vielleicht eine von jenen, die in Sanchi hoch in den Bergen lebten und die Kunst und Wissenschaft der Magie gemeistert hatten.

Könnte sie doch nur mit Ysbeta fortlaufen! Aber wie könnte sie ihre Familie den Schuldnern überlassen? Nein, sie musste in Chasland bleiben und sie retten. Dennoch malte sich Beatrice aus, wie es wäre, weder ihren Vater noch Harriet oder ihre Mutter je wiederzusehen. Sie nie wieder zu besuchen. Tränen traten ihr in die Augen. Ysbeta und sie mussten die Prüfung ablegen. Beatrice musste das Grimoire zurückerhalten, und das bedeutete, dass sie Ysbeta an den Punkt bringen musste, an dem sie als Erste zur Prüfung antreten konnte. Beatrice war nicht mehr die Einzige, die diese Freiheit benötigte. Ysbeta brauchte sie vielleicht noch dringender als sie selbst.

Ysbeta kam mit einem Koffer in einer Hand zurück, der so schwer war, dass sie sich zur Seite beugen musste, um ihn zu tragen. Unter dem anderen Arm steckte ein leinengebundenes Buch.

Ysbeta wies mit dem Kinn auf die Glastüren. »Wir nehmen unser Mittagessen als Picknick im Wald zu uns«, erklärte sie. »Und danach gehen wir am besten gleich ins Heiligtum.«

»Schneide sie einfach mit einem Messer auf«, sagte Ysbeta.

»Selbst wenn ich ein Messer hätte, müsstest du zu Hause erklären, warum die Schnur zerschnitten ist.« Beatrice war es inzwischen gelungen, den Knoten ein wenig zu lockern – und auf einmal löste sich das ganze Mieder. Ysbeta tanzte beinahe vor Ungeduld, doch Beatrice ging ganz behutsam vor, wie sie es auch schon bei Ysbetas Manteau und dem Stecker getan hatte.

»Wenn du fertig bist, geht wahrscheinlich die Sonne unter«, stöhnte Ysbeta. »Und du hast selbst gesagt, dass nächtliche Beschwörungen gefährlicher sind.«

Vom Sonnenuntergang trennten sie noch Stunden, dennoch hatten sie Grund, nicht zu trödeln. »Heb deine Arme!«

Beatrice zog das Mieder über Ysbetas Kopf, achtete auf ihre Haare und legte das versteifte Kleidungsstück auf den Koffer, der bereits von zerknitterter orangefarbener Seide überquoll.

»Zieh du den Kreis«, bat Beatrice. »Ich möchte mich vergewissern, dass du es einwandfrei beherrschst.«

»Ich habe geübt«, erwiderte Ysbeta, und in ihrer Stimme lag ein Hauch von Empörung.

»Aber du musst es allein schaffen«, hielt Beatrice ihr vor. »Ebenso wie dein Bruder es musste, um ein Adept der Rose zu werden.«

»Woher weißt du das?«

»Er hat es mir gesagt. Nicht wortwörtlich, doch immerhin so viel, dass ich mir den Rest zusammenreimen konnte.«

Ysbeta biss sich auf die Lippe. »Hinter Ianthe lagen Jahre des Novizentums, bevor er die Rose erhalten hat.«

»Ich weiß«, sagte Beatrice. »Wir haben jedoch keine Zeit, all das zu studieren, was er studiert hat, selbst wenn es uns zugänglich wäre. Was wir hier tun, ist unfassbar gefährlich.«

»Du hast es doch auch getan.«

»Als ich das gemacht habe, hatte ich keine Ahnung, was schiefgehen könnte, Ysbeta. Du musst genau wissen, wer du bist, um einen Geist zu beherbergen. Du musst dir deiner selbst ganz sicher sein – nicht nur deiner Gedanken, sondern auch deines Körpers.«

»Ich weiß, wer ich bin«, stellte Ysbeta klar. »Ich verspreche, vorsichtig zu sein. Lass es mich also bitte tun.«

Beatrice machte ihr Platz.

Es stimmte, Ysbeta hatte geübt. Sie war nun deutlich besser. Sie hatte die Sigillen und Zeichen gelernt, und das Vibrato, mit dem sie die Namen all der Großen in der Magie hervorbrachte, war vollendet. Bald schon wurden sie von einer violett-silbernen Lichtkuppel abgeschirmt. Da rief Ysbeta einen ganz bestimmten Namen in den Äther.

Beatrice hielt den Atem an. Ein schimmernder Schatten flackerte vor Ysbeta auf, schwarzes Licht rann aus ihm heraus.

»Elamin, Geist der Freude! Ich habe einen Verehrer, den ich nicht will, aber ich wünsche ihm nichts Schlechtes. Ich möchte, dass du in ihm Gefühle für eine andere weckst.«

Der Geist schimmerte. Beatrice fühlte, wie sie sich verspannte. War das möglich? Konnte sie dergleichen erbitten?

»Sie soll ausreichend schön sein. Mit dem Talent einer Zauberin. Mach, dass er mir keine Aufmerksamkeit mehr schenkt! Mach, dass er sich in eine Frau verliebt, die ihn glücklich machen wird!«

Nein. Das ging zu weit. Darum konnte Ysbeta nicht bitten, das war grundfalsch. »Nimm den Wunsch zurück«, sagte Beatrice. »Ich glaube nicht, dass seine Erfüllung einem geringeren Geist möglich ist.«

Ysbeta reagierte nicht. Konnte sie Beatrice überhaupt hören? »Ich werde dir Waldbeeren geben. Whisky. Und ein heißes duftendes Bad«, zählte Ysbeta auf. »Eine Stunde Musik. Den Anblick des Mondes. Ich werde dich bis Mitternacht in mir tragen.«

Beatrice schüttelte den Kopf. »Das wird nicht funktionieren.«

Ysbeta ignorierte sie und fuhr mit ihrer Ansprache an den Geist fort. »Dann werde ich dich eben bis zum nächsten Mittag in mir tragen. Du darfst mein schönstes Kleid anziehen. Du wirst auf einem edlen Pferd reiten. Wenn ich schlafe, wirst du meine Träume träumen. Heute Abend wirst du Fleisch essen und morgen früh Pasteten. Alles, was ich tue, wirst du genießen, von jetzt an bis morgen Mittag. Kommen wir ins Geschäft?«

Das war zu viel. »Nein«, sagte Beatrice. »Das darfst du nicht! Das ist zu viel Zeit, du könntest erwischt werden …«

Doch Ysbeta schob die Hand durch die Barriere und besiegelte den Handel. Der Geist umgab ihre Hand und schlüpfte in den Kreis. Schwarzes Licht schlug Funken auf Ysbetas Haut, bevor Elamin in ihren Körper sickerte und aus profaner wie aus magischer Sicht verschwand.

Beatrice' Magen ballte sich zu einem Klumpen zusammen. Das war's. Ysbeta hatte viel zu viel aufs Spiel gesetzt. Und ihr Gesichtsausdruck war falsch. Zu gierig. Zu hungrig.

Ysbeta schnappte sich die Whiskyflasche und trank, bis sie husten musste. Süßer goldener Nektar rann über ihre Hand zum Ellbogen, als sie in die saftige Waldbeere biss und geräuschvoll kaute.

»Köstlich«, sagte Ysbeta. »Gibt es noch mehr?«

Beatrice wappnete sich. Das war länger nicht Ysbeta. Das war eine Katastrophe – die Waldbeeren und Whisky verlangte.

»Du musst den Geist kontrollieren«, redete Beatrice auf sie ein. »Dieses Wesen hat kein Gewissen und kennt keine Zurückhaltung. Du musst es kontrollieren.«

Ysbeta hob das Kinn und schmollte. Sie ging einen Schritt auf Beatrice zu, und Beatrice' Herz hämmerte wie wild gegen ihren Brustkorb. »Ich will mehr.«

»Bitte, Elamin. Zieh dich aus ihr zurück«, flehte Beatrice. »Gib mir meine Freundin zurück.«

»Aber es macht Spaß.« Nicht einmal mehr ihre Stimme gehörte noch Ysbeta. Statt ihrer süßen kehligen Stimme, die Worte wie glänzende, fein polierte Steine hervorbrachte, sprach der Geist mit einem hohen Kieksen, quengelig wie ein Kind.

»Du musst dich von Ysbeta beschützen lassen.« Beatrice hob die Hände, um eine Wand zwischen sich und dem Geistwesen zu errichten. »Wenn du erwischt wirst, sperrt man dich ein. Dir wird man ein Leid antun, und meine Freundin wird sterben.«

Ysbeta musste kämpfen und Elamin unter ihre Kontrolle bringen. Je länger Beatrice den Geist in ein Gespräch verwickelte, desto besser standen Ysbetas Chancen.

Doch das Geistwesen starrte sie nur an und verzog Ysbetas Mund zu einem bockigen Strich. »Du verdirbst mir jeden Spaß«, rief Elamin in Ysbeta aus. »Geh mir aus dem Weg!«

»Ysbeta«, schrie Beatrice, doch inzwischen stand die Wand aus Licht, war das Zeichen der Verbannung geformt. Ihr Atem vibrierte in ihrer Kehle, Beatrice musste nur noch Anams Namen aussprechen.

Doch kein Ton kam über ihre Lippen, als Ysbeta die Hände ausstreckte, um ihren Hals legte und zudrückte. Sie kriegte keine Luft mehr! Sie packte Ysbetas Handgelenke und versuchte, sich aus der Umklammerung zu befreien, doch der Griff war zu stark. Beatrice würde sterben. Das durfte nicht sein!

Sie ließ Ysbetas Handgelenke los, vollführte einige Gesten und zwängte ihren eigenen Willen durch ihre Handflächen gegen Ysbeta. Diese riss nun ihrerseits ihre Arme zurück. Beatrice japste laut nach Luft. Sie hatte nur diese eine Chance.

»Anam«, krächzte Sie. »Welaa, Har …«

Ysbeta quiekte und bedeckte Beatrice' Mund mit der Hand. »Nicht! Beatrice, ich bin es, Ysbeta. Ich habe den Geist unter Kontrolle. Verbanne Elamin nicht!«

Beatrice versuchte, zu schlucken, ihre Kehle fühlte sich ganz ausgetrocknet an. Sie hustete. »Lass dieses Wesen frei!«

»Das kann ich nicht. Ich brauche es. Elamin, halt! Du musst dich benehmen.« Ysbetas Blick wurde grimmig. »Keine Widerrede!«

Sie sah so verärgert drein, dass Beatrice gelacht hätte, wäre sie nicht ganz damit beschäftigt gewesen, nach Atem zu ringen. Sie berührte ihren Hals. Waren da sichtbare Quetschungen?

»Das darfst du nicht!«, schalt Ysbeta den Geist in sich. »Wenn wir erwischt werden, gibt es keine Musik. Das willst du doch wohl nicht, oder? Ach, Himmelsgeborene, Beatrice! Es tut mir so leid.«

»Du kannst in Gedanken mit ihm reden«, sagte Beatrice mit heiserer Stimme. »Dann ziehst du keine Aufmerksamkeit auf dich. Elamin weiß es nicht besser. Begreifst du nun, wie gefährlich diese Sache ist? Lass mich dieses Geistwesen verbannen.«

»Nein! Ich brauche Elamin«, sagte Ysbeta. »Bard muss seine Meinung ändern. Er muss sich mit einer anderen Frau vermählen. Irgendeiner anderen. Egal, mit welcher. Er muss aufhören, mir den Hof zu machen. Ich werde ihn nicht verletzen. Ich helfe ihm! Er wird eine gute Frau finden und mich vergessen.«

»Aber deine Mutter und Lord Gordon wollen es so«, sagte Beatrice. »Im schlimmsten Fall wirst du doppelt unglücklich sein, mit einem Ehemann, der dich nicht will.«

Doch Ysbeta wedelte das Argument kurzerhand beiseite. »Wenn Elamin dafür sorgt, dass eine andere ihm den Kopf verdreht, gibt mir das die nötige Zeit. Mutter möchte mich zu einer Ehe mit Bard drängen, doch seine Meinung zählt da, wo meine nicht zählt.«

»Also wird Elamin dafür sorgen, dass Bard sich in eine andere verliebt? In wen?«

»In irgendwen«, sagte Ysbeta. »Ich bin nicht die einzige Braut, die den Reichtum der Sheldons mehren würde. Die Maisonettes haben Geld. Genevra Martin, die elegante junge Dame mit den Kaskaden schwarzen Haars … Ihr Vater ist Diplomat. Bard soll sich mit ganzem Herzen in sie verlieben und glücklich mit ihr werden.«

»Und Elamin könnte wirklich bewerkstelligen, dass Bard sich in eine andere verliebt?«

»Jedenfalls behauptet dieser Geist, er könne Bards Herz beim Anblick einer anderen mit Freude füllen.«

Beatrice seufzte. »Du musst dieses Wesen kontrollieren. Wenn du das im Kapitularhaus gemacht hättest, glaub mir, dann wärst du jetzt nicht mehr am Leben.«

Ysbeta schüttelte den Kopf. »Es war doch nur eine einzige Minute.«

»Elamin hat versucht, mich umzubringen. Und dann wäre dieses Geistwesen in die Welt hinausgestürmt – und du hättest für seine Taten büßen müssen. Sie töten Magier, die besessen sind, Ysbeta. Sie verbrennen sie bei lebendigem Leibe.«

Ysbeta wurde bleich. »Sie tun was?«

»Alle Zauberer werden den Flammen übergeben«, erklärte Beatrice. »Man darf den Geistern keine Körper überlassen.«

»Auch wir verbrennen unsere Toten. Aber unsere Lebenden?«

»Es ist brutal«, gab Beatrice zu. »Ich bin nie Zeugin davon geworden. Aber Ianthe hat es in Meryton mit ansehen müssen.«

Das schreckte selbst Ysbeta. »Elamin, hast du das gehört? Sie verbrennen uns, wenn du dich nicht benimmst.«

»Du kannst …«

»… in Gedanken mit ihm sprechen«, vollendete Ysbeta den Satz. Mit gerunzelter Stirn wandte sie sich mental an den Geist. »Ich denke, Elamin hat mich jetzt verstanden. Es tut mir so leid, Beatrice. Ich habe nur für eine Minute die Kontrolle verloren. Ich wusste nicht, dass sich ein Geist so schnell bewegen kann.«

Ysbeta hatte am Rand eines Abgrunds gestanden. Aber sie hatte die Kontrolle zurückgewonnen und würde fortan wachsamer sein. Damit konnte sie ihren Teil des Pakts einhalten, würde ihrem Schicksal entkommen und sich dann an die Magie aus dem nächsten Grimoire wagen. Und danach aus dem übernächsten, bis Beatrice den Zauberspruch für den großen Pakt in den Händen hielt.

»Du musst dein Mieder wieder anziehen«, sagte Beatrice.

Erleichtert sackten Ysbetas Schultern herab. »Und du musst nach Hause. Würdest du ein bisschen für mich spielen, während wir auf die Kutsche warten?«

»Aber gern«, erwiderte Beatrice. »Lass uns also rasch den Kreis aufheben. Ich würde gerne zusehen, wie du es tust.«

»Miss Clayborn!«

Ysbeta starrte voller Schrecken zur Eingangstür des Heiligtums, und ein Schatten fiel auf ihr Gesicht. Beatrice fuhr herum, das Herz schlug ihr bis zum schmerzenden Hals.

Ianthe stand an der Schwelle des Heiligtums, seine Silhouette wurde von den langen Strahlen der untergehenden Sonne umschmeichelt.

»Was tut ihr denn hier?«, fragte er, und unter Beatrice' Füßen tat sich ein Abgrund auf.

# KAPITEL XIV

Alle Worte erstarben ihr auf der Zunge. Erwischt. Er hatte sie erwischt. Und da der Kreis, in dem sie standen, im magischen Sichtfeld eines Adepten wie Sternenlicht glühte, konnten sie nicht einmal verhehlen, was sie gerade taten. Wie erstarrt stand Beatrice da, während Ianthe mit hinter dem Rücken verschränkten Händen näherkam und den von Kerzen erhellten Kreis umrundete. Jeder seiner Schritte wirbelte Staub auf – womit er ihren Kreis mit der Effizienz aufhob, die er sich in seiner Ausbildung angeeignet hatte. Irgendwann fuchtelte Ysbeta herrisch mit der Hand.

»Verschwinde, Anthy! Ich bin nicht angekleidet.«

Beatrice ging zum Koffer und holte Ysbetas Mieder hervor. »Nur einen Moment, bitte.«

Doch Ianthe ignorierte sie und konzentrierte sich einzig und allein auf die Kuppel aus Magie, die er einriss. Dann hielt er inne und runzelte die Stirn. »Eine Beschwörung«, stieß er hervor. »Ihr beide habt einen Geist herbeigerufen. Ist das korrekt?«

Ysbeta verschränkte die Arme vor der Brust. »Wenn du irgendetwas verrätst, ich schwöre, dann werde ich …«

»Ob das korrekt ist«, wiederholte Ianthe mit flacher Stimme.

»Ja«, sagte Beatrice. Ysbeta fuhr mit verärgertem Blick zu ihr herum. »Er ist nun gebannt, es ist vorbei.«

Vom Dach eines Heiligtums hallte eine Lüge genauso zurück wie von jedem anderen Dach, und Beatrice konzentrierte sich darauf, die lange Schnur von Ysbetas Mieder vorzubereiten. Fände Ianthe heraus, dass Ysbeta genau jetzt einen geringeren Geist in sich beherbergte, würde selbst er vor Wut die Fassung verlieren! Er würde das Wesen aus Ysbetas Brust reißen, und Ysbeta würde ihren Teil des Pakts nicht einhalten können. Dann würde Bard sich nicht in eine andere verlieben. Ysbeta musste jetzt ruhig sein und die Kontrolle über den Geist behalten, der sie schon einmal überlistet und sich ihres Körpers bemächtigt hatte.

Ianthe durfte niemals erfahren, was sie beide hier getan hatten.

»Ich habe dich gewarnt«, sagte Ianthe. »Es ist gefährlich. Das muss aufhören.«

»Du hast uns gar nichts zu sagen.« Ysbeta hob die Arme, damit Beatrice ihr das Mieder anlegen konnte. »Du kannst es Vater sagen, du kannst es melden, aber du kannst nicht …«

»Sei keine Närrin, Ysy«, verlangte Ianthe. »Bislang habt ihr Glück gehabt. Aber Geister sollte man nicht auf die leichte Schulter nehmen. Wenn wir die Prüfung der Rose ablegen und unseren ersten Pakt eingehen, schweben wir in Lebensgefahr. Wenn wir einen Fehler machen, wenn wir etwas nicht absolut richtig machen, sind wir so gut wie tot.«

Beatrice schluckte. Sie waren haarscharf an einer Katastrophe vorbeigeschrammt. Ihr Hals schmerzte ja noch immer. Prangten dort womöglich blaue Flecke?

»Man kann selbst dann die Kontrolle zurückerlangen«, widersprach Ysbeta. »Man mag einen Moment der Schwäche haben, doch man erholt sich davon.«

Wenn sie weitersprach, würde sie am Ende alles verraten. Beatrice konzentrierte sich darauf, Ysbetas Mieder zu schnüren, und musterte dabei die raffinierten Stickereien um die Schnurlöcher herum.

»Wenn man Glück hat«, hielt Ianthe dagegen. »Wessen Idee war das, hier draußen mit Geistern herumzuspielen?«

»Meine«, sagte Ysbeta. »Ich wollte mich mit einem Geist über den Ausritt morgen beraten.«

»Ihr habt einen Kreis gezogen und einen Geist beschworen, damit der euch wahrsagt? Ungeachtet der Gefahren?«

»Ja«, gestand Ysbeta. »Übrigens wird es morgen einen Aufruhr geben, von dem noch bis Sonnenuntergang alle reden werden.«

Dazu musste sie keine Prophetin sein: Wo auch immer sich derart viele junge Leute versammelten, geschah etwas Dramatisches. Ianthe betrachtete sie einigermaßen skeptisch. »Um das vorauszusehen, brauchtest du ja wohl keinen Geist.«

»Ich habe ja auch nicht behauptet, dass ich zufrieden mit der Beschwörung war«, sagte Ysbeta verschnupft.

»Ysbeta …« Ianthe wandte sich Beatrice zu. »… meine Schwester hat dich dazu überredet.«

»Du darfst getrost annehmen«, Beatrice zog an der Schnur des Mieders, »dass ich auch einen eigenen Willen habe.«

»Aber du würdest sie so etwas Gefährliches nicht allein tun lassen! So eine Art Freundin bist du nicht, so viel weiß ich. Und nun verratet mir noch eines: Warum habt ihr mich eigentlich in der Pigment Street zurückgelassen?«

»Dieses Gemälde war grauenerregend«, antwortete Ysbeta. »Eine solche Vermählung ertrage ich nicht. Das kann ich nicht.«

Beatrice zog den Kopf ein. Es ergab einfach keinen Sinn, dass Ysbeta in Aufregung abgezogen war und den Nachmittag dann damit verbrachte, Klatsch und Tratsch von einem Geist in Erfahrung zu bringen. Wenn Ianthe das auf ihrem Gesicht erkannte, waren sie beide geliefert.

»Ich weiß«, sagte Ianthe. »Und ich versuche, dir zu helfen. Bitte glaub mir, dass ich alles tue, was in meiner Macht steht, damit es für dich anders ausgeht. Aber versprich mir, dass du nicht weiter mit Beschwörungen experimentierst. Sie bringen dich in weitaus größere Gefahr, als dir bewusst ist.«

»Das verspreche ich bestimmt nicht«, entgegnete Ysbeta. »Das übersteigt meine Kräfte. Was willst du jetzt unternehmen?«

Sie starrten einander an, und Beatrice wagte kaum zu atmen.

Ianthe presste die Lippen zusammen und rang die Hände. »Wenn du scheiterst, wird niemand da sein, um dir zu helfen. Wenn du scheiterst, wirst du verbrennen – und der Geist wird dich beim ersten Hochzüngeln der Flammen verlassen, sodass du allein stirbst. Verstehst du das denn nicht?«

»Ich kann das nicht tun.« Ysbeta tat einen halben Schritt auf ihren Bruder zu und zog damit beinahe die Schnurenden aus Beatrice' Händen. »Hilf mir! Steh nicht einfach da und halt mir Vorträge über die Gefahren! Ich bin längst in Gefahr.«

»Genug! Ich bringe jetzt deine Freundin nach Hause. Und ihr zwei habt euch das letzte Mal allein getroffen.«

»Soll das heißen, du hilfst uns?«, fragte Ysbeta.

»Ysy …«

»Vielleicht sollte ich mit einem Kutscher vorliebnehmen.« Beatrice zog das Mieder eng zusammen. Ysbeta atmete aus – soweit dies nun noch ging. »Damit ihr beide in Ruhe weiter diskutieren könnt.«

»Ich bringe dich nach Hause«, sagte Ianthe. »Und ich

meine es ernst. Keine Treffen mehr unter vier Augen. Das muss ein Ende haben.«

»Ich kann Bard Sheldon nicht heiraten. Und ich werde es auch nicht. Ich werde alles tun, was in meiner Macht steht, um diesem Schicksal zu entgehen. Alles!«

»Du hast nicht die Fähigkeit, um den großen Pakt einzugehen«, erinnerte Ianthe sie. »Du kennst das Ritual nicht, du hast keine Zeit, es zu lernen, und du wirst auch keine Gelegenheit dazu finden. Ich werde die Hausverwalterin beauftragen, dass sie ein Dienstmädchen zu euch schickt, sobald unsere Miss Clayborn hier dich besucht und ich nicht da bin.«

»Ianthe.« Ysbetas Stimme brach. »Tu mir das nicht an!«

»Ich werde nicht zusehen, wie du stirbst.« Ianthes Stimme war schneidend. »Auf gar keinen Fall!«

Beatrice hielt Ysbetas Gewand, während diese den Stecker an ihren Oberkörper presste. Nun machte sich Beatrice daran, das Obergewand mit Heftnadeln daran zu befestigen. »Dann unternimm etwas, damit ich nicht einen Mann heiraten muss, der mir rund um die Uhr einen Schutzreif um den Hals legt und mich zwingt, ein Kind nach dem anderen zu bekommen! Lass mich nicht in einem Land zurück, das mir meinen Wohlstand und mein Eigentum stiehlt und meine Grundrechte beschneidet, nur weil ich eine Frau bin! Was soll das? Haben wir nicht genug Geld? Haben wir nicht genug Macht? Muss ich wirklich für Mutters Kautschukimperium im Kindbett sterben?«

Ianthe stand ganz still. Verständnis spiegelte sich in seiner Miene. »Du wirst die besten Ärzte haben, die besten, die Llanandras zu bieten hat, das verspreche ich dir. Wenn das der Grund deines Zögerns ist …«

»Es geht darum, was ich will und was ich nicht will«, stellte Ysbeta klar. »Ich will meine Freiheit. Ich will mich nicht vermählen – weder mit Bard Sheldon noch mit irgendwem anders. Ich möchte mein Studium der Magie fortführen. Und auf gar keinen Fall will ich schwanger werden. Doch bis auf Beatrice ist das allen völlig egal.«

Beatrice' Magen tat einen Satz, als Ianthe ihr einen Blick zuwarf. »Mir ist es auch nicht egal!«

»Dann tu etwas! Hilf mir!«

»Das werde ich. Was in meiner Macht steht, werde ich tun.«

»Aber du tust nichts, um mich in meinen Wünschen zu unterstützen.«

»Ich kann nicht zulassen, dass du dich mit höherer Magie einlässt. Sie ist zu gefährlich, und sie stellt keine Lösung dar.« Ianthe schüttelte den Kopf, als Ysbeta protestieren wollte. »Ich bringe deine Freundin jetzt nach Hause. Das Thema ist beendet.«

Er streckte eine Hand nach Beatrice aus. Diese warf Ysbeta noch einen letzten Blick zu und ließ sich dann von Ianthe zum Wagen geleiten.

Aus Mangel an Gesprächsstoff blieb Beatrice still. Zwei Rappen mit glänzendem Fell fielen nach Ianthes Aufforderung in einen raschen Trab, den Gang perfekt aufeinander abgestimmt. Beatrice hatte die Hände im Schoß gefaltet und betrachtete die Straße mit ausdrucksloser Miene. Die sinkende Sonne wärmte ihnen den Rücken und warf vor ihnen lange Schatten auf die Straße. Beatrice betrachtete sie, als würden sie ihre Gedanken widerspiegeln.

Ysbeta und sie waren erwischt worden. Sie beide hatten gelogen. Ianthe hatte seiner Schwester verboten, sich weiter in Magie zu üben. Trotzdem mussten sie eine Möglichkeit finden. Wenn Ysbeta Beatrice nicht das Grimoire mit dem Ritual zur Herbeirufung eines größeren Geistes gab, endete ihr Weg an dieser Stelle: mit der Anrufung geringerer Geister und ihren kleinen Gefälligkeiten. Allerdings reichte selbst das, um ihnen beiden für den Rest ihres Lebens einen Reif um den Hals zu legen, falls sie erwischt würden. Gleichzeitig reichte es nicht, um zu echter Freiheit zu gelangen, egal, wie klug sie es anstellten. Deshalb mussten sie rasch eine Möglichkeit finden, Ianthes Verbot zu umgehen. Ihnen rannte die Zeit davon.

Beatrice linste zu Ianthe hinüber. Er wusste, dass sie einen geringeren Geist heraufbeschworen hatte – und war trotzdem verhandlungsbereit. Er wollte ihr erlauben, Magie zu wirken. Er glaubte fest an Familienplanung. Damit war er die beste Wahl, die sie hatte – selbst wenn das bedeutete, die Chance auf den Pakt mit einem größeren Geist einzubüßen. Eine Ehe mit ihm würde die Clayborns retten. Sollte sie ihren Plan nicht doch aufgeben? Wäre es nicht besser, ihn an ihrer Seite zu wissen, gebildet, großzügig und sanft, wie er war – und nicht irgendeinen anderen Mann, der ihr für den Rest ihres Lebens den Schutzreif aufzwingen und sie damit zu einem Leben in einer dumpfen Nichtwelt verdammen würde? Ianthe war der beste Mann, den eine Frau sich wünschen konnte, und sämtliche Geheimniskrämerei, das ganz Risiko fänden mit ihm ein Ende.

Doch Ysbeta durfte nicht auf einen Mann wie Ianthe hoffen. Ysbeta sah sich mit nichts Geringerem konfrontiert als der Auslöschung von allem, was sie begehrte. Beatrice konnte jetzt nicht aufgeben und Ysbeta ihrem Schicksal überlassen. Sie mussten gemeinsam einen Weg finden.

Ianthe wandte ihr den Kopf zu, sodass ihr sein Gesicht im Dreiviertelprofil fast den Boden unter den Füßen wegzog. »Ich muss dich etwas fragen.«

»Nur zu.«

»Es ziemt sich nicht.«

»Ich werde es niemandem sagen«, versprach Beatrice.

Er wandte den Blick ab, Scham kroch auf seine Züge. »Fürchtet meine Schwester das Ehebett?«

Beatrice blinzelte. »Du hast recht, es ziemt sich nicht, aber um die Wahrheit zu sagen: Ich weiß es nicht.«

Ianthe ließ die Schultern hängen. »Denn wenn es nur daran liegt …«

Beatrice stieß die Luft aus. »Es liegt nicht nur daran. Sie sollte nicht auf diese Weise in eine Ehe gezwungen werden.«

Ianthe zog mit der Hand einen Kreis, der die ganze Welt einschließen sollte. »Aber alle Frauen gehen diesen Weg. Sie heiraten. Sie bekommen Kinder. Das ist der Sinn einer Ehe.«

»Und sie sterben bei der Geburt«, ergänzte Beatrice. »Was, wenn Ysbeta einfach keine Kinder will?«

Ianthe stutzte. »Aber es ist doch …«

Beatrice explodierte. »… nur natürlich?«

Er sah eine Weile mit gerunzelter Stirn auf einen Punkt über Beatrice' Schulter. »Willst du damit sagen, dass du keine Kinder willst? Ist das der Grund, warum du der Magie nachjagst und dabei dein Leben riskierst?«

»Das habe ich nicht gesagt«, entgegnete Beatrice. »Aber wenn ich in meinem Leben das mache, was ich mir wünsche, dann kann ich niemals Kinder bekommen. Und welcher Ehemann würde das akzeptieren? Du etwa?«

Ianthe wandte den Blick ab.

Beatrice verschränkte die Arme vor der Brust. »Eben!«

»Aber du kannst nicht haben, was du willst. Du bräuchtest die Unterstützung eines Kapitularhauses dazu. Du bräuchtest einen Mentor. Du bräuchtest Unterricht …«

»Es gibt für mich keine Möglichkeit, Unterstützung zu finden und Unterricht zu erhalten«, hielt Beatrice fest. »Deshalb muss ich meinen Weg allein gehen.«

»Aber ich kann nicht am Wegesrand stehen und zusehen, wie du dich zerstörst, Beatrice.« Ianthe schüttelte den Kopf und wich ihrem Blick aus. »Und ich kann weder für dich noch für Ysbeta etwas bewirken. Sieh den Tatsachen ins Auge! Das, was du willst, kannst du nicht haben.«

»Und wenn doch?«, fragte Beatrice. »Was, wenn ich mir das Mysterium selbst erschließen würde? Was, wenn ich wüsste, wie ich einen größeren Geist meiner Wahl herbeirufe? Was, wenn mir das sogar gelänge?«

»Wir haben nicht die Zeit für Was-wäre-wenn-Spielchen. Du musst damit aufhören, bevor es zu spät ist«, verlangte Ianthe. »Selbst ich bin noch nicht bereit für das Mysterium, obwohl ich seit vielen Jahren übe, sämtliche Lehrwerke studiere, die besten Mentoren an meiner Seite weiß, die Gnade des Kapitularhauses genieße und obendrein noch auf die Unterstützung durch den minderen Geist Fandari vertrauen darf. Wenn du es versuchst, wirst du sterben. Und nicht nur du! Der Geist, der dich in Besitz hält, wird auch deine Familie zerstören.«

»Glaubst du etwa, ich hätte keine Angst?«, entgegnete Beatrice. »Glaubst du, ich hielte mich für unbesiegbar? Ich habe keine Ahnung, ob mir eine Heraufbeschwörung gelingt. Ich weiß nicht einmal, ob ich es wirklich versuchen werde …«

»Du darfst es nicht versuchen!«, schrie Ianthe.

Die Pferde gingen fast durch, sodass er sie beruhigen und zügeln musste. »Beatrice, bitte! Ich weiß, dass du bei der Beschwörung eindrucksvolle Erfolge erzielst, und wenn du ein Mann wärst, dann wärest du längst ein Adept der Rose …«

Aber Beatrice wollte nicht hören, was sie wäre, wenn sie ein

Mann wäre. Sie wollte kein Mann sein. Sie wollte eine Zauberin sein! »Ich bin kein Mann.«

»Es ist nicht so, dass ich glauben würde, dein Geschlecht mache dich unfähig. In einer anderen Welt …«

»Aber ich lebe in dieser hier«, sagte Beatrice. »Es ist sinnlos, mir zu wünschen, ich wäre das Kind eines anderen Sterns. Ich kann nur entscheiden, was ich auf diesem hier tue.«

»Wie wirst du dich entscheiden, Beatrice? Und wirst du dabei an all die Menschen denken, die dich lieben?«

»Ich denke Tag für Tag an meine Familie.« Beatrice ballte die Fäuste. Ihre Hände in den Handschuhen waren schweißbedeckt. »Hältst du mich für so rücksichtslos? Meine Familie steht am Rande eines Abgrunds. Wenn ich sie enttäusche …«

»Dann enttäusche sie nicht!«, bat Ianthe. »Tu das Richtige!«

»Ianthe.« Beatrice drehte sich im Sitz zu ihm herum und musste den Kopf neigen, damit die sinkende Sonne sie nicht blendete. »Bitte versteh doch, dass ich die ganze Fahrt über meinen Standpunkt verteidigen kann, aber dennoch innerlich entzweigerissenen bin.«

»Aber du musst eine Entscheidung treffen«, erwiderte Ianthe. »Nutze deine Weisheit und entscheide dich! Bitte!«

»Ich könnte ohne Weiteres tun, was du sagst«, hauchte Beatrice. »Ich könnte einfach aufgeben. Mein Schicksal akzeptieren … Vielleicht wäre es letzten Endes gar nicht so schlimm … Ist meine Mutter etwa unglücklich? Oder deine Mutter? Doch Ysbeta steht dieser Weg nicht frei. Sie ist fest entschlossen. Denk lieber darüber nach, wie du ihr helfen kannst.«

»Aber die Frage, wie du dich entscheidest, treibt mich um. Ysbeta kann ich davon abhalten, sich weiter der höheren Magie zu widmen – doch dich kann ich nicht aufhalten. Und der

Gedanke daran, was dir zustoßen könnte, lässt mich zu Stein erstarren.«

»Verstehe.«

»Ich glaube nicht. Beatrice! Wenn du mich dieses Problem nur für dich lösen ließest …«

»Das kannst du nicht«, erklärte Beatrice. »Was du tun kannst, ist, meinem Vater zu verraten, was ich beabsichtige, mir zu helfen oder dich zurückzuziehen, damit ich meine Entscheidung treffen kann. Welche dieser drei Möglichkeiten wählst du?«

Ianthe steuerte das Gefährt, ohne ein Wort zu sagen, und lenkte es durch den Verkehr der Triumph Street.

»Ich werde deinem Vater nichts verraten«, antwortete er schließlich. »Aber du bist in Gefahr, und ich weiß nicht, wie ich dir das begreiflich machen soll.«

Beatrice fuhr sich mit der Hand über die Kehle. »Mir ist die Gefahr durchaus bewusst.«

Ianthe schüttelte den Kopf. »Wenn das so wäre, würdest du dir dieses Vorhaben aus dem Kopf schlagen.«

Sie begriff genau, was auf dem Spiel stand. Nun wussten Ysbeta und sie aber auch, wie sie die Frauen des Verborgenen Pfades finden konnten. Ianthe schöpfte lediglich Verdacht, wenn sie unter vier Augen waren. Deshalb würde niemand etwas dagegen sagen, wenn sie einen Ausritt durch die Stadt unternahmen, um sich in der Thornback Street umzusehen.

Sie würden sich Hilfe suchen – es wurde höchste Zeit.

Ianthe hieß die Pferde vor Beatrice' Stadthaus anhalten. »Ich mag es nicht, mit dir zu streiten. Aber denk darüber nach, was du tust. Wir sehen uns beim Blütenritt.«

Beatrice nickte ihm zu und ließ zu, dass ihr der Lakai vom Kutschbock half. Die Vordertür wurde bereits aufgerissen, und Harriet erschien mit entrüstetem Gesicht und Tränen in den Augen auf der Schwelle.

»Wo bist du denn gewesen?«, wollte sie wissen. »Die halbe Dienerschaft sucht schon nach dir!«

»Was? Aber ich habe euch doch gesagt, dass ich mit Ysbeta und Ianthe verabredet bin.«

»Aber doch nicht so lange! Bis weit nach dem Mittagessen!«, entgegnete Harriet. »Ich habe fest mit dir gerechnet, damit du mir hilfst, ein Kleid für den Tee auszusuchen.«

»Was ist passiert?«, fragte Beatrice, doch ihre jüngere Schwester packte sie beim Arm und zerrte sie mit einem Schluchzen nach drinnen.

Harriet umklammerte Beatrice' Arm. »Weder zum Tee noch zum Abendessen bist du nach Hause gekommen! Wo warst du denn bloß?«

»Wie gesagt, bei den Lavans«, antwortete Beatrice. »Ysbeta und ich, wir haben …«

»Und du konntest uns keine Nachricht senden? Ist dir überhaupt klar, was wir … Das ist alles deine Schuld!«, zischte Harriet mit leiser wütender Stimme. »Damit ist alles endgültig ruiniert.«

Beatrice starrte ihre Schwester an. »Was ist ruiniert? Es waren doch nur ein paar Stunden. Ich war vielleicht etwas länger weg, als ich gedacht habe, aber …«

»Du hättest uns Bescheid geben müssen! Einen Boten schicken! Dann hätte ich nicht …«

Es wurde kalt im Raum. »Dann hättest du nicht was?«

Harriet zog die Schultern hoch. »Ich wusste doch nicht, wo du steckst. Da habe ich das Schlimmste befürchtet.«

Beatrice nahm Harriets Kinn und zwang sie, ihren Blick zu erwidern. »Was hast du getan?«

»Ich hatte doch keine andere Wahl!«, stieß Harriet aus.

»Du hast dich schon im Nachthemd an den Strand geschlichen, du hast beim Kartenspiel betrogen … Was, wenn du die Kontrolle über den Geist verloren hättest und …«

Das durfte doch nicht wahr sein! Das konnte Harriet nicht getan haben! Doch die heruntergezogenen Mundwinkel ihrer Schwester, ihre Weigerung, ihr in die Augen zu blicken, gaben Beatrice eine vernichtende Antwort.

»Verstehe! Du konntest es wohl gar nicht erwarten, mich auffliegen zu lassen.« Beatrice ließ sie los und stemmte die Hände in die Hüften. »Du hast gepetzt! Ich kann nicht glauben, dass du mir das angetan hast!«

»Du bist so egoistisch! Du denkst nie darüber nach, was aus uns wird, wenn du dich in Gefahr bringst. Du denkst nie darüber nach, was du deiner Familie antust!«

»Ich denke an nichts anderes! Und ich war nicht in Gefahr! Du wolltest mich auffliegen lassen! Da hast du die erstbeste Gelegenheit genutzt!«

»Aber was, wenn du von dem Geist besessen gewesen wärest!«, fauchte Harriet. »Dann könntest du … Nein! Das bringe ich nicht über die Lippen!«

»Bestens. Ich habe nämlich schon genug von dir gehört. Wie konntest du mir das antun? Wie?« Beatrice rauschte an ihrer Schwester vorbei, dieser Ratte, dieser plappernden, hinterhältigen Ratte, und hielt auf die Bibliothek zu. Wie sollte sie das nur ihrem Vater erklären? Würde er überhaupt noch mit ihr reden? Oder sie noch ansehen?

»Bitte!«

Das war ihre Mutter, die da mit so erhobener Stimme sprach, dass Beatrice sie sogar durch die geschlossene Tür hörte. Beatrice raffte ihre Röcke und huschte über den gefliesten Boden. Sie presste ihr Ohr ans Holz. Ihre Mutter schluchzte.

»Sie ist doch unser Kind! Du musst sie mich suchen lassen!

Wir müssen herausfinden, was geschehen ist! Nimm ihn mir ab, Henry, ich flehe dich an! Ich flehe dich an.«

Beatrice' Finger tasteten nach ihrer Kehle. Ihre Mutter wollte sie mit Magie aufspüren. Offenbar kannte sie genug Magie, um … was zu vollbringen? Einen Geist herbeizurufen?

»Was tust du denn da?«, fragte Harriet.

»Psst!« Beatrice brachte Harriet mit einer Handbewegung zum Schweigen und drückte sich noch enger an die Tür.

»Das Risiko können wir nicht eingehen«, entschied ihr Vater. »Was, wenn mein Sohn in dir schlummert?«

Beatrice erschauderte. Sie versuchten also immer noch, einen Sohn zu bekommen. Einen Erben für die Clayborns, einen, der das Kapitularhaus besuchen und mit Magie und politischen Verbindungen das Vermögen wirkungsvoller mehren konnte, als es durch das Verschachern von Töchtern möglich war. Wenn ihre Mutter tatsächlich einen Sohn bekommen würde, dann würde das ihren Vater davon überzeugen, dass er Beatrice nicht mehr brauchte.

Doch das Flehen ihrer Mutter brach ihr das Herz. Ihr Vater war kein Magier. Ihre Mutter hatte die Liebe dem Aufstieg vorgezogen. Und nun musste sie, weil sie diese Liebe gewählt hatte, betteln, die Gabe nutzen zu dürfen, die ihr von den Himmelsgeborenen geschenkt worden war.

»Es wird enden wie beim letzten Mal, als du mir nicht gestattet hast, mich vor der Orchideenexpedition mit den Geistern zu beraten. Da hieß es auch: ›Aber was, wenn du meinen Sohn in dir trägst?‹, und dann hast du Tausende von Kronen in wertlose Pflanzen gesteckt.«

Harriet kam näher. »Beatrice …«

Beatrice wedelte mit der Hand, als könne sie mit dieser Geste alle störenden jüngeren Geschwister verschwinden lassen. Hatte ihr Vater womöglich den Halsreif ihrer Mutter ab und an aufgeschlossen? Weil sie geringere Beschwörungen kannte … Beatrice bekam kalte Hände. Ihr Vater mochte ihre Mutter lieben, ihr Anblick mochte ihn zum Lächeln bringen. Doch er ließ nicht zu, dass sie ihre Frau stand und auf der Suche nach ihrer Tochter Sigille und Geste nutzte. Sie war eine Zauberin, und nun lag sie auf Knien vor einem machtlosen Mann.

»Deine letzte Blutung ist sechs Wochen her«, sagte ihr Vater. »Ich darf das nicht riskieren.«

»Auch dieses Kind wird uns nicht bleiben. Es wird wie in den anderen Fällen enden! Beatrice und Harriet sind unsere einzigen Nachkommen. Wir können doch das Leben unserer erstgeborenen Tochter nicht für einen ungeborenen Sohn aufs Spiel setzen.«

Harriet drängte sich nun auch zur Tür, presste das Ohr dagegen, dies jedoch zu schwungvoll, sodass sie mit dem Kopf gegen das Holz schlug. Beatrice fuhr bei dem Geräusch zusammen, hinter der Tür trat jähe Stille ein.

»Harriet«, rief ihr Vater. »Öffne bitte die Tür!«

»Erwischt.« Beatrice warf ihrer Schwester einen wütenden Blick zu, drehte den Türknauf und trat ein.

Ihre Mutter lag auf den Knien, die Hände in die Weste ihres Vaters gekrallt. Ihr Gesicht war tränenüberströmt. Die Miene ihres Vaters zerfloss zunächst vor Erleichterung, gerann dann aber in rotstichiger, entsetzlicher Wut.

»Beatrice! Wo bist du gewesen?«

Beatrice knickste hastig. »Im Lavan-Haus. Ysbeta fühlte sich etwas unpässlich, da habe ich versucht, sie aufzuheitern. Natürlich hätte ich euch eine Nachricht senden sollen, doch es ging ihr so schlecht.«

»Du bist in Sicherheit«, sagte ihre Mutter. Sie stand auf

und umarmte Beatrice, wobei sie ihre Tochter noch fester zusammenpresste, als es sonst das Mieder tat. »Wir wussten nicht, ob dir etwas geschehen ist. Wir wussten nicht, ob du verletzt bist oder dich verlaufen hast oder …«

Oder ob sie davongelaufen war, nachdem sie die Wahrheit über den Schutzreif erfahren hatte? »Jetzt bin ich ja da, Mutter. Ich wollte gar nicht so lange wegbleiben, es ist einfach passiert …«

Harriet schlüpfte in den Raum. »Nun ist wieder alles in Ordnung. Beatrice ist in Sicherheit. Bestraft sie also bitte nicht.«

»Harriet«, ermahnte ihr Vater sie. »Verlasse den Raum und schließe die Tür!«

»Aber Vater, es ist doch alles in Ordnung, ich hatte unrecht, bitte bestraf …«

»Schließe die Tür!«, wiederholte ihr Vater.

Harriet zog sich zurück. Die Tür fiel ins Schloss. Ihr Vater betrachtete Beatrice schweigend von der anderen Seite seines Schreibtisches aus.

Beatrice suchte nach den richtigen Worten, doch wie konnte sie ihr Ausbleiben entschuldigen? »Vater, ich …«

»Lord Gordon hat mich heute besucht, um die Schulden von Ysbeta Lavans und sich zu begleichen. Als du nicht nach Hause gekommen bist, hat Harriet mir etwas erzählt, das ich von meiner eigenen Tochter nie erwartet hätte.«

Beatrice straffte sich. »Ich war vorsichtig.«

»Erzähl mir noch mal ganz genau, wie du so viel Geld im Kartenspiel gewonnen hast. Die Wahrheit.«

Beatrice leckte sich über die Lippen. »Ich hatte Glück.«

»Die Wahrheit!«, brüllte ihr Vater, und Beatrice fuhr zusammen, als seine Faust auf den Tisch donnerte. »Du hast einen Geist heraufbeschworen. Du hast einen Pakt mit ihm geschlossen. Gib es zu!«

»Vater, du hast mir nur fünfzig Kronen gegeben«, ereiferte sich Beatrice. »Nur fünfzig, und ein Punkt war zehn Kronen wert. Ich hätte Hunderte von Kronen Schulden machen können. Das hätte die Familie ruiniert.«

»Die Finanzen der Familie überlass bitte mir! Wenn du nach Hause gekommen wärst und Schaden mit deiner Beschwörerei angerichtet hättest … Wenn man dich beim Schummeln erwischt hätte! Ich bin derjenige, der entscheidet, welche Risiken wir eingehen, Beatrice.« Zitternd vergrub ihr Vater das Gesicht in den Händen. »Aber du bist in Sicherheit, auch wenn du diese Familie um ein Haar ruiniert hättest mit deinem Egoismus und deinem skandalösem Verhalten! Aber damit ist jetzt Schluss! Du wirst nicht länger mit Kräften spielen, die du nicht verstehst. Ist das klar?«

Beatrice schnürte es die Kehle ab. Erwischt! Schon zum zweiten Mal an diesem Tag. »Ich wollte uns doch nur nicht tiefer in die Schulden treiben! Das war alles!«

Das zornverzerrte Gesicht ihres Vaters lief noch röter an. »Das ist nicht alles! Du hast dich bewusst über das tugendhafte Verhalten einer Frau hinweggesetzt. Wenn herauskommt, dass du dich auf höhere Kräfte eingelassen hast …« Er stieß die Luft aus und setzte neu an. »Es wird nicht herauskommen. Du wirst so schnell wie möglich heiraten.«

Sie hatte noch eine Chance. Sie hatte damit eigentlich noch warten wollen, doch nun hatte sich das Blatt gewendet. Sie musste alles in die Waagschale werfen. »Vater, ich könnte dir bei deinen Geschäften helfen«, schlug sie vor. »Wie Mutter. Ich könnte lernen. Wenn ich unverheiratet bleibe und eine Magierin werde, dann hätten wir immer einen größeren Geist auf unserer Seite. Zusammen könnten wir …«

»Erspar mir diesen Unsinn!« Er begleitete seine Worte mit einer hackenden Geste. »Sprich nie wieder mit mir über etwas dieser Art! Das ist widernatürlich! Unerhört! Allein der Gedanke, dass meine Tochter eine derart haarsträubende Idee in Betracht zieht! Das endet jetzt.«

Das durfte nicht wahr sein. Das konnte nicht wahr sein! Doch wenn ihr Vater sich nicht einmal von den Möglichkeiten eines größeren Geistes in Versuchung führen ließ, wenn er entschlossen war, sie zu verheiraten – dann stand sie nun vor dem Scherbenhaufen ihrer Träume. Ihr blieb keine andere Wahl.

Beatrice ließ den Kopf hängen. »Jawohl, Vater.«

»Ich sollte dir sofort den Halsreif anlegen. Aber vielleicht wäre das voreilig. Du hast nämlich eine letzte Chance, alles wieder gutzumachen.« Er hielt ein zartes blaues Blatt Papier in die Höhe. »Wir sind zu einer Feierlichkeit auf der *Glänzenden Hand* eingeladen. Wenn du die Hand von jemandem wie Ianthe Lavan erringen kannst, darf ich dir nicht verbieten, deinen Alltag weiterhin so zu gestalten, als wäre nichts geschehen.«

Hatte sie überhaupt noch eine Chance auf Ianthes Hand, nachdem sie auf dem Weg vom Lavan-Haus nach Bendleton derart in Streit geraten waren? Aber gut, Hauptsache, sie und Ysbeta konnten noch weitermachen. »Jawohl, Vater.«

»Das wird jedoch die letzte Einladung sein, die du noch als ungebundene Frau annimmst. Solltest du nicht verlobt sein, wenn wir wieder an Land gehen, werde ich einen Gemahl für dich aussuchen. Haben wir uns verstanden?«

All ihre Pläne fielen in sich zusammen. Die Feierlichkeit auf der *Glänzenden Hand* fand schon in zwei Tagen statt. Wie konnten sie denn in zwei Tagen Magierinnen werden?

Es war vorbei. Harriet hatte ihren Plan durchkreuzt. Beatrice würde heiraten müssen, und ihr würde die Magie genommen werden. Das einzige Entgegenkommen, zu dem ihr

Vater sich bereitfand, war die Erlaubnis, Ianthe als Bräutigam zu gewinnen.

Sollte sie sich damit abfinden? Ianthe würde sie gelegentlich vom Schutzreif befreien. Vielleicht konnte sie dann ... Nein! Das war keine Freiheit, das war eine Gnade.

Sie konnte der Magie nicht abschwören.

»Antworte mir!«

»Vater! Bitte! Ich kann dir helfen ...«

»Das reicht.«

Beatrice ließ den Kopf hängen. »Jawohl, Vater.«

»Clara wird nächtens in deinem Raum schlafen.«

Damit ihr keine Privatsphäre mehr blieb und sie keine Möglichkeit hatte, irgendetwas zu verstecken. »Jawohl, Vater.«

»Wir durchsuchen jetzt dein Zimmer, danach gehst du sofort zu Bett. Solltest du mir allerdings verraten, wo du deine Ritualwerkzeuge versteckt hast, darfst du vorher noch etwas zu Abend essen.«

Beatrice ballte die Fäuste. Sie war zwar erwischt worden, doch sie hatte die Leiter zur Dachkammer seit Tagen nicht erklommen. Sie konnte den Kreis längst auswendig ziehen. Kreide und Kerzen waren nicht mehr wichtig. »Du findest sie in der Dachkammer«, sagte sie.

Ihr Vater nickte. »Diese Ehrlichkeit kleidet meine Tochter. Setz dich hierher! Ich bin gleich zurück.«

Zitternd sank Beatrice auf einen Stuhl. Das Spiel war vorbei. Die Schritte ihres Vaters hallten auf der Treppe wieder. Beatrice vergrub das Gesicht in den Händen und ließ sich von ihrer Mutter in den Arm nehmen.

Es war vorbei. Sie hatte keine Wahl mehr. Trotzdem vollführte sie die Geste der Herbeirufung und stieß mit dem Atem die Vibration zum Ziehen des Kreises aus. Die Hoffnung war ihr geblieben ...

:Nadi. Es tut mir so leid.:

:Beatrice?:

Beatrice hob den Kopf und sah sich im Raum um. :Nadi?:

:Du bist traurig.:

Beatrice zog die Nase hoch und setzte sich auf. :Du konntest kommen, ohne dass die Herbeirufung vollständig war?:

:Ich kann dich sehen:, sagte Nadi. :Seit du mich zum ersten Mal gerufen hast, kann ich dich sehen. Unsere Aufgabe ist noch nicht beendet. Deshalb bleibe ich in deiner Nähe, bis du das Buch in Händen hältst.:

Beatrice hielt nach einer Luftverwirbelung Ausschau, nach irgendetwas, das ihr anzeigen würde, wo sich der Geist befand, doch sie entdeckte nichts. :Ich kann dich heute um nichts bitten.:

:Nadi möchte einfach nur hier sein.:

:Kannst du bleiben? Ich brauche gar nichts. Bleibst du trotzdem? Morgen reite ich auf einem Pferd. Und ich gehe zu einem Picknick, da kannst du alles essen. Möchtest du das?:

:Ja:, sagte Nadi. :Lass mich ein.:

Diesmal gab es keinen Beschwörungskreis, der sie dem Äther nahe rückte. Um sie herum war nur Luft, und Beatrice streckte die Hand in der Geste des Willkommens aus.

Ihre Mutter starrte sie mit hochgezogenen Augenbrauen an. Sie öffnete den Mund, um etwas zu sagen – schloss ihn aber wieder. Sie schwieg, während ihre Tochter einen Geist willkommen hieß und ihn in sich aufnahm. Beatrice hätte weinen können.

»Danke«, flüsterte sie. Ihre Finger prickelten. Nadi glitt ihr unter die Haut und ließ sich nah an ihren Knochen nieder.

:Besser:, seufzte Nadi. :Jetzt bist du nicht mehr so traurig.:

Beatrice schlang die Arme um ihre Taille. :Danke dir. Das war … Eine Freundin hätte nicht anders gehandelt.:

Nadi summte glücklich.

Ihr Vater kehrte mit vier Büchern unter dem Arm zurück. »Wir haben Kerzen gefunden, Kreide und diese Bücher hier. Was hatten Letztere dort oben zu suchen?«

Beatrice blinzelte die Tränen fort. »Bücher?«

Oh. *Geschichten von Ijanel und anderen Helden. Die Philosophie der Beharrlichkeit. Eine Studie natürlicher Pigmente und Farben. Edelsteine und ihre Qualitäten.* Für ihren Vater waren es lediglich Bücher. Würde er sie lesen, würden ihn die typografischen Fehler im Text verärgern. Es gab für ihn keine Möglichkeit, herauszufinden, worum es sich tatsächlich handelte. Beatrice zuckte mit den Schultern und griff zu einer Lüge.

»Sie waren schon da, als ich die Dachkammer entdeckt habe.«

Ihr Vater warf einen finsteren Blick auf die Bände und stellte jeden einzelnen ins Regal. »Die Bücher sind noch tadellos«, grummelte er. »Nun bitte die Köchin um dein Abendessen. Die Frau arbeitet bereits unermüdlich an deinem Picknickkorb für morgen.«

Er hatte ihr diese Gnade nicht absichtlich erwiesen, doch er hatte die Bücher nicht verbrannt. Er hatte keine Ahnung, was sie waren, sondern glaubte ihr, dass sie zusammen mit anderen Dingen in der Dachkammer gelandet waren.

Sie kannte die ihnen innewohnende Magie. Weitere Grimoires könnten sie also ganz offensichtlich aufbewahren. Damit würden sie einen Weg finden, etwas Privatsphäre zu genießen. Noch war nicht alles verloren.

Beatrice stieg die Stufen hoch und dachte darüber nach, wie sie ihrem Schicksal entkommen konnte.

# KAPITEL XV

Ach, wenn es doch bloß regnen würde, wenn doch bloß ein kalter, hämmernder Guss die fragilen Blüten der Kirschbäume auf die matschigen Spazierwege des Lord-Harsgrove-Parks kleistern würde. Stattdessen zogen Schäfchenwolken über einen makellos blauen Himmel – und kein einziger Regentropfen war in Sicht. Marian tänzelte gut gelaunt auf neuen Hufeisen. Beatrice saß kerzengerade im Sattel, den Kopf hocherhoben, den Duft der Kirschblüten einatmend.

:Mehr!:, sagte Nadi. :Und jetzt lass sie springen!:

:Der Sprung kommt später. Nach dem Mittagspicknick.: Beatrice trug den Weidenkorb mit dem Picknick, das die Köchin für die Versteigerung zugunsten der Waisenkinder vorbereitet hatte, in der Ellenbeuge und verfluchte die sperrige Bürde. Vom Griff flatterte eine breite violette Seidenschleife, die zu ihrem Reitgewand passte. Im Korb wog Deftiges und Süßes gleichermaßen schwer.

Beatrice rückte ihn noch einmal zurecht und durchbohrte ihn mit ihren Blicken. Was, wenn sie den Korb einfach fallen ließ, damit er auf dem Weg zerbarst? Dann könnte ihn niemand mehr ersteigern …

:Nein:, entschied Nadi. :Du hast mir versprochen, dass ich von dem Picknick essen kann. Du hast es versprochen!:

:Und du wirst deinen Anteil erhalten.: Beatrice versuchte, das Gewicht auf dem Oberschenkel zu balancieren, doch Marians Zügel kamen ihr in die Quere. Verflixtes Ding! Sie musste es loswerden.

»Wenn Sie gestatten«, sagte da eine Stimme zu ihrer Rechten, worauf sie sich im Sattel umdrehte. Danton Maisonette schloss zu ihr auf und streckte die Hand aus, um den Korb an sich zu nehmen. »Ihre Schwierigkeiten sind mir nicht entgangen.«

Seine Hand hing nach wie vor in der Luft. Beatrice verfluchte sich, weil sie allein in ihrem Schlafzimmer gefrühstückt hatte. Wenn sie ihren Zorn gezügelt und Harriet eingelassen hätte, dann hätte diese ihr mit Sicherheit jedes noch so kleine Detail der Picknicketikette eingeschärft. Dann hätte sie gewusst, welche Botschaft sie aussandte, wenn sie diese Hilfe annahm. Diese störrische Wut …

Dantons Lächeln verkroch sich, als Beatrice vorbeiritt, ohne ihm den Korb zu überreichen. Und was bedeutete diese Geste? Was für ein Elend! Sie rang sich ein Lächeln ab und hielt ihm nun doch den Griff hin. Sofort hellte sich seine Miene merklich auf.

»Danke«, sagte Beatrice. »Es ist schwierig im Damensitz.«

»Das waren genau meine Gedanken«, erwiderte Danton. »Und wenn ich das so freiheraus sagen darf: Es war mir ein Bedürfnis, mit Ihnen zu sprechen, bevor die ersten Gebote abgegeben werden.«

Warum das jetzt? Er hatte sich über sie lustig gemacht und sie sich über ihn. Sie war bei dem erniedrigenden Unglück zugegen gewesen, bei dem er sich sicherlich einen guten Anzug ruiniert hatte. Sie hatte ihn absichtlich auf der Robicheaux-

Feier gemieden, und nun ritt er an ihrer Seite und mimte den Gentleman?

»Das ist ein sehr schöner Korb«, fuhr Danton fort, als er ihn annahm. »Ich bin neugierig auf seinen Inhalt.«

:Den mag ich nicht:, sagte Nadi. :Sein Lächeln ist viel zu glatt. Er will etwas.:

:Natürlich will er etwas.: Beatrice senkte das Kinn, als wäre es ein Kompliment, im Mittelpunkt seiner Aufmerksamkeit zu stehen. »Ich hoffe, die Köchin hat die Törtchen mit Feigen-Johannisbeergelee eingepackt.« Die Unterhaltung mit ihm verhinderte, dass sie die plaudernde Schar anderer junger Leute in Augenschein nehmen konnte. Das wäre unhöflich … »Werden Sie heute Nachmittag an den Rennen teilnehmen?«

Danton lächelte bedauernd. »Meine besten Pferde sind zu Hause in Valserre«, teilte er ihr mit. »Waren Sie schon einmal dort?«

:Wo ist Valserre?:

:Das ist ein anderes Land, weit entfernt. Übers westliche Meer.:

:Können wir hin?:

:Nicht heute. Morgen.:

:Hmpf.:

»Noch nie, aber Masillia ist berühmt für seine Musik«, erwiderte Beatrice und wandte sich dem herannahenden Hufgeklapper zu ihrer Linken zu. »Ysbeta! Guten Morgen! Was für ein reizendes Reitkleid!«

Ysbeta zog eine Grimasse, aber sie war bildschön und mit ihrer bestickten goldenen Seidenweste sowie der cremefarbenen Jacke auf der Höhe der Mode. Ihr warmbrauner Hautton entfaltete sich in dieser Kombination, die Beatrice nur blass hätte erscheinen lassen. »Guten Morgen. Folge mir!«

Ysbeta ritt weiter, ohne auf Beatrice' Antwort zu warten.

Sie wandte sich mit hilflosem Blick ihrer Begleitung zu. »Ich fürchte, ich werde gebraucht, Mr Maisonette. Entschuldigen Sie mich bitte!«

Sie streckte die Hand nach dem Korb aus, und Danton überließ ihn ihr konsterniert. Beatrice wuchtete ihn sich wieder aufs Knie, während sie durch die Menge der anderen junge Leute zu Ysbeta aufschloss.

»Was hast du vor?«, fragte Beatrice.

:Warum hat sie Angst?:, wollte Nadi wissen.

»Ich suche nach einem Versteck«, antwortete Ysbeta. »Es ist noch längst nicht Mittag. Ich will nicht, dass er von irgendetwas abgelenkt wird. Es war sehr anstrengend, Elamin auf dem Weg hierher unter Kontrolle zu behalten.«

Vielleicht waren Elfenbein und Gold doch nicht ganz die richtige Entscheidung, wenn es darum ging, unter den anderen Reiterinnen nicht aufzufallen, doch das behielt Beatrice lieber für sich. Sie folgte Ysbeta, die eine Stelle etwas abseits der Straße fand. Pferde mit eleganten Reitern und Reiterinnen zogen an ihnen vorbei.

»Wenn wir irgendwo ganz außer Sicht wären, würde ich mich noch besser fühlen, aber …« Sie deutete auf den blitzsauberen Saum ihres Rocks, unter dem die Spitze eines goldgelben Reitstiefels hervorschaute. »Ich hatte nur diese Chance, Ianthe zu entkommen. Er sucht dich überall, weil er wissen will, woran er deinen Picknickkorb erkennt. Du hast ihm ganz schön den Kopf verdreht. Wer war das eben an deiner Seite?«

»Danton Maisonette«, sagte Beatrice. »Du hast ja gar keinen Korb.«

Ysbeta betrachtete eine Gruppe lachender junger Frauen. »Ianthe bringt ihn zum Komitee. Das solltest du auch tun.«

»Gleich«, entgegnete Beatrice. »Wir dürfen uns nicht mehr

bei dir treffen, aber ich weiß, wo wir die Suche nach den Damen von Hasel und Kastanie beginnen.«

»Wo?«

»In der Thornback Street.«

Ysbeta schaute etwas sauertöpfisch drein. »Da hätte ich auch selbst drauf kommen können. Steinrochenstraße! Da müssen ja alte Jungfern wohnen! Ich werde dich morgen in ein Café einladen, anschließend machen wir uns auf die Suche.«

Beatrice zuckte zusammen und zog die Schultern hoch. »Das geht nicht.«

»Was soll das heißen?«

»Mein Vater hat von meiner Zauberei erfahren. Er gibt mir Hausarrest. Ich darf nur die Feier auf der *Glänzenden Hand* besuchen, und die auch nur, wenn ...«

»Wenn was?«

Beatrice seufzte. »Er erwartet einen Heiratsantrag von Ianthe.«

Ysbeta legte amüsiert den Kopf auf die Seite. »Und du denkst, den macht er dir nicht? Ich spreche nach dem Ritt mit deinem Vater und lasse ihn wissen, dass ich mich mit meiner zukünftigen Schwägerin zusammensetzen will. Dann wird er mich schon mit dir ins Café lassen.«

»Du scheinst dir deiner Sache ja ganz sicher zu sein.«

»Es gibt keinen Grund, mich zurückzuweisen. Dein Vater hingegen hat jeden Grund, auf eine gute Beziehung zwischen eurer Familie und meiner Familie zu achten. Er wird nichts tun, um die Verlobung zu gefährden, auf die er so hofft. Alles wird gut werden. Und jetzt lass uns dem Komitee deinen Korb bringen.«

Wenn sie den Korb zu spät abgaben, würde er nicht zur Auktion zugelassen werden. Das konnte sie Ysbeta leider schlecht sagen – sie hatte ja offenbar nicht daran gedacht, ihren erst nach Annahmeschluss abzuliefern. »Aber wir verstecken uns doch gerade.«

Ysbeta senkt ihr Kinn in dem Versuch, unter der breiten Krempe ihres verwegen festgesteckten Huts zu verschwinden. »Komm schon, lass uns deinen Korb einreichen.«

Beatrice seufzte. »Na gut.«

Ysbeta drückte ihre Hacken in die Flanke ihrer schlanken eleganten Stute mit den Hacken und fädelte sich wieder in den Zug ein. »Nimmst du am Rennen der Damen teil?«

:Schneller!:

:Nein.: Beatrice erwischte ihren linken Fuß dabei, wie er sich in den Steigbügel schieben wollte, und brachte ihn zurück in die ordnungsgemäße Position. »Ich habe an den Hindernisparcours gedacht. Marian springt ganz gut.«

»Sie ist ein reizendes Pferd. Habt ihr sie gekauft oder selbst gezüchtet?«

»Bist du etwa eine Pferdenärrin?«, spöttelte Beatrice. »Gezüchtet – aber sie war ein Geschenk zu meinem zwölften Geburtstag.«

Ysbeta zuckte mit den Achseln. »Ich kann mich allein um ein Pferd kümmern. Ich muss das nicht, aber eine Frau, die das nicht kann, ist eine Frau in einem Käfig.«

»Dem schließe ich mich vollumfänglich an«, sagte Beatrice. »Ich muss dich übrigens um etwas bitten. Ich brauche das Reisetagebuch.«

Ysbeta warf ihr einen schneidenden Blick zu. »Wir haben eine Vereinbarung.«

»Ich weiß, aber womöglich kann ich sie ohne das Werk von Churchman nicht einhalten«, erklärte Beatrice. »Die Umstände haben sich verändert.«

Sie konnte ihren Plan mittlerweile vergessen. Ihr Vater

würde sie enterben, und die Clayborns würden untergehen. Sie hatte nur noch eine einzige Chance. Und sie klammerte sich umso verzweifelter an die Magie, je entschlossener sie von ihr ferngehalten werden sollte.

»Grundsätzlich haben sie sich aber nicht verändert«, hielt Ysbeta dagegen. »Es sei denn, du willst mir jetzt nicht mehr helfen.«

»Natürlich helfe ich dir«, erklärte Beatrice. »Ich kann dich doch nicht Bard überlassen.«

»Und wozu brauchst du dann Churchmans Buch?«

»Für mich selbst.«

:Ich kann sie verhexen.:

:Du darfst meine Freundin nicht verhexen.:

:Aber sie will dir das Buch nicht geben. Ich habe versprochen, dir das Buch zu beschaffen.:

:Nadi. Ich verspreche dir, wenn wir jemanden treffen, der es wert ist, verhext zu werden, dann darfst du das tun.:

Nadi zog sich zufrieden unter Beatrice' Haut zusammen.

Die Wiesen waren bereits übersät mit hellen Quadraten karierten Leinens, auf denen die Gewinner die Picknickkörbe auspacken wollten, die sie ersteigert hatten – und zwar in Gesellschaft der Dame, die den Korb mitgebracht hatte. Beatrice und Ysbeta, die ohnehin nur noch langsam vorangekommen waren, hielten nun vollständig an, weil Adlige auf Pferden auf ihre Reitknechte warteten und den Weg versperrten. Obwohl zu viele Ohren lauschten, zuckte Ysbeta leichthin mit den Schultern und fuhr in einem Ton fort, als spräche sie von Banalitäten.

»Du machst dir zu viele Sorgen. Du bist Ianthe wirklich wichtig. Man hat dich in die Ecke gedrängt, aber es wird nicht allzu schlimm werden. Ein paar Jahre mit dem Schutzreif, bis du zwei oder drei Kinder hast, danach kannst du dich der

Magie mit einem minderen Geist widmen. Geh den Kompromiss einfach ein!«

Ein Lakai der Lavans in türkisfarbener Livree erblickte sie, und sie wandten sich ihm zu, während er sich durch die Menge zwängte. Beatrice senkte die Stimme und lehnte sich zu Ysbeta hinüber. »Aber ich will keine Verlobung.«

Ysbeta stieß ein kurzes Lachen aus. »Ich sehe doch, wie ihr einander anblickt. Da willst du ja wohl nicht behaupten, du könntest ihm ohne Weiteres den Rücken zukehren!«

Hitze stieg in Beatrice' Wangen. »Meine Gefühle spielen hier gar keine Rolle.«

Ysbeta presste die Lippen aufeinander. »Es tut mir leid, Beatrice. Ich weiß, dass es schwer ist. Aber Ianthe wird dein sein.«

:Warum gibt sie dir das Buch denn nicht, wenn sie deine Freundin ist?:

:Weil sie es auch braucht. Genauso dringend wie ich.:

:Aber aus dem Buch lernst du bloß, wie du einen anderen Geist beschwörst! Das brauchst du nicht:, sagte Nadi. :Du hast ja Nadi.:

:Ich bin sehr froh, dich zu haben, Nadi.: Tränen traten in Beatrice' Augen. :Ich würde dich furchtbar vermissen.:

Der Geist tollte freudig in ihr herum. :Nadi mag dich. Wir können zusammenbleiben.:

:Aber wenn ich Ianthe heirate, werden wir getrennt werden. Er wird mir jahrelang den Schutzreif umlegen müssen.:

:Nadi will dich nicht verlassen.:

:Ich weiß.:

Der Reitknecht hielt die Zügel von Ysbetas Stute. Mit flatternden Röcken sprang sie aus dem Sattel. Beatrice nickte dem Lakai dankbar zu, als dieser sich um Marian kümmerte. Mit dem schweren Picknickkorb sackte sie förmlich aus dem

Sattel, sodass ihre Knie knirschten. »Ich will Freiheit. Wie du.«

»Du brauchst sie nicht in der Weise, wie ich sie brauche.« Ysbeta wirbelte zu Beatrice herum. »Ich brauche sie um des Wissens selbst willen.«

Mit diesen Worte kehrte sie ihr den Rücken zu und winkte einer der Frauen zu, deren grüne Bänder sie als Mitglied des Komitees auswiesen, das für die Auktion zuständig war. Beatrice murmelte ein paar höfliche Floskeln, während eine Nummer an ihrem Korb befestigt wurde und sie eine Karte mit dieser Nummer erhielt. Sie wandte sich wieder Ysbeta zu, deren charmantes Lächeln erstarb, als sie Beatrice' Blick erwiderte.

Sie wollte nicht betteln. Aber sie würde, wenn es sein musste.

»Ich brauche es genau so sehr wie du.«

»Aber du darfst es nicht haben«, entschied Ysbeta. »Deine Familie ist dir auf die Schliche gekommen. Das Einzige, was dich jetzt noch rettet, ist, auf die Avancen meines Bruders einzugehen. Und warum auch nicht? Er vergöttert dich.«

»Aber meine Magie …«

»Weißt du, was ich denke? Ginge es dir wirklich um Magie, so wäre er dir egal. Aber er ist dir nicht egal. Du willst ihn, und wenn du nicht erwischt worden wärst, dann würdest du seine Hoffnungen bis zuletzt nähren«, sagte Ysbeta. »Soll ich zusehen, wie du das meinem Bruder antust?«

»Aber … Wie kannst du mir das antun?«, konterte Beatrice. »Ist dir gleichgültig, was ich mir wünsche?«

»Es wäre anders, wenn du ihn nicht wollen würdest. Aber du willst ihn. Er wird deine Familie retten. Er wird dich in Ehren halten wie ein Juwel. Er wird gut zu dir sein und dir fraglos deine Forschungen gestatten.«

»Dass er mir das erlaubt, daran zweifle ich gar nicht«, erwiderte Beatrice mit zusammengebissenen Zähnen. »Aber das ist genau der Punkt. Meine Fähigkeiten und Talente gehören mir. Allein der Gedanke, dass jemand anders sie kontrollieren soll, widert mich an. Das erlaube ich nicht. Selbst ihm nicht.«

Nadi rollte sich in ihr zusammen, und ein plötzlicher kraftvoller Puls ging durch sie hindurch. :Verhext!:

:Nadi, was hast du getan?:

:Sie verletzt dich.:

Was hatte Nadi da getan? Was? Hatte ihr Geistwesen Ysbeta Tollpatschigkeit auf den Hals gehetzt, genau wie ihr damals, als es sie vor Udo Maasten gerettet hatte? :Was hast du getan?:

:Ihr Glück hat sie verlassen:, sagte Nadi. :Also fast nichts.:

»Es ist der beste Handel in deiner Situation«, fuhr Ysbeta fort. »Denk nach, Beatrice! Welcher andere Mann wird so großzügig, so nachsichtig sein?«

Fast nichts? Was sollte das denn heißen? :Nimm es zurück, Nadi. Enthexe sie.:

:Zu spät:, sagte Nadi. :Elamin ist schwach. Mein Glück ist stark. Da kommt er ja auch schon.:

Beatrice starrte über Ysbetas Schulter. »Ysbeta.«

Doch die verschränkte die Arme und fuhr einfach fort. »Hör auf, so störrisch zu sein, und gebrauch endlich deinen Verstand!«

»Ysbeta …«

»Wenn du heiraten musst … Und glaube mir, Beatrice, du musst heiraten, du kannst deine Familie nicht auf andere Weise retten.« Mit steinerner Miene beugte sich Ysbeta vor. »Jedenfalls gibt es dann keinen besseren Mann als meinen Bruder. Das weißt du genau. Und wenn ich das sage, meine ich nicht sein Geld.«

»Ysbeta, wir müssen gehen«, sagte Beatrice. »Lord Powles steht fast hinter dir.«

»Was?«

Ysbeta fuhr herum. In ebendiesem Moment wanderte eine der großen watteweichen Wolken weiter, und die Sonne badete die in Elfenbein und Gold gewandete Schönheit Ysbetas in ihrem Licht. Lord Powles wandte den Blick von seiner Begleitung ab und machte Ysbeta im Sonnenschein aus.

Seine Miene veränderte sich, als er sie erkannte. Die Kinnlade klappte ihm runter, und dann verwandelte sich seine ganze Gestalt in einen Ausbund von Freude. Und Bewunderung. Als söge er sie geradezu ein.

Ysbetas Hand fuhr zu ihrem Mund. Sie taumelte einen Schritt zurück, dann noch einen, ihre Hand legte sich um Beatrice' Handgelenk wie eine Fessel.

»Lauf!«, hauchte sie. »Lauf!«

Doch es war bereits zu spät. Lord Powles, attraktiv in Mantel und Hose von tiefblauer Farbe, ergriff Ysbetas Hand, beugte sich darüber und ließ seine Lippen über ihren Knöcheln verharren. Als er sich wieder aufrichtete, war sie das Zentrum seiner Welt.

»Miss Lavan! Sie sehen atemberaubend aus. Ich werde jeden Preis für Ihren Picknickkorb zahlen. Das schwöre ich.«

Jede andere Frau wäre bei solch einem Eid schwach geworden. Ysbeta jedoch stand mit aufgerissenen Augen da, von Grauen überwältigt. Und da läuteten auch schon die Glocken des Kapitularhauses die Mittagsstunde.

Beim letzten Glockenschlag wurde der erste Picknickkorb zur Versteigerung auf das Podium gestellt. Gentlemen mit Schildern in den Händen traten an die Bühne. Auch Lord Powles hob sein Schild, grüßte Ysbeta damit und schloss sich den anderen an.

»Er sollte eigentlich eine andere begehren«, stieß Ysbeta aus. »Das hätte niemals geschehen dürfen. Aber Elamin ist verschwunden!«

:Nadi! Wie konntest du nur?:

:Sie hat dir wehgetan. Niemand tut dir weh, wenn ich da bin.:

:Du kannst Menschen nicht einfach verhexen, weil dir nicht gefällt, was sie tun:, entgegnete Beatrice. :Nur, wenn ich es sage.:

:Du hättest es eben sagen sollen:, grummelte Nadi. :Du lässt zu oft zu, dass Menschen dich verletzen.:

Ungemach ließ Ysbetas Stimme dünn klingen, als sie Beatrice' Hand nahm, sie mit großen dunklen Augen ansah und fragte: »Was mache ich denn jetzt bloß?«

»Noch können wir dieser Sache entkommen.« Beatrice packte Ysbeta bei den Schultern. »Halt ihn so lange wie möglich hin! Wir arbeiten an deinen Fähigkeiten, und dann gehst du auch den großen Pakt ein.«

Ysbeta stutzte. »Auch?«

»Verstehst du denn nicht? Ich muss das jetzt tun. Mein Vater erwartet übermorgen einen Heiratsantrag.«

»Nein, das verstehe ich nicht.« Ysbeta befreite sich aus Beatrice' Griff. »Wenn du das morgen tust, ist der Skandal perfekt. Dann wird dein Vater dich niemals mehr aus dem Haus lassen oder dir erlauben, wen immer du magst zu besuchen. Und selbst wenn er das täte, könnte ich mich nicht mit dir sehen lassen. Gäbe ich dir jetzt das Buch, würde ich meine Zukunft zerstören.«

Sie hatte ja recht. Wenn sie den Pakt einging, könnten Ysbeta und sie sich nicht mehr sehen. Beatrice würde Bendleton vermutlich auf der Stelle verlassen müssen.

Damit war es also endgültig zu spät.

Mitleid spiegelte sich in Ysbetas Miene. »Es tut mir leid, Beatrice. Aber Ianthe wird dich brauchen, sobald ich mit allem fertig bin. Warum kannst du nicht einfach … O nein, das ist meiner.«

Ysbeta starrte Richtung Podium, wo nun ein goldener Korb mit türkisen Bändern wartete. Die Auktionatorin hatte gerade erst damit begonnen, den Inhalt aufzulisten, als Lord Powles bereits ein Schild hochhielt.

»Eintausend Kronen«, bot Bard Sheldon.

Die Menge raunte – und doch schoss noch ein weiteres Schild in die Höhe.

»Eintausendfünfhundert«, steigerte Ellis Robicheaux das Angebot. »Bei in Beeren gerösteten Singvögeln kann ich nicht widerstehen, das wisst ihr.«

»Zweitausend Kronen«, rief ein weiterer Mann aus.

Das Raunen schwoll an, als der nächste Gentleman sein Schild hob und auf zweitausendfünfhundert erhöhte. Bard sah aus, als braute sich ein Gewitter hinter seiner Stirn zusammen.

»Fünftausend Kronen«, stieß er aus und raubte der Menge damit den Atem. Ysbeta wimmerte leise.

»Da gehe ich nicht mehr mit«, entschied Ellis und verbeugte sich. Die übrigen Gentlemen folgten seinem Beispiel. Unter Beifall marschierte Lord Powles zum Podium und nahm den Korb in Empfang. Sofort hielt er mit ihm auf Ysbeta zu, bot ihr den Arm und führte sie von dannen, um ein Stück Wiese für sie beide zu beanspruchen.

:Aber was machen diese Männer überhaupt?:

:Sie erkaufen sich das Recht, mit der Dame zu speisen, die den Korb mitgebracht hat.:

:Das ist mein Mittagessen!:, jammerte Nadi.

:Wir kriegen schon was ab:, meinte Beatrice. :Wir teilen.:

Sie bemühte sich, mit interessierter Miene dem Rest der Versteigerung zu folgen, doch da trat jemand an sie heran. Beatrice spendierte Danton Maisonette ein Lächeln. »Hallo. Erneut.«

Danton verbeugte sich, und seine Arme beschrieben dabei die elegante Spirale, die im valserranischen Adel üblich war. »Würden Sie mir das Vergnügen bereiten, heute mit Ihnen das Picknick zu teilen, Miss Clayborn?«

:Ich will nicht mit ihm teilen. Mach, dass er weggeht.:

Beatrice setzte ihr höflichstes Lächeln auf. »Ich wäre überglücklich, mit Ihnen zu speisen, Mr Maisonette, aber dazu müssten Sie das höchste Gebot für meinen Korb abgeben.«

»Das habe ich vor.« Er lächelte. »Hervorragend. Ah! Wie ich sehe, ist es so weit.«

Beatrice' Weidenkorb war nun an der Reihe, und Danton eröffnete das Gebot mit einhundert Kronen. Ianthe bot einhundertfünfzig, doch weitere Schilder schossen in die Luft und trieb den Preis in die Höhe.

»Wie mir scheint, haben Sie die Aufmerksamkeit vieler Gentlemen auf sich gezogen, Miss Clayborn.« Danton hob das Schild, um ein Gebot von vierhundert Kronen abzugeben. Ianthe übertrumpfte es mit fünfhundert.

»Einige von ihnen sind bereits ausgeschieden.«

»Wie praktisch«, sagte Danton. »Dann wollen wir uns mal eine feurige Schlacht liefern! Lord Powles hat seine Wahl bereits klargemacht. Auch andere Verlobungen bahnen sich längst an. Ihr Korb hat das Begehren etlicher wohlhabender Gentlemen ohne magische Gabe geweckt, Miss Clayborn. Ich vermute, Sie werden in den nächsten Wochen sehr beschäftigt sein. Dann müssen Sie eine Entscheidung treffen.«

Dass er selbst sich in der engeren Wahl wähnte, verriet ihr sein Lächeln. Beatrice ließ ihren Fächer aufschnappen und wedelte ihren heißen Wangen etwas Luft zu. »So habe ich das noch gar nicht betrachtet.«

:Was wollen die denn?:

:Eine Ehefrau:, sagte Beatrice. :Und wenn ich eine werde, werden wir beide nie wieder miteinander sprechen.:

:Nein. Nein!: Nadi ballte Beatrice' Fäuste. :Werde keine Ehefrau!:

:Wenn ich das Grimoire nicht zurückerhalte und den großen Pakt nicht schließen kann, dann habe ich keine Wahl.:

:Aber wenn du den großen Pakt schließt, dann brauchst du Nadi auch nicht mehr.:

Und sie würde das Geistwesen vermissen, egal, wie schwierig es war, wie gierig und impulsiv. Alles stünde dann Kopf, nichts würde mehr beim Alten sein.

»Höre ich eintausendzweihundertfünfzig Kronen?«

Danton hob sein Schild. Außer Ianthe boten nur noch zwei andere Männer mit. Danton blickte Beatrice an. In seiner Miene spiegelte sich eine Frage, aber auch die Gewissheit, was er zu tun hatte. »Dies ist Ihre erste Ballsaison, nicht wahr?«

»Das ist richtig«, entgegnete Beatrice.

»Es ist die dritte meiner Schwester«, sagte Danton.

»Aber ich dachte, sie verfüge über die magische Gabe.« Beatrice ließ ihren Blick durch die Menge schweifen, bis sie eine Frau im gleichen Fahlgrün entdeckte, das auch ihr Bruder trug. Das Gesicht erkannte sie vom Eröffnungsball und dem Ball bei den Robicheaux wieder. Die Frau war hübsch mit ihrer Stupsnase und dem im Sonnenschein glänzenden blonden Haar, doch ihr Dreispitz ertrank in einer Flut von Federn, und auch die schwarzen Rüschen an jedem Saum ihrer Jacke waren zu viel des Guten. Geschmacklose Kleidung war indes kein Grund, eine magiebegabte Frau zu schneiden. Drei Ballsaisons? Wie konnte das sein?

»Darüber verfügt sie in der Tat.« Danton hob sein Schild, und Schweiß glitzerte auf seiner Stirn. »In den beiden ersten Saisons hat sie allerdings keinen Antrag angenommen. Unsere Eltern haben nun verfügt, dass dies ihre letzte ist. Sie werden diese Kapriolen nicht länger dulden.«

Beatrice betrachtete Danielle aufs Neue. Leistete sie womöglich der Knechtschaft des Schutzreifs ebenso wie Ysbeta und sie selbst Widerstand?

»Ist das unüblich?«

»Sehr«, sagte Danton. »Wenn auch verständlich.«

Beatrice kämpfte um eine gelassene Miene. »Ich will Sie nicht aushorchen, aber ich gestehe, dass mich das neugierig macht.«

»Die Erklärung ist ganz einfach«, sagte Danton. »Vor drei Jahren haben wir die Premiere einer sehr viel beachteten Oper in Masillia besucht.«

Beatrice' Aufmerksamkeit war gefesselt. »Die masillianische Oper ist weltberühmt. Aber wie kann es sein, dass Miss Danielle deshalb die Ehe ablehnt?«

»Wahre Liebe.« Er schluckte und hob das Schild, um dreitausend Kronen zu bieten. »Die Elite Masillias war anwesend. Und auch die Lavans samt ihrer Kinder, die schöne Miss Ysbeta und ihr Bruder, Ianthe.«

Beatrice legte den Kopf auf die Seite. Ianthe hob das Schild, um bei viertausendfünfhundert Kronen mitzugehen. Die Menge war gebannt von diesem Kampf der beiden Rivalen. »Der Abend ist Ihnen ja in lebhafter Erinnerung geblieben.«

»Ich werde ihn nie vergessen«, bestätigte Danton. »An diesem Abend verliebte sich meine Schwester hoffnungslos. Sie starrte ihn die ganze Vorstellung hindurch an. Am nächsten Tag tanzte er mit ihr auf dem königlichen Ball. Und dann kehrte er Valserre den Rücken und segelte mit Danielles Herz an Bord heim nach Llanandras.«

»Oh«, sagte Beatrice.

»Fünftausend Kronen?«, fragte die Auktionatorin.

Danton biss sich auf die Lippe, seufzte dann und hob das Schild.

Ianthe hatte seines gar nicht gesenkt. Er stand mitten in der Menge der Bieter und hatte die Hand erhoben wie die Statuen der Erleuchteten, während das Schild seine Fackel des Wissens darstellte.

»Fünftausendfünfhundert Kronen«, hielt die Auktionatorin fest. »Höre ich Sechstausend?«

Alle Augen wandten sich Danton zu. Der presste die Lippen zusammen und senkte besiegt die Hand.

Die Menge jubelte. Danton leckte sich über die Lippen und drehte sich Beatrice zu. Sein Atem roch ein wenig sauer. »Sie sind recht hübsch, und Ihre magische Kraft wiegt Ihre niedere Geburt durchaus auf. Wenn Sie nur wollen, können Sie ein Dutzend Verehrer haben. Ihr Vater wird vermutlich einen Freudentanz hinlegen, wenn er den Preis hochtreiben kann. Seit meine Schwester Ianthe Lavan zum ersten Mal gesehen hat, ist sie hoffnungslos in ihn verliebt. Deshalb flehe ich Sie an: Wählen Sie einen anderen Mann. Im Namen der Liebe.«

Beatrice stand der Mund offen. »Darum bitten Sie mich?«

»Ich würde alles dafür tun, dass meine Schwester glücklich ist«, beteuerte Danton. »Ich würde flehen, betrügen, stehlen – und enthüllen, dass ich gesehen habe, wie Sie in nichts als Ihrem Nachthemd am Strand einen Kreis gezogen haben und am Wasser entlanggehüpft sind, bis der Morgen dämmerte und der Geist, den Sie beherbergten, Ihren Körper verließ.«

Beatrice' Herz polterte schwer wie ein Stein hinunter in ihre Magengrube. »Sie wohnen in der Triumph Street? Aber Ihr Vater besitzt doch ein Anwesen auf der Gravesford Road, oder nicht?«

»Das tut er in der Tat. Ich habe jedoch das Haus Nummer zwanzig gemietet, als Rückzugsort für mich.«

Aber sie hatte ja gewusst, dass jemand sie beobachtet hatte! Sie hatte es gespürt, das Gefühl jedoch beiseitegeschoben, während Danton sich versteckt hielt, um sie zu beobachten. Das war Erpressung! Danton war ein Schurke!

:Lass mich ihn verhexen:, sagte Nadi.

:Nein.:

:Aber er verletzt dich.:

»Niemand außer mir hat Sie gesehen«, fuhr Danton fort. »Sonst wären Sie in dem Moment, in dem Sie die nächste Teestube betreten hätten, das Gesprächsthema Nummer eins gewesen. Ich allein bin im Besitz Ihres Geheimnisses, und ich werde es notfalls preisgeben. Für meine Schwester.«

:Ich hasse ihn.:

»Mr Maisonette«, setzte Beatrice an. Doch was sollte sie ihm sagen? »Ich begreife die Ernsthaftigkeit Ihrer Gefühle durchaus, aber selbst, wenn ich einverstanden wäre, ist das keine Garantie dafür, dass Ihre Schwester dann ans Ziel ihrer Wünsche gelangt.«

»Aber Sie sind nicht einverstanden«, hielt Danton fest. »Sie wollen ihn für sich.«

Das wollte sie nicht! Oder doch? Die Wahrheit indes war noch grausamer. »Ich fürchte, mir steht es nicht frei, zu wählen, Mr Maisonette. Es tut mir aufrichtig leid, aber Sie können Ihrer Schwester die Aufmerksamkeit eines Mannes weder erkaufen noch erstehlen. Und Sie sind herzlich eingeladen, das, was sie gesehen haben, meinem Vater zu hinterbringen, wenn

Sie das wünschen. Aber ich muss tun, was zu tun ist, so leid es mir tut.«

Danton packte ihre Hand. »Bitte.«

»Entschuldigen Sie mich.«

Ianthe trat an sie heran, den frisch errungenen Picknickkorb überm Arm, und warf Danton einen finsteren Blick zu. Dieser ließ Beatrice' Hand los, verneigte sich und stapfte ohne ein Wort des Abschieds zur Pferdekoppel davon.

»Hat er dich belästigt?«, fragte Ianthe.

»Er ... er hat mir von seiner Schwester erzählt. Danielle ...«

»Ich kenne sie.« Ianthe bot ihr seinen Arm an. »Flüchtig. Wollen wir sehen, ob Bard uns den Picknickplatz neben sich reserviert hat?«

Das hatte er in der Tat, und so lagerten sie unter dem duftenden ausladenden Blütendach eines Kirschbaums, abseits jener Wiese, die von Gelächter nur so widerhallte – und fern von dem Geruch einiger Hundert Pferde, die am unteren Ende des Parks festgebunden waren. Sie teilten die Speisen, die sich in den beiden Picknickkörben befanden, und Beatrice gab ihr Bestes, um ihre Beunruhigung zu verbergen.

Ysbeta würde nicht nachgeben. Ianthe hatte allen Anwesenden gerade eben demonstriert, dass er bereit war, das Jahresgehalt eines ausgebildeten Handwerkers auszugeben, um mit Beatrice zu picknicken. Danton Maisonette hatte versucht, sie zu erpressen. Warum war sie bloß so nett zu ihm gewesen, dass er sich dazu erdreistet hatte? Wenn er die Geschichte, wie sie im Nachthemd über den Strand getanzt hatte, in Umlauf bringen würde, dann träfe das ihre gesamte Familie.

Lord Powles drehte sich ihr mit strahlendem Lächeln Ysbeta zu. »Ellis hat das Gerücht gestreut, dass Sie geröstete Singvögel in Ihrem Korb haben, Miss Lavan.«

»Das habe ich«, sagte Ysbeta – und wer sie gut kannte, bemerkte, wie zittrig ihre Hände, wie angespannt ihre Halsmuskeln waren. Doch ihre Miene, nunmehr eine makellose, beneidenswert herzförmige Maske, täuschte beinahe alle mit einem Lächeln.

Beatrice wandte den Blick ab, damit Ysbeta ihre Fassade leichter aufrechterhalten konnte, und beobachtete Danton und Danielle Maisonette. Ihnen lief ein junger Mann hinterher, den beide Geschwister ignorierten. Sie spazierten über die Wiese und entschieden sich gegen alle Picknickdecken, während Danielles überreich gefiederter Hut sich in diese und jene Richtung wandte. Beatrice sank das Herz, während sie zusah, wie Danielle jedes Eckchen des Parks absuchte und wie sie ihren Arm unter der Hand ihres Bruders wegzog. Schließlich erreichten sie die Kirschbäume.

Im Kreis ihrer Röcke ließ Danielle sich auf einer leeren Decke nieder und starrte Ianthe an.

Dieser bemerkte den Blick gar nicht. »Bard und ich waren zwei Jahre lang im selben Kapitularhaus.«

»Anthy hätte mich damals beinahe am Ohr durch alle Schlafräume gezerrt«, meinte Bard lachend. »Aber heute bin froh, dass er rechtzeitig eingetroffen ist, um bei meiner Prüfung der Rose dabei zu sein.«

»Und ich bin froh, dass ich es nicht verpasse.« Ianthe bot Bard einen in Beeren gerösteten Singvogel aus Ysbetas Korb an.

»Danke.« Bard aß die kleine Kreatur vollständig, er zerbiss sowohl das zarte Fleisch als auch die zerbrechlichen Knochen.

Ianthe wandte den Blick ab. »Der Koch hat sich mit deinem Korb wahrhaft selbst übertroffen, Ysy.«

»In der Tat, ein Festmahl«, stimmte Lord Powles zu. »Diese Kombination erlesener Bissen und solider guter Hausmannskost.«

:Nimm dir auch eins von den Vogeldingern:, verlangte Nadi.

:Die kriege ich nicht runter:, erwiderte Beatrice. :Sie werden auf grausame Weise zubereitet. Erst tun sie dem armen kleinen Vogel furchtbar weh, dann ertränken sie ihn in Branntwein.:

:Du bist traurig:, sagte Nadi. :Iss eine Erdbeere! Die magst du doch!:

Lord Powles öffnete Beatrice' Weinflasche und schenkte ihnen Weißwein zu ihren Leckereien ein. »Das ist ein seltener Wein, Miss Clayborn.«

»Danke sehr«, sagte Beatrice. »Nehmen Sie sich doch noch den anderen Singvogel.«

»Wirklich? Sie schmecken köstlich«, zeigte sich Powles erstaunt. Beatrice zuckte zusammen, als er gleich darauf mit den Zähnen mahlte. Er nippte am Wein und lächelte Ysbeta zu. »Ich habe Ihnen noch gar kein Kompliment zu Ihrem Kleid gemacht, Miss Lavan.«

»Danke«, entgegnete Ysbeta. »Es ist schon lange eines meiner liebsten Stücke.«

»Und Sie sehen ganz bezaubernd darin aus«, fuhr Lord Powles fort. »Ich möchte mit Ihnen eine ganz neue Seite aufschlagen. Unsere Eltern wünschen sich unsere Verbindung, das weiß ich, doch Ianthe hat mir gestern etwas gesagt, das ich zu beherzigen gedenke.«

»Ach ja?« Ysbeta nahm sich eine Scheibe Brot, das mit hellgrüner Kräuterbutter bestrichen war. »Ich habe mit Kaffee mariniertes Rindfleisch dabei. Und du, Beatrice?«

»Entenbrust in süßem Senf.«

»Beides hätte ich gern, bitte«, sagte Lord Powles und schaufelte es sich auf den Teller. »Aber zurück zum Thema! Ianthe kam hinaus zum Breakwater House und sah aus, als würde er vor einem Unwetter fliehen, als er mir erklärte: ›Wenn du in deinem Herzen keine Liebe findest, wenn du sie ansiehst, Sheldon, dann such dir eine andere.‹«

Ysbeta linste ihren Bruder von der Seite an. »Hat er das?«

Ianthe bat mit einem Blick um Entschuldigung.

»Das hat er. Ich konnte danach kaum schlafen.« Lord Powles lachte. »Nachdem er mich hatte wissen lassen, dass es mein Ende sei, wenn ich Ihnen jemals ein Leid antun würde, Miss Lavan, bin ich die halbe Nacht aufgeblieben und habe meine Gefühle für Sie geprüft. Als ich Sie dann vorhin im Sonnenlicht stehen sah, erwuchs in meinem Herzen eine derartige Freude … Das ist unmodisch, ich weiß.«

Ysbeta starrte Beatrice an, und der entsetzte Blick und das Grauen um ihren Mund herum waren zu viel für diese. Sie sah zu Boden, und ein Gewicht senkte sich schwer auf ihre Schultern.

Nadi zuckte mit den Schultern. :Ihr Glück hat sie im Stich gelassen.:

:Und das ist meine Schuld.:

:Würde Nadi nicht sagen.:

Von der Decke der Maisonettes aus beobachtete Danielle Ianthe, der erdbeerfarbenen Wein aus einem rundbäuchigen Glas trank. Ihre Lippen bewegten sich, und Beatrice wettete, dass es das Flehen darum war, Ianthe möge sich zu ihr umdrehen und sie zur Kenntnis nehmen.

Ach, beides war schmerzhaft anzusehen, Danielles Leid und Ianthes unbekümmertes Unwissen. Er legte den Kopf schief und betrachtete Beatrice – bis er ihrem Blick folgte.

Danielle rang nach Luft und winkte ihm zu. Danton starrte düster herüber. Ianthe wandte sich mit sorgenvollem Blick wieder Beatrice zu.

:Danton hasst dich. All die netten Worte eben waren gelogen.:

:Ich weiß.:

Nadi blähte sich wütend auf. :Ich lasse nicht zu, dass er dir wehtut.:

:Nadi, erinnerst du dich daran, was ich dir über das Verhexen von Leuten gesagt habe?:

:Nadi darf es nur, wenn du es sagst:, erwiderte Nadi. :Aber du solltest es sagen, Beatrice. Nadi kann seinen Hass bis hierher spüren.:

Ianthe räusperte sich, und Beatrice wandte ihm hastig ihre Aufmerksamkeit zu. »Hast du etwas gesagt?«

»Ich weiß, es geht mich nichts an, aber ich frage dich noch einmal: Belästigt Danton Maisonette dich?«

Beatrice starrte in ihren Wein. »Er hat mich um etwas gebeten, das habe ich ihm abgeschlagen.«

»... den Winter in Llanandras verbringen und dann im Sommer nach Chasland zurückkehren. Zumindest, bis ich Minister bin«, sagte Bard Sheldon gerade.

Doch Ysbeta ging nicht auf seine Worte ein, sondern beugte sich zu Beatrice und Ianthe vor. »Was war das für eine Bitte? Wollte er, dass du Ianthes Sieg nicht anerkennst? Als könnte jemand wie Danton Maisonette sich mit meinem Bruder messen!«

Beatrice seufzte. »Das hat er, aber es ging ihm dabei nicht unbedingt um meine Gesellschaft.«

Sheldon wurde klar, dass Ysbeta ihm nicht mehr zuhörte. »Welchem Grund hatte er dann?«

Beatrice biss sich auf die Lippe. »Ich will nicht tratschen.«

»Und ich liebe Tratsch«, beteuerte Bard Sheldon. »Ich bin eine richtige Tratschtante. Sie müssen es uns sagen.«

Beatrice starrte zu den Maisonettes hinüber. »Es geht um seine Schwester Danielle.«

Ianthe stöhnte und schlug sich mit der Hand gegen die Stirn. »Diese verdammte Wette!«

»Wette?« Lord Powles sah von Ianthe zu Danielle. »Welche Wette?«

»Eliza Robicheaux hat mit Danielle gewettet, dass sie als Erste Ianthes Aufmerksamkeit erregt«, erkläre Ysbeta. »Peinlich.«

Lord Powles sah zu den Maisonettes hinüber. »Hm. Hässlich ist sie ja nicht. Ein bisschen schwach, was das magische Potenzial anbelangt. Und sie zieht sich im Dunkeln an.«

»So lustig ist das nicht«, bemerkte Beatrice. »Danielle ist in Ianthe verliebt, seit sie sich vor drei Jahren in Masillia getroffen haben. Sie hat seither alle Verehrer entschieden abgewiesen und darauf gehofft, Ianthe hier in Bendleton für sich zu gewinnen.«

»Oh.« Ianthe blickte in Danielles Richtung. Beatrice krampfte sich das Herz zusammen, als sie sah, wie Danielle unter all den Blicken erbleichte. Sie ahnte sicher, dass über sie geredet wurde. Ianthe zog sich die Serviette aus dem Hemdkragen. »Die Ärmste. Ich muss es ihr erklären.«

»Du bleibst genau hier sitzen, Ianthe Antonidas Lavan, und tust nichts dergleichen«, fuhr Ysbeta ihn an. »Hören Sie auf, die Frau anzustarren, Lord Powles. Für alle anderen gilt das auch. Wir wenden uns jetzt wieder unseren eigenen Dingen zu.«

»Aber Ysy, ich muss doch …«

»Wenn du jetzt da hinübergehst, schürst du nur ihre Hoffnungen«, versicherte Ysbeta. »Und wenn du ihr selbst mit noch so sanften Worten sagst, dass du ihre Zuneigung nicht erwiderst, dann brichst du ihr das Herz.«

»Aber …«

Ysbeta hob tadelnd einen Finger. »Und du würdest sie noch mehr erniedrigen, als wir es gerade ohnehin schon getan haben. Deshalb wirst du ihr zu Hause aufwarten, und da wirst du so würdevoll sein, wie es dir möglich ist. Hast du mich verstanden?«

Ianthe seufzte. »Ja. Aber das ist so unangenehm. Sie ist mir überall in der Stadt ständig *aus Versehen* über den Weg gelaufen. Ich hatte ja keine Ahnung, dass sie zarte Gefühle für mich hegt.«

Beatrice blinzelte. »Warum sollte sie das sonst tun?«

Lord Powles hüstelte. »Weil seine Familie noch reicher als meine ist.«

»Aber seit drei Jahren? Nur wegen Geld?«, fragte Beatrice.

»Ach, sie ist so niedlich, Lavan«, sagte Lord Powles. »Du musst sie behalten.«

Ianthe lächelte in seine Tasse.

Beatrice musterte das Schachbrettmuster der Picknickdecke. »Will jemand Käsekuchen?«

»Den liebe ich!«, rief Powles aus. »Und Miss Lavan, denken Sie nicht, mir sei nicht aufgefallen, wie sittsam Sie sich um die junge Dame bemüht haben. Das berührt mich sehr. Grausame Frauen hätten geschwiegen und die Vorführung genossen.«

Ysbeta zuckte mit den Schultern. »Ich habe mir nur vorgestellt, wie es für mich wäre.«

»Eine Frau von Ihrer Schönheit könnte so leicht Gleichgültigkeit entwickeln.« Powles legte seine Hand auf Ysbetas. »Je näher ich Sie kennenlerne, desto mehr beeindrucken Sie mich.«

»Gibst du mir ein Stück Käsekuchen, Beatrice?« Ysbeta zog ihre Hand unter der Bards hervor. »Außerdem war ich wohl etwas gedankenlos, als wir uns eben unterhalten haben. Das bedauere ich.«

Beatrice verschluckte sich beinahe am Wein. Das bedauerte sie? Ysbeta hatte doch … Aber ja! Nun, da Lord Powles ihr von Liebe sprach, fielen Ysbeta offenbar Beatrice' leidenschaftliches Plädoyer und das Grimoire wieder ein. »Wir sprechen nachher darüber, wenn du magst.«

Ianthe musterte seine Schwester. »Worum geht es?«

»Ich war heute Vormittag anscheinend voreilig und deshalb ungerecht zu Beatrice«, sagte Ysbeta. »Dafür möchte ich mich entschuldigen.«

Ianthe wandte den Blick nicht ab. »Und das ist alles?«

»Das ist alles«, beteuerte Ysbeta.

Eine Brise versetzte die Zweige über ihnen in Bewegung. Weiche, bleiche Blütenblätter trieben durch die Luft, und der Wind brachte sie trudelnd und wirbelnd zum Tanzen. Beatrice' Herz bebte. Ysbeta würde ihr das Buch überlassen. Ihre Freiheit hing von Beatrice ab, das begriff sie nun. Nur zusammen würden sie den Gepflogenheiten entkommen, die sie um ihre Freiheit brachten.

Dadurch, dass alle zur gleichen Zeit ihre Pferde abholten, dauerte das Ganze noch einmal so lange. Beatrice musste sich förmlich durch die Meute hindurchkämpfen, um zu Marian bei den Reitknechten der Lavans zu gelangen, die auch Ysbetas anmutige Stute und Ianthes unvermeidlich glänzenden Rappen hielten, Letzterer die typische Wahl eines Gentlemans. Marian scheute zunächst vor Beatrice' Hand zurück, überlegte es sich jedoch anders, als sie ein Stück Möhre auf ihrer Handfläche gewahrte.

»Ich muss sie aus dieser Menge herausbringen«, sagte Beatrice. »Da ist sie sehr empfindlich.«

Sie hielt auf einen weniger bevölkerten Teil des Parks zu und murmelte in einem fort etwas in Marians Ohr, um die Stute zu beruhigen. Nach einer Weile blieb Beatrice stehen und strich Marian unter fortgesetztem Zureden übers Fell.

Ianthe und Ysbeta hielten mit ein wenig Abstand inne. Beatrice tätschelte Marian überall und inspizierte dabei das Geschirr.

»Das hat alles James gemacht«, sagte Ianthe. »Er ist ein exzellenter Reitknecht.«

Beatrice ließ Marians weiße Fessel los. »Ich weiß. Ich beruhige sie eigentlich nur.«

:Etwas stimmt nicht:, sagte Nadi.

:Mit Marian stimmt etwas nicht?:

:Spring nicht mit ihr. Ich weiß, du hast es mir versprochen, aber tu's nicht.:

Beatrice lief ein kalter Schauer über den Rücken, doch sie versuchte, Marian nicht zu beunruhigen. »Kein Sprung für dich heute. Wir beide gehen früh nach Haus. Wie klingt das für dich?«

»Du willst nicht springen?«, fragte Ysbeta. »Ich habe mich darauf gefreut, dir zuzusehen.«

»Sie sind Dressurreiterin?« Powles hatte sie endlich eingeholt. »Die Stute ist definitiv dafür gebaut. Sie könnten ihr auch beibringen, so zu tanzen wie eines dieser modischen Fohlen der Robicheaux.«

Auch Powles ritt als Gentleman einen Rappen, und alle weißen Flecken, die das Tier gehabt haben mochte, waren von Farbe übertüncht. »Ach, Miss Lavan, was für ein Prachtexemplar! Pure Eleganz. Haben Sie es aus Llanandras mitgebracht? Diese Stute sieht mir ganz nach Ashkatani-Züchtung aus.«

»Sie ist eine der besten.« Ysbetas Stute wich vor Powles zurück. »Fünf Jahre alt. Ich habe sie von Geburt an ausgebildet. Beatrice, stimmt etwas mit Marian nicht?«

»Ich konnte nichts entdecken«, erwiderte Beatrice. »Aber ich denke, ich sollte sie trotzdem besser nach Hause bringen. Sie ist Menschenmengen nicht gewöhnt.«

»Dann begleiten wir dich«, sagte Ianthe.

»O nein, bitte, genießt ihr nur den Tag.« Beatrice ergriff den Knauf und die hintere Sattelkante, und Nadi gab ihrem Sprung zusätzlich Schwung, damit sie aufsitzen konnte. Sie legte den rechten Oberschenkel in die Gabel und schob den linken Fuß in den Steigbügel. »Gutes Mädchen. Schritt!«

Marian bebte zwar unter ihr, gehorchte aber. Beatrice ließ sie nach links und nach rechts gehen sowie in Trab fallen, bis Marian ihr wieder vorbehaltlos vertraute.

»Sie scheint sich erholt zu haben«, sagte Ysbeta. »Vielleicht können wir einfach eine lockere Runde auf der Bahn drehen.«

»Besser nicht …«

Doch Ysbetas Blick flehte Beatrice an, zu bleiben. Beatrice betrachtete all die gesattelten Pferde und nickte. »Das wird ihr sicher helfen, ihr Unwohlsein vollends zu überwinden.«

Sie führte Marian auf die Rennbahn, doch sobald andere Tiere in ihre Nähe kamen, blieb die Stute einfach stehen. Als Marian dann auch noch viel den Kopf in den Nacken warf, rutschte Beatrice im Sattel gefährlich weit nach hinten.

»Marian«, beruhigte Beatrice ihre Stute. »Es ist alles in Ordnung, es ist alles gut. Nun geh weiter.«

Marian senkte den Kopf immer noch nicht, trat aber endlich auf die Rennbahn.

»Gutes Mädchen«, lobte Beatrice sie und tätschelte ihr den

Hals. Sie wandte sich Ysbeta zu, wobei sie sich regelrecht verdrehte. »Sie ist zu nervös. Ich muss sie nach Hause bringen.«

Als sie Marian Richtung Südtor lenkte, bemerkte sie aus den Augenwinkeln heraus, dass etwas auf sie beide zuschoss. Beatrice wandte den Kopf und nahm ein Flackern in der Luft wahr – das sich gleich darauf als durchscheinende Dogge entpuppte, die mit bösartigem Bellen auf sie zustürzte.

Beatrice schlug das Herz bis zum Hals. Marian wieherte und bäumte sich auf, die Vorderhufe hämmerten durch die Luft. Beatrice beugte sich vor und presste die Schenkel verzweifelt um die Gabel zusammen. Sie musste Marian unter ihre Kontrolle bringen – und zwar umgehend.

Doch Marian drehte sich um die eigene Achse und landete auf den Vorderhufen, um nach dem illusorischen Biest zu treten. Beatrice sackte nach links. Als sie versuchte, sich wieder mittig auszurichten, glitt ihr Fuß durch den Steigbügel – und sie verlor vollends die Balance.

Sie sah bereits den letzten Moment ihres Lebens gekommen: mit dem Kopf voran zu Boden fallend, am Steigbügel mitgezerrt, von ihrem durchgehenden Pferd zu Tode getrampelt.

:Nein!:

Beatrice' rechtes Bein hing zwar noch knapp in der Gabel, sie selbst war aber schon fast vom Sattel gerutscht. Bahn und Gras verschwammen, während Marian in Panik vor dem schrecklichen Monstrum floh, das versuchte, sie zu fressen. Käme sie nur an den Sattelknauf …

Doch ihr Mieder – ihr fest geschnürtes Mieder mit den elenden Versteifungen – schränkte ihre Bewegungen ein. Sie konnte sich nicht so beugen, wie es nötig war, und drohte, in den Tod zu stürzen. Verzweifelt setzte sie alles daran, den Knauf zu packen.

Marian rannte, als seien ihr hungrige Geister auf den Fersen. Der Sattel lockerte sich bereits ein wenig. Beatrice' Kehle entfuhr ein Schrei. Sie würde stürzen. Herabgezogen. Zertrampelt. Sie würde sterben.

:Streck die Hand aus, Beatrice. Jetzt! Tu es jetzt!:

Aber wieso?

Beatrice wandte den Kopf, und eine halbe Pferdelänge hinter sich gewahrte sie Ianthe. Sein Pferd hatte den Hals in vollem Galopp lang vorgestreckt. Ianthe griff vergeblich nach ihr, doch die schimmernde Aura des ihn begleitenden Geistes streckte sich über seine Finger hinaus, und dieses Funkeln befand sich in Reichweite.

Beatrice griff danach. Das Geistwesen glitt um sie herum und hob sie hoch, sodass ihr Gewicht nicht mehr auf Marians Rücken lastete. Ianthe ritt noch schneller, bis er mit dem verängstigten Tier gleichauf war, und packte die Zügel. Sofort zog er den Kopf des Tiers beiseite, und Nadi, Beatrice' schützende Hülle, ergriff seine Chance.

Marian wurde endlich langsamer. Unablässig redete Ianthe beruhigend auf die Stute ein. Sein Geist hielt Beatrice immer noch in der Luft in den Armen, bis sie alle zusammen zum Stehen kamen.

Marians Flanken bebten vor Anstrengung. Ianthe sprang aus dem Sattel und befreite Beatrice' Fuß aus dem Steigbügel. Heiß und scharf wie eine Pfeilspitze schoss Schmerz durch ihr Knie, und sie zischte vor Qual. Sein Geist ließ sie sanft und vorsichtig herab, bis sie auf festem Boden stand.

»Wo tut es weh?«, fragte Ianthe.

»Am Knie«, sagte Beatrice. Sie versuchte, den Fuß zu belasten, doch gleißender roter Schmerz raste durch ihr Bein. »Oh!«

»Fandari, hilf ihr! Versuch es!«

Fandari nahm ihr einen Teil ihres Gewicht ab, sodass sie mit Aufruhr im Magen im Kreis humpeln konnte. Sie stakste mit kalten, bebenden Gliedern zu den Büschen hinüber und erbrach ihr Picknick.

Als sie nur noch saure Galle ausspie, fehlte nicht viel, und der sirupsüße Duft der Kirschblüten hätte sie neuerlich zum Würgen gebracht. Sie wäre beinahe gestorben. Sie wäre beinahe einen schrecklichen, elenden Tod gestorben. Die Illusion der Dogge rief ihr den Bogenschützen in Erinnerung, den Danton Maisonette beim Eröffnungstanz als Illusion heraufbeschworen hatte, damit er den Mond ins Visier nahm …

Hitze flammte in ihr auf. Jeder Knochen, jeder Muskel, jedes Härchen auf ihrem Körper stand in Flammen. Sie wandte den Kopf und musterte die Menge, die ihr und Ianthe gefolgt war – mit dem gebührenden Abstand natürlich, um einen guten Blick auf das Spektakel zu erhaschen. Ein einzelnes Gesicht starrte ihr angsterfüllt daraus entgegen.

Ianthe trat an ihre Seite, doch sie vertrieb ihn mit einer energischen Handbewegung. »Sie!«

Das Wort troff mit langsamer, zersetzender Drohung aus ihrem Mund. Sie ging geradewegs auf Danton Maisonette zu. Bei jedem Schritt flammte der Schmerz in ihrem Knie stärker auf, doch das war ihr egal.

Nadi streckte sich in ihrem Körper aus und übernahm die Kontrolle. Der Geist hob ihre Hände, bis sie sich als steinharte Fäuste auf Kinnhöhe befanden, mit den Daumen nach außen. Sie zwei traten gemeinsam an Danton heran, der eine Entschuldigung in Ianthes Richtung brabbelte. Beatrice sah er nicht einmal an.

»Danton Maisonette«, sagte diese. »Ich verlange Satisfaktion.«

Erst jetzt erwiderte er ihren Blick. »Bitte?«

:Verhext!:, riefen Beatrice und Nadi im Chor.

Ein Gefühl von Macht rann durch Beatrice ebenso hindurch wie durch Nadi. Beide schwangen gemeinsam die Faust, all ihr Körpergewicht und all ihre Geisteskraft steckten in dem schnellen, geraden Schlag, der auf einen Punkt zehn Zentimeter hinter Dantons Kiefer zielte.

Beatrice' Faust traf sein Gesicht. Schob den Kiefer seitwärts. Die Gewalt ihrer Knöchel zertrümmerte sein Gesicht. Blut schoss aus seinem Mund. Ihre rechte Garde schickte seinen Kopf nach hinten. Er stolperte und fiel mit vor Schmerz und Schreck geweiteten Augen in den Schmutz.

Beatrice stand über ihm, die Hände bereits zum nächsten Schlag in Position gebracht. Ihre Brust hob und senkte sich in tiefen Atemzügen, Zorn und Triumph schossen ihr durch den Körper. Danton spuckte einen Zahn aus und presste eine Hand an den Kiefer. Die Menge sah wie vom Donner gerührt zu, als er vor ihr, die sie die Fäuste noch immer erhoben hatte, zurückwich.

»Hoch mit dir!«, schrie sie. »Hoch mit dir, kämpf gegen mich, Danton Maisonette! Du hast gerade versucht, mich umzubringen. Ich verlange Genugtuung. Hol deine Pistolen!«

# KAPITEL XVI

Danton Maisonette entschuldigte sich noch an Ort und Stelle. Er ging sogar auf die Knie, um sie um Vergebung anzuflehen, den ausgeschlagenen Zahn dabei sorgsam in der geschlossenen Hand haltend. Er schwor, er habe aus überwältigender Leidenschaft gehandelt, und winselte um Verzeihung.

Beatrice wünschte dem rückgratlosen kleinen Wurm genügend Anstand, um sich zu erheben und sich von ihr verdreschen zu lassen, wie er es verdiente. Ihre geballten Fäuste sehnten sich nach einem weiteren Schwinger. Am liebsten hätte sie sich bei Sonnenaufgang mit ihm auf einer Wiese getroffen und ihm direkt zwischen die Augen geschossen. Nur zu gern hätte sie …

Sie schrak vor diesem Zorn zurück. Sie musste sich kontrollieren. :Nadi! Halt!:

:Ich töte ihn:, knurrte Nadi, und die Wut des Geistes schürte ein Feuer in Beatrice' Bauch. :Er hat versucht, dich zu töten. Er hat dich verletzt. Er verdient …:

:Ich weiß. Aber wir töten nicht, Nadi. Das ist falsch. Wir halten uns an das Gesetz.:

Sie senkte die Fäuste. »Sie werden mit meinem Vater sprechen«, sagte sie. »Sie werden zu ihm gehen und Ihre Tat gestehen, und Sie werden sein Urteil akzeptieren. Vor Gericht, denke ich.«

»Ich habe alles gesehen«, rief Ysbeta aus. »Ich bin Ihre Zeugin, Miss Clayborn.«

»Und ich bin Ihr Zeuge«, fügte Ianthe hinzu.

»Ebenso wie ich«, erklärte Lord Powles. »Sie sind erledigt, Maisonette. Für mich haben Sie Ihr Ansehen auf ewig verloren. Und nun machen Sie sich davon!«

Ianthe nahm Beatrice bei den Schultern und sah ihr in die Augen. »Geht es dir gut?«

»Meine Hand tut weh«, sagte Beatrice und blickte Maisonette hinterher, der sich davonschlich. »Aber ich würde hundert Kronen dafür geben, nur um ihn noch mal zu schlagen.«

»Das war der Schlag des Jahrhunderts«, anerkannte Ianthe. »Du warst wunderbar. Du ...«

Er nahm sie in die Arme und drückte sie an sich. »Du hättest sterben können. Ich hätte dich beinahe verloren. Ich weiß nicht, was ich getan hätte, wenn ich ...«

Er presste ihr seine Lippen auf die Stirn. »Beatrice.«

Alle hatten nun gehört, wie er sie beim Vornamen nannte. Alle hatten die vertraute Umarmung, den innigen Kuss gesehen. Jede einzelne Seele in Bendleton würde bis zur Teezeit davon wissen.

»Jetzt bringen wir dich erst mal nach Hause.« Er hob sie hoch und trug sie in seinen Armen.

Beatrice versuchte, sich aus seinem Griff zu winden. »Ich kann laufen, wenn du mich stützt!«

»Nicht im Traum«, widersprach Ianthe. »Die Kutsche ist nicht weit. Ich rede mit deinem Vater. Du brauchst einen Arzt.«

Schaulustige folgten ihnen zum Landauer und sogar den kurzen Weg zur Triumph Street hinunter. »Schicken Sie nach Dr. Kirford«, verlangte Ianthe von seinem Kutscher. »Sonst kommt niemand infrage. Sie ist auf Knochen spezialisiert. Ich werde keinen anderen Arzt an ihrer Stelle akzeptieren. Bringen Sie sie so schnell es geht her.«

Der Kutscher fuhr los, sobald Ianthe Beatrice aus der Kutsche gehoben und sie ins Haus getragen hatte – sehr zu ihrem Missfallen. Als Ianthe sich ansetzte, die Treppe zu ihrem Schlafzimmer zu erklimmen, stellte sich der Lakai davor, sodass er sich eines Besseren besann. Während der Lakai Beatrice hinauftrug, sah sie über dessen Schulter, wie Ianthe an der Bürotür ihres Vaters klopfte, dann entschwand er aus ihrem Blickfeld.

Es dauerte keine Stunde, bis die Ärztin eintraf. Sie trug strapazierfähiges graues Leinen, das mit dem sandigen Weiß ihrer Haare harmonierte. Ihr Gesicht war von Falten durchzogen, doch ihre knotigen Hände waren sanft, als sie Beatrice' geschwollenes Knie betasteten.

Beatrice zuckte zusammen, kaum dass sie versuchte, der Ärztin Platz zu machen. »Sie sind eine Knochenheilerin? Ich habe noch nie eine weibliche Knochenheilerin getroffen.«

Die Frau öffnete den Tornister und holte eine schlichte Stoffpuppe und ein Päckchen Nadeln heraus. »Ich war meine ganze Ehe hindurch Kräuterheilerin«, antwortete Dr. Kirford. »Als ich den Reif ablegen konnte, entschied ich mich, die Medizin weiterzuverfolgen.«

Sie brachte hellbraune Augen an der Puppe an und Haare aus rotem Seidenfaden, wobei sie auch ein einzelnes Haar von Beatrice' Kopf zupfte, es in eine feine Silbernadel einfädelte und ebenfalls an den Puppenkopf nähte.

»Verbindet das die Puppe mit mir?«

»So wirkt die Magie. Sie nimmt Ihnen den Schmerz, während Geret und ich Sie wieder zusammenflicken.« Sie zog die Decke von Beatrice' hochgelegtem Knie – und sogar diese Berührung fühlte sich heilsam an – warm und voller Trost, selbst durch den Schmerz hindurch.

»Wie haben Sie die Magie erlernt?«

»Wie arbeitende Männer es auch tun, allerdings später in meinem Leben, da wurde ich Lehrling eines Meisters der Knochenheilkunde. Ich bin froh, dass nach mir geschickt wurde«, sagte Dr. Kirford. »Sie würden andernfalls für den Rest Ihres Lebens am Stock gehen.«

»Es brennt wie Feuer.«

»Und es wird beim Wetterwechsel weiterhin schmerzen, aber das wird auszuhalten sein«, sagte Dr. Kirford. »Sie werden die Puppe brauchen. Quetschen Sie sie richtig fest, meine Liebe. Genauso.«

Beatrice presste die Finger in die weiche Lumpenpuppe und erschrak, als die heiße, pulsierende Pein in ihrem Knie umgehend abklang und nur ein dunkler, kühlerer Schmerz zurückblieb. Die Ärztin lächelte und zeigte dabei ein makelloses künstliches Gebiss. »Lassen Sie sie nicht los, sonst kehrt der Schmerz zurück. Legen Sie all den Schmerz in die Puppe. So ist gut.«

Harriet rauschte atemlos in Beatrice' Zimmer. »Hörst du das?«

»Was? Das Meer?«

»Sie nennen dich die Kriegsjungfrau.« Harriet rannte in Beatrice' Schlafzimmer im Kreis, immer schneller und schneller vor Aufregung. »Da steht eine Gruppe Männer vor der Tür, und sie rufen …«

Beatrice packte die Heilpuppe fester. »Ich höre sie. Autsch!«

:Das tut weh:, klagte Nadi.

:Willst du gehen?:

:Nein.: Nadi rollte sich in ihr zusammen und zischte bei den Berührungen der Ärztin. Dr. Kirford sah Beatrice an, die dünnen weißen Augenbrauen erstaunt hochgezogen. Beatrice erschrak, und der Blick der Knochenheilerin wurde durchdringender.

O nein. Sie wusste von Nadi. Sie würde sie verraten. Beatrice quetschte die Puppe und flehte die Ärztin wortlos an, ihr Geheimnis zu wahren.

Vor dem Stadthaus sangen die Männer nun die Schlachthymnen der heldenhaften Ijanel, der jungen Bäuerin, die zum Gefäß des Windgottes Gelder geworden war und die mit einem Sturm, der die Schiffe kentern ließ, die Eroberer der Etruni von Chaslands Gestaden vertrieben hatte.

»Stillhalten!«, verlangte die Ärztin. »Ich wurde bezahlt, um Ihr Gelenk zu heilen. Das tut weh. Aber das habe ich Ihnen gesagt.«

»Was machen wir denn jetzt nur?« Harriet wirbelte mit zusammengekniffenen Brauen zu Beatrice herum. »Was hast du dir nur dabei gedacht? Einen Gentleman anzugreifen, ihm einen Zahn auszuschlagen und ihm dann zu befehlen, seine Pistolen zu holen? Du kannst nicht mal schießen!«

Beatrice zuckte mit den Achseln. »Schießen kann ich durchaus.«

»Das solltest du aber nicht können«, gab Harriet bissig zurück.

»Hätte Vater damals zusehen sollen, wie wir von Bären verspeist werden?«

Harriet ignorierte den Einwand. »Danton Maisonette hätte mit Schwertern wiederkommen können. Was, wenn er darauf bestanden hätte?«

»Dann hätte ich mich dem Kampf gestellt«, verkündete

Beatrice. Nadi hätte ihr geholfen und ihr Glück gebracht. »Der Mann wollte mich töten, Harriet! Hältst du das etwa für eine Nebensächlichkeit? Wäre es dir lieber gewesen, wenn die Totengräber mich abgeholt hätten?«

Das brachte Harriet einen Moment lang zum Schweigen. »Du hättest ihn einfach anklagen können!«

»Hoffentlich musst du diese Erfahrung niemals machen – aber wenn du an meiner Stelle gewesen wärst, dann würdest du mich jetzt verstehen. Er hat einen grauenhaften Tod für mich bereitgehalten – oder, falls ich nicht gestorben wäre, dann doch derart schwere Verletzungen, dass ich ihm nie wieder in die Quere kommen würde.«

»Ihr Vater sollte ihn verklagen, junge Miss«, sagte Dr. Kirford. »Und jetzt halten Sie still.«

Die Ärztin legte ihre runzlige, altersfleckige Hand über Beatrice' Knie. Das Gelenk sog die Wärme auf, die durch die Berührung entstand. Dr. Kirfords Geist erwachte und sickerte in Beatrice' Knie. Die Hitze verwandelte sich in einen pulsierenden, schrecklichen Schmerz. Beatrice zischte.

:Das tut weh:, sagte Nadi. :Entsetzlich!:

:Es heilt.:

Die Ärztin blickte sie wieder an. Beatrice erstarrte. Hatte ihr eigener Geist ihr Nadis Gegenwart enthüllt?

Sie tätschelte Beatrice die Hand und lächelte sanft. »So heilen wir nun einmal Knochen, meine Liebe. Ich kann Sie nicht einfach berühren, und dann sind Sie so gut wie neu. Sie müssen den Schmerz der Heilung erdulden. Halten Sie die Puppe gut fest, Liebes. Gut. Sie werden alle Qualen auf einen Schlag wahrnehmen, nicht über lange, ausgedehnte Monate hinweg.«

»Danke«, sagte Beatrice, doch es kam als Wimmern über ihre Lippen.

»Morgen können Sie schon wieder tanzen«, versprach die Ärztin. Sie löste ihre Hände und streckte sie nach der Puppe aus. »Ich werde Mr Lavan ins Bild setzen, wenn er noch da ist.«

»Er berichtet meinem Vater gerade vom Unfall«, sagte Beatrice.

Die Ärztin öffnete den Ranzen und entnahm ihm eine Flasche. »Sie müssen das Bein schonen. Bis zur Morgendämmerung bleiben Sie im Bett. Ich habe hier eine Mixtur, die Ihnen beim Schlafen hilft, damit Sie gar nicht erst in Versuchung kommen, aufzustehen. Sie macht es einfacher, ruhig zu bleiben.«

»Danke, Frau Doktor.«

Die Ärztin lächelte, die Augen hell und freundlich im faltigen Gesicht. »Sie sind ein gutes Mädchen. Trinken Sie!«

Die Mixtur war gesüßt, was jedoch den dunklen erdigen Geschmack und die Kräuteraromen nicht überdeckte. Beatrice schluckte das Gebräu und trank danach etwas Wasser, dann rieb sie ihre schmerzenden Fingerknöchel.

:Was ist das?:

:Medizin. Ich schlafe gleich.:

:Ich fühle mich komisch:, sagte Nadi. :Dürfen wir träumen?:

:Wenn mich die Medizin nicht davon abhält.:

:Ich will träumen.:

Beatrice lächelte, als die Arznei ein watteweiches Gefühl über all ihre Sinne legte.

»Ich sehe Ianthe. Er verlässt uns gerade«, sagte Harriet, rannte zum Fenster und kehrte dann mit sorgenvollem Gesicht zurück. »Er … O nein! Er schließt sich den Gentlemen an! Er singt mit ihnen!«

»Harriet«, brachte Beatrice mühsam heraus, zu entkräftet für Schelte. »Ich bin sehr müde, könntest du bitte gehen?«

»Das ist eine Katastrophe«, erwiderte Harriet. »Sie werden dich gar nicht mehr anders nennen. Du bist eine Witzfigur. Niemand wird dich mehr heiraten wollen.«

»Wenigstens das!«, murmelte Beatrice. »Bitte geh. Ich will schlafen.«

»Kommen Sie schon«, verlangte die Ärztin. »Ihre Schwester braucht Zeit für die Heilung. Morgen wird sie einen Bärenhunger haben. Warum planen Sie nicht zusammen mit der Köchin ein schönes Frühstück?«

Harriet ging mit der Ärztin hinaus, und Beatrice lauschte dem Chor, der von Ijanel sang. Er konzentrierte sich auf die Geschichte, in der sie Lord-General von Chasland war und nicht auf den Teil, in dem sie grausam exekutiert wurde, damit sie im Land keine Macht mehr hatte und ihre aufwieglerischen Reden, in denen sie die Absetzung des Königs forderte, verstummten.

Aber das hieß, dass sie auch den Teil ausließen, in dem sich ihr Geist in seiner ganzen Pracht aus ihrem Körper erhob, um vom Windherrn selbst umarmt und an seinen Platz unter den Gesandten der Himmelsgeborenen gebracht zu werden. Und in dem die Minister Chaslands, inspiriert von der wohl bekanntesten Heiligen des Landes, den König absetzten.

Ijanel war eine Heldin – doch sie hatte bitter dafür bezahlt, gegen den ihr zugedachten Platz aufbegehrt zu haben. Selbst wenn sie am Ende ihren gerechten Lohn erhalten hatte, wollte Beatrice nicht mit Ijanel tauschen. Sie wollte nur sie selbst sein. Sie wollte ihr volles Potenzial entfalten und lebendig in der Lage sein, ihre himmelsgeborenen Gaben zu nutzen.

Vielleicht war das zu viel verlangt. Vielleicht stand ihr nicht zu, was sie begehrte. Ianthe würde freundlich zu ihr sein. Er würde ihr so viel Freiheit wie möglich geben. Vielleicht sollte sie ihm dankbar dafür sein.

Ijanel war nicht aus Eigensinn an die Macht gelangt, im Gegenteil, sie hatte selbstlos alles für Chasland geopfert. Auch Beatrice sollte selbstlos sein. Für ihre Familie. Für Ianthe.

:Du bist traurig:, sagte Nadi.

:Das bin ich. Das ist in Ordnung, Nadi. Lass uns träumen.:

Sie schloss die Augen, und in ihren Träumen konnte sie fliegen.

Die Knochenheilerin sollte recht behalten. Vorsichtig glitt Beatrice aus dem Bett, konnte dann jedoch bereits mit einem Schritt zu den Kleidern tänzeln, die Clara ihr herausgesucht hatte, und mit einem Standspagat beweisen, dass ihr Knie vollkommen geheilt war.

»Das blaue Spaziergewand«, bat Beatrice – und nach einem Bad und einer Stunde Vorbereitung ging sie hinunter in den ersten Stock, um auf der Terrasse zu frühstücken. Erst der Anblick ihres Vater, der mit der Zeitung vor einem leeren Teller und einer vollen Kaffeetasse am Tisch saß, dämpfte ihre Laune.

Beatrice zuckte zusammen, als sie die für sie auf dem Kopf stehende Überschrift in der *Bendleton Tribune* las: *Kriegsjungfrau besiegt Schurken mit einem einzigen Schlag.* Der Artikel nahm nicht den Teil oben ein, sondern fand sich in der unteren Hälfte und war höchstens fünf Zentimeter in kleinster Schrift lang. Aber sie stand in der Zeitung. Ihr Vater indes würde sie weiterhin behandeln, als wäre sie gar nicht anwesend.

Er schlug eine Ecke der *Gravesford Times* um, damit er sie ansehen konnte, und Beatrice lächelte hoffnungsvoll. »Guten Morgen.«

»Hübsch siehst du aus«, sagte er, und Beatrice wurde geradezu taub vor Erschrecken. Sprach er etwa mit ihr? »Wirst du heute noch einkaufen, was du für die Feier der Lavans brauchst?«

»Ysbeta Lavan möchte heute mit mir in ein Café gehen«, berichtete Beatrice. »Vielleicht gehen wir danach noch einkaufen.«

»Ein wunderbarer Tag. Diese bedeutende Freundschaft zu pflegen, war eine gute Idee von dir. Der ganze Aufruhr wird vorüberziehen. In einem Jahr ist all das vergessen. Genieß deinen Tag«, wünschte ihr Vater, und Beatrice musste sich setzen, nachdem er aufgestanden und ihre Schulter gedrückt hatte.

Er ignorierte sie nicht. Er lobte sie. Und das nach allem, was geschehen war? Das ergab doch keinen Sinn! Rasch schlang sie ihr Frühstück hinunter, und ihr Knie bereitete ihr nicht einmal Probleme, als sie in den Landauer stieg. Ysbeta strahlte in einem hellen Blau – beinahe die gleiche Farbe wie Beatrice' Kleid, wenn auch von überragender Qualität und Ornamentik – und bat Beatrice ihren Platz an.

»Exzellente Farbwahl«, bemerkte Ysbeta. »Cornelius, nimm den Weg durch die Thornback Street. Wir wollen uns die Gärten ansehen.«

Es war eigentlich noch etwas zu früh, um Gärten zu bewundern, doch die ersten Knospen hatten sich tatsächlich schon geöffnet. Cornelius zügelte die Pferde, als sie in die Thornback Street einbogen, und bald entdeckten sie, wonach sie suchten: Vor einem bescheidenen kleinen Haus mit weiß getünchten Fensterbänken und tiefroten Klinkern standen eine Kastanie und ein kätzchenübersäter Haselstrauch traut nebeneinander.

Beatrice und Ysbeta lächelten sich an. Sie hatten eine Zauberin gefunden, genau, wie Beatrice es vorhergesagt hatte!

»Ich muss die Gestalterin dieses Vorgartens loben«, erklärte Ysbeta. »Warte hier, Cornelius! Wir machen der Dame des Hauses unsere Aufwartung.«

Cornelius tippte sich an den Hut und holte ein Buch für die Wartezeit heraus.

Ysbeta ging zur Vordertür, klopfte und nickte dem Hausmädchen zu, das öffnete. »Ich bin Ysbeta Lavan«, stellte sie sich vor, und die Augen der jungen Frau weiteten sich ein wenig, als sie erneut knickste. »Ich möchte der Dame des Hauses ein Kompliment zu ihrem wunderbaren Garten machen. Ob wir wohl in den Genuss ihrer Gesellschaft kommen könnten?«

»Ich kann nachfragen, Miss«, antwortete die Dienerin. »Möchten Sie mit Miss Tarden oder mit Miss Wallace sprechen?«

Beatrice schaltete sich ein. »Beide sind uns lieb. Dieses Kleid ist eines von ihren.«

Sie wurden in einen kleinen Salon gebracht, den ein Klavier an einer Wand noch kleiner wirken ließ. Sie setzten sich in Sessel mit spinnbeindürren Beinen und zogen die Handschuhe aus. Ysbeta nickte, als die Dienerin fragte, ob sie Tee trinken mochten. Beatrice öffnete ihre Sinne, doch sie konnte keine Grimoires in der Nähe spüren.

»Du hast mir nie gesagt, dass deine Modistinnen Magierinnen sind.«

»Bisher hatte ich auch keinen Grund zu dieser Annahme.«

»Denkst du, die Bäume haben uns in die Irre geführt?«

»Es sind recht junge Bäumchen«, sagte Beatrice. »Ich denke nicht, dass es schadet, ein paar Fragen zu stellen.«

:Nadi:, horchte sie in sich hinein. :Kannst du Grimoires erkennen?:

:Ja.:

:Kannst du mir sagen, ob sich welche im Haus befinden?:

:Ja. Ich bin gleich wieder da:, erwiderte Nadi, verließ ihren Leib und verschwand.

Ysbeta starrte sie an und runzelte die Stirn. »Hast du gerade eben deinen Geist verloren?«

»Vorübergehend«, sagte Beatrice. »Ich habe Nadi auf die Suche nach Grimoires geschickt. Was, wenn wir Bücher vergleichen und Wissen teilen könnten? Ich denke, das ist etwas, das die Damen ohnehin tun. Es könnte unsere Eintrittskarte in ihre Gesellschaft sein.«

»Es sollte doch reichen, dass wir Zauberinnen sind«, entgegnete Ysbeta.

Die Dienerin kam mit dem Tee zurück, für den sie ihr dankten, doch keine der Damen des Hauses tauchte auf. Die letzten Sandkörner der Teeuhr rieselten in das untere Behältnis. Eine der beiden hätte nun anwesend sein sollen, um ihren Besucherinnen einzuschenken. Wo aber blieb sie?

»Sie lässt uns warten«, beschwerte sich Ysbeta. »Hat die Dienerin ihr überhaupt gesagt, dass ich es bin?«

»Vielleicht war sie nicht auf Besuch eingerichtet und muss sich erst noch umziehen«, sagte Beatrice. »Vielleicht hat sie über der Buchhaltung gebrütet oder Briefe geschrieben und ihre Finger sind voll Farbe. Tinte geht schwer ab.«

»Vielleicht hast du recht …«

Da ging die Tür auf, und Beatrice erhob sich für die Frau, die den Laden besaß, aus dem ihr Tageskleid und ihre neueste Ballgarderobe stammten. Und auch das grüne Hochzeitskleid, das sie so fürchtete.

»Miss Tarden«, begrüßte Beatrice die Hausherrin. »Danke, dass Sie so freundlich sind.« Das Haupt der Frau wurde von keiner Magie gekrönt. Warum dann die Bäume vor der Tür? Das konnte doch kein Irrtum sein.

Ysbeta legte den Kopf auf die Seite. »Wie es scheint, kommen wir ungelegen, Miss Tarden. Ich wollte Ihnen ein Kompliment zu Ihren beiden schönen schattigen Bäumen machen. Aber Sie sind natürlich eine viel beschäftigte Frau.«

»Vielen Dank für das Kompliment«, erwiderte Miss Tarden. »Ich möchte nicht unhöflich sein, aber …«

»… aber Sie müssen es leider sein«, unterbrach Ysbeta sie. »Ich bin jedoch neugierig: Warum ausgerechnet diese Bäume?«

Miss Tarden erbleichte, ihr Gesicht wirkte angespannt. »Sie schienen mir miteinander zu harmonieren«, sagte sie. »Entschuldigen Sie bitte, aber ich muss in den Laden zurück. Ich bin wirklich sehr beschäftigt …«

Nadi kehrte zurück und machte es sich erneut in Beatrice' Körper bequem. :Acht. Acht hat sie.:

Beatrice beobachtete Miss Tarden, die mit ihrem Blick Nadis Auftauchen verfolgt hatte. Nun spiegelte sich ein Hauch Furcht in ihrer Miene wider.

»Bitte!«, beschwor Beatrice sie. »Wir wissen, dass Sie eine Zauberin sind, obwohl Sie das offenbar gut verbergen können. Sie haben eben gespürt, wie mein Geist den Raum betrat, und er hat mir gesagt, dass sich acht Grimoires in Ihrem Besitz befinden …«

»Die kriegen Sie nicht!«, polterte Miss Tarden. »Ich werde mein Heim und meinen Besitz verteidigen.«

»Wir wollen sie Ihnen nicht wegnehmen. Wir sind hier, weil wir uns in Magie ausbilden wollen.«

»Wir wollen den großen Pakt schließen«, erklärte Ysbeta. »Vermutlich war das auch Ihr Wunsch. Alles, was Sie uns beibringen können, wird uns helfen.«

»Ich … ich möchte, dass Sie jetzt gehen.«

Beatrice konnte es einfach nicht fassen. »Womit haben wir Sie beleidigt?«

»Ich habe diesen Landauer vom oberen Fenster aus gesehen. Die ganze Straße hat ihn gesehen. Sie sind Debütantinnen. Sie sind wegen der Ballsaison hier. Ich habe Säume auf Ihre Kleider genäht, Miss, und Ihr Brautkleid wartet in meinem Geschäft auf die letzte Anprobe. Es tut mir leid. Sie stehen zu hoch über uns. Würden wir Ihnen helfen …«

Beatrice verstand. »Sie haben Angst, erwischt zu werden.«

»Wenn jemand Sie hier gesehen hat, bin ich erledigt. Der Zirkel würde mich ausstoßen. Wir haben zu hart dafür gearbeitet, im Verborgenen zu bleiben, als dass wir nun riskieren könnten, mit Debütantinnen in unserer Nähe gesehen zu werden.«

»Es waren die Bäume«, sagte Ysbeta. »Sie haben uns den Weg gezeigt.«

»Dann werde ich sie fällen lassen«, versprach Miss Tarden. »Denn für Sie habe ich sie nicht gepflanzt.«

»Aber wir erkennen dieses Zeichen. Wir besitzen Grimoires.« Ysbeta erhob sich, ein Flehen schlich sich in ihre Stimme. »Wir wollen das Gleiche wie Sie, und Sie verweigern es uns, weil wir …«

»Sie können nie eine von uns werden, Miss Lavan. Es tut mir leid, ich möchte sie nicht mit blumigen Lügen hinauskomplimentieren. Wenn Sie nicht heiraten, wird die ganze Welt den Grund erfahren wollen. Sie werden zu viel Aufmerksamkeit auf sich ziehen. Und Ihr Vater, Miss Clayborn, gibt mit vollen Händen Geld aus, um eine Verlobung für Sie zu erkaufen. Wenn Sie beide sich einer Ehe verweigern, werden die Leute Fragen stellen.«

»Aber …«

»Ich muss meine Kolleginnen beschützen«, beharrte Miss Tarden. »Es tut mir sehr leid. Aber wir dürfen es nicht riskieren, enttarnt zu werden.«

»Ich besitze fünf Grimoires«, versuchte Ysbeta es noch einmal. »Sie enthalten die Namen der größeren Geister und die Rituale für den großen Pakt selbst.«

»Und ich besitze vier«, sagte Beatrice. »Sicherlich ist das doch etwas wert. Werden Sie uns im Austausch dagegen weiterhelfen?«

Miss Tarden starrte sie an und leckte sich über die Lippen. »Ich zahle Ihnen für jedes davon fünftausend Kronen.«

»Miss Tarden! Ich bin Ysbeta Lavan. Ich will Ihre Kronen nicht. Ich will einen Pakt mit einem größeren Geist. Stellen Sie den Kontakt zu einer Frau her, die uns helfen kann, und ich geben Ihnen …«

»Nein.« Miss Tardens Gesicht verschloss sich zu einer Miene stillen Vorwurfs. »Ich werde meine Kolleginnen nicht gefährden. Ich werde nicht gegen den Kodex verstoßen. Mehr gibt es dazu nicht zu sagen. Einen schönen Tag noch, meine Damen. Ich wünschte, die Dinge wären anders, aber das sind sie nun einmal nicht.«

Sie läutete eine Glocke, und sofort stand die Hausdienerin in der Tür. »Miss Lavan und Miss Clayborn gehen nun. Wünsche ihnen Glück und geleite sie zur Tür. Und nun entschuldigen Sie mich bitte, ich bin, wie gesagt, sehr beschäftigt.«

Miss Tarden stand auf und verließ den Raum. Beatrice und Ysbeta starrten einander an.

»Nun«, sagte Ysbeta. »Dann sollten wir wohl gehen.«

Sie kehrten zum Landauer zurück, und Beatrice fand erst dort ihre Sprache wieder. »Sie hilft uns nicht! Ich denke, keine von ihnen wir uns helfen. Wir sind ganz allein, Ysbeta!«

»Wir schaffen das«, versicherte Ysbeta. »Ich werde mir etwas einfallen lassen. Wir sollten nach Hause gehen. Ich werde Zeit brauchen, um mich auf das Fest vorzubereiten. Dort erzähle ich dir dann, welche Idee mir gekommen ist.«

Das Fest. Auch Beatrice würde es besuchen. Und Ianthe musste ihr auf diesem Fest einen Heiratsantrag machen. Dabei gab es einen Zirkel von Frauen mit magischer Gabe, die ihre Fähigkeiten geheim hielten und dem Ehereif glücklich entkommen waren. Arbeitende Frauen, Geschäftsinhaberinnen, die sich in höherer Magie auskannten und doch kein Risiko eingehen würden, um einer Schwester zu helfen. Sie waren egoistisch, dachten an nichts anderes als an ihre eigenen Kräfte …

Genau wie Beatrice. Sie hatte auch vorgehabt, im Verborgenen zu arbeiten, den Wohlstand ihrer Familie zu wahren, ein ruhiges Leben als Meisterzauberin zu führen, an die sich niemand erinnern, ja, von der niemand wissen würde. Sie hatte geglaubt, in ihrem Wunsch, die Magie zu erforschen, sei sie allein. Die Begegnung mit Ysbeta hatte sie eines Besseren belehrt. Doch ein ganzes Netzwerk von Magierinnen – dergleichen sollte doch öffentlich möglich sein! Die Zauberinnen sollten bekannt sein, damit andere Frauen wussten, dass der Schutzreif nicht die einzige Wahl war. Aber wenn Beatrice nun die Ansicht vertrat, die Damen von Hasel und Kastanie sollten für die Freiheit anderer Frauen kämpfen – sollte sie dann nicht dasselbe auch von sich selbst verlangen? Sollten sie und Ysbeta nicht all die Magie, die sie gelernt hatten, weit bekannt machen, damit das Wissen darum niemals verloren ging?

Aber wie? Sie war nach wie vor nur eine einzelne Frau. Die Damen von Hasel und Kastanie wirkten im Schatten. Jemand musste aber ins Licht treten. Sie konnte das nicht sein. Ihre Familie benötigte Hilfe – ob nun mittels Magie oder Vermählung. Sie konnte nicht auf Beatrice verzichten.

Sie brütete auf dem ganzen Weg zur Triumph Street über ihren Gedanken. Die verborgene Schwesternschaft konnte ihr nicht helfen. In Ysbetas Haus war sie nicht mehr erwünscht. Doch vielleicht würde Ysbeta sie morgen mit einer Idee überraschen – mit etwas, das ihr Halt und ihren Hoffnungen Nahrung gab.

# KAPITEL XVII

Der nächste Tag kam, und Beatrice war damit beschäftigt, in Schönheitsmilch eingelegt zu werden. Ihre Haut wurde umwickelt und gewachst, Härchen gezupft. Ihr letzter Tag war angebrochen. Andere hatten ihr Schicksal für sie festgelegt. Heute war ihr letzter Tag als Debütantin, und sie saß ganz still mit einer trocknenden Schlammmaske auf dem Gesicht, während Clara ihr die Fingernägel lackierte. Sie wurde angekleidet und ritt mit ihrer Familie zum bescheidenen Hafen im Westen von Bendleton, wo sie zu der Feier samt anschließender Übernachtung an Bord übergesetzt wurden.

Nun trug Beatrice ihr schönstes Kleid aus schimmernder Seide in blassem Mauve. Der Stecker war die Arbeit einer meisterhaften Näherin, ein glitzerndes Kunstwerk aus geschliffenen Kristallperlen und Silbergarn. Chasandische Singvögel, so vollendet gestickt, dass sie lebendig anmuteten, flogen in großer Schar über den Unterrock, die Flügel ausgebreitet, die Schnäbel im Gesang geöffnet. Beatrice folgte mit dem Finger dem Umriss einer kugelrunden blau-grauen Katzendrossel, die auf ihrem einst verletzten Knie ruhte. Sie starrte auf die *Glänzende Hand,* die fast am Horizont in tiefen Wassern vor Anker lag.

Eine leichte kleine Schaluppe, ein reich ausgestattetes Vergnügungsschiff namens *Rothäher,* brachte sie an ihr Ziel. Beatrice machte das Auf und Ab der See nichts aus, doch ihre Mutter stöhnte im Würgegriff der Seekrankheit.

»Wir sind fast da«, versicherte Beatrice. »Sieh nur, wie groß das Schiff schon ist.«

Ihr Vater räusperte sich. »Es mag noch länger dauern, als du denkst. Das ist ein Schatzschiff der Llanandari. Sie sind gewaltig.«

»Aber es ist doch schon riesig«, sagte Beatrice. »Von hier aus schätze ich es locker auf dreißig Meter.«

Ihr Vater lächelte. »Sie sind fast einhundert Meter lang, meine Liebe.«

Beatrice sah zu, wie die *Glänzende Hand* derart anwuchs, dass sie den ganzen Horizont einnahm. Beatrice wollte ihren Augen kaum trauen. Verglichen damit war ihr *Rothäher* eine Nussschale. Sie konnte über die endlos langen Reihen Bullaugen nur staunen. Einige gehörten zu Kabinen, aus anderen lugten Kanonen. Sie legte den Kopf in den Nacken, spähte zum höchsten Mast des Schiffes hinauf und versuchte, sich vorzustellen, wie gewaltig die Segel waren.

Die Besatzung rief etwas zur *Glänzenden Hand* hinüber und erhielt die Erlaubnis, an Bord zu kommen. Wie erklomm man eigentlich ein solch gewaltiges Schiff? Die Antwort erfolgte auf dem Fuße, als die Besatzung der *Hand* an langen Seilen Hängematten herabließ.

Sie sollte sich auf eine setzen und würde dann an Bord gezogen. Beatrice schluckte.

:Können wir schaukeln?:, fragte Nadi.

:Ich denke, das sollten wir nicht tun.:

:Nur ein bisschen?:

:Gut, ein bisschen.:

Nadi zappelte freudig.

Beatrice hielt sich an den Griffen fest, als man sie in die Luft hob. Ein wenig schwang sie mit den Beinen und erfreute Nadi mit der Schaukelei. Die Seeleute zogen sie hoch über die Reling und holten dann den Arm der Konstruktion ein. Sie senkten Beatrice so sanft ab, wie Ianthes Geist sie abgesetzt hatte, nachdem sie dem Tod von der Schippe gesprungen war. Ianthe stand bei Ysbeta, Mrs Lavan und einem stattlichen, gut aussehenden Mann, bei dem es sich um seinen Vater handeln musste. Beatrice kam auf die Beine und knickste. Als sie den Kopf wieder hob, sah sie Mr Lavan lächeln.

Seine Frau dagegen lächelte nicht.

»Dies ist also die Kriegsjungfrau«, sagte Mr Lavan. Er nahm Beatrice' Hände in seinen warmen Griff und schüttelte sie. »Ich bewundere leidenschaftliche Frauen. Sie ist sehr hübsch, Ianthe. Woher kommen sie, Miss Clayborn?«

»Riverstone House in Mayhurst«, teilte Beatrice ihm mit.

»Vom Lande, fantastisch. Und haben Sie dort einen Hof?«, erkundigte sich Mr Lavan.

Mrs Lavan stieß ihrem Ehemann den Ellbogen in die Seite. »Mr Lavan! Wir müssen noch andere Gäste begrüßen.«

»Natürlich, mein Sternenlicht, doch keine der Damen ist so interessant für meinen Sohn wie diese hier.« Mr Lavan lächelte ihr zu, und Beatrice lächelte zurück.

»Es ist ganz wunderbar, Sie kennenzulernen, Mr Lavan.«

»Ich war ja so neugierig auf Sie, meine Liebe. Versprechen Sie mir, beim Abendessen an meinem Tisch zu sitzen!«

»Das verspreche ich«, sagte Beatrice. »Danke für Ihre freundliche Einladung, Mr Lavan, Mrs Lavan.«

Mr Lavan lachte leichthin und zog von dannen.

Sie warf Ianthe einen flüchtigen Blick zu und ließ sich dann von einem Steward in die Kabine führen, in der sie die Nacht verbringen würden. Sie hatte eine für sich und erhielt sogar einen eigenen Schlüssel. Beatrice berührte jedes einzelne polierte, exakt zusammengefügte und eingebaute Möbelstück. Der Raum war klein und doch so charmant eingerichtet, dass er sich eher persönlich als vollgestopft anfühlte.

Auf dem Bett lag ein zusammengefalteter Zettel. Beatrice öffnete ihn und las:

*Ich werde dich hier zur*
*Morgendämmerung treffen.*
*–Ys*

Ysbeta wollte sich also mit ihr treffen. Was war ihr eingefallen? Hätte sie ihr nicht wenigstens einen Hinweis geben können?

Harriet tauchte im Türrahmen auf. »Wie wundervoll!«

Beatrice stopfte sich den kurzen Brief in die Tasche. »Ich kann kaum glauben, dass wir hier sind.«

»Aber es ist wahr«, sagte Harriet. »Bald wird das Abendessen serviert.«

Beatrice und ihre Familie folgten dem Steward über auf Hochglanz polierte steile Treppen nach oben, die zwar Leitern genannt wurden, aber alles anderes als das waren. Über sie erreichten sie ein in frischer Meeresluft liegendes Deck weit über dem Hauptdeck. Hier hatten sich Gäste an der Reling versammelt, um weißbäuchigen Delfinen bei ihren Sprüngen und Kunststücken zuzusehen. Ianthe entfernte sich von der Menge, um Beatrice zu begrüßen. Als er sich tief verbeugte und eine Hand auf sein Herz legte, flatterte etwas in ihrer Brust.

»Ich bin froh, dass du hier bist.«

»Und ich bin dankbar für die Einladung.«

»Es ist bereits durch deine Anwesenheit ein herausragender Abend.«

Ianthe führte sie herum, um sie den anderen jungen Leuten vorzustellen, die eingeladen worden waren. »Der Tanz findet hier oben statt. Die Tische wurden unten eingedeckt. Es gibt freie Platzwahl, außer beim Familientisch. Dort sind nur du und Bard zugelassen. Das Essen beginnt gleich.«

Er führte Beatrice hinunter zu einem maritimen Festgelage, einem mehrgängigen Menü mit frischem Fisch und Meeresfrüchten, die den Gaumen erfreuten und in jenen raffiniert ausbalancierten Soßen und Gewürzen zubereitet waren, die die Llanandari so liebten. Der Wein floss in Strömen. Die Gespräche rundum sprühten Funken gleich den Glühwürmchen, die vor dem Tintenblau des sich verdunkelnden Himmels tanzten. Ianthes Vater erzählte Geschichten, die die Gäste zunächst gespannt zum Schweigen brachten und ihnen am Schluss ein herzhaftes Gelächter entlockten. Als Ianthe einem Gast zuhörte, legte er seine Hand auf dem Tisch auf die von Beatrice, genau wie Mr Lavan es im selben Moment bei seiner Frau tat. Er würde auch einen Kosenamen für sie finden, etwas wie »mein Sternenlicht«, und sie in Gegenwart anderer so nennen. Für Harriet könnten dadurch alle Wünsche für ihre eigene Ballsaison in Erfüllung gehen. Ihr Vater würde die Schulden zurückzahlen und das Vermögen der Clayborns wieder aufbauen können.

Mrs Lavan stellte eine Herausforderung dar. Beatrice würde hart arbeiten müssen, um in den Augen von Ianthes Mutter bestehen zu können, doch sie lernte schnell, und früher oder später würde sie auch sie für sich gewinnen.

Es würde sich alles fügen. Als die Musik einsetzte – jene blumige Melodie, die signalisierte, dass das Mahl beendet war und der Tanz begann –, führte Ianthe Beatrice die Treppe hinauf. Er zog sie in einen eng umschlungenen Tanz zu zweit, einer Damalsa, wie sie in Llanandras genannt wurde, und brachte ihr jeden einzelnen Schritt bei.

»Komm mit«, sagte er, nachdem sie so lange getanzt hatten, bis das Orchester eine Pause einlegte. Er brachte sie aufs höchste Deck und ging mit ihr zu der Reling, die zum Ufer zeigte. Unter ihnen hantierten Leute auf einem kleineren Schiff herum und bereiteten Feuerwerksraketen vor.

»Nein!«, sagte er. »Sieh nicht nach unten!«

Beatrice sah hinauf zu Zehntausenden von Lichtpunkten. Die Sterne sprenkelten den noch vom Sonnenuntergang berührten Himmel, sie blitzten und schimmerten, und jeder von ihnen schien für einen Wunsch zu stehen. Oder für eine eigene Welt, wenn die Stellaristen recht hatten. Da erblühte eine erste goldene Feuerblume am Himmel und wurde von den Gästen mit Ausrufen des Erstaunens begrüßt.

Das Orchester stimmte eine leichte, heitere Melodie zur Untermalung an. Ianthes Arm legte sich um Beatrice' Schultern, während sie Gold, Grün, Orangefarben, Rot und sogar das seltene Weiß-Violett unter Geknall und Gezisch aufblühen sahen. Rauch mengte sich in die Meeresbrise. Beatrice sog alles auf und erhaschte zwischen den Lichtblüten und den Rauchwolken immer wieder einen Blick auf den Himmel.

Zehntausend Wünsche, zehntausend Welten. Mehr als zehntausend sogar, sobald die Dunkelheit den Himmel zurückerobert hatte und weitere Lichter aufblitzten. Welten wie diese hier. Welten, anders als alles, wovon sie je geträumt hatte.

»Ich würde dir jetzt gern etwas voller Esprit sagen«, gestand Ianthe. »Aber so sehr ich die Schönheit auch liebe, ich habe nicht die Gabe, die Regungen meines Herzens in vollendete Worte zu kleiden.«

»Diese Beteuerung war in sich schön«, gab Beatrice zurück.

»Nicht genug«, wandte Ianthe ein. »Nicht genug, um dir zu erklären, was es mir bedeutet, bei dir zu sein, oder wie sehr ich mich danach sehne, mein Leben mit dir zu teilen. Anfangs wollte ich noch herauszufinden, verstehen, mir ganz klar darüber werden, dass meine Gefühle echt sind – doch dann hätte ich dich beinahe verloren. In dem Moment, da dich nur ein Wimpernschlag vom Tod trennte, wusste ich, dass ich meinen Gefühlen vertrauen kann.«

Er bewegte sich, und Beatrice löste ihren Blick gerade rechtzeitig vom Firmament, um zu erkennen, dass er die Hand in die Tasche steckte. »Ich liebe dich! Ich liebe dich! Ohne dich kann ich nicht mehr leben.«

Er holte einen Ring hervor, einen Smaragd, das erkannte Beatrice am hellgrünen Funkeln in den Tiefen der seedunklen Facetten. Ein so perfekter Smaragd, dass er – wie die schönsten Juwelen – einen eigenen Namen verdient hätte. Er hielt ihn ihr hin, sodass Beatrice ihn betrachten konnte. Die Feuerblumen waren verblüht und selbst die Sterne schienen sich zurückzuziehen, damit einzig dieses unmögliche, unwirkliche Juwel ihren Blick fesselte.

»Ich bin nicht bei Verstand, wenn du in meiner Nähe bist. An deiner Seite vergeht die Zeit, als würde sie mir gestohlen, bis ich wünschte, ich könnte mit einem Zauber die Weltkugel zurückdrehen, um mehr Zeit mit dir zu haben. Immer, wenn ich dich sehe, bin ich hingerissen von dir, entzückt von dir, getröstet von dir, in meinem Innersten bewegt von dir. Ich bin ein gieriger Mann, und ich möchte jeden einzelnen Moment, den du mir geben kannst. Ich will dich heiraten, Beatrice Amara Clayborn. Bitte sag ja.«

Beatrice Amara Clayborn. Sie hatte ihm ihren Zweitnamen nie genannt. Er musste ihn von ihrem Vater erfahren haben. Als er nach dem Blütenritt mit ihm gesprochen hatte, hatten sie offenbar nicht nur über die Geschehnisse dort geredet.

Er hatte also um die Erlaubnis ihres Vaters gebeten, sie zu heiraten.

Es war geschehen. Sie hatte sich die Hand des begehrtesten jungen Mannes in ganz Bendleton gesichert – und mehr als das: Er betete sie an. Er liebte sie. Er wollte, dass sie seine Frau wurde, ihr Leben sich mit dem seinen verflocht.

Der Ring verschwamm hinter ihren Tränen. Das Herz schwoll ihr an. Sie rang nach Luft, als das Gefühl in ihrem Inneren sie wie ein Schlag von tausend Flügeln überwältigte, als Euphorie ihr Rückgrat emporklomm und Funken wie ein Feuerwerk sprühte. Sie liebte ihn. Sie liebte ihn so sehr, dass es wehtat, doch sie liebte auch diesen Schmerz. Sie würde ihn immer lieben. Für ihn würde sie alles geben.

Langsam hob sie die Hand. Vorsichtig bog sie seine Finger um den Ring und verbarg ihn vor sich selbst. Sie sah in seine mitternachtsdunklen Augen, die denen seiner Mutter so sehr ähnelten, und lächelte, als ihr Herz in tausend Stücke zersprang.

»Ich liebe dich, Ianthe Antonidas Lavan. Aber ich kann dich nicht heiraten. Es tut mir leid.«

Erneut explodierte der Himmel im Licht. Ein Dutzend Feuerblumen loderten auf und öffneten sich der Nacht. Ihre Funken erstarben in Ianthes Augen.

# KAPITEL XVIII

»Aber du liebst mich«, sagte Ianthe. »Warum weist du mich dann zurück?«

Beatrice' Kehle war wie zugeschnürt. Sie kämpfte um ruhigen Atem, blinzelte in die Sterne und sandte einen Wunsch zu ihnen hoch. »Weil ich dich liebe. Du bist so sanft. Du setzt alles daran, mich zu verstehen. Du liebst die Magie so sehr wie ich – und genau das ist das Problem.«

Ianthe leckte sich über die Lippen. »Rede weiter.«

Das Schiff hob und senkte sich im Atem des Meeres, und Beatrice nutzte die Bewegung, um mitzuatmen, konzentrierte sich darauf, Worte über die Lippen zu bringen, ohne an ihnen zu zerbrechen. »Ich kann die Magie nicht loslassen und dann noch glücklich werden. Nicht einmal für dich.«

»Du kannst doch weiterhin zaubern«, widersprach Ianthe. »Wenn wir wissen, dass du nicht schwanger bist, können wir …«

»Du kannst mir dann den Reif abnehmen«, sagte Beatrice. »Aber wenn ich lediglich in dem Fall auf meine Magie zugreifen kann, wenn es dir sicher erscheint – gehört meine Magie dann mir oder dir?«

»Es ginge doch nur um deine Sicherheit«, beteuerte Ianthe.

»Ich würde mir niemals anmaßen, mir deine Magie anzueignen.«

»Aber ich würde nur befreit sein, wenn du mich frei lässt«, hielt Beatrice dagegen. »Es geht hier nicht um ein zu enges Schnürmieder oder Schuhe, die meine Zehen einklemmen oder sonst irgendetwas, das ich um der Mode willen erdulde. Es geht hier um meine Freiheit! Und selbst wenn das Ding einmal nicht um meinen Hals liegt, lauert es doch im Hintergrund, bis du entscheidest, dass du noch ein Kind möchtest, oder denkst, ich sei schwanger, oder meine Blutung einen Tag zu spät einsetzt. Wenn du mich heiratest, gehört meine Magie dir, egal, was wir uns einreden. Und ich werde dich für das, was du mir antust, hassen. Ich werde dich hassen – und das wird mich zerreißen.«

»Ich …« Ianthes Fassung bröckelte. Er presste die Augen zusammen und verzog das Gesicht zu den harten Linien eines Weinens ohne Tränen, ohne Schluchzer. »Ich kann das nicht.«

Er konnte das nicht. Beatrice hatte gewusst, dass er es selbst nicht würde ertragen können, sobald er es verstand. »Du musst mich gehen lassen! Du musst zulassen, dass ein anderer Mann mein Feind wird! Wenn du es wärst, dann … dann will ich lieber sterben!«

:Das tut weh:, sagte Nadi.

:Es tut weh:, erwiderte Beatrice.

Nadi wimmerte, verblieb jedoch unter ihrer Haut.

Ianthe warf den Kopf in den Nacken. Er sprach zu den Sternen hinauf. »Ich möchte, dass du glücklich bist. Mein größter Wunsch ist es, deine Tage mit Freude zu füllen. Es wäre mein Albtraum, wenn du begännest, mich zu verachten.«

Sie würde ihn ebenso wenig in diesen Albtraum hineinzwingen wie er sie in ihren. Dieses Wissen bohrte sich einen Weg zwischen ihren Rippen hinein in ihre Eingeweide. »Mein

Vater hat mir diese eine Gelegenheit gegeben, mir einen Mann zu wählen, andernfalls entscheidet er für mich. Ich kann nur diesen Weg gehen. Es tut mir so unendlich leid, Ianthe. Aber …«

»Nein«, sagte Ianthe. »Ich verstehe.«

»Ich muss einen anderen Mann heiraten.«

»Du musst einen anderen Mann heiraten«, wiederholte Ianthe. »Einen, den du verachten kannst.«

»Und ich werde ihn hassen.«

»Wir werden ihn beide hassen.«

:Ich am meisten.:

Beatrice senkte das Kinn und blinzelte, doch die Tränen waren nicht aufzuhalten. »Ich werde Ysbeta beibringen, die Grimoires zu entschlüsseln. Sie hat noch eine Chance.«

»Will überhaupt irgendeine Frau mit Gabe heiraten?«

Einst hatte Beatrice geglaubt, alle wollten es. Nur sie sei so unnatürlich, so egoistisch. Aber dann war erst Ysbeta in ihr Leben getreten, später auch andere Frauen. Sogar Harriet hatte ihr flüsternd eingestanden, wie wunderbar die Magie war, die sie sich selbst vorenthielt, um die Vorfreude auf Heirat und Familie nicht zu trüben. »Ysbeta muss entkommen. Hilfst du ihr?«

»Euch beiden.« Ianthe vergrub das Gesicht in den Händen. »Ich helfe euch beiden.«

Beatrice schüttelte den Kopf. »Ich kann noch nicht aus eurem Leben gehen, bevor ich ihr nicht beigebracht habe, die Grimoires zu nutzen. Eine von uns beiden muss frei sein.«

»Ich bringe sie zu dir. Ich helfe, so sehr ich kann«, versicherte Ianthe. »Ich könnte dich fortbringen …«

Beatrice schloss die Augen. Die Tränen schienen ihre Lider wundgescheuert zu haben. »Meine Familie ist auf meine Heirat angewiesen. Wenn ich fortlaufe, verlieren sie alles. Harriet wird niemals an einer Ballsaison teilnehmen. Das kann ich ihnen nicht antun«, erklärte Beatrice. »Du musst mich gehen lassen. Ihretwillen muss ich heiraten. Ich muss …«

Ianthe nickte. Elend drückte seine Schultern nach unten. Er hob Beatrice' Hand. »Ich liebe dich.«

»Ich liebe dich«, erwiderte Beatrice. »Wäre es eine andere Welt als diese …«

»Ja. Aber wir haben nur diese hier«, sagte Ianthe.

»Ich sollte in meine Kabine gehen.«

»Ich bringe dich.«

»Ich muss allein sein«, brachte Beatrice heraus. »Ich muss … ich …«

»Warte«, sagte Ianthe. »Einen Moment noch, bitte. Nur … wenn das unser Abschied ist …«

»Was?«

Ianthe strich mit einem Knöchel über ihre Wange. Er schob ihr eine widerspenstige Strähne aus der Stirn, und er füllte ihr ganzes Blickfeld aus. Der sanfte Ausdruck in seinen Augen wusste von jedem gemeinsamen Moment und hüllte ihn in Seidenpapier, um ihn für immer aufzubewahren. Beatrice hob die Finger an seine Wange und fuhr über seine makellos glatte Haut. Er senkte die Lider, als sie seine Lippen ertastete, und wandte den Kopf, um ihre Fingerspitzen mit einem Kuss einzufangen.

Dies war der Abschied. Beatrice ließ ihre Hand über seinen Kiefer gleiten, bog die Finger um seinen Nacken. Sie erhob sich auf Zehenspitzen und legte ihren Mund auf seinen, schob sich enger an ihn heran.

Die Wellen unter der *Glänzenden Hand* wiegten sie, sie küssten sich zur gedämpften Melodie des Orchesters, klammerten sich unter zehntausend Sternen aneinander. Die einhundert Scherben von Beatrice' Herz versuchten vergeblich, sich wieder zusammenzusetzen, sich abermals zu einem Ganzen zu fügen vermittels der Spinnweben einer Hoffnung, die langsam zerriss, herabschwebte und zu Staub zerfiel.

Dies war der Abschied, und als sie ihre Lippen voneinander lösten, um zu Atem zu kommen, als sie einander losließen, als sie sich einen Schritt voneinander entfernten und ihre Seelen, die einander berührt und sich miteinander verflochten hatten, auseinanderzogen, da war es vorbei.

Sie blickten einander an. Ein letzter Blick, eine letzte Erinnerung. Ihr Ianthe. Sie würde ihn auf ewig lieben. Sie schloss die Augen. Sie ballte die Fäuste und schluckte die Tränen herunter. »Ich liebe dich«, sagte sie. »Leb wohl.«

Sie wandte sich um und eilte die Treppe hinunter. Ohne einen Blick für die Tanzpaare zu haben, hastete sie weiter zum Hauptdeck, wo Mr und Mrs Lavan, Harriet und ihre Eltern voller Erwartung zusammenstanden.

Sie starrten sie an, als sie allein und ohne Ring am Finger auf sie zukam. Harriet sah aus, als wollte sie Beatrice am Kragen packen und wieder nach oben schleifen, um die Geschichte zum erwünschten Ende zu bringen. Ihre Mutter berührte mit derart mitfühlendem Blick ihren Schutzreif, dass Beatrice es kaum zu ertragen vermochte.

Endlich ergriff ihr Vater das Wort. »Was hast du getan?«

Sie musterte die Planken unter ihren Füßen, sammelte sich und erwiderte seinen Blick. »Wir sind übereingekommen, dass es das Beste für uns ist, wenn wir nicht heiraten.«

Mrs Lavan verlagerte ihr Gewicht, die Falten auf ihrer Stirn glätteten sich.

»Sie müssen sehr enttäuscht sein«, sagte Mr Lavan.

»Ist der Junge also doch noch bei Verstand«, sagte Mrs Lavan.

»Ihr seid übereingekommen, dass es das Beste für euch ist,

wenn ihr nicht heiratet«, wiederholte ihr Vater. Er presste die Lippen aufeinander und starrte Beatrice an, als sähe er sie zum ersten Mal. Dann kehrte die Entschlossenheit in seine Züge zurück. »Nun gut. In dem Fall brauche ich ein Schiff zurück zum Festland. Sofort!«

»Kind«, erkundigte sich Mr Lavan. »Stimmt etwas nicht?«

»Es tut mir sehr leid, Mr Lavan«, antwortete Beatrice. »Es war eine so schöne Feier, und ich … Es tut mir leid.«

»Ein Schiff wartet auf Sie«, sagte Mrs Lavan. »Sie können an Bord gehen, wann immer Sie wünschen.«

Mrs Clayborn brachte keinen Ton über die Lippen.

»Herzlichen Dank für Ihre Gastfreundschaft«, sagte Beatrice' Vater. Er packte ihren Arm mit quetschendem, schmerzhaftem Griff. »Wir gehen nach Hause. Auf der Stelle!«

O nein! Erst musste sie Ysbeta ins Bild setzen! Das war ihre einzige Chance, um … »Vater, ich fühle mich nicht gut. Ich denke, ich sollte mich kurz ausruhen und morgen früh …«

»Wir werden uns den Lavans keine einzige Minute länger aufdrängen«, herrschte ihr Vater sie an. »Wir gehen! Jetzt!«

Sie ließen Beatrice als Allererste zur Schaluppe herunter.

Am nächsten Morgen schrieb sie Ysbeta einen Brief. Sie wog jedes Wort vorsichtig ab, ließ die Tinte sorgsam trocknen und faltete das Papier zu einem Quadrat. Nachdem sie Wachs auf die Ecke getropft hatte, versiegelte sie das Schreiben mit ihrem Monogramm: BAC.

Sie legte es auf das Tablett, auf dem sie die Briefe sammelten, die aufgegeben werden sollten. Sie war schon halb wieder die Treppe hinauf, als sie sah, dass der Lakai den Brief vom Stapel nahm und ins Büro ihres Vaters brachte.

»Warten Sie!«

»Seine Anweisung, Miss Beatrice«, rechtfertigte sich der Lakai, während Beatrice das Geländer umklammerte und sich darüber lehnte, um ins Büro zu spähen. Ihr Vater befahl nicht, dass die Tür geschlossen würde. Er brach das Siegel, las die Worte und warf den Brief ins Kaminfeuer, wo er sich zusammenrollte, als er zu Asche verbrannte.

Als ihr Vater sich wieder hinter den Schreibtisch setzte, sah er nicht zu ihr herüber. Sie war nicht länger Teil seiner Welt. Er würde sie nicht ansehen, nicht mit ihr sprechen, nicht auf sie reagieren.

Am Nachmittag läutete es an der Tür. Beatrice trat zum Fenster und sah den emaillierten Landauer der Lavans auf der Straße. Sie wischte sich dankbare Tränen aus dem Gesicht und wartete. Aber die Haustür öffnete sich sogleich wieder, und Ysbeta Lavan stakste heraus. Sie warf keinen Blick zurück, als sie in die Kutsche einstieg und davonfuhr.

Sie sollte die letzte Person sein, die nach ihr fragte. Beatrice stand jeden Morgen auf und ließ sich von Clara ins Bad bringen, in ein Tageskleid stecken und frisieren, doch an den meisten Tagen ging sie nicht einmal mehr zum Essen hinunter. Sie schlafwandelte von ihrem Zimmer in den Salon, wo sie auf der Geige die Noten Trauer, Zorn und öde leere Zukunft anschlug. Die Tage lösten einander ab, und oft blieb sie einfach im Bett und starrte ins Nichts.

Kein Gentleman wollte die Kriegsjungfrau. Niemand wollte eine rebellische Braut, eine schwierige Frau, eine eigensinnige, störrische Nachfahrin einer Ahnenreihe, die vor allem Töchtern das Leben schenkte. Sie würde als alte Jungfer bei ihrer Familie bleiben – aber nicht, um ihr zu Reichtum zu verhelfen. Nicht als Magierin, sondern als Bürde.

Ihr Vater würde sie keines Blickes würdigen.

Der Duft der Kirschblüten zog ab, die Bäume schickten hauchzarte Wolken aus Blütenblättern aus und überzogen sich mit zartem Frühlingsgrün. Die Ballsaison war schon zur Hälfte vorüber. In den Heiligtümern läuteten bereits die Verlobungsglocken, da immer mehr Bündnisse geschmiedet und besiegelt wurden.

Niemand besuchte Beatrice Clayborn.

Sieben weitere Tage vergingen, bevor sich ihre Hoffnung an einer Spalte in der *Bendleton Tribune,* die ihr Vater nach dem Frühstück hatte liegen lassen, neu entzündete: Ein paar Minuten, nachdem er gegangen war, schlich sie sich zum Tisch, um ein kaltes Stück Omelett zu essen und einen Tee zu trinken, der bereits bitter von Tanninen war, und nahm aus Langeweile die Zeitung an sich. Ihre Fingerspitze färbte sich schwarz, während sie über die Spalte fuhr, in der für alles Mögliche geworben wurde, von Segelschiffreisen bis zum Abonnement für Zierpflanzen. Als sie eine Anzeige berührte, funkte es plötzlich an der Fingerspitze.

Beinahe hätte sie den Finger zur Linderung in den Mund gesteckt. :Nadi?:

:Das bringt Glück! Das bringt Glück!:, juchzte das Geistwesen.

Sie hob den Finger und las das Inserat. Ein Investor verkaufte Anteile an der Fracht des chasandischen Dreimasters *Tintenfisch.* Kakao, Tee, Gewürze. Der Standardpreis lag bei zweihundert Kronen für ein Viertel der Ladung.

Das war ein sehr geringer Preis. Beatrice schlug die nach Tinte riechenden Seiten um, bis sie auf die Seefahrtnachrichten stieß. Die *Tintenfisch* stand dort in einer Liste von Schiffen und den Daten, an denen sie zurückerwartet wurden. Sie hätte bereits vor drei Wochen einlaufen sollen – genug Zeit für einen nervösen Investor, um anzunehmen, sein Schiff sei untergegangen, weshalb er sich zumindest einen Teil der Investition zurückholen sollte, selbst mit Verlusten.

Wenn ihr Vater diese Anteile kaufte … und die *Tintenfisch* dann zurückkam …

:Das wird sie:, erklärte Nadi. :Ihr Glück ist unerschütterlich.:

Beatrice las jedes Wort der Schiffsnachrichten und brütete über den Werbeanzeigen, doch die Zeitung zitterte in ihren Händen. Sie musste es ihrem Vater sagen. Hier war der Schlüssel. Kein Mann würde Beatrice jetzt noch heiraten – ihr ursprünglicher Plan, Vaters Geschäftspartnerin zu werden, war also die einzige Möglichkeit, die noch blieb. Er musste das einsehen. Sie musste es ihm beweisen.

Sie nahm die Zeitung mit, rannte zur Tür seines Büros und klopfte mit dem charakteristischen Doppelklopfen ihrer Mutter an. »Was ist?«, fragte ihr Vater von drinnen.

Sein Blick glitt an ihr vorbei, als sie eintrat. Das war schlimmer als eine Ohrfeige. Beatrice legte ihm die Zeitung auf den Tisch und faltete die Hände. »Vater! Es gibt ein Schiff, das drei Wochen zu spät dran ist. Ein Investor verkauft Anteile für ein Viertel der Ladung für zweihundert Kronen.«

Ihr Vater hüllte sich in Schweigen und öffnete eine Schublade. Beatrice erblickte darin etliche lederne Geldbörsen, jede groß genug für einhundert Kronen. Er hatte die Gewinne aus Beatrice' kleinem Abenteuer am Kartentisch also noch nicht eingezahlt. Ihr wurde der Mund trocken.

Sie leckte sich über die Lippen. »Das Schiff hat Glück, Vater. Ich weiß es. Es ist ein Risiko, in ein Schiff zu investieren, das fast einen Monat zu spät von einer Expedition zurückkehrt, aber ich weiß, dass es kommen wird.«

Ihr Vater fand ein Etui mit Schreibfedern, legte es auf die Zeitung und öffnete es.

Beatrice sammelte ihr letztes bisschen Mut zusammen. »Ich weiß, dass es eintreffen wird, weil mein Glücksgeist – derselbe Glücksgeist, der mir beim Kartenspiel geholfen hat – es mir verraten hat. Es wird bald kommen. Wenn du einen Viertelanteil kaufst, Vater, wird der Tausende von Kronen wert sein. Die Fracht besteht aus Tee, Kakao und Gewürzen, alles unerlässlich für die chasandische Küche. Du würdest es verkaufen können, ohne auch nur ein Warenhaus dafür zu mieten.«

:Wie bald, Nadi?:

:Sehr bald:

»Ich denke, wir sollten schnell zuschlagen«, fuhr Beatrice fort. »Noch heute. Nadi ist sich sicher.«

Ihr Vater streifte sie mit seinem Blick, und ihr Herz tat einen Satz, aber dann spitzte er seine Federkiele, als stünde sie nicht vor ihm.

»Ich kann dir helfen, Vater. Bitte vertrau mir! Dieses Schiff wird eintreffen, und zwar bald. Danach könnte ich mit Nadis Hilfe weitere Schiffe entdecken, wo wir Anteile kaufen sollten. Du wirst Kapital zum Investieren haben. Es wird uns gut gehen … und der erste Schritt zu diesem Wohlstand ist dieser Anteil an der Ladung der *Tintenfisch*.«

Er legte eine Schreibfeder ab und nahm eine weitere an sich, die er kritisch beäugte.

»Vater!« Beatrice' Stimme brach. »Bitte! Ich weiß, dass kein Bewerber kommen und um meine Hand anhalten wird. Aber das hier kann ich für dich tun. Harriet kann aufs Coxton's gehen. Sie wird ihre eigene Ballsaison in Glanz und Gloria ausleben können. Wir werden nie wieder Not leiden, solange Nadi uns hilft.«

Sie flehte ihren Vater an, ihre Kraft nutzen zu dürfen, ganz wie ihre Mutter es getan hatte. Sie faltete die Hände und stieß ein von Schluchzern ersticktes Flüstern aus: »Vater, bitte hör mir doch zu!«

Der Lakai pochte an die Tür, drei leise Klopfer, die ihren Vater den Kopf heben ließen.

»Ja?«

Die Tür öffnete sich. James hatte Ianthe Lavan gebracht.

»Mr Ianthe Lavan möchte Sie sprechen, Mr Clayborn.«

»Ah, ja. Treten Sie ein! Miss Clayborn wollte gerade gehen.«

Ianthe war hier? Beatrice wischte sich die Tränen von den Wangen. Sie war ungeschminkt – so hatte er sie noch nie gesehen – und trug obendrein ein rot verweintes Gesicht zur Schau. Warum war er gekommen?

Er sah sie einen ausgedehnten Moment lang an, und Beatrice zwang sich, ihr Haar nicht zu berühren, das so fiel, wie seine Natur es wollte. Sie kämpfte dagegen an, ihren Kittel auf Flecken zu untersuchen, und atmete um den Riss in ihrem Herzen herum. Ianthe. Sie hatte nicht geglaubt, ihn je wiederzusehen.

»Beatrice, geh!«

»Es ist mir recht, wenn Miss Clayborn bleibt«, sagte Ianthe. »Ich komme mit einem Angebot.«

Ihr Vater straffte sich in seinem Stuhl und legte die Hände um die Kante des Schreibtischs. »Einem Angebot?«

»Ich bin gekommen, um Ihnen fünfzigtausend Kronen anzubieten, plus weitere zehntausend am Ende dieses Jahres.«

»Eine interessante Summe«, bemerkte ihr Vater. »Wozu?«

»Um sicherzugehen, dass Miss Clayborn bis zur nächsten Ballsaison ledig bleibt und dann an ihr teilnehmen kann, sofern sie das wünscht. Die Zehntausend sollen Ihre Rückkehr nach Bendleton finanzieren.«

Fünfzigtausend Kronen. Das sollte reichen, um Vaters Verluste auszugleichen. Das sollte genug sein, um Riverstone zu retten. Und dann eine weitere Ballsaison, wenn sie denn nach einem Jahr der Freiheit erneut teilnehmen wollte. Und Ianthe würde abermals anwesend sein. Das spürte sie mit jeder Faser ihres Körpers.

»Um noch einmal nachzuhaken«, sagte ihr Vater. »Sie bieten mir diese Summe an? Nicht Ihre Familie oder Lavan International? Sondern Sie?«

»Genau.«

»Ich hatte bisher keine Ahnung, dass Ihr persönliches Vermögen bereits so groß ist.«

»Um die Wahrheit zu sagen, die Summe ist beträchtlich«, gestand Ianthe. »Das ist mein ganzes Jahreseinkommen, dazu ein Teil meines persönlichen Grundkapitals.«

»Und Sie möchten, dass ich Beatrice damit eine zweite Ballsaison ermögliche«, sagte Vater. »Werden Sie dann auch nach Chasland zurückkehren?«

»Ich freue mich sehr auf eine weitere Ballsaison.«

»Weiß Ihre Familie, was Sie da tun?«, erkundigte sich ihr Vater.

»Nein«, antwortete Ianthe. »Ich handle auf eigene Faust.«

»Damit ist die Entscheidung gefallen«, sagte ihr Vater. »Nein.«

Beatrice zitterten die Knie. Sie rang nach Luft. »Vater …«

Er brachte sie mit einer Geste zum Schweigen. »Wenn dieses Angebot ein Brautpreis gewesen wäre …«

»Miss Clayborn möchte nicht heiraten, weshalb ich Ihnen kein Angebot für einen Brautpreis unterbreiten kann, so gern ich auch möchte.«

Sein Verständnis drohte sie zu erdrücken. »Mr Lavan …«

»Schweig, Beatrice! Hier geht es nicht darum, was meine Tochter möchte«, erklärte ihr Vater. »Dies ist ein großzügiges und nobles Angebot. Aber ich kann es nicht annehmen, egal, was Beatrice getan hat, damit Sie sie mir abkaufen.«

»Vater!«

Er ignorierte sie. »Wenn ich Ihr Angebot annehme, wird Ihre Familie mich als Feind betrachten. Ich kann in der Geschäftswelt nicht bestehen, wenn meine Beziehungen zu Lavan International gekappt sind. Und Sie sind nicht in der Position, mich davon zu überzeugen, dass sie es nicht sein werden«, erklärte ihr Vater. »Schwören Sie mir, dass Sie in dieser Angelegenheit schweigen!«

»Es ist nicht so, wie Sie vielleicht denken«, erwiderte Ianthe. »Ich bin nicht hergekommen, um einen Skandal mit Geld aus der Welt zu schaffen.«

»Aber Sie sind auch nicht hier, um einen Ehevertrag auszuhandeln«, entgegnete ihr Vater. »Nicht, dass ich jetzt noch solch einen Handel mit Ihnen eingehen könnte.«

Was sollte das denn heißen? Doch Ianthe presste die Lippen zusammen und sah ihren Vater einen ausgedehnten Moment lang an. »Verstehe! Doch Miss Clayborn ist eine Frau von beachtlichem Wert. Sie wären gut beraten, sie an Ihrer Seite zu behalten.«

»Danke für den Rat, aber noch entscheide ich über Beatrice' Zukunft. Ich lehne Ihr Angebot ab, wenngleich ich die Leidenschaft dahinter wertschätze.«

Er benötigte kein Angebot über fünfzigtausend Kronen? Das ergab doch keinen Sinn, nicht einmal für einen Mann, der so stolz und störrisch war wie ihr Vater. Warum brauchte er das Geld nicht mehr?

»Sie haben bereits ein Angebot«, schlussfolgerte Ianthe. »Jemand hat Ihnen ein Angebot für Miss Clayborn gemacht.«

Nein. Das würde niemand tun. Vater ließ den Blick auf die Zeitung vor sich auf dem Tisch fallen, die auf der Seite mit den Seefahrtnachrichten aufgeschlagen war. Die Flamme der Hoffnung sprang jäh in die Höhe, doch sie konnte das Entsetzen, das über Beatrice' ganzen Körper rann, nicht tilgen.

»Ich weiß Ihr Angebot zu schätzen. Es ist sehr großzügig. Aber ich kann es nicht annehmen. Ich wünsche Ihnen noch einen schönen Tag.«

Ianthe stand noch einen Augenblick zitternd da, dann nickte er höflich. »Auch Ihnen noch einen schönen Tag, Mr Clayborn.«

Er sah Beatrice an, als er sich umwandte und ging.

»Vater«, sagte Beatrice.

»Kein Wort«, kanzelte ihr Vater sie ab. »Nimm deine Mahlzeiten fortan in deinem Zimmer ein! Ich will dich nicht sehen. Bereite dich morgen früh auf einen Gast vor! Und jetzt geh!«

Und Beatrice verließ sein Büro. Sie stieg die Treppen zu ihrem Schlafzimmer hoch, wo sie sich auf das ungemachte Bett warf und in ein Kissen weinte.

Am nächsten Morgen ließ ihr Clara genau wie an jedem Morgen ein Bad ein und legte ihr ein Kleid heraus. Eines in einem weichen, blassen Grau. Der Stecker war mit pfirsichfarbenen Seidenschleifen verziert. Beatrice schwang die Beine aus dem Bett und starrte ihre nackten Füße an.

Als das Klingeln an der Tür Besuch ankündigte, sahen Beatrice und Clara einander an.

»Beeilen Sie sich mit dem Bad«, empfahl Clara.

Beatrice weichte im warmen Wasser ein und hob ein Bein heraus, um es zu massieren. Ihr Haar war glitschig von der Cremespülung, mit der Clara ihre Locken zähmte. Wer hatte da geklingelt? Ihr Vater hatte gesagt, sie solle einen Gast erwarten. Aber wen?

Mit einem Klicken öffnete sich die Tür. Harriet stahl sich herein. »Geh weg! Ich weiß, dass jemand geklingelt hat.«

»Beatrice.«

»Geh weg, hab ich gesagt!«

»Beatrice«, stieß Harriet aus und rang nach Luft. »O Beatrice, es ist ...«

»Ein Gentleman. Ich weiß.«

Harriet schüttelte den Kopf. »Du weißt gar nichts! Du würdest hier nicht sitzen, wenn du wüsstest, wer ...«

»Also, wer?«, fragte Beatrice. »Wer ist es denn? Ist es ... Harriet! Wer ist der Gast?«

Harriet brach in lautes, tränenreiches Schluchzen aus und floh aus dem Bad. Ihre Schritte donnerten durch den Korridor, die Tür ihres Zimmers fiel mit einem derartigen Knall ins Schloss, dass das ganze Haus erbebte.

Wer ...? Als Beatrice aus der Wanne stieg, glich sie einem Wasserfall. Sie hüllte sich in ein Handtuch, noch bevor Clara mit zusammengepressten Lippen eintrat.

»Clara? Wer ist mein Gast?«

»Ich kenne ihn nicht, Miss Beatrice. Doch Harriet hört einfach nicht auf zu weinen.«

Sobald sie angekleidet und ihr Haar ordentlich festgesteckt, ihr Mieder fest genug geschnürt war – sie bekam kaum noch Luft –, ging sie die Treppe hinunter, am Musikzimmer vorbei und durch die Eingangshalle mit seinen schwarz-weißen Marmorfliesen, bis der Lakai sie zum Büro ihres Vaters führte. Als er ihr die Tür öffnete, wollte Beatrice nur noch davonlaufen.

Danton Maisonette stellte seine zierliche Teetasse aus Glas ab und erhob sich. »Miss Clayborn.«

»Mr Maisonette. Sind Sie hier, um Ihre Schuld gegenüber meinem Vater zu begleichen?«

»Mr Maisonette ist mit dem Angebot einer Vermählung hier«, erklärte ihr Vater.

Beatrice fuhr einen Schritt zurück. »Nein! Vater, das kannst du nicht tun!«

»Powles' Aussage hat mir die Türen in ganz Bendleton verschlossen«, sagte Danton. »Auf keiner Feierlichkeit und keinem Ereignis bin ich mehr willkommen. Meine einzige Möglichkeit, eine Braut mit nach Hause zu nehmen, sind aber Sie.«

Beatrice' Beine gaben nach. Alles schien nach rechts zu kippen. Sie kämpfte um ihre Balance und behielt sie. »Nein!«

»Wir sind uns bereits einig«, eröffnete ihr Danton Maisonette. »Die Zeremonie findet in drei Tagen statt.«

Nichts fühlte sich mehr real an. »Drei Tage«, wiederholte Beatrice. »Vater, ich kann diesen Mann nicht heiraten.«

»Du hast in dieser Angelegenheit keine Wahl«, erklärte ihr Vater. »Ich habe mich entschieden. Du wirst Danton Maisonette heiraten. Er bietet eine großzügige Summe, und sein Schiff nach Valserre legt in einer Woche ab. Du wirst als seine Braut an Bord sein.«

Seine Braut! Er hatte versucht, sie umzubringen! »Aber Vater …«

»Ich habe dich herzitiert, um dich zu instruieren, nicht, um mit dir zu diskutieren«, sagte ihr Vater. »Clara ist soeben zur Silk Row aufgebrochen, um einen Termin für die Anprobe des Hochzeitskleids zu vereinbaren. Für diesen Termin darfst du das Haus verlassen. Ebenso am Vorabend der Vermählung, wenn wir feierlich bei den Maisonettes tafeln werden.«

Feierlich tafeln. Beatrice' Magen rebellierte. »Soll ich etwa nach Valserre gehen? Werde ich euch niemals …«

»Wenn du mir einen Sohn geschenkt hast, werden wir für die Ballsaison deiner Schwester nach Bendleton zurückkehren.« Dantons Lächeln war fadenscheinig. Nadi schien in Beatrice kopfzustehen.

Das durfte nicht geschehen!

»Vater! Können wir es nicht so halten, wie ich es neulich vorgeschlagen habe?«

Ihr Vater seufzte. »Nein. Bisher habe ich dich nicht für ein verzogenes Mädchen gehalten, Beatrice, aber mir so etwas vorzuschlagen, und das auch noch vor deinem zukünftigen Ehemann …«

»Aber es gibt noch einen anderen Weg«, sagte Beatrice. »Wenn ich einen Pakt mit einem größeren Geist …«

Danton legte den Kopf schief. »Wie ich es befürchtet habe! Deshalb, Mr Clayborn, muss ich darauf bestehen …«

Ihr Vater zog die Schultern hoch. »Es sind doch nur noch drei Tage!«

»Sie muss wissen, wer das Sagen hat. Und zwar von dieser Sekunde an!«

Ihr Vater seufzte, öffnete eine Schublade und holte die flache Holzschatulle heraus. Beatrice meinte, sich übergeben zu müssen.

Danton öffnete die Schatulle und nickte. Er hob den Reif aus seinem Satinbett. »Das hier sollte sie auf vernünftige Weise auf den Boden der Tatsachen zurückbringen.«

Beatrice schwankte wie betäubt. »Nein!«

Ihr Vater seufzte. »Ich hatte ja keine Ahnung, wie tief ihr Ungehorsam sitzt. Beatrice, komm her!«

»Nein!«

Ihr Vater streckte die Hand aus. »Danton Maisonette wird dein Ehemann sein. Du wirst ihm gehorchen. Du wirst mir gehorchen. Komm her!«

:Ich hasse dich! Hasse dich! Hasse dich! Hasse dich …:

Nadi schrie Danton so voller Hass an, dass Beatrice mitgerissen wurde und einstimmte: »Ich hasse dich!«

»Das ist mir egal«, erklärte Danton. »Sie haben den Namen meiner Familie ruiniert. Ich brauche nicht Ihre Liebe, ich brauche Ihre Söhne.«

:Fluch!:, schrie Nadi, und magische Kraft schoss durch Beatrice' Körper. Danton fuhr zurück.

»Was haben Sie getan?«

»Vater, bitte! Glaub mir, ich liege richtig, was die *Tintenfisch* angeht. Warte auf diesen Beweis, wenn du willst, aber danach kann ich das wiederholen. Immer und immer wieder. Nur bitte gib mich nicht diesem Mann, Vater, bitte …«

»Was hat sie mit mir angestellt?«, fragte Danton mit schriller werdender Stimme. »Sie hat doch etwas mit mir angestellt!«

»Ich habe Sie mit einem Fluch belegt«, sagte Beatrice. »Ich werde Ihnen niemals einen Sohn schenken, Danton Maisonette. Ich werde niemals aufhören, Sie zu hassen. Ihr Leben wird eine einzige Tortur sein, und zwar bis dass der Tod uns scheidet. Das schwöre ich! Wenn Sie mich zur Ehe zwingen, werde ich …«

»Ich habe genug von deiner Impertinenz«, sagte ihr Vater. »Lass deine Frechheiten bleiben und komm her!«

»Vater …«

Beatrice schluchzte. Sie schüttelte den Kopf, doch Vater kam hinter dem Tisch hervor und trieb sie in die Enge. Danton hatte den Schutzreif aufgeklappt, bereit, ihn um ihren Hals zuschnappen zu lassen.

»Bitte«, flehte Beatrice, fuhr herum und floh Richtung Tür, doch Danton stellte sich ihr in den Weg. Sie hob die Faust, um ihn abermals zu schlagen, doch er duckte sich, sodass ihre

Knöchel die harte Holztür trafen und in scharfem, rotem Schmerz explodierten.

Als sie die Hand an sich presste, warf sich Danton auf sie und packte sie.

»Jetzt reicht's mir!«, schrie Danton. »Ihr Vater hat Sie ganz offensichtlich verzogen! Keine unserer Töchter wird sich auch nur ein Zehntel Ihrer Unverschämtheiten herausnehmen.«

Beatrice hob den Fuß und rammte ihm den Absatz auf den Spann. Danton heulte auf, ließ sie jedoch nicht los.

»Beatrice, bitte!«, rief ihr Vater aus. »Hör sofort auf, Gewalt anzuwenden. Es ist doch nur zu deinem Besten, Kind.«

»Das ist es nicht!«, schrie Beatrice. »Vater! Nicht!«

:Nein! Nein!:, kreischte Nadi. :Beatrice! Beatrice!:

:Flieh, Nadi! Lauf!:

:Beatrice!:

Der Reif legte sich um ihren Hals. Nadis Entsetzensschreie verhallten. Der Geist floh aus ihrem Körper und ließ sie allein. Ihre Haut zog sich zusammen. Ein hohes, wimmerndes Weinen erklang, so laut und grässlich, dass es in den Ohren schmerzte. Ihr Magen tat einen Satz, als fiele sie aus großer Höhe.

Und dann schloss sich der Reif mit einem Klicken. Sie sackte zusammen. Das Stück lag um ihren Hals – und alle Farbe blutete aus. Das leise Wimmern schickte noch ein Echo in ihre Ohren und dämpfte damit ihre eigenen Schluchzer. Die Welt war karg, ohne Licht – und in Beatrice' Innern, dort, wo eben noch Nadi gelebt hatte, war nichts als Leere.

# KAPITEL XIX

Innerlich völlig ausgehöhlt floh Beatrice aus dem Büro ihres Vaters. Der Reif hätte sie erwürgen sollen, thronte stattdessen aber höhnisch über der Mulde zwischen ihren Schlüsselbeinen. Das Metall nahm bereits ihre Körpertemperatur an. Jeder Schritt, jedes Husten gedämpft vom leisen, hohen Wimmern in ihren Ohren. Der Marmortisch in der Mitte der Eingangshalle dumpf und grau. Allem fehlte etwas, nun, da sie ihrer Sinne beraubt war, nichts war noch intakt.

Die Tür zum Salon ging auf. Das leise Tappen hochhackiger Schuhe ließ Beatrice den Blick heben.

»Mutter«, flüsterte Beatrice.

Wie ähnlich sie einander waren: dieselben runden Ohren, geschmückt mit schlichten Perlenohrringen, dieselben herbstroten Locken, frisiert für einen Tag im Haus – und derselbe silberne Halsreif, der ihnen die Gabe vorenthielt, mit der sie geboren worden waren.

Ihre Mutter breitete die Arme aus, und Beatrice ließ sich an ihre Brust fallen. Sie pressten die tränenüberströmten Wangen aneinander.

»Mein Liebling«, flüsterte ihre Mutter. »Es tut mir so leid.«

»Ich kann das nicht«, erwiderte Beatrice ebenso flüsternd. »Ich kann nicht.«

Ihre Mutter hielt sie, und Beatrice klammerte sich an sie.

»Ich wünschte, ich könnte es dir leichter machen«, sagte ihre Mutter und nahm etwas Abstand, um sie anzusehen. »Du trägst so schwer an dieser Last um deinen Hals.«

»Hilf mir! Bitte«, wisperte Beatrice. »Sende Ysbeta Lavan eine Botschaft! Sag ihr, dass ich sie unterrichte, aber dass ich das Grimoire brauche!«

Eine Schublade im Büro ihres Vaters schloss sich mit einem dumpfen Laut. Ihre Mutter erstarrte und ließ den Blick über Beatrice' Schulter wandern, während sie ihrer Tochter die Arme streichelte. »Du gewöhnst dich noch dran«, sagte sie.

Beatrice fühlte einen klobigen, fahlen Unglauben in sich aufsteigen. »Mutter?«

Die Bürotür öffnete sich. Ihre Mutter sprach weiter, wollte sie beruhigen, hörte aber nicht zu. »Nach einer Weile vergisst du, dass er da ist.«

»Wie könnte ich das vergessen? Alles ist nun anders. Weniger. Es ist …«

»Beatrice«, sagte ihr Vater. »Verabschiede dich jetzt von deinem Verlobten!«

Wo war die Hitze, die ihre Sinne entflammt hatte? Wo war das Gespür, das für einen Gleichklang von Körper und Gefühlen gesorgt hatte? Sie wandte sich um. Danton Maisonette trat an sie heran und bot ihr seine offene Hand dar.

Beatrice rührte sich nicht vom Fleck. Die Arme hingen schlaff an ihren Seiten herab. Dabei hätte sie vor Zorn beben sollen! Mit der geballten Faust hätte sie ihm die Nase brechen sollen.

»Beatrice.«

Der missbilligende Blick ihres Vaters ließ ihr Herz nicht

länger sinken. Seine Erwartungen entzündeten keine wütenden Funken unter ihrer Kopfhaut mehr. Selbst ihr Körper war mit diesem Reif ein anderer.

Sie hob die Hand. Danton ergriff sie und verbeugte sich höhnisch tief, doch seine Lippen hinterließen auf ihren Knöcheln lediglich ein betäubtes, halb totes Gefühl.

Beatrice zog die Hand weg.

Dantons Lächeln entbehrte jeden Humors und aller Ehrlichkeit. »Ich zähle die Tage voller Vorfreude, Beatrice.«

Aus seinem Mund klang ihr Name abscheulich. Er nahm ihn sich, obwohl er ihm nicht gehörte.

Sie wandte sich ihrer Mutter zu. »Bitte!«

»Du wirst das alles bald vergessen«, sagte Mutter. »Es wird verblassen.«

»Das Ganze war zu viel für dich«, bemerkte ihr Vater. »Du solltest wohl besser in deinem Zimmer essen. Nimm dir ein Buch und geh dann zu Bett.«

Sie hatte kein Bedürfnis, hier unten zu bleiben. Nachdem sie sich gehorsam verbeugt hatte, stieg sie die Treppe hinauf, erst ein Stockwerk, dann noch eines. Bis zu ihrem Schlafzimmer.

Harriet saß auf Beatrice' Bettkante, ein malträtiertes Kissen im Arm. Es fiel zu Boden, als sie aufsprang. »Beatrice«, stieß sie mit leiser Stimme aus. »Beatrice, es tut mir so leid. Das ist meine Schuld, das alles ist meine Schuld, ich hätte es nie sagen sollen …«

Sie hastete auf ihre Schwester zu und fiel vor ihr auf die Knie, die Hände flehend erhoben. »Kein Wort hätte ich sagen sollen«, schluchzte sie. »Ich habe dein Leben ruiniert.«

»Steh auf«, bat Beatrice. »Komm her!«

Harriet kämpfte sich auf die Füße und schlang die Arme um ihre größere Schwester. Wann war Harriet so gewachsen? Sie reichte ihr schon bis zur Nase. Harriet weinte hemmungslos, und Beatrice ging mit ihr zum Bett, drückte sie auf die Kante und hielt sie fest, während Harriet schier verzweifelte.

»Das ist meine Schuld«, stammelte sie noch einmal, als sie sich etwas aufrichtete. Ihr Gesicht war tränenüberströmt, das Make-up vollkommen ruiniert. Seit wann schminkte Harriets Dienerin ihr eigentlich das Gesicht? »Ich habe das angerichtet. Hätte ich nur geschwiegen, dann würdest du jetzt nicht in diesem Schlamassel stecken!«

»Vielleicht«, sagte Beatrice. »Aber vielleicht wäre man mir trotzdem auf die Schliche gekommen.«

»Es ist nur … du wolltest ihn nie tragen«, presste Harriet heraus. »Ist es sehr schlimm?«

»Es ist das Schlimmste, das ich je erlebt habe«, gestand Beatrice. »Alles ist dumpf. Nichts sieht so aus, wie es sollte. Da ist ein Klingeln in meinen Ohren. Und Nadi …«

»Ist das ein Geist?«, fragte Harriet.

»Ja«, antwortete Beatrice. »Ein Glücksgeist. Seinetwegen habe ich damals beim Kartenspiel so viel gewonnen. Nadi verdanke ich auch, dass ich nicht von meinem eigenen Pferd zu Tode getrampelt worden bin.«

»Weil der Geist dir gedient hat«, murmelte Harriet leise.

»Weil Nadi mir wohlgesinnt war«, sagte Beatrice.

»Das wusste ich nicht«, bemerkte Harriet. »Ich wusste nur, was ich wissen wollte. Dass Zaubern gefährlich ist. Falsch. Dass Geister unmoralisch sind, kapriziös und gemein. Dass man sie nur mit großer Mühe kontrollieren kann und sie zähmen muss, damit sie dem Guten dienen. Ich wusste nicht, warum du unbedingt gegen diese Regeln verstoßen wolltest. Aber … ich habe sie dir weggenommen. Deine Magie. Deinen Geist, der dir freundschaftlich zur Seite stand. Das werde ich mir nie vergeben.«

Beatrice sah Harriet weinen – und es war, als würde sie über allem schweben und leidenschaftslos ein Traumbild betrachten. Sie musste etwas sagen. Ihre Schwester beruhigen. Ihr Trost spenden. »Und wenn dann ich dir vergebe?«

Harriet schüttelte den Kopf. »Das kannst du nicht.«

»Wenn ich es will, kann ich es sehr wohl! Nach der Hochzeit geht es für mich mit einem Schiff nach Valserre. Erst zu deiner Ballsaison kehre ich zurück. Und das auch nur, wenn ich vorher einen Sohn zustande bringe.«

»Er nimmt dich mit?«

»Ja.«

»Ich will keine Ballsaison!«, erklärte Harriet. »Das ist so verlogen. Alles ist eine Lüge. Eine Lüge in Seide, eine parfümierte Lüge. Ich hasse es!«

»Du kannst es hassen«, erwiderte Beatrice. »Aber vergiss nicht, dass du all das einst geliebt hast. Du wirst der Stern am Himmel des Eröffnungstanzes sein. Du wirst ein Dutzend Verehrer haben.«

»Das werde ich nicht.«

»In Ordnung«, sagte Beatrice. »Dann lass uns einfach ein Weilchen hier auf dem Bett liegen. Du musst gar nichts, wenn du nicht willst.«

Harriet kuschelte sich an Beatrice. Sie schloss die Augen und schlief ein, wie man nur nach vielen verzehrenden Tränen einschlafen kann. Beatrice sah zu den Wolken hoch, die an die Decke gemalt waren. Es wurde langsam dunkel, denn die Dämmerung brach an.

Dafür hatte sie also die Liebe aufgegeben. Für das hier.

Beatrice berührte den Reif um ihren Hals. Ihre Zukunft. Ihr Gefängnis.

Dafür hatte sie die Liebe aufgegeben.

Nein! Das konnte sie nicht. Sie konnte kein derart dumpfes Leben führen, als steckte sie in einer ausgewaschenen Muschelschale. Es musste doch eine Möglichkeit geben, daraus auszubrechen, wenigstens den Hauch einer Chance … Die Anprobe bei Miss Tarden! Sie wusste, worauf die Modistin erpicht war. Das würde sie nun kriegen. Im Tausch gegen ihre Freiheit.

Wie üblich schnarchte Clara. Nachdem Beatrice von eins bis hundert gezählt hatte, rückte sie ein paar Fingerbreit von ihrer Dienerin ab. Nichts. Noch einen Fingerbreit. Sie sägte immer noch, also schlüpfte Beatrice unter der Decke hervor und stand eine angsteinflößende Minute wie erstarrt neben dem Bett und wartete darauf, dass sie aufwachen würde.

Nichts. Ihre Dienerin schlief weiter, und Beatrice schlich sich leise wie ein Geist aus dem Zimmer. :Nadi! Wenn du in der Nähe bist, gewähre mir Glück!:

Keine einzige Stufe knarzte unter ihrem Gewicht. Die Eingangshalle war menschenleer und wurde nur von einer kleinen Laterne erhellt. Beatrice huschte wie auf Samtpfoten über den kalten Marmorboden und griff nach dem Knauf der Bürotür. Sie lauschte, ob eine Feder über Papier kratzte, eine Seite knisterte, ob ihr Vater seufzte oder murmelte, während er las oder arbeitete.

Doch da war nur Stille. Sie drehte den Knauf und schob die Tür einen schmalen Spalt auf, dann einen Fußbreit und schließlich so weit, dass sie ins Zimmer schlüpfen konnte. Ein

Fetzen Licht von der Lampe in der Eingangshalle war das Einzige, was den Schreibtisch ihres Vaters aus der Dunkelheit riss.

Sie hatte keine Kerze dabei. Sie konnte ihre Grimoires, die irgendwo in den vollgestopften Regalen an den drei Wänden der Bibliothek standen, nicht erspüren. Auf Zehenspitzen huschte sie zum Kamin, wo es nach Asche und würzigem Holz roch. Sie ließ den Finger über den Sims gleiten, bis … ah! Die achteckige Basis eines silbernen Kerzenhalters. Durch weiteres Tasten stieß sie auf eine Packung Streichhölzer. Ein ratschendes Geräusch, das Flackern einer Flamme – sie zündete den Docht an und warf das Streichholz in den Kamin. Sie seufzte und wandte sich den Regalen zu.

Zum Glück hatte sie gesehen, wo ihr Vater die Grimoires hingestellt hatte. Sie hob die Kerze, um die Buchrücken zu betrachten, fand jedoch nicht, was sie suchte. Sie waren verschwunden. Aber wohin? Wo waren ihre Bücher?

Sie nahm sich das nächste Regal vor und las die Titel. Nichts. Die Bücher waren fort. Verschwunden.

Vor der Tür wisperte es.

Beatrice japste nach Luft und pustete sofort die Kerze aus. Nun war zwar das Licht gelöscht, dafür hing aber den Geruch nach Bienenwachs und Rauch in der Luft. Er würde sie verraten! Sie würde erneut erwischt werden. Tatenlos musste sie zusehen, wie sich die Tür zur Bibliothek öffnete.

Ihre Mutter trat durch die Tür, das Haar mit Stoffstreifen zu Locken eingedreht. Ohne ein Wort zu sagen, sah sie Beatrice an. Der Reif lag um ihren Hals, das weiße Leinen ihres Nachthemds leuchtete im schwachen Licht der Lampe draußen in der Eingangshalle.

In der Hand hielt sie *Geschichten von Ijanel und anderen Helden* von E. James Curtfield.

Ihre Mutter hob einen Finger an die Lippen. Sie nahm Beatrice die Kerze ab und drückte ihr das ausgeblichene blaue Buch in die Hand, tätschelte in der Dunkelheit die Schulter ihrer Tochter und hauchte ihr einen Kuss auf die Wange. Dann stellte sie die Kerze wieder auf den Sims und verließ die Bibliothek. Beatrice folgte ihr und ging zurück in ihr Schlafzimmer, in dem Clara unverändert schnarchte.

Als Beatrice das Frühstück roch, drehte sich ihr der Magen um. Beatrice wandte sich von dem Tablett ab und zog sich die Decke übers Gesicht, bis Clara das Essen auf einen Tisch stellte. Danach ließ sie sich von Clara in eine graue Baumwolljacke und einen bedruckten Baumwollrock stecken, auf dem sonderbare Blumen und Schmetterlinge einander umringten. Sie schlüpfte in hochhackige Schuhe und streifte sich graue, ziegenlederne Handschuhe über. Als Clara den Raum verließ, um das Tablett nach unten zu bringen, schob Beatrice das Grimoire in die Tasche, die sie sich unter dem Reifrock um die Hüfte gebunden hatte.

»Miss Beatrice?«

»Ich komme«, rief sie und beeilte sich.

In der Eingangshalle nahm sie auf einer Bank Platz, presste das Kinn runter zur Brust, sodass die Hutkrempe ihr Gesicht verdeckte. Sie gab vor, einen Roman zu lesen – eine Miniaturfassung, die ins Retikül einer Dienerin passte – und wartete auf die Kutsche.

Sie würde zusammen mit Clara die Schneiderin besuchen und die Säume anpassen, der letzte Schritt zum fertigen Hochzeitskleid. Er durfte erst erfolgen, wenn die Verlobung unter Dach und Fach war, alles andere würde nämlich Pech bringen. Clara trug die braune Ledertasche, die Beatrice' Kleid schützte, doch Beatrice ließ ihre Augen weiterhin auf den Seiten ruhen.

Erst als der Lakai die Haustür öffnete, legte sie das Buch auf die Bank. »Ihre Kutsche ist da, Miss Clayborn.«

»Danke sehr.«

Die Kutsche würde sie zur Modistin und anschließend sofort wieder nach Hause bringen. Beatrice presste weiterhin das Kinn auf die Brust, obwohl der Reif sie auf diese Weise fast erwürgte. Sie nahm Claras Arm und musterte ihre Dienerin – die nun ihre Gefängniswärterin war.

»Ich glaube, ich kann das nicht«, sagte Beatrice.

Clara tätschelte ihr den Arm. »Ich bin ja bei Ihnen.«

Sie beide stiegen die Stufen zur Straße hinunter, wo der Kutscher gerade einen Bremsklotz löste. Beatrice streckte die Hand aus, doch er wandte sich von ihr ab, um das Zaumzeug zu inspirieren. Beatrice schnaufte ungehalten und stieg ohne seine Hilfe ein.

Clara setzte sich neben sie, den Mund missbilligend verzogen. »Dieser Kutscher ist so unhöflich, der kriegt kein Trinkgeld.«

Beatrice zuckte mit den Achseln. »Wenn tatsächlich mit dem Zaumzeug etwas nicht in Ordnung ist …«

»Wenn.«

Da stieg der Mann auf den Bock, und die Kutsche tat einen Satz vorwärts. Das Pferd fiel sofort in Trab. Wenn der Kutscher so in Eile war, würden sie noch zu früh bei der Schneiderin ankommen.

Beatrice erfüllte der Gedanke, sich im grünen Satinkleid mit den sechzehn Kräutersymbolen von Liebe und Fruchtbarkeit auf den Anprobesockel zu stellen, mit Entsetzen. Sie würde ihr bereiftes Spiegelbild anstarren, während die Näherinnen die Säume und Knöpfe annähten und die feinste Spitze an den Ärmeln anbrachten. Dabei würden sie ihr versichern, wie schön sie aussah. Den Reif an ihrer Kehle würden sie ignorieren, jedoch losflüstern – und Mutmaßungen über dieses Ding anstellen –, sobald sie das Geschäft verließ. Und dann würde sie bei den Maisonettes zu Abend essen, wo sie, wenn die Himmelsgeborenen ihr gnädig waren, an einem Knochen ersticken würde. Sie bewegte sich zu rasch auf ihre Zukunft zu. Und ihre Zukunft stürmte ihr auch noch mit gezückter Klinge entgegen.

Nein! Sie besaß ein Grimoire, und Miss Tarden wollte dieses Zauberbuch unbedingt haben. Deshalb würde sie ihr helfen, würde sie zur Hintertür aus dem Atelier fliehen lassen. Beatrice beäugte Clara und hatte den Drang, ihr alles zu gestehen.

»Was ist denn?«, fragte Clara. »Miss Beatrice, Sie sehen so sonderbar aus.«

»Ich möchte das nicht«, sagte Beatrice. »Ich kann das nicht.«

Claras Miene zerfloss in Besorgnis und Mitgefühl. »Es gibt aber keinen anderen Ausweg.«

»Und wenn doch?«, fragte Beatrice.

Clara starrte sie verständnislos an. »Was meinen Sie damit?«

»Ich könnte fortlaufen«, sagte Beatrice. »Ich möchte weglaufen.«

Claras Augen weiteten sich. Die Kutsche kam holpernd zum Stehen. Sie waren bei Tarden und Wallace angekommen. Der Kutscher sprang vom Bock, und Beatrice erwartete, dass er ihr beim Aussteigen behilflich sein würde, doch erneut begutachtete er bloß den Hals des Pferdes.

Clara stieß einen ungläubigen Laut aus. »Also wirklich!«

Beatrice starrte den Kutscher an. Der breite Hut verschattete sein Gesicht, und er hatte ein Halstuch über Mund und Nase gezogen. Die dunkle Haut seiner Hände entging ihr jedoch nicht. Wahrscheinlich war der Mann Makilani oder Südsanchi. Allerdings blieb auch noch ein Dutzend anderer Länder, aus denen er stammen könnte … Und da war noch etwas an seinen Schultern, an der Bewegung der Hände, als er das Zaumzeug begutachtete …

»Kommen Sie, Miss Beatrice! Denken Sie sich nichts dabei. Wir müssen …« Ihre Stimme ging fast in einem kleinen Schluchzer unter. »Kommen Sie! Man wartet auf uns.«

Clara führte sie ins Atelier, doch Beatrice sah noch einmal zu dem Kutscher zurück. Wenn er sich doch nur umdrehen würde! Wenn sie doch nur einen Blick in sein Gesicht werfen könnte! Aber er war hinter das Pony getreten … Was, wenn sie irrte?

»Einem unhöflichen Kutscher die Meinung zu sagen, bringt rein gar nichts.« Clara hielt ihr die Tür auf, und Beatrice trat ein. Ein Dutzend Blicke ruhte nun auf ihr. Sämtliche Frauen wussten, wer Beatrice war – und in ihren Mienen spiegelte sich faszinierte Abscheu ebenso wider wie Mitleid oder die schmallippige Entschlossenheit, niemals zu erleiden, was Beatrice erlitt. Waren Zauberinnen unter ihnen?

Nur Miss Tarden sah sie auf eine andere Weise an. Furcht kroch in Beatrice' Nacken …

»Kommen Sie bitte mit!«, verlangte sie. »Die Anprobesuite ist für Sie reserviert.«

Beatrice ging an all den starrenden Gesichtern, an all den Türen zu verschiedenen Räumlichkeiten für schlichtere Anproben vorbei, bis sie im hinteren Teil des Geschäfts ankamen. Miss Tarden gebot Clara mit erhobener Hand Einhalt.

»Unter diesen Umständen ist es besser, wenn Miss Clayborn ein wenig Zeit für sich hat«, erklärte Miss Tarden. »Wenn Sie bitte draußen bleiben würden …«

»Nie im Leben lasse ich Miss Beatrice jetzt allein«, protestierte Clara. »Wer soll denn ihre Tränen trocknen, wenn sie weint? Es ist alles ganz furchtbar. Sie lassen mich nicht einmal nach der Hochzeit bei ihr bleiben … Nein, in dieser Lage lasse ich sie ganz sicher nicht allein!«

»Ich bestehe darauf«, entgegnete Miss Tarden. »Nur für ein paar Minuten.«

»Miss Beatrice?«

Er ließ nicht einmal zu, dass Clara sie begleitete? Was für ein grausamer, elender Mann! »Ich hätte Clara gern dabei.«

Miss Tarden zog besorgt die Augenbrauen zusammen. »Sie sollte wirklich …«

»Ich bestehe darauf«, sagte Beatrice. »Andernfalls gehe ich.«

O ja. Sie könnte einfach gehen. Clara hatte Geld in ihrem Retikül, um für Beatrice' alltägliche Ausgaben aufzukommen. Sie konnten dem Kutscher die Geldbörse überlassen. Sich zum Lavan-Haus bringen lassen. Wenn sie Ysbeta erst einmal beigebracht hatte, wie sie die Grimoires entschlüsseln und ihre Inhalte mit Magie enthüllen konnte, würde diese einen Weg finden, um Beatrice zu helfen, und dann …

Clara straffte sich. »Jawohl. Wir gehen. Sofort.«

Miss Tarden erbleichte. »Sie können doch nicht …«

»Wir bestehen darauf«, sagte Clara. »Wir werden das nicht erdulden …«

Beatrice zog etwas umständlich das Grimoire heraus und hielt es Miss Tarden hin. »Bitte sehr!«

Miss Tarden starrte das Buch an. Ihre Nasenflügel blähten sich, als sie seinen Duft einsog. Dann seufzte sie, und ihre Schultern sackten herab. »Das kann ich nicht annehmen.«

»Aber …«

Miss Tarden legte die Hand auf den Türknauf. »Begeben Sie sich bitte in diesen Raum.«

Nein! Beatrice wich einen Schritt zurück. »Nein! Das werde ich nicht! Niemals!«

Sie wandte sich um. Mit einem Mal standen zwei Frauen mit Hauben und Schürzen am anderen Ende des Flurs und sahen Miss Tarden fragend an. Beatrice sank der Mut.

»Ich gehe da nicht rein! Bitte lassen Sie mich gehen! Bei Hasel und Kastanie, bitte, ich muss …«

»Beatrice.«

Nun öffnete sich die Tür, und Ysbeta stand im Rahmen.

»Ysbeta«, hauchte Beatrice. »Du … Woher wusstest du, dass ich komme?«

Es war also doch Ianthe gewesen, der die Kutsche gelenkt hatte! Ihre Freundin und ihr Geliebter waren zu ihrer Rettung gekommen. »Woher wusstest du das?«

»Deine Mutter hat uns eine Nachricht zukommen lassen«, sagte Ysbeta. »Was um alles in der Welt hat dich denn geritten, Ianthes Antrag abzulehnen?«

»Die Gründe kommen mir gerade alle ausgesprochen dumm vor«, antwortete Beatrice.

Beatrice wollte Ysbeta in die Arme schließen – ihre Freundin, hier, um sie vor Danton und dem Reif zu bewahren! –, doch diese zuckte mit den Achseln. »Nun, jetzt bin ich ja da und mache all deine Fehler wieder gut. Bist du mit deiner Entführung einverstanden?«

»Ja. Ja! Bitte zauber mich fort«, sagte Beatrice. »Wie verlassen wir diesen Laden?«

»Hier entlang«, mischte sich Miss Tarden ein. Sie öffnete eine weitere Tür, und sie alle zogen an zahllosen Ankleidepuppen vorbei, die Kleider in unterschiedlichen Fertigungsstufen trugen. Im Raum konnten sicherlich zwanzig Näherinnen arbeiten, doch sämtliche Hocker waren leer. Auf den Tischen lagen einsam Nadelmäppchen. Als sie die Hintertür in eine Gasse hinaustraten, wartete dort die Kutsche, die Beatrice hergebracht hatte.

»Herzlich willkommen, die Damen!« Ianthe nahm Hut und Halstuch ab und strahlte. »Beatrice.«

Beatrice fiel ihm in die Arme. »Du bist gekommen.«

»Nichts hätte mich aufhalten können«, entgegnete Ianthe. »Nichts.«

»Wir müssen immer noch fliehen«, drängte Ysbeta. »Genug poussiert.«

»Miss Beatrice«, rief Clara aus. »Was tun Sie denn nun?«

»Was sie will«, antwortete Ysbeta an ihrer Stelle. »Sie haben nun zwei Möglichkeiten, Miss Clara. Entweder verraten Sie Beatrice, indem Sie ihren Vater alarmieren, oder Sie wachen betäubt im Ankleidezimmer neben Miss Tarden auf.«

»Oder Sie steigen in die Kutsche und bleiben meine Gefährtin.« Beatrice nahm Claras Hand. »Kommen Sie mit mir, Clara! Selbst, wenn Sie nur eine gute Empfehlung wollen … Mein Vater wird sie Ihnen nicht geben, ich aber schon.«

»Dann bleibe ich bei Ihnen.« Clara raffte ihre Röcke und stieg in die Kutsche. Sie hob herausfordernd das Kinn. »Versuchen Sie nur, mich aufzuhalten!«

»Beeilen Sie sich!«, insistierte Miss Tarden. »Sie dürfen nicht trödeln.«

»Nun gut, Clara. Sie haben bemerkenswerten Mut. Und jetzt alle an Bord.«

Beatrice trat noch einmal an Miss Tarden heran und bot ihr das Grimoire an. »Nehmen Sie es!«

»Das könnte ich nicht.« Miss Tarden schüttelte den Kopf. »Es ist unbezahlbar.«

»Ich bestehe darauf«, sagte Beatrice. »Ich habe daraus alles gelernt, was nur möglich war. Es muss in Ihren Besitz übergehen. Versprechen Sie mir nur eins! Wenn noch mal eine Debütantin Hilfe bei Ihnen sucht, dann gewähren Sie ihr diese.«

»Das werde ich«, beteuerte Miss Tarden. »Und nun rasch!«

Beatrice kletterte als Letzte in die Kutsche und setzte sich auf die Bank. Ysbeta wandte sich ihr zu und schalt sie: »Ich hab dir doch gesagt, du sollst vor Sonnenaufgang an deiner Kabine auf mich warten.«

»Das wollte ich ja, aber mein Vater hat darauf bestanden, sofort aufzubrechen.«

»Weil du so dumm warst …«

»Wir sollten jetzt verschwinden«, rief Ianthe. »Sie haben Ihren Trunk?«

Miss Tarden nickte. »Er ist schon im Tee.«

»Nicht vergessen: Sie haben Tee mit Beatrice getrunken, wurden danach ohnmächtig, und als Sie wieder zu sich kamen, war Beatrice fort.«

»Ich hätte Ihnen von vornherein helfen sollen«, murmelte Miss Tarden. »Und nun gehen Sie! Die Näherinnen werden bald aus der Mittagspause zurücksein.«

Ianthe kletterte auf den Bock. Die Kutsche fuhr mit einem Ruck an, und zum ersten Mal seit Tagen lächelte Beatrice.

»Danke.«

Ysbeta schnaufte. »Du Närrin! Warum hast du Nein gesagt?«

Ianthe drehte sich zu ihnen um. »Sie hatte ihre Gründe.«

»Dämliche Gründe«, parierte Ysbeta. »Ich hatte dich doch gebeten, dich mit mir zu treffen. Dann hätte ich dich in meinen Plan eingeweiht. Alles, was du hättest tun müssen, war, ein bisschen Vernunft zu beweisen, aber selbst das war ja offenbar zu viel verlangt.«

»Und was ist das nun für ein Plan?«

»Einer, mit dem sich dein Problem lösen lässt.«

»Dann hätte das vielleicht in deiner Nachricht stehen sollen.«

»Ich hatte halt gedacht, du hättest dir einen Funken Verstand bewahrt. Nur ein Fitzelchen«, neckte Ysbeta sie.

»Darüber sprechen wir später«, sagte Ianthe. »Unter dem Sitz befindet sich eine kleine Schatulle. Darin ist ein Schlüssel, mit dem sich der Schutzreif öffnen lässt. Darf ich euch wohl bitten, davon Gebrauch zu machen?«

»Woher hast du denn den Schlüssel zu meinem Halsreif?«

»Deine Mutter hat ihn mir gestern mit einem Boten zukommen lassen«, erwiderte Ianthe.

Beatrice war kurz davor, in Tränen auszubrechen. »Ich wünschte, sie wäre hier. Ich wünschte, ich könnte ihr für all das danken, das sie für mich getan hat.«

»Ich denke, sie weiß, was du fühlst«, sagte Ysbeta. »Und jetzt los! Unsere Eltern sind in Bendleton, aber zum Abendessen kommen sie wieder nach Hause. Bis dahin müssen wir es hinter uns haben.«

»Was?«

»Den Besuch im Heiligtum. Es ist Zeit für die Prüfung«, antwortete Ysbeta. »Ianthe, fahr schneller!«

# KAPITEL XX

Die Sonne schien Beatrice warm ins Gesicht. Sie berührte ihren Hals, und ein freudiger Schauer lief ihr über die Haut, den die frische Brise sofort kühlte. Der erdige Geruch von Rindern und Schafen wehte Richtung See. Beatrice bewegte die Finger und schickte den Flinkfußreim hinüber zu dem stämmigen Pony, das die Kutsche zog. Sofort wurde die Kutsche schneller.

Sie lachte und schlang die Arme um sich. Frei! Sie nahm den verhassten Reif an sich und zuckte zusammen, als noch einmal das scharfe Wimmern aufbrandete, das sie hörte, wann immer sie ihn berührte. Dann schleuderte sie ihn die Klippen hinab. »Niemand soll mir je so ein Ding anlegen«, rief Beatrice. »Niemals. Ich würde bis zum Tod um meine Freiheit kämpfen.«

:Beatrice!:, schrie Nadi. :Beatrice, du bist wieder da! Ich konnte nicht mit dir reden! Ich konnte nur zusehen.:

:O Nadi:, sagte Beatrice und brach in Tränen aus. Alles war, wie es sein sollte. Sie war eine Ausreißerin, sie war vom Schutzreif befreit, sie konnte wieder zaubern – und Nadi war da, ihr Geistwesen, das ihr wohlgesinnt war und es sich wieder in ihr gemütlich machte.

:Du bist traurig.:

:Das sind gemischte Gefühle:, stellte Beatrice klar. :Ich bin so froh, dass du in Sicherheit bist.:

:Ich bin so froh, dass du frei bist. Du musst jetzt gegen sie kämpfen. Du musst kämpfen.:

:Das werde ich.:

:Nadi wird dir helfen. Nadi wird deine Feinde verhexen. Nadi wird dir Glück bringen.: Das Wesen erbebte in ihr, dann dehnte es sich aus und füllte sie ganz. :Eine Umarmung!:

Eine Träne rollte ihr die Wange hinunter. :Danke, mein guter und treuer Geist.:

Und so umarmten sie sich: Nadi schob sich von innen an ihre Haut, Beatrice schlang von außen die Arme um sich.

»Jetzt zu meinem Plan«, sagte Ysbeta. »Es ist ganz einfach. Erst mal beschwöre ich einen größeren Geist des Wissens.«

»Dazu bist du noch nicht bereit«, warf Ianthe ein. »Beatrice, erkläre es ihr!«

»Du musst dir erst einen geringeren Geist zum Gefährten suchen, bevor du dich an die Prüfung wagen kannst«, sagte Beatrice. »Ianthe wird seit Jahren von Fandari begleitet. Ich habe Nadi, jedoch erst seit ein paar Wochen. Du musst warten, bis du …«

»Keine Zeit«, fiel ihr Ysbeta ins Wort. »Ianthe, bringe sie auf den neuesten Stand.«

»Bard Sheldons Vater und sein Anwalt treffen sich heute mit unseren Eltern und ihren Anwälten«, sagte Ianthe. »Sie handeln den Ehevertrag für Ysbeta aus. Genau in diesem Augenblick. Aber, Ysy, du kannst den großen Pakt trotzdem nicht schließen. Mir ist ja klar, dass du uns helfen willst. Ganz bestimmt. Aber wir müssen uns an meinen Plan halten.«

»Der dir den Vortritt lässt«, stieß Ysbeta aus. »Dabei sollte ich die Erste sein, denn …«

»Ich habe mehr Erfahrung«, unterbrach Ianthe sie. »Und ich weiß am meisten darüber. Sobald ich außer Gefahr bin, tritt Beatrice an. Je nach den Schwierigkeiten, mit denen wir zu kämpfen haben, entscheiden wir dann, wie viel Vorbereitung du noch benötigst.«

»Aber für mich ist dieser Schritt am wichtigsten.«

»Deine Ehe wird gerade erst ausgehandelt. Beatrice' Vermählung soll morgen stattfinden! Deshalb kommt sie vor dir dran.«

Ysbeta seufzte theatralisch. »Wenn du mir einmal zuhören würdest! Aber gut, in Ordnung! Wir gehen nach deinem Plan vor.«

Unterdessen erreichten sie die Auffahrt des Lavan-Hauses. Die Pferdeknechte nahmen sich der Kutsche und des Ponys an und kümmerten sich um Ianthes verbeulten Hut sowie um das Jackett, mit dem er sich verkleidet hatte.

»George! Bring Clara ins Haus und lass den Küchenchef eine Mahlzeit für sie zubereiten. Essen die Angestellten noch?«

»Ich denke, sie haben gerade erst angefangen, Sir.«

»Gut. Sag ihnen, dass sie Miss Beatrice' Mädchen ist, und dass sie etwas essen und sich ein wenig stärken muss.«

»O Sir«, sagte Clara »Danke!«

»Ab jetzt bist du da, wo auch Beatrice ist.« Er ging ins Haus und rief nach dem Butler. »Charles! Ich brauche einen Anwalt, der nicht zur Auskunft meinen Eltern gegenüber verpflichtet ist. Es geht um einen Ehevertrag, den ich anfechten will. Fahr zur Kathedrale in Meryton und hol mir einen Mann, dem Gerechtigkeit am Herzen liegt.«

Charles verbeugte sich und machte sich sofort ans Werk. Daraufhin führte Ianthe die beiden Frauen hinters Haus.

»Habt ihr etwas gegessen?«, wollte er wissen. »Es ist wichtig, sich vor der Prüfung zu stärken. Im Kapitularhaus wird der Adept mit einem Festmahl geehrt, bevor er die Ritualkammer betritt.«

»Was geschieht während des Rituals?« Beatrice setzte sich auf einen lackierten Metallstuhl und bediente sich. Geröstetes Brot, Enteneier, Gänsewurst und frische Tomaten – Letztere sicher das Werk des Gärtners, wenn er nicht gerade Orchideen züchtete.

Beatrice aß die Gänsewurst, und Nadi gurgelte vor Genuss.

Ianthe setzte sich zwischen Ysbeta und sie und nahm sich eine geröstete Brotscheibe. »Man wird nicht eingeweiht, bevor man die Ritualkammer betritt, und danach darf man es niemandem erzählen.«

»Aber wenn Beatrice es nicht schafft …«

Beatrice legte eine Hand auf ihren Magen, der ängstlich grummelte. »Was wirst du tun, wenn mich ein größerer Geist unter seine Kontrolle bringt?«

»Das geschieht sehr selten«, sagte Ianthe. »Aber in dem Fall wirst du sterben.«

»Aber der Geist würde dich aus dem Weg räumen wollen«, wandte Beatrice ein. »Vielleicht solltest du nicht dabei sein, wenn ich das Ritual vollziehe.«

»Das muss ich aber«, entgegnete Ianthe.

»Aber ich will das nicht! Wenn ich scheitere, wenn der Geist dich verletzt … Das wäre mehr, als ich ertragen könnte.«

Ianthe biss sich auf die Lippe. »Ich besitze eine Geisterklinge. Alle machen so viel Aufhebens um das Rosenschwert – dabei ist es bloß ein funkelndes Stöckchen. Die wahre Macht ruht im Dolch.«

»Was heißt?«

»Er wird aus demselben Material und mit derselben Technik gefertigt wie die Schutzreife. Die Scheide hat also die gleiche Wirkung.«

»Und deshalb fliehen die Geister davor«, schlussfolgerte Beatrice. »Die Klinge verletzt sie.«

»Genau. Wenn ich sie bis zum Griff in deinen Leib treibe, zieht das den Körper derart in Mitleidenschaft, dass der Geist flieht – und du stirbst.«

Ysbeta und Beatrice lehnten sich in ihren Stühle zurück. Beatrice tat einen zittrigen Atemzug. »Wenn ich scheitere, musst du mich töten.«

»Ja.«

»Und du bist bereit dazu?«

»Das muss ich«, sagte Ianthe. »Niemand stellt sich der Prüfung ohne das Wissen, dass gegebenenfalls jemand tut, was nötig ist. Das schulde ich den Mysterien. Das schulde ich dir als meiner Liebsten. Und bist du bereit, dich dem Tod zu stellen, um das zu erlangen, was du dir wünschst?«

»Ja.«

Er kannte sie. Er wusste, dass der Schutzreif ihr ein schlimmeres Schicksal als den Tod bescheren würde – schlimmer noch, als durch eine Klinge zu sterben. Er kannte und liebte sie genug, um bei ihr zu sein, wenn sie ihrem Schicksal ins Auge blickte.

»Himmelsgeborene! Ich hätte nie gedacht, dass die Versicherung, seiner Liebsten notfalls ein Messer bis zum Griff ins Herz zu rammen, romantisch sein könnte, aber ihr beide seid wirklich zu allem fähig«, sagte Ysbeta.

Beatrice lächelte. »Vielleicht ist es an der Zeit, uns das Grimoire anzusehen.«

»Richtig. Eine Ausgabe von *Wie man einen größeren Geist ruft und den großen Pakt unterbreitet*, bitte sehr.«

Ysbeta stand vom Tisch auf und ging nach drinnen. Beatrice nahm eine winzige, dunkelrote Tomate und biss hinein. Sie war köstlich und schmeckte nach dem langsamen Reifen an einem Stängel im Sonnenschein.

:Beatrice?:

:Ja, Nadi?:

:Was passiert mit mir?:

Kein einziges Grimoire hatte eine Antwort darauf. Die Bücher lehrten eine Zauberin das Befehlen, das Beschwören und das Beauftragen eines Geistes. Doch Ianthe hatte ebenfalls von einem Geistgefährten gesprochen, einem Wesen, das er schon viele Male herbeigerufen hatte. So hielten sie es also auch im Kapitularhaus. Warum? Mussten sie nicht …

»Ianthe«, begann Beatrice. »Nadi ist zurück.«

»Sogar ohne dass du es gerufen hast«, sagte Ianthe. »Das ist großartig, ein Zeichen dafür, dass du bereit bist.«

»Ist das so?«

»Ja. Mein eigener Mentor hat mir erklärt, ich sei nun bereit für die Magierprüfung und könne Adept des großen Mysteriums werden, sobald ich geheiratet habe.«

»Aber warum ruft man wieder und wieder denselben Geist? Warum lernt man ihn kennen? Warum nährt man seine Loyalität, nur um …«

»Um zu beweisen, dass du dazu in der Lage bist, bevor du es mit einem größeren Geist aufnimmst. Damit demonstrierst du deine Fertigkeiten … Oh, aber wenn Nadi zurück ist, wirst du ihm Lebwohl sagen müssen.«

:Aber Nadi ist dir wohlgesinnt! Du brauchst Nadi! Nadi braucht dich.:

Ihre Augen füllten sich mit Tränen. Sie liebte dieses Geisterwesen, das so voller Possen und Eigensinn war. Würde ein größerer Geist sie ebenso lieben? Würde er in ihrem Körper mitreisen, um zu schauen und zu fühlen? Oder würde sie zu seiner Kommandantin werden müssen, sodass sie beide in Konkurrenz gefangen wären und der Geist nur auf eine Unachtsamkeit ihrerseits lauern würde, um sie dann zu vernichten?

Magie war ein Handel um Dinge, die man nicht zu geben bereit war. Es war nicht gerecht. Nadi würde in den ätherischen Raum zurückkehren, in das endlose Nichts, durch das die Geister treiben – bis eine andere magiebegabte Person ihren Ruf erschallen ließ. Irgendwann würde das unweigerlich geschehen. Und vielleicht würde sich Nadi dann an sie erinnern.

:Nadi, wer hat dich vor mir gerufen?:

:Das ist so lange her:, sagte Nadi. :So lange war ich nichts. Einmal kannte ich eine Zauberin, vor langer Zeit, bis ihr Licht erlosch. Ich wurde zu einer Erinnerung, allein im Dunkeln. Dann hörte ich meinen Namen, und ich war wieder. Ich wurde. Und du warst so hell, so lebendig …:

:Und wenn du wieder im Äther bist, wirst du dann …:

:Ich will nicht zurück. Da ist es voll mit Nichts. Das macht auch mich zu nichts. Aber ich kann dich sehen. Ich werde dich sehen, bis das Nichts alles mit sich nimmt.:

Wie furchtbar! Schrecklich. Beatrice schob den Teller von sich und schloss die Augen.

»Beatrice?«

»Ich muss … ich hasse das«, sagte Beatrice. »Ich muss Nadi im Stich lassen, aber … was wird aus ihnen? Den Geistern, meine ich«, fragte Beatrice. »Was wird aus ihnen?«

»Ich weiß es nicht«, gestand Ianthe. »Vielleicht beschreibt das Ritual im Grimoire es.«

»Ich hoffe es.« Beatrice betrachtete den streng angelegten Garten und den gewundenen Spiralpfad – den Weg der rechten Handlung, diese exakte Spirale, die die Llanandari bei Sonnenaufgang, zur Mittagsstunde, bei Sonnenuntergang oder tief in der Umarmung der Nacht gingen, wenn eine spirituelle Frage sie umtrieb oder wenn sie vor einer schwierigen Wahl standen.

»Ich bin die Spirale gegangen, nachdem wir zurückkehrt waren«, berichtete Ianthe. »Ich habe den Pfad gebeten, mir zu sagen, was ich hätte tun sollen und was ich noch tun könnte.«

»Was hat er dir geantwortet?«

»Dass ich nur eine Wahl, nur eine Verantwortung habe, nämlich deine Suche nach Freiheit zu unterstützen. An deiner Seite zu stehen, wenn du dem Tod in die Augen blickst. Dass du dein eigener Mensch bist, dass Liebe frei sein muss, denn sonst ist sie Besitzdenken.«

Er verstand sie. Er begriff ihr Bedürfnis, er ehrte es, und er …

Beatrice schüttelte den Kopf. »Es war töricht von mir, Nein zu sagen.«

»Du hattest deine Gründe«, versetzte Ianthe. »Aber vielleicht sind sie nun nicht mehr so bedeutsam. Was wirst du tun, wenn du erst einmal Magierin bist?«

Beatrice hielt inne und dachte nach. »Ich weiß es nicht. Ich wollte als alte Jungfer meinem Vater helfen. Aber das will er nicht. Ich weiß nicht, was ich jetzt mit mir anfange.«

»Du könntest mit mir und Ysbeta fortgehen.«

»Aber wir könnten niemals riskieren, dass ich schwanger werde.«

»Ich weiß. Das ist nicht wichtig.«

»Aber du brauchst einen Sohn«, hielt ihm Beatrice vor. »Du kannst nicht einfach mit mir davonlaufen. Ich kann deiner Familie niemals einen Sohn schenken. Wenn du mit mir wegläufst, wirfst du alles weg, was du hast. Sie werden dich aus dem Kapitularhaus verstoßen, deine Eltern werden mit dir brechen …«

»Ich weiß.«

»Warum tust du das dann? Du würdest dein ganzes Leben wegwerfen.«

»Nichts anderes wird von dir verlangt und von allen Frauen mit magischer Macht. Ich habe darüber nachgedacht. Die Ehe ist ein Opfer. Aber es ist die Zauberin, die dabei alles aufgibt.«

Beatrice erbebte. »Und deshalb willst du jetzt alles für mich aufgeben.«

»Ich liebe dich. Und wenn ich wählen muss zwischen dir, die du eine Bestimmung erfüllen willst, oder einem Sohn, der eine Tradition fortsetzt, die davon abhängt, dass Frauen wie du in Gefangenschaft leben, dann wähle ich dich.« Ianthe nahm ihre Hände in seine. »Ich möchte bei dir sein. Mehr noch! Ich möchte an deiner Seite sein, wenn du das beanspruchst, was dein Recht sein sollte. Das war es, was ich nicht verstanden habe, bis es fast zu spät war. Kannst du mich jetzt heiraten? Willst du mich jetzt heiraten?«

Wärme wallte in ihr auf und rann durch ihre Glieder. Sie hatte es sich niemals so vorgestellt. Ihr Weg war frei, und sie drückte Ianthes Hände ganz fest, während sie den ersten Schritt in ein neues Leben tat. »Ja. Ja, ich kann. Ja, ich will.«

So blieben sie einen Moment sitzen, mit verschlungenen Händen und einem Lächeln füreinander. Der Augenblick war größer als alle Worte, die versuchen würden, ihn in sich einzusperren.

»Zusammen rebellisch und radikal? Und auch Ysbeta? Sie redet ständig über einen Plan, aber was genau das ist, verrät sie nicht.«

»Sie will die Welt bereisen und all das Wissen über die Magie, die es außerhalb der Kapitularhäuser gibt, zu Papier bringen«, sagte Beatrice. »Wir könnten sie begleiten. Das könnte ein gutes Leben sein.«

»Ich kann bei deinem Vater ja immer noch eine Summe investieren und ihm einen guten Anteil an den Profiten anbieten. Deine Familie muss nicht daran zerbrechen. Und wenn wir erst alle zaubern kö…«

»Ysbeta will heute den Pakt eingehen?«

»Nein«, sagte Ianthe. »Dazu ist sie noch nicht bereit. Aber unter uns gesagt, ich denke, nächstes Jahr ist es so weit. Das Wichtigste ist, sie aus Chasland wegzubringen, damit sie außer Reichweite unserer Mutter ist. Ich weiß, dass sie sich die Macht eines größeren Geistes wünscht, aber erst einmal ist sichere Entfernung für sie wichtiger.«

»Wo steckt Ysbeta eigentlich?«, fragte Beatrice. »Euer Haus ist zwar groß, aber es liegt doch sicherlich keine Meile zwischen dem Garten und ihrem Zimmer.«

»Sie müsste mittlerweile wieder hier sein«, sagte Ianthe. »Vielleicht weiß sie nicht, welches Buch sie braucht.«

»Doch, sie hat den genauen Titel genannt. *Wie man einen größeren Geist ruft* … O nein!«, stieß Beatrice aus, und das Blut gefror ihr in den Adern. »Ich habe ihr den Titel niemals genannt! Woher kennt sie den? O nein!«

»Was ist los?«

»Ist dir in letzter Zeit aufgefallen, dass sich Ysbeta in Rätselbücher vertieft hat?«

»Sie hat sich geradezu darin vergraben. Jede freie Minute hat sie damit verbracht, irgendetwas zu entschlüsseln … Was ist denn los?«

Beatrice sprang auf. »Sie hat herausbekommen, wie man die Grimoires entschlüsselt!«

»Wie das?«

»So lernen Frauen die höhere Magie«, sagte Beatrice. »Ich erkläre es dir später. Wir müssen sie finden, bevor sie sich in ernsthafte Schwierigkeiten bringt.«

Ianthe schob seinen Stuhl mit einem Knirschen zurück. »Denkst du etwa, sie hat das Buch geholt und will nun …«

»… als Erste den Pakt schließen? Ja, das denke ich«, gab Beatrice zurück. »Sie wollte uns erklären, warum sie es zuerst tun muss, aber wir haben ihr nicht zugehört …«

Ianthes Lippen formten ein entsetztes O. »Dabei habe ich ihr doch gesagt, dass sie noch nicht bereit ist!«

»Und hat deine Schwester sich bei dir bedankt für diesen exzellenten Rat und tut sie auch sonst immer genau das, was du für richtig hältst?«

Ianthes Mund wurde ein grimmiger Strich. »Nein. Himmelsgeborene! Wir müssen sie finden.«

»Ich weiß, wohin sie ist«, erklärte Beatrice.

»Ins Heiligtum«, stimmte Ianthe ihr zu. »Dann los!«

Beatrice raffte die Röcke über die Knie, streifte die zierlichen hochhackigen Schuhe ab und rannte auf Strümpfen über den Kiespfad des gepflegten Gartens. Ianthes lange Schritte waren schneller als ihre, und unter seinen Sohlen stoben Steinchen auf, als er Richtung Heiligtum sprintete. Beatrice folgte ihm mit schmerzenden Füßen. Ihre Strümpfe waren bereits durchlöchert und lösten sich von den Zehen her auf, doch sie rannte weiter, ignorierte allen Schmerz und rang in dem engen Mieder nach Atem.

Nadi schob sich in ihre Gliedmaßen und ließ sie schneller laufen, als es ihr allein möglich war. Ein Faden riss – und ihr Strumpf schlackerte ihr ums Fußgelenk. Sie rannte an dem

Dreispitz vorbei, der von Ianthes Kopf auf den Weg gefallen war. Er war ihr immer noch voraus, doch dank Nadis Hilfe holte sie auf.

Das Heiligtum kam in Sicht, und der dünne an- und abschwellende Laut eines Schreis stieg aus seinem Innern auf. Er verlieh Beatrice ungeahnte Kräfte, ungeahnte Schnelligkeit, und sie eilte, zwei moosbewachsene Stufen auf einmal nehmend, ins gewölbte Rund des Gebäudes hinab. Erst als sie ganz unten war, wurde ihr bewusst, womit sie es zu tun hatte.

Der Anblick war schrecklich. Ysbeta lag auf den Knien und kämpfte verzweifelt darum, die Zeichen für die Wand aus Licht und die Verbannung zu formen. Ianthe tigerte um das sanft glühende Licht des Kreises, mit dem Ysbeta die ätherische und die materielle Welt zusammengebracht hatte, und schrie auf Mizunh: »Ka! Genmas In Ka!«

Nichts geschah. Der Geist stieg höher in die Luft, und er war so viel größer als Nadi, sein schwarzes Licht so viel tiefer und mächtiger.

Ianthe schrie wieder, als könnte Ysbeta ihn nicht hören.

»Wirf ihn hinaus!«, rief er. »Form einen goldenen Schild aus deinem Willen und wirf ihn hinaus!«

Ysbetas Schrei brach in einem verängstigten Schluchzen ab. Um sie herum ballte sich funkelndes Gegenlicht. Eine derart große Manifestation hatte Beatrice noch nie gesehen: Das also war der Geist, der versuchte, die stümperhafte, von Angst geschwächte Verteidigung Ysbetas zu überwinden.

»Ich befehle dir, Hilviathras, größerer Geist des Wissens! Ich verbanne dich, Hilviathras, größerer Geist des Wissens! Ich …«

Ysbetas Worte wurden davon gedämpft, dass der Geist in ihren Mund einzudringen gedachte. Ianthe rief seine Schwester immer noch mit tränenerstickter Stimme an. »Du musst die Gesten halten! Spanne den Schild mit aller Kraft auf! Öffne ihn!«

Doch Ysbeta entglitt, und Ianthe schrie vor Schmerz und Verzweiflung. Schluchzend griff er nach der Scheide an seiner Hüfte und zog den Dolch blank. Die silberne Schneide funkelte vor Beatrice' Augen, der Geschmack von Roheisen füllte ihren Mund. Ianthe nahm den Griff in die Rechte und trat in den Kreis.

:Nein!:, schrie Nadi. :Beatrice!:

Doch Beatrice war bereits in Bewegung. Sie warf sich in den Kreis. Ihre Haut zog sich zusammen, als sie die Linie durchbrach, die die diesseitige Welt vom Dazwischen trennte. Der Kreis waberte vor ihren Augen, als sie ihn mit ihrem Eindringen beschädigte. Nadi wuchs ihr wie ein Paar gewaltiger, lichtgeschaffener Flügel aus dem Rücken und überließ ihr seine Macht.

Beatrice streckte beide Hände aus und schlug Ysbeta auf die Brust, genau dorthin, wo Ianthe in der Nacht nach dem Kartenspiel seine Hand hingelegt hatte. Ihre magische Kraft krümmte die Finger, sank unter Ysbetas Haut und packte die sich windende, erzürnte Gestalt des Wesens, das versuchte, Ysbetas Leib in seine Gewalt zu bringen.

»Hilviathras, größerer Geist des Wissens!«, rief Beatrice, und die Worte waren zweistimmig, von Nadi und ihr gemeinsam hervorgebracht. »Ich befehle dir! Verlasse diesen Körper und stelle dich mir!«

Der Geist zuckte zusammen. Er glitt aus Ysbetas Körper und bildete eine Säule, die immer höher und höher aufragte, bis Beatrice sich ganz winzig fühlte – winzig angesichts einer Macht, die ihre bei Weitem überragte.

:Ich bin Hilviathras:, sagte der Geist. :Du willst mir Befehle erteilen? Du, die du nichts bist als ein Staubkorn?:

Gewaltig und das Licht verschlingend, ragte Hilviathras über Beatrice auf. :Immerhin ein besseres Staubkorn als diese da. Geübter. Geschliffener. Dich zu gebrauchen, wird mich weniger verärgern.:

:Nein:, protestierte Nadi. :Du darfst meine Beatrice nicht haben. Du darfst nicht!:

Nadi sammelte sich erneut, wurde größer und blieb doch klein gegenüber dem größeren Geistwesen. Dennoch ballte Nadi tapfer die Magie in sich zusammen und schleuderte sie Hilviathras entgegen, woraufhin dieses Geschöpf erst einmal, dann noch einmal zusammenzuckte.

Das erste Mal, weil Nadi ihm ein Stück herausgebissen hatte. Das zweite Mal, weil Ianthe eine Hand auf Ysbetas Rücken legte und seinen eigenen Geist aus seinem Körper emporsteigen ließ, um den Geist des Wissens herauszufordern.

Der fuhr herum, um auf Ianthe loszugehen, der ihn mit gebleckten Zähnen anstarrte.

»Hilviathras, größerer Geist des Wissens«, sagte Ianthe, und auch seine Stimme besaß jene zweistimmige Harmonie. »Keine dieser beiden Frauen soll dein sein, solange ich noch atme.«

:So sei es denn:, sagte Hilviathras – und schlug zu.

# KAPITEL XXI

Ianthe rang nach Luft und presste die Hände auf die Brust. Der größere Geist schlug abermals zu und warf ihn zu Boden. Der Rosendolch klapperte über die Fliesen und schlug Funken, als er den Beschwörungskreis berührte und dessen Kontur zerstörte.

Der Kreis erlosch, aber das war Hilviathras einerlei. Das Geistwesen hatte sich nun mit der materiellen Ebene verbunden und war zu mächtig. Zu stark. Es hielt Ysbeta gepackt und streckte eine tastende Ranke nach Nadi aus, um dessen Macht aufzusaugen.

Nadi und Ianthes Geist Fandari schlugen gemeinsam zu, rissen Stücke aus Hilviathras und nahmen seine Macht in sich auf.

Hilviathras wiederum ignorierte Fandari und griff Nadi mit einem Biss an, der den Geist aufjaulen ließ. Beatrice schrie vor Schmerz: Sie meinte, ihr selbst würde etwas aus dem Körper gerissen, sodass dort nun eine Lücke klaffte.

:Du bist schwächer. Du wirst als Erstes verzehrt werden, kleiner Glücksgeist. Und dann der andere. Und dann werde ich mir die Hülle dieses Mannes als Heimstatt wählen:, verkündete Hilviathras, und die Stimme des Geistwesens hallte donnernd in Beatrice' Schädel wider. :Oder aber, du kleines Hexchen ergibst dich mir, dann verschone ich die Geister.:

»Sie werden dich zerstören«, schrie Beatrice. Ihre Finger formten Geste um Geste, sie hämmerte mit ihrem Willen auf Hilviathras ein – und hinterließ doch kaum eine Delle in dem Wesen. »Sie werden nie zulassen, dass du dir meinen Leib nimmst. Niemals!«

:Beatrice:, sagte Nadi. :Ich bin nicht genug. Ich schaffe es nicht allein.:

Das Wissen ging ihr durch Mark und Bein. Nadi war nicht genug. Fandari vermutlich auch nicht. Sie würden diesen Kampf verlieren. Hilviathras würde sich Ianthes Körper wie einen Anzug überziehen und Chaos und Zerstörung säen, bis irgendwann jemand dieses Geistwesen ausschalten würde. Zerstören. Und sie? Sie wäre dann längst tot.

Beatrice erspähte den Rosendolch am Boden. Sie konnte tun, was nötig war. Sie konnte für Ianthe dieselbe Stärke zeigen, die er für sie gezeigt hätte. Was blieb ihr anderes übrig?

:Nadi. Ich hole mir das Messer. Wenn ich jetzt sage, verschwindest du. Du verschwindest, verstanden?:

:So hab ich es nicht gemeint:, sagte Nadi. :Wir können noch kämpfen.:

:Aber wie? Du bist doch nicht genug …:

:Wir sind genug:, sagte Nadi. :Wir alle. Zusammen.:

Hilviathras umschlang Ianthe, der kämpfte, sich mit einem Spruch zur Wehr setzte, den Geist vertreiben wollte. Dieser war abgelenkt. Wenn sie zusammen handelten, konnten sie ihm in den Rücken fallen.

:Was müssen wir tun?:

:Lass mich ein.:

:Aber du bist doch schon in mir.:

:In deinem Körper, ja. Aber lass mich in deine Seele.:

Wie sollte sie das anstellen? Fiebernd suchte sie nach etwas in sich, nach etwas in der Art einer Seele, doch sie fand nur sich selbst. Und Nadi unter ihrer Haut – ihr näher, als irgendwer oder irgendetwas ihr jemals gewesen war. Wie sollten sie einander noch näher sein?

»Ianthe!«, schrie sie. »Vertrau Fandari! Lass den Geist ein!«

:Du hast alle Kraft, die ich brauche:, sagte Nadi. Es war nur ein kleines Geistwesen – das aber dafür kämpfte, Hilviathras von Ianthe fortzutreiben. Ianthe hatte keine Worte mehr, nur noch Schreckensschreie, als sich der Geist in sein Fleisch bohrte.

Wenn sie den Weg in ihre eigene Seele nicht fand, würde Ianthe sterben. Das durfte sie nicht zulassen! Sie musste Nadi einlassen. Sie musste!

Verzweifelt versuchte sie, Nadi in ihr Herz zu schieben. Dort hauste doch die Seele, oder nicht?

:Nicht so!:

»Wie denn?«, schrie sie.

:Lass mich! Lass los! Lass mich!:

Ysbeta streckte sich wimmernd nach dem Messer aus. Was hatte sie damit vor? Sie tastete sich mit einer Hand vor, kämpfte um jeden Zentimeter, der ihre Fingerspitzen von der Klinge trennte. Was wollte sie damit? Welchen Plan hatte sie?

:Beeil dich!:, verlangte Nadi. :Du hast den Schlüssel. Du kennst den Weg. Lass mich ein!:

Beatrice schrie ihre Frustration heraus. Sie wusste nicht, wie! Sie wusste nicht, was zu tun war! Sie streckte die Hand der Säule aus dunklem Licht entgegen, zu der Nadi geworden war, so wie sie es immer tat, wenn das Geistwesen in ihren Leib schlüpfte. Aber sie musste tiefer gehen. Sie musste es in sich einlassen.

Sie musste ihm erlauben, einzutreten. Alles, was sie dafür tun musste, war, sich zu öffnen.

Sie atmete. Tief. Langsam. Füllte ihr Mieder mit Licht, mit Macht, füllte ihr ganzes Inneres. Sie stellte sich eine Blume vor, die sich der Sonne öffnet, sah, wie jedes einzelne Blütenblatt aufklappt. Sie konzentrierte sich nicht auf ihre Mitte, sondern auf ihre Ränder.

Ysbeta streifte den Dolchgriff mit den Fingern, doch daraufhin drehte sich die Klinge nur um sich selbst und zeigte dann mit der Spitze auf sie.

Ianthes Schreie waren verstummt. Er kämpfte nicht mehr. Er ergab sich. Aber nicht Hilviathras.

Sondern Fandari.

Beatrice atmete aus, löste sich von allem, erhob sich über den Kampf. Sie verschränkte sich mit Nadi, ihre Seele berührte den Geist und öffnete sich ihm wie eine ausgestreckte Hand.

Nadi fuhr in sie hinein. :Du musst loslassen! Lass los! Lass mich! Ich bin genug! Vertrau mir!:

Beatrice' Fingerspitzen wurden kalt. Ihre pochenden, verschrammten Füße ebenfalls. Ihre Macht, ihr Leben floss aus ihr, hinein in Nadi. Der Geist wuchs zu enormer Größe an. Das weiß-violette Sternenlicht von Beatrice' Kraft mengte sich mit dem schwarzen Funkeln seiner Macht.

»Ianthe!«, schrie Beatrice. »Wir müssen zusammenarbeiten!«

Ianthe hob die Hand. »Ja«, schrie er. »Ysbeta, zurück!«

»Nein!« Ysbeta krabbelte vorwärts und packte das Messer an der Klinge. Blut tropfte, als sie es an sich riss. Ihre blutige Hand fand den Griff. »Wir alle!«

In Beatrice ballte Nadi ihre gemeinsame Kraft. Ihre Arme und Beine zitterten längst, ihr Körper würde bald nachgeben. Sie hatten nur diese eine Chance …

»Auf drei!«, schrie Beatrice. »Eins, zwei …«

Ysbeta sprang auf die Füße und riss den Rosendolch hoch über den Kopf. Goldenes Licht schoss aus der Spitze der Geistklinge und durchbohrte Hilviathras. Ianthe erhob sich auf die Knie, Fandari war eine schimmernde schwarze Säule, durchsetzt mit seiner Kraft. Zusammen schlugen Nadi und Fandari zu.

Sie stürzten sich auf Hilviathras, zerrten an dem Geistwesen, bissen es, schröpften es, labten sich an ihm, wuchsen und wurden immer größer, dunkler, mächtiger. Beatrice sah mit verschwommenem Blick zu, wie Nadi sich auf diesen schreienden und zappelnden Geist stürzte, der nun nicht länger übermächtig und gewaltig war.

Der vielmehr zurückwich. Hilviathras kreischte, als würde ein Bogen scharf und hart über die Saiten einer Geige gezogen. Der Entsetzensschrei eines Menschen …

Nadi und Fandari aßen und wurden stärker. Ianthe fiel nach vorn auf die Hände. Ysbeta sprang auf Hilviathras zu und rammte den Dolch in die nun kleinere, deutlich zerfetzte, geschwächte Form des Geists.

Vor Beatrice' Augen trübte es sich. Sie kämpfte darum, bei Bewusstsein zu bleiben, doch um sie herum drehte sich alles, und ihr wurde schlecht, als Nadi im Verzehr von Hilviathras innehielt.

Ihr Geist war nun sehr groß, wenn auch nicht so groß, wie Hilviathras gewesen war. Mächtig, mit den Energien seines Feindes und seiner Freundin angefüllt. Sie hatte ihm Kraft gewährt, die sie selbst nun nicht mehr hatte.

:Nadi?:, fragte Beatrice. :Es wird so dunkel.:

Dunkel und entrückt. Beatrice fror, sie befand sich halb außerhalb ihres Körpers und sah zu, wie das Licht um sie herum erlosch. Es fühlte sich an wie das letzte graue Rauschen vor einer Ohnmacht. Doch diese Ohnmacht kam einfach nicht. Beatrice riss die Augen auf und kämpfte gegen die Dunkelheit an. :Nadi?:

:Ich bin hier.: Nadi berührte ihre Stirn, und Beatrice' Kraft rauschte zurück in ihren Leib. Die Stimme des Geistes klang nun anders. Voller, weniger kindlich. :Du hast mir die besten Früchte gegeben, den süßesten Wein, feinen Käse, gereift in dunkelsten Höhlen. Du hast mir Kuchen gegeben und Tänze und Sternenlicht und den ersten Kuss mit dem Mann, den du liebst.:

Ysbeta senkte das Messer und streckte die Hand nach den mitleiderregenden Überresten von Hilviathras aus. Ianthe hob den Kopf und berührte Fandari. Auch Beatrice streckte die Hand aus wie ein Echo. :Du hast uns gerettet.:

:Als ich dürstete, gabst du mir zu trinken. Als ich lechzte, füttertest du meine Sinne. Du hast mir Sonnenlicht geschenkt und Wellenschaum und Sand zwischen unseren Zehen. Du hast mir Freundschaft und Träume gegeben. Du warst mir treu, und du hast mich gestärkt, und nun sind wir für immer.:

Nadis Form umfloss Beatrice' Hand. Kraft füllte ihre Sinne, füllte sie mit einer so tiefen Freude, dass sie nur zu staunen vermochte. :Was ist passiert?:

:Der große Pakt ist geschlossen. wir sind nun Verbündete. Ich bin Nadidamarus, der größere Geist des Glücks, und ich werde immer an deiner Seite sein.:

»Nadidamarus«, flüsterte Beatrice. »Bist du noch … bist du noch Nadi? Erinnerst du dich?«

:Ich erinnere mich, Beatrice Amara Clayborn. Ich bin immer noch Nadi, dir wohlgesinnt, aber ich bin nun noch mehr. Und wir werden gewinnen und gewinnen und gewinnen.:

Beatrice lachte. Sie sprang auf die Füße. Ianthe strahlte vor Erleichterung, Freude und grenzenloser Kraft.

»Wir haben es geschafft!«, rief Ianthe. »Wir haben die Prüfung bestanden.«

Ysbeta wimmerte plötzlich auf, und Beatrice war schon beim nächsten Wimpernschlag bei ihr.

»Hilf mir!«, bat Ysbeta. »Der Geist verblasst, ich muss ihn retten.«

»Dein Geistwesen hat uns fast getötet«, sagte Ianthe.

»Es fleht mich an«, weinte Ysbeta. »Es hat Schmerzen. Ich fühle seinen Schmerz. Helft mir, den Geist zu retten!«

»Du musst ihn in dich einlassen«, erklärte Beatrice.

Ianthe rang nach Luft. »Nein!«

»Sie braucht diesen Geist«, sagte Beatrice. »Sie braucht ihn, um Magierin zu werden. Ihr Leben hängt davon ab.«

»Nicht nur das«, flocht Ysbeta ein. »Es muss sein. Ich brauche die Antwort …«

»Lass diesen Geist genauso in deinen Körper, wie du Elamin eingelassen hast.«

Das zerfetzte, schwarz schimmernde Etwas sickerte unter Ysbetas Haut und speiste ihre Aura mit schwachem, dunklem Sternenlicht.

»Gut«, lobte Beatrice. »Du musst dem Geist jetzt vertrauen.«

»Das kannst du nicht tun«, warnte Ianthe seine Schwester. »Hilviathras hat versucht, dich zu vernichten.«

»Ich muss es tun«, widersprach Ysbeta. »Ihr habt es auch getan. Nun lasst mich!«

»Vertrau dem Geist!«, schärfte Beatrice ihr ein. »Öffne dich ihm! Lass ihn in deine Mitte! Du bist eine Blume. Der Geist ist die Sonne. Vertrau ihm!«

Sie waren ganz still. Ysbeta verzog konzentriert das Gesicht.

»Erzwing es nicht!«, sagte Beatrice. »Lass es einfach …«

»Hilviathras vermisst Jonathan«, erklärte Ysbeta. »Jonathan war ein Magier. Mit seinem Tod hat er den Geist allein gelassen. Danach wurde Hilviathras nur heraufbeschworen, um herumkommandiert zu werden, zum Gehorsam gezwungen …«

»Du wirst Hilviathras eine Freundin sein«, sagte Beatrice. »Du wirst eine gute Magierin sein. Versprich das!«

Ianthe blieb still, presste die Lippen zusammen und ergriff dann doch das Wort. »Du kannst den Geist immer noch gehen lassen …«

»Nein! Hilviathras ist der Schlüssel. Wenn dieser Geist uns nicht zur Seite steht, wenn wir ihn sogar vertreiben … Hilviathras! Ich habe ein Rätsel«, rief Ysbeta. »Ein Puzzle, das vielleicht noch nie gelöst wurde. Wissen, dass vielleicht noch nie gefunden wurde. Du kannst mir bei der Suche helfen. Du kannst mir helfen, all das zu finden. Binde dich an mich, und zusammen bereisen wir die Welt!«

Ysbeta schloss die Augen. Beatrice wurde still. Sie konnte ihr nicht bei der Bindung helfen. Ysbeta musste es allein schaffen. Doch sie konnten zusammen warten, und Nadidamarus und sie konnten dem Glück einen kleinen Schubs zu Ysbetas Gunsten verpassen.

Ysbeta atmete aus. »Das werden wir«, versicherte sie. »Wir werden für immer nach Mysterien suchen.«

Friede breitete sich auf ihrem Gesicht aus. »So. Nun ist der Geist bei mir.«

»Ob das so eine gute Idee ist?«, murmelte Ianthe. »Er hat versucht, dich zu töten.«

»Ich habe einen Fehler gemacht«, sagte Ysbeta. »Wir werden lernen. Zusammen. Und nun kann Lord Powles nicht mehr um meine Hand anhalten. Es ist getan. Ich bin frei.«

:Sie hat Hilviathras eingelassen:, sagte Nadidamarus. :Sie

ist nun eine Magierin, auch wenn ihr gebundener Geist schwach ist. Es ist vollbracht.:

Es war vollbracht. Und als sie sich aufrappelten und den Staub aus den Kleidern schlugen, sah Beatrice Ianthe an, und ihr wurde klar, was sie nun endgültig geopfert hatte.

»Du hast alles für mich aufgegeben«, sagte sie. »Du hast mich hergebracht, damit ich frei sein kann. Auch wenn das bedeutet, dass ich dich niemals heiraten kann.«

»Ich liebe dich«, erwiderte Ianthe. »Und das bedeutet, dass ich dich kein elendes Leben führen lassen kann.«

»Oh, Himmelsgeborene! Wartet mal, bevor ihr euch noch endgültig voneinander verabschiedet«, rief Ysbeta. »Ich habe etwas ganz Einmaliges für euch. Ihr müsst euch nämlich gar nicht trennen.«

Beatrice blinzelte. »Aber als Magierin und Magier können wir nicht zusammen sein.«

»Ich bin auch Magierin. Aber im Gegensatz zu dir unverbesserlicher Glückspielerin oder zu Ianthe, der plumpe Gewalt höher schätzt als einen scharfen Verstand, habe ich einen Geist des Wissens an mich gebunden.«

Ianthe legte den Kopf auf die Seite. »Was soll das heißen?«

Ysbeta grinste so breit, dass ihr schiefer unterer Schneidezahn sichtbar wurde. »Als ich das erste Mal bei Beatrice war, hat sie den Namen des Geists aus dem Grimoire in meinem Besitz vorgelesen. Er schien mir sehr wertvoll. Später kam mir der Gedanke, dass ein solcher Geist in eurem Fall helfen könnte … Aber ich musste ihn als Erstes binden. Nur für alle Fälle.«

»Das hättest du uns sagen können.« Ianthe hob seinen Rosendolch auf. »Du bist fast gestorben. Du bist so störrisch …«

»Ich habe versucht, es euch zu erklären, aber ihr wolltet

mir ja nicht zuhören. Ich habe getan, was ich tun musste«, sagte Ysbeta. »Und als Hilviathras sich beinahe aufgelöst hätte, als dieser arme Geist zu zerfasert war, um sich wieder zusammenzusetzen, da hab ich ihm gegeben, was er brauchte, um sein Leben zu retten.«

»Und das war dein Seelenbund?«, fragte Ianthe.

»Nein. Das war ein Rätsel. Ich habe Hilviathras gebeten, mir beim Lösen eines Rätsels zu helfen.«

»Welches Rätsel?« Beatrice zog den ruinierten, an der Sohle aufgerissenen Strumpf ab und stopfte ihn in ihre Tasche. »Was ist das für ein Geheimnis?«

»Ich habe Hilviathras gefragt, wie Zauberinnen ihre ungeborenen Kinder vor Besessenheit schützen können«, sagte Ysbeta.

»Und wusste dein Geist das?«, fragte Ianthe. »Ysy! Weißt du das inzwischen?«

»Hilviathras erinnert sich an ein Volk freier Frauen, verloren in Zeit und Legende. Sie wussten, wie sie ihre Kinder schützen. Und diese Antwort werde ich erhalten.« Ysbeta lächelte und wies auf Ianthe. »Hilviathras hat gesagt, dein Opfer sei der Schlüssel, aber mehr weiß ich noch nicht. Die Details werden wir wohl noch herausfinden müssen. Bist du bereit, etwas für deine Familie zu opfern?«

»Ja«, sagte Ianthe. »Ja, absolut. Was immer es ist. Wir können Kinder kriegen, Beatrice! Lass uns zehn Kinder kriegen!«

»Lass uns zunächst mit einem anfangen«, zügelte ihn Beatrice, aber sie lachte und breitete die Arme aus. »Wir können heiraten.«

Er lachte, fasste sie um die Taille und drehte sich mit ihr im Kreis. »Wir werden heiraten!«

»Aber wie?«

»Wir müssen so schnell wie möglich nach Meryton«, erklärte Ysbeta. »Wir müssen an Bord der *Pelikan.* Auf der Stelle!«

Meryton nahmen sie als einziges Gewimmel wahr. Ianthe lenkte beherzt und demonstrierte seine Fähigkeit, Kutscher auf Chasandisch, Llanandari, Sancha, Valserranisch und Makilani anzubrüllen, damit sie ihm Platz machten. Ysbeta musste sich bei einigen besonders deftigen Bemerkungen auf Sancha das Lachen verkneifen. Mal kamen sie ein wenig vorwärts, dann wieder mussten sie anhalten oder durch Straßen kriechen, in denen sich Karren, Kutschen und Menschen mit Kiepen drängten, die alle Waren kaufen oder verkaufen wollten. Überall wurde geschrien, überall stank es nach Kochdünsten, Pferden und vergammelnden Essensresten. Erst als der Wind sich drehte und über all die Gerüche den Salz- und Seetanggeruch des Ozeans legte, konnte Beatrice freier atmen.

Ianthe hielt die Ponys an. »Ysy, du bist Kalinda Damind. Du bist Ysbeta Lavans neue Verwalterin, du kommst, um die *Pelikan* zu inspizieren und deiner Arbeitgeberin danach Bericht erstatten.«

In ihrer Aufmachung konnte Ysbeta eigentlich nicht als arbeitende Frau durchgehen, nicht in einem Kleid mit diesem Stehkragen und den geknöpften Ärmelaufschlägen, die gerade der letzte Schrei waren, nicht mit einem Jabot, dessen Spitze handgeklöppelt und keineswegs schlicht aus Stoffrüschen zusammengesetzt war. Trotzdem zog sie gelassen ihre bestickten Handschuhe aus und steckte sie weg. »Was ist mit Beatrice?«

Beatrice strich über ihr Haar, das sie von den Haarnadeln befreit und zu einem schlichten Zopf geflochten hatte. »Ich hab doch nicht mal Strümpfe an.«

»Niemand sieht auf deine Füße.«

»Einer Frau würde es sofort auffallen«, hielt Beatrice dagegen.

»Wir werden wohl kaum auf eine andere Frau stoßen. Du bist Miss Daminds Sekretärin. Paulina Fisher. Unter dem Sitz findest du ein Klemmbrett. Schreib einfach irgendetwas auf. Es ist nur eine Requisite.«

Sie bewegten sich durch eine eigene Stadt voller Speicher und Hafenwächtern, von denen einige misstrauisch zu der Dame und ihrer gut gekleideten Sekretärin hinüberstierten, die in einer von einem Gentleman gesteuerten Mietkutsche durch die Straßen fuhren. Manche stellten sich ihnen in den Weg. Ianthe reagierte mit einem Schwall freundlicher Worte und ließ seine Ringe aufblitzen. Den einen schmückten die verbundenen Kreise eines Magiers des Kapitularhauses, den anderen das Wappen, mit dem die Dokumente von *Lavan International – Handel und Expeditionen* gesiegelt wurden. Welcher der beiden mehr Eindruck machte, ließ sich nicht immer klar entscheiden.

Schließlich gelangten sie zu einer Straße, die eine Grenze in ein anderes Land zu markieren schien. Schneeweiße Speicher, gestützt von stabilen Balken, säumten rasterartig angeordneten Straßen. Arbeiter, Diener und Wachen aus Llanandras eilten geschäftig umher, und viele von ihnen musterten Ysbeta, verbeugten sich oder tippten sich an den Hut.

»Wir sind fast da«, sagte Ysbeta, als sich der Geruch nach Meer und einem Speicher voller gegerbtem Leder über den nach Pferden und Menschen schob.

»Welches Warenhaus hat deine Familie gemietet?«, fragte

Beatrice, und Ysbeta beschrieb grinsend mit dem Finger einen Kreis.

»Das sind die Speicher für verzollte Waren. Wir achten auf gute Organisation.«

Beatrice sah sich um und sog den Anblick in sich auf. »Das heißt, all diese Gebäude gehören euch?«

»Beatrice, meine Liebe, die Größe von Lavan International wird dich entzücken«, säuselte Ysbeta. »Und jetzt …«

Ysbeta hob eine Hand und wartete darauf, dass Ianthe die nächste Kreuzung hinter sich brachte und vor einem Tor hielt. Die Wachtposten ließen ihn eilig ein, und Ysbeta ließ die Hand wieder sinken.

»Willkommen in Llanandras«, sagte sie. »Formal gesehen bist du nun auf ausländischem Boden. Dein Vater hat kein Recht, dich aus unserem Land fortzubringen. Du genießt Asyl.«

Beatrice kniete sich auf den Kutschenboden, um das hölzerne Schreibbrett mit einem Blatt Papier und einem teuren Metallfüller hervorzuholen, dazu ein tragbares Glas Tinte. »Was?«

»Du bist hier sicher«, erklärte Ysbeta. »Selbst wenn sie dich finden, können sie dir nichts tun, solange du auf dieser Seite des Tors bleibst. Und sobald wir an Bord gehen und drei Meilen hinausfahren, genießt du das Seerecht, das in internationalen Gewässern gilt. Da draußen könnt ihr heiraten, ohne dass irgendjemand etwas dagegen tun.«

Frei. Sicher.

Und nach einer sehr kurzen Reise: verheiratet! Dennoch war das nicht genug. Es ging schließlich nicht nur um ihre Sicherheit.

»Aber … wichtiger ist doch, ob *du* hier sicher bist«, erwiderte Beatrice. »Über dich können deine Eltern hier weiterhin bestimmen. Womöglich zerren sie dich also zurück zu Lord Powles.«

Ysbeta schürzte die Lippen und nickte. »Deshalb hatte Ianthe es ja so eilig. Ich muss mich auch um meine eigene gesetzmäßige Sicherheit kümmern.«

»Wie das?«

»Sie können mich nicht von meinem eigenen Schiff tragen«, erklärte Ysbeta. »Ich kann ihnen sogar den Zugang an Deck verwehren. Je schneller ich also an Bord der *Pelikan* bin, desto besser.«

Natürlich. Ysbeta und Ianthe hatten ihr ja gesagt, dass Ysbeta ein Schiff besaß, und sie wusste, dass ein Kapitän auf See der König seines Schiffs war. Oder auch die Königin.

»Alles, was wir tun müssen, ist, an Bord zu gehen. Danach sind wir sicher. Und wenn sie nicht gestorben sind …« Ysbeta schnupperte. »Irgendwer dämpft hier Muscheln.«

Sie fuhren in einen Speicher, dessen Fenster die langen Sonnenstrahlen in Vierecke zerschnitten. Ein junger Mann lief sich zwischen den Stützpfosten umher und wechselte Laternen mit Bienenwachskernen aus. Ein Arbeiter übernahm die Kutsche, und Ianthe führte sie zu durch die Hafenanlage. Ihre aufgeschürften Füße ließen Beatrice bei jedem Schritt zusammenzucken. Katzen sprangen von ihren Plätzen oberhalb der Frachtkisten hinunter und folgten ihnen, in der Hoffnung, sie glauben machen zu können, dass sie halb verhungert waren und deshalb sofort ein paar Leckerbissen brauchten. Eine silbern getigerte Katze marschierte ins Büro des Hafenmeisters, als würde es ihr gehören.

:Warum hast du keine Katze?:

:Willst du eine Katze?:

:Sie sind famos:, sagte Nadidamarus. :Streichle die da!:

Ein Mann an einem Schreibtisch sah auf, doch das Lächeln

verging ihm, als er neben Ianthe auch Ysbeta und Beatrice ausmachte. Er legte den Bleistift ab und kam hinter dem Stehpult hervor, bis sie an der Tür aufeinander stießen.

»Grüße, geehrter Sir. Wie darf ich den Lavans heute dienen?«

Ianthe hielt einen Moment inne. »Nestor Patan, das hier ist Ysbeta Lavans Verwalterin, Miss Kalinda Damind. Ihre Sekretärin Paulina Fisher begleitet sie. Ysbeta wünscht, dass die beiden sich mit den Vorgängen in den Speichern in Meryton vertraut machen. Sie werden sie von nun an häufiger hier sehen.«

Beatrice neigte den Kopf über das Klemmbrett und hielt die Worte »Nestor Patan« fest.

Ysbeta straffte sich. »Welche Position haben Sie inne, Sir?«

»Lagerverwalter«, erwiderte er und musterte die beiden immer noch. »Eine Frau in Miss Lavans Diensten? Hat Ihr geehrter Vater das erlaubt?«

Ysbetas Zorn zuckte auf, doch sie verkniff sich jede Bemerkung.

»Sie war die einzige weibliche Bewerberin«, sagte Ianthe. »Ysbeta mochte sie.«

Nestor studierte sie erneut. »Mit dem Gesicht soll sie eine alte Jungfer werden? Ist doch eine Schande! Auch die andere ist ganz hübsch. Warum haben sie keinen Mann abbekommen?«

Ysbeta ballte die Fäuste. Beatrice schrieb »unerträglicher Charakter« auf das Blatt Papier.

Ianthe neigte den Kopf auf die Seite. »Beide haben sich entschieden, Nutzen aus ihrer Ausbildung zu ziehen.«

»Ah, da liegt das Problem«, stieß der Mann aus und nickte in Zustimmung zu sich selbst. »Aber wenn der Schaden erst einmal angerichtet ist … Was wollen sie sich ansehen?«

»Vor allen Dingen die *Pelikan*«, antwortete Ianthe, als würde nichts, was Nestor gesagt hatte, seinen Widerspruch herausfordern. »Miss Damind wird sich das Schiff ansehen, einen Blick in die Aufzeichnungen werfen und sich die Empfehlungen des amtierenden Schiffsführers anhören, äh …«

»Ranad Beleu«, soufflierte Ysbeta. »Miss Lavan hat mir die Namen aller Befehlshabenden gegeben.«

»Gutes Gedächtnis«, erkannte Nestor an, und Ysbeta lächelte mit geschlossenen Lippen. »Die *Pelikan* liegt am zweiten Pier. Sie wird gerade beladen. Mrs Lavan hat angeordnet, dass sie sofort ablegen soll und … Scheiße!« Das Tintenfässchen auf Nestors Schreibtisch war umgekippt und hatte seinen Inhalt über die Papiere ergossen. »Die Arbeit eines ganzen Tags!«

Als er zum Tisch ging, um den Schaden zu begrenzen, drehte Ianthe sich um und zwinkerte Beatrice zu. »Vom Glück verlassen … Wir finden die *Pelikan* schon! Danke für die Hilfe.«

Ianthe trat als Erster hinaus und wandte sich nach links. Hinter ihnen im Büro ging ein furchtbares Gepolter los, dem eine Kaskade von Flüchen folgte, unterlegt vom Duft süßer Rache. Beatrice lächelte. Das tat gut.

Ysbeta stieß einen wütenden Laut durch die Zähne aus. »Mutter hat befohlen, dass mein Schiff beladen wird? Für eine Handelsreise, die ich nicht angeordnet habe? Sie will doch einfach nur sichergehen, dass ich nicht …«

»Psst! Du bist jetzt Kalinda. Und Kalinda hat alles Recht, genervt zu sein, aber nicht wütend. Wir sind ja noch rechtzeitig eingetroffen.«

»Das sind wir«, bestätigte Ysbeta. »Und darauf kommt es an. Wir gehen an Bord der *Pelikan*, wir fahren nach Rhaktuun, wo die *Pelikan* Kunst und Edelsteine aufnehmen wird, während wir weiter nach Otahaan reisen …«

»Was ist denn in Otahaan?«, erkundigte sich Ianthe. »Also, abgesehen von den ältesten Bibliotheken der Welt … ah. Es steht in einem Buch. Natürlich.«

»Was steht in einem Buch?«, fragte Beatrice.

»Wie wir Sicherheit für eure Ungeborenen im Mutterleib schaffen«, antwortete Ysbeta. »Hilviathras hat gesagt, diese Information sei sehr alt. Natürlich will mein Geist nun in die alte Bibliothek von Königin Ishana, sie ist ja nur eine Woche mit dem Schiff und zwei Wochen über Land entfernt. Und von da aus …«

»Mist!«, entfuhr es Ianthe. »Sieh nach unten! Da ist der Hafenmeister.«

Ysbeta wirbelte herum und folgte Ianthes Blick. Beatrice erspähte einen Llanandari mit stahlgrauem Haar und in einem tiefbraunen Mantel, der Ysbeta erkannt hatte. Die gezügelte Ungeduld in seiner Miene wich blanker Wut. Er zeigte auf Ysbeta, und sämtliche Hafenarbeiter und Seeleute sahen auf, als er schrie: »Ergreift diese Frau! Das ist Ysbeta Lavan!«

# KAPITEL XXII

Sie rannten. Ianthe sprintete zum Südwestende des langen Kais, und Ysbeta jaulte auf, als ihr die hochhackigen Schuhe von den Füßen flogen. Beatrice packte Ianthes Schulter und verlieh ihm Nadis Trittsicherheit, während sie zusammen zum zweiten Pier spurteten. Beatrice erblickte einen langen Dreimaster, der auf den Wellen schaukelte, und ihr sank der Mut, denn das Schiff lag nicht hier am Pier, sondern ein Stück weiter draußen und war nur mit einem Ruderboot zu erreichen.

Die Matrosen eines vertäuten Schiffs kamen die Gangway herab, um sie zu verfolgen. Beatrice zeigte auf einen von ihnen. Prompt stolperte er – und stellte dabei auch noch seinem Nebenmann ein Bein, sodass die ganze Bande innehalten und sich besinnen musste. Ianthe wischte mit einer einzigen Geste einen aufschreienden Hafenarbeiter ins Wasser, der sich mehrere Meter von ihm entfernt befand.

»Das da draußen ist die *Pelikan*«, sagte Ianthe. »Die erreichen wir nicht.«

Ysbeta stieß einen frustrierten Schrei aus und riss ihre Jacke auf. Bestickte Knöpfe flogen nach allen Seiten, als sie sich das Kleidungsstück von den Schultern zerrte. Sie warf die

Jacke fort, die durch die Luft ins schwarze Wasser segelte. Sie öffnete ihren Rock und ließ den bedruckten Stoff auf die teergeschwärzten Bohlen fallen. Schließlich fummelte sie an der Kordel herum, die ihren Reifrock hielt.

»Willst du etwa schwimmen?«, rief Beatrice.

»Ianthe muss dich beschützen«, sagte Ysbeta. »Und ich hole mein Schiff!«

Der Reifrock fiel klappernd auf die Bretter, während Ysbeta nach den Taschen griff, die sie immer noch um die Hüfte trug. Sie holte ein kleines Messer hervor. »Halt dich nicht mit der Schnürung auf. Los!«

Ianthe lief weiter und zog die beiden Frauen hinter sich her, als säßen sie in einer Kutsche aus Luft. Beatrice zerschnitt die Schnur. Als Ianthe am Ende der Anlegestelle innehielt, sah sie auf. Ein ganzer Trupp Seeleute stürmte ihnen entgegen. Beatrice zischte vor Schreck, als sie versehentlich Ysbetas Rücken mit dem Messer traf und ein kleiner roter Fleck auf ihrem Untergewand erblühte.

»Sie schafft es nie an Bord!«, schrie der Mann ganz vorn.

Ihre Kumpane ließen bereits Ruderboote zu Wasser und machten sich auf zur *Pelikan*.

»Dieses Schiff gehört mir«, sagte Ysbeta. »Mir! Und ich werde an Bord gelangen oder bei dem Versuch sterben!«

Sie riss sich das Mieder vom Leib, schoss zum Pierende und sprang lang wie ein aufgeklapptes Federmesser ins Wasser. Die Besatzung eines Ruderboots steuerte schreiend auf sie zu.

Ianthe zeigte auf sie – und der Bug des Boots hob sich hoch in die Luft und schleuderte die Männer ins Wasser.

Ysbeta schwamm wie ein Fisch. Die unermüdlich kreisenden Arme und tretenden Beine beförderten sie in einer Wolke aus weißer Baumwolle durchs Wasser. An Deck der *Pelikan* sammelten sich jedoch bereits mittschiffs Seeleute, um sie zu beobachten. Ein Mann mit roter Feder am Hut stand vorn in der Mitte und sah unbewegt wie eine Statue zu, wie sich Ysbeta dem Schiff näherte.

Ein weiteres Ruderboot folgte ihr. Beatrice und Nadidamarus nahmen es ins Visier, und die Seemänner ließen die Ruder fallen, als lauter Lecks im Boden aufklafften.

Ianthe wies auf den einzigen Mann ringsum, der einen Mantel trug. »Hafenmeister! Helfen Sie ihr!«

»Wir haben Befehl …«

»Wenn Sie hier nur herumstehen und zusehen, wie sie beim Versuch, ihre Freiheit zu erlangen, stirbt, bedeuten Ihre Befehle gar nichts mehr«, schrie Beatrice.

»Das Einzige, wofür Sie dann bekannt sein werden, ist, dass sie zugesehen haben, wie Kalman Lavans Tochter auf dem Weg zu ihrem eigenen Schiff ertrank«, fügte Ianthe hinzu.

»Signalisieren Sie dem amtierenden Kapitän, ihr ein Seil zuzuwerfen!«, verlangte Beatrice. »Sie stirbt eher, als dass sie sich schnappen lässt. Eher taucht sie zum Grund des Meeres und ertrinkt.«

»Aber warum?«, fragte der Hafenmeister. »Was hat sie denn nur befallen?«

»Wir haben keine Zeit, Ihnen das zu erklären«, sagte Ianthe. »Geben Sie dem Kapitän das Signal, sie an Bord zu nehmen!«

»Bitte!«, flehte Beatrice.

Der Hafenmeister sah Ysbeta dabei zu, wie sie wassertretend zur Mannschaft hinaufrief. Er sah mit mahlendem Kiefer zu und versuchte, sich zu einem Entschluss durchzuringen.

»Daran werde ich mich erinnern«, sagte Ianthe. Er wandte sich dem Meer zu und zeigte mit dem Finger darauf.

Da erhob sich Ysbeta aus dem Wasser, ihr sorgsam frisiertes Haar war triefnass, das Baumwollkleid klebte an ihrer Haut. Hinter Ianthe und Beatrice ertönte ein verblüffter Schrei. Ein anderer Mann stürmte auf sie zu, um Ianthe zu packen. Beatrice wies auf ihn – und Nadi stellte seine Kräfte unter Beweis. Der Mann verstauchte sich den Knöchel und ging mit einem Schmerzenslaut zu Boden.

Beatrice stellte sich so, dass sie Ianthe mit ihrem eigenen Körper schützte. Sie bleckte die Zähne – und der Hafenmeister zuckte zusammen, als sich eine Möwe direkt auf seinen Hut und Mantel entleerte.

»Verschwindet, bevor ich jeden Einzelnen von euch verhexe!«, rief Beatrice.

Ein halbes Dutzend Arbeiter nahm kurz entschlossen die Beine in die Hand.

Ianthe stöhnte vor Anstrengung. Neben der *Pelikan* hing Ysbeta hoch über der Reling des Schiffs. Die entgeisterte Mannschaft musste die Hälse nach ihr recken. Ianthe atmete heftig, als er sie sanft auf dem Deck ihres eigenen Schiffs absetzte – über das sie den Befehl hatte, sobald sie an Bord war.

Dann klappte er japsend vornüber. »Es ist vollbracht. Und das war nicht Ihr Verdienst, Mr Caldet, was ich meinem Vater auch weitergeben werde. Erteilen Sie der *Pelikan* die Erlaubnis, anzulegen! Wir gehen ebenfalls an Bord!«

Die *Pelikan* war ein feines Schiff, gleichzeitig aber robust genug, um Fracht zu transportieren und auch einem Angriff zu trotzen. Sie war ein strahlendes Exempel der Seemacht von Llanandras und der Kunstfertigkeit ihrer Ingenieure und Schiffsbauer. Ysbeta hatte jedes Recht, stolz darauf zu sein.

Beatrice setzte sich am Oberdeck zu Ianthe an den Tisch und genoss ein Mahl aus der Kombüse. Als sie Ysbeta vom Unterdeck heraufkommen sah, winkte sie ihr zu. Ysbeta hatte eine Hose, eine feine Weste und den tiefroten Mantel sowie den rotbefiederten Hut eines einstigen Kapitäns gefunden. Barfuß wie die meisten Matrosen schritt sie über das Deck der *Pelikan.*

»Ich trag nie wieder einen Rock!«, erklärte sie und hob eine Flasche kandischen Wein am Hals in die Höhe. Ein Seemann brachte ihnen bauchige Weingläser für ihren ersten Trinkspruch.

»Auf die Freiheit, das Glück und alles, was wir wollen!«, rief Ysbeta aus, und sie stimmten ihr mit Hurra zu und tranken.

Beatrice atmete erstaunt ein. Das Bouquet erinnerte sie an Rosen im Sommer, dazu frische, reife Pflaumen … Der erste Schluck füllte ihren Mund mit zarten, unterschwelligen Noten. Beeren und runde, weiche Tannine entfalteten sich langsam und boten zum Abschluss noch Gewürze und Mineralien.

»Oh, der ist ja wunderbar«, sagte Ianthe.

»Drei Wochen für die Auflösung, und dann beginne ich meine Reise«, erklärte Ysbeta. »Seid ihr sicher, dass ihr nicht mitkommen wollt? Ihr könntet die *Pelikan* verwalten und meine Flotte erweitern.«

»Ich gehe dahin, wo Beatrice hingeht«, stellte Ianthe klar. »Beatrice?«

Beatrice dachte nach. »Wir begleiten dich nach Otahaan. Dort lüften wir das Geheimnis, wie man die ungeborenen Kinder von Zauberinnen beschützt. Wir müssen es aber teilen. Alle Zauberinnen sollen wissen, wie sie ihre Kinder auch ohne Ehereif beschützen können.«

»Also werdet ihr in diese Welt zurückkehren. Sie wird euch keine Dankbarkeit erweisen. Ich hoffe, das ist euch klar.«

»Oh, ich erwarte, dass es die Welt auf den Kopf stellen

wird«, entgegnete Beatrice. »Bedenke doch nur, wie viele Frauen im Untergrund Widerstand leisten. Ich glaube, ich werde mehr Verbündete finden, als du vermutest.«

»Und du willst dabei wirklich an ihrer Seite sein?« Ysbeta deutete mit ihrem Weinglas auf Ianthe. Der nickte.

»Ich kämpfe ihre Kämpfe. Zu viele Gentlemen glauben, dass Zauberinnen liebend gern ihr volles Potenzial in den Wind schlagen. Aber es muss doch auch noch andere Männer geben, solche, die für ihre Freiheit kämpfen.«

»Dabei könnte alles so einfach sein«, sagte Ysbeta. »Beatrice, ich verleihe dir hiermit den Namen Joseph Ezra Carrier. Schreib ein paar codierte Grimoires. Die schmuggeln wir in Buchläden.«

»Ich glaube nicht, dass das reicht«, sagte Ianthe. »Schließlich müssen nicht nur die Frauen etwas lernen, sondern auch die Männer.«

Ysbeta schenkte ihnen Wein nach. »Ich habe mit Hilviathras gesprochen, und der Geist bestätigte mir, dass wir in Otahaan mehr Details finden werden, aber du weißt nicht, wie Männer darauf reagieren werden. Sie haben die Macht, und die meisten von ihnen werden nichts dulden, was an dieser Macht rüttelt. Du wirst die Magier des Kapitularhauses überzeugen …«

Ysbeta hielt inne, als Schritte auf dem Pier erdröhnten. Eine aufgelöste Schar stürmte heran. Beatrice' Puls fing zu rasen an. Ihr Vater und Danton Maisonette folgten Bard Sheldon sowie den Eltern von Ianthe und Ysbeta. Zusammen bauten sie sich vor dem Schiff auf.

Ihr Vater machte Anstalten, die Gangway zu betreten, doch Mr Lavan legte ihm eine Hand auf den Unterarm und verhinderte das. »Kapitänin, ich bitte um Erlaubnis, an Bord der *Pelikan* kommen zu dürfen.«

»Erlaubnis verweigert«, sagte Ysbeta.

»Ysbeta Mirelda Lavan.« Ihre Mutter trat entschlossen vor, aber auch sie wurde von Mr Lavan mit einer Hand am Ellbogen aufgehalten. »Du wirst diesen kindischen Unsinn sofort beenden.«

»Das werde ich nicht, Mutter«, erwiderte Ysbeta. »Ich habe es dir gesagt. Ich habe dir ein Dutzend Mal gesagt, dass ich nicht zu heiraten gedenke. Ich habe dich angefleht, aber für dich haben stets nur deine Profite gezählt, nie deine Tochter.«

»Wie kannst du es wagen! Diese Impertinenz! Du wirst deiner Mutter gehorchen!«

»Es ist zu spät, Mutter. Hilviathras, ein größerer Geist des Wissens, ist nun an mich gebunden.«

Mrs Lavan starrte Ysbeta mit vor Schreck offen stehendem Mund an. »Was hast du getan?«

»Es ist zu spät«, wiederholte Ysbeta. »Mama, es ist für all das zu spät. Ich habe dir gesagt, dass ich es einfach nicht kann. Ich habe es dir gesagt.«

Sprachlos starrte Mrs Lavan ihre Tochter an.

»Dich hat die Ehe glücklich gemacht«, fuhr Ysbeta fort. »Du liebst Vater. Als ich klein war, hast du mir oft gesagt, dass es Liebe auf den ersten Blick war. Du hattest alles. Du hattest Vater. Du hattest den Handel, den du so liebst. Und als wir alt genug waren, hast du dich wieder der Magie gewidmet. Mich siehst du gar nicht. Ich bin ein Mensch, keine Ware.«

»Diese Verbindung wird uns doch so viel Gutes …«

»Gutes für ihn!« Ysbeta deutete auf Ianthe. »Gutes, das wir nicht brauchen! Mutter, sieh mich an! Ich habe nie gewollt, was du für mich willst. Und Ianthe ist zufrieden mit dem, was wir haben. Wozu brauchen wir mehr?«

»Du bist noch ein Kind. Du hast keine Ahnung, was du willst.«

»Ich bin ein Kind, wann immer ich etwas will, das dir nicht passt, Mutter. Aber bitte! Das hier will ich. Ich will eine Meistermagierin sein. Ich will eine Gelehrte sein. Sonst nichts. Bitte …«

»Schluss damit«, sagte Mrs Lavan. »Ich habe so hart gearbeitet. Ich habe so viel geopfert. Und du … Komm jetzt endlich da runter!«

Ysbeta tat einen Schritt zurück. »Nein.«

Bard trat vor. »Ysbeta.«

»Miss Lavan.« Ysbetas Zunge war belegt von ungeweinten Tränen.

Bard biss sich auf die Lippe, nickte jedoch angesichts der Richtigstellung. »Miss Lavan. Liegt es am hiesigen Gesetz? Ich weiß, dass es Unstimmigkeiten bezüglich Ihres Eigentums gab … Würde es Sie glücklicher machen, wenn wir in Llanandras heirateten?«

»Nein.«

Bard straffte sich ein wenig. »Liegt es an Ihren Gebräuchen? Ich weiß, dass Llanandari-Frauen nicht so viele Kinder wollen wie chasandische Frauen …«

»Nein«, brachte Ysbeta erschöpft heraus.

»Ich weiß, dass ich anmaßend war. Ich habe nicht um Sie geworben, wie ich es hätte tun sollen. Ich weiß auch, dass ich gedankenlos war und Sie nicht mit gebührenden Respekt behandelt habe, denn ich nahm an, Sie seien mein, obwohl ich keinen Grund dazu hatte. Aber ich kann mich ändern …«

»Nein, Mr Sheldon«, sagte Ysbeta. »Sie hätten der bestaussehende, romantischste, rücksichtsvollste Mann auf Erden sein können. Es hätte keinen Unterschied gemacht.«

»Aber was macht einen Unterschied?«

»Meine Arbeit«, erklärte Ysbeta. »Ich möchte alles zu der Magie niederschreiben, die das Kapitularhaus ignoriert. Ich möchte verlorene Traditionen wiederentdecken und die Wahrheit über Zauberei und Geister herausfinden. Ich möchte jeden Tag etwas Neues lernen und andere etwas lehren, was sonst verloren gehen könnte. Ich werde Städte finden, die nur noch in der Legende existieren, und ich will all das Wissen bewahren, dessen Traditionen im Sterben liegen. Aber zuallererst möchte ich eine Magie erlernen, die meinen Bruder und meine neue Schwester davor bewahrt, ein geistgeborenes Kind zu bekommen.«

Bard betrachtete Ysbeta mit wachsender Aufregung. »Dabei könnte ich Sie begleiten!«

»Nein.«

»Aber welch Abenteuer das wäre!« Bard breitete die Arme aus. »Sie und ich, auf der ganzen Welt zu Hause, für immer auf der Suche nach Wissen und verlorenen Geheimnissen … Das ist das Romantischste, was ich je gehört habe! Das Ministerium kann mir gestohlen bleiben! Wir erobern uns die See …«

»Nein!«, rief Ysbeta. »Nein, Bard, du kannst mich nicht begleiten!«

»Aber ich liebe dich!«

»Aber ich liebe dich nicht«, sagte Ysbeta. »Und es tut mir sehr leid, Mr Sheldon, aber ich denke, Sie lieben mich auch nicht.«

»Das tue ich sehr wohl«, widersprach Bard. »Sehen Sie das denn nicht? Ich würde alles für Ihr Glück opfern.«

»Und wenn mich das nicht glücklich macht?«, fragte Ysbeta. »Was dann? Ich möchte nicht, dass sie alles opfern, Mr Sheldon. Ich will Ihr Opfer nicht. Ich will Sie nicht heiraten.«

Bard verstummte und erblasste. Mit einem Flehen in den geweiteten Augen sah er Ysbeta an, doch sie erstarben schier, als er ihre nächsten Worte hörte.

»Ich will Sie nicht heiraten«, sagte Ysbeta. »Mr Sheldon, es tut mir leid, aber das ist die Wahrheit.«

»Ich weiß.« Bard senkte den Kopf. Er seufzte, und Schmerz stahl sich in seine Miene, als er sich Mr Lavan zuwandte. »Ich ziehe meinen Teil unserer Abmachung zurück. Sie ist damit ungültig.«

Er wandte sich wieder Ysbeta zu, nahm den Hut ab, drückte ihn an sein Herz und verbeugte sich. »Leben Sie wohl, Ysbeta Lavan. Mögen die Himmelsgeborenen Sie segnen!« Er drehte sich um, setzte sich den Hut auf und verließ den Pier.

»Was für ein Humbug«, rief Danton schließlich aus. »Beatrice, kommt sofort von diesem Boot!«

Ysbeta legte die Hand auf Beatrice' Schulter. »Beatrice Clayborn genießt die Gastfreundschaft meines Schiffs. Kein Gesetz kann sie von hier fortholen.«

»Dieses Gesetz erfordert, dass ihre Dienste auf dem Schiff erforderlich sind«, sagte Mr Lavan in diesem durch und durch vernünftigen Tonfall, der dazu gedacht war, störrische Töchter zu zähmen. »Welche Position hat sie denn inne?«

»Sie ist Schiffsmagierin«, teilte Ysbeta ihm mit. »Sie hat Nadidamarus, den größeren Geist des Glücks, an sich gebunden …«

»Absurd!« Danton Maisonette schnaubte abfällig. »Frauen gehen keinen Bund mit größeren Geistern ein!«

»Diese Frau schon, Mr Maisonette«, sagte Beatrice. »Ich lehne Ihren Heiratsantrag ab, und ich erhebe Klage gegen Sie wegen Missbrauchs von Zauberei zur Schadensverursachung sowie wegen versuchten Mordes. Geben Sie Ihren Anspruch auf meine Hand auf oder möchten Sie das vor Gericht austragen?«

Danton rümpfte die Nase. »Und mit wessen Geld ziehen Sie vor Gericht?«

»Mit meinem«, sagten Ysbeta und Ianthe im Chor.

»Mit Ihrem? Aber Sie können sie nicht heiraten, nicht nach allem, was sie getan hat.«

»Sie haben versucht, sie umzubringen, Maisonette«, sagte Ianthe. »Das werde ich mit Freuden den Gerichten und den Zeitungen erklären, und zwar haarklein. Möchten Sie das Ihrer Schwester wirklich antun?«

Danton tat einen Schritt zurück. »Das wagen Sie nicht!«

»Ich habe bereits einen Anwalt kontaktiert«, setzte Ianthe ihn ins Bild. »Sie sind herzlich eingeladen, herauszufinden, ob ich es wage.«

»Aber was ist mit deiner Schwester, Beatrice!«, warf ihr Vater ein. »Wie kannst du Harriet das antun?«

Diese Worte brachen ihr das Herz. Harriet hatte es nicht verdient, zu leiden. Das hatte sie wirklich nicht – aber Beatrice auch nicht. »Ich hab es versucht, Vater. Ich habe versucht, meinen Ehrgeiz zu zügeln. Ich habe versucht, mein Talent und meine Familie zu ehren. Ich hätte mich damit zufriedengegeben, dir zu assistieren.«

»Dann machen wir das eben«, lenkte ihr Vater ein. »Du lässt mir ja keine Wahl.«

»Jetzt ist es zu spät, Vater. Ich bin Magierin. Ich werde hinaus ins Licht der Öffentlichkeit treten, statt noch länger ein Dasein im Schatten zu fristen. Und was Harriet angeht: Auch sie sollte reisen und eine Schule besuchen.«

»Jede Schule, die sie sich wünscht«, bot Ianthe Lavan an.

»Die beste!«, bekräftigte Ysbeta. »Sie kann auf meine Schule gehen, die Frauenakademie des Hohen Pfades. Ich selbst werde ihre Mäzenin sein.«

»Damit ist das beschlossen«, sagte Ianthe. »Ich kann es in den Ehevertrag aufnehmen.«

»Wie soll das gehen, wenn wahr ist, was ihr sagt?« Mr Lavans Mund verzog sich zu einem traurigen Strich. »Du kannst sie nicht heiraten, mein Sohn. Nicht sie. Sie kann nicht deine Frau werden.«

»Das kann sie sehr wohl«, sagte Ysbeta. »Hilviathras kennt eine Möglichkeit, ein Kind ohne Schutzreif sicher auszutragen. Dieses Wissen ist offenbar sehr alt. Nichts wird Beatrice aufhalten.«

»Niemand in Chasland wird sie trauen«, polterte ihr Vater und wurde zornesrot.

Mr Lavan hob die Hand. »Das stellt kein Problem für sie dar, Henry. Meine launische, aber kluge Tochter ist nach Fug und Recht Kapitänin der *Pelikan*. Sie müssen nur drei Meilen hinaussegeln, dann darf sie die beiden trauen.«

»Aber vertraglich gehört Beatrice mir! Ich verbiete es und möchte hiermit die mir vertraglich zugesicherten Rechte geltend machen«, rief Danton aus. »Bewegen Sie dieses Schiff nur einen Meter, und ich werde Sie verklagen!«

»Ich gehöre Ihnen nicht!«, schrie Beatrice. Nadidamarus erhob sich lautlos aus ihrem Körper und richte sich zu seiner ganzen Größe auf. Dantons Gesicht wurde kalkweiß. Mr Lavan klappte der Unterkiefer runter. Ihr Vater starrte sie finster an. »Ich werde Ihnen niemals gehören, Danton Maisonette. Ich bin eine Meisterin des Glücks, und ich kann Ihre Zukunft mit einem Fluch belegen! Sie würden mich auf Knien anflehen, diesen wieder von Ihnen zu nehmen! Sie können weder mich noch eine andere Frau besitzen. Wir sind kein Eigentum, das fortgesperrt wird, wenn es nicht gerade benutzt wird. Und nun scheren Sie sich davon und belästigen Sie mich nie wieder!«

Nacktes Entsetzen verzerrte Danton Maisonettes Miene. »Ich ziehe meinen Anspruch zurück. Sie ist jetzt Ihr Problem, Clayborn. Ich bin mit ihr fertig.« Wackere Worte, doch seine

Stimme zitterte. Danton drehte sich auf dem Absatz um und stürmte ohne einen Blick zurück davon.

Mr Lavan sah gedankenvoll zu ihnen hoch. Beatrice' Vater starrte Danton kurz hinterher, ehe er sich wieder seiner Tochter zuwandte. »Es scheint ja ganz so, als hättet ihr drei auf alles eine Antwort. Mr Maisonette hat sich zurückgezogen. Harriet werdet ihr schützen, indem ihr sie auf eine teure Schule schickt. Was verlangt ihr denn noch?«

»Ich verlange nicht, Vater, ich bitte …« Beatrice versagt kurz die Stimme. »Wir stechen im Morgengrauen in See. Kannst du Mutter und Harriet holen, damit sie bei meiner Hochzeit dabei sein können?«

»Du …« Ihr Vater schwieg verdattert. »Du kannst doch nicht erwarten …«

»Sie haben uns überlistet, Henry. Meine Tochter wird dieses Schiff nicht verlassen, bis sie nicht meilenweit entfernt ist. Ich kenne sie zu gut.«

»Es tut mir leid, Vater. Aber das ist es, was ich will.« Ysbeta trat an Beatrice' Seite. »Ich bereise die Welt. Ich werde Bücher schreiben. Ich werde niemals heiraten, Vater. Ich will es nicht. Mutter, bitte versteh das doch!«

»Ist dir denn nicht klar, was du deiner Familie antust, Ysbeta?«, wollte Mrs Lavan wissen. »Ich habe so viel getan, damit Lavan International das größte Unternehmen der Welt wird.«

»Aber täte ich, was du willst, stürzte es mich ins Unglück. Es zerbräche mich«, sagte Ysbeta. »Ich weiß, was ich will, Mutter. Und es ist das hier. Die Welt erforschen. Wissen entdecken. Bücher schreiben und jene Magie bewahren, die im Kapitularhaussystem untergeht. Es tut mir leid, wenn du etwas anderes mit mir vorhattest, aber ich werde mich nicht deinem Ehrgeiz opfern.«

»Das akzeptiere ich nicht«, verkündete Mrs Lavan. »Was du getan hast …«

»… würde dein Herz bei jeder anderen Frau erfreuen«, fiel Ysbeta ihr ins Wort. »Du würdest es ehrgeizig nennen und wagemutig und tapfer. Warum kann ich nicht diese andere Frau sein?«

Mrs Lavan wurde still. Sie betrachtete ihre Tochter und schüttelte sacht den Kopf. »Das kann ich nicht leugnen. Aber was du vorhast, ist gefährlich.«

»Ich habe ja meine Besatzung«, erwiderte Ysbeta. »Ich werde Assistentinnen und Wachen anheuern. Und ich werde einmal im Jahr nach Hause kommen, wenn du das willst.«

Mrs Lavan warf ihrem Mann einen Blick zu. »Du hast sie verwöhnt. Alle beide.«

»Hab ich das? Ich denke, sie sind ganz wohlgeraten«, sagte Mr Lavan. »Wir haben sie beide zu unabhängigen Menschen erzogen, die wissen, was sie wollen. Ich werde mich sicher nicht beschweren, dass ich das zu gut hinbekommen habe. Habe ich nun Erlaubnis, an Bord zu kommen, Kapitänin? Ich hörte, mein Sohn heiratet.«

Ysbeta seufzte erleichtert. »Erlaubnis erteilt, Vater. Mutter?«

Mrs Lavan beäugte Beatrice. »Nun denn. Bist du bereit, zu lernen, wie du die Frau wirst, die mein Sohn braucht?«

Beatrice' Herz schlug einen Takt schneller. Sie versuchte sich an einem Lächeln, gab es dann jedoch auf. »Ich fürchte, wir haben vorher etwas anderes zu tun.«

»Und was soll das sein?«

»Wir müssen das Geheimnis lüften, wie ungeborene Kinder vor einem Geist zu schützen sind«, antwortete Beatrice. »Und dann müssen wir dieses Wissen in der Welt verbreiten.«

Mrs Lavan knabberte eine Weile daran. »Warum? Mich interessieren eure Gründe.«

»Weil Zauberinnen nicht frei sind«, erklärte Beatrice. »Auf der ganzen Welt stehen Zauberinnen vor derselben Entscheidung: ihrer Magie zu folgen, wie die Priesterinnen der Sanchi, oder Kinder zu bekommen. Wie könnte ich dieses Geheimnis lüften – und dann dieses Wissen anderen vorenthalten? Die Welt muss davon erfahren!«

»Einen Moment!«, verlangte Mrs Lavan. »Es ist mir zu mühselig, über diese Entfernung hinweg zu diskutieren. Habe auch ich Erlaubnis, an Bord zu kommen, Ysbeta? Ich muss mich davon überzeugen, dass deine Pläne etwas taugen.«

»Bitte was, Mutter?«

»Wenn es das ist, was du willst, dann ist es meine Pflicht als Mutter, dich zu unterstützen.«

Ysbeta strahlte. Tränen traten ihr in die Augen. »Wirklich?«

»Wirklich. Jetzt lass mich schon an Bord, mein Vögelchen. Wir haben eine ganze Menge zu planen.«

»Erlaubnis erteilt«, stieß Ysbeta hervor und umarmte sie, sobald sie an Deck war. Ihr Kapitänshut fiel zu Boden, als sie einander hielten.

Beatrice' Vater stand mit ängstlicher, nervöser Miene neben Mr Lavan.

»Vater?«, fragte Beatrice. »Ich verstehe, wenn du das nicht kannst, aber …«

Er schwieg einen ausgedehnten Moment lang und wog seine Entscheidung ab. Beatrice versuchte, nicht den Atem anzuhalten. Sie blieb still und rechtfertigte sich nicht, redete nicht auf ihn ein, bettelte nicht. Sie war nun eine Magierin. Ihr Vater hatte das Recht, für sich zu entscheiden, ob er das akzeptierte.

Er hob den Kopf und sah sie an. »Aber was werden die Leute sagen?«

»Lass sie reden«, antwortete Beatrice. »Oder haben sie mehr Macht als die Liebe eines Vaters für seine Tochter?«

Ihr Vater senkte den Kopf. »Ich wollte immer, dass du es einmal besser hast. Ich habe versucht, uns weiter nach oben zu bringen, aber dann warst du auf einmal meine letzte Hoffnung. Ich wollte, dass du so viel mehr hast, als ich dir geben konnte.«

Mr Lavan legte ihm die Hand auf die Schulter. »Das wollen wir alle für unsere Kinder. Aber manchmal ist das, was wir uns vorgestellt haben, nicht das, was sie brauchen.«

»Du wirst alles durcheinanderbringen, Beatrice. Du willst die Welt auf den Kopf stellen.«

»Genau das will ich, Vater. Wenn das heißt, dass ich nicht mehr deine Tochter sein kann …«

»Nein! Sag das nicht. Denk das nicht!« Die Schultern ihres Vaters hoben sich – und dann seufzte er. »Wir werden ein richtiger Skandal sein, aber du bist trotzdem meine Tochter. Daran ändert sich nichts. Wenn du erlaubst, Kalman, würde ich mir gern deine Kalesche ausleihen. Ich muss meine Frau und meine jüngere Tochter zu einer Hochzeit bringen.«

# EPILOG

Beatrice stand im Vorzimmer vom Herzen des Großen Kapitularhauses in Gravesford und hakte erneut die Punkte auf ihrer mentalen Liste ab. Sie kannte ihre Rede. Sie hatte ihr Traktat. Fünf Meilen entfernt lag die *Rothäher*, um ihre Familie in die Bucht hinaus zum Schatzschiff *Triumph von Azjat* zu bringen, damit sie alle Chasland hinter sich lassen konnten. Das kleine namenlose Clayborn-Lavan hatte vorübergehend aufgehört, in ihr herumzutanzen. Fandariathras wand sich schützend und immer wachsam um Beatrice' Kind. Eine neue Passage für ihr Buch ging ihr durch den Kopf und lenkte sie von der Rede des Großlogenmeisters ab. Sie schob den Gedanken beiseite und hörte zu.

»Wir haben das Kind mit jedem Bestimmungsspruch untersucht, den wir kennen. Es ist vollkommen beseelt. Wir haben außerdem das Zeugnis von Meistermagier Ianthe Lavan, der pflichtgemäß jeden Tag der Schwangerschaft seiner Frau protokolliert hat. Wir haben alles, was er uns erzählt hat, in Zweifel gezogen und überprüft. Sie haben es in der Tat vollbracht, ein Kind von der Zeugung bis zur Geburt im Leib einer Zauberin ohne Schutzreif auszutragen. Die Frau ist nun hier und wird über …« Er beugte sich mit Stirnrunzeln über seine Notizen. »… die Clayborn-Methode des fetalen Schutzes reden.«

Der Großlogenmeister trat vom Redepult am anderen Ende des Dekagons herab, und Beatrice seufzte. Mehr Ankündigung durfte sie offenbar nicht erwarten.

Ein Mann in olivfarbenem Mantel stand auf und zog alle Blicke auf sich. »Das ist doch lächerlich! Wir sollten das vom Magier hören, nicht von seiner Frau. Wieso ist er nicht hier, um unsere Fragen zu beantworten?«

»Weil er auf unsere Tochter aufpasst«, murmelte Beatrice entnervt.

Sie verkniff sich die unfreundlicheren Worte, die ihr auf der Zunge lagen, als allenthalben das Rascheln von Samtmänteln und das Scharren von Zeremonienschwertern zu hören war und sich ihr sämtliche Gesichter zuwandten. Ein Blick hoch zur Decke genügte. Sie konnte die Hadfields zur Akustik des Raums nur beglückwünschen. Bisher hatte sie nicht gewusst, dass ihre Stimme so weit tragen würde.

Aber gut, nun ließ sich das nicht mehr ändern. Sie trat aus den Schatten. Etlichen Männern klappte der Unterkiefer runter. Unbeeindruckt schritt sie den Mittelgang entlang, von ihrem tiefgrauen Samtkleid umwogt, das direkt unter ihrer Brust gegürtet war, um sich dann elegant über die Rundung ihrer Mitte zu legen.

»Sie ist ja wieder schwanger!«, murmelte jemand. »Himmelsgeborene, ich glaub es nicht!«

Beatrice lächelte und sagte: »Wir sind sehr glücklich. Ich bin im achten Monat« – als hätte der Mann sich tatsächlich an sie gewandt. Den Rest des Gangs brachte sie schweigend und mit erhobenem Kinn hinter sich. Dann nahm sie die helfende Hand des Großlogenmeisters an den Stufen zum Pult an. Dort angekommen, zog sie ihr Traktat aus der Tiefe ihrer Tasche.

Sie hielt inne. Kein einziger dieser Männer sah sie mit Interesse, Neugierde oder Respekt an. Sie hatte gehofft, dass sich wenigstens einige von ihnen dafür interessierten, was Ianthe und sie vollbracht hatten.

:Ich kann machen, dass sie sich mit Tinte bekleckern:, sagte Nadidamarus, und Beatrice lächelte.

»Ich bin Beatrice Clayborn-Lavan, die Frau, die das Recht fordert, als Mitglied des Kapitularhauses zugelassen zu werden, weil ich den entsprechenden Rang aufweise. Ich habe den großen Pakt mit Nadidamarus, dem größeren Geist des Glücks, geschlossen.«

Sie schwieg kurz, als Nadi sich aus ihrem Körper hervorstreckte und die Gestalt von einem gewaltigen Flügelpaar annahm. Aus dem Publikum kamen einige Schreie. Andere Männer beobachteten sprachlos, wie die dunkle, schimmernde Form anwuchs und die Kraft zur Schau stellte, die bereitwillig den Bund mit Beatrice' Seele eingegangen war.

Fandariathras, ebenfalls immer wachsam, regte sich, und Nadidamarus schlüpfte zurück in ihren Körper.

»Doch heute bin ich hier, um Ihnen von der Clayborn-Methode zu erzählen«, fuhr Beatrice fort. »Dieses einfache Ritual sichert dem ungeborenen Kind einer Zauberin den Schutz der größeren Geister seiner Eltern zu, sodass es nicht mehr notwendig ist, eine Frau auf grausame Weise mit dem Reif davon abzuhalten, ihre von den Himmelsgeborenen verliehenen Talente zu nutzen. Beide größeren Geister müssen unermüdlich wachen, um einen lückenlosen Schutz zu gewährleisten.«

»Aber Sie haben Ihren gebundenen Geist gerade präsentiert«, sagte ein Mann und erhob sich. »Haben Sie damit nicht Ihr Kind einem Risiko ausgesetzt?«

»Überhaupt nicht«, erwiderte Beatrice. »Die gebundenen

Geister, die auf das kleine Clayborn-Lavan aufpassen, müssen, wie ich schon sagte, Ianthes und meiner sein. Sie schützen das Kind und halten einander gleichzeitig davon ab, das Ungeborene in Besitz zu nehmen.«

Sie verschwieg das Problem, das an ihnen nagte. Sie hatten vor diesem Treffen nicht herausfinden können, ob es sich dabei um die beiden gebundenen Geister der leiblichen Eltern handeln musste. Ysbeta suchte noch nach einer Antwort. Vielleicht würde sie schon klüger sein, wenn sie sich später in diesem Jahr trafen.

Der Mann verzog bestürzt das Gesicht. »Aber das heißt, der Magier Ianthe Lavan kann keine höhere Magie wirken! Er ist machtlos!«

Ein aufgebrachtes Japsen ging durch die Menge.

»Ianthe kann noch kleinere Sprüche wirken«, berichtete Beatrice. »Aber Sie haben recht. Mein Mann und ich können keine höhere Magie wirken, solange unser Kind nicht auf der Welt ist und sich seine Seele entwickelt und im Körper verankert hat. Danach kann er aber wieder mit Fandariathras arbeiten.«

Jeder einzelne Mann in der zehneckigen Kammer sah mit Grauen zu ihr hoch.

»Das können wir doch nicht tun!«, rief einer von ihnen. »Soll ich meine Magie aufgeben, damit meine Frau ihre Pflicht erfüllt? Das ist unzumutbar. Das ist empörend!«

»Dieses Wissen darf niemals bekannt werden!«, ergriff ein anderer entschieden das Wort. »Solch ein Opfer kann nicht von uns erwartet werden! Und auch dieser Frau muss sofort der Reif angelegt werden. Allein der Gedanke, dass ein Meistermagier monatelang nur kindliche Zauberreime zu sprechen vermag …! Grauenhaft!«

Nun denn. Sie reagierten genauso, wie Beatrice es erwartet

hatte. Ianthe hatte gedacht, es würde immerhin einige Männer geben, die bereit waren, ernsthaft darüber nachzudenken. Aber sie war nicht hier, um sie zu überzeugen. Sie war nur hier, um sie von zu Hause wegzulocken.

:Ihre Milch sauer werden lassen. Ihre Kutschenachsen brechen. Epidemiehaftes Herumstraucheln:, schlug Nadidamarus vor. :Kriege ich sofort hin, wenn du willst.:

:So amüsant das auch wäre, glaube ich doch, dass wir besser umsichtig sein sollten.:

:Nicht mal das Straucheln?:

:Nadi.:

Beatrice wartete, bis der Logenmeister die anderen Magier beruhigt hatte. »Ich schlage vor, dass wir darüber abstimmen, aber lassen wir Mrs Lavan doch erst in Ruhe ihre Rede zu Ende bringen. Mrs Lavan?«

Beatrice schenkte ihm ihr strahlendstes Lächeln. »Danke, Logenmeister. Ich wusste, dass hier heute keine Frauen mit Gabe anwesend sein würden. Das ist eine Schande. Frauen sollten eine Stimme haben, wenn über ihre Zukunft abgestimmt wird, ja, es sollte ihre Entscheidung – und zwar allein ihre Entscheidung – sein, wozu sie ihre eigenen Körper nutzen wollen.«

Gelangweilte Blicke vonseiten der Magier. Beatrice behielt ihr Lächeln bei und reckte ihr Traktat hoch in die Luft.

»In diesem Schriftstück wird das exakte Ritual der Clayborn-Methode des fetalen Schutzes beschrieben. Da die Mitgliederlisten der Kapitularhäuser öffentlich zugänglich sind und die entsprechenden Adressen und Familienstände leicht herauszufinden sind, habe ich diese Daten zusammengetragen.«

Ein Raunen ging durch den Raum. Einige der Herren sahen sie verdattert an, doch Beatrice nahm zufrieden zur

Kenntnis, wie den Klügsten unter ihnen bereits dämmerte, was sie getan hatte. Ihr Lächeln wurde breiter.

»Eine Kopie dieses Traktats wurde an Ihre Frauen und an Ihre Töchter im heiratsfähigen Alter geschickt. Sie sollten es mittlerweile erhalten haben. Einen schönen Abend noch, Gentlemen.«

Jeder einzelne Magier im Raum sprang auf. Sie schrien, und ihre Stimmen vermengten sich, sodass sie immer lauter werden mussten, um sich gegenseitig zu übertönen.

Beatrice ließ das Schriftstück auf dem Redepult liegen, nickte dem Logenmeister zu und schritt die Stufen ohne seine Hilfe hinunter. Sie huschte den Mittelgang entlang, verließ den Saal und trat in den kleinen Raum ein, in dem sie ihren Mantel zurückgelassen hatte, ihren Mann und …

»Mama!«

Ihre Tochter Ysbeta sprang von Bard Sheldons Schoß und stapfte auf kleinen Füßen auf sie zu, bis sie ihr Bein umklammern konnte.

Clara lachte. »Sie kennt nur eine Geschwindigkeit, Mrs Beatrice.«

»Sie hält uns eben alle auf Trab.« Beatrice beugte sich über ihre Tochter und lächelte ihr ins strahlende Gesicht. »Hallo, kleines Kätzchen.«

»Ja, 'Beta, Mama ist ja zurück«, sagte Ianthe. »Mama hat einen ziemlichen Aufstand im Kapitularhaus veranstaltet.«

»Das habe ich wirklich«, bestätigte Beatrice. »Wir gehen besser, bevor ihnen klar wird, dass ich fort bin.«

Bard hielt eines der Traktate in der Hand. »Die Herren klingen gar nicht glücklich.«

Im Saal schrien die Magier einander erzürnt an. Ianthe setzte sich das Kind auf seine Hüfte und lächelte Beatrice traurig an. »Na, mein Sonnenaufgang, da hast du die Wette wohl gewonnen …«

»Ich weiß, dass du noch Hoffnungen hattest.«

»Nicht ein Einziger?«, fragte Clara. »Ich hatte gehofft, es könne wenigstens einen geben.«

»Das habe ich auch gehofft«, gab Beatrice zu.

»Einen habt ihr«, sagte Bard und hielt das gefaltete Traktat in die Höhe. »Ich zähle doch, oder nicht?«

»Du zählst«, lachte Beatrice, und Bard steckte sich das Schriftstück in die Jacke. »Aber ich habe getan, was ich versprochen habe. Ganz Chasland wird Ende der Woche Bescheid wissen.«

Ianthe wippte seine Tochter auf der Hüfte. »Chasland erledigt. Nächster Halt: Llanandras. Ich bin mir sicher, dort werden sie es besser aufnehmen.«

Clara legte Beatrice den Mantel um die Schultern und knöpfte ihn am Kragen zu. »Das werden wir bald wissen, oder? Sie können ja nicht alle wie Chasländer sein.«

Ianthe setzte die kleine Ysbeta noch einmal ab, um sich seinen Mantel überzuwerfen. Clara kniete sich hin und half Ysbeta in die Ärmel ihres Mantels. Ianthe nahm sie wieder hoch, und zusammen schritten sie aus dem Kapitularhaus in die Nacht.

Ein Wagen mit einem Kutscher in türkisfarbener Livree wartete draußen an der Promenade auf sie.

Bard atmete frostige Wölkchen aus. »Ich wünschte, es wäre besser gelaufen da drinnen.«

»Ich habe nie erwartet, dass ich sie überzeugen kann.« Beatrice tätschelte seinen Arm.

»Was du getan hast, ist tapfer. Und es ist schlau, mit dem nächsten Schiff das Land zu verlassen – bevor sie herausfinden, wie sie dich verklagen können.«

Beatrice packte Bards Ellbogen, und er half ihr über ein vereistes Stück. »Du Frohnatur.«

»Dann werde ich das Thema wechseln. Sabrina Weldon hat mich eingeladen, Zeit mit ihr und ihrem Vater zu verbringen.«

Beatrice lachte. »Ich wusste es! Wie ihr beide auf dem Winterball getanzt habt! Bring sie nach der Hochzeit nach Jy, ja? Es wäre eine schöne Reise, bevor ihr euch niederlasst.«

»Von Herzen gern. Und dann werden wir einen Skandal verursachen, indem wir die Clayborn-Methode anwenden.«

Sie erreichten die Kutsche, wo ein Lakai ihnen den Schlag aufhielt. »Macht euch besser auf den Weg! Die Gezeiten warten auf niemanden.« Bard legte Ianthe eine Hand auf die Schulter. »Und wo auch immer Ysbeta die Ältere ist: Ich hoffe, sie ist glücklich.«

»Sie gräbt vermutlich gerade eine versunkene Stadt aus«, sagte Ianthe. »Und das bedeutet, dass sie sehr glücklich ist.«

»Wir sollten wirklich los«, mahnte Beatrice. »Bard hat recht, was die Gezeiten angeht.«

»Lebt wohl«, verabschiedete sich Bard, und als er Beatrice die Hand schüttelte, tat er es am Handgelenk, so wie er es bei einem Kapitularbruder getan hätte.

Ianthe ließ sie zuerst einsteigen, hob die kleine Ysbeta dann wie zum Fliegen hoch und setzte sie auf dem Sitz neben Clara ab. »Nun ist es geschafft. Sorgst du dich?«

»Ein bisschen«, gab Beatrice zu. »Aber wir können jetzt nicht aufhören.«

»Wir hören nicht auf, bis wir nicht in Sanchi waren«, versprach Ianthe. »Wir bringen allen die Clayborn-Methode. Und die Kleine wird auf See geboren, wie ihre Tante.«

Beatrice lehnte sich zurück. »Es könnte auch ein Er sein.«

Ianthe lächelte. »Fandariathras hat es mir verraten.«

»Oh! Und wie nennen wir sie dann?«

»Ich denke … Harriet.«

Beatrice legte eine Hand auf ihren Bauch. »Hallo, Harriet! Heißt du so, Harriet?«

Harriet trat ihr von innen gegen die Hand.

# DANK

Ich bedanke mich bei Caitlin McDonald, meiner Agentin, die ein Buch, das ich aus Spaß schrieb, in etwas Ernsthaftes verwandelt und dann einen großartigen Verlag dafür gefunden hat. Alles, was du für mich tust, ist fantastisch.

Dank gebührt Sarah Guan, die mir mit einem Dutzend Fragen, die das Buch in jeder Hinsicht erweitert haben, geholfen hat, den Roman zu dem zu formen, was er heute ist.

Dank an Liz Gorinsky, deren Visionen mit dem Verlag Erewhon Realität geworden sind, der wiederum dieses Buch im ersten Jahr ins Programm nahm.

Danke, Martin Cahill, dafür, dass du alles gegeben hast, um dieses Buch zu bewerben und es an die Leute zu bringen, denen es am meisten Freude macht.

Dank an alle bei Erewhon, die mich mit ihrer Geschwindigkeit und ihrer Detailgenauigkeit erstaunt haben: Mein Produktionsteam hat Großartiges geleistet, um dieses Buch auf die Beine zu stellen, insbesondere meine Lektorinnen Lauren Hougen und Liana Krissof, meine Ansprechpartnerin Kayla Burson und Jillian Feinberg, die so viel unter dem schlichten Titel »Assistentin« vereint.

Ich möchte Dr. A. J. Townsend danken, fürs Lesen und für

die Fragen, die mich näher an meine Welt und an das, was ich sagen will, herangeführt haben, und für die großartige Zusammenfassung: »Pokémon meets Jane Austen«.

Einige Leute haben vorab gelesen und mir geholfen, die Details nach den Überarbeitungen zusammenzusetzen: danke, Rachel Gutin, Virginia Wilson, Jen Coster und Eva Papier, für eure Reaktionen und Hinweise.

Ich bedanke mich außerdem beim Metropolitan Museum of Art für seine Online-Ausstellung, die Hunderte visueller Beispiele für Textilien und Mode der entsprechenden Zeit bietet.